조선시대
수호전 水滸傳 의
비교연구

조선시대 수호전(水滸傳)의 비교연구

유춘동 지음

보고사

책머리에

한국 고소설을 전공하면서 중국소설 번역본을 다루고 박사논문까지도 『수호전』을 택한 것은 나름의 이유가 있다. 한국 고소설의 특성을 제대로 파악하기 위해서는 중국소설과의 교섭, 중국소설의 한글 번역본 문제를 규명해야 한다는 생각 때문이다.

중국소설을 원문 그대로 읽을 수 있는 독자들도 많았지만 대다수는 한글 번역본을 통해서 중국소설을 접했을 것이다. 이들은 한글 번역본을 통해서 지적인 욕구를 채웠고, 새로운 재미와 소설 창작의 시사점도 제공받았다. 이로 인하여 중국소설만을 택하여 전문적으로 번역하는 사람들이 생겨났을 것이고, 번역된 거질의 중국소설을 세책점에 납품하거나 대여해주던 사람들도 있었을 것이다. 이러한 사실을 밝히기 위해서 석사학위논문의 주제를 중국소설 『금향정』, 박사학위논문의 주제는 중국소설 『수호전』을 택했다. 하지만 이러한 목표에는 아직 이르지 못했다.

박사학위 주제를 『수호전』으로 택했지만 처음의 계획은 『삼국지』를 쓸 계획이었다. 하지만 논문을 쓸 당시에 때마침 『삼국지』 연구가 붐을 이루어 작성했던 내용이 다른 연구자에 의하여 미리 논문이나 단행본으로 간행되었다. 그래서 논문 주제를 바꾸어 연구가 미진했던 『수호전』을 택했다.

막상 『수호전』을 주제로 잡고 나니 원전의 해독, 자료 수집 문제로 어려웠다. 원전은 백화체여서 해석하는데 어려움이 컸고, 연구의 주 대상이 되는 자료들은 국내외 흩어져 있어서 이 자료를 보기 위해서 여러 곳을 다녀와야만 했다.

이렇게 해서 논문을 완성해보니 내용은 『수호전』의 수용과 한글 번역본의 실태를 다루었을 뿐, 앞서 말했던 것처럼 원래 계획과는 한참 거리가 있었다. 그래서 학위논문을 책으로 곧바로 내지 않고 이 부분을 규명한 뒤에 간행하겠다고 다짐했었다.

이러한 자신과의 약속은 학위를 받은 지 한참이 지나도 지켜지지 못했다. 현재의 관심은 중국소설의 한글 번역본 문제 보다는 세책본이나 방각본, 해외에 흩어진 자료 연구에 더 열중하고 있다. 따라서 완성된 『수호전』 논문의 작성은 늘 마음의 부담이 되었다.

그러던 차에 고려대 최용철 교수님께서 필자의 논문을 갖고 대학원생을 대상으로 한 특강의 기회를 마련해 주셨다. 수업을 진행하면서 학위논문은 어떻게 든 책으로 간행하고, 다시 다른 『수호전』 단행본을 쓰겠다는 가닥을 잡았다. 이렇게 해서 지금 이 책이 나오게 되었다. 이러한 용기를 갖게 해 준 최용철 교수님께 감사드린다.

학부 때부터 시작해서 학위를 받기까지 은사님들로부터 분에 넘치는 사랑과 가르침을 받았다. 이 자리를 통해 머리 숙여 감사의 인사를 올린다. 학위를 받을 때 지도교수님과 심사위원 선생님들께 성실하고 부지런한 학자가 되겠다는 약속을 한 적이 있다. 이 말이 빈말이 되지 않도록 늘 노력하는 연구자가 될 것이다.

늘 곁에서 지적인 자극을 주는 아내와 사랑스런 나의 딸, 출판계의 어려운 상황에서도 논문을 출판해 준 김홍국 사장님, 편집을 맡아 준 이순민 선생님께도 고마움을 전한다.

2014년 11월

유춘동

차례

제1장. 서론

1. 연구의 목적

『수호전(水滸傳)』[1]은 북송(北宋) 연간에 실재했던 송강(宋江)을 비롯한 도적들의 이야기이다. 정사(正史)인 『송사(宋史)』에도 기재된 '송강의 이야기'는 북송 말부터 평민은 물론 사대부 사이에도 널리 유포되기 시작하여,[2] 남송(南宋)과 원대(元代)에는 이를 바탕으로 한 화본(話本), 잡극(雜劇), 잡희(雜戲)가 생겨났다. 그러다가 원말명초(元末明初) 무렵에[3] 소설(小說)로 만들어졌다.

『수호전』은 출간된 뒤로 대단한 인기를 얻었다. 무엇보다도 이 소

---

1) 『수호전』 관련 기록과 한글 번역본은 대부분 『수호지』라는 제목으로 전해진다. 이 글에서는 원본(原本)의 제목을 고려하여 『수호전』으로 쓴다. 다만 둘의 구분이 분명하게 필요한 경우에는 『수호지』를 사용할 것이다.

2) 『송사(宋史)』의 「휘종본기(徽宗本紀)」를 보면 선화(宣和) 3년(1121) 3월에 송강을 비롯한 도적의 무리들이 회남(淮南), 경동(京東), 하북(河北) 지역을 침범하여 횡횡하다가 관군(官軍)에 의하여 토벌되었다는 기록이 있다. 이외 동일한 책의 「후몽전(侯蒙傳)」과 「장숙야전(張叔夜傳)」에도 송강의 기사가 전한다. 관련 내용은 馬蹄疾, 『水滸資料彙編』, 中華書局, 1977; 朱一玄 · 劉毓忱 編, 『水滸傳資料滙編』, 南開大學 出版社, 2002 참조.

3) 『수호전』의 형성 시기는 여러 학설이 있다. 이 문제는 〈제2장〉에서 다룬다.

설이 “강호(江湖)의 호한(好漢)이 서로 취의(聚義)한다”[4]는 특이한 내용을 담고 있기 때문이다. 이를 인식한 출판업자들은 경쟁적으로 『수호전』을 출간했다. 특히 명청대(明淸代) 통속소설의 유행과 상업출판의 홍성이 맞물리면서 셀 수 없이 많은 판본이 나왔다. 심지어 국가의 중앙부서인 도찰원(都察院)에서도 간행될 정도였다.[5]

그러나 지배계층에서는 이 책을 ‘회도(誨盜)’나 ‘범상작란(犯上作亂)’을 유도하는 위험한 책으로 인식하여 수차례 금서(禁書)로 지정하였다.[6] 금서로 지정된 이후에는 역설적이게도 이 책의 인기가 더욱 높아졌다. 특히 이 소설의 내용을 주목한 이탁오(李卓吾), 종백경(鍾伯敬), 김성탄(金聖嘆), 왕망여(王望如) 등은 이 책을 바탕으로 평점본(評點本)이라는 새로운 형식을 고안해 내었고, 진침(陳枕) 등은 이 소설 결말에 불만을 품고 이후의 내용을 개작(改作)하여 『후수호전(後水滸傳)』과 같은 속서(續書)를 만들기도 했다. 중국소설사에서, 소설 하나를 놓고 중앙정부에서 여러 차례 금서로 지정한 것이나 현존하는 판본이 다기(多岐)하여 판본의 계통을 설명할 수 없는 문제작이 바로 『수호전』이다.[7]

중국에서 『수호전』에 대한 연구는 명청대(明淸代)부터 시작되었다.[8] 주로 나관중(羅貫中)과 시내암(施耐庵) 중에서 이 소설의 작자가 누구인가에 대한 고증(考證)과 소설 내용에 대한 인상비평이 대부분

4) 譚邦和, 『明淸小說史』, 上海古籍 出版社, 2006, 37쪽.

5) 井上進, 『中國出版文化史』, 名古屋大學 出版社, 2002; 부길만·황지영, 『동아시아 출판문화사 연구 I : 17세기 한중일 출판문화 비교』, 오름, 2010, 100쪽.

6) 금서(禁書)와 관련된 내용은 河洛圖書出編輯部, 『元明淸三代禁毀小說戲曲史料』, 河洛圖書 出版社, 1969 참조.

7) 1990년대까지 확인된 판본만 해도 대략 150여 종이다. 侯會, 「水滸傳版本淺說」, 古典文學知識, 1998 참조.

8) 馬蹄疾, 朱一玄·劉毓忱編, 앞의 책 참조.

이다. 이러한 상황은 청대말까지 이어지다가 1920년대 서양(西洋)의 근대적 학문방법이 도입되면서 형성 과정, 판본, 주제에 대한 체계적인 연구가 이루어졌다. 그리고 1950년에 중화인민공화국이 수립된 뒤로는 이 소설을 계급투쟁 이론에 적용하여 해석하기도 하였다. 이후 현재까지 수많은 『수호전』의 연구가 쏟아져 나왔는데 단행본과 논문을 포함하여 대략 10,000여 편이나 된다.[9)]

일본에서도 『수호전』 연구는 활발하게 이루어지고 있다. 일본은 에도시대(江戶時代)에 이 소설이 전해졌고, 곧 번역본이 나왔다. 이후에는 번각본(翻刻本)이나 원전(原典)과는 다른 내용의 번안본(飜案本)이 만들어졌다. 이러한 현상에 주목하여 일본 학자들은 중국보다 더 정밀하게 『수호전』의 형성과정, 판본, 번역본을 다루었고,[10)] 이를 응

---

9) 중국의 '中國水滸學會'에 있는 논문의 편수로 계산해 본 것이다. 실제로는 더 많은 연구 성과가 있을 것이다.

10) 白木直也, 大內田三郎은 일본의 대표적인 『수호전』 연구자들이다. 大內田三郎의 연구는 「『水滸傳』版本考:『京本忠義傳』」, 『人文研究』 47, 大阪市立大學, 1995; 「『水滸傳』 版本考:『鍾伯敬先生批評水滸傳』 について」, 『人文研究』 46, 大阪市立大學, 1994; 「〈水滸伝〉 版本考:『容与堂本』」, 『人文研究』 45, 大阪市立大學, 1993; 「『水滸伝』 版本考:『容与堂本』 について」, 『ビブリア, 天理図書館報』 79, 典籍學會, 1982; 「『水滸伝』 版本考:「二刻英雄譜」 について」, 『天理大學學報』, 天理大學人文學會, 1981; 「『水滸伝』 版本考:『文杏堂批評水滸伝三十卷本』 について」, 『天理大學學報』 119, 天理大學人文學會, 1979; 「『水滸伝』 版本考:『漢宋奇書』と『英雄譜』の關係について」, 『ビブリア. 天理図書館報』 65, 1977; 「『水滸伝』 版本考:「百二十四回本」 について」, 『天理大學學報』 99, 天理大學人文學會, 1975; 「『水滸伝』 版本考:『百十回本』 について」, 『天理大學學報』 22, 天理大學人文學會, 1971; 「水滸伝版本考:『水滸志伝評林本』の成立過程を中心に」, 『天理大學學報』 21, 天理大學人文學會, 1969; 「水滸伝版本考:繁本各回本の關係について」, 『ビブリア:天理図書館報』 40, 典籍學會, 1968; 「水滸伝版本考:繁本と簡本の關係を中心に」, 『天理大學學報』 20, 天理大學人文學會, 1968; 「水滸伝版本間にみられるコトバの相違:金聖嘆本を中心として』, 『中國語學』 156, 中國語學研究會編, 1966 등이 있고, 白木直也의 연구는 「鍾伯敬批判評四知館刊本の研究:水滸伝諸本の研究」, 『日本中國學會報』 23, 日本中國學會, 1971; 「鐘伯敬批評四知館刊本研究序說:水滸伝諸本の研究」, 『東方學』 42, 東方學會, 1971;

용한 연구도 이루어졌다.[11] 그리고 최근에는 중국에 없는 『수호전』의 초기 판본이 일본 곳곳에서 발견되면서 이에 대한 논의도 진척되었다.[12] 영미권에는 1920년대 영어로 번역된 이후에[13] 『삼국지연의』와 함께 중국의 고대소설이나 서사(敍事)를 이해하는 중요한 책으로 인식되어 꾸준한 관심을 받고 있다.[14]

이러한 경향에 비추어 보았을 때, 국내에서의 『수호전』 연구는 미진한 편이다. 중문학과 국문학 분야에서 연구가 있었지만 서로 연구의 방향이나 관심사가 다른 면도 있고, 국문학 연구자의 경우에는 이 소설을 연구하기보다는 『홍길동전』과의 관계에 비중을 두었다. 국문학 연구자들의 이러한 경향은 김태준으로부터 시작되었다 그가

「和刻本水滸伝の研究-承前-」, 『廣島大學文學部紀要』 29, 廣島大學文學部, 1970; 「和刻本水滸伝の研究 : 諸本間に占める妥当な位置を求めて」, 『島大學文學部紀要』 28, 廣島大學文學部, 1968; 「和刻本水滸伝の研究 : 所謂無窮會本との關係」, 『日本中國學會報』 20, 日本中國學會編輯, 1968; 「水滸伝の渡來と文簡本」, 『東方學』 36, 東方學會, 1968; 「巴黎本水滸全伝の研究(1) : 水滸伝諸本の研究」 『支那學研究』 31, 廣島支那學會, 1965; 「挿増"ということ:水滸伝における遼國故事の問題」, 『廣島大學文學部紀要』 22, 廣島大學文學部, 1963; 「所謂李玄伯(100回)本の素姓 : 水滸伝諸本の研究(3)」, 『支那學研究』 21, 廣島支那學會, 1958; 「嚴敦易水滸伝的演変」, 『支那學研究』 19, 廣島支那學會, 1958; 「所謂李玄伯(100回)本の素姓(2)」, 『支那學研究』 18, 廣島支那學會, 1957; 「所謂李玄伯(100回)本の素姓(1)」, 『支那學研究』 17, 廣島支那學會, 1957; 「楊定見本水滸伝"發凡"の解釋」, 『廣島大學文學部紀要』 8, 廣島大學文學部, 1955 등이 있다.

11) 高島俊男, 『水滸伝と日本人』, 大修館書店, 1991; 宮崎市定, 『水滸伝 : 虛構のなかの史實』, 中央公論新社, 1993; 青木正夫, 「水滸伝中の「梁山泊」の空間的考察 その4」, 『日本建築學會研究報告, 九州支部 3, 計畫系 (38)』, 日本建築學會九州支部, 1999.

12) 일본에서의 『수호전』 연구는 謝衛平, 「〈水滸〉版本研究在日本 : 兼談國內相關情況」, 『明淸小說研究』, 第2期, 2008 참조.

13) 영역본에 대한 연구는 孫建成, 『水滸傳英譯的語言與文化』, 復旦大學出版社, 2008 참조.

14) David Rolston 지음 · 조관희 옮김, 『중국 고대소설과 소설 평점』, 소명출판, 2010; 孫建成, 앞의 책 참조.

고소설 연구에서 중요하게 여겨왔던 방법 중의 하나는 중국소설의 영향이나 관계를 밝히는 것이었다.[15] 이후 고소설의 연원(淵源)과 특성을 중국소설에서 찾으려는 시도는 비교문학의 방법이 소개된 이후에 더욱 활성화되었다.[16] 그러다가 70년대 중반부터 이러한 경향 대신에 고소설의 연원을 국내에서 찾으려는 시도가 생기면서 중국소설에 대한 연구는 거의 사라지게 되었다.[17] 『수호전』은 이와 같은 고소설 연구의 경향을 그대로 보여주는 작품이다.

국문학 연구 초기에는 이 소설이 "허균은 『홍길동전』을 지어서 『수호전』에 비겼다"[18]는 택당(澤堂) 이식(李植)의 언급 때문에, 『홍길동전』의 소원(溯源)을 밝히는 연구에서 주목받았다.[19] 그러나 70년대에 접어들면서 "비교문학적 연구라는 이름 아래 자행되었던 중국 영향론의 굴레를 벗어나야 하겠다"[20]는 인식이 생기고, 『홍길동전』의 연원(淵源)을 국내에서 찾게 되면서 『수호전』은 국문학 연구자들의 관심에서 멀어지게 되었다. 이처럼 국내에서 이루어진 『수호전』 연구는

15) 김태준 저 · 박희병 교주, 『교주 증보 조선소설사』, 한길사, 1990 참조.

16) 김현실 · 이혜순, 「비교문학 연구사」, 『국어국문학 40년』, 집문당, 1992 참조.

17) 김동욱은 『홍길동전』의 연원을 관련설화 등을 통하여 "국내"에서 찾았다. 이혜순은 『수호전』의 도론(導論), 작품론, 영향과 평가를 거쳐서 『홍길동전』은 "대체로 조선의 전통 배경에서 나온 것이고 외래 영향에 의한 것이 아닌 것"으로 보았다. 자세한 내용은 김동욱, 「홍길동전의 국내적 遡源」, 『심악 이숭녕 박사 송수논총』, 1968; 이혜순, 『수호전 연구』, 정음사, 1985 참조.

18) (… 前略 …) 筠又作『洪吉同傳』, 以擬『水滸』, (… 後略 …). 『택당집(澤堂集)』, 『별집(別集)』 권15, 『한국문집총간』 88, 530쪽.

19) 김태준의 『조선소설사』를 시작으로 이러한 연구가 주를 이루었다. 이후 그의 견해를 구체적으로 조윤제 · 정주동 · 이재수 · 이상익 · 정규복 등이 다루었다. 이러한 연구의 성과와 문제는 정규복 · 장효현이 다루었다. 정규복, 『한국문학과 중국문학』, 보고사, 2010; 장효현, 『한국 고전소설사 연구』, 고려대학교 출판부, 2002 참조.

20) 이상택 · 성현경 편, 『한국 고전소설 연구』, 새문사, 1983, 264쪽.

시작부터 이 소설에 대한 관심에서 비롯된 것이 아니라 『홍길동전』에 끼친 영향이나 수용 관계를 밝히는 과정에서 이루어진 것이기 때문에, 『수호전』의 국내 유입 시기와 판본의 문제, 『수호전』을 읽었던 조선 독자들의 인식 문제, 그리고 『수호전』을 한글로 번역했던 번역본에 대한 연구는 제대로 이루어지지 못했다. 최근에 들어와서야 조금씩 이 소설에 관심을 갖기 시작했지만 여전히 중국소설의 영향이나 관계를 밝히는 데만 치우쳐있다. 이처럼 『수호전』을 고소설에 준 영향이나 관계로만 계속 접근할 경우, 이 문제는 고소설 연구의 대상이라고 보기 어렵다. 하지만 『수호전』이 국내에 유입된 이후에 끊임없는 논란을 일으켰고, 한편으로는 꾸준히 번역되어 향유되었다는 점을 감안해 본다면, 국문학 연구에서 『수호전』을 간과할 수는 없다. 이 논문은 이러한 문제를 인식하고 『수호전』을 연구 대상으로 삼았다.

2. 선행 연구의 검토

그간 국내의 『수호전』 연구는 국문학, 중문학, 사학 분야의 연구로 나누어서 살펴볼 수 있다. 국문학 연구자들은 『수호전』을 『홍길동전』과의 친연성을 밝히거나 이 소설이 준 영향에 초점을 두었다. 반면에 중문학 연구자들은 중국에서 이루어진 연구 성과를 바탕으로, 이 소설의 생성과정, 수호잡극(水滸雜劇), 판본, 구조, 주제, 인물을 다루다가 최근에는 김성탄(金聖嘆)의 평점본(評點本)이나 조선에 전래된 시기와 번역본 등을 다루었다. 사학 연구자들은 『수호전』을 중국의 송원(宋元)시대를 규명해 낼 수 있는 2차 사료(史料)라고 여겨서, 이 소설에 형상화된 사회상 등을 연구했다. 선행 연구를 각 전공별로 살펴보면 다음과 같다.

국문학 연구자들이 『수호전』에 관심을 갖게 된 것은 『홍길동전』 연구에서 『수호전』이 언급되었기 때문이다. 이러한 경향은 김태준으로부터 시작되었다.[21] 그는 택당(澤堂) 이식(李植)의 기록을 근거로, 허균이 『수호전』을 읽고 『홍길동전』을 지었다고 보았다. 따라서 『홍길동전』을 『수호전』과 비교하여 다루었고, 『수호전』의 중국본과 한국 고소설에서의 영향 등을 언급했다. 김태준은 허균이 읽은 중국본 『수호전』을 김성탄본이 아닌 120회본 『수호전』라고 했다. 그 근거는 허균의 생몰년(生沒年)을 고려해서였다. 그리고 임진왜란 이후에는 이 소설이 국내에서 크게 유행하여 현종(顯宗) 10년(1669)에 『수호전』 어록해(語錄解)가 만들어졌고, 『수호전』의 영향으로 『홍윤성전』이 생겨났다고 했다. 아울러 『수호전』에 대한 조선의 유학자의 평가는 호평(好評)보다 악평(惡評)이 더 많다고 하며 관련 기록을 제시했다. 이처럼 김태준은 직접적으로 『수호전』을 연구한 것은 아니지만, 처음으로 『수호전』이 국내에서 어떻게 수용(受容)되었는지를 다루었다는 점에서 큰 의미가 있다.

이후의 연구는 그가 개괄적으로 언급했던 1) 『홍길동전』과의 관계, 2) 조선 유학자들의 『수호전』에 대한 인식, 3) 『수호전』의 영향을 받아서 만들어진 작품, 4) 국내 번역본의 연구, 5) 어록해에 대한 것 등을 다루는 정도로 진척되었다. 먼저 『수호전』과 『홍길동전』의 관계

---

21) 김태준은 (1) 1편 제3장 「유학자의 소설에 대한 공죄론」, (2) 4편 제3장 「홍길동전과 허균의 예술」, (3) 4편 제4장 『명대 소설의 수입』, (4) 5편 제1장 제4절 「삼국지연의가 고대소설계에 준 영향」, (5) 5편 제2장 제3절 「서포 북헌의 국문학적 견해」, (6) 6편 제1장 제2절 「실사구시의 학풍과 소설의 유행」에서 『수호전』을 언급했다. 김태준, 『조선소설사』, 학예사, 1939; 김태준 저·박희병 교주, 앞의 책.

는 주왕산, 조윤제, 박성의, 신기형 등이 국문학사(國文學史)와 고소설사(古小說史)를 기술하면서, 김태준이 언급했던 것을 그대로 옮기거나 일부 내용을 더하는 정도였다.[22] 그러다가 비교문학(比較文學) 방법론이 도입되면서, 『홍길동전』의 배경과 무대, 주인공의 사상, 구성, 묘사, 주제 등을 『수호전』과 비교하게 되었다.[23] 이후 비교문학의 성과에 대한 비판이 생겨났고,[24] 김동욱, 서대석, 이혜순[25] 등이 『홍길동전』의 소재를 야담과 설화에서, 군담소설의 성립 또한 내부적 동인(動因)에서 찾으면서 두 소설을 비교하는 것은 물론, 『수호전』에 대한 논의도 거의 사라졌다.

이혜순은 『수호전』을 작품의 성립 과정에서부터 세계 소설사에서 차지하는 위상에 이르기까지 상세히 다루었다.[26] 1편 도론(導論)에서

---

22) 주왕산, 『조선고대소설사』, 정음사, 1949; 조윤제, 『국문학사』, 동국문화사, 1953; 박성의, 『한국고대소설사』, 일신사, 1958; 신기형, 『한국소설발달사』, 창문사, 1963. 이 내용은 정규복이 논문을 통해서 자세히 다루었다. 정규복, 「한국고소설사의 기술방법에 대하여」, 『애산학보』 6집, 1988; 정규복, 「한국고소설사의 기술방법에 대하여」, 『어문연구』 21집, 1991. (정규복, 『한국 고소설사의 연구』, 보고사, 2010에 재수록.)

23) 예종숙, 「비교문학을 위한 시도 : 홍길동전과 수호전을 중심으로」, 『국어국문학연구』 3집, 청구대학교, 1959; 김상훈, 「비교문학적으로 본 홍길동전과 수호전의 고찰」, 경희대학교 국문과 석사학위 논문, 1961; 정주동, 『홍길동전 연구』, 문호사, 1961; 이상익, 「홍길동전과 수호전과의 비교연구 : 작품을 중심으로」, 『국어교육』 4집, 1962. (이상익, 『한중소설의 비교문학적 연구』, 삼영사, 1983에 재수록.); 이봉린, 「수호전이 홍길동전에 미친 영향」, 대구대학교 국문과 석사학위 논문, 1967; 장주옥, 「수호전과 홍길동전의 비교」, 성신여자대학교 국문과 석사학위 논문, 1974; 최영호, 「홍길동전의 비교문학적 고찰」, 『국어교육연구』 1집, 대구대학교, 1978; 전규태, 「홍길동전에 미친 수호전의 영향」, 『문예사상연구』 2집, 한국고전연구회, 1981.

24) 김현실 · 이혜순, 「비교문학 연구사」, 『국어국문학 40년』, 집문당, 1992, 354~357쪽 참조.

25) 김동욱, 「홍길동전의 국내적 소원」, 『이숭녕박사 송수기념 논집』, 을유문화사, 1968. (이상택 · 성현경, 『한국고전소설연구』, 새문사, 1983에 재수록.); 서대석, 「군담소설의 출현동인 반성」, 『고전문학연구』 1집, 1971.(서대석, 『군담소설의 구조와 배경』, 이화여자대학교 출판부, 1984에 재수록); 이혜순, 『수호전 연구』, 정음사, 1985.

는 『수호전』의 성립 과정, 작자, 판본(版本)의 문제, 2편 작품론에서는 이 소설을 사실주의, 피카레스크소설 유형, 영웅고사의 측면에서 살폈으며, 3편에서 이 소설이 세계문학사에서 지닌 위상과 평가를 내렸다. 이러한 논의 끝에 내린 결론은 "『홍길동전』의 제재는 대체로 한국 전통세계에서 나온 것이고, 반드시 『수호전』의 영향에 의해서 나온 것이라고 볼 수 없다. 그러나 허균이 그 제재를 확대하여 반항적인 이야기로 만들어 내는 데는 혹시 『수호전』의 영향도 있었을 가능성이 있다"[27]고 하였다. 이후 국문학 연구에서 『수호전』을 다룬 연구는 찾아보기가 어려웠다. 최근에 와서야 외국인 학자들과 일부 국내 학자들이 두 소설의 관계를 살핀 성과가 있다.[28]

한편, 『수호전』 작품론이 아닌 조선 유학자들의 『수호전』에 대한 인식을 논한 연구도 있어 왔다. 이가원, 윤성근, 김동욱, 오타니 모리시게(大谷森繁), 오춘택, 김경미, 최자경, 이문규, 간호윤, 이학당, 이동순, 한매, 정선희, 이승수, 김하라는 조선 유학자들의 소설관(小說觀)을 언급하거나, 『수호전』를 읽었던 허균(許筠), 이덕무(李德懋), 유만주(兪晩柱), 이언진(李彦瑱)을 대상으로 이들이 『수호전』을 어떻게 인식했는지를 논했다.[29] 그러나 국문소설과 중국소설 전반에 걸친 논의를 하

26) 이혜순, 『수호전 연구』, 정음사, 1985.

27) 이혜순, 앞의 논문, 268쪽.

28) 장효현, 「한국 고전소설에 미친 중국소설의 영향사」, 『한국고전소설사연구』, 고려대학교 출판부, 2002; 李麗秋, 「『수호전』과 『홍길동전』의 비교 연구」, 『아시아문화연구』 14집, 2008; 최병우, 「한중 고전소설에 나타난 욕망과 그 실현 양상 : 「홍길동전」과 「수호전」의 비교를 중심으로」, 『한중인문학연구』 28, 2009.

29) 이가원, 「영정대 문단에서의 대소설적 태도」, 『연세대학교 80주년 기념 논문집』, 연세대학교, 1965; 윤성근, 「유학자의 소설 배격」, 『어문학』 25, 1971; 김동욱, 「이조소설의 작자와 독자에 대하여」, 『장암 지헌영 선생 화갑 기념논총』, 호서문화사, 1973; 大谷三繁, 『조선후기 소설독자 연구』, 고려대학교 민족문화연구소, 1985; 오춘택, 『한국 고소설

면서 『수호전』을 다루었기 때문에 대부분 심도 있는 논의를 펼치지는 못했다. 최근에는 김성탄본 『수호전』을 대상으로 이 책이 조선후기의 소설 창작과 읽기에 어떤 영향을 끼쳤는가에 대한 연구가 나왔다.[30] 특히, 이승수는 『수호전』의 독법, 비평의식, 주요 등장인물들의 인물 형상, 서사 기능, 『수호전』의 수사(修辭)와 같은 세밀한 논의를 펼쳤다. 그리고 허균과 이탁오의 관계를 다루면서 이탁오본 『수호전』의 영향도 다루었다.[31]

『홍길동전』 이외에 『수호전』의 영향을 받아서 만들어진 작품에 대한 연구는 이경선, 오윤선, 곽정식 등이 다루었다.[32] 이들은 김태준이

비평사 연구』, 고려대학교 국문과 박사학위 논문, 1990; 김경미, 「조선후기 소설론 연구」, 이화여자대학교 국문과 박사학위 논문, 1994; 최자경, 「유만주의 소설관 연구」, 연세대학교 국문과 석사학위 논문, 2001; 이문규, 『고전소설 비평사론』, 새문사, 2002; 간호윤, 『한국 고소설 비평연구』, 경인문화사, 2002; 한매, 「조선후기 김성탄 문학비평의 수용양상 연구」, 성균관대학교 국문과 박사학위 논문, 2003; 이학당, 「이덕무의 문학 비평에 관한 연구」, 성균관대학교 국문과 박사학위 논문, 2005; 정선희, 「조선후기 문인들의 김성탄 평비본에 대한 독서 담론 연구」, 『동방학지』 129집, 2005; 이승수, 「동아시아 문학사의 반유(反儒) 전통 일고 : 김성탄의 『수호전』 송강(宋江) 평을 중심으로」, 『한국언어문화』 13, 2006; 정선희, 「조선후기 소설비평론과 문예미학의 발전 : 김성탄의 소설비평본 독서와 관련하여」, 『어문연구』 133호, 2007; 한매, 「『광한루기(廣寒樓記)』의 김성탄 문학비평 수용」, 『아시아문화연구』 12집, 2007; 이승수, 「수호전 임충(林沖) 서사의 김성탄 독법」, 『한국한문학연구』 40, 2007; 「수호전 무송(武松) 평에 나타난 김성탄의 비평의식」, 『고소설연구』 24, 2007; 송호빈, 「〈광한루기〉의 김성탄 극미론 수용양상 : 비평 및 개작의식의 반영과 관련하여」, 『민족문화』 32집, 2008; 이승수, 「김성탄 소설독법의 실제 : 『수호전』 초반 노달(魯達) 서사 비평을 중심으로」, 『한국언어문화』 38, 2009; 이동순, 「이언진 문학 연구」, 고려대학교 국문과 박사학위 논문, 2010; 이승수, 「흑선풍(黑旋風) 이규(李逵)의 인물 형상과 서사 기능」, 『고소설연구』 29, 2010; 김하라, 「유만주의 『흠영』 연구」, 서울대학교 국문과 대학원 박사학위 논문, 2010.

30) 한매 · 정선희 · 이승수, 앞의 논문 참조.

31) 이가원 저 · 허경진 옮김, 『유교반도 허균』, 연세대학교 출판부, 1999; 이영호, 「이탁오와 조선유학」, 『양명학』 21호, 2008; 강명관, 『공안파와 조선후기 한문학』, 소명출판, 2007.

32) 이경선, 「홍장군전 연구」, 『한국학논집』 5집, 1985; 오윤선, 「홍장군전」의 창작경위와 인물형상화의 방향, 『고소설연구』 12집, 2000; 곽정식, 「홍장군전」의 형성과정과 작자

『수호전』의 영향을 받아 만들어졌다고 했던 『홍윤성전』을 연구했다. 김태준이 말한 『홍윤성전』은 『홍장군전』의 오기(誤記)였음이 밝혀졌고, 이후에 이 소설의 창작 경위와 인물 형상화의 방향, 작자의식 등을 살피면서 『수호전』과는 차이가 있다고 했다. 한편, 곽정식은 『한씨보응록』과 『원두표실기』 또한 『수호전』의 영향을 받아서 만들어졌다고 하며 두 소설과의 관계를 살폈다.[33] 한편, 현대문학 연구자들은 『수호전』의 영향을 받아서 만들어진 작품이 『임꺽정전』이라고 생각하여 이에 대한 집중적인 논의를 펼쳤다.[34]

『수호전』 한글 번역본의 연구는 김동욱, 이능우, 이재수, 박재연, 민관동, 전인초, 이창헌, 김정욱, 유춘동이 다루었다.[35] 김동욱, 이능우, 이창헌은 방각본 『수호전』의 서지를 소개했다. 한편 이재수와 민

의식, 『새국어교육』 81호, 2009.

33) 곽정식, 「활자본 고소설의 『수호전』 수용 양상과 그 소설사적 의의」, 『한국문학논총』 55집, 2010.

34) 한창엽, 『임꺽정의 서사와 패로디』, 국학자료원, 1997; 김은진, 「『수호전』과 『임꺽정』의 서사구조 비교 연구」, 원광대학교 국문과 석사학위 논문, 2001; 허이령, 「『수호전』과 『임꺽정』 비교연구」, 서울대학교 국문과 박사학위 논문, 2010.

35) 김동욱, 「한글소설 방각본의 성립에 대하여」, 『향토서울』 8집, 1960; 이능우, 「이야기책 판본지략」, 『논문집』 4집, 숙명여자대학교, 1964; 이재수, 「한국소설 발달단계에 있어서의 중국소설의 영향」, 『경북대 논문집』 1집, 1956.(『한국소설연구』, 선명문화사, 1969에 재수록.); 박재연, 「낙선재본 후슈호뎐 연구」, 『중국소설논총』 5집, 1996; 민관동, 「水滸傳의 국내 수용에 관한 연구」, 『중국소설논총』 8집, 1998; 이창헌, 『경판방각소설 판본연구』, 태학사, 2000; 박재연, 『슈호지』, 이회, 2001; 전인초 주편, 『한국소장중국한적총목』, 학고방, 2005; 유춘동 · 박재연, 『튱의슈호뎐』, 선문대학교 중한번역문헌연구소, 2007; 유춘동 · 박재연, 『튱의슈호뎐 : 영남대본』, 선문대학교 중한번역문헌연구소, 2008; 민관동, 「〈수호지어록〉과 〈서유기어록〉 연구」, 『중국소설논총』 29집, 2008; 김정욱, 「허균이 본 『수호전』 판본 고찰」, 『우리문학연구』 28집, 2009; 양오진, 『한학서 연구』, 박문사, 2010; 유춘동, 「방각본 『수호지』의 판본과 성격에 대한 연구」, 『열상고전연구』 32집, 2010. 박재연 · 민관동 · 전인초는 중문학 연구자이지만 한글 번역본과 중국 판본을 다루었기에 이 항목에 넣었다.

관동은 중국본의 판본, 국내로 전래된 시기, 김성탄본이 읽힌 이유, 『수호전』의 한글 번역본36)을 다루었다. 먼저 이재수는 4종의 중요한 중국본을 제시하면서, 허균이 읽었던 것은 용여당(容與堂)에서 간행된 이탁오본(李卓吾本)일 가능성이 높다고 했다. 이후 이재수는 "조선에서는 김성탄본이 주로 읽혔는데 그 이유를 성탄의 탁월한 문사와 예리한 관찰에 매력을 느꼈기 때문"이라고 했다. 이로 인하여 "한학(漢學)의 문장혁신(文章革新)에 공헌이 컸다"고 했다. 그리고 이재수는 이 소설이 국내에 전래된 시기는 일본에 『수호전』이 만력(萬曆) 25년(1592)에 수입되었다는 점을 고려하여 이와 비슷한 시기에 국내에 유입되었을 것으로 보았다. 이후 국내 도서관에 현존하는 『수호전』의 중국 판본, 번역본의 현황을 다루었고, 신문관본 『수호전』, 낙선재본 『후수호전』, 서울대본과 영남대본 『충의수호전』의 주석본, 허균이 읽었던 『수호전』의 판본, 『수호전 어록해』, 방각본 『수호전』의 판본과 성격에 대한 연구가 진행되었다. 이외에도 『수호전 어록해』에 대한 연구가 이루어졌다. 김태준은 현종(顯宗) 10년(1669)에 어록해가 만들어졌다고 했지만, 오타니 모리시게는 김태준이 언급한 『어록해』는 『주자어록(朱子語錄)』에서 특별히 어록을 뽑아 만든 것이며, 소설 어록해와는 다른 것임을 밝혔다.

중문학 분야에서 이루어진 『수호전』 연구를 살펴보기로 한다. 중문학 연구자들은 중국에서의 연구 성과를 바탕으로, 이 소설의 1) 성립 과정과 영향, 2) 작품의 구조, 주제, 인물, 수사(修辭), 3) 김성탄본(金聖

36) 이재수가 목록만 소개했던 것은 『水滸志』 35책, 『츙의수호젼』 23책, 『슈호지』 2책, 『충의수호전』 24책과 국립중앙도서관 소장 『츙의슈호지』 69책과 활자본 4종(조선도서주식회사본, 박문서관본, 영창서관본, 신문관본)이다. 이재수, 앞의 책, 146쪽 참조.

嘆本)의 성격 등을 연구했다. 먼저 『수호전』의 성립과정과 영향은 조관희, 김진곤, 정옥근 등이 살폈다.[37] 사서(史書)에 기록된 송강 기사(記事)로부터 송원대의 설화와 화본소설, 원 잡극, 작자 문제를 다루었고, 『선화유사(宣和遺事)』와 원대의 잡극을 보다 구체적으로 다루었다. 이후에는 수호희(水滸戱)와 수호잡극(水滸雜劇), 문화 대혁명 이후에 중국에서 일어난 『수호전』에 대한 논쟁에 대한 연구가 이루어졌다.[38]

다음으로 작품의 구조, 주제, 인물, 수사(修辭)에 대한 연구이다. 구조는 조관희, 서정희, 김효민,[39] 주제는 김덕환, 박영종, 허경인,[40] 인물에 대한 논의는 장태진, 강석렬, 남덕현, 김혜미, 이승매,[41] 수사는 김정기, 박원기, 이정준[42] 등이 살폈다. 『수호전』의 구조는 이 소

---

37) 조관희, 「수호전 引論」, 『중어중문학』 9집, 1987; 「수호전에 나타난 義와 忠의 갈등구조에 대한 연구」, 연세대학교 중문과 석사학위 논문, 1987; 김진곤, 「중국 민간 고전문학의 기록 전통과 공연 전통: 水滸 이야기의 생성·전래·정착·공연화 과정을 중심으로」, 『중국소설논총』 9집, 1997; 정옥근, 「1949년 이후부터 문화대혁명 전까지의 『水滸傳』에 관한 비평」, 『문화콘텐츠연구』 10집, 2005.

38) 강계철, 「元雜劇水湖戱研究綜述」, 『중국연구』 23, 1999; 신지영, 「원 잡극 수호희 연구」, 서울대학교 중문과 박사학위 논문, 1999; 김명학, 「원명 시기 '수호잡극'의 변천의 양상과 그 동인」, 『중국학논총』 20집, 2010.

39) 조관희, 「수호전에 나타난 義와 忠의 갈등구조에 대한 연구」, 연세대학교 중문과 석사학위 논문, 1987; 서정희, 「〈수호전〉의 구조연구: 양산박으로의 집결과정을 중심으로」, 『중국학연구』 9집, 1994; 김효민, 「수호전의 구조와 특징에 대한 고찰」, 『중국어문논총』 14집, 1998.

40) 김덕환, 「수호전에 나타난 의 사상」, 『중국어문논집』 13집, 1998; 허경인, 『수호전』의 주제유형 연구, 『논문집』 33집, 단국대학교, 1998; 박영종, 「〈수호전〉의 주제의식 연구」, 『논문집』 6집, 우송대학교, 2001; 박영종, 「협객의 충의와 유가적 충의의 충돌에서 바라본 수호전의 비극성」, 『중국어문학논집』 33호, 2005.

41) 장태진, 「〈수호전〉 인물 연구」, 단국대학교 중문과 석사학위 논문, 1985; 강석렬, 「〈수호전〉의 인물 연구」, 경남대학교 중문과 석사학위 논문, 2003; 남덕현, 「김성탄의 수호전 인물비평 소고」, 『중국학』 15집, 2000; 김혜미, 「〈수호전〉의 송강 연구」, 부산대학교 중문과 석사학위 논문, 2009; 이승매, 「〈수호전〉에 표현된 성별 의식에 대하여: 인물형상부각에서의 여성비하 성향을 주로 논함」, 『인문과학논집』 10집, 강남대학교, 2001.

설의 전반적인 구조와 특징, 의(義)와 충(忠)의 갈등 구조, 양산박 집결 과정 전후를 중심으로 어떤 특징과 차이를 지니는가를 살폈다. 주제는 소설 속에 형상화된 의(義)의 문제, 협객의 충의와 유가적 충의의 충돌의 문제, 난세관(亂世觀), 이상추구(理想追求), 영웅주의(英雄主義)로 구분해서 탐구하였다. 인물은 주요 인물인 송강을 탐색하거나 여성 인물들을 다루었고, 수사는 단어와 어휘 측면에서 전대 소설과 어떤 차이와 특징이 있는지를 규명하였다.

김성탄본에 대한 연구는 민혜란, 허경인, 남덕현, 조관희 등이 다루었는데,[43] 민혜란은 17세기 중국소설비평의 문제와 조선조 문인들의 김성탄 수용 양상을 자세히 고찰하였다. 최근에는 조관희가 중국에서 『수호전』 판본 중에서 가장 큰 진위 논란을 보이는 『고본수호전』을 대상으로, 중국학계의 연구 성과를 자세히 다루었다.[44]

마지막으로 『수호전』의 국내 전래시기에 대한 연구는 최박광, 정옥근 등이 다루었다.[45] 『수호전』의 전래 시기는 일본에 『수호전』이

---

42) 김정기, 「수호전의 詞性修辭」, 『동방학』 4집, 동양고전연구소, 1998; 김정기, 「수호전의 詞性修辭二」, 『중국학논총』 11집, 1998; 김정옥, 「〈수호전〉 언어예술연구」, 한서대학교, 2001.

43) 민혜란, 「金聖嘆 研究」, 전남대학교 중문과 박사학위 논문, 1993; 허경인, 「金聖嘆批註注水滸傳主題研究」, 성균관대학교 중문과 박사학위 논문, 1995; 남덕현, 「김성탄의 수호전 인물비평 소고」, 『중국학』 15호, 2000; 조관희, 「김성탄의 소설 평점 연구1 : 창작과정 중의 주체의 주관능동성」, 『중국어문학논집』 30집, 중국어문학연구회, 2005.

44) 민혜란, 「17세기 중국소설비평의 전개(1)」, 『석당논총』 19집, 1993; 「17세기 중국소설비평의 전개(2)」, 『중국인문과학』, 조관희, 「《고본수호전》의 진위 논란에 대한 일고」, 『중국소설논총』 32집, 2010.

45) 최박광, 「수호전의 수용」, 『사대논총』 2집, 1979; 정옥근, 「조선시대 중국 통속소설의 전파범위와 방식」, 『중국어문논총』 13집, 1997; 정옥근, 「〈水滸傳〉 在古代朝鮮的傳播和影響」, 『중국학논총』 6집, 1997; 정옥근, 「조선시대 중국 명청소설 「오대기서」의 전파와 영향」, 『중어중문학』 25집, 1999; 정옥근, 「중국 통속소설의 조선시대 전입 경로와 시간」, 『동의논집』 41집, 2005.

전래된 시기와 국내『삼국지연의』의 유입시기를 근거로 선조(宣祖) 때로 추정하거나 좀 더 이른 시기에 유입된 것으로 보았다. 이외에도 『수호전』의 속담만을 따로 살핀 것도 있다.[46)]

사학계에서 다룬『수호전』에 대한 연구는 송원시대의 사회상을 소설에서 찾으려는 시도로 최정여와 이개석의 논문이 있다.[47)] 두 논문 다『수호전』의 생성과정과 판본의 문제를 다룬 뒤에,『수호전』에 반영된 송원사회의 시대상, 농민 반란의 문제를 다루었다. 이외에 한일간『수호전』 수용에 대한 비교를 다룬 논문이 있다.[48)]

이처럼 국내에서 이루어진『수호전』 연구는 다양한 분야에서 활발하게 이루어진 것처럼 보인다. 그러나 국문학계의 경우 김태준의 논의에서 진전되지 못한 상황이고, 중문학이나 사학 연구자들은 이 소설이 조선에서의 수용이나 한글 번역본을 다루기보다는 작자와 작품론에만 치중했다. 따라서 그동안의 연구는 대단히 산발적이고 초보적인 수준이라고 할 수 있다.

앞서 연구 목적에서 밝힌 바와 같이『수호전』의 조선 전래와 수용에 대한 문제, 국내 현존 중국판본과 어록해, 그리고 번역본에 대한 검토는 현재까지도 체계적인 검토가 이루어지지 못했다. 이 문제가 명확하게 해결되어야 국내에서 보다 심도 있는『수호전』 연구가 진행될 것으로 보인다.

---

46) 성의제,「수호전 속담고」,『중국문학보』4, 단국대학교, 1980.

47) 최정여,「〈수호전〉의 역사적 이해」,『서울대동양사학과논집』12집, 1988; 이개석,「원말 〈수호전〉의 성립과 송원사회」,『중국어문학』24집, 1994.

48) 강상숙,「韓日間「水滸傳」の受容をめぐつて」, 건국대학교 일어일문학과 교육대학원 석사학위 논문, 1983.

3. 연구 방향과 방법

이 논문은 선행 연구에서 미진하였던 다음과 같은 문제들을 다루려고 한다. 먼저, 『수호전』 관련 기록을 정리·검토하고, 이에 근거하여 『수호전』 수용의 문제를 살펴보는 일이다. 선행 연구를 보면 단일 텍스트로서 『수호전』만을 대상으로 한 연구가 없고, 주로 조선유학자들의 소설에 대한 인식이나 태도를 점검하는 자리에서만 이 소설을 개략적으로 다루어왔다. 『수호전』 관련 기록은 이미 알려진 것과 새로 찾아낸 것을 합하면 대략 140여 건이 확인된다.

이를 시기별로 구분하여 살펴보면 일정한 추이(推移)를 발견할 수 있다. 15~16세기까지는 『수호전』의 전신이라 할 수 있는 『선화유사』가 전래되어 읽히다가 17세기에 이르러서야 『수호전』이 조선에 알려졌음을 확인하였다. 이후 18~20세기에는 『수호전』이 다양한 계층에 수용되면서, 독서 기록과 비평, 『수호전』 평점본의 영향을 받은 소설 창작이 나타난 사실, 그리고 『수호전』 한글 번역본이 성행했음을 알 수 있었다. 아울러 중국의 『수호전』 판본은 100회본, 120회본, 70회본 등이 차례로 유입되었다는 사실을 확인할 수 있었다. 그리고 『수호전』은 조선의 국왕부터 양반계층, 그리고 중인계층, 나아가 부녀자들까지 이 소설을 읽고 있었음을 알 수 있었다. 이를 보면 국내에서 『수호전』이 얼마나 많은 인기를 얻었으며 독자층 또한 다양하였는지를 알 수 있다.

다음으로, 국내에 현존하는 『수호전』의 중국판본과 어록해, 한글 번역본을 검토하는 일이다. 선행 연구에서는 실본(實本)의 구체적인 조사나 검토 없이 『고서목록』과 김동욱, 박재연 등이 제시했던 이본의 서지(書誌)와 소장처를 재정리했을 뿐이다. 따라서 현전하는 다수의 중국판본은 무엇이며 어떤 특징을 갖고 있는지, 그리고 어록해와 번역본은 어떠한 것이 있는지 제대로 밝히지 못했다.

현재 남아있는 『수호전』 번역본은 시기적으로 조선시대 번역본부터 시작해서 일제 식민지시기에 등장한 번역본이 있고, 형태적으로는 필사본, 세책본, 방각본, 활판본 등의 형태로 남아있다. 이들 번역본은 100회본을 번역한 것, 120회본을 번역한 것, 70회본을 번역한 것으로 나뉜다. 그동안 선행연구에서는 단순히 국내 번역본은 모두 70회본이라고 했는데, 실상은 120회본이 더 많이 남아있다. 120회본의 번역본은 주로 세책본·방각본·활판본과 같은 상업출판물이다. 이처럼 이본의 대부분이 상업출판물이라는 점은 『수호전』 연구에 있어서 단순히 수용이나 번역의 문제만 살필 것이 아니라, 상업출판물로서의 성격을 고려해서 연구해야 할 것을 시사해준다. 특히 상업출판물은 전문번역자가 맡아서 했을 것으로 짐작된다. 그리고 이 번역본이 유통되면서 중역(重譯)이나 내용의 취사선택이 이루어졌을 것이다. 이 과정에서 각각의 상업출판물업자들이 원작(原作)을 어떻게 개작했고 어떠한 방식으로 상품화를 시켰는지, 또 소설 독자들은 어떻게 읽고 반응했는지를 살펴볼 필요가 있다. 이와 더불어 다룰 것은 일제 식민지시기에 간행된 신문관본(新文館本), 조선서관본(朝鮮書館本), 일본어 번역본, 박태원이 번역한 『수호전』이다. 신문관본은 120회본을 번역한 세책본 계열의 저본 하나를 택하여 70회까지만 싣고 개작을 시도한 것이다. 이후 간행된 조선서관본은 120회본까지 모두 간행했는데, 이것도 세책본을 그대로 활용한 것으로 보인다. 이러한 『수호전』 번역물 시장의 판도 변화는 일본어 번역본의 유입으로 다소 복잡해진다. 일본어 번역본이 국내에 유입되면서 이를 저본으로 번역한 것이 생겨나는데 대표적인 것이 양백화와 윤백남의 『수호전』이다. 이렇게 혼란스러웠던 국내 『수호전』 시장을 재편한 것이 박태원의 『수호전』이다. 박태원은 선행했던 『수호전』을 저본으로 하면서, 일본어 번역본을 적절히 활용하여 번역하였다. 이를 각 장에서 나누어 살펴볼 것인데, 다음과 같은 차례와 방법에 의거하여 다루기로 한다.

제2장에서는 『수호전』의 형성 과정과 계통을 살핀다. 이 내용은 중국문학사나 중국소설사에서 흔히 볼 수 있지만 개론차원에서 다룬 것이기에 내용이 소략하다.[49] 특히 이 소설의 형성 과정과 판본은 많은 이견이 있음에도 불구하고 중국에서의 학설만을 반영하여 작자를 시내암(施耐庵)으로, 판본은 번본계통(繁本系統)의 특성을 설명하고 있다. 『수호전』 연구는 대부분 중국에서 이루어졌지만 일본이나 서양에서도 연구가 되었다. 이 연구들은 중국에는 남아있지 않은 판본을 토대로, 작자의 문제, 판본과 계통의 문제, 서사적인 특징을 다루고 있다. 이로 인하여 중국에서의 연구와는 상반된 입장을 보인다. 예를 들어, 작자를 시내암이 아닌 나관중(羅貫中)으로 본다거나 판본은 간본계통(簡本系統)의 본들이 선본(先本)이라는 입장이다. 따라서 중국은 물론, 일본과 서양에서 이루어진 연구를 함께 참조하면서 이 소설의 형성 과정과 판본의 문제를 정리하기로 한다.

제3장에서는 『수호전』의 관련 기록, 『수호전』의 국내 현존 중국판본, 어록해를 다룬다. 관련 기록은 한국문집총간을 비롯한 문집 및

---

49) 한국중국소설학회 편, 『중국소설사의 이해』, 학고방, 1994; 서경호, 『중국소설사』, 서울대학교 출판부, 2004; 김학주, 『중국문학사』, 신아사, 2009 등이다. 그러나 『수호전』을 심도 있게 논의한 경우도 있다. 이혜순, 『수호전 연구』, 정음사, 1985; 조관희 「〈水滸傳〉 引論」, 『중어중문학』 제9집, 1987; 정옥근, 「1949년 이후부터 문화대혁명 전까지의 『수호전』에 관한 비평」, 『문화콘텐츠연구』 제10집, 2005 등이 대표적이다.

문헌자료 번역문, 그리고 『조선왕조실록』, 『승정원일기』, 기타 번역 자료집, 고소설 관련 자료집 등에 수록된 기록 등을 토대로 한다. 이에 의거하여 『수호전』의 전래 시기, 시기별 판본의 유입, 시기에 따른 『수호전』 수용의 양상, 계층별 수용 양상을 살펴보기로 한다. 그리고 『수호전』의 국내 현존 중국판본과 이를 읽기 위해 만들어진 어록해는 선행 연구에서 정리한 목록, 한국고전적종합목록시스템을 참조했고, 직접 국내 주요 도서관에서 소장하고 있는 것을 조사했다.[50] 이에 의거하여 국내 어떤 『수호전』 판본이 존재하는지와 어록해의 전반적인 상황이나 성격, 특성 등을 살펴보기로 한다.

제4장에서는 『수호전』 한글 번역본의 계열과 성격을 밝힌다. 현재 남아있는 『수호전』 번역본은 시기적으로 조선시대 번역본부터 시작해서 식민지시기에 등장한 번역본이 있고, 필사본 3종, 세책본 1종, 방각본 2종, 활판본 8종, 신문과 잡지에 연재된 것이 있다.[51] 이들을 대상으로 서지(書誌)를 살피고 앞서 다룬 중국본의 계통과 번역본의 저본을 고려하여, 번역본을 각각의 계열로 나누어 살펴볼 것이다. 이후에는 번역본의 성격과 특성을 밝히기로 하는데, 특히 번역의 양상, 각 번역본 간의 관계 파악에 주력하기로 한다.

이러한 일련의 논의와 방법을 통하여 『수호전』이 국내에서 어떻게 수용되었고 번역되었는지를 구체적으로 살펴보는 것이 이 논문의 목적이다.

---

50) 개인 소장본은 현실적으로 총량 파악에 한계가 있으므로, 기관 및 대학 소장본만 다루었다.

51) 참고로 『수호전』 속서(續書)의 한글 번역본인 『후슈호뎐(後水滸傳)』이 있다. 이 글에서는 이 작품을 『수호전』과는 별개로 파악하여 다루지 않았다. 『수호전』 속서의 수용과 한글 번역본에 대한 연구는 차후 과제로 넘긴다.

제2장. 『수호전』의 형성 과정과 계통

『수호전』이 어떤 소설인가에 대해서는 그동안 수많은 연구가 이루어졌다. 논의의 핵심은 소설의 형성 과정과 작자, 판본(版本)에 있다.[1] 형성 과정은 노신(魯迅)이 언급했던 것처럼 송강과 그의 무리에 대한 이야기가 역사서(歷史書)에 기록된 이후에,[2] 화본(話本)과 잡극(雜劇)으로 만들어졌고, 지금의 소설로 집대성되었다는 '단계적 발전설'이 대부분 수용되고 있다.

반면에 작자와 판본에 대한 문제는 학설이 다양하다. 그 이유는 관련 기록과 판본에 기재된 작자가 서로 차이가 있고, 판본은 선후를 밝힐 수 없을 만큼 많은 수가 현존하기 때문이다. 본 장에서는 이러한 문제들을 '『수호전』의 형성 과정'과 '『수호전』의 계통'으로 나누어 살펴보기로 한다.

---

1) 그동안의 연구 성과는 '中國水滸學會'에서 확인할 수 있다.

2) 胡適, 『胡適文存』 卷3, 『民國叢書』 第1編 93, 亞東圖書館, 1928; 魯迅, 『中國小說史略』, 新華書局, 1930. 두 사람은 이외에도 『수호후전(水滸後傳)』, 『후수호전(後水滸傳)』, 『탕구지(蕩寇誌)』와 같은 속서(續書)를 따로 다루었다.

1. 『수호전』의 형성 과정

1) 소설 이전 단계

『수호전』은 짤막한 역사 기록에서 시작되었다. 『송사(宋史)』의 「휘종본기(徽宗本紀)」를 보면 송강(宋江)과 그의 무리들이 선화(宣和) 3년(1121)에 회양군, 경동, 강북, 초주, 해주 지역을 습격하자 장숙야(張叔夜)를 파견하여 항복시켰다 했고,[3] 「후몽전(侯蒙傳)」과 「장숙야전(張叔夜傳)」에서는 회유책이나 강경책을 써서 이들을 처리했음을 밝히고 있다.[4] 이처럼 단편적인 역사 기록은 북송(北宋) 때부터 여러 사람의 손을 거쳐 새롭게 변모했다.

먼저, 야사(野史)와 문집(文集)에서는 이들을 도적이 아닌 의적(義賊)으로 묘사했다. 관군에게 항복한 것이 아니라 조정의 초안(招安)을 받고, 외적을 물리친 큰 공으로 관직을 받았다는 내용이 만들어졌다.[5] 이처럼 『송사』의 기록과 다소 상반된 이야기는 평민은 물론 사

---

3) 宣和三年二月, 淮南盜宋江等, 犯淮陽軍, 遣將討捕. 又犯京東·江北, 入楚海州界, 命知州張叔夜, 招降之. (『송사(宋史)』, 권22, 「휘종본기(徽宗本紀)」).

4) 「후몽전」에는 송강과 그의 무리들을 힘으로 제압하지 않고 방랍(方臘)을 정벌하는데 참여시켜 속죄하게 하자는 일종의 회유책을 볼 수 있다.(宋江寇京東, 侯蒙上書言, 宋江以三十六人橫行齊魏, 官兵數萬, 無敢抗者, 其才必過人. 今淸溪盜起, 不若赦江, 使討方臘, 以自贖. 『송사(宋史)』, 권351, 「후몽전(侯蒙傳)」). 반면에 「장숙야전」에서는 관군을 동원하여 토벌했다는 강경책이 보인다. (宋江起河朔, 轉掠十郡, 官兵莫敢攖其鋒, 聲言將至. 張叔夜使間者覘所向. 賊徑趨海瀕, 劫鉅舟十餘, 載鹵獲. 於是募死士, 得千人, 設伏近城, 而出輕兵距海誘之戰, 先匿壯卒海旁, 伺兵合, 擧火焚其舟. 賊聞之, 皆無鬥志, 伏兵乘之, 擒其副賊, 江乃降. 『송사(宋史)』, 권353, 「장숙야전(張叔夜傳)」).

5) 이약수(李若水)의 『충민집(忠愍集)』에는 송강과 그의 무리들이 장숙야(張叔夜)에게 투항했고, 이후에 방랍(方臘)을 토벌하는데 참여하여 큰 공을 세워 작위를 받았다고 한다. 한편, 이들의 죽음과 관련된 이야기는 크게 최후까지 항전하다가 죽음을 맞이했다는 것과 아닌 것으로 구분된다고 한다. 관련 내용은 노신 저·조관희 역주, 『중국소설사략』, 살림, 1998, 318쪽; 이혜순, 앞의 책, 17쪽; 그리고 馬蹄疾編, 『水滸書錄』, 上海古

대부들도 선호하였다.

공개(龔開)의 「송강삼십육인찬서(宋江三十六人贊序)」는 이러한 사실에 주목하여 쓴 것이다. 공개는 송강과 그의 무리에 대한 이야기가 유행한 이유를 "이들의 행위가 난신적자(亂臣賊子)와는 비교도 안될 만큼 충후지심(忠厚之心)에서 나온 것"이라고 했다.[6] 이러한 이야기가 만들어진 배경은 당대 역사적인 상황과 밀접한 관련이 있다. 송강과 그의 무리들이 활동했던 시기는 "중국역사에서 한족(漢族)이 이민족인 금(金)의 위협을 받아서 수도를 천도(遷都)해야만 했던 유례가 없는 시련기였다. 이로 인하여 사람들은 조정에 대한 극도의 불만과 함께 항금의식(抗金意識)이 최고조에 다다랐다. 이러한 위기를 벗어나는 방법으로 제시되었던 것이 민족의식의 고취, 영웅에 대한 갈망, 충의사상(忠義思想)이였다"[7]고 한다. 당대의 사람들은 송강과 그의 무리를 이에 투영하여 무능력한 조정을 일깨워주는 표식(標識)으로 여겼다. 그 결과 사람들 사이에서 그들의 이야기는 더욱 더 퍼지게 되었고 없었던 새로운 이야기들이 계속 더해졌다.

이들의 이야기는 원대(元代)에 들어서면서 희곡(戲曲)으로도 만들어졌다. 이 시기의 희곡 자료인 나엽(羅燁)의 『취옹담록(醉翁談錄)』을 보면, "공안류(公案類) 〈석두손립(石頭孫立)〉, 〈대사종(戴嗣宗)〉, 박도류(朴刀類) 〈청면수(青面獸)〉, 간봉류(桿棒類) 〈화화상(花和尙)〉, 〈무행자(武行者)〉" 등이 있는데, 이 희곡들은 대부분 송강과 그의 무리를

籍出版社, 1986; 朱一玄 · 劉毓忱編, 『水滸傳資料匯編』, 南開大學出版社, 2002 등에 실려 있다.

6) 宋遺民龔聖與作 「宋江三十六人贊」 自序云 : "宋江事見於街談巷語, 不足采著, 雖有高如李嵩輩傳寫, 士大夫亦不見黜 ……." 馬蹄疾編, 앞의 책 참조.

7) 최정여, 「〈수호전〉의 역사적 이해」, 『서울대 동양사학과논집』 12집, 1988, 7쪽.

다룬 것이라고 한다.[8)]

이 희곡들의 가장 큰 특징은 무송(武松)이나 이규(李逵)를 주인공으로 내세운 점이다. 이들은 모두 호협과 의기를 보여주는 대표적인 인물이다. 희곡에서 이러한 변화가 일어난 이유는 남송(南宋) 때와 같이 현실 정치와 연관시키기보다는 인물이나 이야기 자체에 더 많은 관심을 두었기 때문으로 보인다. 이후에는 송강과 그의 무리가 108명으로 늘어나게 되었고, 노준의(盧俊義)와 연청(燕青)과 같은 새로운 인물도 만들어졌다. 내용의 변모는 물론 이야기의 구성 면에서도 정교해지면서 외연이 확대된 것이다.

당시 유행했던 희곡의 대본을 정리한 『대송선화유사(大宋宣和遺事)』라는 책이 있다. 이 책은 이야기꾼들이 대중에게 설화(說話)를 하거나 희곡의 대본으로 사용되던 화본소설이다. 당대에 유행했던 송강과 그의 무리에 대한 이야기를 집대성한 이 책은 크게 "중국 역대 황제들의 실정(失政), 왕안석(王安石)과 채경(蔡京), 송강과 그의 무리에 대한 이야기, 휘종(徽宗)의 실정, 송나라가 수도를 천도하여 남송(南宋)이 건국되는 과정의 이야기"를 담고 있다.[9)]

송강과 그의 무리에 대한 이야기는 『대송선화유사』 속의 일부로 삽

8) 송강과 그의 무리를 제재로 한 원대(元代)의 잡극은 36종이 있었는데 현재 6종만 전한다고 한다. 잡극의 대부분은 이규를 주인공으로 한 것이다. 자세한 내용은 양회석, 『중국 희곡』, 민음사, 1994; 岩城秀夫 저, 강영매 역, 『중국 고전극 연구』, 새문사, 1996; 김진곤, 『송원평화연구』, 서울대학교 중문과 박사학위 논문, 1996; 김진곤, 『중국 민간 고전문학의 기록 전통과 공연 전통』, 『중국소설논총』 9집, 1997; 신지영, 『원잡극 수호희 연구』, 서울대학교 중문과 박사학위 논문, 1999; 傳曉航 저, 이용진 역, 『중국희곡이론사』, 중문, 1999; 왕국유 저, 권용호 역, 『송원희곡사』, 학고방, 2001; 김학주, 『중국의 희곡과 민간연예』, 명문당, 2002; 김정규, 『중국 희곡 총론』, 명지대학교 출판부, 2000 등을 참조.

9) 이 책을 화본소설이 아닌 역사서로 보는 견해도 있다. 김진곤, 앞의 논문; 王利器, 「宣和遺事解題」, 『復印報刊』, 1991 참조.

입되어 있다. 이 책에는 "양지(楊志)가 칼을 판 이야기(『수호전』 12회)[10], 조개(晁蓋)의 생신강(生辰綱) 탈취 사건(『수호전』 14~16회), 조개가 양산박에 합류한 이야기(『수호전』 18~20회), 송강이 염파석을 죽인 일(『수호전』 20~22회), 송강이 현녀(玄女)에게 천서(天書)를 받는 이야기(『수호전』 42회), 호연작(呼延灼)이 양산박 두령들을 공격한 이야기(『수호전』 55~58회), 송강 등이 초안(招安)을 받고 방랍(方臘)을 토벌하는 내용"[11]과 같이 『수호전』에서 볼 수 있는 내용을 모두 서술해 놓았다. 이를 보면 '소설 『수호전』'의 내용은 『대송선화유사』가 간행될 당시에 거의 완성되었음을 알 수 있다.

이처럼 송강과 그의 무리에 대한 이야기는 역사서인 『송사』에 짤막하게 기록된 이후에 원대를 거치면서 희곡이나 화본소설로 만들어졌고, 이 과정에서 인물과 사건, 구성 등을 갖춘 이야기로 변모해 왔음을 알 수 있다. 송강과 그의 무리에 대한 이야기는 '소설'이 유행하면서 다시 소설로 만들어졌다. 『수호전』을 흔히 "집체누적형소설(集體累積型小說)"[12]의 대표라고 하는 것은 이와 같은 과정을 거쳤기 때문이다.

2) 소설 『수호전』

소설 『수호전』은 '시내암(施耐庵)이 원말명초기(元末明初期)에 이전의 이야기를 모아서 만든 것'으로 널리 알려져 있다.[13] 그러나 『수호전』은 오랜 세월을 거쳐 '소설'로 완성된 것이어서 최초의 창작 시기

10) 이는 70회본을 기준으로 해당 회를 밝힌 것이다. 이후의 ( )속의 출처도 이와 같다.
11) 何心, 『水滸研究』, 上海古籍出版社, 1985, 5~9쪽.
12) 陳松栢, 『水滸傳原流考論』, 人民文學出版社, 2006, 4쪽.
13) 陳松栢, 앞의 책 참조.

에 대해 단언하기 어렵다.

명청대(明淸代)부터 많은 문인들이 이 문제를 고민했고, 이를 해결하기 위하여 이 소설의 작자와 출현 시기에 대한 고증(考證)을 시도하였다. 작자에 대해서는 나관중설(羅貫中說), 시내암설(施耐庵說), 시작나편설(施作羅編說), 시작나속설(施作羅續說), 시작나개설(施作羅改說), 나작시개설(羅作施改說), 동명소설가설(同名小說家說), 나저모속설(羅著某續說), 비나비시설(非羅非施說), 누세성서설(累世成書說) 등이 제기되었고, 소설로 만들어진 시기는 원말설(元末說), 원말명초설(元末明初說), 명대홍무연간설(明代洪武年間說), 명대 가정연간설(明代嘉靖年間說) 등 다양한 주장이 펼쳐졌다.[14] 이러한 의견 중에서 설득력 있게 받아들여지는 작자와 출현 시기는 '나관중-가정연간설'과 '시내암-원말명초설'이다.

먼저 '나관중-가정연간설'은 낭영(郎瑛)의 『칠수유고(七修類稿)』, 전여성(田汝成)의 『서호유람지여(西湖遊覽志餘)』에 의거한 것이다. 여기에는 "『三國』·『宋江』 二書, 乃杭人羅貫中所編"과 "錢塘羅貫中本者, 南宋時人, 編撰小說數十種, 而『水滸傳』叙宋江等事"로 나관중을 이 소설의 작자로 기술해 놓았다. 이를 토대로 많은 사람들이 나관중을 작자로 보았고, 그의 생몰년을 고려하여 소설의 형성 시기를 추정했다.[15]

한편, '시내암-원말명초설'은 호응린(胡應麟)의 『소실산방필총(少室山房筆叢)』, 청대 주량공(周亮工)의 『인수옥서영(因樹屋書影)』, 김성탄

---

14) 羅爾綱, 『水滸傳原本和著者研究』, 江蘇古籍, 1991.

15) 나관중설(羅貫中說)은 1) 낭영(郎瑛), 『칠수유고(七修類稿)』, "『三國』, 『宋江』 二書, 乃杭人羅本貫中所編." 2) 전여성(田汝成), 『서호유람지여(西湖遊覽志餘)』, "錢塘羅貫中本者, 南宋時人, 編撰小說數十種, 而『水滸傳』敍宋江等事." 3) 왕기(王圻), 『속문헌통고(續文獻通考)』, "水滸, 羅貫著, 貫字本中, 杭州人." 5) 『수호지전평림(水滸志傳評林)』의 서문(序文), "中原 貫中 羅道本 明卿父編集" 6) 『수호충의지전(水滸忠義志傳)』의 서문(序文), "東原羅貫中編輯" 등이다.

(金聖嘆)의 언급에서 나온 것이다. 이들은 『수호전』 판본에 작자를 “시내암(施耐庵)” 단독으로 적거나 “전당시내암적본(錢塘施耐庵的本), 나관중편차(羅貫中編次)”와 같이 두 사람을 동시에 기재해 놓은 것을 근거로,[16] 이러한 주장을 제기했다. 그러나 두 주장은 명확한 결론이 없이 계속 대립만 되어 청대 말기까지 이어졌다.[17]

1920년대 서양의 근대적인 학문 방법이 도입되면서 이 문제는 다시 논의되었는데, 이 시기에는 ‘나관중-가정연간설’이 지지를 얻었다.[18] 그러나 최근에는 ‘시내암-원말명초설’로 보는 견해가 더 많아졌다. 그 이유는 다음과 같은 몇 가지 점 때문이다.

먼저 〈시내암묘지(施耐庵墓誌)〉가 발굴되면서, 시내암에 대한 구체적인 행적이 밝혀졌기 때문이다. 이 묘지는 원말명초 때의 사람인 왕도생(王道生)이 작성했는데, 시내암의 행적을 비교적 자세히 기술해 놓았고 아울러 시내암이 『강호호객전(江湖豪客傳)』, 즉 『수호전』을 지었다고 했다.[19]

다음으로 『수호전』의 작자를 나관중으로 밝힌 판본은 대부분 간본

---

16) 시내암(施耐庵)만을 단독으로 기재한 것은 1) 호응린(胡應麟), 『소실산방필총(少室山房筆叢)』, “元人武林施耐某所編水滸傳”, 2) 주량공(周亮工), 『인수옥서영(因樹屋書影)』, “故老傳聞, 羅氏爲水滸傳 一百回.”, 3) 70회본 수호전, “東都施耐庵撰” 등이고, 두 사람을 동시에 기재해 놓은 것은 1) 고유(高儒), 『백천서지(百川書志)』, “忠義水滸傳 一百卷, 錢塘施耐庵的本, 羅貫中編次” 2) 100회본 수호전, “施耐庵編輯, 羅貫中編修”, 3) 120회본 수호전, “施耐庵編纂, 羅貫中編修” 등이다.

17) 이 문제는 조관희, 「수호전 引論」, 『중어중문학』 9, 1987 참조.

18) 1920년대 호적과 노신을 시작으로 1980년대까지 이러한 견해가 많았다. 중국에서는 『수호전』의 저자를 대부분 시내암으로 보고 있으나 일본이나 해외에서는 시내암과 나관중, 두 사람의 합작으로 보거나 나관중을 이 책의 원저자로 보는 경향이 더 많다.

19) 公諱子安, 字耐庵. 生於元貞丙申歲, 爲至順辛未進士. (… 中略 …) 先生之著作, 有『志餘』, 『三國演義』, 『隋唐志傳』, 『三遂平妖傳』, 『江湖豪客傳』, 卽 『水滸』. (… 後略 …). 朱一玄·劉毓忱編, 앞의 책, 120~121쪽.

계통이라는 점에서 기인한 것이다. 간본계통은 상업적인 이윤을 얻기 위해서 간행된 것인데, 이 계통의 판본들은 대부분 나관중을 작자로 기재해 놓았다. 그 이유는 시내암보다는 나관중이 대중적으로 인기가 높았기 때문에 원작과는 아무런 상관이 없는 유명 작가를 내세워 이윤을 얻으려는 상업출판업자들의 전략에서 나왔다는 것이다.[20)]

마지막으로 김성탄(金聖嘆)이 개정, 편집한 70회본의 서문에서 비롯된다. 김성탄이 70회로 산정(刪定)한 이유는 "나관중이 이후의 내용을 쓸 데 없이 부연하거나 늘려서 원 내용을 훼손시켰기 때문이다"라고 했다.[21)] 김성탄은 누구보다도 당시 유통되던 『수호전』의 판본을 잘 알고 있었기 때문에, 이러한 그의 주장은 사실상 시내암을 이 소설의 원작자로 주장한 것과 마찬가지라는 것이다. 따라서 이러한 근거들을 종합해 볼 때 이 소설의 원작자는 시내암이고 이 소설은 원말명초기에 만들어졌다는 것이다.[22)] 이로 인하여 현재 대부분의 『수호전』 관련 연구서는 이를 그대로 수용하고 있다.

그러나 이에 대한 반론도 여전하다. 우선, 시내암의 묘지(墓誌)는 위작설(僞作說)이 계속해서 제기되고 있다. 그리고 묘지가 사실이라고 해도 묘지에서 언급한 『강호호객전』은 제목만 밝혀진 것이기 때문에 『수호전』과 동일한 책으로 볼 수 없다는 주장이 많다. 다음으로 현재 남아있는 『수호전』 판본은 대부분 가정(嘉靖) 연간에 나온 것이고, 이를 언급한 기록은 가정 연간 이후의 것들이기 때문에, 이보다 시기

20) 石昌渝, 「前言」, 楊牧之, 『水滸傳』, 大中華文庫, 湖南人民出版社, 1999, 19~20쪽.

21) 一部書七十回, 可謂大鋪排, 此一回, 可謂大結束. 讀之, 正如千里群龍, 一齊入海, 更無絲毫未了之憾. 笑殺羅貫中橫添狗尾, 徒見其醜也.

22) 일본인 학자들은 단어(單語)와 어구(語句) 등에 의거하여, 형성 시기를 원말(元末)로 보기도 한다.

를 앞당겨 보는 것은 무리라는 것이다. 그리고 소설 내용만을 놓고 볼 때에도, 은(銀)을 거래하는 장면이나 주인공들이 사용하는 무기는 모두 명대(明代) 중기 이후에나 가능한 일이기 때문에 이 소설이 가정 연간 이전에 나왔다는 것은 불가능하다는 주장이다.[23] 마지막으로 청대(淸代)에는 김성탄본이 만들어진 뒤에도 계속해서 많은 판본들이 간행되었는데, 시내암만을 작자로 기재하기보다는 나관중과 시내암, 둘 중의 한 사람이나 동시에 기재한 것이 여전히 많다는 것이다. 결국 이 소설의 작자가 시내암이라는 주장은 김성탄만의 주장이라는 것이다. 이러한 주장을 토대로 이들은 '시내암-원말명초설' 보다는 '나관중-가정연간설'을 더 지지하고 있다.

이처럼 『수호전』의 작자와 형성 시기의 문제는 명청대부터 현재까지 계속 논의되어 왔지만 뚜렷한 결론을 내리지 못한 채 추정만 이어지고 있다. 이에 대한 대안으로 시내암과 나관중을 동시에 기재하는 절충안을 쓰거나, 아예 이 문제에 대한 판단을 보류하자는 입장도 있지만 모두 잠정적으로 내린 결론이다. 이 소설의 작자와 형성 시기를 추정하는 것이 얼마나 어려운 과제인지를 잘 보여준다.

지금까지 소설 『수호전』이 만들어진 이후에, 작자와 판본의 형성 시기가 '나관중-명대 가정연간'이라는 주장에서 '시내암-원말명초기'로 옮겨지는 과정, 각 주장의 근거와 문제점을 살펴보았다. 이어서 논의할 문제는 이 소설의 판본에 대한 것이다. 소설 『수호전』이 만들어진 이후에 많은 문인(文人)들은 이 소설 내용의 독특함을 주목하여

---

23) 한편, 장배봉은 이 무기들이 이미 원대(元代)에 생성되었기 때문에 가정 연간 보다 훨씬 이전이라는 주장을 펼쳤다. 장배봉, 「〈水滸傳〉 成書時間의 몇 가지 '내증'에 대한 考辯」, 『貴州大學學報』 第2期, 2004 참조.

다양한 평점본(評點本)을 만들었다. 예를 들어 이탁오, 종백경, 김성탄, 왕망여 등은 적극적으로 원작을 개작했고 평점(評點)을 시도했다. 그리고 상업출판물업자들은 『수호전』의 인기에 편승하여 다양한 『수호전』을 찍어냈다. 이로 인하여 이 소설의 판본과 계통은 중국소설사에서 그 유례를 찾아보기 힘들 정도로 복잡다단하게 되었다.

2. 『수호전』의 계통

1) 판본의 개관과 계통

현재 확인된 『수호전』의 판본은 제목만 알려진 것(遺失本), 잔본(殘本), 현존본(現存本)을 합하여 대략 130여 종이다.[24] 이중에서 중요한 평가를 받는 판본은 30여 종이다.[25]

<table>
<tr><th>분류</th><th colspan="2">제명</th><th>체재</th><th>간행 시기</th><th>출처 및 소장처</th></tr>
<tr><td rowspan="3">제목만
알려진 것
(遺失本)</td><td>1</td><td>『江湖豪客傳』</td><td>미상</td><td>원말명초</td><td>시내암묘지
(施耐庵墓誌)</td></tr>
<tr><td>2</td><td>『水滸傳』</td><td>미상</td><td>명대
가정(嘉靖)</td><td>고금서각(古今書刻)
(都察院刊本)</td></tr>
<tr><td>3</td><td>『忠義水滸傳』</td><td>100권
100회</td><td>명대
가정(嘉靖)</td><td>백천서지(百川書志)</td></tr>
</table>

24) 沙先貴, 『水滸辭典』, 崇文書局, 2006, 106쪽.

25) 이 〈표〉는 孫楷第, 『中國通俗小說書目』, 北京, 1957; 馬蹄疾編, 『水滸資料彙編』, 中華書局, 1980; 何心, 『水滸研究』, 上海古籍出版社, 1985; 羅爾綱, 『水滸傳原本和著者研究』, 江蘇古籍出版社, 1991; 馬幼垣, 『水滸論衡』, 聯經出版事業公司, 1992; 程國賦, 『明代書坊與小說研究』, 中華書局, 2008 등을 참조하며 작성한 것이다.

	4	『宋江』	미상	명대 가정(嘉靖)	칠수유고(七修類稿)
	5	『水滸傳』	미상	명대 가정(嘉靖)	야획편(野獲編) 수호전서(水滸傳序)
	6	『水滸傳』	미상	명대 만력(萬曆)	소창자기(小窗自紀)
	7	天都外臣序本 『忠義水滸傳』	100권 100회	명대 만력(萬曆) 기축년(1589)	개각본 강희(康熙) 5년(1666)의 서문
	8	『全像水滸傳』	미상	명대 만력(萬曆) 22년(1592)	『전상수호지전평림(全像水滸志傳評林)』 서문
	9	『忠義水滸傳』	不分卷 100회	명대 만력~천계(天啓)	중국통속소설서목(中國通俗小說書目)
	10	『舊本羅貫中水滸傳』	20권	미상	야시원서목(也是園書目)
	11	『英雄譜』	미상	명대	미상
잔본(殘本)	12	『京本忠義傳』	落帙(2장)	명대 정덕(正德)~가정	상해도서관(上海圖書館)
	13	『忠義水滸傳』	落帙	명대 가정(嘉靖)	북경도서관(北京圖書館)
	14	『(新刻京本全像插增)田虎王慶忠義水滸全傳』	落帙	명대 만력(萬曆)	프랑스 국가도서관
현존본(現存本)	15	天都外臣序本 『忠義水滸傳』	100권 100회	개각본 강희(康熙) 5년(1666)	명대 만력(萬曆) 기축년(1589)의 서문이 있음
	16	『(京本增補校正)全像忠義水滸志傳評林』	25권 115회	명대 만력(萬曆) 22년(1594)	쌍봉당(雙峰堂) 일본 내각문고(內閣文庫)
	17	『李卓吾批評忠義水滸傳』	100권 100회	명대 만력(萬曆) 38년(1610)	용여당(容與堂)

18	『李卓吾批評忠義水滸全傳』	不分卷 120회	명대 만력(萬曆) 42년(1614)	욱욱당(郁郁堂) 신전이씨장본충의수호전전서서문(新鐫李氏藏本忠義水滸全書序文)이 있음.
19	『李卓吾忠義水滸全傳』	不分卷 120회	명대 만력(萬曆)	서종당(書種堂)
20	『新刻全像忠義水滸傳』	115회	명대 만력(萬曆)	여광당(黎光堂)
21	『鼎鐫全像水滸忠義傳』	115회	명대 만력(萬曆)	여광당(黎光堂)
22	『鍾伯敬先生批評水滸忠義傳』	100권 100회	명대 천계(天啓)	사지관(四知館)
23	『第五才子書施耐庵水滸傳』	75권 70회	명대 숭정(崇禎) 14년(1641)	관화당(貫華堂)
24	『水滸忠義志傳』	20권 115회	명대 숭정(崇禎)	부사유홍아(富沙劉興我)
25	『第五才子書』	12권 124회	명대 숭정(崇禎)	문해당(文海堂)
26	『英雄譜』	20권 115회	명대 숭정(崇禎)	웅비관(雄飛館)
27	『二刻英雄譜』	115회	명대 숭정(崇禎)	미상
28	『精鐫合刻三國水滸全傳英雄譜』	40권 106회	명대 숭정(崇禎)	웅비관(雄飛館)
29	『文杏堂批評水滸全傳』	30권	명대 숭정(崇禎)	보한루(寶翰樓)
30	『漢宋奇書水滸傳』	20권 115회	청대(淸代)	미상
31	『新刻出像京本忠義水滸傳』	10권 115회	청대(淸代)	취덕당(聚德堂)
32	『評論出像水滸傳』	20권 70회	청대 순치(順治) 14년(1657)	취경당(醉耕堂)

	33	『第五才子書水滸傳』	75권 70회	청대 순치(順治)	(23)의 복각본
	34	『水滸全傳』	12권 124회	청대 건륭(乾隆) 원년(1736)	미상, 진매(陳枚)의 서문

이 판본 중에서 선본(先本)으로 평가되는 것은 (1)과 (12)이다. 그러나 (1)은 제목만 전해지고, (12)는 일부만 남아 있다.[26]

현존본 중에서 중요한 판본으로 거론되는 것은 (15), (16), (17), (18), (22), (23), (32)이다. (15)는 현존본 중에서 선본(先本)이다. 이 본에는 만력 기축년(己丑, 1589)에 씌여진 서문(序文)이 있어,[27] 간행 시기, 작자, 저본(底本), 판본의 유통 양상을 알 수 있다. (16)은 쌍봉당(雙峰堂)에서 여상두(余象斗)가 간행한 것으로 간본계통(簡本系統)에서 선본(先本)으로 평가된다. (17)은 용여당본(容與堂本)으로 알려져 있는데, 이탁오(李卓吾)가 100회본에 새로 평점(評點)을 붙여 만든 것이다. (18)은 원무애(袁無涯)가 이탁오본을 저본으로 하면서 '전호(田虎)와 왕경(王慶)의 정벌담'을 새로 첨가하여 120회본으로 만든 것이다. (22)는 사지관본(四知館本)으로 알려져 있는데, 종백경(鍾伯敬)이 100회본을 저본으로 새로운 평점과 총평(總評)을 붙였다. (23)은 관화당본(貫華堂本), 김성탄본(金聖嘆本)으로 알려져 있다. 김성탄이 120회본에서 70회 이후의 내용은 위작(僞作)으로 판단하여 내용을 삭제했고, 시사(詩詞)와 문장 또한 크게 고쳤다. 아울러 설자(楔子)를 새로 만들고,

---

26) 〈권10〉의 17장, 36장, 2장만이 남아있다. 이를 토대로 간행 시기를 명대 만력에서 천계 연간으로 추정하고 있다.

27) 현재 남아있는 것은 강희(康熙) 5년(1666)의 개각본이다. 서문은 기축년(1589)에 씌어진 것을 그대로 실어 놓았다. 연구자에 따라서는 이 본을 후대본으로 보기도 한다.

앞부분에 독법(讀法)과 매회 시작과 중간 부분에 평점(評點)을 달아놓았다. (32)는 왕망여(王望如)가 김성탄본을 토대로 매회 마지막 부분에 자신의 총평(總評)을 새로 실은 것이다.

『수호전』의 판본은 100회본이 선본(先本)으로 인정되고 있다. 그 이유는 천도외신본의 서문을 통해서이다.

> 옛날 노인들에게 전해 듣기로는 (명나라 태조) 홍무(洪武) 초에 월인(越人) 나씨(羅氏)가 익살맞고 궤지(詭智)가 많아서 이 책을 지었다고 한다. 이 책은 모두 100회로 되어 있으며, 각 회마다 괴이하고 기이한 이야기를 그 서두에 두어 볼 만하게 하였다.
>
> (명나라 세종) 가정(嘉靖) 때에는 곽무정(郭勳)이 이 책을 다시 판각하였는데 치어(致語)를 없애고 본전(本傳)만 남겨 두었다. (… 중략 …) 이로부터 출판하는 사람이 점점 많아지고 다시 시골 유생들이 (내용을) 더하거나 뺐다. 아마도 동작과 언어가 나타내는 묘미를 덜어내고, 회서(淮西), 하북(河北)의 두 가지 사건을 더 집어넣은 듯하다. 훌륭한 문장이기는 하지만 사족(蛇足)일 뿐이니, 어찌 이 책이 다시 액운을 만난 셈이 아니겠는가?
>
> 근래에 어떤 호사가가 치어를 다시 복원할 수 없음을 유감스럽게 여겨서, 이에 본전(本傳)의 선본(善本)을 구하여 그것을 교감하여 옛날 책을 따라서 출판하였다.[28]

위의 서문에서는 『수호전』의 간행 시기, 작자, 저본, 판본의 유통 상황을 다루고 있다. 『수호전』은 100회본으로 처음 나왔고, 곽훈(郭勳)이 가정 연간에 100회본의 치어(致語)를 산정(刪定)하여 새로운

---

28) (… 前略 …) 此書, 共一百回, 各以妖異之語引于其首, 以爲之艷. 嘉靖時, 郭武定重刻其書, 削去致語, 獨存本傳. (… 中略 …) 自此版者漸多, 復爲村學究所損益. 蓋損其科諢形容之妙, 而益以淮西河北二事. 赭豹之文, 而畵蛇之足, 豈非此書之再厄乎! 近有好事者, 憾致語不能復收, 乃求本傳善本校之, 一從其舊, 而以付梓. 朱一玄・劉毓忱 編, 앞의 책, 167~168쪽.

100회본을 만들었다고 했다. 이 본이 인기를 얻자 출판업자들은 이전에 없던 회서(淮西)와 하북(河北)을 정벌하는 이야기를 추가하여 다시 새로운 판본을 만들어냈고, 이에 불만을 품은 사람들은 원래의 100회본을 구하여 다시 간행했다고 하였다. 즉, '원본(原本) 100회본 → 산정본(刪定本) 100회본 → 증보본(增補本) → 원본(原本) 100회본의 복각본(復刻本)'이 만들어졌다는 것이다.

『수호전』 판본은 크게 간본계통(簡本系統)과 번본계통(繁本系統)으로 나눈다. 간본과 번본은 장회(章回)의 많고 적음에 의한 것이 아니고, 시사(詩詞)의 총수(總數), 묘사의 세밀성 여부, 내용에서 정사구(征四寇), 즉 송강이 조정에 귀화한 후에 "요(遼), 전호(田虎), 왕경(王慶), 방랍(方臘)"을 정벌하는 내용처럼 "문장의 수식(修飾)과 내용의 증보"로 구분된다.[29] 이러한 구분은 노신으로부터 비롯된다. 노신은 115회본(『(경본증보교정전상)충의수호지전평림』), 100회본(용여당 『충의수호전』), 120회본(원무애의 『이탁오충의수호전』), 70회본(『제오재자서시내암수호전』) 4종을 검토하여 이러한 결론을 내렸다.

[1] 詞曰 : 試看書林隱處, 幾多俊逸儒流. 虛名薄利不關愁, 裁氷及剪雪, 談笑看吳鉤. 評議前王並后帝, 分眞僞占據中州, 七雄擾擾亂春秋. 興亡如脆柳, 身世類虛舟. 見成名無數, 圖名無數, 更有那逃名無數. 霎時新月下長川, 江湖變桑田古路. 訝求魚緣木, 擬窮猿擇木, 恐傷弓遠之曲木. 不如且覆掌中杯, 再聽取新聲曲度.
詩曰 : 紛紛五代亂離間, 一旦雲開復見天. 草木百年新雨露, 車書萬里舊江山.

29) 魯迅 저·조관희 역주, 앞의 책, 335쪽.

尋常巷陌陳羅綺, 幾處樓臺奏管絃.
人樂太平無事日, 鶯花無限日高眠.
話說. 這八句詩, 乃是故宋神宗天子朝中一個名儒, 姓邵, 諱堯夫, 道號康節先生所作. (100회본, 제1회)

詞曰 : 人品陰陽二氣, 仁義禮智, 天成浩然配乎. 塞蒼眞可託六尺, 孤能寄百里命閑. 閱水滸全傳, 論天罡地殺威名逢場. 何辨僞與眞赤心, 當報國忠義實堪欽.
紛紛五代亂離間, 一旦雲開復見天.
草木百年新雨露, 車書萬里舊江山.
尋常巷陌陳羅綺, 幾處樓臺奏管絃.
人樂太平無事日, 鶯花無限日高眠.
此詩, 迺是宋朝中一個名儒, 姓邵, 諱堯夫, 道號康節先生所作.
(115회본, 제1회)

[1]은 100회본과 115회본의 시작부분이다. 두 본을 대조해 보면 먼저 시사(詩詞)에서 차이가 있다. 그리고 문장은 115회본이 100회본을 축약하여 만들었다는 느낌을 준다.

[2] 話說. 大宋仁宗天子在位, 嘉祐三年三月三日五更五点, 天子駕坐紫宸殿, 受百官朝賀, 但見. (… 中略 …). 當有展頭官喝道 : "有事出班早奏, 無事捲簾退朝." 只見班部叢中, 宰相趙哲, 參政文彦博出班奏曰 : "目今京師瘟疫盛行, 民不聊生, 傷損軍民多甚. 伏望陛下釋罪寬恩, 省刑薄稅, 以禳天災, 救濟萬民." 天子聽奏, 急敕翰林院隨卽草詔, 一面降赦天下罪囚, 應有民間稅賦悉皆赦免, 一面命在京宮觀寺院, 修設好事禳灾. 不料其年瘟疫轉盛. 仁宗天子聞知, 龍體不安, 復會百官, 衆皆討議. (100회본, 제1회).

話說. 太宗仁宗在位, 加祐三年三月三日, 駕坐紫宸殿, 受百官朝賀, 但見. (… 中略 …) 時有宰相趙哲, 參政文彦博出班奏曰："目今京師, 瘟疫盛行, 民不聊生, 伏望陛下, 什釋寬恩, 省刑薄稅, 以禳天灾, 救濟萬民." 天子聽奏, 急敕翰林院草詔, 一面降赦天下罪囚, 應有民間稅賦悉皆赦免, 命在京宮觀寺院, 脩設好事禳灾. 不料其年瘟疫轉盛. 仁宗復會百官討議.
(115회본, 제1회)

[3] 仗義是林冲, 爲人最樸忠. 江湖馳譽望, 京國顯英雄.
身世悲浮梗, 功名類轉蓬. 他年若得志, 威鎭泰山東.
(100회본, 제11회)

仗義林冲最樸忠, 馳名慷慨聚英雄.
身世如今浮萍梗, 他年得志鎭山東. (115회본, 제10회)

[2]와 [3]은 115회본이 100회본을 축약해서 만들었다는 사실을 분명히 해주는 부분이다. 이러한 결과를 토대로 노신은 『수호전』의 판본을 간본과 번본으로 구분했고, 번본이 간본에 선행한다고 했다. 따라서 이후의 연구는 『수호전』을 간본계통과 번본계통으로 나누어 판본을 구분하고 특성을 밝히는 방향으로 진행되었다.[30]

2) 번본계통의 『수호전』

앞서 〈표〉에서 제시한 현존본 중에서 번본계통으로 분류되는 것들은 다음과 같다.[31]

---

30) 이를 세분화 하여 1) 文簡事繁本, 一百十回本系統, 2) 文簡事繁本, 一百回系統, 3) 繁簡綜合本, 一百二十回本, 4) 腰斬斷刻本, 七十回本及後五十回續刻本系統, 5) 其他文種飜譯本으로 나눈 것도 있다. 하지만 노신의 분류에서 크게 벗어나지 않는다. 馬蹄疾編, 앞의 책, 2쪽.

31) 번호는 앞서 〈표〉에서 제시한 것을 그대로 따른다.

[15]『天都外臣忠義水滸傳』: 100권 100회.
[17]『李卓吾批評忠義水滸傳』: 100권 100회
[18]『李卓吾批評忠義水滸全傳』: 120회.
[22]『鍾伯敬先生批評水滸忠義傳』: 100권 100회.
[23]『第五才子書施耐庵水滸傳』: 75권 70회.
[32]『評論出像水滸傳』: 20권 70회.

번본계통의 판본은 100회본, 120회본, 70회본의 순서로 만들어졌다.[32] 각 판본은 장회의 다소, 시사(詩詞), 정사구(征四寇)의 포함 여부로 구분할 수 있다.[33]

구분		양산박집결(梁山泊集結)	정사구(征四寇) 내용			
			정요(征遼)	정전호(征田虎)	정왕경(征王慶)	정방랍(征方臘)
번본(繁本)	100회본	○	○	×	×	○
	120회본	○	○	○	○	○
	70회본	○	×	×	×	×

100회본에는 송강과 그의 무리가 양산박에 집결한 후에, 요와 방랍을 정벌하는 내용만 있었다. 그러나 120회본에서는 여기에 '전호와 왕경'을 새로 추가했다. 이후 70회본에서는 양산박에 집결하고 좌차(座次)를 정하는 내용까지만 실었다. 이외에도 각 판본은 세부적인 차이가 있다.

---

32) 羅爾綱 考訂,『水滸傳原本』, 貴州人民出版社, 1989.
33) 이 표는 孟瑤, 何心, 馬場昭佳의 논문에서 가져 왔다. 孟瑤,『中國小說史』, 傳記文學出版社, 1980; 何心,『水滸研究』, 上海古籍出版社, 1985; 馬場昭佳,「清代における『水滸伝』七十回本と征四寇故事について」,『東京大學中國語中國文學研究室紀要』, 2004.

먼저 100회본과 120회본을 대조해보면 1) 시사(詩詞), 2) 장회명, 3) 염파석과 유당의 등장 시점에서 차이가 있다. 1)은 100회본에 있는 것이 120회본에는 없거나, 이와 반대인 경우도 있다. 2)는 예를 들어, 두 본 모두 동일한 75회이지만 장회명이 "活閻羅倒船偸御酒, 黑旋風扯詔謗徽宗"가 "活閻羅倒船偸御酒, 黑旋風扯詔罵欽差"처럼 약간의 차이를 보이는 부분도 있고,[34] 그리고 120회본에서는 100회본과는 달리 '전호와 왕경'을 정벌하는 장면이 추가되었기 때문에 100회본에는 없던 새로운 장회가 생겨난 경우도 있다. 무엇보다도 100회본과 120회본의 가장 큰 변별점은 3)이다. 이 내용은 두 본 모두 21회 "虔婆醉打唐牛兒, 宋江怒殺閻婆惜"에서 나온다.

> 話說. 宋江在酒樓上與劉唐說了話, 分付了回書, 送下樓來. 劉唐連夜自回梁山泊去了. 只說宋江乘着月色滿街, 信步自回下處來. 一頭走(… 中略 …) 走不過三二十步, 只聽得背後有人叫聲, "押司!" 宋江轉回頭來看時, 却是做媒的王婆, 引着一介婆子, 却與他說道, "你有緣, 做好事的押司來也!" 松江轉身來問道, "有甚麽話說?" 王婆攔住, 持着閻婆對宋江說道, "押司不知, 這一家兒, 從東京來, 不是這裡人家, 嫡親三口兒. 夫主閻公, 有個女兒婆惜. (… 中略 …) 安頓了閻婆惜娘兒兩個, 在那裡居住.[35]

100회본은 예문에서 볼 수 있는 것처럼 ① 송강이 조개의 서신을 갖고 온 유당을 만난 뒤에, ② 길거리에서 우연히 왕파와 염파를 만나 도움을 주고, ③ 염파는 그 고마움으로 자신의 딸인 염파석을 송강과 혼인시키는 것으로 사건이 전개된다. 그러나 120회본에서는 이 내용이 변개(變改)되었다.

---

34) 제81회의 장회에서도 이와 같은 차이가 있다. 이외 장회의 차이는 〈부록 1〉 참조.
35) 施耐庵·羅貫中 著, 『水滸傳』, 人民文學出版社, 1990, 148쪽.

話說. 宋江別了劉唐, 乘著月色滿街, 信步自回下處來. 卻好的遇著閻婆, 趕上前來叫道, "押司, 多日使人相請, 好貴人, 難見面! 便是小賤人有些言語高低, 傷觸了押司, 也看得老身薄面, 自教訓他與押司陪話. 今晚老身有緣, 得見押司, 同走一遭去." 宋江道, "我今日縣裡事務忙, 擺撥不開, 改日卻來." 閻婆道, "這箇使不得. 我女兒在家裏專望, 押司胡亂溫顧他便了. 直恁地下得!" 宋江道, "端的忙些箇, 明日準來." 閻婆道, "我今晚要和你去." 便把宋江衣袖扯住了, 發話道, "是誰挑撥你? 我娘兒兩箇下半世過活, 都靠著押司. 外人說的閒事閒非, 都不要聽他, 押司自做箇主張. 我女兒但有差錯, 都在老身身上. 押司胡亂去走一遭." 宋江道, "你不要纏, 我的事務分撥不開在這裏." 閻婆道, "押司便誤了些公事, 知縣相公不到得便責罰你. 這回錯過, 後次難逢. 押司只得和老身去走一遭, 到家裏自有告訴." 宋江是箇快性的人, 喫那婆子纏不過, 便道, "你放了手, 我去便了." 閻婆道, "押司不要跑了去, 老人家趕不上." 宋江道, "直恁地這等!"(… 後略 …)[36]

120회본에서는 100회본과는 달리 이보다 앞선 20회에서 ② 왕파와 염파를 만나 도움을 주고 ③ 염파는 그 고마움으로 자신의 딸인 염파석을 송강과 혼인시킨다. 송강은 혼인 후에 염파석과 관계가 소원해지고 공무(公務)에만 힘을 쓴다. 그러다가 21회에서 ① 유당을 만나고 조개의 서신을 받는다. 이후에는 염파석이 자신의 딸과 송강의 관계가 소원해 진 것을 알고 그를 자신의 집으로 데려가는 것으로 서술하고 있다.[37] 이처럼 양 본의 가장 큰 차이점은 ①→②→③의 내용을 ②→③→①의 순서로 재배치한 점이다.[38]

---

36) 施耐庵·羅貫中 著, 『水滸全傳校註(1)』, 里仁書局, 1994, 351쪽.

37) 이외에도 송강이 조정으로부터 초안(招安)을 받은 이후에 관군(官軍) 대신에 북방의 오랑캐를 정벌하게 되는데, 100회본에는 전호(田虎)와 왕경(王慶)을 정벌하는 이야기가 없고 120회본에는 있다.

38) 재배치에 대한 소설사적 의미는 李金松, 「郭勳移置閻婆事考辨」, 『中國典籍與文化』

70회본은 김성탄이 120회본을 산삭(刪削)해서 만든 것이다. 두 본을 대조해보면 먼저 시사(詩詞)와 장회명에서 차이가 있다. 70회본에서는 내용 전개에 불필요하다고 생각되는 시사(詩詞)는 모두 삭제했고, 장회명도 "偸骨殖何九叔送喪, 供人頭武二郎設祭"를 "偸骨殖何九送喪, 供人頭武二設祭"와 같이 간략하게 줄였다. 아울러 설자(楔子)를 새로 만들었다. 원래 설자는 120회본의 1회에 해당하는데, 소설의 시간적인 배경이 제시되고 홍태위가 108명의 요괴를 세상에 내보내는 내용이다. 이 내용은 본론과 차별을 두어야 한다는 생각에서 김성탄이 따로 떼어 놓은 것으로 보인다. 두 본의 결정적인 차이는 70회에 있다. 120회본에서는 송강과 그의 무리들이 양산박(梁山泊)에 모여 대취의(大聚議)를 벌이고 좌차(座次)를 정한 뒤에, 조정의 초안(招安)을 받기를 바라며 동경(東京)으로 등(燈) 구경을 하는 것으로 끝이 난다. 이후에는 '요, 전호, 왕경, 방랍'을 차례로 정벌하는 내용이 이어진다. 70회본에서는 70회 이후의 내용이 원래 『수호전』에는 없었던 내용이라 판단하여 삭제했다. 그리고 이 부분을 자연스럽게 하기 위하여 장회명을 "忠義堂石碣受天文, 梁山泊英雄驚惡夢"으로 고치고 내용도 아래와 같이 노준의가 악몽(惡夢)을 꿈꾸고 '천하태평(天下太平)' 네 글자를 받는 것으로 이야기를 마쳤다.

> 盧俊義看時, 卻都綁縛著, 便是宋江等一百七人. 盧俊義夢中大驚, 便問段景住道, "這是甚麽緣故? 誰人擒獲將來?" 段景住卻跪在後面, 與盧俊義正近, 低低告道, "哥哥得知員外被捉, 急切無計來救, 便與軍師商議, 只除非行此一條苦肉計策, 情願歸附朝廷, 庶幾保全員外性命."

第37期 참조.

說言未了, 只見那人拍案罵道, "萬死枉賊! 你等造下彌天大罪, 朝廷屢次前來收捕, 你等公然拒殺無數官軍! 今日卻來搖尾乞憐, 希圖逃脫刀斧! 我若今日赦免你們時, 後日再何法去治天下? 況且狼子野心, 正自信你不得! 我那劊子手何在?"

說時遲, 那時快, 只見一聲令下, 避衣裏蜂擁出行刑劊子二百一十六人, 兩個服侍一個, 將宋江, 盧俊義等一百單八個好漢在於堂下草裏一齊處斬. 盧俊義夢中嚇得魂不附體, 微微閃開眼看堂上時, 卻有一個牌額, 大書"天下太平"四個青字.[39]

번본계통은 이처럼 판본간의 차이가 명확하게 파악이 된다. 이러한 이유는 당대 유명한 문인들의 개입 때문에 생겨난 것이다. 번본계통의 판본은 이탁오, 김성탄, 종백경, 왕망여가 앞선 판본을 저본으로 하여 잘못된 곳을 고치고 내용을 수정하였다. 그리고 이 과정에서 평점본(評點本)이라는 독특한 방법이 생겨났다.[40]

3) 간본계통의 『수호전』

앞서, 〈표〉에서 제시한 현존본 중에서 간본계통으로 분류되는 것들은 다음과 같다.

[14] 『(新刊京本全像插增)田虎王慶忠義水滸全傳』: 2책(落帙).
[16] 『(京本增補校正)全像忠義水滸志傳評林』: 25권 115회.
[20] 『新刻全像忠義水滸傳』: 115회.
[21] 『鼎鐫全像水滸忠義傳』: 115회.
[24] 『水滸忠義志傳』: 20권 115회.

---

39) 金聖嘆 批·繆天華 校註, 『水滸傳(下)』, 三民書局, 1996, 887쪽.
40) 大內田三郎, 「〈水滸傳〉 版本考」, 『天理大學學報』 22, 1971, 1쪽.

[26] 『英雄譜』: 20권 115회.
[27] 『二刻英雄譜』: 115회.
[28] 『精鐫合刻三國水滸全傳英雄譜』: 40권 106회.
[30] 『漢宋奇書水滸傳』: 20권 115회.
[34] 『水滸全傳』: 12권 124회.

간본계통의 판본은 106회본, 115회본, 124회본 등이 있다. 간본계통의 판본은 번본계통의 판본과는 달리 판본간의 차이를 명확하게 파악할 수 없다. 그 이유는 간본계통의 판본 대부분이 중국에는 남아 있지 않고 일본이나 프랑스와 같이 해외 곳곳에 퍼져있기 때문이다. 따라서 간본계통 판본간의 관계는 물론이고 번본계통과의 관계도 몇몇 이본만을 놓고 추정하고 있다. 이때 사용하는 판본이 『(경본증보교정)전상충의수호지전평림』[41], 『영웅보』[42] 두 종이다.

두 종을 번본계통의 판본들을 대조해보면 간본계통에서는 내용만 전달할 수 있게 문장을 간결하게 썼고, 시사(詩詞)는 필요한 부분에만 넣었으며, 장회명도 서로 다르다. 무엇보다도 책의 구성적인 측면에서 차이가 있는데, 번본계통과는 달리 2단이나 3단으로 되어 있다.

2단은 『영웅보』에서 볼 수 있는데, 윗부분에는 『삼국지연의』를 싣고, 아래 부분에는 『수호전』을 실었다. 3단은 『수호지전평림』과 같이, 윗부분에는 해당 내용에 대한 전체 평(評)이 들어가 있고, 중간에는 삽화(挿畵)를 배치해 놓았으며, 하단부에는 본문을 실었다.

2단 구성은 『삼국지연의』를 함께 실어 독자의 구매력을 유도하려는 전략에서 나온 것으로 보이고, 삽화가 들어간 3단 구성은 삽화를

41) 이하 『수호지전평림』으로 약칭한다.
42) 『英雄譜』, 『二刻英雄譜』, 『漢宋奇書水滸傳』은 명칭만 다를 뿐 동일한 본이다.

통하여 글을 읽을 수 없는 독자들을 위한 배려에서 나온 것으로 보인다.

특히 삽화는 번본계통과는 달리 대단히 자극적이고 사실적이다. 예를 들어 23회의 내용인 반금련과 서문경의 이야기는 두 사람의 성교(性交)에 주목하여 거의 춘화(春畵)처럼 그려놓았다. 아울러 염파석과 장문원, 석수의 처와 승려 배여해의 불륜도 이와 비슷하게 그려놓았다. 번본계통의 삽화는 해당 회가 시작되기 전 중요한 인물이나 사건으로 꾸몄지만, 간본계통에서는 이처럼 자극적인 삽화가 많다.

간본계통의 판본은 명청대의 통속소설의 유행, 상업출판업의 홍성과 맞물리면서 각 지역에서 수없이 많이 출간되었다.[43] 이로 인하여 간본계통 판본 간의 관계는 현재로서는 자세히 알 수가 없다. 다만 『영웅보』[44]와 『수호지전평림』 두 본의 비교를 통하여 다음과 같은 사실만을 확인할 수 있을 뿐이다.

두 본 중에서는 『영웅보』가 후대에 나온 것이다. 두 본은 내용이나 시사(詩詞)에서 큰 차이가 없고 장회명이나 장회 구분에서 차이가 있다. 예를 들어 『수호지전평림』의 5회 장회명은 "小覇王醉入銷金帳, 花和尙大鬧桃花村"이지만 『영웅보』에서는 "桃花村"을 "桃花山"으로 글자만 바꾸었고, 9회와 같이 "林敎頭風雪山神廟, 陸虞候火燒草料場"을 "林敎頭刺陸謙富安, 林沖救五庄客尙火"과 새로 만든 경우도 있다. 내용도 원래의 분회(分回)를 무시하고 임의로 한 곳도 있다.

---

43) 程國賦, 『明代書坊與小說硏究』, 中華書局, 2008.

44) 일본 동경대학에 소장된 『英雄譜』는 114회본이다. 표제는 『三國水滸合傳, 金聖嘆先生批點, 繡像漢宋奇書』이고 '雄飛館 序文'이 있다. 내제는 『忠義水滸傳』이며, 시작 전에 "東原 羅貫中 編輯, 金陵 興賢堂梓行"로 되어 있고 詞로 시작한다. 내용은 詞인 "人稟陰陽二氣, 仁義禮智, 天成浩然沛乎 …"로 시작한다. 이 본을 비교의 대상으로 한다.

그러나 내용을 삭제한 것은 아니고 원 내용을 적절히 바꾼 것이다. 이러한 변화는 다양한 판본이 간행되면서 생긴 것으로 보이는데, 출판사마다 선행본을 그대로 간행하기보다는 적절히 변화를 두어 나름대로 경쟁력을 갖기 위한 시도에서 나온 것으로 보인다.

간본계통의 판본 간의 관계는 현재로서는 규명하기 어렵다. 서양에서는 상업출판물 간행의 시각에서 이 문제를 접근하고 있는데, 간본계통의 판본이 처음 만들어졌고, 이후 문인들이 개입하면서 판본이 수정, 보완되었고 이러한 계통의 판본이 번본계통이라는 입장이다. 그리고 간본계통의 판본은 서민 독자들의 요구를 충족시켜 주기 위하여 만든 것이라고는 하지만[45] 이에 대해서는 좀 더 심도 있는 논의가 필요해 보인다.

『수호전』의 판본은 처음에는 번본계통의 판본만이 확인되어 이를 토대로 연구가 이루어졌다. 그 결과 선본(先本)은 100회본이며, 100회본, 120회본, 70회본이 차례로 만들어졌다는 주장이었다.[46] 그리고 간본계통은 이를 축약해서 만들었다는 것이 일반적인 학설이었다. 이와 같은 번본계통의 구도와 설명은 한동안 이견이 없었다.

그러다가 간본계통의 『신각경본전상증삽전호왕경충의수호전』, 『(경본증보교정전상)충의수호지전평림』, 『영웅보』와 같은 간본계통의 판본이 연구되면서 이러한 구도에 문제가 생겼다.[47] 논의의 핵심은 "특정 부분을 보면 오히려 간본계통 부분이 더 자세하고 번본계통에는

45) 大內田三郎, 앞의 논문, 1쪽.

46) 張國光, 앞의 논문.

47) 大內田三郎, 「水滸伝版本考 : 繁本と簡本の關係を中心に」, 『天理大學學報』 20, 天理大學人文學會, 1968; 白木直也, 「巴黎本水滸全伝の研究(1) : 水滸伝諸本の研究」 『支那學研究』 31, 廣島支那學會, 1965; 馬幼垣, 『水滸論衡』, 聯經, 1981.

없다"는 것이다. 따라서 번본계통을 축약한 것이 간본계통이 아니라 오히려 간본계통의 판본들을 선본으로 보아야 한다는 것이다.[48] 아울러 상업출판물에 대한 인식이 새로 생기면서 판본은 서로 관계를 맺고 있는 것이 아니라 지역마다 독자적으로 생겨났을 것이라는 주장도 제기되고 있다.[49]

최근에는 이처럼 간본계통의 『수호전』이 번본계통보다 선행한다는 주장이 제기되거나 이를 완화시켜 두 계통의 본들이 서로 독자적인 토대 위에서 만들어졌다는 주장이 더 많아졌다.[50] 이처럼 간본계통과 번본계통 중에서 어떤 것이 선본이냐의 문제는 해결을 보지 못하고 있다. 하지만 이들에게서 합치되는 견해가 있다. 그것은 "간본계통과 번본계통의 판본들은 어느 시점에 들어서는 원무애(袁無涯)에 의하여 120회본으로 통합되었고, 이것을 김성탄이 산삭(刪削)하여 70회본으로 만들었다"는 점이다.

두 계통의 선행 문제는 결국 최초의 판본을 확인하면 쉽게 해결될 수 있다. 그러나 현재 남아있지 않고, 시기적으로 상당한 간격이 있는 후대의 판본들만 남아있어서 앞선 시기의 상황은 여전히 해결할 수 없는 난점을 지니고 있다. 그리고 간본계통의 판본들은 시기적으로는 번본계통의 본들보다 앞서기는 하지만 낙질 상태의 판본이 많고 이에 대한 구체적인 접근이 없기 때문에 쉽게 결정을 내리기가 어려운 상황이다.

---

48) 馬幼垣, 앞의 책, 35쪽.

49) 何紅梅, 「新世紀〈水滸傳〉作者, 成書與版本研究綜述」, 『蘇州大學學報』, 2006, 第6期, 57~59쪽.

50) 馬幼垣, 앞의 책; 陳松柏, 『水滸傳原流考論』, 人民文學出版社, 2006; 張同胜, 『〈水滸傳〉詮釋史論』, 齊魯書社, 2009.

지금까지 『수호전』의 판본을 살펴보았다. 이 부분을 정리한 목적은 이후 이어질 국내로 들어온 『수호전』 판본이 어떠한 성격의 것인지, 『수호전』의 전체 판본을 보았을 때 어디에 위치해 있는지 알아야 하기 때문이다.

국내에 수용된 판본은 대부분 번본계통이며, 이중 『수호전』의 한글 번역본은 120회를 번역한 것이다. 관련된 자세한 내용은 제4장에서 다룰 것이다. 다음 장에서는 이에 앞서 『수호전』의 관련 기록, 국내에 현존하는 『수호전』의 중국판본, 어록해 등을 살펴보기로 한다.

제3장. 『수호전』의 국내 수용 양상

『수호전』의 국내 수용 양상은 『수호전』을 접했거나 인지했음을 보여주는 관련 기록, 국내 현존하는 중국판본, 어록해 세 부분으로 나누어 살펴보기로 한다.

1. 『수호전』의 관련 기록

선행 연구에서는 허균(許筠)의 『성소부부고』와 『한정록』, 이식(李植)의 『택당집』, 이덕무(李德懋)의 『청장관전서』, 이규경(李圭景)의 『오주연문장전산고』 등의 기록에만 의거하여, 조선으로의 전래 시기, 『홍길동전』과의 관계, 김성탄(金聖嘆)이 만든 평점본(評點本)의 영향, 유학자들의 『수호전』에 대한 인식 등을 다루었다.[1] 이를 통해서 『수호전』

1) 이 문제를 다룬 대표적인 논의는 다음과 같다. 이가원, 「영정대 문단에서의 대소설적 태도」, 『연세대학교 80주년 기념 논문집』, 1965; 윤성근, 「유학자의 소설 배격」, 『어문학』 25, 1971; 김동욱, 「이조소설의 작자와 독자에 대하여」, 『장암지헌영선생 화갑 기념 논총』, 호서문화사, 1973; 大谷三繁, 『조선후기 소설독자 연구』, 고려대학교 민족문화연구소, 1985; 오춘택, 『한국 고소설 비평사 연구』, 고려대학교 국문과 박사학위 논문, 1990; 김경미, 「조선후기 소설론 연구」, 이화여자대학교 국문과 박사학위 논문, 1994;

의 전래와 수용에 대한 전반적인 윤곽은 잡혔지만, 기존 연구에서 다루지 못했던 『수호전』에 관한 많은 기록들이 전해지고 있다.

『수호전』 관련 기록은 시기적으로 15세기부터 시작하여 20세기 초까지 이어지며, 역사서, 문집, 고소설 관련자료, 목록, 일본인들의 조사보고서 등, 다양한 문헌에 산재(散在)해 있다. 이 기록들은 『수호전』의 전래 시기, 판본, 한글 번역본의 문제 등을 논하고 있으며, 이 소설을 읽었던 독자가 국왕에서부터 양반, 중인, 부녀자에 이르고 있다는 사실도 보여준다. 본 절에서는 그동안 알려진 자료와 함께 기존 연구에서 다루지 못했던 『수호전』 관련 기록을 검토하고 정리해보도록 한다.

1) 관련 기록의 개관

『수호전』 관련 기록은 15세기의 『선화유사』부터 시작하여,[2] 20세기 일본인들의 조사보고서에까지 이어진다. 이 기록들은 선행 연구

민관동, 「『수호전』의 국내 수용에 관한 연구」, 『중국소설논총』 8집, 1998; 이문규, 『고전소설 비평사론』, 새문사, 2002; 간호윤, 『한국 고소설 비평연구』, 경인문화사, 2002; 한매, 「조선후기 김성탄 문학비평의 수용양상 연구」, 성균관대학교 국문과 박사학위논문, 2003; 김경미, 『소설의 매혹 : 조선후기 소설비평과 소설론』, 월인, 2003; 이학당, 「이덕무의 문학 비평에 관한 연구」, 성균관대학교 국문과 박사학위 논문, 2005; 정선희, 「조선후기 문인들의 김성탄 평비본에 대한 독서 담론 연구」, 『동방학지』 129집, 2005; 이승수, 「동아시아 문학사의 반유(反儒) 전통 일고 : 김성탄의 『수호전』 송강(宋江) 평을 중심으로」, 『한국언어문화』 13, 2006; 정선희, 「조선후기 소설비평론과 문예미학의 발전 : 김성탄의 소설비평본 독서와 관련하여」, 『어문연구』 133호, 2007 등이다.

2) 『수호전』은 역사서에 기록된 이후에 희곡과 『선화유사』, 다시 소설로 단계적인 절차를 통하여 만들어졌다. 희곡(戱曲)과 관련된 기록은 현재로서는 찾아보기가 어렵다. 우리나라의 독자들은 희곡 자체를 접하기 어려웠던 것으로 보이며, 대신에 독서물로 읽혔으리란 짐작을 해 볼 수 있다. 이 문제는 이창숙, 「『서상기』의 조선 유입에 관한 소고」, 『대동문화연구』 37집, 2010에서 다루었다.

를 통하여 이미 알려진 것과 새로 발굴한 것을 합하여 대략 140여 건이 확인된다. 논의의 편의를 위하여 '시기-저자-자료명[3]-출전' 순으로 정리하면 다음과 같다.[4]

시기	저자	자료명	출전
15세기	서거정(徐居正) (1420~1488)	讀宣和遺事有感	『사가시집(四佳詩集)』 권50
16세기	이홍남(李洪南) (1515~1572)	讀宣和遺事	『급고유고(汲古遺稿)』 권中
17세기	허균(許筠) (1569~1618)	西遊錄跋	『성소부부고(惺所覆瓿藁)』 권13
		觴政	『한정록(閑情錄)』 권18
	이식(李植) (1584~1647)	洪吉童傳	『택당집(澤堂集)』 별집(別集) 권15
	이민구(李敏求) (1589~1670)	水滸志	『동주집(東州集)』 권1
	인선왕후(仁宣王后) (1618~1674)	슈호뎐	인선왕후(仁宣王后) 언간(諺簡)
	신익상(申翼相) (1634~1697)	替天行道	『성재유고(醒齋遺稿)』 권7
	홍세태(洪世泰) (1653~1725)	水滸傳, 水滸傳續	『한사수구록(韓使手口錄)』

3) 알려진 자료일 경우에는 통용되는 명칭을 사용했고, 처음 소개되는 것은 내용을 고려하여 새로 붙였다.

4) 이 〈표〉는 오춘택, 「한국 고소설 비평사 연구」, 고려대학교 국문과 박사학위 논문, 1991; 류탁일, 『한국 고소설 비평자료 집성』, 아세아문화사, 1994; 무악고소설자료연구회 편, 『한국고소설관련자료집 I』, 태학사, 2001; 김경미, 『소설의 매혹: 조선후기 소설비평과 소설론』, 월인, 2003: 김영진, 「조선후기의 명청소품 수용과 소품문의 전개 양상」, 고대 국문과 박사학위 논문, 2004; 『한국고소설관련자료집 II』, 이회, 2005; 조희웅, 『고전소설 연구보정(상)』, 박이정, 2006; 정선희, 「조선후기 소설비평론과 문예미학의 발전」, 『어문연구』 35권, 2007 등을 참고했고, 한국고전번역원의 번역, 국사편찬위원회의 『승정원일기』, 국학진흥원의 유교넷, 개인 문집을 비롯한 여러 자료를 토대로 작성한 것이다.

	승정원(承政院)	上勅使求請西遊記及水滸傳	『승정원일기(承政院日記)』 인조(仁祖) 15년(1637. 11. 24)
		勅使求請水滸傳	인조(仁祖) 15년(1637. 11. 25)
		勅使所求水滸傳	인조(仁祖) 15년(1637. 11. 28)
18세기	실록청(實錄廳)	水滸傳	『조선왕조실록(朝鮮王朝實錄)』 숙종(肅宗) 33년(1707. 2. 13)
		梁山泊	『조선왕조실록(朝鮮王朝實錄)』 영조(英祖) 21년(1745. 9. 21)
		梁山泊	『조선왕조실록(朝鮮王朝實錄)』 영조(英祖) 23년(1747. 2. 5)
		梁山泊	『조선왕조실록(朝鮮王朝實錄)』 영조(英祖) 51년(1775. 12. 18)
		梁山泊	『조선왕조실록(朝鮮王朝實錄)』 정조(正祖) 2년(1778. 7. 20)
		水滸志	『조선왕조실록(朝鮮王朝實錄)』 정조(正祖) 9년(1785. 2. 29)
	승정원(承政院)	水滸用兵	『승정원일기(承政院日記)』 영조(英祖) 4년(1728. 3. 22)
		水滸誌梁山泊	『승정원일기(承政院日記)』 영조(英祖) 17년(1741. 1. 6)
		許筠, 水滸傳	『승정원일기(承政院日記)』 영조(英祖) 21년(1745. 9. 21)
		許筠, 水滸傳	『승정원일기(承政院日記)』 영조(英祖) 23년(1747. 8. 6)
		許筠, 水滸傳	『승정원일기(承政院日記)』 영조(英祖) 23년(1747. 8. 7)
		水滸	『승정원일기(承政院日記)』 영조(英祖) 29년(1753. 3. 25)
		水滸志	『승정원일기(承政院日記)』 영조(英祖) 31년(1755. 3. 18)
		水滸志禁物	『승정원일기(承政院日記)』 영조(英祖) 33년(1757. 10. 17)
		許筠, 水滸誌	『승정원일기(承政院日記)』 영조(英祖) 45년(1769. 4. 21)

	水滸人心	『승정원일기(承政院日記)』 영조(英祖) 49년(1773. 1. 26)
	水滸誌	『승정원일기(承政院日記)』 영조(英祖) 50년(1774. 7. 14)
	水滸誌	『승정원일기(承政院日記)』 영조(英祖) 52년(1776. 3. 2)
	水滸志, 禁書	『승정원일기(承政院日記)』 정조(正祖) 21년(1797. 2. 2)
	水滸志, 禁書	『승정원일기(承政院日記)』 정조(正祖) 21년(1797. 2. 3)
	水滸傳	『승정원일기(承政院日記)』 정조(正祖) 23년(1799. 5. 5)
홍만종(洪萬宗) (1643~1725)	水滸傳	『순오지(旬五志)』
이이명(李頤命) (1658~1723)	水滸傳	『소재집(疎齋集)』 권21
김창업(金昌業) (1658~1721)	翠屛山	『연행일기(燕行日記)』 권3 숙종 38년(1712, 12. 24)
최덕중(崔德中) (?~?)	水滸傳	『연행록일기(燕行錄日記)』 숙종 39년(1713. 2. 21)
이의현(李宜顯) (1669~1745)	稗官小說	『도곡집(陶谷集)』 권27
김춘택(金春澤) (1670~1717)	水滸	『북헌집(北軒集)』 권16
이하곤(李夏坤) (1677~1724)	策問, 水滸傳	『두타초(頭陀草)』 권18
이익(李瀷) (1681~1763)	18般武藝	『성호사설(星湖僿說)』 권6
	張順	『성호사설(星湖僿說)』 권18
	水滸傳	『성호사설(星湖僿說)』 권18
	漢宋虐政	『성호사설(星湖僿說)』 권27
	宋江	『성호선생전집(星湖先生全集)』 권26
신정하(申靖夏) (1681~1716)	梁山泊	『서암집(恕菴集)』 권16

윤덕희(尹德熙) (1685~1766)	水滸志	『자학세월(字學歲月)』
	忠義水滸志	『소설경람자(小說經覽者)』
홍진유(洪晉猷) (1691~1743)	水滸傳	『종남만록(終南漫錄)』 권1
조구명(趙龜命) (1693~1737)	水滸傳舊序	『건천고(乾川藁)』
윤광소(尹光紹) (1708~1783)	梁山泊	『소곡유고(素谷遺稿)』 권16
이용휴(李用休) (1708~1782)	書水滸傳後	『혜환잡저(惠寰雜著)』 권12
남용만(南龍萬) (1709~1784)	水滸志	『활산선생문집(活山先生文集)』
안정복(安鼎福) (1712~1791)	唐板小說	『순암잡저(順菴雜著)』
이봉환(李鳳煥) (1713~1777)	水滸志	『우염재시초(雨念齋詩抄)』
이헌경(李獻慶) (1719~1791)	水滸傳	『간옹집(艮翁集)』 권23
심재(沈鋅) (1722~1784)	西遊記 · 水滸傳	『송천필담(松泉筆譚)』 권元
	洪吉童傳	
온양정씨 (1725~1799)	튱의슈호지 · 셩탄슈호지	『옥원재합기연』
마성린(馬聖麟) (1727~1798)	水滸傳	『평생우락총록(平生憂樂總錄)』
홍낙인(洪樂仁) (1729~1777)	聽金譯弘喆讀水滸傳	『안와유고(安窩遺稿)』 권2
홍대용(洪大容) (1731~1783)	隆福市	『담헌서(湛軒書)』 외집9
	場戲	『담헌서(湛軒書)』 외집10
성대중(成大中) (1732~1812)	書仇十洲畵水滸軸後	『청성집(青城集)』 권8
박지원(朴趾源) (1737~1805)	關帝廟記	『열하일기(熱河日記)』, 도강록(渡江錄)

	水滸傳	『열하일기(熱河日記)』, 관내정사(關內程史)
		『열하일기(熱河日記)』, 환연도중록(還燕道中錄)
노긍(盧兢) (1738~1790)	黃昏籬落 五更臥被作水滸傳七十回	『한원집(漢源集)』
이언진(李彦瑱) (1740~1766)	水滸傳	『호동거실(衚衕居室)』
이덕무(李德懋) (1741~1793)	小說 水滸傳	『청장관전서(青莊館全書)』 권5
	水滸傳	『청장관전서(青莊館全書)』 권50
	水滸傳 金聖嘆	『청장관전서(青莊館全書)』 권53
	徐寧, 武松	『청장관전서(青莊館全書)』 권56
	招安梁山泊榜文	『청장관전서(青莊館全書)』 권60
정조(正祖) (1752~1800)	水滸傳	『홍재전서(弘齋全書)』 권163
유만주(兪晩柱) (1755~1788)	四大奇書	『흠영(欽英)』 2책
	水滸傳	『흠영(欽英)』 5책
	水滸傳作者	『흠영(欽英)』 7책
	水滸傳	『흠영(欽英)』 8책
	羅貫中	『흠영(欽英)』 12책
	水滸傳	『흠영(欽英)』 16책
	水滸傳	『흠영(欽英)』 17책
	水滸傳	『흠영(欽英)』 17책
	金聖嘆	『흠영(欽英)』 21책
	水滸傳	『흠영(欽英)』 21책
김이양(金履陽) (1755~1845)	水滸誌	『김이양문집(金履陽文集)』
홍의호(洪義浩) (1758~1826)	水滸傳戲吟	『담녕부록(澹寧瓿錄)』
장혼(張混) (1759~1828)	讀水滸傳	『이이엄집(而已广集)』 권14

이옥(李鈺) (1760~1813)	諺稗	『담정총서(藫庭叢書)』
성해응(成海應) (1760~1839)	水滸傳	『연경재전집(研經齋全集)』 권9
	宋遺民傳	『연경재전집(研經齋全集)』 권9
남공철(南公轍) (1640~1840)	水滸傳(崔七七傳)	『금릉집(金陵集)』
심노숭(沈魯崇) (1762~1837)	水滸傳	『효전산고(孝田散稿)』
조수삼(趙秀三) (1762~1849)	稗官小說	『추재집(秋齋集)』
정약용(丁若鏞) (1762~1836)	陶山私淑錄	『다산시문집(茶山詩文集)』 권22
완산이씨(1762)	水滸志	『중국소설회모본(中國小說繪模本)』[5]
이상황(李相璜) (1763~1841)	詰稗	『동어유집(桐漁遺集)』 권1
이학규(李學逵) (1770~1835)	施耐菴序水滸傳	『낙하생고(洛下生藁)』
심능종(沈能種) (1775~1827)	水滸傳	심환지가 고문서
홍직필(洪直弼) (1776~1852)	金聖嘆	『매산집(梅山集)』 권52
김정희(金正喜) (1786~1856)	金聖嘆	『완당집(阮堂集)』 권6
김경선(金景善) (1788~?)	出疆錄	『연원직지(燕轅直指)』 권1
	翠屛山記	『연원직지(燕轅直指)』 권2
이규경(李圭景) (1788~?)	小說辨證說	『오주연문장전산고(五洲衍文長箋散稿)』
조병현(趙秉鉉) (1791~1849)	水滸傳	『성재집(成齋集)』

5) 원 제목은 『支那小說繪模本』이다. 이 글에서는 박재연이 명명한 『중국소설회모본』을 따른다.

	유재건(劉在建) (1793~1880)	崔毫生館北	『이향견문록(里鄕見聞錄)』 권8
	홍한주(洪翰周) (1798~1868)	水滸傳	『지수염필(智水拈筆)』
	기정진(奇正鎭) (1798~1879)	水滸	『노사선생문집(蘆沙先生文集)』
19 세기	승정원(承政院)	張青	『승정원일기(承政院日記)』 고종(高宗) 35년(1898. 9. 17)
	조재삼(趙在三) (1801~1834)	水滸志	『송남잡지(松南雜識)』
	이우준(李遇駿) (1801~1867)	四大奇書	『몽유야담(夢遊野談)』
		水滸傳	
	김두흠(金斗欽) (1804~1877)	水滸傳	『오대조고일록(五代祖考日錄)』
	이유원(李裕元) (1814~1888)	水滸傳	『임하필기(林下筆記)』
	박사호(朴思浩) (?~?)	水滸傳	『심전고(心田稿)』
	도한기(都漢基) (1836~1902)	水滸傳語錄解	『관헌집(管軒集)』
	이건창(李建昌) (1852~1898)	水滸作傳奇	『명미당집(明美堂集)』
20 세기	곽종석(郭鍾錫) (1846~1919)	水滸誌中有所謂宋淸者	『면우선생문집(俛宇先生文集)』
	조긍섭(曺兢燮) (1873~1933)	水滸之傳奇	『암서선생문집(巖西先生文集)』
	지규식(池圭植) (?~?)	水滸誌	『하재일기(荷齋日記)』 무신년(1908) 3월
	미상	水滸傳	『옥선몽(玉仙夢)』
	미상	水滸傳	『육미당기(六美堂記)』
	미상	水滸傳	『삼한습유(三韓拾遺)』
	미상	水滸傳	『광한루기(廣寒樓記)』
	미상	水滸傳	『한당유사(漢唐遺事)』

	미상	水滸傳	『임진록(壬辰錄)』
	미상	水滸傳	『제일기언(第一奇言)』
	미상	水滸	『청백운(淸白雲)』
	미상	忠義水滸志 四套	『대축관서목(大畜觀書目)』
	미상	水滸志	『집옥재서목(集玉齋書目)』
	미상	水滸全傳	『해남윤씨군서목록(海南尹氏群書目錄)』
	미상	諺水滸志	해남윤씨고문서
	미상	수호지	『남원고사』
	미상	슈호지	『언문책목록』
	미상	슈호지, 35책	「책열명록』
	미상	슈호지, 20책	『조선서지』
	미상	츙의슈호지, 23책	
	미상	水滸志, 35책	홍택주소장
	미상	水滸志, 20책	『고선책보』
	미상	水滸傳	조선총독부조사보고서, 田中梅吉
	미상	슈호지	세책본 대여장부
	미상	츙의슈호지, 69책	『한국고서종합목록』

『수호전』 관련 기록은 시기마다 다양하게 남아있고 일정한 추이(推移)도 보인다. 15~16세기에는 『수호전』의 전신(前身)인 『선화유사』를 읽은 기록이 확인된다. 서거정과 이홍남 등이 이 책을 읽고 느낀 점을 시로 남겼다.

17세기부터는 본격적으로 『수호전』이 국내로 전래되었고 따라서 『수호전』에 대한 다양한 기록을 확인할 수 있다. 허균, 이식, 이민구, 신익상의 문집과 인선왕후의 언간(諺簡), 『승정원일기』, 『한사수구록』 등에서 이러한 사실이 드러난다. 이 기록들은 소설에 대한 평, 『홍길동전』과의 관계, 한글 번역본 등을 언급했는데, 『수호전』의 국내 전래

시기는 물론 한글 번역본의 존재도 추정해 볼 수 있다.

18세기에는 『수호전』에 대한 단순한 기록은 물론, 책문(策問), 작자와 사실 관계에 대한 고증(考證), 김성탄 평점본(評點本)에 대한 평가가 주를 이룬다. 무엇보다도 중요한 점은 다양한 계층에서 『수호전』을 읽었다는 사실이다. 숙종, 영조, 정조는 경연(經筵)이나 국정(國政)을 논의하면서 『수호전』을 언급하였고, 중인층에서도 이 소설을 읽었다는 사실을 확인할 수 있다. 이러한 독서 체험은 『수호전』을 삽화(揷畵)로 그리거나, 연행(燕行) 중에 『수호전』의 배경이 되는 곳을 지나가게 되면 반드시 이에 대한 감회를 기술하는 모습도 생겨났다.

19세기와 20세기에는 김성탄의 평점본에서 볼 수 있었던 기법들을 고소설 창작에 적용한 것, 세책점의 대여장부, 조선총독부의 조사보고서 등에서 『수호전』의 한글 번역본에 대한 기록을 볼 수 있다. 다음 절에서는 이러한 시기별 추이를 고려하여, 관련 기록을 자세히 검토하기로 한다.

2) 관련 기록의 시기별 양상과 특징

(1) 15~16세기

조선 전기인 15~16세기에는 『수호전』의 전신인 『선화유사』가 읽혔다. 그런데 이에 앞서 고려시대(高麗時代)의 상황을 살펴볼 필요가 있다. 송강과 그의 무리에 대한 이야기는 역사서인 『송사(宋史)』, 『동도사략(東都史略)』, 『십조강요(十朝綱要)』, 『속자치통감(續資治通鑑)』에 실려 있다. 이 책들은 이미 고려 때부터 읽혔기 때문에,[6] 고려의 문인들

---

6) 장동익, 『元代麗史資料集錄』, 서울대학교 출판부, 1997; 장동익, 『宋代麗史資料集錄』,

은 '송강과 그의 무리에 대한 이야기'를 알고 있었을 것이다. 또한 송나라나 원나라로 연행을 갔던 사신들은 잡극이나 잡희를 구경하면서 『노걸대(老乞大)』와 『박통사언해(朴通事諺解)』에 실린 『삼국지평화』와 『서유기평화』와 같은 기록을 남겼다. 이러한 점들을 고려해본다면 고려의 문인들이 송강 무리에 대해서 인지하고, 또 기록을 남겼을 가능성이 있다. 그러나 현전하는 고려의 문헌이 적기에 사실 확인은 어렵다. 다만 아래 이규보(李奎報)의 시를 통해서 추정만이 가능한 상황이다.

飮腸雖愧與君饒　嗜酒仍貪束素腰
獨有同年知我意　一壺兼送玉人嬌
雄州獵士氣豪饒　射落靑鞦箭脫腰
不待如皐能坐致　何須更挑笑顔嬌.[7]

이 시는 고부태수가 이규보에게 술과 안주, 기녀(妓女)를 보내어 환대하자 이규보가 그 고마움으로 쓴 시이다. 제2구의 "속소(束素)"는 기녀의 날씬한 모습을 형상화한 것이다. 이 표현은 『선화유사』에서 휘종(徽宗)이 기녀(妓女) 이사사(李師師)를 만나 그녀의 외향을 묘사하면서 "束素纖腰恰一搦"[8]이라고 표현한 것을 이규보가 용사(用事)한 것이다. 따라서 적어도 고려 말에 『선화유사』가 국내에 전래되었음을 알 수 있다.[9] 조선 전기에도 『선화유사』와 관련된 기록을 찾

서울대학교 출판부, 2000.

7) 출처는 앞서 〈표〉로 제시했기 때문에 다시 적지 않기로 한다. 이하 인용된 시나 내용도 이러한 원칙을 적용하기로 한다.

8) 『선화유사』에는 "鞞眉鸞髻垂雲碧, 眼入明眸秋水溢. 鳳鞋半折小弓弓, 鶯語一聲嬌滴滴. 裁雲剪霧製衫穿, 束素纖腰恰一搦. 桃花爲玉爲, 費盡丹靑描不得"로 되어 있다.

9) "束素"는 초(楚)나라 송옥(宋玉)이 지은 「등도자호색부(登徒子好色賦)」에서 나온다. 이규보가 이를 차용한 것으로도 볼 수 있지만 『선화유사』에서 차용했을 가능성이 높다.

아볼 수 있다. 서거정(徐居正)과 이홍남(李洪南)의 시를 통해서 이러한 사실을 확인할 수 있다.

南北分爭最可嗔　鸞輿自屈竟蒙塵
奸邪誤國由來事　何不當年退小人
童蔡當朝作禍機　道君晚節悔前非
不知五國城何在　天地無情歲月飛
治亂由來在聖狂　袞衣籃褸亦堪傷
千秋殷鑑分明在　宜把遺編戒後王

위의 시는 서거정이 『선화유사』를 읽고 느낀 점을 쓴 『독선화유사유감(讀宣和遺事有感)』이다. 시는 송나라가 패망한 이유를 말한 뒤에 이를 교훈삼아 간신배들을 멀리하고 정치에 몰두해야 한다는 내용을 담고 있다. 이 시를 통하여 서거정이 『선화유사』를 읽었다는 사실과 이 책을 어떻게 인식했는지를 알 수 있다. 이홍남도 이와 비슷한 내용의 시를 남겼다.

深宮無一事　書畫送流年
花石方虛內　干戈又事邊
誰知九鼎漏　已卜兩宮遷
糜粉姦臣骨　猶難注恨湔

이홍남의 시는 서거정이 쓴 것에 비해 좀 더 구체적으로 『선화유사』에 나오는 화석강(花石綱)의 운반과 간신(奸臣)의 문제를 언급했고, 송나라가 패망한 원인도 말하고 있다. 두 사람의 시를 통해서 15~16세기에 『선화유사』가 국내에 전래되고 읽혔음을 보여준다.

그런데 생각해볼 점은 『선화유사』가 『수호전』의 전신이라고는 하지만 앞서 살핀 시에는 이에 대한 언급이 전혀 없다는 것이다. 이러한 이유는 이 책의 성격에서 비롯된다. 『삼국지평화』와 『삼국지연의』의 관계처럼 『선화유사』는 『수호전』과는 직접적인 연관성을 찾기가 어렵다. 왜냐하면 이 책은 송강 무리에 대한 이야기를 송나라의 흥망성쇠(興亡盛衰)를 서술하는 과정에서 일부로만 다루었기 때문이다. 『선화유사』는 다만 두 사람의 시에서 볼 수 있듯이 송대의 역사를 기술한 책으로만 인식되었다. 이처럼 두 작품을 별개로 인식하는 것은 『수호전』 수용에서 특이한 점인데, 조선후기까지도 이러한 경향은 이어졌다. 이규경의 『오주연문장전산고(五洲衍文長箋散稿)』가 이를 잘 보여주는데, 이 책에서는 『선화유사』와 『수호전』을 연관성이 없는 각각의 작품으로 고증해 놓았다.[10] 그러나 『선화유사』가 전래되고 이 책을 접한 문인들은 송강 무리에 대해 인지했음을 추정할 수 있다.

(2) 17세기

현재까지 확인된 『수호전』에 대한 가장 앞선 기록은 허균(許筠)의 「서유록발(西遊錄跋)」과 「한정록(閑情錄)」이다. 「서유록발」에서는 『수호전』에 대한 평가와 작자 문제를 언급했고, 「한정록」에는 원굉도가 『수호전』에 대해 남긴 기록을 그대로 옮겨놓았다.[11] 따라서 『수호전』에 대한 허균의 평은 「서유록발」에 실린 것만을 논해야 할 것이다.

10) 이규경의 『오주연문장전산고』를 보면 『선화유사』와 『수호전』을 별개의 작품으로 인식하여 고증을 했다.

11) 최용철, 「중국 금서소설의 국내 전파와 영향」, 『동아시아문학의 연구』, 국학자료원, 1997, 550~551쪽.

> 余得戱家說數十種, 除『三國』, 『隋唐』外, 而『兩漢』齬, 『齊魏』拙, 『五代殘唐』率, 『北宋』略, 『水許』則姦騙機巧, 皆不足訓, 而著於一人手, 宜羅氏之三世聾啞也.[12)]

허균은 「서유록발」에서 『수호전』을 포함하여 중국 장편 연의소설에 대하여 두루 평가를 내리면서, "간사한 속임수로 기교를 부렸다[姦騙機巧]"고 평가하고, 소설의 작자는 나관중이라고 했다.

그런데 이 기록 또한 명대 초기의 비평가였던 전여성(田汝成, 1503~1557)의 『서호유람지여(西湖遊覽志餘)』를 참조했음을 확인할 수 있다.

> 錢塘羅貫中本者, 南宋時人, 編撰小說數十種, 而『水滸傳』敍宋江等事, 姦盜脫騙, 機械甚詳, 然變詐百端, 壞人心術. 其子孫三代皆啞, 天道好還之報如此.[13)]

전여성은 『수호전』의 문장과 내용, 작자에 대한 평가를 두루 내리고 있는데, 이를 허균의 기록과 비교해보면 거의 일치한다. 허균은 전여성의 평가를 참조하여 「서유록발」을 썼을 것이다. 따라서 허균의 평가는 이 시기에 유입된 판본에 대한 구체적인 단서를 제공한다는 점에서도 주목할 수 있다.

「서유록발」은 『성소부부고』에 실려 있는데, 『성소부부고』가 간행된 것은 1611년이다.[14)] 따라서 허균이 『수호전』을 접하고 「서유록발」을 썼다면 그가 본 『수호전』 판본은 적어도 1611년 이전에 간행된

---

12) 「서유록발」은 이본마다 차이가 있다. 이윤석, 「홍길동전 연구의 문제」, 『고소설 연구사』, 월인, 2002 참조.

13) 전여성, 『서호유람지여(西湖遊覽志餘)』, 朱一玄・劉毓忱編, 앞의 책, 118쪽.

14) 허경진, 『허균평전』, 돌베개, 2002.

것이다. 중국에서 1611년 이전에 간행된 『수호전』은 간본계통의 판본들과 『천도외신본 충의수호전』(1589), 『경본증보교정전상충의수호지전평림』(1594), 『이탁오본 충의수호전』(1610) 등으로 좁힐 수 있다.

허균 당시에 『삼국지연의』를 비롯한 중국의 연의류(演義類)가 국내로 유입되었던 점을 고려한다면,[15] 『이탁오본 충의수호전』을 제외한 나머지 중의 하나를 보았을 것이다. 그런데 허균이 이탁오의 제자였던 구탄(丘坦)과 직접 만나서 교류를 했고[16], 이탁오의 『분서(焚書)』를 비롯한 여러 책들을 중국에서 직접 구입해 왔다는 점[17]을 볼 때, 『이탁오본 충의수호전』을 접했을 가능성도 충분하다. 그러나 허균은 중국서적을 "부친과 형을 통해서, 중국사신에게 직접 건네받았거나, 지인에게 빌려본 경우, 사신으로 가는 일행에게 부탁하거나 자신이 직접 사행에 참여하여 구입해오는 경우"[18] 등의 다양한 경로를 통해 읽었기 때문에 두 정황만으로 그가 어떤 판본을 읽었는지는 단언하기가 어렵다. 따라서 그가 읽었던 『수호전』의 판본은 그의 다른 기록에서 찾아야 한다.

앞서 살펴본 「서유록발」은 전여성의 『서호유람지여』를 참조한 것으로 보이는데, 이 책은 가정(嘉靖) 26년(1547)에 처음 간행되었다.[19]

15) 민관동은 『삼국지연의』의 유입 시기를 고려하여, 『水滸傳』도 대략 1550년 전후로 들어왔을 것이라 추정했다. 아울러 이보다 더 이른 시기에 『수호전』이 유입했을 가능성도 있다고 했다. 자세한 내용은 민관동, 「〈수호지어록〉과 〈서유기어록〉 연구」, 『중국소설논총』 29집, 2009 참조.

16) 허균과 공안파와의 교류를 긍정적으로 보는 시각과 회의적인 시각에서 보는 경우가 있는데, 앞의 것은 안나미, 「17세기 초 공안파 문인과 조선 문인의 교유」, 『한문학보』 20집, 2009에서, 뒤의 것은 강명관, 『안쪽과 바깥쪽』, 소명출판, 2007에서 볼 수 있다.

17) 박현규, 「허균이 도입한 이지의 저서」, 『중국어문학』 46집, 2005 참조.

18) 노경희, 「허균의 중국 문단과의 접촉과 시선집 편찬 연구」, 『한국한시연구』 14, 2006 참조.

이 책이 1547년에 간행되었다는 점, 작자를 나관중으로 밝혔다는 점, 문장과 내용에 국한하여 『수호전』을 평가했다는 점을 보았을 때 전여성이 본 『수호전』의 판본은 간본계통의 판본이었을 가능성이 높다. 실제로 작자를 나관중으로, 문장과 내용에 혹평을 받고 있는 판본의 대부분은 간본계통의 판본이다. 이러한 점을 고려해본다면 허균이 읽었던 판본 또한 간본계통의 판본이었을 가능성이 높고, 전여성과 비슷하게 평을 내렸던 것으로 보인다.[20] 이를 보완해서 살펴볼 수 있는 것이 『승정원일기』에 실린 『수호전』 관련 기록이다.

> 金尙以迎接都監言啓曰 : 卽刻上勅使求請『西遊記』及『水滸傳』, 今日未還, 前覓呈云, 而亂離後, 書冊散失無遺, 萬無覓納之意云云, 則勅使又曰,『西遊記』雖不可得,『水滸傳』則不可托辭云. 令校書館卽爲廣求, 入納之意. 敢啓, 傳曰, 知道.

> 尹暉, 以校書館官員, 以提調意啓曰, 迎接都監啓辭內, 勅使求請『水滸傳』, 令本館廣求入納事, 啓下矣. 所謂『水許傳』, 不知何許書籍, 而我國曾所罕聞之書, 況今兵燼之餘, 公私書籍, 一樣蕩失, 果無覓得之路, 此意言于迎接都監, 使之善爲措辭以對之意, 敢啓. 傳曰, 知.

> 金尙以校書館官員, 以提調意啓曰, 前日勅使所求『水滸傳』, 不得覓給之意, 曾爲啓稟, 而一邊, 申飭下吏, 使之更加聞見矣. 卽者適得於錦陽尉朴瀰家, 持來而考見篇目, 多有不帙, 此冊卷數, 初不知其幾何, 而現存者只此十冊, 雖不備帙, 移送都監之意, 敢啓. 傳曰, 知道.

---

19) 中國國家圖書館,『中國古籍善本書目』 참조.

20) 이혜순은 허균이 간본계통의 판본을 보았을 것이라 했고, 김정욱은『천도외신본 충의수호전』일 가능성이 높다고 했다. 이혜순, 앞의 논문; 김정욱, 「허균이 본 〈수호전〉 판본 고찰」,『우리문학연구』28집, 2009 참조.

제시한 예문은 인조(仁祖) 15년(1637) 11월 24일에서 28일까지의 기사로, 『수호전』과 관련된 내용만 다시 정리한 것이다.[21] 이 기록에서 중요한 사실은 부마였던 박미가 『수호전』을 소장하고 있었다는 점이다. 그는 선조(宣祖) 25년(1592)에 태어나 11살이 되던 선조 36년(1603)에 선조의 다섯째 딸인 정안옹주(貞安翁主)와 혼인하여 금양위(錦陽尉)에 봉해졌다. 그가 『수호전』을 입수한 경로나 시기는 현재로서는 알 수 없다. 다만 허균과 비슷한 시기의 사람이었으므로, 적어도 1611년 무렵에는 『수호전』을 소장했을 가능성이 높고, 판본 또한 허균이 본 것과 동일했을 것으로 생각된다. 『승정원일기』의 이 『수호전』 관련 기록은 그동안 허균의 기록에만 의존했던 『수호전』의 전래 시기를 17세기로 확정해준다는 점에서 의의가 있다.

이외에도 이민구(李敏求), 신익상(申翼相), 이식(李植), 홍세태(洪世泰)가 『수호전』을 접했던 사실을 확인할 수 있다. 이 기록들은 『수호전』에 대해 비평을 시도한 것이기에 주목된다. 이민구는 당대 유행했던 패관소설을 논하면서, "『열선전(列仙傳)』, 『수호지(水滸志)』, 『서유기(西遊記)』는 황망하고 괴탄하여 세상에 전해져서는 안 된다"[22]고 하였다. 그리고 신익상은 올바른 정치에 대한 논의를 펼치면서 '체천행도(替天行道)'라는 표현을 썼다. 이 말은 『수호전』에서 송강이 자신의 충의(忠

21) 참고로 기사 내용을 소개하면 다음과 같다. 병자호란이 끝난 후에 청나라에서는 용골대(龍骨大)를 사신으로 파견하였다. 용골대는 영접도감에게 『서유기』와 『수호전』을 구해오라 명을 내린다. 신하들은 전란(戰亂)이 끝난 직후라 책이 흩어진 것이 많고, 특히 『수호전』은 어떠한 책인지 모른다고 하였다. 이에 용골대는 강경한 어조로 책을 구해오라는 명을 다시 내린다. 이에 신하들은 어렵게 선조(宣祖)의 부마였던 박미(朴瀰)의 집에서 『수호전』의 잔본(殘本)을 가져다가 용골대에게 전한다.

22) 又皆用丹經, 『列仙傳』, 『水滸志』, 『西遊記』 等外書, 荒辭誕語, 剽竊傳會, 以說愚夫益見其虛妄也.

義)를 강조하면서 늘 사용했던 말이다. 신익상은 『수호전』을 읽고 그 경험에서 위의 표현을 썼던 것으로 보인다. 이식 또한 『수호전』을 언급했다. 그는 허균을 비난하면서 『홍길동전』과 『수호전』의 관계를 언급했다.[23] 이 발언은 『수호전』에 초점이 있는 것이 아니라 허균이 쓴 『홍길동전』이 『수호전』의 영향을 받아 지어졌다고 논한 것이다.

그리고 통신사로 파견되었던 홍세태 관련 기록을 통해서도 이 시기의 사람들이 『수호전』을 읽었음을 알 수 있다. 일본인 히토미 토모모토(人見友元)가 쓴 『한사수구록』은 1682년 일본에 사행(使行)을 떠난 홍세태 일행과의 일화를 기록한 필담집이다. 이 책의 2일과 10일에는 『수호전』을 빌린 이후에 부사인 이언강(李彦綱)이 그에게 이 책을 읽었는지의 여부를 묻는 장면이 있다.

> 10일
> 부사[이언강]가 자리 곁의 『수호전』과 『속서유기』 등의 책을 가리키며 내게[히토미 토모모토] 보여 말했다. "그대는 이런 책을 보았나요?" 내가 말했다. "아닙니다. 이런 책은 중국의 속언(俗諺)이 많아 중국어에 통하지 못하면 난해합니다. 또 무익한 책이지요. 존공(尊公)께서는 중국어에 통하시나요?" 부사가 말했다. "중국어는 조금 통해서 여관에서 우연히 이를 보고 적요함을 달랬을 뿐이지요."

히토미가 이 책이 난해하고 무익하여 읽지 않았다고 했지만 이언강은 이 책을 읽었다고 하였다. 이처럼 17세기에는 『수호전』이 일본에 전래되었고 이를 여러 사람이 읽었음을 확인할 수 있다. 아울러

23) 世傳, '作『水滸傳』人, 三代聾啞, 受其報應', 爲盜賊尊其書也. 許筠, 朴燁等, 好其書, 以其賊將別名, 各占爲號, 以相謔, 筠又作『洪吉同傳』, 以擬『水滸』, 其徒徐羊甲, 沈友英等, 躬蹈其行, 一村虀粉, 筠亦叛誅, 此甚於聾啞之報也.

이 소설은 이 시기에 이미 한글로도 번역되어 읽혔던 것으로 보인다.

> 글월 보고 무양ᄒᆞ니 깃거ᄒᆞ며 보ᄂᆞᆫ ᄃᆞᆺ 든〃반기노라. □□엄으로 움즉여 ᄃᆞᆫ니니 긔운이 엇더ᄒᆞᆫ고 념ᄒᆞ며 □□□□ 나ᄃᆞ리ᄅᆞᆯ ᄒᆞ여 가도 무ᄉᆞᄒᆞᆫ가 ᄒᆞ노라. ᄂᆡ일 드러오면 볼가 기ᄃᆞ리고 잇노라. 네 병말은 뉴후셩ᄃᆞ려 약도 □□ 달리 고티ᄂᆞᆫ 일도 이시니 ᄂᆡ일 드러올 거시니 아니 뎍노라. 『슈호뎐』으란 ᄂᆡ일 드러와셔 네 출혀 보내여라.

제시한 예문은 인선왕후(仁宣王后)가 시집간 딸에게 보냈던 언간 중의 하나이다.[24] 언간을 보면 딸에게 『슈호뎐』을 찾아가라는 당부가 있다. 인선왕후는 이전에 수차례의 언간을 보내면서 『녹의인뎐』과 『하븍니쟝군뎐』 등의 소설을 언급했고, "감역집의 벗긴 칙, ᄎᆞ자 드러올 제 가져오너라"는 말을 했다. "벗긴 칙"이라는 말을 볼 때, 인선왕후가 언급했던 『수호전』은 여타 중국소설의 번역본이 『대축관서목』이나 『연경당언문책목록』 등의 도서목록과 낙선재본 고소설과 같은 실물로도 남아있기에, 한글로 번역된 『수호전』으로 보인다. 인선왕후가 말한 감역집은 왕실에 필요한 물품을 공급하던 선공감(繕工監)이었는데, 이곳에서 왕실의 사람들을 위하여 중국소설을 번역하는 일도 겸했던 것을 알 수 있다.

(3) 18세기

18세기에는 전대에 비하여 다양한 경로로 중국 서적이 수입되었고, 민간에까지 중국소설이 흔하게 읽혔다.[25] 『수호전』도 이러한 시

---

24) 김일근, 『언간의 연구』, 건국대학교 출판부, 1986.

25) 18세기의 문화 변동과 양상은 정민, 『18세기 조선 지식인의 발견』, 휴머니스트, 2007

대적인 흐름에 따라 많은 사람들이 접하게 되었고, 관련 기록 또한 다양하다.

> 丙申 御晝講. 知事李寅燁啓曰 : "今番觀武才, 以騎槍交戰落點云, 武士輩槍技不熟, 槍刃交擧之際, 必多致傷之患, 何以則爲好乎?" 上曰 : "今若去其鋒刃, 一人衣白, 一人衣黑, 交馬之後, 以白黑決勝負則好矣." 寅燁曰 : "此事見於『水滸傳』, 當依此爲之矣."

제시한 예문은 『조선왕조실록』의 기록으로, 숙종(肅宗)이 신하들과 관무재(觀武才)에 대한 의견을 나누면서 『수호전』을 언급한 것이다. 이인엽(李寅燁)은 숙종에게 '관무재(觀武才)에서 무사들이 창을 쓰는 기술에 익숙하지 못하여 다칠 우려가 많으니 어떻게 하면 좋겠냐'고 아뢰자 숙종은 '날카로운 날을 제거해 버리고 한 사람은 흰 옷을, 또 한 사람은 검은 옷을 입게 하여 말을 타고 교전한 뒤 흑백(黑白)으로 승부를 결정한다면 좋을 것이다'라는 비답(批答)을 내린다. 그러자 이인엽은 '이 내용은 『수호전』에 있으니 그대로 처리하겠다'고 대답한다.

숙종이 제시한 해결책은 『수호전』 11회와 12회에서, 양지가 주근, 삭초와 차례대로 무술 대결을 벌이면서 상대에게 피해를 주지 않기 위하여 했던 방법을 그대로 말한 것이다. 따라서 숙종이 『수호전』의 내용을 알고 있었음을 알 수 있다.

영조(英祖) 또한 『수호전』을 읽었다.[26] 그는 관서지역(關西地域)과 황해도(黃海道)에서 도적들이 창궐한다는 소식을 듣고 『수호전』의 양산박(梁山泊)을 언급하면서 이들의 성격을 물었고,[27] 허균이 『수호전』

참조.

26) 『조선왕조실록』과 『승정원일기』를 보면 15건의 『수호전』 기록이 확인된다.

의 영향을 받은 것에 대해 경계하였다.[28] 또한 역관들이 『삼국지연의』와 『수호전』을 들여와 비싼 가격에 팔아 사회의 문제를 일으키니 이를 처벌하자고 신하들이 주청하자 "관문(關門)이나 시장(市場)에서는 조사를 하되, 징수는 하지 말라"고 관대하게 처리한다.[29] 영조는 조선의 국왕 가운데 중국소설은 물론이고 한글소설을 가장 애독했던 사람이다.[30]

정조(正祖) 역시도 『수호전』을 접하고 이에 대해 부정적인 인식을 드러내며 정책에 반영하였다. 그는 "『수호전』를 읽어보니 허황한 이야기를 담고 있어 정신을 낭비한다"[31]고 했고, "잡서(雜書)를 좋아하

---

27) 上曰, 其夜氣甚憊, 未暇詳問, 而其根抵頗不尋常矣. 應洙曰, 此賊所聞, 其來已久矣. 非但關西, 黃海道谷山一帶, 頗有屯聚之漸云者, 自前已有所聞矣. 上曰, 向日欲問於摠戎使而未果矣, 賊徒果有屯聚處乎, 或別立名號云耶? 應洙曰, 民之貧困者, 不過相聚爲盜耳, 散則混與平民同, 合則作黨行賊, 雖有識良民, 或多混同誘入矣. 雖然, 渠輩豈能張大, 自作名號乎? 上曰, 良散中, 亦或有知人事識事理者, 如『水滸誌』梁山泊中, 亦有宋江類矣. 應洙曰, 關西北·海西諸處, 此賊倘皆連絡矣. 臣亦於待罪關西時, 按治之, 故判書朴師洙按道時, 亦力加捕治矣, 卽今捕廳所囚, 亦臣曾所按治之一條, 故臣亦略知其形勢, 而其時兵使, 以一討捕加設之意, 狀請者此也.

28) 頃日亦諭而筠以『水滸傳』, 教扶安之民, 不先以忠義字敎之矣. 徽宗時, 朝廷只有小人, 故反致梁山泊之亂. 戊申亂逆後, 亦豈無無良心者耶? 雖麟佐之族, 亦必有之. 如此之類, 則必欲不擾, 予非不信島民, 而風吹草動之慮, 不可不念矣. 此則予當決之, 海中雖有便安之民, 而亦何必擾之耶? : 如許筠讀『水滸傳』, 慕宋江等, 自以爲有氣而卒爲凶人, 不可不戒也; 上曰, 洪啓禧言, 士氣雖客氣, 猶當培養. 予以許筠勸讀『水滸傳』事, 譬言之矣. 其師若有助成之意, 予雖在靜攝中, 有君師之任. 當殿坐明倫堂, 大司成及首唱儒生, 處置之矣.

29) 尙魯曰, 臣則多有見欺於徐宗順, 而李譯亦受欺, 至給千兩, 若不受欺, 則用銀之數, 不必至此矣. 出柵門時, 彼人每以搜檢爲言, 而如『三國誌』, 『水滸誌』, 皆是禁物, 故譯官輩主於彌縫, 所謂『三國誌』價, 至爲六百餘兩, 由此言之, 則禁物不可不嚴防矣. 上曰, 禁物, 每用人情乎? 尙重曰, 雖無『三國誌』持來之事, 而譯官輩, 前後不能自飭, 不得已用情債云矣. 臣行則只用五百兩, 而彼人亦有納稅之事, 故不得不如此云矣. 上曰, 關市譏而不征, 可也.

30) 양승민, 「〈승정원일기〉 소재 소설 관련 기사 변증」, 『고전문학연구』 26집, 2004 참조.

31) 予自來不喜看雜書, 如所謂『三國志』, 『水滸傳』等書, 亦未嘗一番寓目. 燕閒之所嘗

는 자들이 『수호전』은 『사기(史記)』와 비슷하고, 『서상기(西廂記)』는 『모시(毛詩)』와 비슷하다고 했는데 비슷한 것들을 취하여 좋아할 바에는 어찌 바로 『사기』와 『모시』를 읽지 않느냐"[32]라고 반문하기도 했다. 그리고 신하들이 이 소설을 금지시켜야 한다고 주청하자 이를 적극적으로 시행하였다.[33] 특히 그가 말했던 '『사기』와 『모시』를 읽지 않느냐'는 주장은 김성탄이 『수호전』 서문(序文)에서 이 소설이 경전(經典)과 같은 반열의 작품이라는 주장을 정면으로 반박한 것이다.

이렇듯 국왕과 신하의 공식적인 자리에서도 『수호전』이 논의되듯이, 이 시기에는 『수호전』이 널리 읽혔기에 여러 문인들의 기록에서 관련 기록을 쉽게 발견할 수 있다. 관련 기록은 안정복(安鼎福)과 이학규(李學逵)처럼 『수호전』을 구매하거나 읽었다는 식의 단편적인 기록에서부터 시작해서,[34] 이하곤(李夏坤)과 같이 책문(策文)으로 『수호전』과 같은 패관소설의 의의를 표명한 경우, 그리고 연행록에서 자연

從事者, 不外乎聖經賢傳, 而年來漸覺眼昏, 今春以後愈甚, 書冊字劃, 多不分明. 如政望落點, 亦費眼力, 而以眼鏡臨朝, 恐涉駭瞻, 故六月親政, 亦難爲之矣. 然而經傳上工夫, 猶不敢自懈. 凡今日出入近列之人, 果能宣布對揚, 以爲一分模楷之方否? 秉模曰, 聖教誠至當矣.

32) 近日嗜雜書者, 以「水滸傳」似『史記』,「西廂記」似『毛詩』, 此甚可笑. 如取其似而愛之, 何不直讀『史記』,『毛詩』?

33) 以北部尹弘道上言, 傳于李肇源曰, 書冊之禁, 已多年所, 則雖於不得不緊用於通語之文字, 議于使臣, 須有公文, 然後當爲持來. 渠之上言中『金瓶梅』,『水滸志』, 已是最可禁之書, 名雖翻清, 實則雜書, 其在嚴禁條信法令之道, 購來之人, 當用冒禁之律, 納院在於甲寅云, 則購來果在何年? 令該院, 今日內嚴査, 如在令後, 直以勘律之意草記, 其時灣尹書狀, 亦爲指名論罪 : 傳曰, 購來在於令前, 容有可恕之端, 所謂『金瓶梅』,『水滸志』, 一是鄙悖淫褻之談, 一是不經蔑理之書, 則何敢看作功勞, 上言請賞? 卿其各別嚴治, 可也.

34) 안정복과 이학규의 기록이 대표적이라고 할 수 있다. "近有從燕市, 購得耐菴詩文諸集若干卷秘之. 惟同志一二見之, 殊可笑."; "余觀唐板小說, 有四大奇書, (… 中略 …), 二『水滸志』(… 後略 …)."

스럽게 『수호전』을 언급한 경우를 볼 수 있다. 그리고 보다 전문적으로 『소실산방필총』이나 『속문헌통고』와 같은 중국의 서적들을 참조하여 『수호전』의 사실성 여부, 작자의 문제, 소설에 대한 고증(考證)이 보이고 있으며, 이 소설의 효용에 대한 찬반 입장과 김성탄의 평점본에 대한 평가도 확인된다.

> 『莊嶽委譚』云 : "世行『水滸傳』, 元人武林耐菴施某, 嘗入市肆, 細閱古書於弊楮中, 得宋張叔夜『擒賊詔語』一通, 備悉其一百八人所由起, 因潤飾此篇." 其中用意, 非倉卒可窺, 但世知其形容曲盡而已. 至其排此百八人, 分量輕重, 纖毫不戾, 而抑揚映帶, 回護詠歎之士, 直有超出言語之外者, 古人以『水滸』爲有丘明太史之長, 亦近之矣. 許筠,『四部藁』, 以『水滸傳』, '著於一人之手, 宜羅氏之三世啞也'云. 今按『莊嶽委譚』, 則『水滸傳』耐菴施某所撰, 許筠則記以羅氏所編, 以筠之博古, 有此謬認, 何也?

예문은 홍만종(洪萬宗)이 호응린(胡應麟)의 『소실산방필총(少室山房筆叢)』의 「장악위담(莊嶽委譚)」을 참조하여, 허균이 『수호전』의 작자를 나관중이라 한 것은 잘못된 것이라 지적한 것이다.

이익(李瀷)도 『성호사설』에서 『수호전』의 작자와 소설의 내용에 대하여 논했다. 이익 역시 홍만종과 마찬가지로 시내암이 『수호전』의 작자라고 하였다. 이어 이 소설로 인한 폐해,[35] 관승(關勝)과 장순

35) 『水滸傳』者, 施某所作. 其言無非捭闔搖撼, 凡用兵奇詐, 莫巧於此, 便是一兵家大藪也. 後爲賊寇所祖, 其害彌亘, 不可遏也. 當魏忠賢之亂政, 作『點將錄』, 首曰 : 天罡星, 托塔天皇李三才, 及時雨葉向高, 浪子錢謙益, 聖手書生文震孟, 白面郎君鄭鄤, 霹靂火惠世揚, 大刀楊漣, 智多星繆昌期等, 共三十六人, 地煞星, 神機軍師顧大章, 旱地忽律游大任, 鼓上皀汪文言等, 共七十二人, 合百八人. 盖疾東林黨人, 以此辱之也. 百八之數, 出於佛家, 以無患子百八顆, 爲念珠也. 是至流賊李自成作亂, 其綽號, 兵術, 不出『水滸』套中. 余謂作是書者, 其必有陰賊之志乎. 昔傳有一宰臣治盜, 細詰其情狀, 無遺, 盜相顧吐舌, 曰 : "此公莫是曾爲盜者耶? 何悉我迹如是?" 施氏『水滸』一書,

(張順)에 대한 고증,[36] 18반 무예의 고증[37]을 시도했다. 이익이 가장 관심이 있었던 것은 실존 인물과 『수호전』에서 만들어진 인물의 차이, 그리고 18반 무예와 같은 군사의 운용과 같은 부분이었다.

> 『水滸傳』, 非惟權謀機變, 文章實佳. 『文獻通考』云:"羅本貫中著." (… 中略 …) 蓋『水滸』爲奸臣蠹政, 胡寇侵凌, 托之空言, 以泄其憤者, 安知非遺民若聖予者所作耶? 只言激贊, 未言撰傳, 不可詳也. 聖予名開, 祥興間人云.

이용휴(李用休)는 이 소설이 "권모(權謀)가 뛰어날 뿐 아니라 문장도 실로 볼 만하다"고 평가한 후에, 홍만종, 이익과는 달리 『문헌통고』에 의거하여 『수호전』을 나관중이 지었다고 하였다. 그리고 공개(龔開)의 「송강삼십육인찬서(宋江三十六人讚序)」도 다루었다.[38]

亦猶是也. 『성호문집』에서도 『수호전』에 대한 문제를 지적했다. 『성호전집(星湖全集)』, 권26 참조.

36) 『水滸傳』中如宋江, 關勝等, 固史傳所載, 而勝斷非從江爲賊者也. 勝濟南驍將也, 金將撻懶攻濟南, 勝屢出城拒戰, 劉豫殺勝出降, 乃宋之忠烈也. 如張順歸身事, 尤可笑. 按『宋鑑』, 度宗咸淳八年, 京湖使統制張順, 張貴, 率師救襄陽, 漢水方生, 夜乘順流發舡. 貴先登, 順殿之, 轉戰百二十里, 元兵皆披靡. 達襄陽城, 及收軍, 獨失順. 越數日, 有浮屍溯流而上, 被甲胄, 執弓矢, 直抵浮梁, 視之則順也. 身中四槍六箭, 怒氣勃勃如生. 諸軍驚以爲神. 張貴又戰死, 遂立雙廟, 祠之.

37) 『성호사설(星湖僿說)』 권6, 『만물문(萬物門)』 참조.

38) 『水滸傳』, 非惟權謀機變, 文章實佳. 『文獻通考』云:"羅本貫中著." 楊升庵云:"非貫中所可及." 余曾見『錢虞山集』云, 龔聖予去君實幕, 徙居吳市, 畵馬給食, 室無几案, 使其子曲躬受紙, 作文, 陸二傳. 吳淵穎以爲子張復出. 晩年無聊, 激贊宋江三十六人, 以申寫其叫號呼憤之氣. 去今三百年, 長淮湯湯. (… 中略 …) 蓋『水滸』爲奸臣蠹政, 胡寇侵凌, 托之空言, 以泄其憤者, 安知非遺民若聖予者所作耶? 只言激贊, 未言撰傳, 不可詳也. 聖予名開, 祥興間人云.

元時有羅貫中者, 爲水滸傳. 狀宋江等爲盜甚悉, 以宣其磈磊不平之氣. 龔聖予文陸之徒也, 亦好畫江等. 盖爲宋室欲亡元也. 元末羣盜果得其法, 以亂天下, 皇明之末, 流寇之橫行者亦是物也. 於是貫中書爲萬古之禍, 何其憯也.

성해응(成海應) 또한 『수호전』의 작자를 나관중이라고 했고, 『수호전』의 형성 과정과 의의에 대해서도 논하고 있다. 그리고 그는 「송대유민(宋代遺民)」이라는 글에서 송나라의 멸망 원인과 송강의 출현 요인 등을 다루었고, 「기도(記盜)」에서는 조선 시대 도적(盜賊)의 연원을 제시하면서 『수호전』을 언급하기도 했다. 이용휴와 성해응이 나관중을 작자로 본 것은 『문헌통고』를 참조했기 때문이다.

이렇듯 18세기의 대표적인 지식인들이 『수호전』을 접하고 그에 대한 감상을 펼친 것을 보면 이 책이 중국의 역사와 관련지어 논의할 만한 내용을 담고 있는 소설이라는 인식이 있었기 때문이다. 참고로 『수호전』 작자에 대한 혼선은 중국서적의 인용에서 빚어진 것인데, 김성탄의 평점본이 등장하고 읽히게 되면서부터는 시내암 쪽으로 무게가 실리게 된다.

또 다른 관련 기록에서는 『수호전』의 공과(功過)에 대한 언급이 주로 보인다. 패관소설의 효용을 인정하고 이 소설의 문장과 형식을 높게 평가하는 입장도 있고, 패관소설을 처음부터 부정하고 이 소설이 역사를 왜곡시키고 회도(誨盜)를 조장하며 성인의 문장(文章)을 해친다는 입장도 있어 두 의견이 팽팽히 맞선다. 특히 후자의 입장은 정조의 문체반정 이후로 많이 나타난다.

> 明末小說之盛行, 亦一世變. 如『三國演義』, 『西遊記』, 『水滸傳』等書, 最爲大家, 其役心運智於虛無眩幻之間者, 可謂極勞矣. (… 中略 …) 至於『水滸』, 則極形容羣盜猖獗橫行之狀, 故明末流賊悉效此, 其標立名稱, 以闖天王之類, 卽梁山泊, 玉麒麟, 九文龍之遺法, 其弊已明著矣. 近聞淸人發令禁小說云, 果然則此必有所懲者而然矣.

이이명(李頤命)은 명대(明代) 소설의 성행을 논하면서 『삼국연의』, 『서유기』와 함께 『수호전』이 대표격이라 했다. 그리고 그는 이 소설이 도적들의 행태를 아주 상세하게 묘사했다는 점에 주목하였다. 이와 비슷한 맥락에서 『수호전』을 긍정적으로 바라본 사람은 이의현(李宜顯)이다.

> 至如『水滸傳』, 『西遊記』之屬, 雖用意新巧, 命辭瓌奇, 別是一種文字, 非上所稱諸書之例也.

그는 『수호전』의 내용이 기괴하기는 하지만 소설의 문체가 예전에 볼 수 있던 것이 아니라고 하였다. 이이명과 이의현 모두 소설의 내용에 대해서는 부정적이지만 문장에 대해서는 특징적인 면이 있다고 본 것이다.

문장에 대한 입장 차이는 정약용(丁若鏞)의 글에서 확인된다. 정약용은 "지금에 이른바 문장학이란 것은, 또 저 한유·유종원·구양수·소식의 저술은 너무 순박하고 올발라서 무미건조하다 하여, 나관중(羅貫中)을 시조(始祖)로 시내암(施耐菴)을 원조(遠祖)로 김성탄(金聖嘆)을 하늘로 곽청라(郭靑螺)를 땅으로 떠받들고 있다"[39]고 하면서, 『수

39) 『다산시문집(茶山詩文集)』, 권11, 오학론(五學論).

호전』으로 인한 문장의 황폐해짐을 비판했다.40) 그리고 그 해결책으로 경전(經典) 읽기를 권유하였다.

> (… 前略 …)『水滸』之徒, 純於盜也. 然羅貫中之獎之. (… 中略 …) 孔周爲政, 羅必先誅, 而書則滅絶之也. 反乃盛行於世, 又或圖畵其貌, 照人耳目, 有若曠感者然, 世敎之賊, 一至此哉? 龔聖予, 文陸徒也. 宋亡不仕, 賣畵自食, 喜畵『水滸』羣雄, 龔豈獎盜者耶? 其意亦羅比也. (… 後略 …)

또한 성대중은 위의 예문과 같이 『수호전』이 도적(盜賊)을 장려한 책이라며, '만약 공자(孔子)와 주공(周公)이 정치를 했다면 반드시 나관중을 먼저 죽이고 책은 없애버렸을 것이다'라고 했다. 그리고 이 소설에 나오는 인물들을 그림으로 그렸던 공성여 또한 도적을 조장한 자라며 거세게 비판하고 있다. 그리고 이옥(李鈺)은 『수호전』이 역사를 왜곡시켰다는 점에 초점을 두어 비판하였다.

> 夫作稗史者, 巧覘正史之有疑案處, 便把作話柄, 李師師之游幸, 則「忠義水滸傳」, 有宋江夜謁娼樓之語. (… 中略 …) 紫䵷耳目者, 罪固大矣.

이옥은 패사를 짓는 사람들은 정사(正史)의 모호한 부분을 교묘하게 이야깃거리로 만드는데, 『수호전』의 경우에는 이사사(李師師)의 유행(游幸)을 『수호전』에서는 송강(宋江)이 밤에 기생집에서 알현하였다는 이야기로 만들었다고 하였다. 오랜 세월이 지난 뒤에 사실과 소설의 구분이 어렵게 되니 사람들의 이목(耳目)을 어지럽게 하는 것은 큰 죄라고 하였다.

이후 김성탄의 평점본이 전래되자 이에 대한 평가도 쏟아졌다. 이

---

40) 『다산시문집(茶山詩文集)』, 권22, 도산사숙록(陶山私淑錄).

덕무(李德懋)는 어려서부터 중국의 연의소설들을 읽었고 누구보다도 명청대의 소설 전반에 대해서 잘 파악하고 있었다. 이덕무는 연의소설을 역사적 사실을 오도하는 위(僞)와 허구(虛構)로 규정하였고, 세상의 인심에 해악을 끼친다고 했다. 그는 인정(人情)과 물태(物態)를 묘사하는 것만 본다면 『수호전』이 가장 뛰어난 소설이지만 이 소설이 담고 있는 내용이나 김성탄의 평점에 대해서는 대단히 부정적으로 보았다.

> 余嘗看『水滸傳』, 其寫人情物態, 文心巧妙, 可爲小說之魁, 合號綠林董狐. (… 中略 …) 又有金聖嘆者, 恣意評讚, 自言, "天下之文章, 無出『水滸』右者. 善讀『水滸』, 其爲人綽綽有裕." 又肆然罵孟子, 爲未離戰國遊士之習云. 雖不詳知聖嘆之爲何許人, 而其狂妄鄙悖, 從玆可知也. 其爲言也, 抑揚眩亂, 才則才矣, (… 中略 …) 其罪則擢髮難贖也.

이덕무가 『수호전』의 내용과 김성탄의 평점본을 혹평한 이유는 이 소설의 내용이 허구를 기초로 한 소설 장면과 인물들이 사회를 혼란하게 만드는 요소가 될 수 있고, 명대의 멸망은 이로 말미암아 이루어졌다고 보았기 때문이다. 그리고 김성탄본은 『시경』과 『좌전』, 『사기』 등의 명저들과 『수호전』을 함께 문학하는 사람의 필독서로 만든 문제가 있다고 했다.[41]

유만주(兪晩柱)도 김성탄의 평점본에 대한 기록을 남겼지만 이덕무와는 다른 입장이다. 그는 이 책을 "난리 가운데 기이한 사건을 다루었고 의기가 뛰어나다", "『수호전』은 음모와 속임에 관한 책이요, 인정세태에 관한 책이요, 혼돈을 꿰뚫는 책이며, 둘이 있어선 안 될 책

41) 한매, 앞의 논문 참조.

이다"[42]라고 평가하였고 『수호전』에 대단히 심취하여 "『수호전』 좋은 본(本)을 사면 '흠영외기(欽英外記)'라고 적어놓아야겠다"[43]라고 했다. 그리고 그의 『수호전』에 대한 관심은 작자의 고증과 형성 과정에 대한 탐색으로 이어졌다.[44] 그가 이처럼 김성탄의 평점본에 경도된 것은 다음과 같은 이유에서이다.

> 『水滸』 斷辭極神. 凡文字至險難寫處, 聖嘆乃能容易展拓之, 讀之可以悟文章家活法. (… 後略 …)
>
> 『水滸』 寫大儒, 豪傑, 名士, 烈士, 名將, 孝子, 義僕, 奸雄, 謀士, 勇士, 眞人, 道士, 名醫, 釋子, 老人, 少兒, 書生, 平民, 胥役, 士卒, 工匠, 水戶, 漁人, 獵戶, 店子, 屠兒, 光棍, 昏君, 奸臣, 贓官, 汚吏, 淫女, 姦夫, 偸兒, 强盜, 各有身分性格, 色色誦現, 非才子, 安得出此? (… 後略 …)
>
> (… 前略 …) 然似不如「水滸」評之神出鬼沒 (… 後略 …)

유만주는 『수호전』의 단사(斷辭)가 매우 신이하고, 문장의 경우에는 "지극히 험난하여 표현하기 어려운 대목을 쉽게 펼쳐놓았으며, 문장을 생동감 있게 만들었다"고 하였다. 그리고 "유학자, 호걸, 명사, 열사, 명장, 효자, 의로운 종, 간웅(奸雄), 모사(謀士), 용사, 신선, 도사,

---

42) 『水滸』, 是椭謀機詐之書也, 是人情世態之書也, 是開鑿混沌之書也, 是不可有二之書也.

43) 得購 『水滸』 佳本, 當題以 '欽英外記'.

44) 예를 들자면 萬曆之士曰 : "『水滸』 原本稱古杭羅貫中撰, 又有歸之施耐菴者. 或施, 羅合筆, 如王冀甫, 關漢卿之 『西廂』 是也. 元人以塡詞, 小說爲事, 當時風氣如此云." : 『水滸傳』, 相傳爲洪武初, 越人羅貫中作, 又傳爲元人施耐菴作. 近金聖嘆, 自七十回之後, 斷爲羅所續, 因極口詆羅. 復僞爲施序於前, 此書遂爲施有矣. 或謂安有爲此等書人, 當時敢露其姓名者, 闕疑可也. 定爲耐菴作, 不知何據; 曾見 『西湖志餘』云 : "南宋羅本錢塘人, 編小說數十種, 而 『水滸傳』 敍宋江等事, 姦盜脫騙, 器械甚詳, 然變詐百端, 壞人心術, 其子孫三代皆啞, 天道好還之報如此." : 議四大奇書所題施耐菴, 何人? 是必聖歎自爲之也. 復議聖歎諸外書, 精神專在於評爲評, 故有許多外書, (… 後略 …) 와 같은 것들이다.

명의(名醫), 승려, 노인, 어린 아이, 서생, 평민, 아전, 병졸, 공장(工匠), 수호(水戶), 어부, 사냥꾼, 상인(商人), 백정, 무뢰한, 어리석은 군주, 간신, 탐관오리, 음녀, 간부(姦夫), 좀도둑, 강도를 그리면서 각각의 신분과 성격을 갖가지로 잘 형상화했다"고 했다. 마지막으로 작품 중간 중간에 보이는 평(評)이 신출귀몰하다고 극찬하였다. 유만주는 이처럼 김성탄 평점본에 대하여 여러 기록을 남겼지만 "당시 독자들이 중국소설 『수호전』의 내용보다는 이를 평비해 놓은 김성탄의 글에 주안점을 두어 독서했다"[45]는 일반론에서 크게 벗어나지 않는다.

한편, 18세기에는 연행록(燕行錄)에서 『수호전』이 빠지지 않고 등장한다는 점이 주목된다.

> 소교방에서 4, 5리 떨어진 곳에 취병산(翠屛山)이 있으니, 『수호전』에 나오는 양웅(揚雄)이 반교운(潘巧雲)을 죽인 곳이다. 산 밑에 석상(石像) 둘이 있는데, 전해 오는 말에, 양웅과 석수(石秀)의 상이라고 하나 꼭 믿을 수는 없으나 오래 묵었음은 틀림없었다. 만든 솜씨가 매우 투박하여 겨우 얼굴만 되어 있었다.[46]

김창업(金昌業)은 숙종 38년(1712)에 연행에 참여하여 북경으로 가면서 취병산(翠屛山)을 지나게 된다. 취병산은 양웅과 석수가 음행(淫行)을 저지른 양웅의 처 반교운을 죽인 곳이다. 김창업은 이곳을 지나면서 자연스럽게 『수호전』을 언급했고 이곳에 있던 석상에 대한 평

---

45) 정선희, 「조선시대 문인들의 김성탄 평비본에 대한 독자 담론 연구」, 『동방학지』 129집, 2005, 331쪽.

46) 小橋坊四五里有一山, 是爲翠屛山. 不甚高大, 『水滸傳』 所謂楊雄殺潘巧雲處也. 山下有兩石人, 世傳以爲楊雄, 石秀之像也. 斯未必信然, 而亦古物也. 其制甚朴, 像面目而已. 『연행일기(燕行日記)』 제3권, 임진년(1712, 숙종 38) 12월 24일.

도 적었다. 김창업이 이처럼 자연스럽게 양웅과 석수를 논할 수 있었던 것은 『수호전』을 읽었던 경험에서 비롯된 것으로 볼 수 있다.

> 마침 희자(戱子) 놀이가 벌어졌으므로 세 사신이 함께 한 집에 모여서 잠시 보았는데, 그 법이 우리나라의 광대놀이 같았다. 여러 가지 복색(服色)으로 바꾸는데 모두 명 나라와 송 나라 때의 조복(朝服)과 군복(軍服)이었으며, 형상은 『수호전(水滸傳)』과 기타 기기괴괴한 일이었다. 그러나 말을 알아듣지 못하고 의미도 몰랐으니 족히 관람할 것이 없고 도리어 우스웠다. 중화(中華)의 예복(禮服)을 도리어 저자 바닥 호인들이 가지고 노는 자료로 만드니 통탄할 일이다.[47]

한편, 김창업과 함께 연행에 참여했던 최덕중(崔德中)은 연행을 마치고 귀국하는 길에 잡극(雜劇) 『수호전』을 보고 그에 대한 평을 기록했다. 두 사람이 연행록에서 『수호전』을 언급했던 것은 이후 하나의 관례가 되었다. 취병산을 지나면서는 양웅과 석수를 이야기하고, 돌아오는 여정에는 잡극으로 공연되었던 『수호전』을 구경하고 그에 대한 평을 남기는 것이 자연스러운 것이 되었다.[48] 홍대용과 박지원 등도 이런 맥락 속에서 연행록을 통하여 수호희(水滸戱)를 좀 더 구체적으로 묘사하고, 『수호전』을 읽었던 중국 사람들의 풍속을 기록해 둔 것으로 보인다.[49]

---

47) 適値設戱子之擧, 三使臣同會一室暫見, 而其法如我東俳優之戲. 色色改服, 服皆明宋之朝服軍服, 而像形水滸傳與奇奇怪怪事, 而不通話音, 亦不知意味, 不足可觀, 還可笑也. 以中華之禮服, 反作市胡弄玩之資, 痛哉痛哉. 『연행록(燕行錄)』, 일기(日記), 계사년(1713, 숙종 39) 2월 21일.

48) 연행록에 『수호전』 어록해를 함께 필사한 것도 있다. 동국대학교 소장 『燕行日記』가 그 대표적인 예이다. 『연행록 전집』에서 이 자료를 쉽게 볼 수 있다. 임기중 편, 『燕行錄全集』 75, 동국대학교 출판부, 2001 참조.

49) 우리나라로 돌아오는 길에 옥전현(玉田縣)에 이르렀을 때 거리 위를 보니 삿자리집을

그리고 『수호전』을 읽었던 독자들 중에서 빼놓을 수 없는 것이 중인 계층이다.[50] 홍낙인(洪樂仁)은 역관(譯官)들이 『수호전』을 낭낭하게 읽어주는 모습을 인상적으로 여겨 이를 시로 표현했다. 역관들이 중국소설을 낭독하는 모습은 『조선왕조실록』과 『승정원일기』에서 흔히 볼 수 있다. 중국의 사신들을 접대하는 자리에서 『삼국지연의』를 읽는 경우는 허다했다.[51] 이들은 중국의 백화(白話)와 속어(俗語)를 누구보다도 잘 알고 있었기 때문에 이러한 일이 가능했다. 당대 유명한 화가였던 최북(崔北)은 『수호전』 읽기를 좋아하여 늘 외우고 다녔다는 기록이 있고, 마성린(馬聖麟)이 시사(詩社) 모임에서 사람들과 함께 『수호전』을 읽었다는 기록은 이러한 사실을 잘 보여준다.[52] 특히 근기남인(近畿南人) 계열의 대표적인 문인서화가인 윤두서(尹斗緖)는 〈격호도(擊虎圖)〉를 그렸는데, 이 그림은 이탁오본 제60회 삽화인 '공손승(公孫勝)이 망당산에서 마귀를 물리치는 장면'을 마귀 대신 호랑이를 잡는 장면을 응용해서 그린 것이다.[53] 그리고 완산이씨의

가설해 놓고 연극을 하고 있었다. 은전 몇 냥을 주고 연극 종목 중에 쾌활한 것을 골라 구경을 하였는데 내용은 바로 『수호전(水滸傳)』으로, 무송(武松)이 술이 취해 장문신(蔣門神)을 치는 대목인데 원본과는 조금 달랐다. 어떤 이가 말하기를, '희장용(戲場用)으로 따로 연본(演本)이 있다'고 하였다. 기물과 규모는 북경의 그것에 비하면 형편없었지만 내용이 이미 아는 것이어서 말과 생각을 대략 알아차릴 수가 있었으므로, 한 마디 한 마디에 감탄하였고 대목이 재미가 있어 돌아가는 것마저도 잊게 되었다. 그제야 온 세상이 이에 미쳐 홀리는 까닭을 알았다. 『담헌서(湛軒書)』, 『외집(外集) 10권』, 『연기(燕記)』, 장희(場戲).

50) 이처럼 중인 계층의 사람들이 『수호전』을 많이 읽었던 이유는 이 소설이 불운한 사람의 울분을 달래주기 위하여 지어졌다는 이탁오의 언급에서 비롯된 것으로 보인다.

51) 이일선(李一善)이 『삼국지연의』를 잘 읽는 유승원(劉承元)을 불러달라는 경우가 대표적인 예이다. 『조선왕조실록』 숙종(肅宗) 2년(1676) 3월 21일 참조.

52) 허경진, 『조선의 르네상스인 중인』, 랜덤하우스, 2008.

53) 차미애, 「공재 윤두서의 중국 출판물 수용」, 『미술사학 연구』 264집, 2009, 111~112쪽.

『중국소설회모본』 또한 『수호전』의 내용을 삽화로 그려놓았다.[54] 이 책에 실린 『수호전』의 삽화는 모두 29폭이다. 그림을 그릴 때의 저본은 마지막 삽화가 "송공명취의수초안(宋公明取義受招安)"이라는 점을 고려해본다면 『수호전』 100회본 또는 120회본을 저본으로 그림을 그렸던 것으로 보인다. 이언진의 경우에는 여기에서 더 나아가 자신의 시집인 『호동거실』에서 『수호전』을 제재로 시를 쓰기도 하였다. 이 시집은 김성탄의 평점본을 본떠서 만든 것이다. 시집을 엮으면서 "통상적인 서론, 본론, 결론이나 장절(章節)의 구분 대신에, 도론(導論)에 해당되는 내용을 '독호동거실법'으로, 평설의 본론에 해당되는 내용을 '독호동거실'로, 결론에 해당되는 내용을 '독호동거실후'라고 명명하여 전통적인 평점본(評點本) 한적(漢籍)의 체재를 본뜨고, 그 각각의 내부 장절은 단순히 아라비아 숫자로 번호만 매겨서 구분했다."[55] 이것은 이언진이 『수호전』을 애독했기 때문에 나온 결과물이다.

이상의 『수호전』 관련 기록들은 대부분 한글로 번역되지 않은 중국에서 수입된 『수호전』에 대한 것들이다. 『수호전』 한글 번역본에 대해서는 이 시기에 해당하는 독서 기록이 거의 남아있지 않다. 다만 도서 목록 등에서 제목이 확인되어 주목을 요한다. 『옥원재합기연』의 필사기, 윤덕희의 소설 목록, 온양 정씨의 서목에는 『수호전』의 한글 번역본이 기록되어 있다. 또한 『수호전』을 『충의수호지』와 『성탄수호지』로 구분해 놓았다는 점이 주목된다. 이 근거는 『관작품질(官爵品秩)』에서 볼 수 있는데,[56] "水滸誌元人施耐庵撰, 明末金獜瑞

54) 박재연, 『중국소설회모본』, 강원대학교 출판부, 1993, 86~125쪽.

55) 박희병, 『이언진 평전: 나는 골목길 부처다』, 돌베개, 2010, 166~167쪽.

56) 서울대학교 소장본.

評", "忠義水滸傳, 金𤢡去其半而評改, 有二本耳"라고 언급한 것과 같이, 김성탄의 평점본을 『수호지』라 칭하게 되면서, 김성탄본 이전의 본들을 『충의수호지』라고 한 사실을 알 수 있다. 선행 연구에서는 "국내에서는 『성탄수호지』가 등장하자 『충의수호지』는 없어지고 구한말까지 주로 김성탄 『수호지』 번역본을 읽었을 것"으로 추정했지만,[57] 『수호전』의 독자들은 『수호전』을 『충의수호전』과 『성탄수호전』으로 구별하여 인식했으며, 두 본 모두 꾸준히 읽혔다는 사실을 소설 목록을 통해서 알 수 있다.

(4) 19~20세기

19~20세기의 『수호전』 관련 기록은 대부분 김성탄 평점본에 대한 것이다. 나아가 평점본을 직접 고소설 창작에 적용한 사례도 볼 수 있다.[58] 김성탄 평점본의 영향을 받은 작품은 『한당유사(漢唐遺事)』와 『광한루기(廣寒樓記)』이다.[59] 두 소설은 평점본을 차용하여 창작을 시도한 대표적인 작품으로 흔히 거론된다.[60] 이 소설들의 서문이나 내

---

57) 박재연, 『슈호지』, 이회, 2001, 2쪽.

58) 이전 시기와 비슷한 기록도 있고, 김성탄의 평점본을 본 소감이나 연행록, 『승정원일기』에서 여전히 『수호전』이 언급된다. 아울러 심능종의 언간에서처럼 "빌려간 『수호전』을 빨리 돌려 달라"는 식의 기록도 있다.

59) 이외에도 임형택본 『기리총화(綺里叢話)』와 영남대본 『무송전(武松傳)』 등이 있다. 이 작품들의 의의는 이승현, 「〈기리총화〉 연구」, 성균관대학교 한문학과 석사학위논문, 2009; 한의숭, 「19세기 한문중단편소설 연구」, 경북대학교 한문학과 박사학위논문, 2011 참조.

60) 이 소설들이 김성탄본과 어떤 관계에 있는가에 대해서는 이미 여러 논의들이 이루어졌다. 조혜란, 「〈한당유사〉 연구」, 『한국고전연구』 1집, 1995; 譚帆·정옥근, 「조선시대 중국 평점본 소설의 전파와 영향」, 『중국소설논총』 10집, 1999; 성현경·조융희·허용호, 『광한루기 역주 연구』, 박이정, 1997; 정선희, 「조선후기 문인들의 김성탄 평비본에 대한 독서 담론 연구」, 『동방학지』 129집, 2005; 한매, 「〈한당유사〉의 김성탄 문학비평

용이 김성탄 평점본의 창작 동기와 비평 의식과 유사한 부분이 많고,[61] 무엇보다도 평점본의 형식적인 특징을 그대로 보여주고 있기 때문이다.

김성탄의 평점본은 서(序) 3편, 시내암의 자서(自序) 1편, 송사강(宋史綱)과 송사목(宋史目)에 대한 평어(評語), 독오재자서법(讀五才子書法) 15칙, 설자(楔子), 70회의 장회명과 회평(回評), 협비(夾批)와 미비(眉批)로 구성되어 있다. 『한당유사』는 서(序) 2편, 자서 1편, 범례 6칙(則), 독방(讀方) 13칙, 88회의 회명, 회수평(回首評), 협비로 김성탄 평점본과 유사하게 만들었고, 『광한루기』에서는 서 2편, 독법(讀法), 시(詩), 인(引), 8회의 회명, 회수평, 총평, 협비로 약간의 차이를 두었지만, 두 소설은 작품의 형식면에서 김성탄 평점본을 상당 부분 모방했다. 이처럼 김성탄 평점본은 19세기의 한문소설이 새로운 형식을 모색하는 과정에서 하나의 전범(典範) 역할을 했다. 김성탄 평점본에 대한 독서가 자연스럽게 창작으로까지 이어졌음을 알 수 있다.

19세기에 들어오면 한글 번역본과 관련된 기록들이 18세기보다 좀 더 구체적인 양상을 띤다. 『수호전』은 『삼국지연의』와 비교해서 한글로 번역되어 읽히기에는 다소 어려웠을 것이라는 견해가 많은데,[62] 관련 기록을 보면 다양한 한글 번역본이 존재했고 널리 읽혔음이 확인된다. 이러한 사실을 보여주는 대표적인 예는 다음과 같은 것들이다.

수용 : 평점 부분을 중심으로」, 『한중인문학연구』 19집, 2006; 신해진, 「〈한당유사〉 해제 및 고소설비평자료 역주」, 『어문논총』 46호, 2007. 이외에도 『절화기담』을 김성탄 평점본의 영향에서 만들어졌다고 보는 견해도 있다. 김경미, 「〈절화기담〉 연구」, 『한국고전연구』 1집, 1995 참조.

61) 한매, 앞의 논문, 596쪽.

62) 정옥근, 앞의 논문.

> 셰간의 젼파ᄒᆞ는 언문쇼셜을 거의 다 열남ᄒᆞ니, 대져 삼국지, 셔유긔, 슈호지, 녈국지, 셔쥬연의로부터 녁대 연의에 뉴는 임의 진셔로 번역ᄒᆞᆫ 비니 말숨을 고쳐 보기의 쉽기롤 취홀 ᄲᅮᆫ이요 … (중략) … 모든 쇼셜이 슈샴 십 죵의 권질이 호대ᄒᆞ야 혹 빅권이 넘으며 쇼불하 슈십 권에 니르고 그 남아 십여 권 슈삼 권식 되는 뉴 또 ᄉᆞ오 십 죵의 지ᄂᆞ니 … (후략) ….
>
> 중국소설 : 三國志, 西遊記, 水滸誌, 西周演義, 歷代演義
>
> 한국소설 : 劉氏三代錄 , 眉蘇名行, 曹氏三代錄, 忠孝冥感錄, 玉鴛再合, 林花鄭燕, 寇萊公忠烈記, 郭張兩門錄, 華山仙界錄, 玉麟夢, 闢虛談, 玩月會盟, 明珠報月聘, 淑香傳, 風雲傳.[63]

제시한 예문은 『제일기언』의 서문이다. 서문을 보면 『수호전』이 번역되어 널리 읽혔고, 당시 가장 인기 있었던 소설 중의 하나였음을 알려준다. 이러한 사실은 신문관(新文館)에서 발행한 활판본 『수호전』의 간행사와 일본인 학자 타나카 우메키치(田中梅吉)의 기록을 통해서도 확인된다.

> 이 ᄎᆡᆨ이 발셔붓허 우 죠션에 퍼져 한문과 언문 두 가지로 유무식 업시 즐겨 닑던 바ㅣ나 지약 언문ᄎᆡᆨ ᄒᆞ야는 아즉 완젼ᄒᆞᆫ 판각이 업서 셰샹에 ᄎᆡᆨ 보시는 니의 매오 셥셥히 아시는 바이기로 여러 가지 번역이 잇는 가온ᄃᆡ 특별히 ᄌᆞ세ᄒᆞ고 보기 편ᄒᆞᆫ 이 ᄎᆡᆨ을 가리여 얼마콤 잘못ᄒᆞᆫ ᄃᆡ롤 고치고 ᄲᅡ진 것을 너허 급ᄒᆞᆫ ᄃᆡ로 이러케 츌판ᄒᆞ거니와 아즉 완젼치 못ᄒᆞᆫ 것은 ᄎᆞ후롤 기ᄃᆞ려 ᄭᅬ홈이 잇스려 ᄒᆞ노라.[64]

신문관본의 간행사에는 20세기 초까지 유통되던 번역본의 상황, 독자의 문제, 그리고 『수호지』가 신문관에서 출간된 배경을 보여준

---

63) 정규복 · 박재연 교주, 『제일기언』, 국학자료원, 2001, 22쪽.

64) 신문관본, 『슈호지 셜명』, 1쪽.

다. 내용 중에서 특히 "한문과 언문 두 가지로", "지약 언문칙ᄒᆞ야 ᄂᆞᆫ", 그리고 "여러 가지 번역이 잇ᄂᆞᆫ 가온ᄃᆡ 특별히 ᄌᆞ세ᄒᆞ고 보기 편ᄒᆞᆫ 이 ᄎᆡᆨ을 가리여" 등은 한글 번역본과 관련된 내용들이다.

> 총독부에 보고된 소설 명 중에서 가장 지명수(指名數)가 많았던 것부터 순차적으로 20종 정도에 대하여 기술해 보기로 한다. 『삼국지(三國誌)』, 『구운몽전(九雲夢傳)』, 『춘향전(春香傳)』, 『조웅전(趙雄傳)』, 『창선감의록(倡善感義錄)』, 『사씨남정기(謝氏南征記)』, 『유충렬전(劉忠烈傳)』, 『심청전(沈靑傳)』, 『소대성전(蘇大成傳)』, 『서상기(西廂記)』, 『수호전(水滸傳)』, 『장풍운전(張風雲傳)』, 『서유기(西遊記)』, 『치악산(雉岳山)』, 『홍길동전(洪吉童傳)』, 『홍도화(紅桃花)』, 『토전(兎傳)』, 『열국지(列國誌)』, 『옥린몽(玉麟夢)』, 『고목화(枯木化)』. (… 후략 …)

제시한 예문은 타나카 우메키치(田中梅吉)가 조선에서 이본(異本)이 많고 인기 있었던 소설의 순위를 매긴 것으로, 『수호전』도 여기에 포함시켜 놓았다. 그는 1911년과 1912년 사이에 조선총독부에서 조선에서 유행했던 고소설의 목록과 자신이 따로 수집했던 것을 합하여 순위를 정한 것이다.

실본(實本)은 거의 남아있지 않지만 소설 목록을 통해서 다양한 『수호전』이 존재했던 사실이 확인된다. '슈호뎐, 忠義水滸志, 水滸誌, 水滸志, 츙의슈호지, 셩탄슈호지' 등의 제목으로 불린 『수호전』 번역본이 있었고, 형태(形態) 또한 20책, 23책, 35책, 69책, '완질 사투(完帙四套)'까지 다양하게 존재했음을 알 수 있다.

그리고 이 번역본들은 언간이나[65] 세책장부(貰冊帳簿)의 대여 기록

65) "諺水滸志, 同爲出送, 傳于." 한국정신문화연구원 편, 『고문서집성 3 : 해남윤씨편』, 한국정신문화연구원, 1983.

을 봤을 때 인기리에 읽혔던 사실도 확인된다. 한편, 세책본 『남원고사』와 세책본 『춘향전』에는 이 시기에 존재했던 번역본 『수호전』이 어떤 형태의 것인지를 보여주는 대목이 있다.

> 한 왈직 ᄒᆞᄂᆞᆫ 말이 나는 『슈호지』 보깃다. 각셜. 송강이 강쥬셩 밧긔 나와 ᄃᆡ종, ᄂᆡ규, 당슌 등을 맛나지 못ᄒᆞ고 홀노 마음이 심〃ᄒᆞᄆᆡ 날호여 거러나가 경ᄀᆡ롤 구경ᄒᆞ며 나아가더니, 한 쥬루 압흘 지나며 우러러 보니 푸른 쥬긔롤 다랏ᄂᆞᆫᄃᆡ '심양강 정긔'라 ᄒᆞ엿고 쳠하 밧긔 소동파의 글시로 심양누라 뼛거늘 송강이 ᄂᆡ로ᄃᆡ, "ᄂᆡ 운셩현 잇슬졔 드ᄅᆞ니 강쥐 심양뉘 조타ᄒᆞ더니 과연 올토다. ᄂᆡ 비록 혼ᄌᆞ 왓시나 그져 지나지 못ᄒᆞ리라" ᄒᆞ고 누 압희 다〃라 도라보니 문가의 쥬황칠ᄒᆞᆫ 기동 우희 분칠ᄒᆞᆫ 픽 둘을 달고 각〃 다셧 ᄌᆞ로 뼛시되 '셰간무비쥬오 텬하유명누라' ᄒᆞ엿거늘 송강이 누의 올나 난간을 지혀 눈을 드러보니, 아로삭인 쳠하ᄂᆞᆫ 희빗히 바히고 그림 그린 들보ᄂᆞᆫ 구름의 잠겨시며 프른 난간은 창외에 나즉ᄒᆞ고 븕은 댱은 문 우희 놉히 다랏ᄂᆞᆫᄃᆡ 취안을 두른 곳의 만쳡운산은 청텬을 의지ᄒᆞ엿고 프른 믈 긴 강은 정ᄌᆞ 기동을 둘엇ᄂᆞᆫᄃᆡ 샹셔의 구름이 어릐엿고 ᄂᆡ 씨인 강물의 흰마름 쏫치로다. ᄀᆡ어귀에 잇다감 비졋ᄂᆞᆫ 하라비 돗지 우ᄂᆞᆫ 양을 보고 다락가의 푸른 실 느티남긔 뫼식 울고 문 압 가는 버들에 빗난 말을 ᄆᆡ엿더라. (… 후략 …). (세책본 『남원고사』)[66]

> ᄯᅩ 엇던 왈직 『슈호지』 본다. 각셜. 송강이 닐오ᄃᆡ, "내 운셩현 이실제 드ᄅᆞ니 강쥐 심양뉘 됴타ᄒᆞ더니 과연 올토다. 내 비록 혼자 와시나 그져 지나지 못ᄒᆞ리라" ᄒᆞ고 누 압히 다ᄃᆞ라 도라보니 문ᄀᆞ의 쥬홍칠ᄒᆞᆫ 기동 우희 두 분칠ᄒᆞᆫ 패의 각〃다ᄉᆞᆺ ᄌᆞ롤 뼈시ᄃᆡ '셰간무비쥬오 텬하유명뉘라' ᄒᆞ엿거늘 송강이 심양누의 올나 난간을 지혀 눈을 드러보니, 아로삭인 쳠하의 희빗히 ᄇᆡ이고 그림 그린 들보ᄂᆞᆫ 구롬의 ᄌᆞᆷ겨시며 프ᄅᆞᆫ 난간은 창외의 ᄂᆞ즉ᄒᆞ고 프ᄅᆞᆫ 댱은 문의 놉히 ᄃᆞ랏ᄂᆞᆫᄃᆡ 취안을 두루ᄂᆞᆫ 곳의 청텬

66) 이윤석, 『남원고사 원전비평』, 보고사, 2009, 417~418쪽.

> 의 의지ᄒᆞ엿ᄂᆞᆫ 만텹운산이오 글 짓ᄂᆞᆫ 넉술 혀너ᄂᆞᆫ 샹셔의 구룸이라. 너씨인 강믈이오 흰마롬 ᄉᆞᆺ치로다. 긔어귀에 잇다감 비졋ᄂᆞᆫ 할아비 돗지우ᄂᆞᆫ 양을 ᄌᆞ로 보고 다락ᄀᆞ의 프른 실 느틔남긔 뫼새 울고 문 압희 ᄀᆞᄂᆞᆫ 버들의 빗난 믈을 ᄆᆡ엿더라. (… 후략 …). (세책본 『춘향전』)[67]

세책본 『춘향전』의 두 이본에 삽입된 『수호전』은 제39회 "潯陽樓宋江吟反詩, 梁山泊戴宗傳假信"의 내용으로, 송강이 심양루(潯陽樓) 주변을 구경하면서 풍경을 묘사한 부분이다. 두 세책본 『춘향전』의 삽입된 내용으로 보아 저본은 120회본을 참조했으리라 생각된다.[68]

송강이 심양루 주변을 묘사한 대목은 간본계통의 판본에는 없고, 번본계통 중 김성탄의 70회본에는 풍경의 묘사가 빠져있다.[69] 반면에 번본계통 중 100회본과 120회본에는 이 부분이 등장한다. 그러나 두 본에도 결정적인 차이가 있다.

---

67) 영남대학교 도남문고본 『춘향전』 권4 17앞~18앞면.

68) 두 본은 자구(字句)가 거의 비슷하지만 도남문고본의 이 대목은 『남원고사』에 비해 짧다는 사실을 알 수 있다. 이를 통해 각 세책집에서 빌려주던 세책의 내용은 약간씩 달랐음을 알 수 있다.

69) 간본계통의 대표본인 『경본증보교정전상충의수호지전평림』에는 "宋江聽罷, 又尋出城來, 行到一座酒樓前過, 仰面看酒旆, 上寫道, '潯陽江正庫' 雕簷外面牌額, 上有蘇東坡大書 '潯陽樓'三字. 宋江看了, 便曰, '久聞說江州好座潯陽樓, 原來在此.' 便上樓去, 看見柱上兩面粉牌, 寫曰, '世間無比酒, 天下有名樓.' 宋江看罷, 却見酒保上樓來問曰(… 後略 …)"로, 김성탄 70회본에는 "宋江聽罷, 只得出城來, 直要問到那裏, 獨自一個, 悶悶不已, 信步再出城外來, 看見那一派江景非常, 觀之不足. 正行到一座酒樓前過, 仰面看時, 旁邊豎著一根望竿, 懸掛著一個青布酒旆子, 上寫道, '潯陽江正庫.' 雕檐外一面牌額, 上有蘇東坡大書 '潯陽樓'三字. 宋江看了, 便道, "我在鄆城縣時, 只聽得說江州好座潯陽樓, 原來却在這裏. 我雖獨自一個在此, 不可錯過. 何不且上樓去, 自己看翫一遭?" 宋江來到樓前看時, 只見門邊朱紅華表柱上兩面白粉牌, 各有五個大字, 寫道 '世間無比酒, 天下有名樓.' 宋江便上樓來, 去靠江占一座閣子裏坐了, 凭欄擧目, 喝采不已, 酒保上樓來問道(… 後略 …)로 되어 있다.

宋江聽罷, 又尋出城來, 直要問到那裏, 獨自一個, 悶悶不已, 信步再出城外來, 看見那一派江景非常, 觀之不足. 正行到一座酒樓前過, 仰面看時, 傍邊豎著一根望竿, 懸掛著一個青布酒旆子, 上寫道, '潯陽江正庫.' 雕檐外一面牌額, 上有蘇東坡大書 '潯陽樓'三字. 宋江看了, 便道, "我在鄆城縣時, 只聽得說江州好座潯陽樓, 原來却在這裏. 我雖獨自一個在此, 不可錯過. 何不且上樓去, 自己看玩一遭?" 宋江來到樓前看時, 只見門邊朱紅華表柱上兩面白粉牌, 各有五個大字, 寫道 '世間無比酒, 天下有名樓.' 宋江便上樓來, 去靠江占一座閣子裏坐了. 凭闌擧目看時, 端的好座喝酒樓, 但見, "雕檐映日, 畫棟飛雲. 碧闌干低接軒窗, 翠簾幕高懸戶牖. 吹笙品笛, 盡都是公子王孫. 執盞擎壺, 擺列着歌姬舞女, 消磨醉眼, 倚青天萬疊雲山, 勾惹吟魂, 翻瑞雪一江烟水. 白蘋渡口, 時聞漁父鳴榔, 紅蓼灘頭, 每見釣翁擊楫. 樓畔綠槐啼野鳥, 門前翠柳繫花驄." (… 後略 …).

(100회본 『수호전』, 제39회)[70]

宋江聽罷, 又尋出城來, 直要問到那裏, 獨自一個, 悶悶不已, 信步再出城外來, 看見那一派江景非常, 觀之不足. 正行到一座酒樓前過, 仰面看時, 傍邊豎著一根望竿, 懸掛著一個青布酒旆子, 上寫道, '潯陽江正庫.' 雕檐外一面牌額, 上有蘇東坡大書 '潯陽樓'三字. 宋江看了, 便道, "我在鄆城縣時, 只聽得說江州好座潯陽樓, 原來却在這裏. 我雖獨自一個在此, 不可錯過. 何不且上樓去, 自己看玩一遭?" 宋江來到樓前看時, 只見門邊朱紅華表柱上兩面白粉牌, 各有五個大字, 寫道 '世間無比酒, 天下有名樓.' 宋江便上樓來, 去靠江占一座閣子裏坐了, 凭闌擧目看時, 端的好座喝酒樓, 但見, "雕檐映日, 畫棟飛雲. 碧闌干低接軒窗, 翠簾幕高懸戶牖. 消磨醉眼, 倚青天萬疊雲山, 勾惹吟魂, 翻瑞雪一江煙水. 白蘋渡口, 時聞漁父鳴榔, 紅蓼灘頭, 每見釣翁擊楫. 樓畔綠槐啼野鳥, 門前翠柳擊花驄."
(… 後略 …).

(120회본 『수호전』, 제39회)[71]

---

70) 施耐庵, 羅貫中 著, 『水滸傳』, 人民文學出版社, 1990, 293쪽.

71) 施耐庵, 羅貫中 原著, 李泉, 張永鑫 校註, 『水滸全傳校註(1)』, 里仁, 1994, 661~662쪽.

『남원고사』에서 보이는 『수호전』의 해당 부분은 100회본과 120회본의 39회이다. 그러나 100회본에는 "吹笙品笛, 盡都是公子王孫. 執盞擎壺, 擺列着歌姬舞女"이라는 구절이 더 있고, 120회본에는 이 내용이 없다. 세책본 『남원고사』에 실린 『수호전』에는 위의 구절이 없다. 따라서 120회본을 저본으로 번역한 번역본임을 알 수 있다.

앞에서도 언급했지만 김성탄본의 등장 이후, 이전에 존재했던 번역본들은 사라진 것이 아니라 계속해서 읽혔다. 제4장에서 다루겠지만 상업출판물인 세책본과 활판본의 저본은 120회본을 번역한 일명 '충의수호전(忠義水滸傳)'이다. 그리고 70회본으로 되어 있지만 실상 내용을 대조해보면 이 본들은 이전에 번역해 놓은 120회본을 적절히 산삭(刪削)하여 70회본의 형태로 만든 것이다. 따라서 20세기의 『수호전』 번역본들은 번역을 새로 한 것이 아니라 이전 시기에 존재했던 번역본들을 적절히 가공해서 만든 것임을 알 수 있다.[72]

지금까지 『수호전』의 관련 기록들을 시기별로 나누어 살펴보았다. 관련 기록들을 검토한 결과 시기적으로 일정한 추이(推移)를 발견할 수 있었다. 먼저 15~16세기까지는 『선화유사』가 전래되어 읽히다가 17세기에 이르러서야 『수호전』이 조선에 알려졌음을 확인하였다. 이후 18~20세기에는 『수호전』이 계층을 불문하고 수용되면서, 독서 기록과 비평, 『수호전』 평점본의 영향을 받은 소설 창작도 나타난 사실, 그리고 『수호전』 한글 번역본이 성행했음을 알 수 있었다. 아울러 관련 기록들을 볼 때, 중국에서 전래된 『수호전』 판본이 100회본, 120회본, 70회본 차례로 유입되었다는 사실을 확인할 수 있었다. 그리

---

72) 이 문제는 〈제4장〉에서 다룬다.

고 『수호전』의 독자를 살펴보았을 때는 조선의 국왕부터 중인계층, 더 나아가 부녀자들까지 이 소설을 읽고 있었음을 알 수 있었다. 선행 연구에서 『수호전』은 몇몇 기록에 의거하여 단선적인 시각에서 수용의 문제를 다루었다. 그러나 이 장에서 살펴본 관련 기록을 토대로 보다 구체적인 논의를 이끌어 낼 수도 있을 것이다. 예를 들면 다음과 같은 문제들이다.

먼저 『수호전』 읽기는 일정한 그룹을 형성하고 있었던 것으로 보인다. 근기남인 계열과 북학파 계열의 학자들에게서 『수호전』 관련 기록이 주로 나타나고 있었기 때문이다. 이들은 일정한 영향 관계 속에서 『수호전』을 수용했으리라 여겨진다. 또한 이익(李瀷)과 이용휴(李用休), 이용휴와 이언진(李彦瑱)의 관계와 같이 부자지간(父子之間)이거나 사제지간(師弟之間)에는 소설에 대한 평가도 비슷한 맥락으로 전개된다. 특히 이용휴의 제자들 중에는 뛰어난 중인(中人)들이 많았는데 이들이 『수호전』을 즐기거나 자주 언급했던 것은 스승인 이용휴의 영향이 클 것이다.

다음으로 왕실에서의 『수호전』 수용이 주목된다. 왕실에서는 『수호전』을 한글로도 번역하여 읽었다. 이들은 중국소설 수용에 있어서 적극적인 면모를 보였다. 중국으로 가는 사신이나 역관들에게 소설의 구입을 명하고 간행 및 주해서(註解書)를 만들게 하였으며, 궁중 화원들에게는 소설 삽화만을 따로 모아서 책을 편찬하게 할 정도로 적극적인 중국소설의 독자층이었다.[73] 왕실에서 『수호전』을 번역하

---

73) 大谷三繁, 『조선후기 소설독자 연구』, 고려대학교 민족문화연구소, 1985; 최용철, 「중국소설과 조선왕실」, 2010년도 고려대학교 한자한문연구소 · 북경외국어대 해외한학 중심 국제학술대회 발표지.

여 오랜 기간 동안 향유했다는 증거는 조선왕실 소재 서적의 제목만을 정리한 서목인 『대축관서목』을 통해서도 확인된다. 『대축관서목』은 낙선재가 조성되기 이전에 왕실에서 한글소설의 목록만을 따로 정리해 놓은 것이다. 이 목록에는 “『충의수호전(忠義水滸傳)』 사투(四套)”라는 기록이 있다. 그리고 『중국소설회모본』에서 『수호전』의 주요 내용과 관련된 이야기를 삽화로 만든 것을 볼 수 있다.

그리고 중국의 유서(類書)들이 전래되면서 『수호전』 고증에 대해서도 활발한 논의가 있었다. 시내암과 나관중 중에 누가 이 소설의 원작자인가의 문제는 어떠한 중국책을 참조했느냐에 따라 갈렸다. 『소실산방필총』을 인용한 경우에는 시내암으로, 『문헌통고』를 인용한 경우에는 나관중으로 판단했다. 이후에는 시내암을 『수호전』의 원작자로 보는 경우가 많았는데 이것은 김성탄이 평점본에서 시내암을 원작자로 밝혔기 때문이다.

김성탄 평점본이 전래된 이후에는 내용에 대한 평가에서부터 작품 창작에의 적용까지 조선에 상당한 영향을 끼쳤다. 그러나 내용보다는 『수호전』의 형식적인 측면에서의 영향 관계가 보이는데 이 부분에 대한 구체적인 논의가 필요하다. 아울러 이탁오 판본의 경우에는 분명하게 유입이 되었음에도 불구하고 이탁오와 이탁오 판본에 대한 기록을 거의 볼 수 없다는 점도 특이한 현상이다.

마지막으로 『수호전』과 관련된 기록은 정치적인 상황과도 깊은 관련이 있다. 예를 들어 이식이 『홍길동전』과 『수호전』을 거론하며 허균을 비판한 것은 인조반정(仁祖反正) 이후에 행해졌던 서인(西人)들의 성리학적 입장의 강화와 체재 유지에서 나온 발언이다. 특히 정조(正祖)의 문체반정(文體反正)에서 『수호전』이 지목된 것도 주목할 만한 것이다.

앞서 『수호전』이 어떠한 책이고 조선에 전래되어 어떻게 받아들여졌는지와 같은 인식의 문제를 살펴보았다면 다음 절에서는 국내에 현존하는 『수호전』 판본을 살펴서 구체적으로 어떠한 판본이 들어왔는지를 검토할 것이다.

2. 『수호전』의 중국판본

국내에 현존하는 『수호전』의 중국판본[74]에 대한 선행 연구에서는 "현존하는 『수호전』은 대부분 청대판본(淸代版本)이며, 김성탄이 만든 70회본"이라고만 했으나[75] 이는 실본(實本)의 검토를 통해서 이루어진 것이 아니라 고서목록(目錄)을 재정리하여 얻은 결과이다. 그러나 앞서 살펴 본 『수호전』 관련 기록을 봤을 때, 70회본뿐만 아니라 100회본이나 120회본도 전래되어 읽혔음을 확인할 수 있었다. 그리고 현재 남아있는 판본이 대부분 '청대판본'이라고만 한다면, 구체적으로 어떠한 판본인지 살펴볼 필요가 있다.[76]

---

74) 〈제4장〉에서는 이를 '중국판본'으로 약칭하고, 필요한 부분에서는 '『수호전』의 중국판본'으로 쓰기로 한다.

75) 박재연, 「조선시대 중국 통속소설 번역본의 연구」, 한국 외국어대학교 중국어과 박사학위 논문, 1993; 민관동, 『중국고전소설사료총고』, 아세아문화사, 2001.

76) 청대에 간행된 판본은 대략 20여 종이다. 이처럼 판본이 많은 이유는 『수호전』의 금서정책(禁書政策)에서 기인한 것으로, 출판업자들은 제재를 당하면 판본을 개정하여 간행했기 때문이다. 이와 관련된 내용은 河洛圖書出版社編, 『元明淸三代禁毁小說戲曲史料』, 河洛圖書出版社, 1969; 최용철, 「중국의 역대 금서소설 연구」, 『중국어문논총』 13집, 1997; 최용철, 「명청시대의 금서소설과 문인의 이중적 소설관」, 『중국어문논총』 31집, 2006 참조.

이러한 문제의식을 기반으로, 국내에 현존하는 중국판본을 다루고자 한다. 이를 위해서 선행연구에서 정리한 목록을 참조하고, 더불어 한국고전적종합목록시스템과 국내 주요 도서관에서 소장하고 있는 것을 조사하여 중국판본을 개관한다.

1) 중국판본의 개관

『수호전』의 중국판본은 현재 국내 각 도서관에 다수 소장되어 있다. 서지사항만을 검토하면 다양한 판본이 존재하는 것처럼 보인다. 그러나 동일 판본을 도서관마다 다르게 기재한 것이 대부분이어서[77] 실제로 실본을 살핀 결과 대략 10여 종의 판본이 남아 있음을 확인할 수 있었다. 이를 〈표〉로 정리하면 다음과 같다.

형태	번호	서명	체제	장회	소장처
방각본	1	忠義水滸傳	落帙, 1책	120회본	충남대
	2	評論出像水滸傳	完帙, 20권 20책	70회본	경기대, 경희대, 고려대, 국립중앙도서관, 국회도서관, 동아대, 부산대, 서울대, 성균관대, 숙명여대, 원광대, 연세대, 이화여대, 전남대, 충남대, 한중연 등
	3	第五才子書水滸傳	完帙, 75권 20책		성균관대, 용인대, 전북대 등
	4	第五才子書水滸傳	完帙, 75권 24책		성균관대 등
	5	第五才子書水滸傳	完帙, 20권 20책		국립중앙도서관 등

77) 이는 기재 방식의 차이에서 기인한다. 예를 들어 『평론출상수호전』은 표제가 "繡像第五才子書", 내제가 "評論出像水滸傳"으로 되어 있는데, 도서관에 따라서는 둘 중 하나만 적거나 모두 기재하는 차이가 있다.

석인본	6	(繪圖增像) 第五才子書水滸全傳	完帙, 35권 12책	70회본	경희대, 고려대, 국민대, 동국대, 부산대, 영남대, 이화여대, 충남대, 한양대 등
	7	(繪圖增像) 第五才子書水滸全傳	完帙, 10권 10책		국립중앙도서관 등
	8	(評註圖像) 水滸傳	完帙, 35권 12책		고려대, 동국대, 충남대, 한중연 등
	9	(評註圖像) 五才子書	完帙, 12권 12책		고려대, 충남대 등
	10	(全像增圖評註) 水滸傳	完帙, 12권 12책		동국대 등

『수호전』의 중국판본은 〈표〉에서 볼 수 있듯이, 그 형태가 크게 방각본과 석인본으로 나뉜다.[78] 먼저 방각본을 살펴보면 120회본과 70회본이 확인된다.

[1]은 표제가 "진신보(縉紳譜)"로 되어 있어, 실본(實本)을 확인하지 않으면 『수호전』임을 알지 못한다. 『수호전』 본문 안쪽 여백에다가 '정조(正祖)대부터 헌종(憲宗)대까지의 문인(文人)들의 신상'을 기재해 놓았고, 표제를 '진신보'로 해 놓았다. 이 책은 120회본의 낙질본이다. 비록 낙질본이기는 하나 국내에서 처음 존재가 확인되는 120회본으로 자료적 가치가 높다. 권수(卷數)는 미상이고 전체 71장으로 되어 있다. 권수제는 "忠義水滸傳", 판심제는 "水滸傳", 어미는 "상하흑어미(上下黑魚尾)"로 되어 있다. 회명을 기재한 후에 매면 10행, 행 당 22자로 구성하였다. 평점은 상단부에 있으며, 본문에는 "○"로 표점

78) 참고로 이를 그대로 필사해 놓은 것도 있다. 예를 들어 국립중앙도서관의 15권 15책의 『수박취의(水泊聚議)』는 『제오재자서수호전(第五才子書水滸傳)』를 그대로 필사한 것이다. 이외에도 장서각, 서울대 등에는 중국판본을 필사한 본이 여러 종이 있다. 아울러 국내에 존재하는 『수호전』 중에는 중국판본과 비슷하게 만든 일본의 『수호전』 판본들이 있다. 이 판본들은 일제강점기에 전래된 것으로 보인다. 이 논문에서는 '중국판본'을 검토하는 것에 목적을 두고 있기 때문에, 이에 대한 논의는 차후 과제로 넘긴다.

만을 찍거나 인명이나 지명에 밑줄이 있다. 내용은 16회에서 19회까지의 4회분이 남아있다.

[2]는 국내에서 가장 많이 남아 있는 본이다. 이 본은 김성탄의 70회본을 바탕으로 왕망여(王望如)가 평론(評論)과 총평(總評) 등을 새로 붙여서, 순치(順治) 정유년(丁酉年 : 1657)에 간행한 것이다.79) 표지는 "성탄외서-시내암선생수호전-수상제오재자서"로, 내용은 "오재자수호서 3편-왕망여총론-성씨(姓氏)-회도-송사강목(宋史綱目)-독법(讀法)"순으로 되어 있다.

그러나 이본에 따라서는 "성탄외서-수상제오재자서",80) "성탄외서-수상오재자서-아장재본(衙藏梓本)",81) "성탄외서-시내암선생원본-관화당제오재자서(貫華堂第五才子書)82)"식으로 하거나 왕망여총론에 앞서 성씨가 제시되는 식으로 수록 순서에 차이가 있기도 하다. 각 도서관에서 제공하는 서지사항을 보면 서문을 근거로 1657년에 간행되었다고는 소개해 놓았지만 대부분 후대에 만들어진 복각본(復刻本)이다. 이는 처음 간행된 판본과 비교해보면 오자가 많고, 회도(繪圖)에서 차이가 있기 때문이다.

[3]~[5]는 김성탄의 70회본을 바탕으로 옹정(擁正) 갑인년(甲寅年 : 1734)에 재간행한 것이다. 75권 20책, 75권 24책, 20권 20책 등으로 차이를 보이고 있지만 내용은 모두 같고 분권(分卷)방식만 다를 뿐이다. 이 본의 표지는 "성탄외서-시내암선생수호전-수상재오재자서"

79) 劉永良, 「王望如評點《水滸》論略」, 『廣東技術師範學院學報』 2010年 第1期, 浙江師範大學大學院.

80) 성대 소장본(청구기호 D7C-62a).

81) 고대 소장본(청구기호 C14B4G1-10).

82) 고대 소장본(청구기호 C14B4B2), 건대 소장본(812.35 시212ㅅV1~20).

로, 내용은 “오재자수호서 3편-성씨(姓氏)-회도-송사강목(宋史綱目) 성씨-독법”순으로 되어 있다. [2]와 다른 점은 왕망여총론이나 평을 모두 뺐고 김성탄의 평만을 실었다는 점이다.

석인본은 〈표〉로 보았을 때, 다양한 판본이 존재하는 듯 보이지만 모두 김성탄의 70회본이다. 간행 시기는 청대 말에서 민국(民國) 시기로, 내용은 모두 같고 체제는 [3]~[5]와 동일한데, 다만 분권(分卷), 회도(繪圖)에서 차이가 있다. 아울러 석인본은 특정 출판사에서 간행한 것이 남아 있는 것이 아니라 상해 지역에 있었던 여러 출판사에서 간행했던 본들이 남아 있다.[83)]

이처럼 현존하는 중국판본의 가장 특징적인 점은 70회본이 주를 이룬다는 것이다. 특히 청대(淸代)에 간행된 많은 방각본 중에서는 『평론출상수호전』이 주로 읽혔고, 석인본은 『회도증상재오제자서수호전』이 많이 남아 있다. 그리고 관련 기록을 보면 100회본, 120회본이 모두 전래되어 읽혔지만 100회본은 현존 여부를 확인할 수 없고, 120회본은 낙질본 한 종만이 존재함을 알 수 있었다. 다음 절에서는 각 본들의 성격과 특징을 살펴보기로 한다.

2) 중국판본의 성격과 특징

(1) 『충의수호전(忠義水滸傳)』

『충의수호전』은 앞 절에서 살펴본 바와 같이, 120회본으로 아직까지는 국내에 낙질 1종만이 전해짐을 확인하였다. 이 책은 낙질본으로

83) 상해(上海) 지역의 여러 출판사는 다음과 같다. 啓新書局, 共和書局, 文華書局, 上海書局, 上海廣益書局, 上海錦章書局, 緯文堂, 上海同文書局, 文聚堂, 上海申報館, 上海圖書集成局, 章福記書局, 上海廣百宋齋, 上海共和書局, 上海元昌書局, 上海天寶書局.

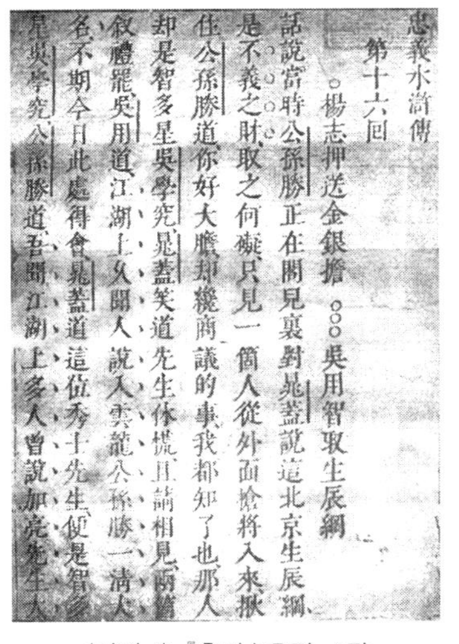
忠義水滸傳
第十六回 楊志押送金銀擔 吳用智取生辰綱
話說當時公孫勝正在閣兒裏對晁蓋說這北京生辰綱
是不義之財取之何礙只見一箇人從外面搶將入來揪
住公孫勝道你好大膽却纔商議的事我都知了也那人
却是智多星吳學究晁蓋笑道先生休慌且請相見兩箇
敘禮罷吳用道江湖上久聞人說入雲龍公孫勝一淸大
名不期今日此處得會晁蓋道這位秀士先生便是智多
星吳學究公孫勝道吾聞江湖上多人曾說加亮先生大

〈사진 1〉『충의수호전』 1장

제목과 장회명만으로는 몇 회본인지 구분이 어렵다. 『충의수호전』이라는 제목은 100회본과 120회본에서 모두 사용하고 있으며, 장회명은 두 본 모두 16회에서 19회까지 "楊志押送金銀擔, 吳用智取生辰綱, 花和尙單打二龍山, 靑面獸雙奪寶珠寺, 美髥公智穩揷翅虎, 宋公明私放晁天王, 林冲水寨大幷火, 晁蓋梁山小奪泊"로 서로 일치하기 때문이다. 따라서 내용 비교를 통해서 판본을 확인해야 한다. 다음의 제시된 예문을 통해서 이 책이 120회본이라는 사실을 알 수 있다.

> 鷓鴣天 : 罡星起義在山東, 殺曜縱橫水滸中. 可是七星成聚會, 却于四海顯英雄. 人似虎, 馬如龍, 黃泥岡上巧施功. 滿馱金貝歸山寨, 懊惱中書老相公.
> 話說. 當時公孫勝正在閣兒裏對晁蓋說, 這北京 '生辰綱'是不義之財, 取之何礙. 只見一箇人從外面搶將入來, 揪住公孫勝道, "你好大膽! 却纔商議的事, 我都知了也." …. (100회본, 제16회)

> 話說. 當時公孫勝正在閣兒裏對晁蓋說, 這北京'生辰綱'是不義之財, 取之何礙. 只見一箇人從外面搶將入來, 揪住公孫勝道, "你好大膽! 卻才商議的事, 我都知了也."…. (120회본, 제16회)

> 話說. 當時公孫勝正在閣兒裏對晁蓋說, 這北京 '生辰綱' 是不義之財, 取之何礙. 只見一箇人從外面搶將入來, 揪住公孫勝道, "你好大膽! 卻才商議的事, 我都知了也."…. (충남대본 『충의수호전』, 1장 전엽)

예문을 보면 100회본은 〈자호천(鷓鴣天)〉이라는 개장시부터 시작되지만 120회본에는 이 시가 없다. 사진에서 확인할 수 있듯이, 충남대본 『충의수호전』은 개장시가 없고 내용도 120회본과 동일하다. 그리고 다음 예문을 통해서도 『충의수호전』이 120회본이라는 사실을 알 수 있다.

> 晁蓋道, "再有幾箇相識在裏面, 一發請進後堂深處相見." 三箇人入到裏面, 就與劉唐, 三阮都相見了. 衆人道 …. (100회본, 제16회)

> 晁蓋道, "再有幾箇相識在裏面, 一發請進後堂深處相見." 三箇人入到裏面, 就與劉唐, 三阮都相見了. 正是, "金帛多藏禍有基, 英雄聚會本無期. 一時豪俠欺黃屋, 七宿光芒動紫薇." 衆人道…. (120회본, 제16회)

> 晁蓋道, "再有幾箇相識在裏面, 一發請進後堂深處相見." 三箇人入到裏面, 就與劉唐, 三阮都相見了. 正是, "金帛多藏禍有基, 英雄聚會本無期. 一時豪俠欺黃屋, 七宿光芒動紫薇." 衆人道 …
> (『충의수호전』, 1장 후엽)

100회본에는 중간에 삽입시가 없는 반면, 120회본에는 이 100회본에서는 볼 수 없는 삽입시가 있다. 『충의수호전』 또한 이 부분에 삽입시가 있기 때문에, 120회본으로 확정할 수 있다.

문제는 이 판본의 간행 시기와 언제 조선으로 전래되었는가 하는 점이다. 120회본은 원무애가 명대 만력 42년(1614)에 매면 10행, 행당 22자 내외의 형태로 처음 간행한 이후에, 욱욱당(郁郁堂), 보한루(寶翰樓)에서 숭정(崇禎) 연간에 동일한 형태로 복각본을 만들었다.[84]

---

84) 馬蹄疾, 『水滸書錄』, 上海古籍出版社, 1986, 95~98쪽.

『충의수호전』의 서지사항을 원무애본, 욱욱당본, 보한루본과 비교해보면 원무애본과는 일치하지 않기 때문에,[85] 욱욱당이나 보한루에서 간행된 본 중의 하나이다. 욱욱당본의 판심제는 하단부에 "욱욱당사전(郁郁堂四傳)"으로 새긴 특징이 있다고 한다. 반면에 『충의수호전』은 판심제 상단부에 "水滸傳"으로만 되어 있고 하단부에는 이러한 표시가 없다.[86] 따라서 이 책은 욱욱당에서 간행된 본도 아니다. 그렇다면 남은 본은 보한루에서 간행된 판본인데 이 본은 아쉽게도 일본 궁내청(宮內廳)에서 소장하고 있다는 사실만 알려졌고 실본(實本)이 공개된 적은 없다. 따라서 『충의수호전』의 간행된 시기는 판본만으로는 확인이 불가능하다.[87]

다만 이 책이 '수호전'이 아닌 '진신보(縉紳譜)'로 제목을 바꾸고 내용도 새로 필사했다는 점에서 단서를 찾을 수 있다. 기재된 인물을 보면 이상황(李相璜)으로 시작되는데, 대부분 이 책에 기재된 사람들은 18세기 관직에 올랐던 인물들이다. 따라서 120회본 『충의수호전』이 전래된 시기는 분명하지 않으나 조선에서는 적어도 18세기 말이나 19세기까지 이 판본이 읽혔다는 점만은 확인할 수 있다.

(2) 『평론출상수호전(評論出像水滸傳)』

현재 국내에 가장 많이 남아있는 『수호전』 중국판본은 『평론출상

---

85) 원무애본은 판심제에 '水滸傳全'으로 되어 있지만 『충의수호전』은 '水滸傳'으로만 되어 있다. 馬蹄疾, 앞의 책, 98쪽.

86) 馬蹄疾, 앞의 책, 98쪽.

87) 120회본은 70회본이 간행된 이후에, 자취를 감추었다 알려져 있다. 그러나 최근에 청대(淸代)에 다시 복각본이 만들어졌다는 주장도 있다. 따라서 이 논문에서는 명대 만력 연간에 간행된 것인지, 아니면 청대에 만들었는지에 대한 판단은 일단 보류하기로 한다.

수호전』이다. 고려대 육당문고와 국립중앙도서관에 소장된 『수호전』은 이 책을 그대로 필사(筆寫)해 놓은 것이고, 중국 운남대학에는 이 책을 아예 '조선본(朝鮮本)'이라고 소개하고 있다.[88]

표제는 "성탄외서(聖歎外書), 시내암선생수호전(施耐菴先生水滸傳), 수상제오재자서(繡像第五才子書)", 내제는 "평론출상수호전(評論出像水滸傳)"이며, 판심제는 "제오재자서(第五才子書)", 어미는 "상하흑어미(上下黑魚尾)"로 되어 있다.

〈사진 2〉 충남대 소장 『평론출상수호전』

88) 배숙희, 「중국 운남대학 도서관 소장 "고려본(조선본)" 선본 고적의 소개」, 『장서각』 16집, 2006, 9쪽. "『評論出像水滸傳』 二十卷, 七十回, 20冊. 明 施耐庵撰, 淸 金聖歎 評點, 王望如 加評. 淸 中葉 朝鮮鈔本 朝鮮石南散人題識. 이 책의 봉면에 "百八傳"이라고 제목하였고 권단에 평론출상수호전이라고 적혀 있다. 매 권의 권말에 王望如의 評語 몇 구절이 있다."

전체 20권 20책이며, 서문에 "順治丁酉(1657) 冬月桐菴老人書於醉畔堂墨室"이라는 간기가 있다. 이 판본은 김성탄의 평점 이외에, 매회 마다 왕망여의 평점을 실어놓았기 때문에 '왕망여본(王望如本)'이라고도 한다. 이외에도 『수호전』의 총론, 등장인물도(人物圖), 송강(宋江)과 그의 무리에 대한 송사강목(宋史綱目) 등을 함께 수록해 놓았다.

각 도서관에서 소장하고 있는 이 판본을 보면 재미있는 사실을 확인할 수 있다. 그것은 어려운 단어나 구절 등에 『수호전』 어록해를 참조하여 해석을 달아놓았다는 것이다.[89]

〈사진 2〉에서 볼 수 있듯이 "三瓦兩舍 : 기생집", "老實的人 : 고지식한 놈", "破落戶 : 오입쟝이"처럼 본문 옆에 단어나 구절의 풀이를 해놓았다. 특히 고대 육당문고에서 소장하고 있는 필사본은 『평론출상수호전』을 그대로 필사해 놓고, 어려운 구절에 어록해를 이용하여 풀어 놓았다.

왕망여판본이 가장 많이 남아 있는 이유는 이 책의 구성에서 찾아야 할 것이다. 그 이유는 도상(圖像)을 비롯하여 『수호전』과 관련된 기록들, 그리고 김성탄과 왕망여의 평점을 한 책에서 모두 볼 수 있기 때문이다.

이 판본이 국내에 전래된 시기와 관련 기록은 거의 남아있지 않다. 주목할 점은 앞 절에서 살펴본 것처럼 이본은 "표지가 다르거나 왕망여총론에 앞서 성씨가 제시되는 식으로 수록 순서에 차이"가 있다는 점이다. 이처럼 국내에 현존하는 이 판본은 중국에서 처음 만들어진

89) 연세대, 충남대 그리고 필자의 소장본을 보면 이러한 점을 확인할 수 있다.

『평론출상수호전』과 약간의 차이가 있어 국내에서 복각본(復刻本)이 만들어졌을 가능성도 배제할 수 없지만 현재로서는 알 수가 없다.

3) 『회도증상제오재자서수호전전(繪圖增像第五才子書水滸全傳)』

『평론출상수호전』 다음으로 많이 남아 있는 것이 『회도증상제오재자서수호전전』이다. 서문에 "雍正甲寅(1734)上伏日 句曲外史"라는 기록이 있어, 김성탄이 만든 70회본 『재오재자서수호전』를 저본으로 했다는 점을 분명히 알 수 있다.

앞서 왕망여판본과 대조해보면 왕망여의 평점과 총론이 빠지고, 나머지는 동일한 형태이다. 왕망여판본이 인기를 얻자 다른 출판사에서 간행한 것으로 보인다. 이러한 형태는 김성탄이 만든 원형(原型)이라는 점을 부각시키기 위한 것으로 보인다.

석인본의 가장 큰 특징은 방각본에 비하여 부피가 작고 읽기가 편하다는 점이다. 세련되고 사실성이 높은 도상(圖像)을 싣고, 내용 중간에 관련 삽화(揷畵)를 넣어 가독성(可讀性)을 높였다. 이러한 점에서 독자들에게 큰 인기를 얻었던 것으로 보인다.

중국판본 중에서 특히 석인본이 국내에 많이 남아 있는 이유는 여러 측면에서 생각해 볼 수 있지만 이를 전문적으로 취급했던 광학서포(廣學書鋪)와 이엽산방(二葉山房)의 존재를 유념해 볼 필요가 있다. 조선시대 중·후기까지만 해도 중국소설은 중국을 방문했던 사신들이나 역관을 통해서 들어왔고[90] 『수호전』도 이에서 크게 벗어나지 않을 것이다.

---

90) 정규복, 『한국문학과 중국문학』, 보고사, 2010.

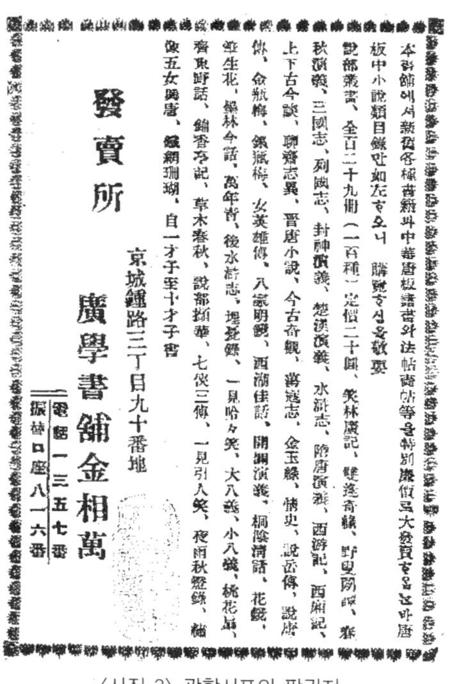
本書舖에서 新舊各種書籍과 中華唐板書籍와 法帖書畵等을 特別廉價로 大發賣하옵고 唐板中小說類目錄만 如左하오니 購覽하심을 敬要

說部叢書、全百二十九冊(一百種)定價二十圓、笑林廣記、雙逢奇緣、野叟曝言、春秋演義、三國志、列國志、封神演義、楚漢演義、水滸志、隋唐演義、西遊記、西廂記、上下古今談、聊齋志異、晉唐小說、今古奇觀、蕩寇志、金玉緣、情史、說岳傳、說唐傳、金甁梅、續甁梅、女英雄傳、八洞明珠、西湖佳話、開闢演義、桐陰清話、花鏡、筆生花、綠林今話、萬年青、後水滸志、埋憂錄、一見哈哈笑、大八義、小八義、桃花扇、齊東野話、鏡香亭記、草木春秋、說部擷華、七俠三傳、一見引人笑、夜雨秋燈錄、繡像五女興唐、綠綢珊瑚、自一才子至十才子書

發賣所 京城鍾路三丁目九十番地 廣學書舖金相萬

電話一三五七番 振替口座八一六番

〈사진 3〉 광학서포의 판권지

하지만 19세기에 만들어진 소설 목록을 보면 '당판(唐板) 『수호전』'으로 기재해 놓은 것을 자주 볼 수 있다.[91] 그리고 활판본 고소설을 간행했던 출판사의 서적광고를 통해서 중국판본 『수호전』 구입에 대한 자세한 정보를 확인할 수 있다. 이러한 점을 볼 때, 19세기 무렵에 『수호전』은 중국판본을 전문적으로 취급하는 출판사에서 직접 수입하여 들여와 판매했던 것으로 보인다.

그 대표적인 출판사의 하나가 광학서포(廣學書鋪)이다. 광학서포는 김상만 책사를 근대적 상호로 개칭한 출판사로, 주로 '역사와 지리,

91) 유춘동, 「책열명록에 대하여」, 『문헌과 해석』 35, 2006.

교과서 등 개화계몽과 교육에 필요한 도서'를 간행하는 곳으로 알려져 있다.[92] 그런데 이 출판사의 중요한 영업 전략 중의 하나는 중국소설을 직접 수입해 판매하는 것이었다. 〈사진 3〉의 광학서포의 광고를 보면 "本 書鋪에서 新舊各種 書籍과 中華唐板諸書와 法帖, 書帖 等을 特別 廉價로 大發賣 ᄒᆞ옵는바 唐板中 小說 目錄만 如左 ᄒᆞ오니 購覽 ᄒᆞ심을 敬要. 說部叢書, 全百二十九冊(一百種), 定價 二十圓 … (중략) … 水滸志 … "라고 되어 있다. 광고에서 언급한 '당판소설'은 청대판본이나 석인본을 지칭하는 것으로 보이며, 이 출판사에서는 이를 전문적으로 판매했던 것으로 보인다.

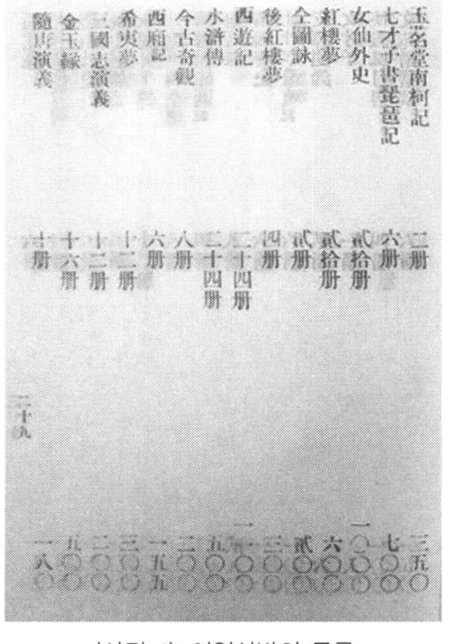

書名	冊數	價
玉茗堂南柯記	二冊	三五〇
七才子書琵琶記	六冊	七〇〇
女仙外史	貳拾冊	一〇〇〇
紅樓夢	貳拾冊	六〇〇
全圖詠	貳冊	貳〇〇
後紅樓夢	四冊	三〇〇
西遊記	二十四冊	[illegible]
水滸傳	二十四冊	五〇〇
今古奇觀	八冊	二〇〇
西廂記	六冊	一五五
希夷夢	十二冊	三〇〇
三國志演義	十二冊	二〇〇
金玉緣	十六冊	五〇〇
隋唐演義	十冊	一八〇

二十九

〈사진 4〉 이엽산방의 목록

그리고 중국의 출판사가 직접 조선의 지사(支社)를 만들어 중국판본을 유통시키기도 했다. 대표적인 예가 경상남도 밀양에 있었던 "이엽산방(二葉山房)"이다. 이 출판사는 중국 상해에 있었던 "소엽산방(掃葉山房)"[93]이 조선에 만든 출판사이다.

현재 확인되는 이엽산방의 목록은 크게 두 가지이다. 하나는 출판사에서 직접 만든 것과 마에마교사쿠(前間恭作)가 『고선책보』에 옮겨

92) 남석순, 『근대소설의 형성과 출판의 수용미학』, 박이정, 2008, 97쪽.

93) 소엽산방(掃葉山房)에 대한 자세한 논의는 楊麗瑩, 『掃葉山房史 硏究』, 復旦大學, 博士論文, 2006 참조.

적어 놓은 것이 있다.[94] 이엽산방의 목록에는 "지나, 조선, 일본 서적 매매 당판소설부" 항목에서, "水滸傳 二十四冊, 五00"이 있고, 마에마 교사쿠의 『고선책보』에는 "水滸志 二十冊(慶南 密陽)"을 볼 수 있다. 목록에서 밝힌 『수호전』은 시기와 책의 형태를 고려했을 때, 모두 석인본 『제오재자서수호전』으로 보인다.[95]

국내에 석인본이 많이 남아있는 이유는 이처럼 광학서포나 이엽산방의 예처럼 이 책을 유통시킨 출판사의 역할이 컸던 것으로 생각된다. 이러한 출판사들이 있었기에 1920~30년대에는 석인본 『수호전』이 인기리에 읽혔고, 그 결과 현재까지 많은 수가 남아있는 것이다.

이처럼 국내에 현존하는 중국판본을 살펴보았지만 해결되지 않는 문제가 있다. 관련 기록을 보면 100회본, 120회본이 모두 유입되어 읽혔지만 실본(實本)은 거의 볼 수 없다는 사실과 남아 있는 판본의 형태도 다양하지 않다는 점이다.

이처럼 관련 기록과 현실이 상이한 점은 앞서 살펴본 120회본 『충의수호전』의 잔본과 연관 지어 생각하면 실마리가 생긴다. 『충의수호전』은 앞서 말했던 것처럼 『진신보』로 표제가 개장(改裝)되어 있어 실본을 확인하지 않으면 『수호전』임을 알 수가 없다. 이는 독자들이 이 책을 드러내놓고 읽기보다는 음성적으로 읽었음을 보여준다. 그리고 관련 기록에서 확인 했듯이 『수호전』에 대한 부정적인 인식도

---

94) 마에다교사쿠(前間恭作)의 『古鮮冊譜』에 기재된 "水滸志 二十冊(密陽書目)"은 이엽산방의 목록을 실어놓은 것이다. 前間恭作, 『古鮮冊譜』, 東洋文庫, 1930.

95) 이엽산방에서 중국판본을 수입하여 판매만 했는지, 아니면 복각본이나 석인본을 새로 만들어 찍어냈는지의 여부는 자세히 알 수 없다. 참고로 이곳에서 찍어낸 『창선감의록』이 있다. 이엽산방에 대한 연구는 차후 과제로 넘긴다. 이 자료는 양승민 선생님을 통해서 볼 수 있었다. 선생님께 감사의 마음을 전한다.

이 책의 유통 문제에 있어 근본적인 걸림돌이 되었을 것이다.

그러나 『수호전』이 많이 읽혔다는 사실은 『수호전』 어록해의 존재와 다수의 이본을 통해서도 확인된다. 다음 절에서 어록해를 살펴서 『수호전』 수용 문제에 대해 보다 구체적으로 서술해 보고자 한다.

3) 『수호전』의 어록해

『수호전』 수용을 논할 때, 소설 『수호전』과 떼어놓을 수 없는 것이 어록해이다. 어록해는 『수호전』을 읽기 위해서 만들어진 책이다. 이를 통해서 조선에서 『수호전』을 어떻게 수용했는지를 확인할 수 있다. 『수호전』 어록해는 『삼국지연의』에 비해서 상당히 많은 수가 전해지고, 필사본, 방각본, 활판본의 형태로 다양하다. 제목도 『수호지어록(水滸誌語錄)』, 『어록(語錄)』, 『어록해(語錄解)』, 『사기어록(四奇語錄)』, 『소설어록해(小說語錄解)』, 『수호어록(水滸語錄)』, 『경리잡설(經俚雜說)』, 『대방필진(大方必嗔)』 등, 여러 제목으로 만들어졌으며, 『서상기』, 『서유기』의 어록해와 함께 수록된 것도 있다.[96] 『수호전』 어록해는 이처럼 다양한 제명을 갖고 있다.

(1) 어록해의 개관

실본 검토를 통해서 『수호전』 어록해임을 확인한 것은 대략 27종이다. 그러나 앞서 언급했듯 제목에서 『수호전』 어록해라는 제목을 명시적으로 밝힌 것이 더 많은 만큼 많은 수의 어록해가 존재할 것으로 보인다.[97] 현재 확인된 27종의 서지사항과 특징을 정리하면 다음

---

96) 앞서 밝혔던 것처럼 『연행록』 속에 합철된 것도 있다.

의 〈표〉와 같다.

	형태	서명	서지사항	청구기호	소장 및 간행처
1	필사본	語錄解	1책, 27장	410.3 어235	건국대
2		水滸志語錄解	1책, 22장	812.35 수호지	계명대
3		水滸誌語錄 單	1책, 25장	위창 古3133-1	국립중앙도서관
4		水滸誌語錄	1책, 33장	古3733-1	국립중앙도서관
5		語錄解	1책, 13장	고728어01ㄱ	국민대
6		水滸語錄	1책, 15장	만송C11A22	고려대
7		水滸志語錄	1책, 13장	고453.1 수236	단국대
8		水滸傳語錄	1책, 7장	D819.35 시212ㅅ어	동국대
9		施耐庵語錄	1책, 22장	D419.303 시212	동국대
10		水滸志語錄	1책, 19장	D951.059 유970	동국대
11		語錄解	1책, 17장	(1):10:1 14	동아대
12		語錄	1책, 54장	34.1	버클리대
13		小說語錄解	1책, 35장	34.10	버클리대
14		水滸誌語錄解	1책, 75장	古3820-5	서울대
15		水滸誌語錄	1책, 35장	一蓑古895.13-Sh92sk	서울대
16		水滸誌語錄解	1책. 37장	古3820-10	서울대
17		四奇語錄	1책, 48장	D07C-0139	성균관대
18		語錄解	1책, 20장	410.3 어235	세종대
19		水滸誌語錄	5권 4책	고서Ⅱ410.312 1~4	연세대
20		水滸誌語錄	1책, 18장	고서Ⅱ410.313	연세대
21		水滸誌語錄解	1책, 58장	고서Ⅱ410.314	연세대
22		經俚雜說	1책, 4장	고서Ⅱ411.14	연세대

97) 일본 동양문고, 천리대학, 동경대학, 미국 버클리대학과 같은 해외 주요 도서관에 『수호전』 어록해가 있다. 그리고 코베이나 금요고서방과 같은 고서 경매 사이트에서도 '『수호전』 어록해'가 자주 거래되고 있다. 실제로는 더 많은 수의 어록해가 존재할 것이다.

23		水滸誌語錄	1책, 21장	812.03 수95	이화여대
24		水滸誌語錄	1책, 10장	고서학산 子 譯學類938	충남대
25		水滸志語錄解	1책, 12장	고서子 譯學類938	충남대
26	활판본	漢文水滸誌語錄諺解全	1책, 118장		광학서포 (廣學書鋪)
27	방각본	『註解 語錄總攬』 所在 水滸誌語錄	권1, 36장		한남서림 (翰南書林)

먼저 살펴볼 것은 필사본 어록해이다. 필사본 어록해는 1) 자류(字類) 순으로 된 것, 2) 장회(章回), 장회명(章回名)을 기재한 후에 각 회의 난해한 단어와 어구를 수록한 것, 3) 형식은 1)이나 2)를 따르면서 다른 중국소설의 어록해와 합철되어 있는 것으로 나뉜다.

1)에 해당하는 것이 [1], [5], [11], [18], [22]이다. 이 본들의 특징은 『수호전』의 어록해임을 알 수 없도록 다른 제목을 붙였다는 점이다. 그러나 내용을 보면 1자어(一字語)부터 8자어(八字語)~10자어(十字語)식으로 자류(字類)를 구분하여, 『수호전』에 나오는 난해한 단어와 어구를 우리말로 풀어놓았다. 이 본들은 자어(字語)로 어록해를 필사해 놓아 몇 회본을 읽기 위한 어록해인지 구분이 어렵지만 내용을 보면 모두 70회본을 읽기 위한 것이다.

2)에 해당하는 것은 [2], [3], [4], [6], [7], [8], [9], [10], [14], [19], [23], [24], [25]이다. 이 본들은 1회부터 70회까지 장회명을 기재한 후에, 해당 회의 단어와 어구를 우리말로 풀어놓았다. 따라서 70회본을 읽기 위한 어록해임을 알 수 있다. 이 중에서 [3]은 마지막에 "丁巳六年月日, 粧續于蓮谷"라는 필사시기를 알려주는 필사기가 있다. 필사 시기는 대략 1917년으로 보이는데 "장속(粧續)"이라는 표현을 보

아 이전에 존재하던 것을 보충하여 새로 필사했을 가능성이 있다. [15]는 [3]과 동일하나 필사기만 "신사중하소회담운등서(辛巳仲夏小晦潭雲謄書)"로 다르다. 그리고 [19]는 현재 확인되는 어록해 중에서 분량이 가장 많다. 제1권은 1자부터 10자, 제2권은 11자부터 20자, 제3권은 21자부터 30자, 제4, 5권은 31자부터 50자까지 대략 10,526개의 단어와 어구를 수록해 놓았다.98) 분량은 많지만 70회본 중에서 36~37회에 해당하는 어록해만 싣고 있다. 그리고 4, 5권은 문장을 통째로 해석해 놓았기 때문에 어록해라고 부르기에는 다소 모호한 면이 있다.

마지막으로 3)에 해당하는 것은 [10], [12], [13], [16], [17]이다. [10]은 『연행일기』 안에 따로 어록해를 합철해 놓았다. 전체 19장으로 한자로 장회명을 기재한 후에 자수와 상관없이 단어와 어구를 우리말로 풀어놓았다. [12]는 『서상기』, 『서유기』 어록해와 합철되어 있다. 10장부터 36장까지가 『수호전』의 어록해로, "일회(一回)"식으로 해당 회를 기재한 후에, 단어와 어구를 우리말로 풀어놓았다. [10]은 『서상기』가 합철되어 있다. 1장부터 26장까지가 『수호전』의 어록해로, 1회부터 70회까지 장회명을 기재한 후에, 해당 회의 단어와 어구를 우리말로 풀어놓았다. 마지막에 "歲在 壬戌 仲秋 旣望 松隱書"라는 필사기가 있다. [13]은 『서유기』와 『서상기』 어록해가 합철되어 있다. 1장부터 23장까지가 『수호전』의 어록해이다. 마지막에 필사자가 "明治 四十五年 二月日 發行, 京城 中部 大寺洞 三統 八戶, 編集兼發行者 朴健會, 印刷所 未定, 全一冊 定價 三十五錢"이라는 판권

---

98) 김장환, 「수호지어록」, 『연세대학교 중앙도서관 소장 고서해제 Ⅶ』, 평민사, 2007, 530~531쪽.

지(版權紙)를 그려 놓은 것이 있다. 이를 봐서는 박건회가 어록해를 출간하기 위해 만든 원고(原稿)로 보이지만 단정할 수는 없다. [14]는 『사기어록』이라는 제목을 붙여 『수호전』 이외에 『서상기』, 『서유기』의 어록해를 합철해 놓았다.

『수호전』 어록해는 [26], [27]과 같이 활판본과 방각본의 형태인 상업출판물로도 만들어졌다. [26]은 활판본으로, 대정(大正) 6년(1917) 광학서포에서 간행되었다. 판권지를 보면 장지연(張志淵)이 저자로 되어 있다. 이 책은 설자(楔子)에서 70회까지 장회(章回)를 구분하고 장회명(章回名)을 제시한 뒤에, 1자부터 19자까지 자어(字語) 순으로 단어와 어구들을 실었고, 보유편을 두어 1자어에서 14자어까지를 보충해 넣었다. 일자류(一字類) 74개, 이자류(二字類) 816개, 삼자류(三字類) 316개, 사자류(四字類) 402개, 오자류(五字類) 168개, 육자류(六字類) 102개, 칠자류(七字類) 55개, 팔자류(八字類) 47개, 구자류(九字類) 21개, 십자류(十字類) 6개, 십일자류(十一字類) 5개, 십이자류(十二字類) 2개, 십삼자류(十三字類) 3개, 십사자류(十四字類) 2개, 십오자류(十五字類) 2개, 십육(十六), 십칠자류(十七字類)는 없고, 십팔자류(十八字類) 1개, 십구자류(十九字類) 1개로 총 2,023개를 수록해 놓았다.

그런데 활판본은 각 회마다 자류(字類)가 일정하지 않고 오류가 많다. 먼저 자류(字類)의 경우, 1자부터 19자까지 균등하게 배열한 것이 아니라 1자~8자, 3자~10자, 2자~7자, 2~4자, 5자~7자 등으로 불규칙하며, 32회와 보유편에는 3자류에 2자류가, 57회에서는 2자류에 4자류가 잘못 들어가 있다. 그리고 7회와 8회는 장회가 중복되어 등장하고, 41회, 46회, 47회, 49회, 50회, 51회, 53회, 62회의 경우에는 장회명 없이 단어, 어구만 배열하거나 54회, 55회, 57회는 장회명,

단어, 어구가 전혀 없다. 아울러 22회에서는 단어, 어구가 없이 한글로 풀이만 해놓은 것도 있고 반대로 37회에서는 단어, 어구만 제시되고 한글로 풀이해 놓지 않았다.

장회명의 경우에는 1회의 "惡高俅王教頭棄家, 釋陳達史大郎認義"처럼 중국본에는 없는 새로운 장회명을 볼 수 있다. 그러나 모두 새롭게 붙인 것이 아니라 58회처럼 "五十八回"식으로 장회만 기재하고 장회명을 적지 않은 부분도 있다. 활판본은 70회본을 읽기 위해서 만든 것이다. 활판본 어록해는 대단히 유행했던 것으로 보이는데, 그 근거는 필사본 가운데는 활판본을 필사한 것이 많기 때문이다.[99]

[27]은 방각본으로, 대정(大正) 9년(1919) 한남서림에서 간행된 것이다. 판권지를 보면 백두용(白斗鏞)이 편찬하고 윤창현(尹昌鉉)이 증정(增訂)한 것으로 되어 있다. 전체 2권2책인데, 〈권1〉에 『주자어록』과 합철되어 있다. 이로 인하여 『수호전』 어록해가 단순히 『어록해(語錄解)』로만 알려져 있다.

이 책은 장회를 구분하지 않고, 1자류(一字類)부터 20자류(二十字類)까지 『수호전』에 나오는 단어와 어구를 우리말로 풀어놓았다. 일자류(一字類) 92개, 이자류(二字類) 914개, 삼자류(三字類) 352개, 사자류(四字類) 428개, 오자류(五字類) 153개, 육자류(六字類) 99개, 칠자류(七字類) 52개, 팔자류(八字類) 38개, 구자류(九字類) 24개, 십자류(十字類) 10개, 십일자류(十一字類) 3개, 십이자류(十二字類) 4개, 십삼자류(十三字類) 2개, 십사자류(十四字類) 2개, 십오자류(十五字類) 3개, 십육자류(十六字類) 2개, 십칠자류(十七字類) 1개, 이십자류(二十字類) 1개로, 총 2,180개

99) 어록해의 개관에는 빠져 있지만 필자의 소장본도 활판본을 그대로 베껴 놓은 것이다. 이외 몇몇 개인 소장자들의 어록해도 이와 비슷한 양상을 보인다.

를 수록하고 있다.[100]

방각본의 단어와 어구를 보면 70회본에는 없고, 100회본과 120회에만 나오는 단어와 어구들이 보인다. 그리고 자류(字類)를 1회, 2회 …… 식으로 순서대로 배열하지 않았다. 방각본 어록해는 가장 후대에 나온 것이지만 『수호전』 어록해 중에서 비교적 '고본(古本)'을 택하여 간행한 것으로 보인다. 이 문제는 다음 절에서 논하도록 한다.

지금까지 27종의 『수호전』 어록해를 살펴보았다. 어록해는 필사본, 방각본, 활판본 등의 형태로 다양하게 만들어졌지만 방각본을 제외하면 모두 70회본을 읽기 위해서 만든 것이고, 어휘 면에서도 큰 차이가 없다.

문제는 어록해를 "누가, 언제" 만들었고, 그 중에서 선본(先本)은 무엇인가 하는 점이다. 27종의 어록해만으로는 이를 분명하게 알 수 없다. 흔히 현종 10년(1669)에 『수호전』 어록해가 간행되었다고 하지만[101] 이것은 송준길(宋浚吉)의 『주자어류(朱子語類)』 어록해의 발문(跋文)을 오독(誤讀)해서 생긴 것이지 실제 간행 시기는 아니다.[102]

다만 흥미로운 점은 어록해 간에 내용상의 차이가 별로 없다는 점, 비교적 시대가 올라가 보이는 본은 자류(字類) 순이라는 점, 그리고

---

100) 오타니 모리시게(大谷森繁), 앞의 책, 184쪽.

101) 김태준 저 · 박희병 교주, 『교주 증보조선소설사』, 한길사, 1990; 한편 민관동은 김태준의 학설이 잘못된 것이라고 했지만 정황상 17세기에 출현했을 것으로 보았다. 민관동, 「〈수호지어록〉과 〈서유기어록〉 연구」, 『중국소설논총』 29집, 2009.

102) 오타니 모리시게(大谷森繁), 「어록해에 대하여」, 『조선학보』 99 · 100 합병호, 1981. (『한국 고소설 연구』, 경인문화사, 2010, 재수록); 박갑수, 「어록해 해제(語錄解解題)」, 『조선학보』 108, 1983; 안병희, 「어록해 해제(語錄解解題)」, 『한국문화』 4, 1983; 양오진, 「중국어사전류」, 『한학서연구』, 박문사, 2010.

후대본들은 장회를 구분한 뒤에 단어와 어구를 수록해 놓았다는 것이다. 이는 최초의 어록해가 만들어진 이후에 큰 변화가 없이 자류(字類) 순으로 내려오다가[103] 후대에 장회(章回)를 구분하고 다시 체계적으로 재편되었음을 시사한다. 그러나 어디까지나 추정일 뿐, 현존 자료만으로는 이에 대한 고증이 어려운 상황이다.

그리고 앞서 방각본이 비교적 선본(先本)일 가능성이 높다는 지적을 했다. 그 이유는 70회본에는 볼 수 없는 표현들이 등장한다는 점과 자류(字類)의 배열에서 특징이 있다는 점이다. 그리고 이 책에 합철되어 있는 『주자어류(朱子語類)』가 선본(先本)에 속하는 것을 볼 때, 『수호전』 어록해 또한 선본을 바탕으로 간행했을 가능성이 높다.

(2) 어록해의 성격과 특징

앞에서 살펴본 27종의 『수호전』 어록해는 방각본을 제외하고는 모두 비슷한 형태와 어휘를 보여주고 있다. 따라서 방각본을 중심으로 어록해의 특징을 정리해보고자 한다.

방각본 어록해는 윤창현이 증정(增訂)한 것으로만 알려져 있을 뿐, 이 본의 저본(底本)이 무엇인지, 그리고 증정의 과정에서 어느 정도까지 수정되었는지 전혀 알 수가 없다.

다만 〈권1〉에 수록된 『주자어류』를 통하여 이 문제에 대한 실마리를 찾을 수 있다. 방각본 『주해 어록총람』에 수록된 『주자어류』는 어록해 중에서 선본(先本)인 '정양본 어록해'를 그대로 가져왔다.[104]

---

103) 오타니 모리시게(大谷森繁)의 논문을 보면 이러한 언급은 없다. 다만 오구라 신페이가 선본으로 인식했던 어록해를 보면 자류(字類)순으로 배열한 것을 볼 수 있다. 따라서 『수호전』 어록해의 선본은 자류(字類)로 배열했던 것으로 보인다.

다만 원래의 『주자어류』의 판형(版型)과는 달리 반엽(半葉) 10행으로 만들고, 한 면에 들어갈 어휘의 수를 늘려 놓았다. 이는 방각본 간행에 있어서, 흔히 볼 수 있는 비용을 줄이기 위한 일반적인 방법이다. 따라서 윤창현은 『수호전』 어록해 중에서도 비교적 선본(先本)을 바탕으로 간행했을 가능성이 높다. 이는 『수호전』 어록해에 실린 단어나 어구를 보아도 확인된다. 어록해는 자류(字類) 순서로 되어 있어, 얼핏 보기에는 1회부터 마지막 회까지 차례로 배열되어 있을 것으로 생각할 수 있다. 그러나 앞서 언급했던 것처럼 "1회, 2회 ……"로 수록되다가 갑자기 다른 회의 단어와 어구가 끼어들어가 있다. 예를 들어, 4자류의 "影影認得, 腌臢潑才"는 13회에 나오는 어구이지만, 이어지는 "鵝行鴨步"는 31회, 그리고 "攛行的馬"는 51회에 나오는 것이다.

방각본 어록해는 어떠한 방식의 '증정(增訂)'을 시도했을까. 방각본 어록해는 전체 2권 2책으로, 권1에는 『주자어류』, 『수호전』, 권2에는 『서유기』, 『서상기』, 『삼국지연의』, 이문(吏文) 어록이 실려 있다. 이런 점을 생각해본다면 '증정'이라는 의미는 이전에 존재하던 어록해(語錄解)를 한 곳에 모아 간행했다는 의미로 해석될 수 있다. 흥미로운 점은 범례 부분이다. 범례는 총 7개 조항인데, 다섯 조항은 『주자어류』에 있던 것이고, 나머지 두 조항은 소설 어록해와 이문 어록해에 대한 두 조항을 덧붙여서[105] 원래 한 책인 듯 만들어놓았다. 이는 어록해의 수합 과정에서 가능한 체제를 통일시키려 했던 의도에서 나온 것으로 보인다. 따라서 각각의 어록해는 선행본 중에서 선본(先本)을 고른 후에, 하나로 묶어서 간행된 것으로 보인다.

---

104) 오타니 모리시게(大谷森繁), 앞의 책, 182쪽.

105) 오타니 모리시게(大谷森繁), 앞의 책, 182쪽.

다음으로『수호전』어록해만을 살펴서 이 본이 언제 만들어지고, 어떤 본을 읽기 위해서 만든 것인가 하는 점을 논의할 필요가 있다. 다음의 예문은 방각본 어록해의 1장 전엽(前葉)의 일부를 옮겨 놓은 것이다.

> 一字類
> 另(각별), 攧(후리쳐 걱구러져), 該(합ᄒᆞ다), 和(다리고), 捻(부븨다, 指按音示燁), 滚(덤벙이다, 급히), 枉(쇽졀업다), 弔(ᄆᆡ다, 繩束, ᄆᆡ달다), 空(音알, 陶空, 파니다, 글거니다), 舀(ᄯᅳ다, 音요, 把彼註謂ㅣ)…….

여기에 실린 단어들은 앞서 언급했던 것처럼 장회 순서가 아니다. "另, 攧"은 설자, "該"는 1회, "和"는 설자, "捻"은 3회, "滚"은 설자, "枉"은 1회에서 나온다. 따라서『수호전』어록해는 증보(增補)된 것 중에서 비교적 선본(先本)을 골라서 간행되었음을 추정해 볼 수 있다. 문제는 방각본 어록해가 몇 회본을 읽기 위해 만들어졌는가 하는 점이다. 어떤 본을 읽기 위해 어록해가 만들어졌는가를 알 수 있다면 어록해의 생성 시기를 추측해볼 수 있기 때문이다. 다음에 제시될 예문은『수호전』어록해가 70회본을 읽기 위해서 만든 것이 아니라는 점을 분명히 알 수 있게 해준다. "오득청수류(熬得淸水流)"는 5자류에서 볼 수 있는 어구로 "말근 춤을 흘이다"로 풀어 놓았다. 100회본, 120회본, 70회본을 보면 이 어구는 100회본에서 나온 것임을 알 수 있다.

> 智深尋思道, "干呆麽! 俺早知有這箇去處, 不奪他那桶酒喫, 也自下來賣些喫. 這幾日熬得淸水流, 且過去看有甚東西買些喫. 聽得那響處却是打鐵的在那裏打鐵. 間壁一家門上寫着, 父子客店." (100회본)

智深尋思道, "干鳥麼! 俺早知有這個去處, 不奪他那桶酒喫, 也早下來買些喫. 這幾日熬的淸水流, 且過去看有甚東西買些喫. 聽得那響處卻是打鐵的在那裏打鐵. 間壁一家門上寫著, 父子客店." (120회본)

智深尋思道 : "干干麼! 俺早知有這個去處, 不奪他那桶酒喫, 也早下來買些喫. 這幾日熬的淸水流, 且過去看有甚東西買些喫." 聽得那響處卻是打鐵的在那裏打鐵. 間壁十家門上寫著 "父子客店." (70회본)

또한 이는 "간사부급적(奸詐不及的)"을 통해서도 확인된다.

錦兒道 : "正在五嶽樓下來, 撞見個奸詐不及的, 把娘子攔住了不肯放!" (100회본, 제7회)

錦兒道 : "正在五嶽下來, 撞見個詐見不及的, 把娘子攔住了, 不肯放!" (120회본, 제7회)

錦兒道 : "正在五嶽下來, 撞見個詐見不及的, 把娘子攔住了, 不肯放!" (70회본, 제6회)

예문에서 알 수 있듯이, 이 표현은 100회본에만 나오는 표현이다. 그러나 다른 본에는 없는 120회본에만 나오는 표현을 실은 것도 있다.

衆僧聽得, 只得叫門子, "拽了大拴, 繇那畜生入來! 若不開時, 眞個做出來!" 門子只得撚脚撚手拽了拴, 飛也似閃入房裏躱了, 衆僧也各自迴避. (120회본, 제3회)

衆僧聽得, 只得叫門子, "拽了大拴, 繇那畜生入來! 若不開時, 眞個做出來!" 門子只得捻脚捻手拽了拴, 飛也似閃入房裏躱了, 衆僧也各自迴避. (70회본, 제3회)

1자류에서 나온 "捻"의 경우에는 100회본, 70회본에는 없고 120회에만 등장하는 표현이다. 이러한 예도 많이 있다.

한편, 오식(誤植)도 볼 수 있다. 예를 들어 6자류의 "知我們不干罷 : 우리를 그만 두지 아니ᄒᆞ리라"로 어록해에 실려 있지만, 원 표현은 68회에 나오는 것으로 "大伯說道, 梁山泊宋江這夥好漢, 不是好惹的. 但打城池, 無有不破. 若還出了言語, 他們有日打破城子入來, <u>和我們不干罷!</u>"로 되어 있다. 이는 和를 知로 착각해서 생긴 예이다. 그리고 특정 한자의 경우에는 우리 식 한자로 표현한 것도 있다.

이러한 사실을 볼 때, 방각본 『수호전』 어록해는 100회본, 120회본을 읽기 위해 만들었던 어록해를 적절히 활용하여 다시 70회본을 읽기 위한 목적으로 만들었다는 점을 생각해 볼 수 있다. 이러한 예는 다음에서도 확인된다.

〈예〉 후대에 재편된 증거.

眞人答道 : "這代天師 ① 非同小可, 雖然年幼, 其實道行非常. 他是額外之人, 四方顯化, 極是靈驗, 世人皆稱爲道通祖師." 洪太尉道 : "我直如此有眼不識眞師, 當面錯過." 眞人道 : "太尉請放心, 旣然祖師法旨 ② 道是去了(70회본의 설자)

〈예〉 배열의 순서

① 可惜錯過, ② 火工道人, ③ 道是去了 : 후대에 다시 재편된 증거.

제시한 단어들은 원본을 보면 100회본, 120회본, 70회본 모두 ③→②→①의 순서로 나온다. 하지만 방각본 어록해에서는 ①→②→③으로 되어 있다. 이것은 특별히 회본이나 원본의 장회를 고려하지 않고 난해한 단어들이 생기면 그때마다 실었기 때문으로 보인다. 따라서 방각본 어록해가 참조했던 어록해는 원래 100회본, 120회본을 읽기 위해서 만든 것이지만 70회본이 주로 유입되자 이를 위하여 재편된 것임을 알 수 있다.

중국판본 100회본, 120회본은 제3장에서 살펴보았듯이 적어도 17세기 말이나 18세기에는 국내에 전래되어 읽혔다. 따라서 어록해는 이와 거의 동시에 만들어졌거나 약간의 시간적 편차를 두고 만들어졌을 것이다. 따라서 방각본 어록해는 70회본을 읽기 위해서 만든 것이 아니라는 점을 알 수 있다. 하지만 구체적으로 언제 어록해가 만들어졌는지는 여전히 확인할 방법이 없다.

이상과 같이 『수호전』의 수용 양상을 『수호전』 관련 기록, 국내에 존재하는 『수호전』의 중국판본, 이를 읽기 위해 만들어진 어록해로 구분하여 살펴보았다.

먼저 관련 기록을 통해서, 시기적으로 일정한 추이를 발견할 수 있었고, 『수호전』의 중국 판본이 차례로 유입되었다는 사실, 다양한 형태의 한글 번역본도 존재했다는 점을 확인할 수 있었다.

그리고 국내 현존하는 중국판본의 검토를 통해서 대부분 70회본이 남아있지만 120회본도 전해진다는 사실을 확인하였다. 다만 100회본은 읽었다는 기록만 전할 뿐, 현존 여부는 알 수 없었다. 국내에 전래된 70회본의 경우에는 청대에 간행된 판본 중에서 『평론출상수호전』과 『회도증상재오재자서수호전』이 주로 읽혔다는 점을 살폈다. 특히 『평론출상수호전』이 인기가 있었던 이유는 도상(圖像)을 비롯하여 김성탄과 왕망여의 평점이 한 책에 모두 실려 있다는 점에서 독자의 흥미를 끌었으리라 생각된다. 그리고 형태면에서 방각본, 석인본이 많이 남아 있는 이유도 광학서포, 이엽산방과 같은 출판사가 중국판본을 수입하여 활발하게 유통시킨 것에서 찾아보았다. 이러한 출판사들이 있었기에 방각본, 석인본 형태의 『수호전』이 인기리에 읽혔고, 현재까지 많은 수가 남아있는 것으로 여겨진다.

『수호전』 어록해는 어록해 간의 내용이나 형태에 큰 차이가 없고 후대에 필사된 것으로 보이는 어록해는 장회를 구분한 뒤에 단어와 어구를 수록해 놓은 것이 많다는 점이 특징이다. 그리고 방각본 어록해를 통해서 어록해의 저본 문제, 생성 시기 등도 추론해 보았다. 이처럼 『수호전』 중국판본과 『수호전』 어록해를 통해서 확인되는 『수호전』 수용의 가장 큰 특징은 특정 판본이 유행했다는 점, 어록해는 비교적 연원이 깊다는 점을 짚어볼 수 있다.

100회본을 확인하는 일과 어록해의 선본(先本)을 찾아내어 생성 시기를 확정하고, 어떻게 변천해 왔는지를 규명하는 작업은 이 글에서는 보류하기로 한다. 앞서 살펴본 바와 같이 중국판본은 대부분 70회본만이 남아있고, 어록해 또한 이에 맞추어져 있어 원문을 직접 읽을 수 있었던 계층은 이 본을 주로 읽었음을 알 수 있다.

반면에 『수호전』의 번역본은 이와는 다른 양상을 보인다. 100회본, 120회본, 70회본을 저본으로 번역한 본이 모두 있지만 그 중에서도 120회본을 활용하여 활판본으로 간행된 것을 볼 수 있고, 이를 적절히 활용하여 70회본으로 만들었다는 점, 마지막으로 1930~40년대 만들어진 박태원의 번역본 또한 모두 이러한 자장권(磁場圈)에서 만들어진 것임을 확인할 수 있다. 이 문제는 다음 장에서 다루기로 한다.

제4장. 『수호전』의 한글번역본

현재 『수호전』의 한글 번역본은 대략 18종이 전해지고 있다.[1] 시기적으로 조선시대에 만들어진 번역본부터 일제강점기에 등장한 번역본이 있고, 형태적으로는 필사본, 세책본, 방각본, 활판본이 있다. 선행연구에서는 이들 번역본에 대한 서지사항이나 번역본의 저본(底本), 성격 등을 구체적으로 다루지 않았다. 따라서 본 장에서는 이러한 문제의식에 의거하여 다음과 같이 논의를 진행한다.

먼저, 『수호전』 한글 번역본의 서지사항을 정리한다. 다음으로 중국본과 대조하여 번역본의 계열을 밝히고, 번역의 양상을 다룬다. 마지막으로 이들 번역본 간의 관계를 통해서 『수호전』 번역본의 전반적인 특징과 유통의 문제를 논의하는 것으로 『수호전』의 한글 번역본에 대한 연구를 진행할 것이다.

---

1) 존재가 파악되지 않은 개인소장본까지 더해진다면 실제로는 이 숫자를 훨씬 상회할 것이다. 예를 들어 화봉문고 소장 『수호전』 3책이 대표적인 경우이다. 한편, 선행 연구에서 『수호전』의 번역본으로 밝힌 것 중에서 오류가 있다. 활판본 『양산박전』이 그 예이다. 이것은 활판본 『양산백전』을 『양산박전』으로 오인(誤認)한 것이다. 화봉문고본 『수호전』에 대한 연구는 차후 과제로 넘긴다.
* 화봉문고본 박재연 교수님의 소장본이 되었다. 이 자료에 대해서는 함께 논문을 통해서 발표했다.

1. 『수호전』 한글 번역본의 개관

『수호전』의 한글 번역본은 필사본 3종과, 세책본 1종, 방각본 2종, 활자본 8종, 신문과 잡지에 연재된 것들이 있다. 이를 '형태-제목-체재-소장처·소장자·발행처'로 구분하여 〈표〉로 정리하면 다음과 같다.

형태	번호	제목	체재	소장처·소장자·발행처
필사본	1	튱의슈호뎐	1책(권3)	일본 동경대 언어학연구실
			2책(권8, 권22)	서울대 중앙도서관
			1책(권21)	영남대 도남문고
	2	水滸志	1책(落帙)	김동욱본(단국대 율곡도서관)
	3	슈허지·슈호지	8책(落帙)	박순호본
세책본	4	슈허지	15권15책(落帙) 권8, 권17, 권19, 권29, 권32, 권39 ~권41, 권51, 권55~권58	이대 중앙도서관
방각본 (경판본)	5	슈호지	2권2책(完帙)	프랑스 국립동양어대, 러시아 동방학연구소, 일본 동경대
		슈호지	2권2책(落帙)	서강대 로욜라도서관
	6	슈호지	3권3책(完帙)	단국대 율곡도서관
		슈호지	3권3책(落帙)	단국대 율곡도서관
활판본	7	신교수호지	4권4책	신문관(新文館) 권1 大正 2年(1913) 7월 19일 권2 大正 2年(1913) 8월 19일 권3 大正 2年(1913) 10월 7일 권4 大正 2年(1913) 12월 27일
	8	鮮漢文 忠義水滸誌	6권6책	조선서관(朝鮮書館) 前集 권1-3 : 大正 2年(1913) 9월 10일 後集 권1 : 大正 2年(1913) 12월 3일 後集 권2 : 大正 3年(1914) 2월 3일 後集 권3 : 大正 3年(1914) 2월 24일

	9	타호무송 (打虎武松)	1책	광동서국 · 태학서관 大正 6年(1917) 8월 28일
	10	(續水滸誌) 一百單八歸化記	3권1책	조선서관 大正 7年(1918) 8월 25일
	11	鮮漢文 忠義水滸誌	6권6책	경성서적조합(京城書籍組合) 大正 12년(1923) 5월 20일
	12	鮮漢文 忠義水滸誌	6권6책	조선도서주식회사(朝鮮圖書株式會社) 박문서관(博文書館) 昭和 4年(1929) 11월 30일
	13	鮮漢文 水滸誌	5권5책	영창서관(永昌書館) 昭和 4年(1929) 10월 20일
	14	新釋水滸傳	3권3책	박문서관(博文書館) 昭和 5年(1930)
	15	鮮漢文 忠義水滸誌	6권6책	박문서관(博文書館) 昭和 13年(1938) 6월 20일
신문 잡지 연재본	16	水滸傳	미상(未詳) (5회 연재분만 확인)	신민(新民) 1925년 12월~1926년 10월
	17	新釋水滸傳	1회~596회	동아일보(東亞日報) 1928년 5월~1930년 1월
	18	水滸傳	1회~27회	조광(朝光) 1942년 8월~1944년 12월

먼저 살펴볼 것은 36책 중에서 4책만이 남아있는 [1]이다. 이 본들의 소장처는 다르지만 원래 한 질이었던 것이다.[2] 각 본의 표지를 보면 모두 푸른 비단으로 장정(裝幀)해 놓았고, 서배(書背)에는 "共三十六"으로 기재해 두었으며, 본문도 동일한 필체로 되어 있다. 따라서 외형만 보아도 한 질이었음을 쉽게 알 수 있다. 4책 모두 표제는 없고,[3] 내제는 각 회에 해당하는 장회명(章回名)을 기재한 후에, '튱의슈

2) 참고로 동경대본은 小倉進平, 서울대본은 이희승 · 이숭녕, 영남대본은 조윤제가 기증한 것이다.

3) 표제는 따로 종이를 만들어 붙였던 것으로 보인다. 4권 모두, 이러한 흔적만 볼 수

호뎐 권지삼, 팔……'식으로 써 놓았다. 각 권은 동일하게 매 면 12행, 매 행 23자 내외로 되어 있다. 〈권3〉은 37장, 3회 분량(5~7회), 〈권8〉과 〈권22〉는 각각 37장, 46장, 3회(21~23회)와 4회 분량(62~65회), 〈권21〉은 36장, 3회 분량(18~20회)을 필사해 놓았다. 4책 모두 필사 시기나 필사자를 알려줄 만한 필사기가 남아있지 않다. 다만 비단으로 장정해 놓았다는 점과 공격지(空隔紙)가 있어서 왕실이나 사대부 집안에서 읽혔던 본으로 보인다.[4] [1]을 통해서 '36책 『수호전』'이 존재했음을 알 수 있다.

[2]는 1책만 남은 낙질본이다. 표지와 첫 장이 찢겨져 있어, 표제와 내제는 알 수 없다.[5] 전체 81장으로, 매 면 16행, 행 당 25~28자 내외로, 9회 분량(36~44회)을 필사해 놓았다. 필사 시기는 "병오 듕츈 회억야의 추필 죵셔"라는 필사기를 통해서 1846년에 필사된 것으로 보인다. 이 본은 중간에 필적이 다른 부분이 있고 필사가 잘못된 부분은 새로 보충해서 쓴 것도 있어서, 새로 번역한 것이 아니라 선행본을 베낀 것임을 알 수 있다.

[3]은 영인본으로 소개된 것이다.[6] 그러나 간행 과정에서 원 표제를 없앴고 책의 순서 또한 고려하지 않았다. 〈권26〉에는 권3, 권4, 〈권27〉에는 권5, 권17, 권18, 권19, 권20과 '슈호지', '슈허지', '수허지'처럼 권수(卷數) 표시가 없는 본이 함께 실려 있다.[7] 이처럼 외형만

있다.

4) 참고로 이와 비슷한 규모의 35책 『수호전』이 홍택주 집안과 왕실도서관에 있었다.

5) 현재의 표제는 "水滸志"이다. 그러나 이것은 원래의 표제가 아니라 김동욱 선생님이 새로 쓰신 것이다.

6) 월촌문헌연구소 편, 『한글필사본 고소설 자료총서』, 제26권, 제27권, 오성사, 1986.

7) 〈26권〉에는 슈허지 三, 수호지 三, 슈호지 四, 수호지 四, 슈호지 四, 슈호지 四, 〈27권〉

보면 '슈호지', '슈허지', '수허지'는 이본(異本)처럼 보인다. 그러나 이 책들은 내용이 설자(楔子)로 시작되기 때문에, 원래 이 책들의 〈권1〉임을 알 수 있다.[8] 따라서 [3]은 권1, 3, 4, 5, 17, 18, 19, 20으로, 전체 8책이 수록된 것이다.

이 책의 필사 시기는 필사기를 통해서 알 수 있다. 필사자는 "유마실 쥬인", "유마자"로 자신을 칭한 후에, 아내가 자신의 병간호를 위하여 헌신하였기에 이 책을 "갑인 정월"에 필사했다고 했다.[9] 그가 필사기에서 밝힌 "갑인 정월"은 필사기 내의 "인쳔항구", "졔물포", "화륜거" 등을 고려해 볼 때 1914년으로 보인다. 그리고 "언문칙이나 벗겨쥬면"이라는 구절을 통해서 직접 번역한 것이 아니라 선행본을 필사한 것임을 알 수 있다.

[4]는 금호동 세책점에서 필사하여 대여했던 세책(貰冊)이다. 낙질본(落帙本)으로 권8, 권17, 권19, 권29, 권32, 권39~권41, 권51, 권55~권58, 권67~권68, 모두 15권 15책이 남아 있다.[10] 표제는 '水滸誌',

---

에는 슈허지 五, 슈호지 十七, 十八, 슈호지, 수허지 권지 十八, 十九, 슈호지 十八, 十九, 슈호지 二十, 슈허지, 수허지가 실려 있다. 월촌문헌연구소 편, 앞의 책, 제26권, 제27권, 참조.

8) 월촌문헌연구소 편, 앞의 책, 463~538쪽.

9) 필사기는 다음과 같다. "슈호지 번역 젼말이라. 계축연에 유마실 쥬인이 지원 절통ᄒᆞᆫ 심회가 골슈ᄂᆞᆫ 녹는 듯 흉격에 모지 되어 물에도 다라ᄂᆞ고 불에도 뚜여들 듯 여광쳐취ᄒᆞ여 울적ᄒᆞᆫ 심장을 이기지 못ᄒᆞ여 팔월 초에 부인과 녀아를 다리고 한양 셔울에 올ᄂᆞ가 억만 장안 구경ᄒᆞ고 화륜거ᄅᆞᆯ 타고 인천 항구에 가 만〃ᄒᆞᆫ 제물포와 망〃ᄒᆞᆫ 셔ᄒᆡ를 구경ᄒᆞ고 구월에 집에 도라오다. 십 월에 유마ᄌᆞ 다시 셔울 갓다가 동짓달에 집으로 올ᄉᆡ, 즁노에셔 리증으로 병이 드러 간신이 집에 와 두 달을 고ᄉᆡᆼᄒᆞᄆᆡ 부인이 쥬야로 잠을 자지 못ᄒᆞ고 시병ᄒᆞ거ᄂᆞᆯ 유마ᄌᆞ 위연 장탄 왈, 부인이 병 드럿ᄃᆡ도 나는 절리 못ᄒᆞᆯ 거시니, 그 은혜 엇덧케 갑ᄒᆞᆯ고, 유마ᄌᆞ ᄉᆡᆼ각ᄒᆞ되 언문 ᄎᆡᆨ이나 벗겨 쥬면 부인 노리에 소일ᄒᆞᆯ 듯, 갑인 정월에 유마ᄌᆞᄂᆞᆫ 긔록ᄒᆞ노라."

10) 이윤석·박재연·유춘동, 『水滸誌』, 학고방, 2007.

내제는 '슈호지', '슈허지' 등으로 되어 있고, 각 권은 대략 31장, 매 면 11행, 매 행 12~13자 내외로, 1~2회 분량을 필사해 놓았다. 아울러 각 권에는 "세 무신(戊申) 계춘, 모춘 사월일, 맹하 오월일, 중하 금호" 등의 필사기가 있어, 1908년 3~5월에 필사하여 대여했음을 알 수 있다. 이 책은 세책으로 유통되었기 때문에, 금호 세책점의 영업 형태와 독자들의 반응을 확인할 수 있다. 〈권29〉와 〈권58〉에 "책세가 대단이 비싸오니, 여러 동포는 조람 하옵소서"라는 독자들의 낙서와 각 권 표지 뒷면에 있는 대여장부(貸與帳簿)가 그 대표적인 예이다.

[5]와 [6]은 경판본으로 간행된 것이다. 경판본은 〈2권2책본〉과 〈3권3책본〉 두 종으로 나뉘는데,[11] 〈3권3책본〉은 〈2권2책본〉을 분권하여 만든 것이다. 〈2권2책본〉의 각 권의 표제는 "슈호지 상, 하", 권수제와 권차는 "슈호지 권지일, 이", 판심제는 "水一, 二"이다. 두 권 모두 반엽 15행으로 전체 장수는 31장이다. 〈권1〉에 "경신밍츈"이라는 간기가 있는데, 이를 통해서 적어도 1860년이나 그 이전에 간행된 것임을 알 수 있다.

[7]은 판권지를 보면 편수 겸 발행인은 최창선(崔昌善), 발행소는 신문관(新文館), 발매소는 광학서포(廣學書鋪)로 되어 있다. 전체 〈4권 4책〉으로, 표제와 내제는 "신교 슈호지 권지일, 이, 삼, 亽"이며, 매 면 17행, 행 당 35자로, 〈권1〉은 218쪽, 〈권2〉는 223쪽, 〈권3〉은 216쪽, 〈권4〉는 308쪽으로 되어 있다. 본문을 보면 시작 전에 해당 권의 목록(目錄),

11) 경판본은 여러 본이 확인되지만 〈2권2책본〉과 〈3권3책본〉 두 종으로 나뉜다. 이 문제는 유춘동, 「방각본 〈수호지(水滸誌)〉의 판본과 성격에 대한 연구」, 『열상고전연구』 32, 2010 참조.

수상(繡像), 회도(繪圖)를 실어 놓았다. 각 권은 간행 시기가 다른데, 〈권1〉은 대정 2년(1913) 7월 19일, 〈권2〉는 동년 8월 19일, 〈권3〉은 동년 10월 7일, 〈권4〉는 동년 12월 27일이다. 그리고 〈권1〉에는 "슈호지 셜명"을 두어 이 책이 간행된 배경을 밝히고 있다. 이를 보면 "여러 가지 번역이 잇는 가온ᄃᆡ 특별히 ᄌᆞ세ᄒᆞ고 보기 편ᄒᆞᆫ 이 ᄎᆡᆨ을 가리여 얼마콤 잘못ᄒᆞᆫ ᄃᆡ를 고치고 ᄲᅡ진 것을 너허 급ᄒᆞᆫ ᄃᆡ로 이러케 츌판ᄒᆞ거니와"라고 언급하고 있다. 이를 통해서 신문관본은 새롭게 만든 번역본이 아니라 선행본을 저본으로 하여 필요한 부분만 적절히 고쳐서 만든 본임을 알 수 있다.

[8]은 판권지를 보면 편집 겸 발행자는 박건회(朴健會), 발행소는 조선서관(朝鮮書館), 총발매소는 회동서관(滙東書館)으로 되어 있다. 〈전집(前集) 3책〉과 〈후집(後集) 3책〉으로, 전체 〈6권6책〉이다. 각 권은 동일하게 본문에 앞서 수호지 도상, 목록(目錄)을 실어 놓았다. 전집의 표제는 "鮮漢文 忠義水滸誌 第一・二・三", 내제는 "츙의슈호지 권지일・이・삼"이고, 매 면 11행, 행 당 35자로, 〈권1〉은 183쪽, 〈권2〉는 181쪽, 〈권3〉은 185쪽이다. 전집은 모두 대정 2년(1913) 9월 10일에 간행되었다. 한편, 후집의 표제는 "鮮漢文 忠義水滸誌 後集 第一・二・三", 내제는 "언한문 츙의슈호지 후집 권일・이・삼, 譯述者 快齋 朴健會"이고, 매 면 11행, 행 당 35자로, 〈권1〉은 252쪽, 〈권2〉는 253쪽, 〈권3〉은 356쪽이다. 후집은 전집과는 달리 〈권1〉은 대정 2년(1913) 12월 3일, 〈권2〉는 대정 3년(1914) 2월 3일, 〈권3〉은 대정 3년(1914) 2월 24일로 간행 시기가 다르다.

[9]는 신문관본 제22회에서 제35회까지의 '무송(武松) 이야기'만을 따로 발췌하여 단행본으로 만든 것이다. 판권지를 보면 저작 겸 발행

자는 고경상(高敬相), 발행 겸 총발매소는 광익서관(廣益書館), 회동서관(滙東書館), 광한서림(廣韓書林)이고 대정 6년(1917)에 간행되었다. 표제와 내제는 “타호무송(打虎武松)”, 1책으로 매 면 13행, 행 당 35자로 전체 96쪽이다.[12]

[10]은 조선서관본의 속편(續篇)으로 간행된 것이다. 판권지를 보면 편집 겸 발행자는 박건회, 발행소는 조선서관으로 되어 있다. 전체 〈3권1책〉으로, 표제는 “續水滸誌一百單八歸化記全”, 내제는 “속슈호지 일빅단팔귀화긔 제일, 이, 숨”이다. 매 면 13행, 행 당 32~35자로, 〈권1〉은 181쪽, 〈권2〉는 152쪽, 〈권3〉은 192쪽이다. 대정 7년(1918) 8월 25일에 간행되었다.

[11]은 조선서관본을 인쇄소와 출판사만 바꾸어 대정 12년(1923)에 다시 간행한 것이다. 그러나 [8]의 70회까지만 싣고 끝부분을 70회본처럼 ‘노준의가 악몽(惡夢)을 꾸고 천하태평(天下泰平) 네 글자를 받는 것”로 바꾸었다. 판권지를 보면 편집 겸 발행자는 박건회, 발행소는 경성서적조합(京城書籍組合)이지만, 인쇄소는 전집 권1-2는 신생활사인쇄부(新生活社印刷部), 전집 권3과 후집 권 1-3은 대동인쇄주식회사(大東印刷株式會社)로 서로 다르다.

[12]는 경성서적조합본을 저작 겸 발행자와 발행소를 바꾸어 소화 4년(1929)에 간행한 것이다. 저작 겸 발행자는 홍순필(洪淳泌)이다. 발행소는 조선도서주식회사와 박문서관 두 곳에서 공동으로 간행되었다.

---

12) 필자가 참조한 것은 국립중앙도서관본 『타호무송』이다. 이 책은 91장까지만 있고, 판권지는 발행 일자 부분이 훼손되어 있다. 우쾌제는 이 책을 전체 96장, 발행일은 대정 6년(1918)이라고 밝힌 바 있는데, 이 글에서 밝힌 서지사항은 우쾌제의 연구 결과를 따른 것이다.

[13]은 신문관본을 가져다가 표기법만 고치고, 편집 겸 발행인, 발행 겸 총판매소를 바꾸어 소화 4년(1929)에 간행한 것이다. 판권지를 보면 편집 겸 발행인은 강의영(姜義永), 발행 겸 총판매소는 영창서관(永昌書館)으로 되어 있다. 전체 5권 5책으로, 표제는 "鮮漢文水滸誌 第一～五卷", 내제는 "선한문슈호지 권지일～오"이다. 매 면 15행, 행 당 35～37자로, 권1은 158쪽, 권2는 213쪽, 권3은 230쪽, 권4 223쪽, 권5는 201쪽이다. 소화 4년(1929) 10월 20일에 간행되었다.[13]

[14]는 윤백남이 1928년 5월 1일부터 1930년 1월까지 동아일보에 연재했던 『신석수호전』을 묶어서 단행본으로 간행한 것이다. 이 과정에서 신문 연재본에 있었던 삽화(挿畵)는 빼고 본문만 실었다.

[15]는 경성서적조합본을 저작 겸 발행자와 발행소를 바꾸어 소화 13년(1938)에 간행한 것이다. 저작 겸 발행자는 노익형(盧益亨)으로, 발행소 및 발매소는 박문서관(博文書館)으로 바뀌었다.

[16]은 양백화가 잡지 《신민(新民)》에 연재한 것이다. 《신민》은 결호(缺號)가 많아서 정확한 서지사항을 알 수가 없다. 현재로서는 제8호(1925. 12. 10)에 「수호서(水滸序)」를 처음 게재한 후에, 제9호(1926. 1. 1), 제10호(1926. 2. 1), 제13호(1926. 5. 1), 제18호(1926. 10. 1)까지 5회분만 확인된다. 그런데 제19호(1926. 11. 1)를 보면 양백화가 연재했던 지면은 다른 소설로 대체되었다.[14] 이를 근거로 본다면 그는 제8호부터 제18호까지 대략 11회만을 『수호전』을 연재하고 중단했던 것으로 보인다.

---

13) [13]은 1961년에 표지를 바꾸고, 출판사를 '영창출판사'로 개명하여 재간행 되었다. 『구활자본 고소설 전집』에 실린 활판본 『수호전』은 바로 이 본이다.

14) 이후 《신민》을 보면 양백화의 『수호전』 연재는 보이지 않는다.

[17]은 윤백남이 1928년 5월 1일부터 1930년 1월 10일까지 동아일보에 연재했던 것이다. 소설은 신문의 3면 하단부에 삽화(揷畵)와 함께 실렸다. '머리의 말'을 처음 연재했고, 이후에는 장회명을 중국본과는 달리 내용을 고려하여 "第一回 百八妖魔 (1)~(8), 第二回 高俅 (1)~(8), 第三回 九紋龍 史進(1)~(13) …… 第七十一回 石碣天文과 一場春夢(1)~(5)"식으로 주인공이나 사건을 중심으로 새로 붙였다.

[18]은 박태원의 첫 번째 『수호전』 번역본이다. 처음 번역은 『조광』에 27회까지만 했고, 이후 해방이 된 뒤에 완역본이 나왔으며,[15] 월북한 뒤로는 그의 번역본을 정음사에서 최영해의 이름으로 낸 것과[16] 북한에서 박태원이 간행한 것이 있다.[17] 장회명은 "第一章 九紋龍 史進, 第二章 花和尙 魯智深"식으로 주인공이나 사건을 중심으로 새로 붙였다.

이상과 같이 현전하는 『수호전』 한글 번역본들의 서지사항을 살펴보았다. 번역본들은 활판본, 방각본, 윤백남과 박태원본을 제외하면 대부분 낙질로 전해진다. 따라서 저본의 문제를 논하는 것이 쉽지 않은 상황이다. 따라서 이 한글 번역본들은 중국본과 대조하여야만 계열과 특징을 확인할 수 있다. 다음 절에서는 이 문제들을 다루기로 한다.

---

15) 『水滸傳』 上, 正音社, 1948; 『水滸傳』 中, 正音社, 1949; 『水滸傳』 下, 正音社, 1950.

16) 박태원본을 다시 간행했지만 책에서는 명시적으로 밝히지 않았다. 다만 최영해가 쓴 『수호전』의 해제를 보면 우회적으로 이러한 사실을 언급했다. 『水滸傳』 上·下, 正音社, 1974(重版), 참조.

17) 이 본은 깊은샘에서 1990년에 간행되었다. 박태원, 『완역 수호지』 1~4, 깊은샘, 1990.

2. 『수호전』 한글 번역본의 계열과 특징

중국소설 『수호전』의 계통은 크게 간본계통과 번본계통으로 나뉜다.[18] 두 계통은 장회(章回)의 다소(多少), 시사(詩詞), 묘사의 세밀성 여부, 내용에서 정사구(征四寇)의 포함 유무 등으로 구별된다. 먼저 간본계통은 장회에 의거하여 115회본, 106회본, 124회본으로 나뉘고, 각 본들은 장회명, 장회 구분, 삽화에서 차이가 있다. 번본계통도 장회에 의거하여 100회본, 120회본, 70회본으로 나뉘고, 100회본과 120회본은 '시사(詩詞)', '염파석과 유당의 등장시점', '정사구(征四寇)에서 전호(田虎)와 왕경(王慶)을 정벌하는 내용의 유무'로, 70회본은 120회본을 개작(改作)한 것으로, '자구(字句)', '시사(詩詞)와 장회명', 결말을 '노준의가 악몽(惡夢)을 꾸고 "天下太平" 네 글자를 받느냐'로 구분된다.

이러한 기준에 의거하여 『수호전』 한글 번역본들을 살펴보면 간본계통의 번역본은 없고, 모두 번본계통의 본을 토대로 번역한 것이다. 그리고 이것을 다시 100회본, 120회본, 70회본으로 구분할 수 있다. 예외적인 것으로 일제 식민지시기에 전래되었던 '70회본 계통의 일본어 번역본'을 번역한 것과 이미 간행된 활판본 신문관본과 조선서관본을 장회명, 장회, 문장, 단어, 표기법 등을 적절히 바꾸어 간행한 것도 있다.

이를 근거로 현존하는 한글 번역본들을 나누어보면 1) 100회본 한글 번역본 계열, 2) 120회본 한글 번역본 계열, 3) 70회본 한글 번역본 계열, 4) 기타 한글 번역본 계열로 구분된다. 따라서 『수호전』 한글 번역본들을 분류해보면 다음의 〈표〉와 같다.[19]

---

18) 이 문제는 앞선 〈제2장〉에서 다룬 바 있다.

<table>
<tr><td rowspan="11">구분</td><td colspan="5">중국본의 번역본</td></tr>
<tr><td rowspan="2">100회본 계통</td><td colspan="2" rowspan="2">120회본 계통</td><td colspan="2">70회본 계통</td></tr>
<tr><td>중국본의 번역본</td><td>일본어 번역본의 중역본</td></tr>
<tr><td rowspan="7">김동욱본[2]</td><td colspan="2">튱의슈호뎐[1]</td><td rowspan="7">박순호본[3]</td><td rowspan="7">양백화본[16]
윤백남본[14·17]</td></tr>
<tr><td colspan="2">세책본[4]</td></tr>
<tr><td colspan="2">경판본[5·6]</td></tr>
<tr><td rowspan="2">신문관본[7]</td><td>신문관본의 개작본</td></tr>
<tr><td>영창서관본[13]</td></tr>
<tr><td rowspan="2">조선서관본[8]</td><td>조선서관본의 개작본</td></tr>
<tr><td>경성서적조합본[11]
조선도서주식회사·박문서관본[12]
박문서관본[15]</td></tr>
<tr><td colspan="5">박태원본[18]</td></tr>
</table>

〈표〉에서 볼 수 있듯이, 100회본 계통은 1종, 120회본 계통은 9종, 70회본 계통은 1종, 70회본 계통의 일본어 번역본 2종이다.

『수호전』 번역본의 가장 특징적인 점은 번역본의 대부분이 120회본 계통에 속한다는 점이다. 외형적으로 70회본을 번역한 것처럼 보이는 신문관본, 조선서관본, 경성서적조합본 또한 120회본의 70회까지만 실은 120회본이다.

그리고 일본어 『수호전』 번역본이 국내로 전래되면서 이를 번역한 번역본도 있다. 양백화본과 윤백남본이 이에 속한다. 이 번역본은 중국본과는 거리가 먼 의역(意譯)에 가까운 본들이다. 그 원인은 일본어 『수호전』 번역본이 의역본이며 이를 중역했기에 나타난 현상이다.

19) 〈표〉에서 [ ]의 번호는 앞 절 번역본의 개관에서 붙인 번호이다.

한편, 박태원본은 70회본을 번역한 것이 아니라 이전에 존재했던 120회본 번역본의 70회까지만 싣고, 장회명, 장회의 구분 등의 형식은 양백화, 윤백남본을 참조하며 번역했다. 박태원본이 가장 후대에 나온 것이기 때문에 앞서 간행되었던 것들을 모두 참조했기에 이와 같은 양상이 나타났다. 그리고 많은 활판본들은 신문관본이나 조선서관본을 저본으로 조금씩 변화를 주며 만든 것이다. 다음 절에서 이 문제를 구체적으로 살펴보기로 한다.

1) 100회본 계열의 한글 번역본

100회본 번역본은 현재 김동욱본 1종만 확인된다. 따라서 100회본의 한글 번역본은 김동욱본만을 대상으로 검토하기로 한다.

(1) 번역의 저본

김동욱본은 외형상 120회본이나 70회본을 번역한 것처럼 보인다. 다음의 예가 이러한 느낌을 주는 부분이다.

> 화셜. 송강이 창 ᄡᅳᄂᆞᆫ 교ᄉᆞ를 은을 주고 서ᄅᆞ 말 ᄒᆞᆯ ᄉᆞ이의 ᄆᆞᆫ득 ᄒᆞᆫ ᄉᆞᄅᆞᆷ이 내ᄃᆞ라 송강을 잡고 눈을 부릅ᄯᅥ ᄭᅮ지저 ᄀᆞᆯ오ᄃᆡ, “어ᄃᆡ셔 온 죠고마ᄒᆞᆫ 창 ᄡᅳᄂᆞᆫ 놈이 감히 우리게 와 착ᄒᆞᆫ 톄ᄒᆞ며, 내 괘심ᄒᆞ여 모든 ᄉᆞᄅᆞᆷ은 분부ᄒᆞ여 ᄒᆞᆫ낫 돈도 주지 말나 ᄒᆞ엿거ᄂᆞᆯ 네 죄인 놈이 은을 주어 우리 게양딘을 업슈이 넉ᄂᆞᆫ다?” 송강이 ᄃᆡ답ᄒᆞᄃᆡ, “내 ᄉᆞ〃로 은냥을 샹 주어ᄃᆞᆫ 네 ᄆᆞᄉᆞ 일 간예ᄒᆞ뇨?” 기인이 송강을 ᄡᅥ어 두ᄅᆞ고 ᄭᅮ지저 ᄂᆞᆯ오ᄃᆡ, “이 귀향가ᄂᆞᆫ 도적놈이 감히 날과 말ᄒᆞ려 ᄒᆞᆫ다?”(… 후략 …)
>
> (김동욱본, 5장 앞~뒷면)

[1] 詩曰 : 壯士當場展藝能 (… 中略 …)

話說. 當下宋江不合將五兩銀子齎發了那個敎師. 只見這揭陽鎭上衆人叢中, 鑽過這條大漢, 掿起雙拳來打宋江, 衆人看那大漢時, 怎生模樣?

但見 : 花蓋膀雙龍捧項 (… 中略 …)

那大漢睜着眼喝道 : "這廝那裡學得這些鳥槍棒, 來俺這揭陽鎭上逞强. 我已分付了衆人休采他, 你這廝如何賣弄有錢, 把銀子賞他, 滅俺揭陽鎭上的威風!" 宋江應道 : "我自賞他銀兩, 却干你甚事?" 那大漢揪住宋江喝道 : "你這賊配軍! 敢回我話!" (… 後略 …) (100회본, 제37회)

[2] 話說. 當下宋江不合將五兩銀子齎發了那個敎師. 只見這揭陽鎭上衆人叢中, 鑽過這條大漢, 睜著眼喝道 : "這廝那裡學得這些鳥槍棒, 來俺這揭陽鎭上逞强. 我已分付了衆人休睬他, 你這廝如何賣弄有錢, 把銀子賞他, 滅俺揭陽鎭上的威風!" 宋江應道 : "我自賞他銀兩, 卻干你甚事?" 那大漢揪住宋江喝道 : "你這賊配軍! 敢回我話!" (… 後略 …)

(120회본, 제37회)

[3] 話說. 當下宋江不合將五兩銀子齎發了那個敎師. 只見這揭陽鎭上衆人叢中, 鑽過這條大漢, 睜著眼喝道 : "這廝那裏學得這些鳥鎗棒, 來俺這揭陽鎭上逞强! 我已分付了衆人休保他, 你這廝如何賣弄有錢, 把銀子賞他, 滅俺揭陽鎭上的威風!" 宋江應道 : "我自賞他銀兩, 卻干你甚事?" 那大漢揪住宋江喝道 : "你這賊配軍! 敢回我話!" (… 後略 …)

(70회본, 제36회)

제시한 예문은 김동욱본에서 '송강이 유배를 가던 도중에 게양진에서 설영(薛永)을 도와주어 목가(穆家) 형제들에게 곤란을 겪는 대목'이다. 이 부분을 중국본 100회본, 120회본, 70회본과 대조해보면, 내용은 동일하지만 개장시와 삽입시에서 차이가 있다.

100회본은 개장시와 삽입시가 있고, 120회본과 70회본에는 이 시들이 없다. 김동욱본은 본문만 번역해 놓았고 삽입시가 없기 때문에

100회본보다는 120회본과 70회본에 더 가까워보인다. 이를 근거로 120회본이나 70회본, 둘 중의 하나를 택하여 번역한 것으로 보기가 쉽다. 그러나 김동욱본은 100회본을 가져다가 번역한 것이다. 그 근거는 다음에 제시한 예문을 통해서 확인된다.

> 우슉듕〃희, 슉가ᄅᆞᆯ 만나니 다시 옴 깃브고
> 봉고블시흉, 고사ᄅᆞᆯ 만나니 이거시 흉치 아니〃라
> 븍유남지목, 븍녁 유줴로 남녁 목줴예 니ᄅᆞ러
> 냥천건긔공, 이 두 나희 니ᄅᆞ러 긔특ᄒᆞᆫ 공을 세우리라.
>
> (김동욱본, 63장 앞면)
>
> [1] 遇宿重重喜, 逢高不是凶, 北幽南至睦, 兩處見奇功.
>
> (100회본, 제42회)
>
> [2] 遇宿重重喜, 逢高不是凶, 外夷及內寇, 幾處見奇功.
>
> (120회본, 제42회)

예문은 김동욱본에서 '송강이 천녀(天女)를 만나 그녀에게서 천서(天書)를 받는 대목'에 등장하는 삽입시이다. 삽입시는 한글로 음(音)만 적고, 옆에다가 한글로 해석을 해놓았다. 이 시는 중국본과 대조해보면 70회본에는 없고, 100회본과 120회본에만 있다. 이를 통해서 김동욱본은 70회본의 번역본은 아니란 점을 분명하게 알 수 있다. 그런데 중국본의 삽입시를 보면 두 본은 3~4구에서 "北幽南至睦, 兩處見奇功", "外夷及內寇, 幾處見奇功"로 차이가 있다. 김동욱본은 두 본 중에서 100회본의 삽입시를 번역했다. 따라서 김동욱본은 100회본의 번역본임을 확정할 수 있다.

(2) 번역의 양상과 특징

김동욱본은 1책만 남아있는 낙질본인데, 내용은 100회본의 36회에서 44회까지를 번역한 것이다. 이때, 중국본의 1회를 대략 8~9장 정도로 축약하였고, 이 과정에서 서사전개에 방해가 되는 개장시, 평어(評語) 등은 모두 생략하고 본문만 번역했다. 다만 주인공 송강의 심회를 드러내거나 내용상 중요한 삽입시는 번역해 놓았다. 아울러 일부 어려운 단어나 구절에는 한글로 주(註)를 달아 놓았다.[20]

○ 심양누송강음반시 ○ 냥산박디종뎐가신

화셜. 쥬뷔 네 사롬드려 닐오디, "이 사롬이 죽으면 죄는 우리게 미추리니 네 관인은 엇디홀다?" 호고 믈노써 구호니 인수롤 잠간 출히더라. 그 겨집이 어버이 와 보고 흑션풍의 흔 빈라 호며 감히 말을 못호거놀 (… 후략 …) (김동욱본, 21장 앞면)

第三十九回 潯陽樓宋江吟反詩, 梁山泊戴宗傳假信

詩曰 : 閑來乘興入江樓, 渺渺煙波接素秋 (… 後略 …)

話說. 當下李逵把指頭納倒了那女娘, 酒店主人攔住說道 : "四位官人, 如何是好?" 主人心慌, 便叫酒保, 過賣都向前來救他. 就地下把水噴噀, 看看甦醒. 扶將起來看時, 額角上抹脫了一片油皮, 因此那女子暈昏倒了. 救得醒來, 千好萬好. 他的爹娘聽得說是黑旋風, 先自驚得呆了半晌, 那裏敢說一言. (… 後略 …) (100회본, 제39회)

예문은 김동욱본의 제39회 시작과 100회본의 해당 부분을 대조해 본 것이다. 김동욱본은 중국본의 개장시는 생략하고 본문만 번역해 놓았다. 그리고 이 과정에서 원본을 그대로 축약한 것이 아니라 의미

---

20) 김동욱본 23장 뒷면에서 볼 수 있다. "황소" 옆에다가 "황소는 당 적 역적이라"라고 주(註)를 달아 놓았다.

가 분명하게 전달될 수 있도록 쉬운 표현으로 번역했다.

그런데 이러한 번역의 양상은 필사자가 선행본을 필사하는 과정에서 생긴 것으로 보인다. 김동욱본의 14장 앞면을 보면 "나는 산동 산동 운셩현 송강이로라"처럼 같은 단어가 중복되는 실수가 있고, 15장 앞면에서는 오기(誤記)와 빠진 내용을 새로 보충해 넣은 것을 볼 수 있다.[21] 따라서 김동욱본은 선행본을 토대로 필사한 본이며, 번역 양상은 선행본에서 비롯되었을 가능성이 높다.

김동욱본의 필사 시기는 "병오 듕츈 회억야의 추필 죵셔"라는 필사기를 통해서 추정해 볼 수 있다. 병오(丙午)는 대략 1786, 1846, 1906년으로 좁혀 볼 수 있는데, 이 본의 어휘, 표현 등을 보면 1846년경에 필사된 것으로 보인다. 그러나 단어 중에 "골숩희", "아젹", "ᄒᆞ로", "~인다", "~ᄒᆞᄂᆞᆫ다"가 보이기에, 필사시기가 오래되지는 않았지만 김동욱본의 저본이 되었던 본은 비교적 고형(古形)을 유지했던 본으로 추정된다.

김동욱본은 기록으로만 확인되던 100회본이 실제로 국내에 전래되어 번역되었다는 점에서 중요하다. 그리고 김동욱본의 존재를 통해서 국내에 『수호전』 70회본이 유입된 이후, 19~20세기까지도 100회본이 꾸준히 필사되고 읽혔다는 점을 확인할 수 있다. 이런 측면에서 보았을 때 자료적인 가치가 대단히 높다고 하겠다.

2) 120회본 계열의 한글 번역본

120회본 계열에 속하는 번역본은 필사본 『튱의슈호뎐』, 세책본, 경

21) 이러한 예는 이외에도 많이 볼 수 있다.

판본, 활판본(신문관본, 조선서관본), 박태원본 등이다. 이 본들이 120회본 계열이라는 사실은 자구(字句)의 대조를 통해서도 드러나고, 시사(詩詞), 염파석과 유당의 등장시점, 정사구(征四寇)에서 전호(田虎)와 왕경(王慶)을 정벌하는 내용의 유무 등을 통해서도 확인된다.

(1) 『튱의슈호뎐』

① 번역의 저본

필사본 『튱의슈호뎐』은 각 권의 서배에 "共三十六"이 기재되어 있으며, 1책이 3~4회의 분량을 실었다는 점을 고려해본다면 120회본을 번역한 것임을 쉽게 추측해 볼 수 있다.

『튱의슈호뎐』이 중국본 120회본을 번역했다는 점은 120회본과의 대조를 통해 분명히 알 수 있다. 앞서 100회본과 120회본은 제21회 "虔婆醉打唐牛兒 宋江怒殺閻婆惜"에서, 서사의 시간적 순서가 다르다고 밝혔다. 100회본은 ① 송강이 조개의 서신을 갖고 온 유당을 만나 이별한 뒤에, ② 길거리에서 우연히 왕파와 염파를 만나 도움을 주고, ③ 염파는 그 고마움으로 자신의 딸인 염파석을 송강과 혼인시키는 것으로 내용이 전개되지만 120회본은 이 부분이 ②→③→①의 순서로 재배치되었다. 이러한 특징은 〈권8〉에서 확인된다.

> 송강이 뉴당을 니별ᄒᆞ고 제 햐쳐로 도라가더니, 염패 만나보고 ᄯᆞᆯ와 나아와 니ᄅᆞᄃᆡ, "젼일 여러 번 사ᄅᆞᆷ브려 쳥ᄒᆞᄃᆡ, 일졀 오ᄃᆡ 아니ᄒᆞ니, 미혹ᄒᆞᆫ ᄌᆞ식이 말솜을 그ᄅᆞᆺᄒᆞ야 압ᄉᆞ롤 노홉긔 ᄒᆞ야도 늘근 날을 보아 저롤 ᄀᆞᄅᆞ쳐 말이나 ᄒᆞ라. 오늘은 인연이 이셔 압ᄉᆞ롤 만나 보아시니, ᄒᆞᆫ 번의 가쟈" ᄒᆞᆫ대, 송강이 닐오ᄃᆡ, "내 고을의 밧븐 일이 이시니, 다른 날 가마" ᄒᆞ니, 염패 닐오ᄃᆡ, "ᄌᆞ식이 집의 이셔 압ᄉᆞ롤 ᄇᆞ라고 이시니, 비록 일이 이실 디라도 ᄇᆞᄃᆡ 가보라." 송강이 닐오ᄃᆡ, "진실로 밧븐 연괴

이시니, ᄂᆡ일 가마.” 염패 닐오ᄃᆡ, “브ᄃᆡ 오ᄂᆞᆯ 가쟈.” ᄒᆞ고 송강의 옷ᄉᆞ매ᄅᆞᆯ 잡고 닐오ᄃᆡ, “뉘라셔 너ᄅᆞᆯ 도〃와 배ᄇᆞᆺᄂᆞ뇨? 우리 모녜 살기ᄅᆞᆯ 다 압ᄉᆞᄅᆞᆯ 미덧ᄂᆞ니, ᄂᆞᆷ의 말을 듯디 말라. 내 ᄯᆞᆯ이 그ᄅᆞᆺᄒᆞᄂᆞᆫ 일이 이셔도 다 내 타시니, 압ᄉᆡ 브ᄃᆡ 가쟈.” ᄒᆞᆫ대, 송강이 닐오ᄃᆡ, “네 이리 보채디 말라. 나의 밧븐 일을 ᄇᆞ리고 여긔 잇ᄂᆞ냐?” 염패 닐오ᄃᆡ, “압ᄉᆡ 조곰 그ᄅᆞᆫ 일이 이셔도 디현샹공이 너ᄂᆞᆫ 죄 주디 아닐 거시오, 이번의 너ᄅᆞᆯ 노하 보내면 후의ᄂᆞᆫ 만나 보기 어려오니, 압ᄉᆞᄂᆞᆫ 날과 ᄒᆞᆷ긔 가쟈. 집의 가셔 ᄯᅩ 너ᄃᆞ려 니ᄅᆞᆯ 말이 이셰라.” 송강이 염파의게 붓들리여 마디 못ᄒᆞ야 니ᄅᆞᄃᆡ, “네 ᄉᆞ매ᄅᆞᆯ 노흐라. 내 가마.” 염패 닐오ᄃᆡ, “압ᄉᆡ ᄲᅱ여 ᄃᆞ라나면 내 늘근 거시 ᄯᆞ라 가디 못ᄒᆞ리라.” 송강이 닐오ᄃᆡ, “그리 너기거든 둘이 ᄒᆞᆷ긔 가쟈.” (서울대 소장 〈권8〉, 1장 뒷면~2장 앞면)

話說. 宋江在酒樓上與劉唐說了話, 分付了回書, 送下樓來. 劉唐連夜自回梁山泊去了. 只說宋江乘着月色滿街, 信步自回下處來. 一頭走 …(中略)… 走不過三二十步, 只聽得背後有人叫聲, “押司!” 宋江轉回頭來看時, 却是做媒的王婆, 引着一介婆子, 却與他說道, “你有緣, 做好事的押司來也!” 松江轉身來問道, “有甚麽話說?” 王婆攔住, 持着閻婆對宋江說道, “押司不知, 這一家兒, 從東京來, 不是這裡人家, 嫡親三口兒. 夫主閻公, 有個女兒婆惜. (… 中略 …) 安頓了閻婆惜娘兒兩個, 在那裡居住.

(100회본, 제21회)

話說. 宋江別了劉唐, 乘著月色滿街, 信步自回下處來. 卻好的遇著閻婆, 趕上前來叫道, “押司, 多日使人相請, 好貴人, 難見面! 便是小賤人有些言語高低, 傷觸了押司, 也看得老身薄面, 自教訓他與押司陪話. 今晚老身有緣, 得見押司, 同走一遭去.” 宋江道, “我今日縣裡事務忙, 擺撥不開, 改日卻來.” 閻婆道, “這箇使不得. 我女兒在家裏專望, 押司胡亂溫顧他便了. 直恁地下得!” 宋江道, “端的忙些箇, 明日準來.” 閻婆道, “我今晚要和你去.” 便把宋江衣袖扯住了, 發話道, “是誰挑撥你? 我娘兒兩箇下半世過活, 都靠著押司. 外人說的閒事閒非, 都不要聽他, 押司自做箇主張. 我女兒但有差錯, 都在老身身上. 押司胡亂去走一遭.” 宋江道, “你不要纏, 我的事務分

> 撥不開在這裏.” 閻婆道, “押司便誤了些公事, 知縣相公不到得便責罰你. 這回錯過, 後次難逢. 押司只得和老身去走一遭, 到家裏自有告訴.” 宋江是箇快性的人, 喫那婆子纏不過, 便道, “你放了手, 我去便了.” 閻婆道, “押司不要跑了去, 老人家趕不上.” 宋江道, “直恁地這等!”(… 後略 …)
>
> (120회본, 제21회)

예문을 보면 〈권8〉은 송강이 조개의 서신을 갖고 온 유당을 만났지만 이전에 염파석과 혼인한 것으로 되어 있다. 따라서 필사본 『튱의슈호뎐』은 120회본을 번역한 것임을 확정할 수 있다. 이외에도 이본이 120회본을 번역했다는 점은 자구(字句) 대조를 통해서도 쉽게 확인된다.

② 번역의 양상과 특징

각 권을 중국본과 대조해보면 한 권 당 대략 중국본 3~4회 분량을 싣고 있다. 〈권3〉은 120회본 중에서 5~7회의 노지심에 대한 이야기,[22] 〈권8〉은 21~23회의 송강이 염파석을 죽이고 도주하는 내용과 무송이 경양강에서 호랑이를 맨 손으로 잡는 이야기,[23] 〈권21〉은 59~61회의 옥에 갇힌 노지심을 구하고, 증두시 토벌에 나섰던 조개가 죽는 이야기,[24] 〈권22〉는 62~64회의 연청, 석수, 관승, 관승, 삭초 등이 양산박에 합류하는 것과 송강이 등창이 나서 죽을 위기에 빠진다는

22) 〈권3〉의 장회명은 “쇼패왕취입쇼금댱/화화당대료도화촌”, “구문뇽젼경적숑님/노디심쇼오관ᄉᆞ”, “화화샹도발슈양뉴/표ᄌᆞ두오입빅호당”이다.

23) 〈권8〉의 장회명은 “건파취타당우ᄋᆞ/송강노살염파셕”, “염파대료운셩현/쥬동의식송공명”, “횡히군싀진뉴긱/경양강무숑타호”이다.

24) 〈권21〉의 장회명은 “오용겸금녕됴개/송강뇨서악화산, 공손승망낭산항마/됴텬왕증두시듕젼, 오용긔겸옥긔린/당숀야록금사탄”이다.

이야기[25]를 담고 있다.

번역 양상을 살펴보자면 본문에 해당하는 부분은 비교적 충실하게 축약번역했지만 개장시(開場詩)와 사(詞), 평(評), 차청하회분해(且聽下回分解) 등은 삭제하였다. 아래 제시한 예문은 이러한 모습을 잘 보여준다.

> 그 사ᄅᆞᆷ이 닐오ᄃᆡ, “내 아니 ᄭᅮᆷ의 형댱을 보ᄂᆞᆫ가? 앗가 ᄀᆞ장 무례히 ᄒᆞ니 용샤ᄒᆞ라. 눈이 이셔도 태산을 보디 못ᄒᆞᆷ과 ᄀᆞᆺ다.” ᄒᆞ고 ᄯᅡ히 업듸여 니러나디 아니ᄒᆞ거ᄂᆞᆯ 송강이 붓드러 니ᄅᆞ혀 무ᄅᆞᄃᆡ, “죡하의 놉흔 셩명이 뉘신고?” ᄒᆞ더라. (서울대 소장 〈권8〉, 25장)[26]

> 那漢定睛看了看, 納頭便拜, 說道, “我不是夢裏麽? 與兄長相見!” 宋江道, “何故如此錯愛?” 那漢道, “卻才甚是無禮, 萬望恕罪! 有眼不識泰山!” 跪在地下, 那裡肯起來. 宋江慌忙扶住道, “足下高姓大名?” 柴進指著那漢, 說出他姓名, 叫甚諱字. 有分教 … 山中猛虎, 見時魄散魂離, 林下强人, 撞著心驚膽裂. 正是 … 說開星月無光彩, 道破江山水倒流. 畢竟柴大官人說出那漢還是何人? 且聽下回分解. (120회본, 제22회)[27]

반면에 본문에 등장하는 노래, 삽입시 등은 내용 전개를 고려하여 중요한 것만 선별하여 번역해 놓았다.

> 알ᄑᆡ ᄒᆞᆫ 사ᄅᆞᆷ은 오술 벌거벗고 상아대ᄅᆞᆯ 가졋고 뒤ᄒᆡ ᄒᆞᆫ 사ᄅᆞᆷ은 노ᄅᆞᆯ 저어가며 노래 블러 닐오ᄃᆡ, “평ᄉᆡᆼ의 글 닑을 줄을 아디 못ᄒᆞ고, 아직 낭산

---

25) 〈권22〉의 장회명은 “방닝젼연쳥구쥬/겁법댱셕슈도루, 송강병타븍경셩/관승의취냥산박, 호연작월야겸관승/송공명셜텬금삭표, 탁탑텬왕몽듕현셩/낭니빅도슈샹보원”이다.

26) 유춘동 · 박재연 교주, 『튱의슈호뎐 : 영남대본』, 선문대학교 중한번역문헌연구소, 2008, 24쪽.

27) 施耐庵 · 羅貫中 著, 『水滸全傳校註(1)』, 379~380쪽.

박의 와 살며 센 활과 모딘 범 ᄡᅩ고 향긔로온 믯기로 큰 고기 낫기 ᄒᆞ노라." 노쥰의 듯고 놀로 감히 소릐ᄅᆞᆯ 못ᄒᆞ더니, ᄯᅩ ᄀᆞᆯ숩흐로 두 사ᄅᆞᆷ이 죠고만 ᄇᆡᄅᆞᆯ 저어 나오며 노래 블러 닐오ᄃᆡ, "하ᄂᆞᆯ과 ᄯᅡ히 우리 보피라온 몸을 내시니 삼겨나며브터 사ᄅᆞᆷ 죽이기만 ᄒᆞᄂᆞ니 황금 만 냥도 앗기디 아니ᄒᆞ고 일심의 옥긔린을 잡고져 ᄒᆞ노라." 노쥰의 듯고 민망ᄒᆞ야 ᄒᆞ더니 ᄯᅩ ᄒᆞᆫ 죠고만 ᄇᆡ ᄂᆞᄃᆞ시 저어오며 ᄇᆡ 우희 ᄒᆞᆫ 사ᄅᆞᆷ이 노래ᄅᆞᆯ 부ᄅᆞᄃᆡ, "노화 ᄭᅩᆺ 수플의 죠고만 ᄇᆡ ᄐᆞ고 ᄃᆞᆫ니ᄂᆞᆫ ᄃᆡ호걸의 사ᄅᆞᆷ들이 이 ᄯᅡ홀 조차 노니ᄂᆞ니 의식 만일 이 일을 알면 어려온 일을 피ᄒᆞ야 근심이 업ᄉᆞ리라."[28]

前面一個, 赤條條地拿著一條水篙, 後面那個搖著櫓。前面的人橫定篙, 口裏唱著山歌道 : "生來不會讀詩書, 且就梁山泊裏居. 準備窩弓射猛虎, 安排香餌釣鰲魚." 盧俊義聽得, 喫了一驚, 不敢做聲. 又聽得右邊蘆葦叢中, 也是兩個人, 搖一隻小船出來. 後面的搖著櫓, 有咿啞之聲. 前面橫定篙, 口裏也唱山歌道 : "乾坤生我潑皮身, 賦性從來要殺人. 萬兩黃金渾不愛, 一心要捉玉麒麟." 盧俊義聽了, 只叫得苦. 只見當中一隻小船, 飛也似搖將來, 船頭上立著一個人, 倒提鐵鑽木篙, 口裏亦唱著山歌道 : "花叢裏一扁舟, 俊傑俄從此地遊. 義士若能知此理, 反躬逃難可無憂."

(120회본, 제62회)[29]

제시한 예문은 노준의를 사로잡는 과정에서 부른 노래이다. 이 노래는 송강이 그의 부하들을 보내어 노준의를 귀화시키기 위한 대목에서 등장한다. 당당했던 노준의가 위기에 빠져 허둥거리며 결국에는 어쩔 수 없이 양산박에 참여하게 되는 계기가 된다는 점에서 이 노래는 중요하다. 따라서 이러한 내용을 전달하기 위해서 위의 시를 번역해 놓은 것으로 보인다. 번역의 양상은 축약번역에 가깝다.

---

28) 유춘동 · 박재연 교주, 앞의 책, 29쪽.

29) 施耐庵 · 羅貫中 著, 『水滸全傳校註(2)』, 里仁書局, 1994, 1031~1032쪽.

오용이 군병 오빅을 거느리고 버드나모 그늘의 안자다가 니고롤 블러 나오라 ᄒᆞ여 닐오ᄃᆡ, “네 쥬인이 볼셔 우리과 의논을 뎡ᄒᆞ야 뎨이 교위예 안자 잇ᄂᆞ니 일즉 산의 올라오디 아니ᄒᆞ여 글을 지어 ᄇᆞ람벽의 빼시ᄃᆡ, ‘노화탕니일편쥬, 의ᄉᆡ슈뎨삼쳑검, 쥰걸나능ᄎᆞ디유, 반시슈참역신도’ 이 글 네 귀예마다 우희 쁜 글ᄌᆞ만 모화 보면 ‘노쥰의 반이라’ ᄒᆞᆫ 글이니 이제 원외 산채예 올라온 일을 너희ᄂᆞᆫ 엇디 알나? 본ᄃᆡ 너희 모든 사ᄅᆞᆷ이 죽이려 ᄒᆞ더니 그리ᄒᆞ면 우리 냥산박의 사오나온 힝실을 나타나게 ᄒᆞ미니 이러무로 너희를 보내니 네 쥬인이 도라갈가 ᄇᆞ라디 말라.” 니고 등이 믈을 건너 븍경으로 가니 졍히 낙시예 걸려 잇던 고기 버서남ᄀᆞᆺ티 너기더라.

(서울대 소장 〈권22〉, 3장)[30]

吳用將引五百小嘍囉圍在兩旁, 坐在柳陰樹下, 便喚李固近前說道, “你的主人, 已和我們商議定了, 今坐第二把交椅. 此乃未曾上山時, 預先寫下四句反詩, 在家裡壁上. 我教你們知道, 壁上二十八個字, 每一句包著一個字. ‘蘆花蕩裏一扁舟’, 包個‘盧’字, ‘俊傑那能此地遊’, 包個‘俊’字, ‘義士手提三尺劍’, 包個‘義’字, ‘反時須斬逆臣頭’, 包個‘反’字. 這四句詩, 包藏 ‘盧俊義反’ 四字. 今日上山, 你們怎知? 本待把你衆人殺了, 顯得我梁山泊行短. 今日放你們星夜自回去, 休想望你主人回來!” 李固等只顧下拜. 吳用教把船送過渡口, 一行人上路, 奔回北京. 正是鰲魚脫卻金鉤去, 擺尾搖頭更不回.

(120회본, 제61회)[31]

제시한 예문은 『튱의슈호뎐』을 중국본과 대조한 것인데, 두 문장을 하나로 합쳐서 번역하거나 의미만 전달되도록 축약해 놓았다.

그런데 이 『튱의슈호뎐』은 필사자가 직접 중국본을 보고 한글로 번역한 것이 아니라 선행본을 저본으로 필사한 본이다. 예를 들어 〈권3〉의 2장 뒷면을 보면 본문에는 “노인이 닐오ᄃᆡ, 오ᄃᆡ산으로셔

30) 유춘동 · 박재연 교주, 앞의 책, 36쪽.

31) 施耐庵 · 羅貫中 著, 『水滸全傳校註(1)』, 里仁書局, 1994, 1048~1049쪽.

온 션싀니 날을 조차 바로 정당의 니ᄅ러 빙쥬롤 분ᄒ야 안고”로 되어 있는데, 옆에다가 주서(朱書)로 “드러오쇼셔 디심이”로 보충해 넣었다. 이러한 예는 〈권3〉, 〈권8〉, 〈권21〉, 〈권22〉에서 모두 나타난다. 이처럼 필사과정에서의 오류가 존재하기 때문에 선행본을 보고 필사한 본임을 알 수 있다.

『튱의슈호뎐』은 필사기가 없어서 필사자, 필사 시기 등은 알 수가 없다. 그러나 각 권의 표지가 모두 비단으로 장정되어 있고, 정갈한 궁체로 필사되어 있다는 점, 공격지(空格紙)가 중간에 있는 것을 보아서는 상층 사대부가나 궁중(宮中)에서 필사되고 유통되었던 것으로 보인다. 참고로 목록으로만 전하는 홍택주 집안에서 소장하던 『튱의슈호뎐』 35책이 있다. 이 본은 36책으로 되어 있는 이 『튱의슈호뎐』과 규모가 서로 비슷하다. 이를 통해서 두 본은 일정한 친연 관계가 있었음을 짐작해 볼 수 있다.

그리고 『튱의슈호뎐』을 통해서 알 수 있는 중요한 사실이 있다. 제3장에서 살펴본 것처럼 번역본과 관련된 기록을 보면 『수호전』 한글 번역본을 『츙의슈호지』와 『셩탄슈호지』로 구분해 놓은 것이 많다. 중국본에서 『충의수호전(忠義水滸傳)』은 100회본과 120회본을 함께 부르는 명칭이다. 따라서 조선에서 ‘츙의슈호지’라는 제목 또한 100회본과 120회본을 지칭하는 것일 가능성이 높아 보인다. 다만 현재 100회본의 번역본이 1종만 확인되는 만큼 100회본보다는 일단 120회본에 대한 일반적인 제목으로 ‘충의슈호지’가 사용되었음을 짐작할 수 있다. 더불어 『수호전』 번역본이 유통되던 당시에는 120회본에 대한 선명한 인식이 있었기에 『셩탄슈호지』와 구분하여 읽었음을 알 수 있다.

(2) 세책본

① 번역의 저본

세책본의 저본은 〈권57〉, 〈권58〉을 통해서 알 수 있다. 두 권은 120회본의 69회에서 73회까지의 내용을 담고 있다. 이것만 보더라도 세책본이 70회본이 아닌 100회본이나 120회본 중의 하나를 택하여 번역한 것임을 알 수 있다.

> 피롤 찍어 ᄆᆡᆼ세ᄒᆞ고 슐을 마셔 ᄃᆡ취ᄒᆞᆫ 후 각〃쳐소로 홋터지니, 이 일은바 냥산박 호걸이 ᄃᆡ취의 ᄒᆞᆫ 마ᄃᆡ러라. 이후로붓터 냥산박의 지나가는 ᄀᆡᆨ인이나 벼술ᄒᆞ여 가는 관원을 맛나면 그 ᄌᆡ물을 아ᄉᆞ 공도롤 쓰이며 비록 슈ᄇᆡᆨ 니 ᄯᅡ히라도 강적이 ᄇᆡᆨ셩을 ᄒᆡᄒᆞ리 잇ᄉᆞ면 군ᄉᆞ롤 거놀여가 치고 탐관오리가 잇셔 ᄉᆞ오나온즉 부ᄃᆡ쳐셔 ᄌᆡ물을 아ᄉᆞ오니, 이러무로 ᄃᆡ젹ᄒᆞ리 업더라.
>
> 일〃은 구월 구일이라. 숑강이 숑쳥을 불너 잔치롤 비셜ᄒᆞ라 ᄒᆞ고 졔장을 모화 니로ᄃᆡ, "우리 황뎨 국화롤 구경ᄒᆞ며 즐기고ᄌᆞ ᄒᆞ나니, 산의 나려간 졔장이 잇셔도 한나히라도 써지〃말고 다 잔치의 ᄎᆞᆷ녜ᄒᆞ라." ᄒᆞ고 ᄎᆞ례로 튱의당의 안ᄌᆞ 국화롤 구경ᄒᆞ며 즐길시, 악화는 져롤 불고 년쳥은 아ᄌᆡᆼ을 타더니, 숑강이 ᄃᆡ취ᄒᆞ여 노ᄅᆡ롤 지어 악화로 불니이니 ᄒᆞ엿시ᄃᆡ,
>
> "모든 두령은 나라롤 평안케 홀지니, 바라건ᄃᆡ 됴졍은 됴셔롤 슈히 나리와 쵸안케 홀지어다." (세책본, 〈권58〉 4장~5장)[32]

> 再說. 宋江自盟誓之後, 一向不曾下山, 不覺炎威已過, 又早秋涼, 重陽節近. 宋江便叫宋清安排大筵席, 會衆兄弟同賞菊花. 喚做菊花之會. 但有下山的兄弟們, 不拘遠近, 都要招回寨來赴筵. 至日肉山酒海, 先行給散馬步水三軍, 一應小頭目人等, 各令自去打團兒吃酒.
>
> 且說. 忠義堂上遍插菊花, 各依次坐, 分頭把盞. 堂前兩邊篩鑼擊鼓, 大

---

32) 이윤석 외, 『水滸誌』, 학고방, 2007, 128쪽.

> 吹大擂, 笑語諠譁, 觥籌交錯, 衆頭領開懷痛飮. 馬麟品簫, 燕青彈箏, 不覺日暮. 宋江大醉, 叫取紙筆來, 一時乘着酒興, 作「滿江紅」一詞. 寫畢, 令樂和單唱這首詞曲, 道是 (… 中略 …) 樂和唱這個詞, 正唱到 "望天王降詔 早招安" (… 後略 …) (100회본, 제71회)

> 再說. 宋江自盟誓之後, 一向不曾下山, 不覺炎威已過, 又早秋凉, 重陽節近. 宋江便叫宋淸安排大筵席, 會衆兄弟同賞菊花. 喚做菊花之會. 但有下山的兄弟們, 不拘遠近, 都要招回寨來赴筵. 至日肉山酒海, 先行給散馬步水三軍, 一應小頭目人等, 各令自去打團兒吃酒.
> 且說. 忠義堂上遍揷菊花, 各依次坐, 分頭把盞. 堂前兩邊篩鑼擊鼓, 大吹大擂, 語笑諠譁, 觥籌交錯, 衆頭領開懷痛飮. 馬麟品簫, 樂和唱曲, 燕青彈箏, 各取其樂. 不覺日暮, 宋江大醉, 叫取紙筆來, 一時乘著酒興, 作「滿江紅」一詞. 寫畢, 令樂和單唱這首詞, 道是(… 中略 …)樂和唱這個詞, 正唱到 "望天王降詔, 早招安" (… 後略 …) (120회본, 제71회)

> 誓畢, 衆人同聲發願, "但願生生相會, 世世相逢, 永無間阻, 有如今日!" 當日衆人歃血飮酒, 大醉而散. (… 中略 …). 是夜盧俊義歸臥帳中, 便得一夢, 夢見一人. (… 中略 …) 盧俊義夢中嚇得魂不不體, 微微閃開眼看堂上時, 卻有一個牌額, 大書 '天下太平' 四個青字. (70회본, 제70회)

제시한 예문은 세책본 〈권58〉의 내용으로, 송강과 그의 무리들이 양산박에 모여 대취의(大聚議)를 벌이고, 서로 모여 국화를 감상하고 조정으로부터의 초안(招安)을 바라는 부분에 해당한다. 이 장면은 70회본에는 없다. 대신 70회본에서는 대취의(大聚議)를 벌인 이후에 노준의가 악몽(惡夢)을 꾸는 것으로 끝이 난다. 따라서 세책본은 70회본을 저본으로 번역한 것이 아님이 확인된다. 문제는 100회본, 120회본 중에서 어떤 것을 택하여 번역했는가 하는 점이다. 세책본에는 염파석과 혼인한 뒤에, 유당을 만나는 순서로 서사가 진행된다. 따라서 세책본은 120회본을 번역했음을 알 수 있다.

> 숑강이 공문을 보고 됴ᄀᆡ 등의 일을 근심ᄒᆞ여 장문원을 맛져 지휘ᄒᆞ라 ᄒᆞ니, 숑강이 산보ᄒᆞ여 구외로 나아와 솜 ᄉᆞ십 보는 가셔 홀연 뒤ᄒᆡ셔 일인이 블너 니르ᄃᆡ, "압ᄉᆞ야" ᄒᆞ거ᄂᆞᆯ 숑강이 도라보니, 즁ᄆᆡᄒᆞ는 왕ᄑᆡ라.
>
> (… 중략 …)
>
> 왕ᄑᆡ ᄂᆡ 말을 듯고 잇튼날 숑강을 ᄎᆞ져 져보고 왕파의 말을 ᄌᆞ셔히 젼ᄒᆞ니, 숑강이 쳐음은 즐겨 허치 아니ᄒᆞ더니, 져 ᄆᆡ파의 능휼ᄒᆞᆫ 말의 견ᄃᆡ지 못ᄒᆞ여 허락ᄒᆞᄆᆡ (… 중략 …) 쳐음은 송강이 염파셕과 밤마다 한 ᄃᆡ 지ᄂᆡ더니, 후의 졈〃 셩ᄀᆡ여 정의 심상ᄒᆞᆫᄃᆡ (… 중략 …)
>
> 숑강이 뉴당을 보ᄂᆡ고 직쇼의 도라와 슈일 공ᄉᆞ의 골몰ᄒᆞ다가 일〃은 염파셕의 집 압ᄒᆞᆯ 지ᄂᆡᆯ시, 맛참 념ᄑᆡ ᄂᆡ미러보고 반겨 ᄂᆡ다라 닐오ᄃᆡ, "압ᄉᆞ야, 엇지 과문불닙ᄒᆞ나뇨? ᄎᆞ 쇼위 비인정이로다." (… 후략 …)
>
> (세책본 〈권17〉, 11장 앞면~23장 앞면)[33]

그런데 문제는 세책본에서 70회본과 100회본을 번역한 흔적도 보인다는 점이다. 앞의 것은 〈권58〉의 '108 영웅이 모여 맹세의 글을 읽는 장면'에서, 뒤의 것은 〈권93〉의 '이준이 방랍을 공격하면서 비보(費保)에게 전하는 삽입시'에서 보인다.

> 숑강이〃의 ᄆᆡᆼ셰ᄒᆞᄂᆞᆫ 글을 읽으니 ᄒᆞ엿시ᄃᆡ, "유 션화 이년 ᄉᆞ월 이십 삼 일의 낭산박 의ᄉᆞ 숑강, 노쥰의, 오용, 공숀승(… 중략 …) 등은 ᄒᆞᆫ 가지로 지셩을 잡아 ᄆᆡᆼ셰ᄅᆞᆯ 세우니, 그윽이 ᄉᆡᆼ각건ᄃᆡ 숑강 등이 젼일은 이국의 난호여시나 이제ᄂᆞᆫ 한 당의 모혓ᄂᆞᆫ지라. 셩신의 슈ᄅᆞᆯ ᄎᆡ와 형뎨되ᄆᆡ, 텬지ᄅᆞᆯ 가르쳐 부모ᄅᆞᆯ 솜나니, 일ᄇᆡᆨ팔인이 ᄉᆞ람마다 낫치 갓지 아니ᄒᆞ여

---

33) 이윤석 외, 앞의 책, 14~18쪽.

형뎨는 다르나 마음은 한 가지라. 심신이 고결ᄒᆞ여 즐기ᄆᆡ ᄒᆞᆫ 가지로 즐기고 근심ᄒᆞᄆᆡ ᄒᆞᆫ 가지로 근심ᄒᆞ여 나기는 비록 ᄒᆞᆫ 가지로 나지 아니ᄒᆞ엿시나 죽기는 반다시 ᄒᆞᆫ 가지로 죽을지라. 일홈이 임의 상텬의 버러시니, 인간의 우음을 취치 아니ᄒᆞᆯ지라. 쇼ᄅᆡ와 긔운이 일시의 합ᄒᆞ엿시니, 죵신의 간담이 ᄯᅩ한 ᄯᅥ나지 아니리니, 만일 마음이 어지〃못ᄒᆞ여 ᄃᆡ의ᄅᆞᆯ 져바리고 밧그로 올타ᄒᆞ나 안흐로 그르다ᄒᆞ며 쳐음이 잇고 나죵이 업는니 잇거든 우흐로 황텬이 빗최시고 겻흐로 귀신이 강님ᄒᆞ샤 노검이 그 몸을 버히고 뇌졍이 그 ᄌᆞ최ᄅᆞᆯ 업시ᄒᆞ여 영〃지옥의 가도와 만세의 다시 ᄉᆞ람의 몸을 엇지 못ᄒᆞ게 ᄒᆞ여 보응이 분명ᄒᆞᆯ지니, 텬지신명은 한 가지로 감ᄒᆞ쇼셔." ᄒᆞ엿더라. (세책본 권 〈58〉, 2장~4장)

宋江爲首誓曰 : "宋江鄙猥小吏, 無學無能, 荷天地之蓋載, 感日月之照臨, 聚弟兄於梁山, 結英雄於水泊, 共一百八人, 上符天數, 下合人心. 自今已後, 若是各人存心不仁, 削絶大義, 萬望天地行誅, 神人共戮, 萬世不得人身, 億載永沉末劫. 但願共存忠義於心, 同著功勳於國, 替天行道, 保境安民. 神天鑒察, 報應昭彰." (120회본, 제71회)

宋江爲首誓曰 : "維宣和二年四月二十三日, 梁山泊義士宋江, 盧俊義, 吳用, 公孫勝, 關勝, 林沖, 秦明(… 中略 …) 同秉至誠, 共立大誓. 竊念江等昔分異地, 今聚一堂, 準星辰爲弟兄, 指天地作父母. 一百八人, 人無同面, 面面崢嶸. 一百八人, 人合一心, 心心皎潔. 樂必同樂, 憂必同憂, 生不同生, 死必同死. 旣列名於天上, 無貽笑於人間. 一日之聲氣旣孚. 終身之肝膽無二. 倘有存心不仁, 削絶大義, 外是內非, 有始無終者, 天昭其上, 鬼闞其旁. 刀劍斬其身, 雷霆滅其跡. 永遠沈於地獄, 萬世不得人身! 報應分明, 神天共察!" (70회본, 제70회)

예문은 세책본에 해당하는 100회본과 70회본의 내용이다. 120회본은 송강만 언급되고 나머지 양산박 구성원들의 이름은 보이지 않는다. 그리고 송강의 발언을 보면 '忠義', '替天行道', '保境安民'과 같이 양산박의 도적들을 의로운 집단으로 묘사하고 있다. 반면, 70회본에서는 이 내용이 축문(祝文) 형식이며, 양산박의 구성원 108명의 이름이 모두 등장하여, "樂必同樂, 憂必同憂, 生不同生, 死必同死"와 같이 형제들간의 우애를 강조하는 내용이다. 세책본에서는 이 부분을 70회본을 참조하여 번역했다. 이 대목은 『수호전』에서 하이라이트에 해당하는데, 70회본이 나머지 본에 비하여 내용이 자세하고 형제들의 우애를 강조한다는 점에서 이 부분은 70회를 참조하여 번역했던 것으로 보인다. 한편, 100회본을 번역한 곳은 다음의 예에서 볼 수 있다.

> 니쥰이 ᄃᆞᆺ고 ᄃᆡ희 왈, "네 ᄃᆞᆺ지 못ᄒᆞ엿ᄂᆞ냐? 당 적 국ᄉᆞ 니셥이 밤의 가다가 도적을 맛나 글을 지여 쥬어시니, 그 글을 니르리라."
> 모우쇼〃 강상ᄎᆞᆫ 녹님호ᄀᆡᆨ우지문 상봉불용빈ᄉᆡ긔 유한이금진시군
> 이 글 ᄯᅳᆺ은 '져믄 비 쇼〃ᄒᆞᆫ 강상ᄎᆞᆫ의 녹님의 ᄎᆞᆨᄒᆞᆫ ᄀᆡᆨ을 유연이 아라도다. 셔로 만나ᄆᆡ ᄉᆞᆫ을 ᄉᆡ긔 아니ᄒᆞ리니, 벼ᄉᆞᆯᄒᆞ여 단니ᄂᆞ니 어져 다 그리ᄂᆡ다. 녹님은 도적을 이른 말이다.' (세책본 〈권93〉, 29장)[34]

> 李俊聽說了四箇姓名, 大喜道 : "列位從此不必相疑. 你豈不聞唐朝國子博士李涉, 夜泊被盜, 贈之以詩. 今錄與公輩一看. 詩曰 : 暮雨蕭蕭江上村, 綠林豪客偶知聞. 相逢不用頻猜忌, 遊宦而今半是君. 俺哥哥宋公明見做收方臘正先鋒, 卽目要取蘇州, 不得次第 (… 後略 …)
> (100회본, 제93회)

> 李俊聽說了四箇姓名, 大喜道 : "列位從此不必相疑, 喜得是一家人! 俺哥哥宋公明見做收方臘正先鋒, 卽目要取蘇州, 不得次第 (… 後略 …)
> (120회본, 제113회)

34) 이윤석 외, 147쪽.

이 시는 이준이 방랍을 공격하러 나가다가 비보(費保) 등을 만나서 이들을 설득하고 의형제를 맺는 대목에서 나오는 시이다. 이 시는 100회본에서만 볼 수 있는 것으로, 의형제를 맺는 과정에서 분위기를 고조시키기 위해서 들어간 것이다. 반면에 120회본에서는 이 시가 없이 바로 설득하는 대화가 제시된다. 따라서 이 부분만은 100회본을 번역했음을 알 수 있다.

문제는 세책본에서 부분적으로 70회본, 100회본의 내용이 보이는 점을 어떻게 해석할 것인가 하는 점이다. 하나는 100회본, 120회본, 70회본을 번역한 각각의 세책본이 있었을 가능성이다. 다른 하나는 120회본을 따르고 있지만 몇 부분만을 다른 번역본에서 가져왔을 가능성이다. 현재로서는 세책본이 낙질본이기 때문에, 정확한 사실은 알 수가 없다. 다만 세책본을 보면 내용이나 인물명의 기재에서 오류가 보인다. 이것은 세책본이 이미 존재했던 번역본을 필사해오던 과정에서 생긴 것에서 비롯된 것이다. 이런 점을 생각해본다면 세책본은 120회본을 저본으로 번역하면서 필요한 부분만을 다른 번역본에서 가져왔던 것으로 생각된다. 또한 동양문고에 남아있는 향목동본 『삼국지』가 3~4종의 세책본을 합본(合本)한 상태로 보관되고 있다는 점을 참조한다면[35] 각각의 번역본이 존재했을 가능성도 배제할 수는 없는 상황이다. 하지만 분명한 사실은 앞서 『남원고사』 속에 남아있는 『수호전』의 일부는 저본이 120회본 『수호전』을 번역했던 점이나 금호동 세책본 또한 120회본을 번역한 것임을 볼 때, 세책점에서 대여했던 『수호전』 번역본 중의 하나는 분명히 120회본이었다

35) 정명기, 「세책본소설의 간소에 대하여 : 동양문고본 『삼국지』를 통해 본」, 『세책 고소설 연구』, 혜안, 2003 참조.

는 사실이다.

② 번역의 양상과 특징

앞 절에서 살펴본 바 세책본은 선행했던 번역본을 토대로 만들어진 것임을 알 수 있었다. 이를 염두에 두고 세책본을 검토한다. 세책본의 전반적인 번역 양상은 원본을 훼손시키지 않는 범위 내에서 축약 번역을 시도하고 있다. 매회의 시작과 끝에 등장하는 개장시(開場詩), 사(詞), 평(評)이 생략되었고, 내용 전개에 중요하지 않은 시와 내용은 대부분 생략하였다. 그러나 중요한 사건에 삽입되거나 주인공 송강과 관련된 시는 번역하거나 시의 음만 달아서 제시하는 특징을 보인다.

세책본에서 가장 눈여겨 볼 부분은 분권(分卷)의 양상이다. 각 권은 중국 원본과 같이 장회명(章回名)으로 시작한다. 대체로 이 장회는 중국본의 내용과 일치하지만, 중국본의 내용을 임의로 끊어서 미리 제시하거나 나중에 제시하는 경우가 있다.

> 님츙이 이 말을 듯고 눈물이 비오닷 ᄒᆞ여 울며 닐오ᄃᆡ, “단공아, 님츙으로 더브러 왕일의 원슈 업고 근일의 믜오미 업시니, 쇼인의 목숨을 구ᄒᆞ시믈 바라노라. 싱ᄉᆞ간의 냥위 단공의 싱활ᄒᆞ신 은혜롤 잇지 아니ᄒᆞ리라.” ᄒᆞ거놀 동최 닐오ᄃᆡ, “무숨 말을 ᄒᆞᄂᆞᆫ다? 아모리 ᄒᆞ여도 너롤 용ᄉᆞ치 못ᄒᆞ리로다.” ᄒᆞ고 셜픠 슈화곤을 놉히 드러 졍히 님츙을 바라고 치려ᄒᆞ더니, 홀연 나무 뒤흐로셔 우레 갓튼 소리 나더니, ᄒᆞᆫ ᄌᆞ로 쳘션장이 나오며 슈화곤을 쳐 구름 밧게 치치고 ᄒᆞᆫ낫 술진 화상이 쒸여 나오며 크게 쑤지져 갈오ᄃᆡ, “쥬기 님즁의셔 너의 말을 드런 지 오러더니라.”
>
> (세책본, 〈권8〉, 9장~10장)

林沖見說, 淚如雨下, 便道 : "上下? 我與你二位, 往日無仇, 近日無冤. 你二位如何救得小人, 生死不忘!" 董超道 : "說甚麽閑話! 救你不得!" 薛霸便提起水火棍來, 望著林沖腦袋上劈將來. 可憐豪傑束手就死! 正是 : "萬里黃泉無旅店, 三魂今夜落誰家?" 畢竟林沖性命如何? 且聽下回分解.

第九回 柴進門招天下客 林沖棒打洪教頭

話說. 當時薛霸雙手擧起棍來, 望林沖腦袋上便劈下來. 說時遲, 那時快, 薛霸的棍恰擧起來, 只見松樹背後, 雷鳴也似一聲, 那條鐵禪杖飛將來, 把這水火棍一隔, 丢去九霄雲外, 跳出一個胖大和尙來, 喝道 : "酒家在林子裏聽你多時!" (120회본, 제8회~제9회)

제시한 예문은 세책본에서 중국본의 내용을 임의로 이어 붙이고 나중에 장회명을 제시한 경우이다. 중국본에서는 임충이 목숨을 구걸하는 대목에서 "且聽下回分解"로 끝맺음을 하고 제9회로 시작되지만 세책본에서는 이러한 장회를 무시하고 내용을 이어서 서술했다. 그리고 제9회의 원 장회명은 〈권8〉의 16장 뒷면에 시진(柴進)과 만나기 직전 대목에다가 붙였다. 중국본에서 제시한 장회명은 내용에 부합하는 것도 있지만 아닌 것도 있다. 세책본에서는 이러한 문제점을 인식하고 내용에 근접한 부분에다가 원 장회명을 배치해 놓았다. 이러한 점을 제외하면 세책본은 중국본과 거의 동일하다. 특별히 내용의 부연이 이루어진 곳은 없다. 따라서 세책본은 비교적 원본에 가까운 축약 번역본이란 점을 알 수 있다.

(3) 경판본

① 번역의 저본

경판본의 마지막 권은 고구가 양산박을 토벌하기 위하여 관군(官軍)을 출정시키기 직전의 내용까지만 수록해 놓았다. 이 내용은 100회본,

120회본, 70회본 모두 53회에 해당된다. 그리고 번역의 양상 또한 중국본을 축자역(逐字譯)을 한 것이 아니라 내용을 축약해 놓았고, 내용 면에서도 변개(變改)가 심하다. 따라서 경판본의 저본은 현재로서는 분명하지 않다.

다만 분명한 사실은 100회본을 번역한 것은 아니라는 것이다. 왜냐하면 120회본에서 볼 수 있는 '송강이 조개를 잡으라는 제주부의 공문을 받은 후에 번민을 하다가 왕파를 만나 염파를 도와주고, 이후 염파석과 혼인한 후에, 유당을 만나는 것'으로 내용이 되어 있기 때문이다.

> ᄎᆞ설. 송강이 평ᄉᆡᆼ 지물롤 앗기지 아니며 남의 혼상의 구비ᄒᆞ기롤 슝샹ᄒᆞ더니, 고을 ᄉᆞ롬 념파의 지ᄋᆞ비 죽으ᄆᆡ 송강이 장ᄉᆞ롤 지ᄂᆡ여 주거놀 념ᄑᆡ 송강을 은인이라 ᄒᆞ여 졔 ᄯᆞᆯ 파셕으로 쳡을 삼은 후, 파셕이 장삼을 ᄉᆞ통ᄒᆞ여 송강의게 졍이 바히 업스ᄆᆡ, 송강이 그 ᄉᆞ긔롤 싀치고 종젹을 ᄭᅳᆫ허 왕ᄂᆡ치 아니터라.
>
> (… 중략 …)
>
> 유장이 칼 ᄎᆞ고 젼닙 쓰고 산의 ᄂᆞ려 화음현 압히 가 송강을 맛ᄂᆞ 졀ᄒᆞᄃᆡ,
>
> (… 중략 …)
>
> 송강이 유장을 보ᄂᆡ고〃을노 도라오더니 길의셔 념파롤 맛ᄂᆞᄆᆡ 념ᄑᆡ왈, "요ᄉᆞ히 압시 엇지 아니오ᄂᆞ뇨? 금일 나와 한가지로 가ᄌᆞ." ᄒᆞ며, 옷ᄉᆞᄆᆡ롤 닛글거놀 송강이 념파의게 붓잡힌 ᄇᆡ 되여 마지 못ᄒᆞ여 파셕의 집의 니ᄅᆞ러 청상의 안즈ᄆᆡ, 념ᄑᆡ 파셕을 불너 왈, "너희 ᄉᆞ랑ᄒᆞ는 삼낭이 왓스니 나오라."
>
> (경판본, 〈권1〉 18장 전엽~후엽)

제시한 예문을 통해서 경판본은 100회본을 번역한 것이 아님을 알 수 있다. 따라서 경판본은 120회본이나 70회본 둘 중의 하나를 번역한 것이다. 그런데 53회에서 끝나기 때문에 대조가 불가능하다. 따라서 두 본 중에 어떤 본을 바탕으로 번역했는지는 분명치 않다. 다만 중요한 점은 상업출판물인 세책본과 활판본의 저본이 120회본이란 점이다. 경판본 『수호전』 또한 다른 상업출판물과의 관계를 고려했을 때, 120회본을 저본으로 했을 가능성이 높다.

이는 경판본의 성격에서 유추해 볼 수 있다. 경판본은 기본적으로 축약본이지만 원본의 내용에 거의 근접하게 서술된 부분도 있다. 대표적인 예가 무송과 관련된 이야기, 이규와 관련된 이야기, 석수와 양웅의 이야기이다. 먼저 무송과 관련된 이야기는 중국본의 21회에서 26회에 해당하는 내용이다. 무송이 송강을 만나는 장면에서 시작하여, 무송이 경양강에서 호랑이를 때려잡는 장면, 무송이 이로 인해 관직을 제수받고 그의 형 무대를 만나는 장면, 반금련과 서문경이 음행을 저지르는 장면, 두 사람이 무대를 독살하는 장면, 무송이 두 사람을 죽이는 장면이 기술되어 있다. 경판본에서는 이 부분에서 원본의 내용을 거의 그대로 축약하여 제시했다.

이규와 관련된 이야기도 이와 비슷한데, 특히 중국본 41회에서 42회에 해당하는 부분이 자세하게 되어 있다. 이 부분은 이규가 노모를 모시기 위하여 양산박을 잠시 떠나는 장면에서 시작하여 가짜 이규를 만나는 장면, 노모가 호환(虎患)을 입고 죽는 장면, 노모의 복수를 위해 호랑이를 죽이는 장면, 이러한 공으로 관직에 올랐다가 고초를 겪는 장면을 상세하게 기술하였다.

그리고 석수가 양웅과 합세하여 반교운을 죽이고 양산박에 합류하는 장면 또한 원본을 충실하게 따랐다. 이 내용은 중국본 43회부터 45회에 해당하는 내용이다. 석수가 양웅의 집에 기거하는 장면에서 시작하여 양웅의 처인 반교운이 승려 배여해를 만나 음행을 저지르는 장면, 석수가 이를 알고 양웅의 명예를 위하여 배여해를 죽이고 양웅 또한 이 사실을 안 뒤에 자신의 부인을 죽이는 장면, 그리고 양산박에 이르기까지의 야이기를 경판본에서는 상세하게 보여주고 있다.

경판본은 이처럼 『수호전』 내용에서 자극적이고 흥미로운 내용을 집중적으로 부각시키면서 간행했다. 이는 독자의 관심을 끌고 이전에 간행되었던 상업출판물이나 다른 필사본과의 차별화에서 나온 것으로 보인다. 이는 저본은 동일하지만 각각의 상업출판물이 원본에서 필요한 부분은 취하고 그렇지 않은 부분은 버리면서 독자적인 이본을 만들어 경쟁력을 확보하기 위한 시도에서 고안해낸 방법이기 때문이다. 따라서 경판본은 120회본을 바탕으로 만든 것으로 보인다.

② 번역의 양상과 특징

경판본 『수호전』은 120회 내용 중에서 대략 53회까지의 내용을 축약한 것이다. 원본의 매회를 경판본에서는 대략 두 장 정도의 분량으로 축약해 놓았다.[36] 그리고 120회본에서 보이는 시, 사, 평어, 삽입시, 편지, 상소문 등은 모두 생략했다. 아울러 120회본에 등장하는 108명의 인물도 중요도를 감안하여 일부만 등장시켰다. 이때 인명은 대부분 원본과 일치하지만 비중이 다소 약한 인물들은 번역 과정에서 임의로 이름을 만들기도 하였다. 한 예를 보기로 한다.

---

36) 1회의 내용을 단 1줄로 정리해 놓은 곳도 있다. 자세한 내용은 유춘동, 앞의 논문, 296~300쪽 참조.

第一回 張天師祈禳瘟疫 洪太尉誤走妖魔

話說. 大宋仁宗天子在位, 嘉祐三年三月三日五更三點, 天子駕坐紫宸殿, 受百官朝賀. (… 中略 …), 當有殿頭官喝道, “有事出班早奏, 無事卷簾退朝.” 只見班部叢中, 宰相趙哲, 參政文彦博, 出班奏曰, “目今京師瘟疫盛行, 民不聊生, 傷損軍民多矣. 伏望陛下釋罪寬恩, 省刑薄稅, 以禳天災, 救濟萬民.” 天子聽奏, 急敕翰林院隨卽草詔, 一面降赦天下罪囚, 應有民間稅賦, 悉皆赦免, 一面命在京宮觀寺院, 修設好事禳災. 不料其年瘟疫轉盛. 仁宗天子聞知, 龍體不安, 復會百官計議. 向那班部中, 有一大臣, 越班啓奏. 天子看時, 乃是參知政事範仲淹, 拜罷起居, 奏曰, “目今天災盛行, 軍民塗炭, 日夕不能聊生. 以臣愚意, 要禳此災, 可宣嗣漢天師星夜臨朝, 就京師禁院, 修設三千六百分羅天大醮, 奏聞上帝, 可以禳保民間瘟疫.” 仁宗天子準奏. 急令翰林學士草詔一道, 天子禦筆親書, 並降禦香一炷, 欽差內外提點殿前太尉洪信爲天使, 前往江西信州龍虎山, 宣請嗣漢天師張眞人, 星夜臨朝, 祈禳瘟疫。就金殿上焚起禦香, 親將丹詔付與洪太尉爲使, 卽便登程前去. (… 後略 …) (120회본, 제1회)

슈호지 권지일. 화셜. 디송 인종황뎨 가우 삼년의 녀역이 디치ᄒᆞ미 텬지 우려ᄒᆞᄉᆞ 젼뎐틱부 홍신으로 ᄒᆞ여곰 어측향촉을 가지고 삼청관도서로 청ᄒᆞ여 만민의 녀역을 곳치려 ᄒᆞ실ᄉᆡ (… 중략 …)

(경판본 〈권1〉, 1장 전엽)

제시한 예문은 120회본과 경판본 1회이다. 위의 예시에서는 생략했지만 120회본에서는 먼저 인언(引言)과 개장시, 삽입시가 제시된 후에 1회가 시작된다. 경판본에서는 이를 생략하고 바로 내용으로 들어간다. 그리고 경판본의 내용은 중국본을 그대로 번역한 것이 아니라 핵심적인 내용만을 축약하여 번역했다.

제시된 예문을 통하여 경판본에서 인명이 어떻게 나타나는지를 볼 수 있다. 홍신의 경우, 120회본과 경판본이 일치하는 반면, 나한천서

장진인은 '삼청관 도사'로만 기재해 두었다. 1회에서 가장 중요한 인물은 홍신으로 복마전(伏魔展)을 열어서 108명의 요괴를 세상에 내보내는 역할을 한다. 반면에 장진인은 상대적으로 비중이 약한 인물이다. 경판본에서는 이러한 점을 고려하여 장진인의 이름을 모호하게 제시한 것으로 보인다. 이처럼 비중이 약한 인물들의 이름을 중국본과 다르게 처리한 경우는 경판본에서는 흔한 양상이다.

(4) 신문관본

(1) 번역의 저본

신문관본은 〈권1〉이 "셜ᄌᆞ"로 시작하고, 〈권4〉는 "뎨칠십회"에서 끝이 난다. 따라서 외형만으로만 보면 신문관본은 중국본 70회본을 번역한 것처럼 보인다. 그러나 이 본은 이전에 존재했던 번역본의 내용을 적절히 고치고 더하여 70회본으로 만든 것일 뿐이다. 이 점은 이미 신문관본 간행사에서도 밝혔다.

> 이 ᄎᆡᆨ이 발셔붓허 우리 죠션에 퍼져 한문과 언문 두 가지로 유무식 업시 즐겨 닑던 바ㅣ나 지약언문ᄎᆡᆨᄒᆞ야ᄂᆞᆫ 아즉 완젼ᄒᆞᆫ 판각이 업서 세상에 ᄎᆡᆨ 보시ᄂᆞᆫ 니의 매오 셥셥히 아시ᄂᆞᆫ 바이기로 여러 가지 번역이 잇ᄂᆞᆫ 가온ᄃᆡ 특별히 ᄌᆞ셰ᄒᆞ고 보기 편ᄒᆞᆫ 이 ᄎᆡᆨ을 가리여 얼마콤 잘못ᄒᆞᆫ ᄃᆡᄅᆞᆯ 고치고 빠진 것을 너허 급ᄒᆞᆫᄃᆡ로 이러케 츌판ᄒᆞ거니와 아즉 완젼치 못ᄒᆞᆫ 것은 ᄎᆞ후ᄅᆞᆯ 기ᄃᆞ려 쐬홈이 잇스려 ᄒᆞ노라. (신문관본, 슈호지 설명)

예문을 보면 "여러 가지 번역이 잇ᄂᆞᆫ 가온ᄃᆡ 특별히 ᄌᆞ셰ᄒᆞ고 보기 편ᄒᆞᆫ 이 ᄎᆡᆨ을 가리여 얼마콤 잘못ᄒᆞᆫ ᄃᆡᄅᆞᆯ 고치고 빠진 것을 너허 급ᄒᆞᆫᄃᆡ로 이러케 츌판ᄒᆞ거니와"라는 언급이 있다. 이를 통해서 신문관본은 번역을 새로 한 것이 아니라 선행본을 바탕으로 만든 것임을 알 수 있다. 그런데 간행사에서는 번역본 중에서 어떤 본을 활용했는지는 밝히지 않았다. 이 점은 중국본과 대조하면 쉽게 확인된다. 논의의 편의를 위하여 '서두 부분-유당과 염파석의 등장시점-70회 부분' 세 곳을 살펴보기로 한다. 먼저 서두 부분이다.

> 송나라 인종황뎨 가우 삼년 삼월 삼일 오경에 ᄌᆞ신뎐에 어좌ᄒᆞ시고 ᄇᆡᆨ관의 죠회ᄅᆞᆯ 밧으실ᄉᆡ, 샹셔의 구름은 봉궐에 ᄀᆞ득ᄒᆞ고 아ᄅᆞᆷ다운 긔운은 룡루에 어리엿더라. 문무관이 동셔로 반렬을 정제히 ᄒᆞ엿더니, 뎐두관이 웨여 왈, "일이 잇거든 알외고 업거든 죠회ᄅᆞᆯ 파ᄒᆞ라."
>
> (신문관본 〈권1〉, 1쪽)

> 話說. 大宋仁宗天子在位, 嘉祐三年三月三日五更三點, 天子駕坐紫宸殿, 受百官朝賀. 但見 : 祥雲迷鳳閣, 瑞氣罩龍樓. 含煙御柳拂旌旗, 帶露宮花迎劍戟. 天香影裡, 玉簪朱履聚丹墀. 仙樂聲中, 繡襖錦衣扶御駕. 珍珠簾捲, 黃金殿上現金轝, 鳳羽扇開, 白玉階前停寶輦. 隱隱淨鞭三下響, 層層文武兩班齊. 當有殿頭官喝道, "有事出班早奏, 無事捲簾退朝……"
>
> (120회본, 제1회)

> (… 前略 …) 是日, 嘉祐三年三月三日五更三點, 天子駕坐紫宸殿, 受百官朝賀已畢, 當有殿頭官喝道. "有事出班早奏, 無事卷帘退朝 ……
> (… 後略 …)"
>
> (70회본, 설자)

예문은 신문관본의 서두 부분과 이에 해당하는 중국본 120회본, 70회본이다. 중국본을 보면 120회본은 배경을 대송(大宋) 인종(仁宗) 연간 무렵임을 밝힌 뒤에, 자신전(紫宸殿)의 묘사, 전두관(展頭官)의 등장, 전두관의 발화(發話)로 이어진다. 반면에 70회본은 중국 오대(五代)의 역사적인 상황, 송(宋)의 건국 과정에서 인종(仁宗) 황제의 등극까지 과정을 제시한 후에, 전두관의 발화가 나온다. 두 본의 차이는 바로 자신전 주변의 묘사에 있다. 신문관본과 120회본은 서두에 자신전 주변 묘사가 보인다. 그리고 '송강이 유당을 만나기 전에 염파석과 혼인을 했는가'의 여부와 '70회본의 결말 부분'을 살펴보았을 때도 신문관본의 저본은 120회본을 번역했다는 사실을 쉽게 확인할 수 있다.

> 일봉 문셔를 후ᄉᆞ 쟝문원을 맛겨 각 촌방에 발령ᄒᆞ라 ᄒᆞ고 송강은 고을에 나와 사ᄅᆞᆷ을 찻고자 ᄒᆞ더니 등 뒤헤 사ᄅᆞᆷ이 잇서 불너 왈, "압ᄉᆞᄂᆞᆫ 어ᄃᆡ로 가시ᄂᆞᆫ뇨?" 송강이 머리롤 도로혀 보니, 원ᄅᆡ 즁ᄆᆡ 노릇ᄒᆞ던 왕패라. ᄒᆞᆫ낫 파ᄌᆞ롤 잇쓸고 오며 왈, "녯 인연이 잇서 송압ᄉᆞ롤 맛ᄂᆞᆫ도다." 송강이 문왈, "네 날ᄃᆞ려 무슴 말ᄒᆞ고자 ᄒᆞᄂᆞᆫ다?" (… 중략 …)
> 송강을 보고 염파의 말을 닐으고 친ᄉᆞ롤 권ᄒᆞ니 송강이 처음은 좃지 아니ᄒᆞ거늘 왕패 능언쾌담으로 되도록 권ᄒᆞ니 송강이 마지 못ᄒᆞ여 파셕을 취ᄒᆞ고 현리 셔편 골 안에 집을 작만ᄒᆞ고 셰간 집물을 사고 염파의 모녀롤 살게 ᄒᆞ니 (… 중략 …)
> 각셜. 송강이 류당을 멀니 보내고 비로소 ᄆᆞ음을 진뎡ᄒᆞ여 셔셔이 거러 하쳐로 오며 ᄉᆡᆼ각ᄒᆞ되, '다ᄒᆡᆼ히 공인을 맛나지 아니ᄒᆞ엿도다' ᄒᆞ며 오더니 뒤헤셔 ᄒᆞᆫ 사ᄅᆞᆷ이 불너 왈, "압ᄉᆞ롤 여러 날 차지되 맛나지 못ᄒᆞ엿도다." (… 후략 …) (신문관본 〈권2〉, 1쪽)

예문을 보면 '송강이 조개를 잡으라는 제주부의 공문을 받은 후에 번민을 하다가 왕파를 만나서 염파를 도와주고, 이후 염파석과 혼인한 후에 유당을 만나는 것'으로 되어 있다. 이 내용은 120회본을 번역한 것이기 때문에, 신문관본은 120회본의 번역본임을 확인할 수 있다. 마지막으로 결말 부분을 살펴본다.

> 일일은 구월 구일을 당홈애 잔치롤 베풀고 즁두령을 청ᄒᆞ여 좌뎡ᄒᆞᆫ 후 송강 왈, "금일은 국화롤 구경ᄒᆞ며 즐기고져 ᄒᆞ노니 산에 ᄂᆞ려간 형뎨 잇서도 다 와셔 잔치에 참여ᄒᆞ게 ᄒᆞ라." (… 중략 …) 송강 왈, "그ᄂᆞᆫ 념려치 말라. 낫이어든 킥뎜에 은신ᄒᆞ고 밤 되거든 셩에 들어가 구경ᄒᆞ리라" ᄒᆞ니 아지 못게라, 송강이 어이 동경에 가 등을 구경ᄒᆞᆫ고? 쇽편을 보아 알지어다. (신문관본 〈권4〉, 305~308쪽)

> 且說. 忠義堂上遍挿菊花, 各依次坐, 分頭把盞. 堂前兩邊篩鑼擊鼓, 大吹大擂, 語笑諠譁, 觥籌交錯, 衆頭領開懷痛飮. 馬麟品簫, 樂和唱曲, 燕青彈箏, 各取其樂. 不覺日暮, 宋江大醉, 叫取紙筆來, 一時乘著酒興, 作「滿江紅」一詞. 寫畢, 令樂和單唱這首詞, 道是 (… 中略 …) 樂和唱這個詞, 正唱到 "望天王降詔, 早招安" (… 後略 …) (120회본, 제71회)

> 當日衆人歃血飮酒, 大醉而散. (… 中略 …). 是夜盧俊義歸臥帳中, 便得一夢, 夢見一人. (… 中略 …) 盧俊義夢中嚇得魂不不體, 微微閃開眼看堂上時, 卻有一個牌額, 大書 '天下太平' 四個青字. (70회본, 제70회)

예문은 신문관본의 70회 마지막 부분이다. 70회본은 "양산박 두령들이 대취의(大聚議)를 벌인 이후에 노준의가 악몽을 꾸는 것"으로 되어 있지만 120회본은 이 내용이 없고 계속 다른 내용이 이어진다. 신문관본은 120회본을 그대로 따르고 있다. 따라서 신문관본은 외형은 70회본을 번역한 것처럼 70회로 되어 있지만 선행했던 120회본의 번역본을 70회본까지만 실어 놓은 것임을 알 수 있다.

문제는 신문관본이 이전에 존재했던 많은 120회본의 번역본 중에서 어떤 본을 가져다가 만들었는가 하는 점이다. 신문관에서 이전에 간행된 고소설, 예를 들어 『춘향전』과 『옥루몽』을 보면 세책본을 가져다가 외설스러운 부분을 고치고 불필요한 내용을 적절히 고쳐서 만들었던 전례가 있다.[37] 이러한 신문관의 간행 양상을 보았을 때, 『수호전』 역시도 세책본을 저본으로 했을 가능성이 높다. 다음의 예는 세책본과 신문관본간에 친연성이 감지되는 부분이다.

> 일〃은 구월 구일이라. 숑강이 숑청을 불너 "잔치롤 빈셜ᄒᆞ라" ᄒᆞ고 졔장을 모화 니로ᄃᆡ, "우리 황뎨 국화롤 구경ᄒᆞ며 즐기고ᄌᆞ ᄒᆞ나니, 산의 나려간 졔장이 잇셔도 한나히라도 ᄲᅥ지〃말고 다 잔치의 참녜ᄒᆞ라." ᄒᆞ고 ᄎᆞ례로 튱의당의 안ᄌᆞ 국화롤 구경ᄒᆞ며 즐길식, 악화는 져롤 불고 년청은 아쟁을 타더니, 숑강이 ᄃᆡ취ᄒᆞ여 노ᄅᆡ롤 지어 악화로 불니이니 ᄒᆞ엿시ᄃᆡ, "모든 두령은 나라롤 평안케 홀지니 바라건ᄃᆡ 됴졍은 됴셔롤 슈히 나리와 쵸안케 홀지어다." (세책본 〈권58〉, 4장~5장)

> 일일은 구월 구일을 당홈애 잔치롤 베풀고 즁두령을 청ᄒᆞ여 좌뎡ᄒᆞᆫ 후 송강 왈, "금일은 국화롤 구경ᄒᆞ며 즐기고져 ᄒᆞ노니, 산에 ᄂᆞ려간 형뎨 잇서도 다 와셔 잔치에 참여ᄒᆞ게 ᄒᆞ라." ᄒᆞ고 ᄎᆞ례로 안져 국화롤 완샹ᄒᆞ며 군악을 주ᄒᆞ여 즐길식, 악화는 뎌롤 불고 연청은 거문고롤 ᄐᆞ더니, 송강이 대취ᄒᆞ여 노래롤 지어 악화로 불으라 ᄒᆞ니 왈, "모든 두령은 나라롤 평안케 홀지니 ᄇᆞ라건댄 죠뎡은 죠셔롤 수히 ᄂᆞ려 쵸안케 ᄒᆞ실지어다."
> (신문관본 〈권4〉, 305~308쪽)

예문을 보면 두 본은 자구에서 차이를 보이지만 내용은 거의 동일하다. 따라서 신문관본은 세책본을 가져다가 만들었을 가능성이 높다. 이러한 가설을 뒷받침하는 또 다른 증거는 신문관본에서 보이는 오류를 살펴보면 된다.

---

37) 이윤석, 『고본 춘향전』 개작의 몇 가지 문제, 『고전문학연구』 38집, 2010 참조.

> 일일은 지현이 텽상에 잇서 ᄀᆞ만히 ᄉᆡᆼ각ᄒᆞ되, '내 도임ᄒᆞᆫ지 두어 ᄒᆡ에 여간 금은을 엇어 두엇스나 동경에 보내여 다시 됴ᄒᆞᆫ 곳으로 올마 가게 쥬션치 못ᄒᆞᄂᆞᆫ 것은 가다가 로상에셔 도적을 맛나 일흠이 잇슬가 겁ᄒᆞ여 쥬져ᄒᆞ더니 ……, ᄆᆡᆼ연히 ᄉᆡᆼ각ᄒᆞ되, '영웅이오 겸ᄒᆞ여 심복인을 엇으려 ᄒᆞ면 무송에셔 나흘 사ᄅᆞᆷ이 업스리라!' (신문관본 〈권2〉, 49쪽)

> "쇼뎨 가가를 ᄉᆡ대관인의 장샹에셔 리별ᄒᆞ고 경양강샹에 대츙을 잡아 양곡현에 보내엿더니 지현이 나를 ᄃᆡ거ᄒᆞ여 도두를 삼앗더니 후릐에 형쉬 어지지 못ᄒᆞ여 셔문경과 통간ᄒᆞ여 친형 무대를 약 먹여 죽인 고로 쇼뎨 음부와 간부를 죽이고 본현에 ᄌᆞ현ᄒᆞ니 부윤이 힘써 구ᄒᆞ여 ᄆᆡᆼ쥬로 귀향 보낼ᄉᆡ 십ᄌᆞ파에 니르러 쟝청 부부를 맛나고 뢰셩영에 니르러 어이ᄒᆞ여 시은을 맛나고, 어이ᄒᆞ여 쟝도감의 일문 십오 구를 죽이고 쟝청의 집에 와 힝ᄌᆞ 된 일이며 오공령에 오다가 왕도인을 죽이고 촌뎜에 니르러 공량 치든 일을 일일이 셜화ᄒᆞ니 ……."(신문관본 〈권2〉, 155~156쪽)

> 쥰의 옥중의 일을 ᄀᆞᆺ초 말ᄒᆞ고 왈, "쵀복 · 쵀경이 서로 구ᄒᆞ여 우리 량인의 잔명이 부지홈을 닐커르니 ……" 오용 등이 쵀복 형뎨에게 치샤ᄒᆞ더라. (신문관본 〈권4〉, 243쪽)

예문은 신문관본에서 보이는 대표적인 오류들이다. 등장인물의 생각을 드러내는 부분, 두 인물 간의 대화 등에서 내용이 더 제시되어야 함에도 불구하고 중단되거나 다른 내용으로 넘어가는 문제가 있다. 이러한 오류는 저본에서 생긴 오류였을 가능성이 높다. 그런데 이러한 오류는 세책본에서 흔하게 일어나는 오류이다. 이러한 점을 고려해본다면 신문관본은 120회본을 번역했던 세책본 중의 하나를 택하여 간행했던 것으로 보인다. 따라서 신문관본의 『수호전』은 새로 번역한 것이 아니라 이전 시기에 간행되었던 세책본을 가져다가 적절히 고치고 더하여 만든 본이라 할 수 있다.

② 번역의 양상과 특징

신문관본의 번역 양상은 대체적으로 다음과 같다. 먼저 각 권은 중국 원본과 같이 장회명으로 시작된다. 그러나 장회명은 중국본의 내용을 임의로 끊어서 미리 제시하거나 뒤에 제시한 경우가 많다. 그리고 원본을 훼손시키지 않는 범위 내에서 축약을 시도하고 있다. 다만 매회의 시작과 끝에 등장하는 개장시, 사, 평(評)이 생략되었고, 내용 전개에 중요하지 않는 시와 내용 등은 대부분 생략하였다. 이와 같은 번역 양상들은 대체로 세책본과 비슷하게 전개된다. 다음의 제시한 예들이 이러한 경향을 잘 보여준다.

> 로도관 왈, “뎌 일은 용이ᄒᆞ니 오늘 져녁에 태우ᄭᅴ 픔ᄒᆞ리라.” ᄒᆞ고 도라와 날이 느즌 후 태우를 ᄃᆡᄒᆞ여 아ᄂᆡ의 일을 고ᄒᆞ니 고귀 륙겸과 부안으로 샹의ᄒᆞᆯᄉᆡ 륙겸 왈, “여ᄎᆞ여ᄎᆞᄒᆞ면 가히 일이 되리이다.” 고귀 ᄃᆡ희ᄒᆞ더라. (신문관본 〈권1〉, 제6회)

> 老都管道:“這個容易. 老漢今晚便稟太尉得知.” 兩個道:“我們已有了計, 只等你回話.” 老都管至晚來見太尉說道:“衙內不害別的證, 卻害林沖的老婆.” 高俅道:“幾時見了他的渾家?” 都管稟道:“便是前月二十八日在嶽廟裏見來, 今經一月有餘.” 又把陸虞候設的計, 備細說了. 高俅道:“如此 —— 因爲他渾家, 怎地害他? 我尋思起來, 若爲惜林沖一個人時, 須送了我孩兒性命. 卻怎生是好?” 都管道:“陸虞候和富安有計較.” 高俅道:“旣是如此, 教喚二人來商議.” 老都管隨卽喚陸謙富安入到堂裏, 唱了喏. 高俅問道:“我這小衙內的事, 你兩個有甚計較? 救得我孩兒好了時, 我自抬擧你二人.” 陸虞候向前稟道:“恩相在上, 只除如此如此使得.” 高俅見說了, 喝采道:“好計! 你兩個明日便與我行.” 不在話下. (120회본, 제7회)

> 태위 대노ᄒᆞ여 ᄭᅮ지져 왈, “네 임의 금군교두를 ᄃᆞᆫ니니 법도를 알지라. 손에 리검을 들고 졀당에 드러오니 이는 본관을 죽이려 ᄒᆞᆷ이라.” ᄒᆞ고

림츙을 잡아ᄂᆞ리니 하회 엇더ᄒᆞᆫ고? (신문관본 〈권1〉, 제6회)

高太尉大怒道, "旣是禁軍教頭, 法度也還不知道。因何手執利刀, 故入節堂, 欲殺本官?" 叫左右把林沖推下, 不知性命如何. 不因此等, 有分教, 大鬧中原, 縱橫海內. 直教農夫背上添心號, 漁父舟中插認旗。畢竟看林沖性命如何, 且聽下回分解. (120회본 제7회)

명일, 지심이 법텹을 가지고 장로ᄭᅴ 하직ᄒᆞ고 계도와 션쟝을 슈습ᄒᆞ여 가지고 치원으로 가니라. 챠셜. 치원 근처에 이삼십 기 파락호 발피들이 잇스니, ᄒᆞᆼ상 치원에 와 치소를 도적ᄒᆞ여 가더니 (… 후략 …)

(신문관본 〈권1〉, 제5회)

次早, 淸長老升法座, 押了法帖, 委智深管菜園. 智深到座前, 領了法帖, 辭了長老, 背上包裹, 跨了戒刀, 提了禪杖, 和兩個送入院的和尙, 直來酸棗門外廨宇裡來住持.

詩曰 : 萍蹤浪跡入東京, 行盡山林數十程. 古刹今番經劫火, 中原從此動刀兵. 相國寺中重掛搭, 種蔬園內且經營. 自古白雲無去住, 幾多變化任縱橫.

且說, 菜園左近有二三十個賭博不成才破落戶潑皮, 泛常在園內偸盜菜蔬, 靠著養身(… 後略 …) (120회본, 제6회)

예문을 보면 중국본은 노지심의 행색에 대한 삽입시가 있다. 하지만 신문관본에서는 이 시를 생략했다. 그 이유는 내용 전개의 방해가 되기 때문이다. 이외에도 임충이 귀양을 가는 곳의 장면 묘사를 삭제하거나, 원래는 대화가 이어지거나 끊어지는 부분에 임의로 내용을 첨가한 경우, 그리고 원문과 관계없이 임의로 대화를 첨가한 부분도 있다.

신문관본은 『수호전』의 가치를 인식했던 최남선이 신문관 출판사를 통해서 야심차게 간행한 것이다. 하지만 새로 번역을 하기보다는 이전에 존재했던 것을 가져다가 적절히 고치는 수준에서 그쳤다. 그리고 이 과정에서 원본에 있었던 오류를 바로잡지 못한 경우도 생겼다. 그리고 120회 전체를 간행하지 못했고 70회까지만 간행한 문제도 있다. 물론 마지막 권에서 "송강이 어이 동경에 가 등을 구경ᄒᆞᆫ고? 속편을 보아 알지어다"라는 언급을 통해서 속편을 만들 계획은 분명히 지니고 있었지만 이후 속편은 더 이상 간행되지 않았다. 따라서 신문관본은 미완성의 번역본이 되고 말았다.

마지막으로 신문관본은 『수호전』의 저자를 시내암으로, 그리고 형성과정과 같은 짤막한 고증을 시도해 놓았다는 특징이 있다.[38] 〈각주〉에서 볼 수 있는 것처럼 시내암을 『수호전』의 작자로 인식했다는 점, 그리고 이 책이 중국소설 『삼국지』, 『서상기』, 『비파기』 등보다도 우위에 서있는 작품이라고 서술한 점은 비록 짤막하지만 비평사적으로 대단히 의미가 있다.

---

38) 『슈호지(水滸志)』ᄂᆞᆫ 원나라 ᄣᅢ 셰샹에 난 쇼셜이니, ᄯᅩᄒᆞᆫ 그ᄣᅢ난 『삼국지(三國志)』, 『셔상긔(西廂記)』, 『비파긔(琵琶記)』 세 가지와 모도와 네 가지 썩 긔이ᄒᆞᆫ ᄎᆡᆨ이라 닐컷ᄂᆞᆫ 것이라. 이 네 가지 ᄎᆡᆨ이 다 각별ᄒᆞᆫ 맛과 ᄯᅳᆺ이 잇서, 낫고 못ᄒᆞᆷ을 얼는 갈히기 어려오나 ᄉᆞ실과 의ᄉᆞ와 결구와 문쟝이 아모 것으로든지 『슈호지』를 더 특츌ᄒᆞ다 ᄒᆞᆷ은 거의 만구 일치ᄒᆞᄂᆞᆫ 배니, 다만 지나 한나라 쇼셜 가온ᄃᆡ 님군이 될 ᄲᅮᆫ 아니라 왼 셰계 샹으로 말ᄒᆞᆯ지라도 큰 광치 잇ᄂᆞᆫ ᄎᆡᆨ일지라. 이 긔이ᄒᆞᆫ ᄎᆡᆨ을 지은 님쟈에 ᄃᆡᄒᆞ야ᄂᆞᆫ 누구니 누구니 말이 만으나 만히 밋ᄂᆞᆫ 바로 말ᄒᆞ면 송나라 말년과 원나라 초년 사ᄅᆞᆷ 시내암(施耐庵)이라 ᄒᆞᄂᆞᆫ 쟈ㅣ니, 그 평ᄉᆡᆼ ᄉᆞ적은 무림(武林)이란 곳 사ᄅᆞᆷ임을 알 ᄲᅮᆫ이오, 다른 것은 젼ᄒᆞᆷ이 업스니 애다로온 일이로다. 대개 이 ᄎᆡᆨ은 송나라 션화(宣和) 정강(靖康) 년간에 도적 거괴 송강이 그 ᄯᅦ를 거ᄂᆞ리고 하삭(河朔) 디방을 횡ᄒᆡᆼᄒᆞ면셔 여긔뎌긔 야뇨ᄒᆞ든 일을 가지고 여러 가지 의ᄉᆞ를 붓쳐 문든 것이니 곳 『송ᄉᆞ강목(宋史綱目)』, 『션화유ᄉᆞ(宣和遺事)』와 밋 몃 가지 다른 ᄎᆡᆨ에 잇ᄂᆞᆫ 얼마되지 아니ᄒᆞᄂᆞᆫ ᄉᆞ실을 쳔고대직 시내암이 비단 ᄆᆞᄋᆞᆷ과 문ᄎᆡ애로써 ᄆᆞᄋᆞᆷ으로 ᄶᆞ코 붓으로 슈 노하 젼무후무ᄒᆞᆫ 큰 쇼셜을 일운 것이라. 그 만흔 사ᄅᆞᆷ을 그리되 ᄒᆞᆫ 사ᄅᆞᆷ ᄒᆞᆫ 사ᄅᆞᆷ이 다 특별ᄒᆞᆫ ᄉᆡᆼ김과 거동이 잇서 서로 비ᄉᆞᆺᄒᆞᆫ 폐단이 업고, 그 여러 가지 슈션ᄒᆞᆫ 일을 적되 ᄒᆞᆫ 가지 ᄒᆞᆫ 가지 다 각별ᄒᆞᆫ ᄅᆡ력과 영향이 잇서 서로 셕기ᄂᆞᆫ 폐단이 업스니 이 엇지 범인의 슈단으로 능히 ᄒᆞᆯ 바리오. (슈호지 셜명)

(5) 조선서관본

① 번역의 저본

조선서관본에는 출간 배경을 알려주는 기록이나 간행사 등이 보이지 않고, 장회(章回)를 나눈 방식도 전집(前集)은 1회에서 26회, 후집(後集)은 1회에서 41회로 되어 있기 때문에, 외형적으로만 보면 몇 회본을 번역한 것인지 알 수 없다.

그러나 조선서관본은 120회본만의 특징인 '송강이 조개를 잡으라는 제주부의 공문을 받은 후에 번민을 하다가 왕파를 만나 염파를 도와주고, 이후 염파석과 혼인한 후에 유당을 만나는 것'으로 되어 있다는 점과 70회에서 '노준의가 악몽을 꾸는 것'으로 결말을 맺지 않는다. 다음 예문을 통해서 이러한 사실을 알 수 있다.

> 일응 문셔를 후ᄉᆞ 장문원를 맛겨 각 촌방의 발녕ᄒᆞ라 ᄒᆞ고 송강은 고을의 나 ᄉᆞ람를 찻고ᄌᆞ ᄒᆞ더니 등 뒤ᄒᆡ ᄉᆞ람이 잇셔 불너 왈, "압ᄉᆞᄂᆞᆫ 어ᄃᆡ로 가시ᄂᆞᆫ잇가?" 송강이 머리를 도로혀 보니, 원ᄂᆡ 중ᄆᆡ 노릇하든 왕파라. ᄒᆞᆫ낫 파ᄌᆞ를 잇글고 오며 왈, "ᄂᆡ 인연이 잇셔 숑압ᄉᆞ를 만나도다." 숑강이 문왈, "네 맛당이 날다려 무삼 말ᄒᆞ려 ᄒᆞᄂᆞᆫ다?" (… 중략 …)
>
> 송강를 보고 념파의 말을 니르고 친ᄉᆞ를 권ᄒᆞ니 송강이 쳐음은 ᄌᆞᆺ지 아니ᄒᆞ거늘 왕파 능언쾌담으로 되도록 권ᄒᆞ니 송강이 마지 못ᄒᆞ여 파셕을 취ᄒᆞ니 현니 셔편 골 안의 집을 작만ᄒᆞ고 세간 즙물을 ᄉᆞ고 념파의 모녀를 살게 ᄒᆞ니 (… 중략 …)
>
> 각셜. 송강이 뉴당를 멀니 보ᄂᆡ고 비로소 마음를 진정ᄒᆞ야 천〃이 거러 ᄒᆞ쳐로 오며 ᄉᆡᆼ각ᄒᆞ되, '다ᄒᆡᆼ이 공인를 만나지 아니ᄒᆞ엿도다' ᄒᆞ며 오더니 뒤히셔 ᄒᆞᆫ 사람이 불너 왈, "압ᄉᆞ를 여러 날 ᄎᆞ지되 만나지 못ᄒᆞ엿도다." (… 후략 …) (조선서관본, 전집 〈권1〉 145~147쪽)

하로ᄂᆞᆫ 구월 구일이라. 송강이 송청을 불너 잔치를 ᄇᆡ셜ᄒᆞ라 ᄒᆞ고, 졔장을 불너 이로ᄃᆡ,

"우리 졔형이 국화을 구경ᄒᆞ며 즐기고ᄌᆞ ᄒᆞ노니, 산에 나려간 졔장이 잇셔도 원근을 의논치 말고 다 잔치에 참례ᄒᆞ라." ᄒᆞ고 ᄎᆞ례로 츙의당에 안ᄌᆞ 국화을 보며 좌우에 풍류ᄒᆞ야 모다 즐길ᄉᆡ, 악화ᄂᆞᆫ 져를 불고, 연청은 아증을 ᄐᆞ더니, 송강이 ᄃᆡ취ᄒᆞ야 노ᄅᆡ를 지어 악화로 부르니, 그 노ᄅᆡ에 ᄒᆞ얏시되, "모든 두령은 나라을 평안케 ᄒᆞᆯ지니 바라건ᄃᆡ 죠정은 죠셔를 수히 나려 초안케 ᄒᆞᆯ지어다." ᄒᆞ얏더라. 이 아ᄅᆡ를 잇ᄃᆡ셔 보시려면 경셩 ᄃᆡ사동 조션셔관에셔 발ᄒᆡᆼᄒᆞᄂᆞᆫ 『일ᄇᆡᆨ단팔귀화긔』를 보시옵. 츙의슈호지 후집 죵. (조선서관본, 후집 〈권3〉 356쪽)

제시한 예문은 앞서 언급했던 것처럼 120회본만이 지닌 특징을 보여주는 부분이다. 따라서 조선서관본은 120회본을 번역한 것임을 알 수 있다.

② 번역의 양상과 특징

조선서관본을 중국본과 대조하기에 앞서, 먼저 간행된 신문관본과 대조해보면 자구(字句) 등이 대부분 일치함을 알 수 있다. 따라서 조선서관본은 새로운 번역이 아니라 신문관본을 참조해서 만들었을 가능성이 높다.

인종황뎨 즉위 ᄉᆞ십이 년에 승하ᄒᆞ시고 태ᄌᆞ 업슴애 복왕의 아ᄃᆞᆯ에게 젼위ᄒᆞ시니 이ᄂᆞᆫ 태죵황뎨의 손ᄌᆞ라. 시호를 영종이라 ᄒᆞ고 즉위 사년에 신종에게 젼위ᄒᆞ시고, 신종이 즉위 십팔 년에 태ᄌᆞ 철종에게 젼위ᄒᆞ시니, 이ᄯᆡ 텬ᄒᆡ 태평ᄒᆞ고 ᄉᆞ방이 무ᄉᆞᄒᆞ더라.

〈제1회〉 왕교두ㅣ ᄉᆞᄉᆞ로이 연안부로 다라나고 구문룡이 ᄉᆞ가촌에셔 크게 야뇨ᄒᆞ다

화셜. 철종황뎨 ᄯᅢ에 동경 ᄀᆡ봉부 변량셩 직흰 군한 즁에 ᄒᆞᆫ 파락회 잇스니 셩은 고오 형뎨 ᄎᆞ례ᄂᆞᆫ 둘재라. 어려셔븟허 창을 놀니며 막대 쓰기롤 됴히 녁이며 져기차기롤 ᄀᆞ장 잘ᄒᆞ니 사ᄅᆞᆷ들이 부르기롤 고구라 ᄒᆞ니 이ᄂᆞᆫ 져기롤 놉히 차단 말이러니, 후에 발신ᄒᆞᆷ애 일홈을 고쳐 '구'라 칭ᄒᆞ니라. (신문관본 〈권1〉, 제1회)

인종황졔 즉위 ᄉᆞ십여 년 만에 승ᄒᆞᄒᆞ시고 ᄐᆡᄌᆞ 업스ᄆᆡ 북왕의 아들의게 젼위ᄒᆞ시니 이는 ᄐᆡ종황졔의 손ᄌᆞ라. 시호를 영죵이라 ᄒᆞ고 즉위 사년의 신죵의게 젼위ᄒᆞ시고, 신죵이 즉위 십팔년의 ᄐᆡᄌᆞ 졀죵의게 젼위ᄒᆞ시니 잇ᄯᅢ 텬ᄒᆞ ᄐᆡ평ᄒᆞ고 사방이 무사ᄒᆞ더라.

동경 ᄀᆡ봉부 번양셩문 직힌 군ᄒᆞᆫ 즁의 ᄒᆞᆫ ᄑᆡ려ᄒᆞᆫ 사ᄅᆞᆷ이 잇스니 셩은 고가요 형졔 ᄎᆞ례는 둘지라. 어려셔부터 창으로 지르고 막ᄃᆡ 쓰기를 죠히 역이며 져기ᄎᆞ기를 가장 잘ᄒᆞ니 ᄉᆞᄅᆞᆷ드리 부르기를 "고구라" ᄒᆞ니 이는 져기를 놉히 차단 말리러니, 후의 발신ᄒᆞ여도 인ᄒᆞ여 고구라 칭ᄒᆞ니라.
(조선서관본 〈권1〉, 제1회)

위의 예문은 신문관본과 조선서관본의 1회를 각각 제시한 것이다. 두 본을 보면 조사(助辭)나 표기에서만 약간의 차이가 있을 뿐 내용은 거의 같다. 다만 조선서관본은 신문관본에는 있는 장회 구분을 없앴다. 따라서 두 본은 영향 관계가 있다고 볼 수 있다. 조선서관본은 신문관본에 비하여 1~2개월 늦게 간행되었고, 예문을 보더라도 조선서관본이 신문관본을 적절히 고쳐 간행되었다는 느낌을 주기 때문에, 조선서관본이 신문관본을 저본으로 한 것은 분명해 보인다.

그러나 자구가 일치하고, 간행 시기의 선후가 있다는 사실만으로 조선서관본이 신문관본을 그대로 따랐다고는 할 수 없다. 조선서관본에 있는 내용이 신문관본에는 없는 경우가 많고, 이와 반대인 경우도 있기 때문이다. 다음의 예문은 이러한 사실을 잘 보여준다.

로지심이 한ᄌᆞ의 통 메고 올나옴을 보고 문왈, “ᄒᆞᆫ 통에 갑이 얼마나 가ᄂᆞᆫ고?” 그 한ᄌᆡ 닐오ᄃᆡ, “네 진ᄀᆡ 아라 무엇ᄒᆞ려 ᄒᆞᄂᆞᆫ다?” 지심 왈, “내 요긴ᄒᆞᆫ 곳이 잇서 뭇노라.” 그 한ᄌᆡ ᄀᆞᆯᄋᆞᄃᆡ, “내 뎌 술을 졀에 올나가 화공도인에게 팔녀ᄒᆞᄂᆞᆫ 것이오, 만일 본ᄉᆞ의 화샹에게 팔진댄 쟝뢰 본젼을 ᄲᅢ앗고 집ᄭᆞ지 ᄲᅢ앗ᄂᆞ니 엇지 화샹에게 팔니오?” 지심 왈, “네 진ᄀᆡ 아니 팔ᄂᆞᆫ다?”
(신문관본)

노지심이 ᄒᆞᆫᄌᆞ의 통 메고 올나오믈 보고 무러 왈, “ᄒᆞᆫᄌᆞ야 너의 메인 통의 무어슬 담은다?” ᄒᆞᆫᄌᆞ 이로ᄃᆡ, “흰 술이로라.” 지심이 문왈, “ᄒᆞᆫ 동의 갑시 얼마나 가는고?” 그 ᄒᆞᆫᄌᆡ 가로ᄃᆡ, “네 무러 무엇ᄒᆞ리오?” 지심 왈, “ᄂᆡ 요긴ᄒᆞᆫ 거시 잇셔 뭇노라.” 그 ᄒᆞᆫᄌᆡ 가로ᄃᆡ, “ᄂᆡ 져 슐을 졀의 올나가셔 화공도인의게 팔여ᄒᆞᆫ 거시오, 만일 본ᄉᆞ의 화샹의게 팔진ᄃᆡ 장노 본젼을 ᄲᅦ앗고 졔 집가지 ᄲᅦ기난니 엇지 화상의게 팔이오?” 노지심 왈, “네 진ᄀᆡ 아니 팔짜?”
(조선서관본)

예문을 보면 조선서관본이 신문관본에 비하여 더 자세하다. 이러한 예는 많다. 특히 조선서관본의 후집(後集)에서는 이와 같은 경향이 더욱 두드러진다. 따라서 조선서관본과 신문관본의 관계는 재고할 여지가 있다. 이 문제의 해결책은 신문관본에 있다. 신문관본의 간행사는 자신들의 『수호전』 번역본이 이전에 간행된 번역본을 토대로 적절히 고쳐서 만들었음을 밝혔다. 조선서관본도 신문관본이 저본으로 했던 『수호전』 번역본을 바탕으로 간행했기 때문에 이런 비슷한 모습으로 만들어졌으리라 생각된다. 신문관본이 선본(先本)을 수정하고 개작(改作)에 집중했다면 조선서관본은 다른 방식으로 출간했을 것이다. 다음의 예가 이러한 사실을 보여준다.

태위 령ᄒᆞ여 홰불을 가져오라 ᄒᆞ여 빗최여 보니 사면에 아모 것도 업고 즁간에 돌비 ᄒᆞᆫ아이 잇스되 놉기 오륙 쳑은 되고 아래ᄂᆞᆫ 거ᄇᆞᆨ을 ᄒᆞ여 안쳣스며 반나마 흙에 뭇쳣거ᄂᆞᆯ 불노 빗최여 보니 젼면에ᄂᆞᆫ 룡봉젼ᄌᆞ로 썻스니 이ᄂᆞᆫ 텬셔라 사ᄅᆞᆷ이 아지 못ᄒᆞ고 뒤에 네 글ᄌᆞᄅᆞᆯ 삭엿스되 <u>우홍이ᄀᆡ</u>라 ᄒᆞ니, 이 글 뜻은 홍가 셩 가진 사ᄅᆞᆷ을 맛나 열다ᄒᆞᆷ이라. 태위 모든 사ᄅᆞᆷ을 호령ᄒᆞ여 그 비ᄅᆞᆯ 샏히라 ᄒᆞ거ᄂᆞᆯ (… 후략 …) (신문관본)

태위 영ᄒᆞ여 홰불을 가져오라 ᄒᆞ여 빗취여 보니 사면의 아모 것도 업고 즁간의 돌비 ᄒᆞ나이 잇스되 놉기 오륙 쳑은 되고 아릐는 거복를 ᄒᆞ여 안쳐스되 반나마 흙의 뭇쳐거ᄂᆞᆯ 불노 빗취여 보니 젼면의는 뇽봉젼ᄌᆞ로 써스니 이는 텬셔라 ᄉᆞᄅᆞᆷ이 아지 못ᄒᆞ고 뒤의 다 삭여스니 왈, <u>만일 져거슬 노와 세상에 나가게 ᄒᆞ면 반다시 싱녕의게 살육지해 젹지 아니ᄒᆞ리라</u> ᄒᆞ엿더라. ᄐᆡ위 모든 ᄉᆞᄅᆞᆷ를 호령ᄒᆞ여 그 비를 빠히라 ᄒᆞ니 (… 후략 …)
(조선서관본)

예문은 홍태위가 복마전(伏魔殿)의 봉함을 열어 108명의 요괴를 세상에 내보내는 장면이다. 신문관본은 중국본과 같이 홍태위가 비석에 새겨진 '遇洪而開'를 보고 직접 봉함을 여는 것으로 되어 있다. 반면에 조선서관본은 다른 내용으로 되어 있다. 이 장면은 『수호전』에서 가장 중요한 부분 중의 하나이다. 그 이유는 홍태위의 실수로 인하여 108명의 요괴가 세상에 나오고, 이로 인하여 양산박의 도적들이 인간으로 환생하는 계기가 되기 때문이다.

조선서관본이 신문관본을 참조했다면 이 부분의 오류가 수정되었을 것이다. 그러나 조선서관본은 중국본과 다른 내용으로 서사를 전개하고 있다. 그 이유는 조선서관본이 신문관본을 참조하지 않고 이전에 존재했던 번역본을 그대로 간행했기 때문으로 볼 수 있다. 참고로 조선서관본에는 인명이나 지명 등에서 수많은 오류가 있다. 이러한 점들을 볼 때 조선서관본은 선행본을 그대로 간행한 본이며, 신문관본은 선행했던 번역본의 오류를 인지하고 수정을 가한 번역본이라고 할 수 있다.

그런데 주목할 만한 점은 신문관본에서 중국본과 가깝게 번역된 부분일수록 조선서관본에서는 오류가 많다는 것이다. 그리고 신문관본에서 중국본과 대조하여 심하게 축약된 부분은 반대로 조선서관본이 더 자세하게 되어 있다. 예를 들자면 다음과 같은 것들이다.

> 로쥰의 왈, "만일 이 난을 면홀진댄 맛당히 즁히 갑흐리라." 오용 왈, "쇼싱이 네 귀 비긔를 벽상에 쓰고 가리니 이후 맛치는 때에 비로소 쇼싱의 묘흔 곳을 알니이다." 로쥰의 필연을 가져오라 흐여 스스로 쓸싀 오용이 입으로 네 귀 글을 읇흐니 왈,
>
> 蘆花灘上有扁舟 갈대 여흘 우에 조각비 잇스니
> 俊傑黃昏獨自遊 쥰걸이 황혼에 홀로 노는도다
> 義到盡頭原是命 의 다흔 머리에 니르러는 원릭 이 운명이니
> 反躬逃難必無憂 몸을 도로혀 난을 피홈에 반드시 근심이 업스리로다.
>
> 당시에 로쥰의 쓰기를 맛친 후에 오용이 산즈를 슈습흐여 가지고 기리읍흐고 가거늘 로쥰의 닐오딕 "션싱은 잠간 안져 낫밥을 먹고 가라." 오용 왈, "원외의 후의는 감샤흐거니와 쇼싱의 매괴홈이 느진니 다른 날 다시 와 뵈오리라." (신문관본 〈권4〉 164쪽)

> 노쥰의 닐오딕, "만일 이런 익을 면할진딘 후일 당〃이 후이 갑흐리라." 오용이 닐오딕, "이 팔즈에 한 글즈 잇스니 바람벽에 두엇다가 후일에 증험을 알게 흐라." 흐고 그 글귀를 니르니 노쥰의 글을 바다 벽상에 븟치고 왈, "션싱은 잠간 안자시라." 오용이 갈오딕, "후일 다시 와셔 뵈오리이다." (조선서관본 〈권4〉 179쪽)

예문은 노준의가 오용의 꾀임에 빠져 양산박에 가담하는 계기가 되는 장면이다. 오용은 노준의를 양산박의 두령으로 끌어들이기 위해 점쟁이로 변하여 그에게 닥친 액운(厄運)을 말하고, 이를 벗어날 비법(秘法)을 시로 전한다. 조선서관본은 예문처럼 시가 없고 뭉뚱그려 “그 글귀를 니르니, 노쥰의 글을 바다”로 되어 있다. 반면에 신문관본은 시를 제시하고 자세하게 서술되어 있다. 이 대목을 중국본과 대조해보면 신문관본이 원본에 더 가깝다.

> 밍셔ᄒᆞᄂᆞᆫ 글을 닑으니 왈, 유 션화 이년 하ᄉᆞ월 이십삼 일, 량산박 의ᄉᆞ 송강 · 로쥰의 · 오용 · 공손승 이하 일빅단팔인은 ᄒᆞᆫ가지로 지셩을 잡아 밍셔ᄅᆞᆯ 세우ᄂᆞ니, 그윽히 싱각건댄 송강 등이 젼일은 각 쳐에 싱쟝ᄒᆞ엿스나 이제ᄂᆞᆫ ᄒᆞᆫ 당에 모히엿ᄂᆞᆫ지라. 셩신의 수ᄅᆞᆯ 치와 형뎨됨애 텬디ᄅᆞᆯ ᄀᆞᄅᆞ쳐 부모ᄅᆞᆯ 삼ᄂᆞ니, 일빅단팔인이 사ᄅᆞᆷ마다 낫은 다르나 ᄆᆞ음은 ᄒᆞᆫ가지라. 락즉동락ᄒᆞ고 우즉동우ᄒᆞ여 싱년일시ᄂᆞᆫ ᄀᆞᆺ지 아니ᄒᆞ나 의로 죽기에 림ᄒᆞ여셔ᄂᆞᆫ ᄒᆞᆫ가지로 ᄒᆞᆯ 것이오, 셩명이 임의 샹텬에 버렷스니 인셰에 무신무의 타ᄒᆞᄂᆞᆫ 치쇼ᄅᆞᆯ 취치 말지라. 일죠에 셩긔 샹응 ᄒᆞ엿스니 죵신토록 ᄯᅥ나지 말고, 셜혹 이 ᄆᆞ음을 불션히 먹어 대의ᄅᆞᆯ 져ᄇᆞ리고 밧그로 올타 ᄒᆞ고 안으로 그르다 ᄒᆞ며, 처음이 잇고 나죵이 업ᄂᆞᆫ 재 잇거든 샹텬이 우흐로 빗최시고 신명이 겻흐로 강림ᄒᆞ샤 도창으로 그 몸을 버히시고 뢰뎡으로 그 자최ᄅᆞᆯ 업시ᄒᆞ여 영영히 디옥에 침몰ᄒᆞ여 만ᄃᆡ에 다시 환싱치 못ᄒᆞ여 보응이 명명케 ᄒᆞ실지니 텬디 일월은 한가지로 감ᄒᆞ쇼셔.”
>
> (신문관본)

> 밍세ᄒᆞᄂᆞᆫ 글을 읽으니, 그 글에 왈, 유 션화 이년 ᄉᆞ월 이십삼 일, 양산박 의ᄉᆞ 송강, 노준의, 오용, 공숀승, [관승, 림츙, 진명, 호연쟉, 화영, 주동, 리응, ᄉᆡ진, 노지심, 무송, 동평, 장청, 양지, 셔녕, 삭쵸, ᄃᆡ죵, 류당, 리규, ᄉᆞ지[진], 목홍, 뢰횡, 리쥰, 완쇼이, 장횡, 완쇼오, 장슌, 완쇼칠, 양웅, 셕슈, 희진, 희보, 연청, 쥬무, 황신, 숀립, 션찬, 학ᄉᆞ문, 한도, 핑긔, 단정규, 위졍

<u>국, 쇼양, 비션, 구붕, 등비, 연슌, 양림, 능진, 상경, 녀방, 곽셩, 안도젼, 황보단, 왕영, 호삼낭, 포욱, 번셔, 공명, 공낭, 항츙, 리곤, 김ᄃᆡ견, 마린, 동위, 동ᄆᆡᆼ, 강후건, 진달, 양츈, 정텬슈, 도죵왕, 송청, 악화, 공왕, 뎡득숀, 목츈, 조정, 송만, 두쳔, 셜영, 시은, 리튱, 쥬통, 탕융, 두홍, 츄연, 츄윤, 쥬귀, 쥬부, ᄎᆡ복, ᄎᆡ경, 리닙, 숀신, 고ᄃᆡ수, 장청, 손이낭, 황정륙, 욱보ᄉᆞ, ᄇᆡᆨ승, 싀쳔, 단경쥬 등</u>]은 ᄒᆞᆫ 가지로 지셩을 잡ᄋᆞ ᄆᆡᆼ셰을 셰우ᄂᆞ니, 그윽이 ᄉᆡᆼ각건ᄃᆡ 송강 등니 이국에 난호여시나 이제ᄂᆞᆫ ᄒᆞᆫ 당의 모여ᄂᆞᆫ지라. 셩신의 슈를 치와 형뎨 되ᄆᆡ 텬디을 가ᄅᆞ쳐 부모을 삼ᄂᆞ니, 일ᄇᆡᆨ 팔인이 ᄉᆞ롬마다 낫치 갓지 아니ᄒᆞ야 면면이 징영ᄒᆞ나 일ᄇᆡᆨ 팔인이 마음인즉 ᄒᆞᆫ 가지라. 심심이 교결ᄒᆞ야 즐기ᄆᆡ ᄒᆞᆫ가지로 즐기고 근심ᄒᆞᄆᆡ ᄒᆞᆫ 가지로 근심ᄒᆞ야 나기ᄂᆞᆫ 비록 ᄒᆞᆫ가지로 나지 아니ᄒᆞ얏스나 죽기ᄂᆞᆫ 반다시 ᄒᆞᆫ가지로 죽을지니 일홈이 임의 샹텬에 버렷스니 인간에 우음을 취치 말을지라. 일〃의 소릐와 긔운이 셔로 합ᄒᆞ얏스니 종신토록 간담이 ᄯᅩᄒᆞᆫ 써ᄂᆞ지 아니ᄒᆞ리니, 만일 마음을 어리게 먹지 아니ᄒᆞ야 ᄃᆡ의을 져바리고 밧그로 올타ᄒᆞ나 안으로 그르다ᄒᆞ고, 쳐음이 잇고 나종이 업ᄂᆞ니 잇거든 황텬이 우흐로 빗취시고 귀신이 겻흐로 강님ᄒᆞᄉᆞ 도검이 몸을 버히고 뢰졍이 그 ᄌᆞ최를 업시ᄒᆞ야 영〃이 디옥에 가도와 만세에 다시 ᄉᆞ롬의 몸을 엇지 못ᄒᆞ게 ᄒᆞ야 보응이 분명ᄒᆞ게 훌지니 텬디 신명은 ᄒᆞᆫ가지로 감ᄒᆞ소셔.

(조선서관본)

그리고 위의 제시한 예문은 반대로 조선서관본이 중국본에 가깝게 번역된 부분이다. 조선서관본은 108명의 양산박 두령들의 이름을 모두 제시해 놓았지만 신문관본은 송강, 노준의, 오용 공손승까지만 적고 "이하 일빅단팔인"식으로 삭제했다.

이러한 점들을 종합해 볼 때, 조선서관본은 신문관본을 참조한 것이 아니라 신문관본이 저본으로 했던 선행본, 즉 다른 세책점의 세책본을 가져다가 간행한 것이 분명해 보인다. 신문관본이 선행본을 토대로 간행하기는 했지만 중국본을 참조하면서 필요한 대목들을 수정하거나 불필요한 부분 등을 삭제했다면 조선서관본은 선행본을 충실히 따르면서 별다른 개정(改訂) 없이 간행했으리라 생각된다.

남는 문제는 조선서관본과 신문관본이 참조했던 선행본이 무엇인가 하는 점이다. 조선서관에서 간행된 활판본 고소설은 대부분 편집자 겸 발행자가 박건회로 되어 있다. 중요한 점은 그의 이름이 붙은 소설들은 선행했던 세책본을 그대로 활판본으로 간행한 것들이란 점이다. 예를 들어, 『금방울전』, 『금향정기』 등은 그가 발행자로 되어 있지만 선행 세책본을 그대로 옮긴 것이다.[39] 조선서관본 『수호전』 또한 편집자 겸 발행자가 박건회로 되어 있고, 그의 서적 출간 형태를 고려해 볼 때, 조선서관본의 저본이 세책본일 가능성은 대단히 높다.

그리고 신문관본의 입장만을 따져 보았을 때에도 저본이 세책본일 가능성이 높다. 왜냐하면 신문관본에서 간행된 『고본춘향전』의 경우를 보았을 때, 세책본을 저본으로 하되 외설스런 부분은 삭제하고, 중국에 관한 것이나 중국을 높게 평가한 것으로 보이는 표현도 없애고 조선적(朝鮮的)으로 바꾼 개작본이기 때문이다.[40] 이러한 점을 볼 때, 조선서관본과 신문관본이 저본으로 삼았던 본은 같은 세책본이었을 것이다.

한편, 조선서관본은 이후 두 차례 더 『수호전』을 간행했다. 하나는 전편에서 다루지 못했던 72회부터 120회까지의 내용을 실어 『(續水滸

---

39) 유춘동, 「금향정기의 연원과 이본 연구」, 연세대학교 국문과 석사학위 논문, 2002; 유춘동, 「세책본 〈금령전〉의 텍스트 위상 연구」, 『열상고전연구』 20집, 2004. 이외에도 박건회가 편집자 겸 발행자로 되어 있는 고소설은 세책본과 밀접한 관련이 있다. 이 문제는 차후 과제로 넘긴다.

40) 이윤석, 『향목동 세책 춘향전 연구』, 경인문화사, 2011, 401쪽.

誌)一百單八歸化記』로, 다른 하나는 출판사를 '경성서적조합'으로 바꾸고, 내용은 70회까지만 실어 간행하였다. 『일백단팔귀화기』는 장회명의 시작과 끝이 "柴進簪花入禁苑, 李逵元夜鬧東京", "宋公明神聚蓼兒洼 徽宗帝夢遊梁山泊"로 되어 있어서 120회본을 번역한 것임을 알 수 있다. 이는 중국본과의 대조를 통해서도 가능하다.

> 각셜. 송강이 시진으로 더부러 ᄒᆞᆫ 길노 가며, ᄉᆞ진은 목굉으로 더부러 한 길노 가며, 노지심은 무송으로 더부러 ᄒᆞᆫ 길노 가며, 주동이는 류당으로 더부러 ᄒᆞᆫ 길노 가고, 그 나머지는 ᄎᆡ를 직히게 ᄒᆞᆫᄃᆡ, 리규 왈, "나도 갓치 가깃나이다."
> (『일백단팔귀화기』 〈권1〉, 1쪽)

> 話說. 當日宋江在忠義堂上分撥去看燈人數："我與柴進一路, 史進與穆弘一路, 魯智深與武松一路, 朱仝與劉唐一路. 只此四路人去, 其餘盡數在家守寨." 李逵便道："說東京好燈, 我也要去走一遭."
> (120회본, 제72회)

예문은 『일백단팔귀화기』의 1회와 120회본의 72회이다. 두 본을 대조해보면 『일백단팔귀화기』는 120회본의 내용을 벗어나지 않는 범위에서 축약 번역한 본임을 알 수 있다. 그런데 본문을 보면 인명, 지명에서 오류가 있고, 중복된 표현도 등장한다. 이는 선행본을 간행한 것에서 기인한다. 다만 재미있는 점은 일부 어휘에서 시대상을 반영한 것이 보인다는 점이다.

> 문득 <u>ᄲᅩ이</u>를 불너 술상을 보아 오라 ᄒᆞ며 연쳥이 술를 부어 셔로 권ᄒᆞᆫᄃᆡ 슐이 반이나 취ᄒᆞᆫ지라 시진이 문왈, "관찰 머리 우희 푸른 ᄭᅩᆺ슬 ᄭᅩ졋스니 이 거슨 무슴 ᄯᅳᆺ시뇨?"
> (『일백단팔귀화기』, 〈권1〉, 4쪽)

중국본을 보면 “쌘이”는 “酒保”로 되어 있다. 그러나 『일백단팔귀화기』는 “酒保”보다는 술집 종업원을 쉽게 표현하기 위하여 “쌘이”라는 단어로 대체하였다. 이외에도 전편(前篇)에는 한시(漢詩)가 나올 경우에는 한글로 음만 달았지만 『일백단팔귀화기』에서는 옆에 한자를 병기하여 뜻을 분명하게 했다.

그리고 대정 12년(1923)에 박건회는 조선서관본을 경성서적조합에서 다시 간행한다. 이전에 간행된 조선서관본과 대조해보면 경성서적조합본은 선행본의 오류를 고쳤고, 외형만을 보면 70회본을 번역한 것처럼 만들었다.

> 일회. 왕교두ᄉᆞ쥬연안부(王教頭私走延安府) 구문룡ᄃᆡ료사가촌(九紋龍大鬧史家村)
>
> 하셜. ᄃᆡ종 황졔 즉위ᄒᆞ사 감 오년 숨월 숨일 오시의 자신젼의 어좌ᄒᆞ시고 ᄇᆡᆨ관의 조회를 바들ᄉᆡ, 샹셔의 구름은 봉궐의 가득ᄒᆞ고 아름다온 긔운은 용누의 어렷더라. 문무ᄇᆡᆨ관이 동셔로 반열을 정졔이 ᄒᆞ엿더니, 젼두관이 웨여 왈, “일이 잇거든 알외고 업거든 조회를 파ᄒᆞ라.” ᄒᆞ더니, 반부 즁으로셔 ᄌᆡᆨ상 됴철과 참정 문언박이 케ᄒᆞ의 복지쥬왈, “이제 경사의 시병이 ᄃᆡ치ᄒᆞ야 인민의 죽는 ᄌᆡ 만ᄉᆞ오니, 바라건ᄃᆡ 폐ᄒᆞ는 죄인을 노ᄒᆞ 은혜를 널이ᄒᆞ시고 형벌을 더르시며 부셰를 반감ᄒᆞ여 쳔의를 슌이 ᄒᆞᄉᆞ 만민를 구ᄒᆞ소셔.” (조선서관본 전집 〈권1〉 1쪽)

> 셜ᄌᆞ. 쟝텬ᄉᆡ 시질 업ᄉᆡ기을 빌고(張天師祈禳瘟疫) 홍ᄐᆡ위 그릇 요ᄆᆡ를 다라ᄅᆡ다(洪太尉誤走妖魔)
>
> 화셜. 송나라 인종 황졔 가우 숨년 숨일 오경 숨졈에 자신젼의 어좌ᄒᆞ시고 ᄇᆡᆨ관의 조회를 바들ᄉᆡ, 문무ᄇᆡᆨ관이 조하ᄒᆞ기를 맛치ᄆᆡ 젼두관이 웨여 왈, “일이 잇거든 알외고 업거든 조회를 파ᄒᆞ라.” ᄒᆞ더니, 반부 즁으로셔 ᄌᆡᆨ상 됴철과 참정 문언박이 케ᄒᆞ에 복디쥬왈, “이졔 경사에 시병이

디치ᄒᆞ야 인민이 죽는 지 만ᄉᆞ오니, 바라건디 폐ᄒᆞ난 죄인을 노ᄒᆞ 은혜를 널이ᄒᆞ시고 형벌을 더르시며 부셰를 반감ᄒᆞ야 텬의를 순이ᄒᆞᄉᆞ 만민를 구ᄒᆞ소셔." (경성서적조합본, 전집 〈권1〉 1쪽).

예문을 보면 조선서관본과 자구(字句)에서 약간의 차이가 있을 뿐 동일한 것을 알 수 있다. 그러나 경성서적조합본은 70회본처럼 1회로 시작하지 않고 설자(楔子)로 되어 있다. 이는 120회본을 70회본처럼 보이게 한 것이다. 70회본은 1회로 시작되는 것이 아니라 1회 전에 설자가 있기 때문이다. 그리고 마지막 부분도 70회본을 번역한 것처럼 바꾸어 놓았다.

닑기를 맛치미 즁인이 일시에 발원ᄒᆞ되, "셰셰싱싱에 다시 셔로 만나 셔로 막히이지 아니ᄒᆞ믈 금일 갓치 ᄒᆞ리라." 피를 찍어 밍셰ᄒᆞ고 슐을 마셔 취ᄒᆞᆫ 후 홋터지니, 이 일은바 양산박 디취의 ᄒᆞᆫ마듸러라.

이후로 양산박이 지나가는 긱상이나 벼살ᄒᆞ야 가는 관원을 만나면 그 지믈을 아ᄉᆞ 공노를 쓰이며 비록 수빅 리 싸이라도 강적이 빅셩을 히ᄒᆞ리 잇스면 군ᄉᆞ을 거ᄂᆞ려 가 치고, 탐남ᄒᆞᆫ 관원이 잇셔 ᄉᆞ오 나오면 부디치고 지물을 아ᄉᆞ오미, 이럼으로 디적ᄒᆞ리 업더라. 하로는 구월 구일이라. (… 후략 …) (조선서관본 후집 〈권3〉 356쪽)

닑기를 맛치미 즁인이 일시에 발원ᄒᆞ되, "셰셰싱싱에 다시 셔로 만나 셔로 막히이지 아니홈을 금일 갓치 ᄒᆞ리라." 피를 찍어 밍셰ᄒᆞ고 슐을 마셔 취ᄒᆞᆫ 후 홋터지니, 이 일은바 양산박 디취의러라.

이날 밤에 노쥰의 쟝즁에 도라와 꿈을 꾸니 한 ᄉᆞ롬이 키가 큰 데 손에 보궁을 디리고 스ᄉᆞ로 히강이라 일컷고(… 중략 …) 송강 노쥰의 등 일빅 팔인 호한을 당하에셔 버히니, 노쥰의 꿈에 놀나 혼이 몸에 붓지 못히셔 눈을 미〃히 써셔 당상을 볼 씩에 한낫 픠익에 텬하틱평 넉ᄌᆞ를 그케 썻더라. (경성서적조합본 후집 〈권3〉 282~284쪽)

예문은 조선서관본과 경성서적조합본의 마지막 부분이다. 먼저 간행된 조선서관본의 마지막 부분은 120회본의 72회이다. 그러나 경성서적조합본은 이 양산박 대취의(大聚議)까지는 그대로 사용했고, 이후 부분은 70회본에만 있는 노준의가 악몽을 꾸는 장면을 가져다가 번역해 놓았다. 따라서 경성서적조합본은 외형은 70회본이지만 사실은 120회본의 번역본을 가져다가 적절히 고친 것이다.

경성서적조합본은 이후 간행된 조선도서주식회사본(1929), 박문서관본(1938)으로 그대로 이어진다. 다만 출판사, 편집자 겸 발행자, 장회명이나 분권이 조금씩 다르다. 결론적으로 말하자면 이후에 간행된 활판본들은 새로 번역한 것이 아니라 박건회가 개정했던 경성서적조합본을 가져다가 조금씩 바꾸어서 간행한 것들이다.

(6) 박태원 번역본

① 번역의 저본

박태원의 『수호전』 번역본은 크게 네 가지가 있다. 첫째는 『조광』에 27회까지 번역한 것, 둘째는 해방된 후에 정음사에서 나온 것, 셋째는 월북 후에 정음사에서 최영해로 저자명이 바뀌어 간행된 것, 마지막은 월북한 뒤에 북에서 간행된 것이다.

먼저 해방이 된 후에 정음사에서 나온 『수호전』은 『조광』에서 연재했던 것을 그대로 싣고, 이후 내용은 새로 실었다. 반면에 최영해의 이름으로 바뀌어 간행된 것은 장회명과 마지막 70회 부분에서 정음사에서 처음 나온 것과 다르다. 그리고 북한에서 간행된 『수호전』은 이전에 없던 설자(楔子)가 새로 번역되어 있다.[41] 이처럼 박태원의 번역본은 서지사항이 다소 복잡하지만 모두 비슷한 내용이며, 외형으로는 70회본을 번역한 것처럼 보이지만 120회본의 번역본이다. 120회본을 번역했다는 사실은 먼저 유당과 염파석의 등장 시점이다. 박태원본은 아래 제시한 예문과 같이 120회를 그대로 따르고 있다.

> 첩서후사(貼書後司)는 장문원에게 분부하여 각향 각보(各鄕各保)에 두루 문서를 돌리게 한 다음 아문을 나섰다. (… 중략 …) 돌아다보니 아는 중매쟁이 마누라 왕파가 웬 노파 하나를 데리고 분주히 뒤를 따라오며 (… 중략 …) 들어 보니 딴은 그의 사정이 딱하였다.
> 송강은 끝끝내 물리치지 못하고, 서항 안에다 집을 한 채 얻어서 염파석에게 살림을 차려 주었다. (… 후략 …)
> 유당을 보낸 뒤에 송강은 혼자 사처로 향하여 발길을 옮겼다. (… 중략 …) 누군지 등 뒤에서 "에그 압사 나으리, 원 이게 대체 얼마 만야"하고 부른다. 송강이 고개를 돌려 보니, 그는 다른 사람이 아니라, 곧 염파였다. (… 후략 …)

제시한 예문 이외에 박태원이 120회본을 번역했다는 사실은 여러 곳에서 확인된다. 예를 들어, 120회본에서만 보이는 편지, 문장, 단어, 표현 등이 박태원본에서 보인다.[42]

> 이튿날 장로는 동경대상국사의 주지 지청선사에게 보내는 편지를 써서 노지심을 주고, 다시 그의 평생 명수를 점쳐서 遇林而起(숲을 만나 일어나고), 遇山而富(산을 만나 가멸하고), 遇州而興(물을 만나 흥하고), 遇江而止(강을 만나 멈추리라) 네 구의 게언을 내렸다. 노지심은 아홉 번 절을 하여 장로에게 하직을 고한 다음 마침내 행장을 수습하여 산을 내려갔다.

---

41) 박태원본은 설자(楔子)를 "요마사산(妖魔四散)"이라는 새로운 제목을 붙였다.

42) 최유학, 「박태원 번역소설 연구 : 중국소설의 한국어번역을 중심으로」, 서울대학교 국문과 석사학위 논문, 2006, 53~55쪽.

> 話說. 當日智眞長老道 : "智深, 你此間決不可住了. 我有一個師弟, 現在東京大相國寺住持, 喚做智淸禪師. 我與你這封書, 去投他那裡, 討個職事僧做. 我夜來看了, 贈汝四句偈言, 你可終身受用, 記取今日之言." 智深跪下道 : "酒家願聽偈言." 長老道 : "遇林而起, 遇山而富, 遇州而興, 遇江而止." 魯智深聽了四句偈言, 拜了長老九拜. (120회본, 제5회)

> 話說. 當日智眞長老道 : "智深, 你此間決不可住了. 我有一個師弟, 見在東京大相國寺住持, 喚做智淸禪師. 我與你這封書, 去投他那裏, 討個職事僧做. 我夜來看了, 贈汝四句偈子, 你可終身受用, 記取今日之言." 智深跪下道 : "酒家願聽偈子." 長老道 : "遇林而起, 遇山而富, 遇州而遷, 遇江而止." 魯智深聽了四句偈子, 拜了長老九拜. (70회본, 제5회)

제시한 예문을 보면 120회본과 70회본이 내용은 같지만 삽입시에서 차이가 있음을 확인할 수 있다. 박태원의 번역본을 보면 120회본을 따르고 있다. 따라서 박태원본은 70회본을 번역한 것이 아니라 이전에 있었던 120회본을 적절히 고쳐서 70회본처럼 만든 것이다.

② 번역의 양상과 특징

박태원본을 보면 장회명을 '제1장 구문룡 사진, 제2장 화화상 노지심'과 같이 '등장인물, 사건 발생 장소, 내용'[43]을 고려하여 새로 달았다. 그리고 가독성(可讀性)을 높이기 위하여 개장시, 삽입시 등은 대부분 삭제하였고, 내용도 축약하여 번역했다.

아울러 원본에 없는 내용은 행간(行間)을 고려하여 임의로 넣거나 부연해놓은 부분도 있다. 예를 들어, 등장인물의 발화가 이어질 때, 속마음이나 생각 등을 서술해 놓았는데, 이것은 모두 원본에 없는

43) 최유학, 앞의 논문, 57~59쪽.

것들이다. 반대로 원본에 있는 내용을 삭제한 경우가 있다. 예를 들어, 예를 들어 조개가 양산박의 두령이 된 후에, 조정에서 관군을 보내 이들을 잡게 하는 부분에서 양산박의 도적들과 관군이 전쟁을 벌이고 관군이 크게 패하는 내용 등은 삭제해 놓았다.

문제는 이러한 번역 방식의 연원(淵源)이다. 선행 연구에서는 이 부분을 박태원 번역본의 특징이나 독창성으로 설명하고 있다.[44] 그러나 박태원본의 번역 양상은 다른 시각에서 살펴볼 필요가 있다. 박태원본은 선행했던 120회본의 번역본을 가져다가 내용을 적절히 고쳐서 70회본처럼 만든 것이다. 이러한 모습은 박태원 이전에 양백화의 『수호전』, 윤백남의 『신석수호전(新釋水滸傳)』에서 그대로 보인다. 따라서 박태원본은 선행하던 번역본을 참조하면서 중국본과 대조하여 적절히 개정하고, 아울러 양백화와 윤백남의 번역본도 일정 부분 고려하여 『수호전』의 번역본을 만든 것으로 보인다.

참고로 박태원은 『수호전』 이외에, 중국소설 『금고기관』, 『동주열국지』, 『요재지이』, 『침중기』, 『삼국연의』, 『서유기』 등을 한글로 번역했다. 문제는 이러한 거질(巨帙)의 소설을 어떻게 번역했는가 하는 점이다. 이 중에서 주목해 볼 것은 그가 번역했던 『삼국지』이다. 그의 번역본을 세책본 『삼국지』와 대조해보면 번역의 방식이나 자구(字句)에서 일치하는 부분이 많다. 이는 그가 중국소설을 번역하는 과정에서 세책본을 참조했을 가능성을 보여주는 것이다. 아울러 그는 어린 시절에 세책점에서 빌려와 읽었던 소설에 대한 회고를 기록한 글을 쓰기도 했다.[45] 이를 본다면 그가 1930~40년대 집중적으로 중국

44) 최유학, 앞의 논문, 57~59쪽.

45) 유춘동, 「20세기 초 구활자본 고소설의 세책 유통에 대한 연구」, 『장서각』 15집, 2006.

소설을 번역할 수 있었던 이유 중의 하나도 세책본의 존재와 영향을 배제하고 논할 수는 없을 것이다.[46]

3) 70회본 계열의 한글 번역본

70회본 계열의 한글 번역본은 박순호본, 양백화본, 윤백남본 3종이 확인된다. 그런데 이 계열의 번역본들은 다시 중국본을 보고 번역한 것과 일본어 번역본의 중역본(重譯本)으로 나뉜다. 이중에서 양백화본과 윤백남본은 일본어 번역본의 중역본이다. 이러한 사실은 일본어 번역본과의 대조를 통해서도 확인되고 역자(譯者)의 언급을 통해서도 확인된다. 이러한 내용을 중심으로, 세 본을 차례대로 살펴보기로 한다.

(1) 박순호본

① 번역의 저본

박순호본은 장회가 없고 내용 또한 축약이 심하고 의역된 부분이 많다. 그리고 20책 중에서 8책만 남아있어서 번역의 저본을 살피기가 어렵다. 다만 마지막 권인 〈권20〉이 70회에서 끝이 나고, 내용 또한 중국본과 일치하기 때문에 70회본을 번역한 것으로 일단 추정해 볼 수 있다.

46) 박태원이 번역한 『삼국지』와 세책본을 비교해보면 일정한 영향 관계를 살펴볼 수 있다. 두 본의 관계는 차후 과제로 넘긴다.

(… 전략 …) 이거시 양산박 ᄃᆡ취회ᄒᆞᆷ 일너라. 일ᄂᆞᆯ 밤에 노쥰의 도라와 장즁에 누엇시ᄆᆡ 일몽을 어드니 일ᄀᆡ 인이 신장이 심이 크고 손에 활을 들고 ᄌᆞ충ᄒᆞ되 “나ᄂᆞᆫ ᄒᆡ강이란 ᄉᆞ람이라. ᄃᆡ송 황졔로 더부러 젹인을 ᄌᆞᆸ고져 ᄒᆞ여 단독 일신으로 왓시니 너의 등은 각〃시ᄉᆞ로 결박ᄒᆞ여 ᄂᆡ 슈고업게 ᄒᆞ여라.” (… 중략 …) 노쥰의 ᄃᆡ경ᄒᆞ여 ᄭᆡ다르니 남가일몽이라. 눈을 들어 당상을 살펴보니 큰 ᄋᆡᆨᄌᆞ로 네 글ᄌᆞ를 쎳시되 쳔ᄒᆞᄐᆡ평츈이라 ᄒᆞ엿더라 (박순호본, 70회)[47]

(… 前略 …) 這裏方是梁山泊大聚義處. 是夜盧俊義歸臥帳中, 便得一夢, 夢見一人, 其身甚長, 手挽寶弓, 自稱“我是嵇康, 要與大宗皇帝收捕賊人, 故單身到此. 汝等及早各各自縛, 免得費我手脚!” (… 中略 …) 盧俊義夢中嚇得魂不附體; 微微閃開眼看堂上時, 卻有一個牌額, 大書“天下太平”四個青字. (70회본, 제70회)

제시한 예문은 중국본과 박순호본의 70회를 대조해본 것이다. 해당 내용은 송강을 비롯한 108명의 영웅들이 양산박에서 대취의(大聚議)를 벌이고 난 뒤에, 노준의가 악몽을 꾸고 ‘천하태평’ 네 글자를 받는다는 부분이다. 박순호본은 비록 축약번역이지만 70회본의 70회를 번역한 것임을 알 수 있다.

문제는 앞서 살폈듯이 120회본 계열의 한글 번역본이지만 70회본을 번역한 것처럼 보이기 위해서 70회만 수정하여 만든 본도 있기에, 박순호본 역시 이러한 방식으로 된 번역본인지를 살펴볼 필요가 있다. 다음 예문을 보면 120회본 계열의 번역본이 아니라 70회를 번역했음을 알 수 있다.

47) 월촌문헌연구소 편, 앞의 책, 454~455쪽.

화셜, 송나라 ᄀᆡ국ᄒᆞᆫ 후에 쳔하 ᄐᆡ평ᄒᆞ고 사방이 무사ᄒᆞ더라. 인종 황졔 즉위ᄒᆞᆫ지 사십 연에 오곡이 풍등ᄒᆞ고 ᄇᆡᆨ셩이 쾌낙 ᄒᆞ더니, 가우 삼연 츈에 쳔하에 온역이 승ᄒᆡᆼᄒᆞ여 강남과 동경에 인민이 이 병에 물드리지 아니ᄒᆞᆷ이 업더라. 동경셩에 군민에 사망이 ᄐᆡ반이나 되고 ᄀᆡ봉부에 ᄐᆡ수 포증이 졔화 약방을 ᄇᆡ셜ᄒᆞ고 만민을 구치ᄒᆞ되 온역이 더옥 셩ᄒᆞ더라. 문무 ᄇᆡᆨ관이 쳔자게 주달ᄒᆞ되, "쳔하에 죄슈을 놋코 형별을 감ᄒᆞ고 부셰을 가복게 ᄒᆞ고 쳔지을 기도ᄒᆞ여 만민을 구졔ᄒᆞ소셔." 쳔자 즉시 쳔하에 하조ᄒᆞ시고 일면으로 경셩 궁관과 사원에 ᄌᆡ잉을 긔도ᄒᆞ되, 온역이 졈〃 더 셩ᄒᆞ더라. 쳔자 용쳬가 불안ᄒᆞ신지라. ᄇᆡᆨ관을 모와 "이논ᄒᆞ라." ᄒᆞ신ᄃᆡ, ᄃᆡ신이 주달ᄒᆞ되, "강셔 신주 ᄯᆞᆼ 용호산에 사ᄒᆞᆫ쳔사 장진인을 청ᄒᆞ여 경셩에 기도ᄒᆞ면 폐하 옥쳬도 안연ᄒᆞ시고 민간 온역도 긋칠가 ᄒᆞ노이다." 쳔자 즉시 어필노 조셔을 친히 씨시고 어향 일주을 ᄂᆡ리 우시고 ᄐᆡ위 홍신을 명ᄒᆞ여 신주 용호산에 가 사ᄒᆞᆫ쳔사 장진인을 청ᄒᆞ게 ᄒᆞ다.

(박순호본, 〈권1〉 1장 앞~뒷면)

화셜. 송나라 인종황졔 가우 ᄉᆞᆷ년 ᄉᆞᆷ월 ᄉᆞᆷ일 오경 ᄉᆞᆷ졈에 자신젼에 어좌ᄒᆞ시고 ᄇᆡᆨ관의 조회를 바들싀, 문무 ᄇᆡᆨ관이 조하ᄒᆞ기를 맛치ᄆᆡ 젼두관이 웨여 왈, "일이 잇거든 알외고 업거든 조회를 파ᄒᆞ라" ᄒᆞ더니(… 후략 …)

(경성서적조합본 전집 〈권1〉, 1장 앞면)

제시한 예문은 박순호본의 〈권1〉과 120회본을 가져다가 70회본의 번역본처럼 만든 경성서적조합본의 〈권1〉이다. 박순호본은 축약이지만 설자(楔子)를 압축한 반면, 경성서적조합본은 이와는 달리 120회본 번역본 계열의 시작을 그대로 따르고 있다. 따라서 박순호본은 70회본을 번역한 본임을 알 수 있다.

② 번역의 양상과 특징

박순호본은 앞서 언급했던 것처럼 중국본과 대조해보면 축약이 심하고, 의역(意譯)에 가까운 부분이 많다. 그리고 중국본에 있던 시, 사, 평어, 삽입시, 편지, 노래, 상소문 등은 모두 생략했다.

> 화셜. 당일에 진ᄌᆞᆼ노ᄃᆡᄉᆞ 노지심을 불너 왈, “ᄂᆡ 제ᄌᆞ에 일홈은 지청션사라. 동경 ᄃᆡ상국ᄉᆞ 쥬지승이 도엿시니, 네가 셔간을 가지고 거게 가 의틱ᄒᆞ고, ᄯᅩ ᄂᆡ가 네구 글구을 쥬ᄂᆞᆫ 거시니, 네 죵신토록 잇지 말나.” 노지심이 졀ᄒᆞ고 ᄒᆡᆼ장을 슈심ᄒᆞ여 진장노와 모든 승인을 ᄌᆞᆨ별ᄒᆞ고 오ᄃᆡ산을 ᄯᅥ나갈ᄉᆡ, 바로 철쟝 졈간에 가셔 칼과 철션ᄌᆞᆼ을 ᄎᆞ셔 가지고 발ᄒᆡᆼᄒᆞ니라. 모든 즁이 노지심 간 후 즐기지 안이ᄒᆞᆷ이 업더라. 진ᄌᆞᆼ노 화공과 동인을 불너 부셔진 금강부톄를 슈십ᄒᆞ더니, 슈일이 못ᄒᆞ여 됴원외 약간 젼ᄌᆡ롤 가지고 와ᄉᆞ 금강 부톄와 반산 졍ᄌᆞ를 즁슈ᄒᆞ니라.
>
> (박순호본 〈권3〉 1장 앞면)

> 話說. 當日智眞長老道 : “智深, 你此間決不可住了. 我有一個師弟, 見在東京大相國寺住持, 喚做智清禪師. 我與你這封書去投他那裏討個職事僧做. 我夜來看了, 贈汝四句偈子, 你可終身受用, 記取今日之言.” 智深跪下道 : “酒家願聽偈子.” 長老道 : “遇林而起, 遇山而富, 遇州而遷, 遇江而止.” 魯智深聽了四句偈子, 拜了長老九拜, 背了包裹, 腰包, 肚包, 藏了書信, 辭了長老並衆僧人, 離了五臺山, 逕到鐵匠間壁客店裏歇了, 等候打了禪杖, 戒刀完備就行. 寺內衆僧得魯智深去了, 無一個不歡喜. 長老教火工, 道人, 自來收拾打壞了的金剛, 亭子. 過不得數日, 趙員外自將若干錢來五臺山再塑起金剛, 重修起半山亭子, 不在話下. (70회본, 제4회)

제시한 예문은 노지심이 오대산 문수원에서 소란을 일으켜 동경(東京)으로 쫓겨나는 대목이다. 중국본에는 이 부분에서 지진장로가 노지심에게 “遇林而起, 遇山而富, 遇州而遷, 遇江而止”라는 앞날을 예지하는 ‘게(偈)’를 내리는데 박순호본에서는 이를 생략하고 본문만 해석해 놓았다. 그리고 이 외 부분을 보면 많은 부분을 축약해 놓았음을 알 수 있다. 예를 들어 등장인물들의 외양 묘사라든지 대화 등은 짤막하게 내용만 요약해 놓았다.

한편, 박순호본에는 중국본에는 없는 내용이 더 들어있는 부분도 있다. 예를 들어 다음과 같은 내용이다.

> 그 후 철종황졔 붕ᄒᆞ시미 틱자 업거늘 문무빅관이 셔로 이논ᄒᆞ고 단왕을 셰와 쳔자을 ᄒᆞ니 호왈 휘종황졔라. 즉위ᄒᆞᆫ 후 고구을 비ᄒᆞ야 젼수부 틱위을 삼으니 고구 틱위가 되미 길일 양신을 턱ᄒᆞ야 도임ᄒᆞ다.
> "오호라, 고구갓튼 부랑 불양ᄒᆞᆫ 인물을 동경부 심상ᄒᆞᆫ 빅셩도 숙식을 안니 씨기고 유세관과 동즁ᄉᆞ와 소훅ᄉᆞ도 집에 부치지 아니ᄒᆞ얏거늘 휘종은 틱위 베술을 졔수ᄒᆞ니 고구난 웃지 쳔ᄒᆞ을 망후지 안니ᄒᆞ며 휘종은 웃지 금국 황졔의게 붓들이여 오국셩에 가 쥭지 안니ᄒᆞ리오? 후세 사람이 증게홀만 ᄒᆞ도다."[48] (박순호본 〈권1〉)

> 未兩個月, 哲宗皇帝晏駕, 沒有太子, 文武百官商議, 冊立端王爲天子, 立帝號曰徽宗, 便是玉清教主微妙道君皇帝. 登基之後, 一向無事, 忽一日, 與高俅道:"朕欲要抬舉你, 但要有邊功方可陞遷, 先教樞密院與你入名." 只是做隨駕遷轉的人. 後來沒半年之間, 直抬舉高俅做到殿帥府太尉職事. 高俅得做太尉, 揀選吉日良辰去殿帥府裏到任. (… 後略 …)
> (70회본, 제1회)

제시한 예문은 중국본과 박순호본의 각각 1회에 해당하는 부분이다. 중국본은 휘종황제의 등극, 고구가 태위로 임명되는 과정으로 내용이 전개된다. 반면에, 박순호본에서는 이 내용 이외에 휘종과 고구에 대한 평(評)이 더 들어있다. 이 평을 통해서 『수호전』의 대표적인 악인(惡人)인 고구를 역자(譯者)가 어떻게 인식하는지를 알 수 있다. 역자는 평을

48) 월촌문헌연구소 편, 앞의 책.

통해서 휘종황제가 나중에 금나라에 인질로 끌려가게 된 원인을 제시하고 있다.

이 예문만 보면 박순호본에는 이러한 평이 더 있을 것으로 보이지만 이 대목 이외에는 더 이상 평이 나타나지 않는다.[49] 그러나 박순호본의 저본이 되었던 선행본은 이러한 내용이 많았던 것으로 보인다. 왜냐하면 박순호본은 새로 번역한 것이 아니라 선행본을 필사한 것이기 때문이다. 예를 들어 박순호본에는 세부적인 묘사가 필요한 경우, 다음과 같이 필사를 하지 않았다.

> 화셜. 송강이 동평부와 동창부를 치고 산ᄎᆡ에 도라와 ᄃᆡ쇼 두령을 경구ᄒᆞ니 일ᄇᆡᆨ 팔원이라. …… 하도식 말ᄒᆞ되 젼면 삼십뉵 힝은 쳔강셩이오 후면 칠십이 힝은 지살셩이오 ᄒᆞ면에 의ᄉᆞ에 셩명이오 셕갈 젼면 쳔괴셩 호보의 송강, 쳔강셩 옥긔린 노쥰의 등 삼십뉵 원 쳔강셩과 칠십이 원 지술셩이라. 졔 일 권에 ᄌᆞ셔이 긔록ᄒᆞ니라 … (후략)[50]

박순호본의 필사자는 예문과 같이 긴 내용이 있을 때에는 "졔 일 권에 ᄌᆞ셔이 긔록ᄒᆞ니라"로만 필사해 놓고 구체적인 내용은 빼버렸다. 그리고 중간 중간에 "가련ᄒᆞ다. 양지ᄂᆞᆫ ᄎᆞ 조흔 남아라"[51]처럼 인물이 위기에 빠졌을 때, 인물에 동정을 보이는 평가도 하고 있다. 이외에도 이러한 면이 많이 보이는데[52] 이는 필사자가 필사의 수고

---

49) 현재 남은 8책에서는 더 이상 확인되지 않는다.

50) 월촌문헌연구소 편, 앞의 책, 447쪽.

51) 월촌문헌연구소 편, 앞의 책, 723쪽.

52) 예를 들어 중국본에는 고구가 왕진을 괴롭히는 장면이 세밀하게 묘사하고 있는데, 박순호본에서는 "잇ᄯᆡ 왕진이 쳐ᄌᆞᄂᆞᆫ 읍고 늘근 어미을 뫼시고 잇ᄂᆞᆫᄃᆡ 잡으러 간 ᄉᆞ람이 왕진다려 이르되, "교두가 만일 드러가면 그짓 층병 ᄒᆞ엿다 쥬길 거시니 밧비 도망ᄒᆞ라" ᄒᆞ되 왕진은 그 말을 듯지 안니ᄒᆞ고 드러가 고구을 뵈인ᄃᆡ 고구가 말ᄒᆞ되, "네가

를 덜기 위한 방법으로 생각된다.

박순호본은 "슈호지 번역 젼말이라"는 필사기가 있어서 선행본을 저본으로 필사한 것임을 알 수 있다. 그리고 이 본은 70회본을 번역해 놓은 것인데, 이 책이 필사되었던 1914년 무렵에 70회본을 번역한 완역본의 존재를 짐작케 한다는 점에서 의미가 있다.

(2) 양백화본

① 번역의 저본

양백화가 《신민》에 번역해 놓은 『수호전』은 연재가 중단된 미완성의 번역본이다. 이 때문에 번역본의 저본이 무엇인지 분명하지 않다. 그러나 시내암(施耐庵)의 자서를 번역해 놓았다는 점과 삽입시를 보았을 때, 70회본을 번역했음을 알 수 있다. 그런데 그가 다른 잡지에 기고한 글을 보면 이 과정에서 70회본 일본어 번역본을 참조하며 번역했다는 사실을 확인할 수 있다. 각각의 내용을 예문을 통해서 살펴보기로 한다.

> [1] 金聖歎의 僞作인 原作者 施耐庵의 序文이라는 것을 재미가 잇기에 이를 意譯하얏다 (… 후략 …)
>
> [2] 한 사람이 술국이를 들고 興致잇게 소리를 하면서 山으로 올라온다. "九里山前作戰場, 牧童拾得舊刀鎗. 順風吹起烏江水, 好似虞姬別霸王" 이러케 부르면서 亭子압까지 와서 桶을 내러노코 들어와서 걸어안는다.

날을 읍시 여기고 네 집에 잇셔 츙병ᄒᆞ고 뵈이지 안니ᄒᆞ니 그 죄 맛당히 쥬길지라." 좌우을 명ᄒᆞ여 "밧비 ᄡᅵ려 쥬기라" ᄒᆞᆫᄃᆡ … (후략) … 식으로 "죽이라"고만 되어 있는 식이다. 월촌문헌연구소 편, 앞의 책, 478쪽.

> [3] 모사의 의촉(依囑)으로 『수호전(水滸傳)』을 번역하게 되어, 일문(日文) 역본 한 둘을 참고해 보다가 (… 후략 …)[53]

먼저 [1]을 통해서 김성탄이 만든 70회본을 번역했음을 알 수 있다. 그리고 [2]의 삽입시는 70회본에만 있는 것이다. 100회본과 120회본은 3구가 "順風吹動烏江水"로 되어 있다. 그리고 [3]은 『문예시대』에 『수호전』 번역 과정에서 일본어 번역본을 참조했다는 양백화의 언급이다. 따라서 양백화본은 70회본을 번역했고, 이 과정에서 일본어 번역본을 참조하며 번역한 사실이 확인된다.

② 번역의 양상과 특징

번역본을 보면 장회명은 제시하지 않고 '第一回, 第一回(續), 三…' 식으로 번호만 붙여놓았다. 그리고 중국본과 내용을 대조해보면 의역에 가깝고, 생략이 많다. 예를 들면 다음과 같은 것들이다.

> 智深把那兩桶酒都提在亭子上, 地下拾起鏇子, 開了桶蓋, 只顧舀冷酒喫. 無移時, 兩桶酒喫了一桶. 智深道:"漢子, 明日來寺裏討錢." 那漢子方纔疼止, 又怕寺裏長老得, 壞了衣飯, 忍氣吞聲, 那裏討錢, 把酒分做兩半桶, 挑了, 拿了鏇子, 飛也似下山去了.

> 魯智深은 悠悠히 한 桶을 亭子로 가지고와서 짱에 썰어진 국이를 집어 찬 술을 쉴새도 업시 그저 퍼먹는다. 얼마 아니되어 한 통을 다 퍼먹고, 그만 어지간하든지, 그 者를 돌아보고, 「이애이놈아 來日 절로 돈 바드러 오너라」 이 말에 그 者는 궁둥이를 부비며 겨우 일어나서 처음 서슬은 어대로 가고 고양이 압헤 쥐가티 남은 한 桶의 술을 두 桶에 노누아 메고

---

53) 「五字嫖經」, 『文藝時代』, 창간호, 1926. 11.(남윤수 외, 『양백화 문집 3』, 강원대학교 출판부, 1995, 197~198쪽 재인용).

국이를 집어들기가 무섭게 뒤도 안돌아다보고 山알에로 내려간다.

> 자줄굴어히 느러놋는 말은 고만두자. (… 중략 …)
> 里正의 職務를 보고잇는 이약이는 고만둔다. (… 중략 …)
> 여러 사람이 조하서 술 먹는 이약이는 고만두기로 한다. (… 중략 …)
> 이 말은 고만둔다. (… 중략 …)

그리고 번역하기가 곤란하거나 의미를 강조하고 싶은 대목에서는 "今伯當(伯當은 唐初의 雄辯家 王伯當)"이나 "손에 작(拍子)을 들엇다"식으로 한자를 적고 설명을 하거나 병기를 해두었다. 그러나 《신민》 18호의 연재분을 보면 이런 방식을 쓰지 않고, 한자를 그대로 썼다. 양백화의 번역은 처음 연재한 것과 중간의 연재한 것이 서로 다른데 그 이유는 중간중간 독자들의 요구를 수용했기 때문이다. 역자(譯者) 부기(附記)에서 "譯者가 이 水滸傳을 처음부터 逐字로 譯述하야 보앗드니 글이 치렁치렁하고 쓸 대 업는 말과 重複되는 대가 만하서 讀者가 興味가 업서하겟기로 이번 回부터는 現代小說體로 縮約하얏다"는 언급이 있어 주목된다.

양백화는 『수호전』 번역을 하면서 일본어 번역본을 참조했다. 그가 보았던 일본어 번역본은 교쿠테이 바킨(曲亭馬琴)과 쿠보 텐즈이(久保天隨)가 펴낸 『수호전(水滸伝)』과 『신역수호전전(新譯水滸全伝)』이다.[54] 앞의 것은 70회본을 번역한 것이고 뒤의 것은 120회본을 70회본처럼 만든 것이다. 둘 다 번역은 의역에 가깝다. 아울러 양백화는 당시 존재했던 세책본도 참조했던 것으로 보인다.

---

54) 「五字嫖經」, 앞의 책 참조.

> 각 宮家와 소위 貰冊家에 있던 지나소설의 諺解本이 누구의 손에 譯出되었는지 알지 못하겠으나 능히 복잡한 문장과 난삽한 속어를 원활명쾌하게 번역적 취미가 없이 善譯하여 일종의 독특한 조선을 ○케한 감이 있게 하고 이로써 일반 저급독자에게 고상한 문예적 취미를 보급케 한 것은 그 공이 크다 이를 수 있겠도다.[55]

양백화는 이처럼 야심차게 번역을 시도했고, 중간에 번역의 스타일을 바꾸는 등의 변화도 시도해보았지만 무슨 이유에서인지 번역은 중단되었다. 그렇지만 그가 번역을 위해서 중국본, 일본어번역본, 세책본을 참조했다는 점은 주목할 만한 부분이다.[56]

(3) 윤백남본

① 번역의 저본

윤백남의 『수호전』 한글 번역본인 『신석수호전』은 동아일보에 연재했던 것, 이 연재물을 박문서관에서 단행본으로 간행한 것, 두 종이 있다. 두 본의 차이점은 신문연재물이 본문과 삽화(揷畵)가 함께 있다면 단행본으로 간행된 것은 본문만 실려 있다는 점이다.

윤백남의 번역본은 흥미 위주의 의역본(意譯本)이라고 할 수 있다. 이는 연재 전 '머리의 말'에서부터 분명하게 밝혔던 바였다.

> 원작 수호지는 문장이 넘우 어려워서 그것을 낡어내기에 여간 힘이 들지 아니합니다. 그런 까닭에 녯날부터 수호지, 수호지 하고 이름은 써

---

55) 「支那의 小說과 戱曲에 대하여」, 《매일신보》, 1917. 11. 6~9. (남윤수 외, 『양백화 문집 3』, 강원대학교 출판부, 1995, 166쪽, 재인용).

56) 양백화에 대한 자세한 논의는 학위논문이 제출된 이후 박진영이 검토했다. 박진영, 「한국 근대 번역문학사 성립의 기원과 역사성」, 『탈경계 인문학』 7(2) 18집, 2014.

> 들어도 그것을 통독한 이가 적은 것은 그 책이 넘우 호한(浩瀚)한 리유도 이섯겟지만 우에 말한 바와 가티 문장이 어렵다는 것도 큰 원인인 줄 밋습니다. 그래서 역자는 그것을 우리가 시방 행용하는 쉬운 말로 연석을 해서 여러 독자와 함께 수호지 일편의 흥미잇는 이야기에 취해볼가 합니다. 잘 될는지 못 될는지는 단언할 수도 업스려니와 그중에도 한자(漢子) 특유의 풍미(風味)를 그려내기는 역자의 단문으로는 가망도 업는 일이올시다마는 글 그것보다도 그 이야기의 줄기, 그것에다가 흥미를 두기로 하고 좌우간에 써보기 시작한 것입니다.

예문의 "우리가 시방 행용하는 쉬운 말로 연석을 해서", "그 이야기의 줄기 그것에다가 흥미를 두기로 하고"라는 언급에서 번역본의 성격을 유추해 볼 수 있다. 그러나 중국본 중에서 몇 회본을 저본으로 한 것인지는 밝히지 않았다.

그의 번역은 외형으로만 보아도 70회본을 번역한 것임을 알 수 있다. 결말 부분인 70회를 보면 노준의가 악몽(惡夢)을 꾸고 '천하태평' 네 글자를 받는 것으로 되어있기 때문이다. 이외에도 번역된 삽입시, 고시문(告示文)을 통해서 70회본이 저본이라는 사실을 알 수 있다.

> 話說. 當日智眞長老道 : "智深, 你此間決不可住了. 我有一個師弟, 見在東京大相國寺住持, 喚做智淸禪師. 我與你這封書去投他那裏討個職事僧做. 我夜來看了, 贈汝四句偈子, 你可終身受用, 記取今日之言." 智深跪下道 : "洒家願聽偈子." 長老道 : "遇林而起, 遇山而富, 遇州而遷, 遇江而止." 魯智深聽了四句偈子, 拜了長老九拜, 背了包裹, 腰包, 肚包, 藏了書信, 辭了長老並衆僧人, 離了五臺山, 逕到鐵匠間壁客店裏歇了, 等候打了禪杖, 戒刀完備就行. 寺內衆僧得魯智深去了, 無一個不歡喜. 長老敎火工, 道人, 自來收拾打壞了的金剛, 亭子. 過不得數日, 趙員外自將若干錢來五臺山再塑起金剛, 重修起半山亭子, 不在話下. (70회본, 제4회)

> 지심이는 고개를 숙이고 대사의 교훈을 듯고 잇다가 "대사께서는 저와 가튼 무상한 놈의 진정까지 생각해 주시니 감격하기 짝이 업습니다. 그리고 그 글귀를 속히 일러주십시오" 하니 대사는 "遇林而起 우림이긔, 遇山而富 우산이부, 遇州而遷 우주이천, 遇江而止 우강이지" 라고 네 글귀를 을퍼 주엇습니다. (신석수호전, 상권, 74쪽)

예문은 노지심이 오대산에서 쫓겨나면서 지진장로에게 '게(偈)'를 받는 장면이다. 100회본, 120회본, 70회본을 대조해보면 제3구에서 차이가 있다. 100회본과 120회본은 '遇州而遷'이 "遇水而興"로 되어 있다. 이외에도 윤백남본이 70회본을 번역한 것은 다음의 예를 통해서도 확인된다.

> 그 글을 보니, "陽谷縣示爲景陽岡上 新有一隻大蟲傷害人命 見今杖限各鄕 里正並獵戶人等行捕未獲 如有過往客商人等 可於巳午未時辰結伴過岡 其餘時分及單身客人 不許過岡 恐被傷害性命 各宜知悉 政和年月日" 양곡현 고시라 하고 "경양강 위에 큰 짐승이 잇서 매양 사람의 목숨을 상해하기로 각 방곡 촌장들과 포수들에게 명령해서 잡게 하얏스나 아즉도 잡지 못했슨즉 과객 행상들은 사오미삼시에 넘어가되 여럿이 떼를 지을 필요가 잇스니 우에 말한 시간 외에나 단신으로 가는 행객을 금지하노라. 이것은 인명 상의 두려움이 잇서서 하는 것이니 우각인은 이 뜻을 알아 지키라 정화년월일) (상권, 316쪽)

> 陽谷縣示：爲景陽岡上, 新有一隻大蟲, 傷害人命. 現今杖限各鄕里正並獵戶人等行捕, 未獲. 如有過往客商人等, 可於巳午未時辰, 結伴過岡, 其餘時分, 及單身客人, 不許過岡, 恐被傷害性命. 各宜知悉.
> (100회본, 제23회)

> 陽谷縣示：爲景陽岡上, 新有一隻大蟲, 傷害人命. 現今杖限各鄕里正

並獵戶人等行捕, 未獲. 如有過往客商人等, 可於巳午未時辰, 結伴過岡, 其餘時分, 及單身客人, 不許過岡, 恐被傷害性命. 各宜知悉.

(120회본, 제23회)

陽谷縣示 : 爲景陽岡上, 新有一隻大蟲, 傷害人命, 見今杖限各鄉里正並獵戶人等行捕, 未獲. 如有過往客商人等, 可於巳午未時辰, 結伴過岡. 其餘時分, 及單身客人, 不許過岡, 恐被傷害性命. 各宜知悉. 政和年月日

(70회본, 제22회)

예문은 무송이 경양강을 넘기 전에 있었던 경양강 앞에 세워진 고시문(告示文)이다. 윤백남의 번역본은 먼저 한문을 제시하고 이후 번역을 해놓았는데, 중국본과 대조해보면 70회본을 번역했음을 알 수 있다.

② 번역의 양상과 특징

윤백남의 『신석수호전』은 전체적으로 의역을 한 본이다. 그리고 장회명에서 중국본과 달리 내용을 고려한 "第一回 百八妖魔 (1)~(8), 第二回 高俅(1)~(8), 第三回 九紋龍 史進(1)~(13) …… 第七十一回 石碣天文과 一場春夢(1)~(5)"식으로 주인공이나 사건을 중심으로 새로 만들었다. 그리고 중간에 어려운 대목이 나오면 그에 대한 자세한 풀이를 해놓았다. 예를 들어, 시진의 서서철권(誓書鐵券)이 나오는 대목에서는 "이것은 나라에 큰 공이 잇는 집안에 특별히 주는 측서이니, 비록 여간 죄를 짓는다 하야도 벌을 나리지 안흠으로 관가에서라도 함부로 손을 대지 못한다는 것이올시다"가 대표적인 예이다. 그리고 앞의 내용을 설명하는 경우도 있다. 예를 들어, "독자여러분은 리충이를 짐작 하시겟지오. 압서 연안부 부중 길거리에서 방술을 쓰면서 약을 팔고 잇든 위인이올시다"와 같은 것이다.

이러한 윤백남 번역본의 특징은 윤백남이 처음 시도한 것으로 보이지만, 일본의 "신역수호전" 등을 참조하면서 생긴 특징이다. 일본은 이 무렵에 중국본을 훼손하지 않는 범위 내에서 작가의 개성을 드러내는 의역본이 크게 유행했다.[57] 윤백남은 이에 착안하여 번역했던 것으로 보이는데, 특히 大町桂月, 蒲原春夫, 伊藤銀月 등의 『신역수호전』과 『수호전물어』 등을 참조했던 것으로 보인다.[58] 예를 들어 일본어 번역본은 장회명만을 놓고 보더라도 "第一回, 百八の妖星伏魔展な出つ ……"[59], "第一章, 百八の妖魔, 第二章 高俅, 第三章 九紋龍 史進, 第四章 魯智深の亂暴 ……"[60]로 되어 있는데, 이는 윤백남이 새로 붙여 놓은 장회명과 유사하기 때문이다. 윤백남의 번역본이 일본어 번역본을 참조했느냐, 아니면 그가 독자적으로 번역을 했느냐는 현재로서는 단언할 수 없지만 일본어 번역본을 접했다고 보는 것이 좋을 것이다. 그러나 이전에 존재했던 번역본과는 달리, 원본의 범위 내에서 흥미와 재미를 보여주는 『수호전』의 번역본이라는 점에서 의의가 있다.

4) 기타 계열의 한글 번역본

기타 계열의 한글 번역본은 활판본 중에서 새로 번역한 것이 아니

57) 高島俊男, 『水滸伝と日本人』, 大修館書店, 1991, 280~282쪽.

58) 아울러 박문서관의 책의 판형(版型)을 보면 이토겐게쓰(伊藤銀月)의 『新譯水滸伝』을 그대로 모방했다.

59) 大町桂月 『水滸伝物語』, 大正 8年(1919), 新潮社.

60) 蒲原春夫, 『現代語全譯水滸伝』, 大正 15년(1926), 興文社.

라 이미 간행되었던 신문관본이나 조선서관본을 간행한 것을 말한다. 조선도서주식회사본, 박문서관본, 영창서관본 등이 이에 해당한다. 그리고 예외적으로 무송(武松)의 이야기와 같이 특정 부분만을 적출(摘出)하여 만든 본도 있다.

(1) 조선도서주식회사본, 박문서관본

조선도서주식회사본과 박문서관본은 경성서적조합본을 그대로 간행했다. 두 본을 대조해보면 판형(版型)은 물론이고 장회, 장회명, 쪽수도 동일하다. 다만 앞의 것은 저작 겸 발행자를 홍순필, 발행소를 조선도서주식회사로, 뒤의 것은 저작 겸 발행자를 노익형, 발행소 및 발매소를 박문서관으로 바꾸었다. 이러한 사실은 각 본의 마지막 권만 비교해보아도 쉽게 알 수 있다.

> 그 ᄉᆞᄅᆞᆷ이 칙상을 치며 ᄭᅮ짓되 너의 한날에 가득ᄒᆞᆫ 죄를 짓고 조정에셔 여러 번 잡으려 ᄒᆞ되 너의 등이 관군을 무슈히 죽이더니 이졔와셔 죽기을 면코ᄌᆞ ᄒᆞ나냐 ᄒᆞ고 회ᄌᆞ슈을 불여 모다 너다 힝형ᄒᆞ라 ᄒᆞ니 회ᄌᆞ슈 이빅십륙 인이 송강 노쥰의 등 일빅팔 인 호한을 당하에셔 버히니 노쥰의 ᄭᅮᆷ에 놀나 혼이 몸에 붓지 못히셔 눈을 미〃히 ᄯᅥ셔 당상을 볼 ᄯᅢ에 한낫 ᄑᆡᄋᆡᆨ에 텬하티평 넉ᄌᆞ를 크게 썻더라.
>
> (경성서적조합본, 후집 〈권3〉, 284쪽)

> 그 ᄉᆞᄅᆞᆷ이 칙상을 치며 ᄭᅮ짓되 너의 한날에 가득ᄒᆞᆫ 죄를 짓고 조정에셔 여러 번 잡으려 ᄒᆞ되 너의 등이 관군을 무슈히 죽이더니 이졔와셔 죽기을 면코ᄌᆞ ᄒᆞ나냐 ᄒᆞ고 회ᄌᆞ슈을 불여 모다 너다 힝형ᄒᆞ라 ᄒᆞ니 회ᄌᆞ슈 이빅십륙 인이 송강 노쥰의 등 일빅팔 인 호한을 당하에셔 버히니 노쥰의 ᄭᅮᆷ에 놀나 혼이 몸에 붓지 못히셔 눈을 미〃히 ᄯᅥ셔 당상을 볼

쎡에 한낫 픠익에 텬하티평 넉ᄌ를 크게 썻더라.

조선도서주식회사본, 후집 〈권3〉, 284쪽)

그 ᄉ룸이 칙상을 치며 ᄭ짓되 너의 한날에 가득흔 죄를 짓고 조졍에셔 여러 번 잡으려 ᄒ되 너의 등이 관군을 무슈히 쥭이더니 이졔와셔 쥭기을 면코ᄌ ᄒ나냐 ᄒ고 회ᄌ슈을 불여 모다 너다 힝형ᄒ라 ᄒ니 회ᄌ슈 이빅 십륙 인이 송강 노쥰의 등 일빅팔 인 호한을 당하에셔 버히니 노쥰의 꿈에 놀나 혼이 몸에 붓지 못히셔 눈을 미〃히 ᄯ셔 당상을 볼 쎡에 한낫 픠익에 텬하티평 넉ᄌ를 크게 썻더라. (박문서관본, 후집 〈권3〉, 284쪽)

제시한 예문은 경성서적조합본과 조선도서주식회사본, 박문서관본의 마지막 부분을 비교해 본 것이다. 자구(字句)는 물론 해당 장수까지 동일한 것을 알 수 있다. 이처럼 두 출판사에서 경성서적조합에서 만든 것을 그대로 간행할 수 있었던 요인은 박건회가 판권(版權)을 모두 넘겼거나 출판사가 개명(改名)이나 합병(合倂)을 하면서 생긴 현상으로 보인다.

(2) 영창서관본, 광동서국·태학서관본

영창서관본은 신문관본을 가져다가 만들었다. 그러나 체제를 5권5책으로, 표지 그림, 장회, 장회명, 본문의 표현 등을 바꾸었고, 신문관본과는 달리 70회본을 번역한 것처럼 마지막 부분도 바꾸었다.

화셜 오용이 불황불망히 ᄀᆞᆯᄋᆞ더 오뫼 셰치 혀롤 놀릴진댄 로쥰의롤 유인ᄒ여 산에 올니기 탐랑취물 ᄀᆞᆺᄒ되 다만 ᄒᆞᆫ낫 긔형괴상으로 된 반당이 업슴을 ᄒᆞᆫᄒ노라. 말이 맛지 못ᄒ여 흑선풍 리귀 소래 놉혀 닐오더 (… 후략 …) (신문관본 〈권4〉 159쪽)

화셜. 오용이 불황불망히 갈아대 오뫼 셰치 혀를 놀닐진댄 로쥰의를 유인하야 산에 올니기 탐량취물 갓흐되 다만 한낫 긔형괴상으로 된 반당이 업슴을 한하노라. 말이 맛지 못하여 흑션풍 리귀 소래 놉혀 닐오대 (… 후략 …) (영창서관본 〈권5〉)

제시한 예문은 60회의 시작 부분을 대조해본 것이다. 영창서관본은 신문관본을 저본으로 했고 다만 '·'는 대부분 'ㅏ'로 고쳤음을 알 수 있다. 그리고 마지막 부분은 70회본을 번역한 것처럼 보이기 위하여 70회처럼 만들었다.

닒기롤 맛침애 즁인이 일시에 발원ᄒᆞ여 셰셰싱싱에 서로 맛나 금일ᄀᆞᆺ치 즐기리라. 피롤 마셔 밍셔ᄒᆞ고 술을 나와 취ᄒᆞᆫ 후에 훗허지니, 이 닐은바 량산박 대취의라 ᄒᆞᆷ이러라.

이후로ᄂᆞᆫ 량산박이 왕릭 긱샹을 맛나면 그 지물만 아셔 공도에 쓰고 인명은 살해치 아니ᄒᆞ고 원근에 강적이 잇셔 빅셩을 해ᄒᆞᄂᆞᆫ 재 잇스면 군을 거ᄂᆞ려 진멸ᄒᆞ고, 탐관오리ᄂᆞᆫ 낫낫치 잡아 죽이고, 그 지물은 빅셩을 구제ᄒᆞ난 고로 디덕ᄒᆞ리 업더라. (신문관본 〈권4〉)

닒기를 맛침애 즁인이 일시에 발원하여 셰셰생생에 서로 맛나 금일갓치 즐기리라. 피를 마셔 맹셔하고 술을 나와 취한 후에 훗허지니, 이 닐은바 량산박 대취의라 할이러라.

이날 밤에 로쥰의 장즁으로 도라와 우연이 한 꿈을 어드니, (… 후략 …) (영창서관본 〈권5〉)

제시한 예문을 보면 영창서관본은 신문관본을 그대로 가져왔지만 "량산박 대취의" 이후에는 70회본을 번역한 것처럼 만들었다. 따라서 영창서관본은 신문관본을 저본으로 하면서 약간의 변화만 주어 만든 본임을 알 수 있다.

한편, 광동서국·태학서관에서는 신문관본의 22회에서 35회까지의 주(主) 이야기인 무송의 이야기만을 적출하여 『타호무송』이라는 제명으로 간행하였다. 이때, 무송을 주인공으로 만들기 위하여 시작 부분에 시대적 배경, 자호(字號), 외양 묘사, 무송의 이전 행적을 짤막하게 제시한 후에, 송강과 만나는 장면으로 서사가 전개된다.

> 화셜. 송나라 휘종 황뎨 경화 년간에 동평부 쳥하현에 한낫 호한이 잇스되, 셩은 무요 명은 송이오 비힝은 둘지라. 신장은 팔쳑이오 젼신엔 쳔빅 근 긔력이 잇스며 겸ᄒᆞ야 십팔반 무예를 아니 한숙홈이 업스ᄂᆞ 다만 셩품이 발호홈으로 남의 일이라도 불평ᄒᆞᆫ 일만 보면 ᄉᆞ싱을 도라보지 아니홈으로 슐이 취ᄒᆞᆫ 뒤에 본현 ᄉᆞᄅᆞᆷ과 닷토다가 쥬먹으로 쳐셔 혼졀ᄒᆞ미 무송이 죽은가 의심ᄒᆞ야 강호상에 도망ᄒᆞ야 유락ᄒᆞ다가 창쥬 횡회현 소션풍 시딕 관인이 장의소직ᄒᆞ며 초현납ᄉᆞ홈을 듯고 가셔 투탁ᄒᆞ니 (… 중략 …)

제시한 예문은 『타호무송』의 시작 부분이다. 원래 이 내용은 무송이 학질을 앓다가 송강과 만나는 장면으로 되어 있는데, 『타호무송』에서는 예문과 같이 새로운 내용이 더 들어가 있다. 아울러 자구(字句)나 표현 등도 바꾸었다.

> 대한 왈, "내 지금이야 말ᄒᆞ리니, 뎌 사ᄅᆞᆷ은 진실로 대장뷔라 유두유미ᄒᆞ고 유시유종ᄒᆞ다 ᄒᆞ니 내 병이 낫거든 가랴 ᄒᆞ노라." ᄉᆡ진 왈, "네 뎌 사ᄅᆞᆷ을 일졍 보고자 ᄒᆞᄂᆞᆫ다?" 대한 왈,"내 무엇이라 ᄒᆞ더뇨?" ᄉᆡ진 왈, "대한아 멀면 십만팔쳔 리오 갓가오면 다만 낫 압헤 잇다 ᄒᆞ니, 뎌위 긱인이 급시우 송공명이시니라." 대한이 송강을 보아 왈, "과연 그러ᄒᆞ신가?" 송강 왈, "쇼개 ᄆᆞ득 송강이로라." (신문관본)

> 무숑이 이로듸, "이 ᄉᆞ롬은 유두유미ᄒᆞ며 유시유종ᄒᆞᆫ 듸장뷔라, 늬 병이 낫거든 가셔 보려 ᄒᆞ노라." 시진이 이로듸, "네 그 ᄉᆞ롬을 보고ᄌᆞ ᄒᆞᄂᆞ뇨?" 무숑이 이로듸, "보고ᄌᆞ 아니ᄒᆞ면 엇지 간다 ᄒᆞ엿스리오?" 시진이 이로듸, "듸한아, 멀니 잇스면 십만팔쳔 리오 갓가온즉 눈 압ᄒᆡ 잇노라." ᄒᆞ며 손으로 가라치되, "이난 급시우 송공명이라" ᄒᆞ니 무숑이 자세 보다가 이로듸, "참말이뇨?" 그 ᄉᆞ롬이 이로듸, "소ᄀᆡ 과시 송강이노라."
>
> (『타호무송』 1~3장)

두 본을 대조해보면 내용은 비슷하지만 자구(字句)는 일치하지 않는다. 다만 후대에 나온 『타호무송』이 신문관본을 적절히 고쳤음을 알 수 있다. 『타호무송』처럼 필요한 부분만을 적출한 경우는 활판본 『삼국지』, 『옥루몽』, 『열국지』 등에서도 나타난다. 예를 들어 활판본 『삼국지』에서 관우, 장비, 조자룡 등의 이야기를 단행본으로 만들 때, 시작 부분은 크게 고치고 본문은 그대로 가져오거나 변화와 축약을 시도하면서 만들었다. 『타호무송』도 이러한 예에서 크게 벗어나지 않음을 볼 수 있다.

3. 『수호전』 한글 번역본 간의 관계와 의미

앞서 『수호전』의 번역본을 크게 다섯으로 나누어 살펴보았지만 이들 번역본들은 사실상 120회본 계열과 70회본 계열로 나뉜다. 120회본 계열의 번역본에는 세책본, 경판본, 활판본과 같은 상업출판물이 이 계열에 속하고 일정한 영향 관계를 보인다. 그리고 70회본 계열은 일본어 번역본이 유입되면서 의역(意譯)이 두드러진다는 점이 특징이다. 이 절에서는 동일한 계열의 번역본 사이의 관계를 구체적으로 살펴보기로 한다.

1) 120회본 계열 한글 번역본의 관계와 의미

120회본 계열의 한글 번역본은 주로 세책본, 경판본, 활판본과 같은 상업출판물이다. 이처럼 번역본의 계열이 같다는 점은 상업출판물의 간행 과정을 염두에 두어야 할 것을 시사해준다.

(1) 세책본과 경판본의 관계

세책본은 비교적 원본에 가까운 축약 번역본이라고 할 수 있다. 반면에 경판본은 원본의 내용을 다 번역해 놓지 않았고, 번역의 양상 또한 자세한 부분, 축약한 부분, 변개(變改)된 부분이 있다. 다음의 예문은 두 본의 관계를 잘 보여주는 예이다.

> 그 ᄃᆡ츙이 긔갈이 심ᄒᆞᆫ지라. 두 발노 ᄒᆞᆫ 번 ᄯᅡᇂ흘 드듸는 듯ᄒᆞ더니, 쒸여 반공의 올나 무숑을 바라며 나려오니, 무숑이 놀나 앗가 미란이 취ᄒᆞ엿던 술이 일진 닝한이 되엿는지라. 몸을 날녀 ᄃᆡ츙의 뒤흐로 피ᄒᆞ니, 그 범이 압 톱으로 ᄯᅡᇂ흘 허위여 허리ᄅᆞᆯ ᄃᆡ여 ᄒᆞᆫ 소ᄅᆡᄅᆞᆯ 지르니 공즁의 벽녁이 니러나며 산천이 다 움즉이고 쇠몽치 갓흔 ᄶᅩ리ᄅᆞᆯ 쌧치니 그 형셰 ᄐᆡ산을 문희칠 듯ᄒᆞᆫ지라. 무숑이 쇼ᄅᆡᄅᆞᆯ 못ᄒᆞ고 몸을 감쵸아 업ᄃᆡ니, 그 ᄃᆡ츙이 더욱 쇼ᄅᆡᄅᆞᆯ 지르며 몸을 다시 번듯쳐 다라들거놀, 이ᄯᆡ 무숑이 몸을 감쵸고 숨을 숨켜 업ᄃᆡ엿더니, 그 형셰 실노 좃치 아니ᄒᆞ믈 보고 문득 몸을 쇼〃며 두 숀으로 쵸방을 ᄌᆞᆸ아 평싱 힘을 다ᄒᆞ여 반 공즁으로 좃ᄎᆞ 한번 나리치니, ᄃᆡ츙은 맛지 아니ᄒᆞ고 큰 나무가 마ᄌᆞ 가지 달닌 ᄎᆡ 업더지거놀 무숑이 정신을 진정ᄒᆞ여 ᄌᆞ시 보니, ᄌᆞᆸ앗던 쵸방이 부러져 두 동강의 나 반 도막만 숀의 쥐엿는지라. 그 ᄃᆡ츙이 져롤 치려 ᄒᆞ믈 보고 셩을 거륵히 ᄂᆡ여 다시 쇼ᄅᆡᄅᆞᆯ 벽녁갓치 지르며 쥬홍갓흔 닙을 버리고

> 톱을 허위며 몸을 번듯쳐 다라들거ᄂᆞᆯ 무숑이 몸을 쇼〃아 한번 쒸어 십여 보ᄅᆞᆯ 물너나니, 그 ᄃᆡ츙이 ᄂᆡᄅᆞᆯ 응승그려 믈고 두 압 톱을 들고 번ᄀᆡ 갓튼 눈을 번득여 바로 무숑의 ᄂᆞᆺ츨 향ᄒᆞ여 다라들거ᄂᆞᆯ 무숑이 브러진 쵸방을 바리고 숀으로 넙써 범의 머리 목 지음 가족을 쥐니, 그 범이 급히 ᄲᅢ히려 ᄒᆞ거ᄂᆞᆯ 무숑이 엇지 반졈이나 틈이 잇게 ᄒᆞ리요? 평ᄉᆡᆼ 긔력을 다ᄒᆞ여 ᄆᆡ이 쥐고 발을 날녀 범의 멱ᄅᆞᆯ 어지러이 ᄎᆞ니, 그 범이 견ᄃᆡ지 못ᄒᆞ여 압발노 ᄯᅡ흘 굴형이 지도록 파니, 무숑이 범의 머리ᄅᆞᆯ 눌너 굴형의 박고 한 쥬머괴로 범의 몸을 오륙십 번을 치니, 그 범이 눈과 닙과 코흐로 무슈ᄒᆞᆫ 피ᄅᆞᆯ 흘니고 이지 못ᄒᆞ고 다만 닙의 숨만 헐덕이거ᄂᆞᆯ 무숑이 그졔야 숀을 놋코 쇼나무 아릐 가 부러진 쵸방을 가져다가 ᄃᆡ츙이 도로 ᄉᆞ라 다라날가 져허 한밧탕을 치니 그 ᄃᆡ츙이 숨도 업거ᄂᆞᆯ 그졔야 바야흐로 쵸방을 바리고 안ᄌᆞ ᄉᆡᆼ각ᄒᆞᄃᆡ, '너 이 범을 ᄭᅳ을고 나려가리라.'
>
> (세책본, 〈권19〉, 20장 뒷장~24장 앞장)

> 무송이 듯지 아니ᄒᆞ고 ᄯᅩ 술 아홉 ᄉᆞ발ᄅᆞᆯ 먹고 졈문을 나ᄆᆡ ᄃᆡ취ᄒᆞ여 비거름 치며 녕을 넘더니, 과연 벽녁갓튼 쇼릐나며 ᄇᆡᆨᄋᆡᆨᄃᆡ회 쥬홍갓튼 입을 버리고 다라들거ᄂᆞᆯ 무송이 두 ᄉᆞᄆᆡᄅᆞᆯ 것고 다라드러 주머괴로 ᄇᆡᆨ호의 ᄃᆡ고리ᄅᆞᆯ 치니, ᄇᆡᆨ회 무송의 한 주머괴의 마ᄌᆞ 피ᄅᆞᆯ 토ᄒᆞ고 ᄇᆞ회 아릐 것구러져 죽거ᄂᆞᆯ (… 후략 …) (방각본, 〈권1〉, 20장 전엽)

제시한 예문은 세책본과 경판본에서 『수호전』 제23회의 '경양강무송타호'의 내용을 대조해놓은 것이다. 중국본과 대조해보면 세책본은 직역은 아니지만 원본에 거의 근접하게 번역해 놓았다. 하지만 경판본은 핵심적인 내용만을 축약 번역해 놓았다. 이러한 두 본의 차이점은 세책본과 방각본이라는 상업출판물이 유통되는 과정에서, 경쟁력을 확보하기 위하여 고안해 낸 방법이다.

세책본이 원본에 비교적 가깝게 번역을 해서 권수(卷數)를 늘리는데 목적을 두었다면, 경판본은 이와는 달리 내용의 핵심만을 전하는

데 목표를 두었다. 그리고 경판본은 불필요한 부분들을 모두 삭제해 놓았다. 예를 들어 노지심이 문수원에서 쫓겨나 동경에 있는 상국사로 가던 도중에 겪었던 최도성과 구소을과의 대결, 주인공들의 용력 과시부분이나 무술 대결, 살인, 관군을 공격하는 대목은 모두 삭제해 놓았다. 『수호전』은 108명이나 되는 많은 인물들이 등장하여 자세히 읽지 않으면 인물들의 행동을 이해할 수 없다. 그리고 등장인물들의 살인이나 인육을 먹는 잔인한 장면은 윤리적으로 문제가 많고 일부 장면은 다소 과격한 내용을 담고 있기 때문에 기득권층의 반발을 살 수 있다.

번역본을 만드는 과정에서 그리고 짧게 요약하는 과정에서 이런 부분을 어떻게 요약하여 번역할 것인가는 번역본의 성격을 좌우할 수 있는 대단히 중요한 문제이다. 방각본 업자는 이런 부분을 과감히 삭제하고 무송의 이야기, 서문경과 반금련의 이야기, 이규의 이야기, 석수와 양웅의 이야기와 같은 부분은 비교적 자세히 수록했다. 이 내용들은 앞서 삭제해 놓은 부분에 대한 것을 자극적인 장면을 부각시켜 서술함으로써 독자들의 관심을 끌고 앞서 무리하게 삭제했던 내용의 손실을 만회하려는 전략에서 나온 것으로 보인다. 그러나 이러한 차별화 시도에도 불구하고 경판본은 큰 호응을 얻지 못했다. 가장 큰 이유는 원전을 무리하게 삭제하여 원래의 이야기에서 멀어졌기 때문으로 보인다.

(2) 세책본과 활판본과의 관계

세책본과 활판본 신문관본, 조선서관본을 대조해보면 활판본의 저본이 세책본이었음이 확인된다. 먼저 세책본과 신문관본을 대조해보면 신문관본의 저본 확인은 물론, 어떻게 세책본을 적절히 고치며 만들었는지를 볼 수 있다.

신문관본의 저본이 세책본이라는 점은 자구(字句) 대조를 통해서도 확인되지만, 앞서 세책본이 120회본을 번역했지만 부분적으로 100회본과 70회본을 번역한 흔적도 나타난다는 점을 지적한 바 있다. 신문관본은 세책본을 저본으로 했기 때문에 이러한 현상이 그대로 나타난다.

> 숑강, 노쥰의, 오용, 공숀승 (…중략…) 등은 ᄒᆞᆫ 가지로 지셩을 잡아 ᄆᆡᆼ셰ᄅᆞᆯ 셰우니, 그윽이 ᄉᆡᆼ각건ᄃᆡ 숑강 등이 젼일은 이국의 난호여시나 이졔ᄂᆞ 한 당의 모혓ᄂᆞᆫ지라. 셩신의 슈ᄅᆞᆯ 치와 형뎨되ᄆᆡ, 텬지ᄅᆞᆯ 가르쳐 부모ᄅᆞᆯ ᄉᆞᆷ나니, 일빅팔인이 ᄉᆞ람마다 낫치 갓지 아니ᄒᆞ여 형뎨ᄂᆞᆫ 다르나 마음은 한 가지라. 심신이 고결ᄒᆞ여 즐기ᄆᆡ ᄒᆞᆫ 가지로 즐기고 근심ᄒᆞᄆᆡ ᄒᆞᆫ 가지로 근심ᄒᆞ여 나기ᄂᆞᆫ 비록 ᄒᆞᆫ 가지로 나지 아니ᄒᆞ엿시나 쥭기ᄂᆞᆫ 반다시 ᄒᆞᆫ 가지로 쥭을지라. 일홈이 임의 상텬의 버러시니, 인간의 우음을 취치 아니ᄒᆞᆯ지라. 쇼리와 긔운이 일시의 합ᄒᆞ엿시니, 종신의 간담이 ᄯᅩ한 ᄯᅥ나지 아니리니, 만일 마음이 어지〃못ᄒᆞ여 ᄃᆡ의ᄅᆞᆯ 져바리고 밧그로 올타ᄒᆞ나 안흐로 그르다ᄒᆞ며 쳐음이 잇고 나죵이 업ᄂᆞᆫ 니 잇거든 우흐로 황텬이 빗최시고 겻흐로 귀신이 강님ᄒᆞ샤 노검이 그 몸을 버히고 뇌졍이 그 ᄌᆞ최ᄅᆞᆯ 업시ᄒᆞ여 영〃지옥의 가도와 만셰의 다시 ᄉᆞ람의 몸을 엇지 못ᄒᆞ게 ᄒᆞ여 보응이 분명ᄒᆞᆯ지니, 텬지신명은 한 가지로 감ᄒᆞ쇼셔." ᄒᆞ엿더라.
>
> (세책본 권 〈58〉, 2장 앞면~4장 앞면)

> 송강·로쥰의·오용·공손승 이하 일빅단팔인은 ᄒᆞᆫ가지로 지셩을 잡아 ᄆᆡᆼ셔ᄅᆞᆯ 세우ᄂᆞ니, 그윽히 ᄉᆡᆼ각건댄 송강 등이 젼일은 각 쳐에 ᄉᆡᆼ쟝ᄒᆞ엿스나 이제ᄂᆞᆫ ᄒᆞᆫ 당에 모히엿ᄂᆞᆫ지라. 셩신의 수ᄅᆞᆯ 치와 형뎨됨애 텬디ᄅᆞᆯ ᄀᆞᄅᆞ쳐 부모ᄅᆞᆯ 삼ᄂᆞ니, 일빅단팔인이 사ᄅᆞᆷ마다 낫은 다르나 ᄆᆞᄋᆞᆷ은 ᄒᆞᆫ가지라. 락즉동락ᄒᆞ고 우즉동우ᄒᆞ여 ᄉᆡᆼ년일시ᄂᆞᆫ ᄀᆞᆺ지 아니ᄒᆞ나 의로 죽기에 림ᄒᆞ여셔ᄂᆞᆫ ᄒᆞᆫ가지로 ᄒᆞᆯ 것이오, 셩명이 임의 샹텬에 버렷스니 인셰에

무신무의 타ᄒᆞᄂᆞᆫ 치쇼ᄅᆞᆯ 취치 말지라. 일죠에 셩긔 샹응 ᄒᆞ엿스니 죵신토록 ᄯᅥ나지 말고, 셜혹 이 ᄆᆞᄋᆞᆷ을 불션히 먹어 대의ᄅᆞᆯ 져ᄇᆞ리고 밧그로 올타 ᄒᆞ고 안으로 그르다 ᄒᆞ며, 처음이 잇고 나죵이 업ᄂᆞᆫ 재 잇거든 샹텬이 우ᄒᆞ로 빗최시고 신명이 겻ᄒᆞ로 강림ᄒᆞ샤 도창으로 그 몸을 버히시고 뢰뎡으로 그 자최ᄅᆞᆯ 업시ᄒᆞ여 영영히 디옥에 침몰ᄒᆞ여 만ᄃᆡ에 다시 환싱치 못ᄒᆞ여 보응이 명명케 ᄒᆞ실지니 텬디 일월은 한가지로 감ᄒᆞ쇼셔."
(신문관본, 〈권4〉 304~305장)

宋江爲首誓曰:"宋江鄙猥小吏, 無學無能, 荷天地之蓋載, 感日月之照臨, 聚弟兄於梁山, 結英雄於水泊, 共一百八人, 上符天數, 下合人心. 自今已後, 若是各人存心不仁, 削絶大義, 萬望天地行誅, 神人共戮, 萬世不得人身, 億載永沉末劫. 但願共存忠義於心, 同著功勳於國, 替天行道, 保境安民. 神天鑒察, 報應昭彰." (120회본, 71회)

宋江爲首誓曰:"維宣和二年四月二十三日, 梁山泊義士宋江, 盧俊義, 吳用, 公孫勝, 關勝, 林沖, 秦明(… 中略 …) 同秉至誠, 共立大誓. 竊念江等昔分異地, 今聚一堂, 準星辰爲弟兄, 指天地作父母. 一百八人, 人無同面, 面面崢嶸. 一百八人, 人合一心, 心心皎潔. 樂必同樂, 憂必同憂, 生不同生, 死必同死. 旣列名於天上, 無貽笑於人間. 一日之聲氣旣孚. 終身之肝膽無二. 倘有存心不仁, 削絶大義, 外是內非, 有始無終者, 天昭其上, 鬼闞其旁. 刀劍斬其身, 雷霆滅其跡. 永遠沈於地獄, 萬世不得人身! 報應分明, 神天共察!" (70회본, 70회)

제시한 예문은 세책본에서 '108영웅이 모여 맹세의 글을 읽는 장면'에서 70회를 참조하여 번역했음을 보여주는 대목이다. 신문관본을 보면 이 대목이 그대로 나타나기 때문에 세책본을 저본으로 번역했음을 알 수 있다. 그런데 세책본에서는 108명의 이름이 다 제시되지만 활판본에서는 이를 삭제하고 "이하 일빅단팔인"으로 축약해 놓았다. 그리고 신문관본에서는 세책본과 달리 밑줄 친 것과 같이 한글로 번역해 놓은 것을 반대로 한문으로 바꾸어놓은 점을 확인할 수 있다. 이를 볼 때 신문관본은 세책본을 저본으로 했지만 중국본을 대조하면서 오류를 수정한 특징을 보인다. 다음의 예를 통해서도 이와 비슷한 양상을 볼 수 있다.

> ᄉᆡ진이 ᄃᆡ쇼 왈, "ᄃᆡ한아, 네 실노 아지 못ᄒᆞ는도다." 그 ᄃᆡ한 왈, "강호상의셔 드르니, 져 급시우 숑공명은 쳔하의 유명ᄒᆞᆫ 호한이라 ᄒᆞ믈 드럿노라." ᄉᆡ진이 우 문왈, "너는 엇지ᄒᆞ여 져 ᄉᆞ람을 호한이라 ᄒᆞ는다?" ᄃᆡ한 왈, "ᄂᆡ 아ᄌᆞ의 말ᄒᆞ지 아니ᄒᆞ더냐? 져 ᄉᆞ람은 진실노 ᄃᆡ장뷔라. 범ᄉᆞ가 유두유미ᄒᆞ고 유시유조ᄒᆞ다 ᄒᆞ니, ᄂᆡ 병이 낫거든 가랴 ᄒᆞ노라." ᄉᆡ진 왈, "네 져 ᄉᆞ람을 정 보고ᄌᆞ ᄒᆞ는다?" ᄃᆡ한 왈, "ᄂᆡ 무어시라 ᄒᆞ던고?" ᄉᆡ진 왈, "ᄃᆡ한아, 멀ᄉᆞ면 십만 팔쳔 니요, ᄀᆞᆺ가오면 다만 낫 압희 닛나니, 져 ᄀᆡᆨ인의 존호ᄅᆞᆯ 급시우 숑공명이라 ᄒᆞ난이라." ᄃᆡ한이 숑강을 보아 왈, "과연 그러ᄒᆞ신가?" 숑강이 닐오ᄃᆡ, "쇼ᄀᆡᆨ은 숑강이로다." 그 ᄃᆡ한이 ᄌᆞ시 보더니, 믄득 네 번 졀ᄒᆞ여 니로ᄃᆡ, "ᄂᆡ 오날〃 형장을 이곳셔 뵈올 쥴을 ᄉᆡᆼ각지 못ᄒᆞ더니이다." 송강이 〃의 답네ᄒᆞ고 무러 갈오ᄃᆡ, "무ᄉᆞᆷ 년고로 이갓치 ᄉᆞ랑ᄒᆞᄂᆞᆫ고?" 그 ᄃᆡ한이 니르ᄃᆡ, "앗가 심히 무례ᄒᆞ여시니, 죄ᄅᆞᆯ 용셔ᄒᆞ쇼셔. 쇼인이 눈이 잇스나 ᄃᆡ인을 못 보앗는지라, 용녈무지 ᄒᆞ도쇼이다." ᄒᆞ며 니러나지 아니ᄒᆞ거ᄂᆞᆯ 숑강이 붓드러 니르혀 왈, "이졔 족하의 고셩ᄃᆡ명을 듯고ᄌᆞ ᄒᆞ노라." ᄉᆡ진이 ᄃᆡ한을 가르쳐 그 셩명을 니르더라.
>
> (세책본, 〈권19〉, 6장 앞~뒷면)

> ᄉᆡ진이 대쇼 왈, "네 송압ᄉᆞᄅᆞᆯ 아지 못ᄒᆞᄂᆞᆫ다?" 대한 왈, "내 과연 아지 못ᄒᆞ고 강호상에셔 드르니 뎌 급시우 송공명은 온 텬ᄒᆞ에 유명ᄒᆞᆫ 호한이라 ᄒᆞᆷ을 드럿노라." ᄉᆡ진이 다시 무러 왈, "너ᄂᆞᆫ 엇지ᄒᆞ여 뎌 사ᄅᆞᆷ을 호한이라 ᄒᆞᄂᆞᆫ다?" 대한 왈, "내 지금이야 말ᄒᆞ리니, 뎌 사ᄅᆞᆷ은 진실로 대장뷔라 유두유미ᄒᆞ고 유시유종ᄒᆞ다 ᄒᆞ니 내 병이 낫거든 가랴 ᄒᆞ노라." ᄉᆡ진 왈,

"네 뎌 사ᄅᆞᆷ을 일졍 보고자 ᄒᆞᄂᆞᆫ다?" 대한 왈, "내 무엇이라 ᄒᆞ더뇨?" ᄉᆡ진 왈, "대한아, 멀면 십만팔쳔 리오 갓가오면 다만 낫 압헤 잇다 ᄒᆞ니, 뎌위 ᄀᆡᆨ인이 급시우 송공명이시니라." 대한이 송강을 보아 왈, "과연 그러ᄒᆞ신가?" 송강 왈, "쇼개 믄득 송강이로라." 그 대한이 자셰히 보더니 믄득 네 번 절ᄒᆞ여 왈, "내 오늘날 형쟝을 이곳에서 뵈올 줄 엇지 뜻ᄒᆞ엿스리오?" 송강이 답례 왈, "무슴 연고로 이리 ᄉᆞ랑ᄒᆞᄂᆞ뇨?" 그 대한이 닐오되, "아ᄭᅡ 심히 무례ᄒᆞ엿스니 죄를 용셔ᄒᆞ쇼셔. 쇼인이 눈이 잇스나 태산을 몰라 보왓ᄂᆞ이다." ᄒᆞ며 ᄯᅡ헤 업듸여 니러니지 아니ᄒᆞ거ᄂᆞᆯ 송강이 붓드러 니르혀며 왈, "죡하의 고셩대명을 듯고져 ᄒᆞ노라." ᄉᆡ진이 대한을 ᄀᆞᄅᆞ쳐 셩명을 닐으더라. <u>챠텽 하회 분셕ᄒᆞ라</u>. (신문관본, 〈권2〉, 25~26장)

세책본과 신문관본을 보면 자구가 거의 일치함을 보인다. 그러나 결정적인 차이는 세책본에서의 "유두유미ᄒᆞ고 유시유조"와 같은 오류를 "유두유미ᄒᆞ고 유시유종"으로 바르게 고쳐놓았다거나 세책본에는 "차텽 하회 분셕ᄒᆞ라"와 같이 분권이 이루어지지 않고 이어지는 부분을 신문관본에서는 원본을 참조하면서 새로 넣었음을 알 수 있다.

다음은 세책본과 조선서관본의 관계이다. 조선서관에서는 세책본의 71회까지는 『충의수호지』로, 이후 내용은 『속수호지 일백단팔귀화기』라는 제목으로 『수호전』 120회 전체를 간행했다는 점이 주목된다. 그리고 이 과정에서 조선서관본은 선행본을 충실히 따르면서 별다른 개정없이 간행한 점을 확인할 수 있다.

<u>숑강, 노쥰의, 오용, 공숀승 (…중략…)</u> 등은 ᄒᆞᆫ 가지로 지셩을 잡아 ᄆᆡᆼ셰를 셰우니, 그윽이 ᄉᆡᆼ각건ᄃᆡ 숑강 등이 젼일은 이국의 난호여시나 이졔ᄂᆞ 한 당의 모혓ᄂᆞᆫ지라. 셩신의 슈를 ᄎᆡ와 형뎨되미, 텬지를 가르쳐 부모를 숨나니, 일ᄇᆡᆨ팔인이 ᄉᆞ람마다 낫치 갓지 아니ᄒᆞ여 형뎨ᄂᆞᆫ 다르나 마음은 한 가지라. 심신이 고결ᄒᆞ여 즐기ᄆᆡ ᄒᆞᆫ 가지로 즐기고 근심ᄒᆞᄆᆡ

ᄒᆞᆫ 가지로 근심ᄒᆞ여 나기ᄂᆞᆫ 비록 ᄒᆞᆫ 가지로 나지 아니ᄒᆞ엿시나 죽기ᄂᆞᆫ 반다시 ᄒᆞᆫ 가지로 죽을지라. 일홈이 임의 상텬의 버러시니, 인간의 우음을 취치 아니ᄒᆞᆯ지라. 쇼ᄅᆡ와 긔운이 일시의 합ᄒᆞ엿시니, 죵신의 간담이 ᄯᅩ한 ᄲᅥ나지 아니리니, 만일 마음이 어지〃 못ᄒᆞ여 ᄃᆡ의ᄅᆞᆯ 져바리고 밧그로 올타ᄒᆞ나 안흐로 그르다ᄒᆞ며 쳐음이 잇고 나죵이 업ᄂᆞᆫ ᄂᆡ 잇거든 우흐로 황텬이 빗최시고 겻흐로 귀신이 강님ᄒᆞ샤 노검이 그 몸을 버히고 뇌졍이 그 ᄌᆞ최ᄅᆞᆯ 업시ᄒᆞ여 영〃 지옥의 가도와 만셰의 다시 ᄉᆞ람의 몸을 엇지 못ᄒᆞ게 ᄒᆞ여 보응이 분명ᄒᆞᆯ지니, 텬지신명은 한 가지로 감ᄒᆞ쇼셔." ᄒᆞ엿더라. (세책본 〈권58〉, 2장 앞면~4장 앞면)

숑강, 노쥰의, 오용, 공숀승(… 중략 …) 등은 ᄒᆞᆫ 가지로 지셩을 잡아 ᄆᆡᆼ셰ᄅᆞᆯ 셰우니, 그ᄋᆞᆨ이 ᄉᆡᆼ각건ᄃᆡ 숑강 등이 젼일은 이국의 난호여시나 이졔ᄂᆞᆫ 한 당의 모혓ᄂᆞᆫ지라. 셩신의 슈ᄅᆞᆯ ᄎᆡ와 형뎨되ᄆᆡ, 텬지ᄅᆞᆯ 가르쳐 부모ᄅᆞᆯ ᄉᆞᆷ나니, 일ᄇᆡᆨ팔인이 ᄉᆞ람마다 낫치 갓지 아니ᄒᆞ여 형뎨ᄂᆞᆫ 다르나 마음은 한 가지라. 심신이 고결ᄒᆞ여 즐기ᄆᆡ ᄒᆞᆫ 가지로 즐기고 근심ᄒᆞᄆᆡ ᄒᆞᆫ 가지로 근심ᄒᆞ여 나기ᄂᆞᆫ 비록 ᄒᆞᆫ 가지로 나지 아니ᄒᆞ엿시나 죽기ᄂᆞᆫ 반다시 ᄒᆞᆫ 가지로 죽을지라. 일홈이 임의 상텬의 버러시니, 인간의 우음을 취치 아니ᄒᆞᆯ지라. 쇼ᄅᆡ와 긔운이 일시의 합ᄒᆞ엿시니, 죵신의 간담이 ᄯᅩ한 ᄲᅥ나지 아니리니, 만일 마음이 어지〃못ᄒᆞ여 ᄃᆡ의ᄅᆞᆯ 져바리고 밧그로 올타ᄒᆞ나 안흐로 그르다ᄒᆞ며 쳐음이 잇고 나죵이 업ᄂᆞᆫ ᄂᆡ 잇거든 우흐로 황텬이 빗최시고 겻흐로 귀신이 강님ᄒᆞ샤 노검이 그 몸을 버히고 뇌졍이 그 ᄌᆞ최ᄅᆞᆯ 업시ᄒᆞ여 영〃지옥의 가도와 만셰의 다시 ᄉᆞ람의 몸을 엇지 못ᄒᆞ게 ᄒᆞ여 보응이 분명ᄒᆞᆯ지니, 텬지신명은 한 가지로 감ᄒᆞ쇼셔." ᄒᆞ엿더라.
(조선서관본 후집 〈권3〉)

제시한 예문은 세책본과 조선서관본을 대조해 본 것이다. 앞서 신문관본이 세책본을 적절히 고쳐서 간행했다면 조선서관본은 그대로 간행했음을 알 수 있다. 그리고 이후의 내용들을 보면 모두 세책본과 동일하다. 따라서 현재 남아있는 세책본은 낙질본이지만 역으로 조선서관본을 보면 세책본이 어떻게 되어있었는지를 추측해볼 수 있다는 점에서 주목된다.

중국의 연의소설이나 장편소설 등을 활판본으로 만드는 과정에서 원고(原稿)를 어떻게 구했는가는 대단히 중요한 부분이다. 활판본 업자는 이 원고를 주로 세책본에서 가져왔던 것으로 보인다. 이 과정에서 신문관본의 예처럼 원본을 적절히 고친 것도 있고, 조선서관본의 예처럼 그대로 수록한 것도 있음을 확인하였다. 세책본은 저자가 없기 때문에 이를 그대로 활용하는 것은 별 문제가 없었을 것으로 보인다.

2) 70회본 계열 한글 번역본의 관계와 의미

70회본 계열에서 가장 두드러진 현상은 번역에 있어서 의역(意譯)이 두드러진다는 점과 장회의 구분, 장회명(章回名)이 원본에는 없던 것들이 만들어졌다는 점이다. 이러한 현상은 『수호전』이 유전(遺傳)되면서 생긴 것이 아니라 일본어 번역본의 전래에 따른 새로운 현상으로 파악해야 할 것이다.

> 대송 인종황뎨(大宋仁宗皇帝) 가우삼년(嘉祐三年) 서력으로 말하면 일천오십팔년 봄이올시다. 강남(江南)으로부터 량경(兩京)에 니르기까지 역질이 류행이 되어 [졂은 안해는 사랑하는 남편을 늙은 아비는 졂은 자식을 졸디에 일코 애통하는 곡성이 장안에 가득하게 되고 큰 길에 뒤를 니은 행상은 보는 사람의 가슴을 서늘케 하얏습니다. 더구나 각 주 고을에서 올라오는 보고는 그 모두가 참담한 상태를 말하지 아니한 것이 업고 구호하기를 애걸하지 아니 한 것이 업섯습니다. 그리되고 보니까 그러치 안니 해도 황성까지 침범한 괴질의 바람이 조뎡 관인들의 얼을 빼게 된 데에다가 설상가상으로 각 고을의 처참한 보고가 답지하고 보니

> 까] 조뎡에서는 서두를 차리지 못하고 초조하는 중에도 힘가는 곳까지는 백방으로 역질 소멸의 방책을 써 보앗스나 일향 병세는 침식되지 아니햇습니다. (윤백남본)

『수호전』 한글 번역본을 통해서 눈여겨 볼 점은 조선이 일본에 식민지가 된 이후에 일본 소설의 영향도 받았다는 점이다.[61] 이는 고소설의 유통과 관련하여 더 생각해 볼 문제이다.

이상과 같이 『수호전』 한글 번역본 전체를 개관하고, 번역본의 계열, 번역의 양상, 관계 등을 다루어보았다. 한글 번역본은 100회본을 번역한 것, 120회본을 번역한 것, 70회본을 번역한 것이 있지만 대부분 120회본 계열의 번역본이 대부분이고, 외형은 70회본처럼 보이는 것들도 사실은 120회본을 가져다가 적절히 고쳐서 만든 본임을 알 수 있었다. 따라서 선행연구에서 국내에 있는 한글 번역본은 모두 70회본이라고 주장한 것은 재고해야 할 문제이다.

120회본 계열의 번역본들은 특히 세책본·방각본·활판본과 같은 상업출판물이었다. 이 본들은 유통이 되면서 각각의 상업출판물업자는 서로 경쟁을 유도하기도 하고 틈새시장을 고려하면서 상품화를 시도했던 것으로 보인다. 이로 인하여 신문관본은 120회본을 번역한 세책본 계열의 저본 하나를 택하여 70회까지만 싣고 개작을 시도한 결과물이다. 이후 간행된 조선서관본에서는 이와는 반대로 120회본까지 모두 간행을 시도했고 개작을 택하기보다는 세책본을 그대로 활용한 것으로 보인다.

---

61) 이 문제는 차후 과제로 넘긴다.

한편, 70회본 계열의 한글 번역본들은 일본어 번역본이 유입되면서 다른 양상을 띠게 된다. 원본에는 없던 새로운 시도들이 나타나고 있다. 그 대표적인 예가 양백화와 윤백남의 『수호전』이다. 이렇게 혼란했던 국내 『수호전』 시장을 재편한 것이 박태원의 『수호전』이다. 박태원은 선행했던 『수호전』을 저본으로 하면서, 일본어 번역본을 적절히 활용하여 번역한 것이다.

120회본을 택한 이유는 원본의 위작(僞作) 여부를 떠나 독자들에게 『수호전』 전체의 내용을 보여준다는 점에서 출판업자들에게는 매력이 있었다. 그리고 이윤을 추구하기 위해서는 가능한 긴 내용을 담고 있었던 본을 택했던 것으로 보인다.

결국 1940년대 해방이 되기까지 국내에서 유통되었던 『수호전』은 엄밀하게 말하면 완역이라고 할 수 없다. 조선시대에 만들어졌던 번역본이 계속해서 명맥을 유지했고, 그때그때 조금씩 바꾸어서 간행되었기 때문이다. 기존 번역본의 틀을 깬 새로운 번역본은 1960년에 들어서야 등장하게 된다.[62]

---

62) 『수호전』의 신역(新譯)은 여러 종이 있다. 그러나 1960년대 동아일보에서 연재되었던 이주홍의 번역본부터 새로운 번역이라고 할 수 있다. 1960년대 이후에 나온 『수호전』 번역본은 차후 과제로 따로 다룰 것이다.

제5장. 결론

그동안 국문학계의 『수호전』에 대한 연구는 이 소설에 대한 관심에서 비롯된 것이 아니라 『홍길동전』에 끼친 영향이나 수용 관계를 밝히는 과정에서 시작되었고, 주로 비교문학적인 관점이나 중문학의 영역에서 다루어졌다. 이 글은 이러한 문제의식을 바탕으로, 『수호전』 관련 기록, 현존하는 중국판본(中國版本), 어록해(語錄解), 한글 번역본(飜譯本)으로 나누어 『수호전』의 국내 수용과 한글 번역본의 전반적인 양상을 살펴보았다. 이 글에서 다룬 논의들을 정리하면 다음과 같다.

먼저, 중국소설 『수호전』의 형성 과정과 계통을 살펴보았다. 송강과 그의 무리에 대한 이야기는 역사서인 『송사』에 짤막하게 기록된 이후에 원대를 거치면서 희곡이나 화본소설로 만들어졌고, 이 과정에서 인물과 사건, 구성 등을 갖춘 이야기로 변모해 왔다. 소설 『수호전』은 이러한 이야기를 집대성한 것이다. 현재 이 소설의 작자와 출현 시기는 '시내암-원말명초기' 설이 지배적이지만 '나관중-가정연간설' 또한 계속 제기되고 있다. 『수호전』 판본은 선후 문제가 여전히 논쟁 중이다. 다만 번본계통은 100회본, 120회본, 70회본의 순서로 만들어졌음을 확인할 수 있고, 간본계통은 선행본을 그대로 간행하기 보다는 적절히 변화를 주면서 간행되어 왔던 것으로 보인다.

『수호전』 관련 기록은 이미 알려진 것과 새로 찾아낸 것을 합하여 대략 140여 건이 확인된다. 이를 시기별로 구분하여 살펴보면 일정한 추이를 발견할 수 있다. 먼저 15~16세기까지는 『선화유사』가 읽히다가 17세기에 이르러서야 『수호전』이 조선에 전래되었음을 확인하였다. 이후 18~20세기에는 『수호전』이 계층을 불문하고 수용되면서, 독서 기록과 비평, 『수호전』 평점본의 영향을 받은 소설 창작도 나타난 사실, 그리고 『수호전』 번역본이 성행했음을 알 수 있었다. 아울러 『수호전』 판본의 경우는 100회본, 120회본, 70회본의 차례로 중국에서 전래되었다는 사실을 확인할 수 있었다. 『수호전』의 독자를 살펴보았을 때는 조선의 국왕부터 중인계층, 더 나아가 부녀자들까지 이 소설을 읽고 있었음을 살펴보았다. 이를 통해서 국내에서 『수호전』이 인기가 있었음은 물론, 독자층 또한 다양하게 확보하였음을 알 수 있다.

이어서 국내에 존재하는 『수호전』의 중국판본과 이를 읽기 위해 만들어진 어록해를 살펴보았다. 먼저 중국판본의 검토를 통해서 현재 대부분 70회본이 남아있지만 120회본도 전해진다는 사실을 확인하였다. 국내에 전래된 70회본의 경우에는 대부분 청대에 간행된 판본 중에서 『평론출상수호전』과 『회도증상재오재자서수호전』이 주로 읽혔다는 점을 살폈다. 특히 『평론출상수호전』이 인기가 있었던 이유는 도상(圖像)을 비롯하여 김성탄과 왕망여의 평점이 한 책에 모두 실려 있다는 점에서 독자에 흥미를 끌었으리라 생각된다. 그리고 형태면에서 방각본, 석인본이 특히 많이 남아 있는 이유도 광학서포, 이엽산방과 같은 출판사가 중국판본을 수입하여 활발하게 유통시킨 것에 무게를 두었다. 이러한 출판사들이 있었기에 방각본, 석인본 형태의 『수호전』이 인기리에 읽혔고, 현재까지 많은 수가 남아있는 것으로 여겨진다.

한편, 『수호전』 어록해의 경우에는 어록해 간의 내용, 형태가 큰 차이가 없고 후대의 필사된 것으로 보이는 어록해일 경우에, 장회를 구분한 뒤에 단어와 어구를 수록해 놓은 것이 많다는 점이 특징이다. 그리고 방각본 어록해를 통해서 어록해의 저본 문제, 생성 시기 등도 추론해 보았다. 이처럼 『수호전』 중국판본과 『수호전』 어록해를 통해서 확인되는 『수호전』 수용의 가장 큰 특징은 판본의 경우에는 특정 판본이 유행했다는 점, 어록해의 경우에는 비교적 연원이 깊다는 점을 짚어볼 수 있다. 특히 『수호전』 어록해를 통해서 파악되는 특징은 어록해를 활판본과 방각본과 같은 상업출판물로 찍어냈다는 점이다. 이 점은 『수호전』 수용에 있어서 대단히 독특한 점이다. 앞으로 100회본을 발굴하는 일과 어록해의 선본(先本)을 찾아내어 생성 시기를 확정하고, 어떻게 변천해 왔는지를 규명하는 작업이 요구된다.

마지막으로 『수호전』의 한글 번역본을 살펴보았다. 한글 번역본은 시기적으로 조선시대부터 시작해서 일제강점기까지 이어졌고, 형태적으로는 필사본, 세책본, 방각본, 활판본의 형태로 남아있다. 이들 번역본은 간본계통은 전혀 없고, 번본계통만이 전해진다. 이는 다시 100회본, 120회본, 70회본을 번역한 것으로 나눌 수 있다. 70회본 계열의 한글 번역본에는 일본에서 간행된 수호전 번역본을 참조한 중역본도 있어 주의를 요한다. 그리고 이미 간행된 활판본 신문관본과 조선서관본을 가져다가 장회명, 장회, 문장, 단어, 표기법 등을 적절히 바꾸어 간행한 것도 있다.

『수호전』 한글 번역본의 가장 큰 특징은 대부분이 120회본 계열에 속한다는 점이다. 외형적으로 70회본을 번역한 것처럼 보이는 본 또한 120회본을 70회까지만 실은 것이 대부분이다. 특히, 120회본의 번역본은 주로 세책본·방각본·활판본과 같은 상업출판물이다. 120회본이 선택되었던 이유는 독자들에게 『수호전』 전체의 내용을 보여준다는 점에서 출판업자들에게는 매력이 있었고, 이윤을 추구하기 위해서는 가능한 긴 내용을 담고 있어야 했기 때문으로 생각된다. 아울러 저작권이 분명하지 않은 시대에 새로운 번역보다는 이전에 있었던 것을 적절히 고쳐서 간행했던 그 시대의 출판문화에서도 원인을 찾을 수 있을 것이다.

특히 주목할 점은 신문관본(新文館本), 조선서관본, 일본어 번역본, 양백화본, 윤백남본, 박태원본의 관계이다. 신문관본은 120회본을 번역한 세책본 계열의 저본 하나를 택하여 70회까지만 싣고 개작을 시도한 결과물이다. 이후 간행된 조선서관본에서는 120회본까지 모두 간행을 시도했고 개작을 택하기 보다는 세책본을 그대로 활용한 것으로 보인다. 이러한 『수호전』 번역물 시장의 판도 변화는 일본어 번역본의 유입으로 다소 복잡해진다. 일본어 번역본이 국내에 유입되면서 이를 저본으로 번역한 것이 생겨나는데 대표적인 것이 양백화와 윤백남의 『수호전』이다. 이렇게 혼란했던 국내 『수호전』 시장을 재편한 것이 박태원의 『수호전』이다. 박태원은 선행했던 『수호전』을 저본으로 하면서, 일본어 번역본을 적절히 활용하여 번역한 것이다.

앞으로의 과제는 이 연구를 기반으로, 다음과 같은 후속 연구를 진행하는 일이다. 먼저, 각 장에서 논의들을 구체화하고 관련된 자료의 지속적인 발굴을 통해서 수용의 문제를 심화하는 일이다. 어록해의 지속적인 발굴과 보완 및 새로운 번역본을 찾아내는 노력이 필요하다. 그리고 일제강점기에 유입되었던 일본의 중역본에 대한 후속 연구도 요청된다. 아울러 중국, 조선, 일본 동아시아 삼국의 『수호전』 수용에 대한 비교를 진행하는 일과 조선에서의 장편 중국소설의 수용과 인식, 독자층에 대한 보다 자세한 연구도 이루어져야 할 것이다. 이 연구는 앞으로 별고에서 다루기로 한다.

【영인자료】

『수호지』

(경판 방각본 수호지 〈2권 2책본〉)

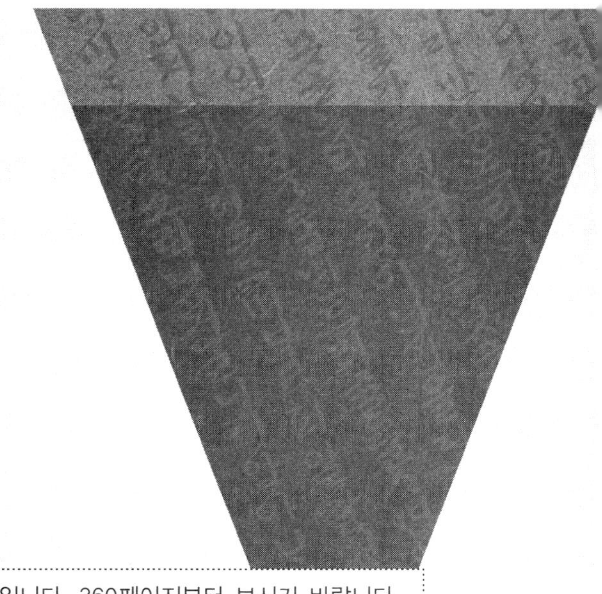

여기서부터 영인본을 인쇄한 부분입니다. 360페이지부터 보시기 바랍니다.

슈호지 권지일

화셜 뎨 송 인종 황뎨 가우 삼년의 녀역이 대치ᄒᆞ니 뎐쳐
우ᄒᆡ ᄒᆞᄉᆞ 뎐뎐태위 홍신을 ᄒᆞ여 금어 츅향축을 가지
고 삼쳥 관도ᄉᆞ를 쳥ᄒᆞ여 ᄇᆡᆨ셩의 녀역을 믓치니 ᄒᆞ실
시 홍신이 향축을 가지고 삼쳥관의 니르러 도ᄉᆞ를 보지 못
ᄒᆞ고 ᄉᆞ즁ᄋᆞᆯ 뎌니 도ᄉᆞ 낫ᄂᆞᆫ 곳을 ᄎᆞᄌᆞ 갈시 ᄃᆞᆼ니 ᄃᆞᆯ 보ᄃᆞᆯ고
올ᄂᆞ가 비 다리 알플 발이 부릇더 힝뵈 극난ᄒᆞ더라 실
즁의 원ᄉᆡᆼᄒᆞ여 왈 나는 조졍 명관이오 도ᄉᆞ는 산즁 우ᄇᆡᆯ
승이라 내 저를 보니 ᄒᆞ여 이리 ᄒᆞ믈 각심ᄒᆞ니 가장 분ᄒᆞ도
다 언미필의 산이 ᄯᅮ러지는 소리 나며 ᄇᆡᆨ익회 암ᄒᆞᆯ ᄯᅮ거
늘 홍신이 대경ᄒᆞ여 향축을 ᄯᅡ히 ᄇᆞ리지 니업더디다 가져
우 졍신을 수습ᄒᆞ여 본즉 ᄇᆡᆨ회 간 뎌 업거늘 ᄯᅩ 삼ᄉᆞ 십보
를 힝ᄒᆞ더니 ᄯᅩ 드 ᄃᆡ망이 길을 당ᄒᆞ여 거를 홍신이 놀ᄂᆞ
방지 소리 더니 ᄃᆡ망이 소리를 지르고 산을 ᄂᆞ려 ᄃᆞ 간ᄂᆞᆫ지라 ᄯᅡ쳐
우 심ᄉᆞ 홍을 진졍ᄒᆞ여 힝ᄒᆞᆯ ᄉᆡ 원ᄒᆡᆼᄒᆞ더니 오륙십보를

1

뭇ᄌᆞ 쇠평의 동지ᄂᆞᆫ 술 드ᄅᆞᆫ 철칙을 븟잡며 자거ᄂᆞᆯ
텬ᄉᆡ 목ᄃᆞ왈 쳥관도ᄉᆞ의 계신곳이 어ᄃᆡ뇨 동지왈 ᄀᆞᆺ가이 아니
더 ᄯᅩ 혈ᄉᆞ ᄒᆞ되 텬ᄉᆡ왈 내 거혀ᄂᆞ 와 네 일홈이 무 동으
로 엇지 아ᄂᆞᆫ다 동ᄌᆞ 소왈 ᄂᆡ 션ᄉᆡᆼ이 오ᄂᆞᆯ 아ᄎᆞᆷ의 빅학을 타
고 동경으로 가시며 날오되 홍ᄐᆡ위 오시거든 내 동경으로 와
빅셩의 ᄃᆡ역을 구완ᄒᆞ러 가ᄂᆞ니 텬ᄉᆞᄂᆞᆫ 님ᄇᆞ 도라가 ᄒᆞ시
뎌 이라 텬ᄉᆡ 드ᄅᆞᆫ ᄒᆞ 말이 업셔 도로 산졍 라ᄒᆞ의 니ᄅᆞ러 동ᄌᆞ
의 ᄆᆞᆯ을 젼ᄒᆞ니 진인왈 텬ᄉᆡ 아지 못ᄒᆞ엿도다 그 동자 곳
혈ᄉᆞ 간도ᄉᆞ시니라 텬ᄉᆞ왈 연즉 내 보지 못ᄒᆞ엿ᄂᆞ니 무ᄉᆞᆷ
나ᄎᆞ로 도라가 텬ᄌᆞ 져퇴 오리오 진인왈 쳥 란도인이 동
경으로 가시ᄆᆡ ᄒᆞ여ᄉᆞ니 보ᄂᆡᄆᆡ 로소셔 텬ᄉᆡ 그 ᄆᆞᆯᄉᆞᆷ을 미ᄃᆞ
방심ᄒᆞᆫ 뢰 승으로 더브러 스즁을 구경ᄒᆞ실ᄉᆡ ᄒᆞᆫ곳의 니
ᄅᆞ니 주 홍칠ᄒᆞᆫ 문을 쟘갓ᄂᆞᆫ 을의 ᄒᆞᆫ 동ᄒᆞᆯ 엇ᄉᆡ 텬ᄌᆞ 문
왈 이 뎐각은 무ᄉᆞᆷ 것이뇨 진인왈 이곳은 쳘ᄭᆡ 왕을 가ᄃᆞᆫ
곳이라 반일 어ᄌᆞ 거셩 간의 뎐변이 잇ᄉᆞ리라 ᄒᆞ엿더ᄂᆞ니 ᄀᆞ로

긴몸ᄒᆞ엿ᄂᆞ이 다 현시왈 내 리신ᄂᆞᆫ을 가도단ᄯᆞᆯ은 허울ᄂᆞᆫ
러ᄉᆞ다 밧비 열쎄 ᄒᆞ면 보ᄂᆞᆫ져 ᄒᆞᆫ노라 진ᄂᆞ히 ᄀᆞ치 ᄲᅡᆯ쇠
뢰 듯지 아니코 ᄂᆞᆫ히 ᄂᆞᆫ을 ᄆᆞᆯᄂᆞ어 철 ᄒᆞ되 ᄒᆞᆫ ᄂᆞᆫ을 셔 치니 ᄯᅩᆫᄃᆞ주
ᄒᆞ쥭져와 봉죵이 ᄉᆞᄅᆞᆷ의 ᄲᅢ를 치ᄂᆞᆫ노ᄒᆞᆫ ᄀᆞ지 타 ᄯᅩᄂᆞᆫ을 ᄲᅧᆯ은 ᄭᅩ
니 ᄉᆞ면이 치ᄂᆞᆫ야 갓ᄂᆞᆫ 여지 척ᄂᆞᆫ을 뵈ᄂᆞᆫ 변이 ᄇᆡ 초ᄒᆞᆯ을 ᄲᅢ히 키ᄂᆞᆫ 볼
쥭 큐비 셕이 이ᄂᆞᆫ 비 밋 회 도ᄂᆞᆫ져 북을 안치ᄂᆞᆫ 거북 ᄂᆡ 티 와
져ᄂᆞᆫ ᄒᆞᆫ샥여 ᄉᆞᄂᆡ 일 길ᄂᆞᆫ엽ᄂᆞᆫ 드ᄂᆞ히 ᄒᆞᆫ져 녀 죵이 ᄉᆞᄉᆞ 되 옥홍
이 쉬 타 ᄒᆞᆫ엿거ᄂᆞᆯ 텬셔 회 일홍 가ᄅᆞᆯ ᄡᅡᆼᄂᆞᆫ 열ᄂᆞᆫ ᄒᆞ시니 련
히 니ᄅᆞᆯ 응ᄒᆞ시다 ᄒᆞᆫ 궁이 ᄂᆞᆫ을 진 축 ᄒᆞ여 비셕 라거북
울 져ᄉᆞᆫ 주ᄂᆞᆫ 치ᄂᆞᆫ다 ᄒᆞᆯ되 더니 열 길이나 파 미 큰 ᄂᆞᆯ이 ᄋᆞ셔
드ᄂᆞᆯ 흑엿 굴궁 기ᄉᆞ 빅장이 ᄂᆞᆫ ᄒᆞᆫ되 궁ᄂᆞᆯ 셔 뇌 평이 진동
ᄒᆞᆫ듯 ᄒᆞᆫ되 ᄒᆞᆫ ᄂᆞᆯ노 오ᄂᆞᆯ셔 일빅여 ᄃᆞᆫ쥴노 ᄒᆞᆺ허뎌 ᄉᆞ면 팔
방으로 가거ᄂᆞᆯ 텬셔 져 평ᄒᆞ여 진인더러 무ᄅᆞ니 답왈 션
뎌의 노조 뎐ᄒᆞ셔 텬살셩 삼십뉵과 디살셩 칠십이ᄅᆞᆯ 가
도시ᄂᆞᆫ 옥젼ᄒᆞ시되 반일ᄂᆞᆯ ᄇᆡᆨ관 팔살셩을 노화 인간의 ᄂᆡ

니변싱셩의 다로오ᄆᆡ 반ᄒᆞ엿다 ᄒᆞ시ᄆᆡ 일노 인ᄒᆞ여 지ᄭᅩᆺ
ᄒᆞ엿ᄉᆞᆫ이 다 현지 ᄂᆞᆺᄀᆞ ᄎᆞᄌᆞ ᄒᆞ올일을 어ᄇᆡ셔 진언ᄒᆞ올 작별ᄒᆞᆯ
ᄂᆞᆫ 동졍으로 가니 쳥관도ᄉᆞ 이ᄯᆡ 너역을 굿치ᄅᆞ 산으로
라 가더라 너더구려 인종 명즁신즁이 분ᄒᆞ시ᄂᆞᆫ 쳐조ᄅᆞᆯ 이즉
의ᄒᆞ신 후ᄉᆞ방이 ᄐᆡ평ᄒᆞ더라 각셜 동경 가봉부의 한
ᄉᆞ람이 잇스되 ᄃᆞ자오져의 형뎨 즁 ᄃᆞᆯᄎᆡ 어려셔 붓터
창쓰기와 빡더기ᄅᆞᆯ 조화ᄒᆞ며 져기ᄅᆞᆯ 잘 ᄎᆞ니 ᄉᆞ람이 ᄅᆞ기
라 부ᄅᆞ더라 ᄅᆞ기 낭의 ᄌᆞ식을 달니여 노름 붓쳐 돈을
앗더니 왕쳘이 제ᄋᆞ들의 일노 기봉부의 졍ᄒᆞᆫ디 부윤
이 고구ᄅᆞᆯ 등ᄉᆞ십을 쳐셔 쳣더니 ᄉᆞ롤 어더 ᄉᆞ굴을 이연
ᄒᆞ여 단왕궁의 누ᄒᆞ니 단왕은 칠왕ᄌᆡ 의 양올궁의 이와
창쓰기와 빡더쓰기며 져기 ᄎᆞ기ᄅᆞᆯ 조화ᄒᆞ며 ᄃᆞ구ᄅᆞᆯ 조ᄒᆞ일
ᄃᆞᆫᄃᆞᆫ ᄒᆞ더니 졍의 가장 친밀ᄒᆞ더니 단왕이 즉위ᄒᆞ니 이
곳 휘종이라 상이 고구로 뎐수부ᄐᆡ부ᄅᆞᆯ ᄒᆞ이시 니ᄅᆞ키 젼
수ᄇᆡᆨ구의 도위ᄂᆞᆫ 혼ᄌᆞ 아장ᄒᆞ아 아젼다 ᄒᆞ군 등이 다 네수ᄒᆞ되

오직 고구 왕진이 업거ᄂᆞᆯ 무ᄅᆞᆫᄃᆡ 하리 왈 왕진이 병드러
참예치 못ᄒᆞ니이다 고구 ᄃᆡ로ᄒᆞ야 왈 내 쳐음으로 도임ᄒᆞ엿
거ᄂᆞᆯ 졔 엇지 거만ᄒᆞ리오 ᄒᆞ고 나졸을 보ᄂᆡ여 왕진을
잡아다가 ᄭᅳᆯ니 ᄂᆞ슈죄ᄒᆞᆫ후 쟝찻 치죄ᄒᆞᆯ시 제아쟝
이간왈 금일은 즁일의 용쟝ᄒᆞ시믈가ᄒᆞ니 병일을 치죄
ᄒᆞ시 늣지아닐ᄶᅡ ᄒᆞᆫᄃᆡ 다ᄅᆞᆫ키 우ᄂᆞᆫ 병일을 뒤 쎵ᄒᆞ다
ᄒᆞ니 왕진이 비로소 ᄒᆡ대ᄅᆞᆯ 드러 본즉 이곳ᄅᆞ키다 집의
도라가 기모ᄃᆞ려 왈 시쵸은 ᄒᆡ위부친 라원치 이되ᄂᆞᆯ
죽이되 ᄒᆞ려니 금일은 호노의 ᄒᆡᆼ으로 ᄆᆞᆨ 흉을 보젼ᄒᆞ여
ᄒᆞᄆᆡ 병일은 용되치 아니ᄒᆞᆯ지라 다라 낭ᄲᅡᆫ가지 ᄭᅩᆺᄒᆞ라
ᄒᆞᆫ 기모ᄅᆞᆯ ᄲᆞᆯ리 오ᄂᆞᆫ 봇짐ᄊᆡᄂᆞᆫ 여하ᄇᆞ 왕졍ᄉᆞᄅᆞᆯ ᄎᆞ자
갈쇠 일ᄒᆞᆯ은 잘곳을 지너치ᄂᆞᆫ야 실도록 가다가 한곳
의 큰집이 슈플 본 ᄲᅮᆯᄋᆞᄅᆞᆯ 드다라 하즈ᄡᆡ러시 ᄆᆞᆯ형ᄒᆞ여
죽인쳐ᄒᆞᆼ이 별당으로 쳥ᄒᆞ여 드리ᄂᆞᆫ 셕반을 셩비ᄒᆞ여
주어ᄂᆞᆯ 왕진이 ᄲᅢᆼᄒᆞᆯ치 ᄒᆞᆫᄂᆞᆫ 고로의 병이 ᄉᆞᄉᆞ모로 슈일을

도구ᄅᆞᆯ ᄒᆞ신 후 왼ᄂᆞᆯ의 ᄃᆞ토다가 볼ᄅᆞᆯᄇᆡᆨ이 더니 십칠팔 된
ᄒᆞᆫ번이 내의의 후ᄉᆞ 다년을 쓸 ᄆᆞᄋᆞᆷ의 야 ᄒᆞᆸ농그린 옷ᄒᆞᆯ
날ᄅᆞᆫ 창ᄒᆞ다 막히 ᄅᆞᆯ 쓰ᄂᆞ치다 왕진이 ᄋᆞ욱히 ᄇᆞ라가 ᄌᆞᄎᆞ
ᄒᆞ니 ᄒᆞᆫ번이 되ᄎᆞ ᄒᆞ여 치ᄂᆞᆫ 져 ᄒᆞ여 ᄉᆞᆯ 왕진ᄋᆞᆯ 구ᄒᆡ 아ᄌᆞ 온
지 ᄌᆞ조 뫼스 스승을 못ᄊᆞ알귀ᄒᆞ 한ᄒᆞᆫ노라 ᄒᆞᆫ번이 청ᄒᆞ여 상
과의 안치ᄂᆞᆫ 진비 ᄒᆞ셔 노ᄅᆞ 왕진이 답비 ᄒᆞᆫ 돌 병ᄇᆞᆼ을 무ᄅᆞᆫ
니 ᄒᆞᆫ번이 ᄂᆡ일 성ᄋᆡ의 병ᄇᆞᆼ은 ᄉᆞ진이 오 부친이 옷쇠주롱을 그
려 납헛기ᄎᆞ ᄉᆞ룡이 부그ᄅᆞᆯ기ᄅᆞᆯ 구문농이라 ᄒᆞᆫ일을 속
무예ᄅᆞᆯ 조화 ᄒᆞ되 ᄭᆡᆺ쳠 스승을 엇지 못ᄒᆞ여 더니 죵일
ᄉᆞ부ᄀᆞᆯᄋᆞᆷᄆᆞᆫ 오니 반향이 ᄒᆞᆫ홍이 다 왕진ᄋᆞᆯ 대ᄒᆞ되 노ᄅᆞᆯ 리
ᄉᆞᆼ고ᄒᆞᆷ의 젹지 아니 ᄒᆞ니 가르치물 엇지 ᄉᆞ양ᄒᆞ리오 ᄒᆞᆯ
리며 일로 후 왼의셔 온갓 법을 가르쳐 오륙 삭의 무예 졍
통ᄒᆞᆫ지라 왕진이 ᄃᆞᆫ동ᄒᆞᆫ라 ᄉᆞ진ᄋᆞᆯ 작별ᄒᆞᆫ 연안부로
ᄀᆞᆯ 졍ᄒᆞᆫ 의게 ᄒᆞᆫ지니라 각설 ᄉᆞ진이 쳐 자 업ᄂᆞᆫ 화공이
ᄒᆞᆨ을 후 하 져ᄅᆞᆯ랑 ᄒᆞ여 졍ᄒᆞ다 무아 ᄒᆡ 안ᄒᆡ ᄒᆞ니 한 ᄉᆞ

룸이 집을 엿보거ᄂᆞᆯ ᄉᆞ진이 뎐ᄒᆞ고 ᄒᆞ여 ᄒᆞ련ᄒᆞ니 이곳산
장ᄂᆡ 길이라 ᄉᆞ진을 ᄂᆞ 슈일을 ᄂᆞ사ᄒᆡᆼ을 ᄒᆞ니 곤ᄉᆞ의 집
을 엿보ᄂᆞ 조니 길되를 ᄒᆞ이어 어지 퇴을을 엿보며 ᄂᆞ간 ᄒᆞ
화산의 강되 낫기를 강ᄒᆡ히 산ᄒᆡᆼ을 못ᄒᆞᄂᆞ이 다 ᄉᆞ진을 네
그 산뎍의 셩명을 ᄒᆞ아 ᄂᆞ라 리왈 뎨일은 신긔 군ᄉᆞ 쥬무오
뎨이는 ᄃᆞ간ᄒᆞ 진달이오 뎨삼은 ᄇᆡᆨ화ᄉᆞ ᄒᆡᆼ춘이니 ᄀᆞᆫ소오
ᄃᆞ록 ᄇᆡᆨ을 거ᄂᆞ려 ᄇᆡᆨ간을 노략ᄒᆞ며 강ᄒᆡ ᄀᆞ산의 올ᄂᆞ가지
못ᄒᆞᆫ이라 ᄉᆞ진이 니 길ᄅᆞᆯ 보션 싱각ᄒᆞ되 이 도뎍이 반
다시 ᄋᆞ리 ᄒᆞᆫ쿵을 침범ᄒᆞ리라 ᄒᆞᆫ 가 령을 분부ᄒᆞ
며 즉쟝을 갓ᄒᆞᆫ ᄒᆞᆫ인을 쳥ᄒᆞ여 곡 젼ᄅᆞᆯ 니ᄅᆞᆫ 긴일
도뎍이 오거든 북 랴 ᄒᆞ리로 ᄒᆡ와 액쇽을 졍ᄒᆞ니 다 각 셜
이 ᄯᅥ 진달 양츈이 화유현을 치랴ᄒᆞ고 거ᄒᆞᆯ 줄 ᄭᆡ왈 ᄂᆡ
갈되 ᄉᆞ가 ᄒᆞᆼ을 칠ᄒᆞ시니 혐을ᄒᆞᆯ 어셔 화유현을 치라
진달 왈 ᄉᆞ가 ᄒᆞᆼ의 착 ᄒᆞᆫ ᄉᆞ름 아 잇다 ᄒᆞ니 가지 ᄯᅩ ᄒᆞᆫ 축
뫼ᄃᆞ지 아니 고 일ᄇᆡᆨ 궁을 거ᄂᆞ려 산의 ᄂᆞ려 가 ᄉᆞ가 ᄒᆞᆼ의

7

닐러 남향ᄒᆞ니 ᄯᅴ 삼경이라 ᄉᆞ진이 ᄋᆞᆯᄒᆞᆫ 목탁 울희
ᄒᆞᆫ이 ᄒᆡᆨ라가 평풍을 브화 거화ᄒᆞᆫ 피잡 상사ᄒᆞ여 뎌
호왈 어ᄂᆞ러ᄂᆞᆫ이 감히 나의 ᄎᆞᆼ풍을 오란케 ᄒᆞᄂᆞᆫ뇨 ᄒᆞ고 ᄭᅢ
상의 외 읍왈 뎌당아 ᄒᆞ되 산최의 냥식이 업서 화윤현
으로 가써 길ᄒᆞᆫ이 키 ᄒᆞ올지라 ᄀᆞᄂᆞ니 청컨ᄃᆡ 길ᄒᆞᆯ 빌나이다 ᄉᆞ
진왈 나ᄂᆞᆫ 허락ᄒᆞ려니와 ᄒᆞᆫ다 ᄒᆞ니 허락지 아니ᄒᆞ네 ᄀᆞ뢰더
쭈ᄅᆞ라 쥬뫼 왈 그니 노ᄉᆞ진 왈 내 ᄌᆞ의 ᄭᅮᆯ더니 ᄭᅮᄅᆞ라 쥬
뫼 뎌ᄅᆞᆯ ᄒᆞ여 ᄭᅡᆯ를 빗겨 ᄉᆞ진의게 다라 들지 ᄆᆞᆯ ᄉᆞ진이 ᄭᅡ조
ᄊᆞ화 삼합이 못ᄒᆞ여 거즛 패ᄒᆞ여 닷ᄂᆞ지라 쥬뫼 ᄯᆞᆯ올
치 처 창ᄋᆞᆯ 노ᄉᆞ진의 등을 ᄭᅩᆯ우 지ᄅᆞ니 ᄉᆞ진이 몸을 기우
려 피ᄒᆞᆫ 뒤 비ᄅᆞᆯ 놀희여 주뫼ᄅᆞᆯ 생금ᄒᆞ여 결박ᄒᆞᆫ
ᄭᅳᆺ 돈 ᄉᆞᆫ 놀ᄒᆞᆫ니 드장 지아니 고집의 도라 와 당상의 측
을 ᄲᅢ히고 술을 두어 ᄒᆞᆫ인을 뎌 접ᄒᆞᆫ 병을 쥬외의 보
니여 상ᄋᆞᆯ 청ᄒᆞ되 ᄒᆞ더라 ᄎᆞ설 쥬무의 ᄌᆡ군이 도라가
쥬뫼ᄅᆞᆯ ᄂᆞ ᄒᆞ니 ᄉᆡᆼ 츄ᄃᆞᆯ 왈 형이 뫼굴의 잡혀 ᄉᆞ니 ᄋᆞᆨ되 산

치ᄌᆞᆫ을 다 날회여 형을 지ᄒᆞ게 어거려 ᄒᆞᆯ도 진탈 입을믈
가 ᄒᆞ다 형도 당치 못ᄒᆞ여 리ᄂᆞᆫ 우되 어지 강히 절오며
오ᄂᆡ 제길 제이 ᄉᆞᄅᆞ이 되 ᄀᆞᆨᄀᆞᆨ ᄒᆞᄂᆞᆫ 병인이 ᄉᆞ가 ᄒᆞ여나
야 라ᄃᆞᆼ ᄒᆞ여 ᄉᆞ진길이 ᄎᆞᄃᆞᆼ이 녹ᄉᆞᆫ간 세ᄅᆞᆯ 나ᄅᆞᆯ 추이
져 일ᄅᆞᆯ ᄒᆞᆫ 복락을 쳐 ᄒᆞᆫ 이을 보ᄒᆞᆫ 병이ᄅᆞᆯ 부루
니 병인이 당하 의ᄌᆞ되나 ᄀᆞᆺ ᄒᆞ려ᄒᆞᄂᆞᆫ ᄉᆞ진이ᄅᆞᆫ 성일을 녀의ᄇᆞ
ᄉᆞ간ᄉᆞ ᄒᆞᆫ ᄯᆞᆯᄅᆞᆯ ᄒᆞᆫ 쳐 ᄒᆞᆯ나 진ᄉᆞᆫ ᄃᆞᆼ일을 ᄒᆞᆫ인 ᄃᆞᆼ이ᄌᆞ
외 의 꾀치ᄅᆞᆯ 참지 못ᄒᆞ여 산의 올나 도적이 되여 ᄉᆞ주
옹란 상을 ᄒᆞᆺ초 ᄒᆞ더니 ᄌᆞᆺ일 주귀ᄅᆞᆯ 외ᄅᆞᆯ 버ᄒᆞ여ᄉᆞ
비국 ᄒᆞᆯ제 파여읍의 주장ᄅᆞᆯ 보라ᄂᆞᆫ 왕ᄉᆞ 오디 영웅을 오되
삼인을 잡어아 ᄒᆞᆫ뇌거리 의 보러여도 영웅을 고금도 한최
아니 되이다 ᄉᆞ진이 ᄃᆞ른 강ᄃᆞᆼ ᄒᆞ여 싱각 ᄒᆞ되 반일을 ᄌᆞᆨ
의ᄅᆞᆯ 잡아 거되 의 보니 설이ᄂᆞᆫ 호한이 아니라 ᄒᆞᆫ즉서
주복의 ᄭᅵᆫ거ᄉᆞᆯ 고ᄅᆞᆫ 삼인을 청ᄉᆡᆼ을 청ᄒᆞ여 ᄂᆞᆯ드
절ᄒᆞ여 ᄂᆞᆺ단 정신을 진정 ᄒᆞ게 ᄒᆞ니 삼인이 ᄀᆞ의거ᄅᆞᆯ

강ᄒᆞᆫ ᄒᆞ여 ᄉᆞ치ᄂᆞᆫ 줄 하작 ᄒᆞᆫ 산취의 도라 와 ᄉᆞ전의 여지
블 날ᄒᆞᆫ ᄒᆞ는 블 ᄎᆞᆨ 조 ᄎᆞᄒᆞᆫ 삽십 ᄉᆞᆼ을 ᄌᆞ로 ᄒᆞ여 ᄎᆞ화
홀의 보허여 전일 실ᄉᆞᆯ 운쎄 홀 ᄉᆞ쎄 ᄒᆞ여 블ᄉᆞ 진이 ᄒᆞ라
외상을 보ᄂᆞᆫ ᄉᆞ ᄆᆡᆼ군 죄ᄒᆞ라가 리셔 ᄉᆡᆼᄉᆞᆨ ᄒᆞ리 바일 ᄲᅡ지
아니면 이ᄂᆞᆫ 저의 ᄒᆞᆫ 리ᄅᆞᆯ 상ᄒᆞᆸᄯᅡ ᄒᆞᆫ 보ᄃᆞ록 ᄎᆞᆨ 올ᄒᆞ로
ᄉᆞ조ᄌᆞᄅᆞᄅᆞᆯ ᄯᅢ여 보니 ᄎᆞ이ᄅᆞᆯ 수 ᄉᆞ치 이 부ᄯᅡ은 옷 쇄 벗ᄅᆞᆯ 가
령을 ᄌᆞ어 ᄒᆞ산 취의 부셔 여 희ᄉᆞ ᄒᆞ니 ᄉᆞᆷ안 이러 하 ᄒᆞ
여 가쟝을 ᄉᆞᆯᄂᆞᆯ ᄒᆞ만 ᄒᆡ 백여 ᄒᆞᆫ ᄒᆞ셜ᄉᆞᆼ 올 ᄀᆞ니 가쟝아
가지ᄂᆞᆫ 도라 오라 가ᄒᆞᆯ이 ᄎᆞᆺᄒᆞ여 ᄉᆞ ᄌᆞᆯ의셔 중ᄒᆞ니
이엿니 일ᄉᆞᆼ이 ᄲᅡᄌᆞᆷ지ᄂᆞᆫ 다가 ᄒᆞ져ᄉᆞᆼ을 보ᄒᆞ치 ᄒᆞ여 강이
김버ᄒᆞᄂᆞᆫ 천셔 ᄂᆞ의 외뵈ᄂᆞᆯ ᄎᆞ타 천ᄂᆞ의ᄅᆞᆯ ᄀᆞᆯᄂᆞᆫ 보니 며
냥ᄒᆞ다 일보ᄒᆞ 외관이 드러 ᄉᆞ니 ᄀᆞᆺᄉᆞ 진이 산적 파 ᄒᆞᆼ오
ᄒᆞᄂᆞᆫ 외 ᄎᆞᆯ이라 리희 ᄉᆞᆯ내 이ᄉᆞ 연을 ᄀᆞ외의 ᄂᆞᆫ ᄒᆞᆫ 변실
흰말 ᄉᆞᆼᄉᆞᆼ을 어드리다 ᄒᆞᆫ 외가ᄂᆞ라 ᄀᆞᆼᄒᆞᆯ가 진 가ᄂᆞ라 가
젼의 ᄇᆞᆼ을 읽ᄉᆞ니 왕시 쟝ᄉᆞᆼ을 ᄉᆞᆷ여 부니 셔 ᄎᆞᆯ라 ᄒᆞᆫ이 가

니엄거놀줄수도되라ᄒᆞ되 삼쳑의장군이 ᄉᆞ이의 쳐ᄒᆞᆯ
부시ᄅᆞᆯ ᄒᆞ옥실슈ᄒᆞ고 가ᄒᆞ여 담뵈ᄂᆞᆫ 아나 ᄒᆞ시려이 다ᄉᆞ긴ᄒᆞ
그ᄃᆡ히너기러니 익일초 경이 시ᄉᆞᄒᆞ이 일거놀 ᄉᆞ긴이 ᄲᅡ자
후당의드러가 라정후 ᄉᆞᄅᆞᆯᄒᆞᄂᆞ와 담화ᄒᆞ더니 문득문
밧시ᄒᆡᆼ뎌이 진동ᄒᆞ며 화광이 츙텬ᄒᆞ거ᄂᆞᆯ ᄉᆞ진이 다리
ᄅᆞᆯ곳고 ᄂᆞ와 ᄇᆞᆯ너희 부ᄉᆞ일노와ᄃᆡ 집을 온젼케 ᄒᆞ노ᄂᆞᆫᄃᆡ
ㄲ되ᄂᆞᆫ병이ᄅᆞᆯ 빅ᄉᆞᆼ을 거ᄂᆞ리고 ᄲᅡ산의 되 일ᄇᆡ산쳑으로 ᄒᆞᆼᄒᆞ오
ᄒᆞ여 지ᄂᆞᆫ 비 집의 왓ᄉᆞ리 밧비 잡아 니여 보니 여라 ᄉᆞ진답 왈
산쳑으로 ᄒᆞᆼᄒᆞ고ᄂᆞᆫ 시 엄거놀 ᄯᅩ 슌ᄯᆡ를 ㄲ되 일이 ᄲᅵ ᄀᆞᆫ변ᄒᆞ
어러이 ᄉᆞ리 ᄇᆞ라나 ᄀᆞᆯ왈 어재 왕ᄉᆞ 산쳐의 가ᄀᆞᆯ라 ᄒᆞᆷ을가
젼가라가 ᄎᆞᆽᄒᆞ여 길ᄒᆞ의 되주기ᄒᆞ며 이ᄲᅵ 어더ᄒᆞᆫ란ᄒᆞ여 사
나부ᄌᆞᆯ 엽 셰칭ᄒᆞ락 ᄲᅮᆯ나 ᄉᆞ진이 발셔ᄉᆞ라ᄂᆞ 칠ᄒᆞᆫ놀ᄋᆞᆯ 엽ᄒᆞ
졈ᄒᆡᄉᆞ리와 삶이ᄒᆞᆫ ᄒᆞ더니 뎡보ᄅᆞᆯ ᄎᆞ 즙을 ᄒᆞ며 산으로 ᄒᆞ오
셔ᄒᆞᆯ시 ᄉᆞ진이 ᄒᆞᆯᄉᆈ 왕ᄉᆞ ᄀᆞᆯ을 버힌 후 김 상ᄲᅡ ᄒᆞ여 ᄒᆞ고를
ᄒᆞᆫ후 ᄯᅢ 살가 ᄂᆞ ᄒᆞᆫ병이 ᄉᆞ산ᄇᆞᆯ게 ᄒᆞᆯᄉᆞᄒᆡ 되 ᄉᆞ진이 ᄆᆡ ᄌᆞᆯ을

ᄯᅢ에 한 갈 ᄉᆞ해 ᄒᆞ며 즉 [illegible]

니 삼인이 온 셩가 ᄀ 졍 파 지 ᄋᆞᆯ 궁슉 ᄒᆞᆷ ᄒᆞ오 우 지 ᄂᆡ 부 [illegible]

코 ᄉᆞ인이 산의 올ᄂᆞ가 쇼 ᄒᆞ여 ᄌᆞᄌᆡ ᄒᆞ셔 ᄒᆞᆫ 슉 ᄉᆡ 이되 ᄆᆡ ᄉᆞ

진ᄒᆞ야 삼인을 ᄎᆞ자 별 ᄒᆞᆫ ᄃᆡ 진을 ᄒᆞ오ᄃᆡ 단셔 졍 ᄂᆞ 다 ᄀᆞᆯ

향ᄒᆞ올셔 위ᄒᆞ야 ᄒᆞᆫ니 ᄀᆞ셔 ᄉᆞ 중에 ᄃᆞ려가 수ᄃᆞᆯ ᄉᆞ ᄇᆡᄃᆞᆫ 왕

ᄭᅳᄃᆞ글 ᄌᆞᄌᆞ셔 ᄌᆞᆨ이 ᄋᆞᆯ 왕 ᄭᅵ 뒤 여ᄃᆡ 히 비 갈 모일 ᄒᆞ 가

수 ᄌᆞᆫ 타 롤더니 ᄯᅳᆺ ᄎᆞᆫ 일인이 근ᄃᆞᆫ 부시 ᄋᆞᆯ 도리 오되 ᄏᆡ

큰 ᄉᆞᆷ이 ᄋᆞᆯ나 ᄀᆞᆷ이 ᄂᆞ ᄒᆞᆫ 쌩의 나 ᄀᆞᆨ시 반긔 ᄒᆞᆫ 누 ᄋᆡ ᄋᆞᆯ

주ᄇᆞ구ᄅᆞᆯ 불너 술을 가져 오ᄃᆞ ᄒᆞ고 졍이 니ᄂᆡ 네 ᄎᆞᆫ

기ᄒᆞᆫ이 다방에 ᄒᆞᆫ 좌졍ᄒᆞ엿ᄉᆞ 진이 ᄃᆞᄋᆞᆯ 원 권리 ᄒᆞᆫ 졍ᄒᆞ엿

올ᄃᆞ 뎌지 이라 가히 ᄂᆞᆯ 나ᄂᆞᆫ 려ᄋᆞ 부ᄌᆡ ᄒᆞᆯ이니 ᄉᆞᆼ병을 ᄂᆞ

ᄃᆞᆯᄒᆡ이 ᄂᆞ니 다 ᄉᆞ진을 ᄒᆞ이온 ᄒᆞᆫ ᄎᆞᆫ 수ᄒᆞᆫ 쟝이 니 셩병을 ᄉᆞ 간

아이ᄉᆞ 왈 ᄯᅩ ᄒᆞᆫ ᄃᆞ니 나의 ᄉᆞ부 왕진이 경략부의 잇가 보

ᄃᆞᆯ 왈 ᄂᆡ여 나가 ᄆᆞᆫ 동ᄉᆞ 지 ᄒᆞ가 진을 라 ᄋᆞᆫ리 ᄀᆞᆯ ᄒᆞ아 ᄃᆞᆨ

ᄋᆞᆯ 그ᄃᆡ의 ᄉᆞ ᄒᆞᆫ 졍을 ᄃᆞ려가지 ᄋᆞ리 ᄒᆞᆫ 왕진을 ᄂᆡ여 ᄇᆞᆫ ᄃᆡ 이 ᄒᆞ ᄂᆞᆯ

더라 ᄒᆞᆫ셔로 송공을 ᄀᆞᆯ온즉 방울 ᄎᆞᄌᆞ 가더니 이ᄯᆡ 인이 드러
오거놀 소진이 절ᄒᆞ여 왈 소비 엇지 여긔 계시노 기인 왈 나는
얘 팔은 왕노라 ᄒᆞ며 셔로 반겨 술 ᄇᆡ셩ᄒᆞ여 ᄎᆞ 이ᄋᆞᆫ 소진을 믄
져 가ᄅᆞ치 뎐라 호장니 츙이라 상인ᄒᆞ여 술 ᄆᆡᆨ더니 ᄒᆞᆯ면 곡셩
이 들ᄂᆞ니 거늘 누리들이 되ᄒᆞ여 오ᄂᆞᆫ 것을 보니 오니 노한
라 너 ᄌᆞᆫ ᄋᆞᆼ의 아ᄒᆞ라 ᄋᆞᆫ지 라 노달이 무왈 네 무ᄉᆞᆫ 일노 오ᄃᆡ
술 ᄇᆡᆨ 그ᄅᆞᆺ 오ᄃᆞᆫ 히우ᄂᆞᆫ 소ᄅᆡ 쳐 ᄇᆞᆺ복을 글 ᄭᆡᆫ 나ᄂᆞᆫ 구왈 ᄋᆞᆷ인
은 동경 ᄉᆞᄅᆞᆷ으로셔 어ᄉᆡ 일ᄌᆞ 죽ᄋᆞᆫ ᄂᆡ 우ᄒᆞ야 비과 누ᄅᆞᆨ ᄒᆞ
여 이 곳의 왓더니 진관셔 정워관이라 ᄒᆞᄂᆞᆫ 치 브르 ᄎᆞᆨ지 심으
ᄅᆞ 죽이ᄅᆞᆯ 노하 돈 삼쳔 ᄂᆞᆼ을 주마 ᄒᆞᆫ 빙문 ᄒᆞᆫ 후 돈을 ᄋᆞ 아나
주ᄂᆞᆫ 나를 쳥 ᄒᆞᆷ ᄋᆞᆯ 삼엇다가 상ᄉᆞᆨ이 못ᄒᆞ여 나를 ᄶᅩᆺ츤 셔ᄂᆞ ᄒᆞᆫ
ᄅᆞ ᄒᆞ여 ᄂᆡ 돈을 ᄯᅩ 달나 ᄒᆞ니 노ᄒᆡ 져라 져를 제업ᄂᆞᆫ 당ᄒᆞᆫ 외
돈 한 푼 볼 ᄃᆡ 업ᄉᆞ니 어듸 가 제 돈을 어더 주리오 일노 ᄒᆞᆫ ᄒᆞ여
이 졈의 와 노리곡조를 파라 돈을 어더 져를 주며 날ᄒᆞ아지 돈으
로 부게 연명 ᄒᆞ더니 수일 ᄆᆡᆨ 당ᄒᆞ이 아니 오매 져의 돈 갑ᄒᆞᆯ 길

엄ᄉᆡ 실ᄋᆞᆼ이 발ᄒᆞ여 쥭외ᄅᆞᆯ 면ᄒᆞ엿ᄂᆞ이다 노달이 듯ᄃᆞ가 겸
히녀셔 왈 ᄂᆡ 반젼을 줄거시니 명일을 본도로 가라 ᄒᆞᆫ 쳐녀로
셔 은 ᄃᆞᄉᆞᆺ냥을 ᄂᆡ여 ᄉᆞ진이 ᄯᅩ 열냥을 ᄂᆡ여 노ᄀᆡ 쳥ᄒᆞ되
왈 ᄂᆡ일 갑ᄒᆞᆯ 거시니 은을 ᄭᅮ이라 ᄒᆞ니 이츙이 ᄯᅩ 두냥을
ᄂᆡ거ᄂᆞᆯ 노달이 젹게 너겨 도로 주ᄂᆞᆫ 열냥을 주니 너지ᄲᅳᆫ
빅ᄉᆞᄅᆞᆯ 두ᄅᆞᆯ 비즉 반젼이ᄂᆞᆫ ᄉᆞᄉᆞ 졍ᄎᆡ야셔 보ᄂᆡ노ᄎᆡ 이다
그 달ᄅᆞᆯ근 ᄃᆞᆫ녀 ᄯᅢᄂᆞ 방이 ᄒᆞᆫ가ᄅᆞ 져ᄉᆞᆼ ᄒᆞᆯ자ᄂᆞᆫ 노달이 블ᄅᆞᆫ
히 노ᄒᆞ시기ᄅᆞᆯ 기다려 졍의 가 깁가 부녀ᄅᆞᆯ 부ᄅᆞ니 깁채 더갑
ᄒᆞᆫ나 오거ᄂᆞᆯ 노달을 ᄇᆞᆯ 넌ᄂᆞᆫ 어셔가라 깁채 지방을 징ᄃᆞᆫ나 오되
ᄒᆞ니 졍쥐 ᄯᅡᆼ의 ᄆᆡ 왈 뎡ᄐᆡ 단히 ᄉᆞ인ᄋᆞᆯ ᄒᆞ여 곳이 ᄉᆞᄅᆞᆷ의
게 ᄒᆞᆯ 돈도 ᄃᆞ라 ᄒᆞ여 ᄯᅳᆺ보ᄂᆡ되 조ᄉᆞᆼ이 다 노달이 뎌ᄒᆞᆫᄒᆞ여 주
내리 조ᄒᆞᆫ번 치니 졍쥐 피ᄅᆞᆯ 흘니ᄂᆞᆫ가 거ᄂᆞᆯ 노달이 깁ᄒᆞᄅᆞᆯ
쥐 축ᄒᆞ여 ᄯᅥᆫ너 보ᄂᆡᆫ 뭇을 주구 ᄒᆞ쳐 장원 교의 가 ᄯᅡᆼ 가ᄅᆞᆯ 잡
아 너 ᄒᆞᆫ번 ᄒᆞ며 ᄀᆞ국 치니 주ᄃᆡ리 ᄒᆞᆫ이 ᄯᅡᄅᆞᆯ 차니 독ᄂᆞᆫ ᄲᅡᆼ올
이 ᄉᆡᆼ지셔 ᄂᆞᆫ 고주ᄋᆞᆼ을 주ᄅᆞᆯ 징작 ᄒᆞᆫ 해쳐의 와 ᄒᆞᆫ ᄋᆞ니ᄅᆞᆯ 숙숩

ᄒᆞ야 남ᄌᆞ로 ᄒᆞ야금 더니 당ᄌᆞ가 의셔 이ᄌᆡᄅᆞᆯ 라ᄂᆞᆫ 곳의ᄂᆞᆫ ᄒᆞ되
복옹이 죽시 말치 ᄒᆞ여 잡으되 ᄎᆞᆫ죽이 되도록 ᄒᆞ여 슈각
윰의 힝란 ᄒᆞ여 잡으되 ᄒᆞ더라 화셜 이쌔 노지심이 ᄂᆞᆷ히 남은
울ᄒᆞ니 힝ᄒᆞᆫ 되다히 ᄂᆞᆷ은 나졈울 불분 ᄒᆞ니 상ᄒᆞ지 ᄌᆞ갓 뜻
지라 ᄒᆞᆫ 곳의 다 ᄒᆞ라 ᄇᆞᆯ죽 인ᄁᆡ 졸연 ᄒᆞᆫ 져치거되의 ᄉᆞᆷ
이 ᄇᆞᆫ히 쉬고 ᄆᆞᆨ슨 방으로 울 보져 졸고 노달이 또 호구졍ᄒᆞ니 본
더 일ᄌᆞᆨ 식이라 남의 방 본 거ᄉᆞᆯ 주ᄂᆞ니 경낙부 제할 ᄒᆞ여
ᄉᆞᄅᆞᆷ울 죽이ᄂᆞᆫ 도망 ᄒᆞ여 숨어 반일울 잡아 빗치 변천 ᄒᆞᆷ울 상ᄒᆞᆯ
뇌라 ᄒᆞᆫ 구ᄒᆞ야 려올 ᄯᆞ라 가리 ᄒᆞ엿거ᄂᆞᆯ 노달이 ᄂᆞᆫ 우울 피묘
져 ᄒᆞ더니 ᄇᆞᆯ록 일ᄒᆞ여 허되 ᄀᆞᆯ 안ᄂᆞᆫ 불러 일 장ᄎᆞ 가 형 아
목어 슐 보 ᄒᆞᆯ 노달이 ᄂᆞᆫ 도라 보니 이 곳 김가 ᄂᆞ이ᄒᆞ라 손옹
닛글 ᄌᆞᆼ옹 ᄎᆞᆫ 곳ᄒᆞ자 갈 올되 우이ᄒᆞ야 엿지 거리셔 방황
[illegible]ᄂᆞᆫ 노달이 반져 일을 나ᄂᆞᆫ 뎡 가ᄅᆞᆯ 죽이ᄂᆞᆫ 도망 ᄒᆞ여 와 ᄒᆞᆫ
울 엇지 도졍ᄋᆞᆯ ᄒᆞ야 가리 여지 남ᄂᆞᆫ 조ᄒᆞ여 월이 곳의 나ᄅᆞ러
진 ᄎᆡᆺᄉᆞ 회 조혀 ᄒᆞᆯ 어려의 탁 ᄒᆞ되 일ᄒᆞᆺ신이 안한 ᄒᆞᆫ 도ᄅᆞᆯ

15

린집의 도라가 조현이와 셔로 보고 시술을 젼ᄒᆞᆷ 일이 엇
되 오희ᄂᆞᆫ 치 못ᄒᆞ셔시ᄆᆡ 나의 ᄯᆞᆯ을 옹ᄋᆞᆸᄒᆞ라 노질 월
목숨 ᄯᆞᆯ은 현의 월이 되롱 오시보니 ᄯᆞᆫ가 변 오뢰 잔의 졀ᄒᆞ여
니ᄀᆞᆫ 졀의 지 친 장뇌 이슈의 날라 정친ᄒᆞᆫ 내가 그 졀의 시
즉ᄒᆞᆫ 거시 ᄲᆞᆫᄒᆞ더 그곳의 가 샥발ᄒᆞᄆᆡ 엇더ᄒᆞ노 ᄀᆞᆯ이 ᄯᅩᄒᆞᆫ
목방ᄒᆞᆯ 드물 셩각ᄒᆞᆫ즉 시허락ᄒᆞ여 익일의 현의 비ᄂᆞᆯ을
갓ᄒᆞᆫ 노ᄅᆞᆯ을 다ᄒᆞᆫ 졀의 나ᄒᆞ더 장노ᄅᆞᆯ 보ᄂᆞᆫ 노ᄅᆞᆯ의 소연
을 쳥ᄒᆞ니 장뇌 허락ᄒᆞᆫ 택일ᄒᆞ야 발ᄒᆞᆫ 후 날ᄒᆞᆷᄭᅴ 지
시샹이라 ᄒᆞ다 지샹이 졀의 이셔 ᄉᆞᆼ죡ᄒᆞ며 리ᄅᆞᆯ ᄲᆡ셔 보ᄂᆞᆫ 허ᄅᆞᆯ
옥뇌 월목숨일노 죠ᄅᆞᆯ 슈ᄒᆞᆨ이 되여ᄒᆞᆫ 내 평셩즉 ᄋᆞᆯ 세
월ᄂᆞᆯ 보니 거니 목숨일노 ᄉᆞ식을 ᄇᆡᆨᄒᆞᆫ 지천ᄒᆞᆫ ᄒᆞ여 뀰ᄒᆞᆫ 교
울ᄒᆞ더니 일을 ᄋᆞ리 뭇 쟝삼을 쳘쳐 입ᄒᆞᆫ 졍옷ᄋᆡ 회 안쳐려
니 일ᄒᆞ이 ᄉᆞᆯᄒᆞᆫ 동을 ᄲᆡᄒᆞᆫ 가거둘 지샹이 옥신이 칩ᄒᆞ여 나
리라 ᄲᆞᆯ노 ᄒᆞᆫ번 츳 거옥ᄒᆞᆫ 치ᄒᆞᆫ 동을 ᄃᆞᆯᄒᆞᆫ 한ᄉᆞᆷ의 다 ᄉᆡᆼ온
ᄒᆞᆨ ᄀᆞᆨ부ᄃᆞ셔 일을 ᄇᆡᆼ일을 ᄌᆞᆯ노 오변ᄒᆞᆯ 갑ᄒᆞᆯ즉 ᄲᅡᄒᆞᆫ 바스령

의자 안ᄒᆡ ᄉᆞᄃᆡ 쥭 빗고 즁의 ᄒᆞᆼ완ᄒᆞᆫ 몸을 감히 일ᄋᆡᄋᆞᆯ 못
ᄒᆞᄂᆞᆫ도다 가ᄂᆞᆫ지라 지심이 졈ᄉᆞᆯ술이 취ᄒᆞ되 장ᄎᆞᆫ을 버리되
잇디 의미ᄂᆞᆫ 비ᄭᅳ롬 치ᄆᆡ ᄭᆡᆯ보ᄂᆞᆫ을 향ᄒᆞ니 문 직힌 즁이 ᄡᅡ
아 일홀 장리 부ᄅᆞᄇᆞᆨ ᄒᆞ되 ᄂᆞᆯ 칠ᄒᆞᆫ 즁을 일졀ᄒᆞ드니 지팡나 ᄒᆞᆯ
여 ᄀᆞᄃᆞ 못ᄒᆞ드니 ᄀᆞ리다 지심이 ᄭᅳᆯᄒᆞᆯ ᄒᆞᄋᆡ 눈을 부릅ᄯᅳᆫ 와홀ᄒᆡ여
나리ᄂᆞᆫ 공이 엇지 나ᄅᆞᆯ 향거 ᄒᆞ되 온 ᄒᆞᆫ ᄉᆞ가락을 버혀 ᄒᆡᆼ을
치니 그 즁이 피ᄅᆞᆯ ᄒᆞᆯ니 ᄃᆞ르드니 ᄎᆞ치 승을 보ᄂᆞᆫ ᄂᆞ리되 승
이 일옷시의 면ᄅᆞᆯ 도ᄅᆞᆫ 빅되ᄅᆞᆯ 지심이 문장을 ᄃᆞᆯ 다라 ᄃᆞ리
목슉ᄂᆞᆫ다 ᄒᆞᆫᄂᆡ 상ᄒᆞᄂᆞᆫ지 ᄡᅡ홀ᄎᆡ다 지심이 피 방으ᄅᆞᆫ ᄃᆞ려가
코ᄅᆞᆯ 오리 갓치 ᄂᆞᆯ ᄆᆡᆼ ᄀᆞᆯ 노ᄂᆞᆯ 되 승이 장노의게 ᄃᆞᆫ ᄒᆞ여 니여
보리 ᄂᆞᆫ 청ᄒᆞᆫ 되 장노 일홀 조 친히 ᄂᆞᆺ 출 보와 아직 ᄃᆞ려 ᄃᆞ
나 ᄒᆞ여다 ᄎᆞᆺ 후 지심이 ᄀᆞ리ᄂᆞᆫ ᄒᆞ여 반ᄇᆡᆼ을 ᄭᅥᆯᄂᆞ모로 아니 ᄂᆞ려
니 일 ᄂᆞᄋᆞᆯ 오ᄅᆞᆯ 조ᄅᆞᆯ 칠ᄒᆞ지 못ᄒᆞ여 장삼을 니ᄇᆞᆫ 허리의 옷을
ᄎᆞᆯ ᄒᆞᆫ 졀의 ᄂᆞ려가 긔 벙벙ᄒᆞᆫ ᄌᆞᆯ 즁을 ᄎᆞ 즈은 ᄒᆞᆫ 즉 ᄃᆡ 쳔 장 가
졔 도ᄅᆞᆯ 졀의 ᄃᆞᆯ니 ᄒᆞᆫ 술 치ᄇᆞᆯ 읍의 가ᄉᆞᆯ 라 미ᄅᆞᆫ 기ᄅᆞᆫ 복식 ᄒᆞᆫ 거

다리ᄒᆞᆫ다 ᄒᆞ올졔의 감ᄎᆞᆫ 술갑슬 주근후 걸ᄂᆞᆫ도라 올시 졔
칫ᄎᆞᆯ여 옥의 발ᄒᆞᆫ지라 반산졍의 치다라 멋기ᄅᆞᆯ 둘브ᄅᆞᆯ
치미니 벽력ᄀᆞᆺ치 나며 집이 문허진ᄂᆞᆫ지라 졔승이 그소리
와 놀나 와 보니 지심이 취ᄒᆞ여 져옷ᄉᆞᆯ 다 헐혼 비ᄅᆞᆯ 치
며 오거ᄂᆞᆯ 졔승이 놀나 결문을 닷ᄂᆞᆫᄉᆞ 즁졔승을 ᄒᆞ화 방
비ᄒᆞ더니 지심이 뎐문의 나ᄋᆞ러 문을 열나 ᄒᆞ되 응답이 업
ᄂᆞᆫ지라 지심이 남의 쇠온 즁강신을 치며 뎌블은 옷스린 일네
남쳑의 ᄒᆞᆫ다ᄅᆞᆯ 놀ᄂᆞᆫ 븍ᄂᆞᆫ 금강을 ᄯᅡ 부릅ᄯᅳᆫ ᄌᆞᆨᄃᆡ 리ᄅᆞᆯ 치
여ᄂᆞ니 데내 주며 리로 ᄲᅡ 지부라 ᄒᆞᆫ ᄒᆞᆫ번 치며 편ᄂᆞ 븜쇠
ᄒᆞ거ᄂᆞᆯ 지심이 뒤 ᄉᆞᆯ을 뢰ᄒᆞᆷ이 노야ᄅᆞᆯ 놀ᄂᆞᆫ 보왓ᄂᆞᆫ ᄒᆞ
린ᄯᅩᄒᆞᆫ편 금강상을 보고 려줄왈 뢰뎐 ᄅᆞ주ᄉᆞ의 ᄒᆞᆫ쥬ᄇᆡ
리의 불쇠 ᄒᆞ엿 서ᄂᆞᆫ 네 입봉을 가옥 ᄃᆡᄅᆞᆫ 나ᄅᆞᆯ 온ᄉᆞᄃᆞ 네ᄯᅩ뎜
뒤여 부라 ᄒᆞᆫ주ᄇᆡ 디로 ᄒᆞᆫ번 치니 허디 부뎌지ᄂᆞᆫ지라 자
심이 ᄉᆞᆯ벽 치며 간ᄂᆞᆫ 뒤 ᄉᆞᆯ ᄒᆞᆫ 말ᄂᆞᆫ 을 뎌즈ᄒᆞᆫ 뎌 본쳑이 쇠
여지거ᄂᆞᆯ 졔승이 놀ᄂᆞᆫ 각ᄂᆞᆫ 도망ᄒᆞ여 승당의 지심이 범ᄒᆞᆼ

뎡ᄒᆞ믈로 드러가 ᄇᆡ 열아 보롱이 졍 뭉을 뫼호와 가지신이
취ᄒᆞ고를 보신 시여 블 젼ᄒᆡ여 ᄂᆞᆯ 지신이 뒤 졸ᄒᆞᆯ 이나 귀ᄒᆞ
이어ᄅᆞᆫ 올 보ᄅᆞᆫ 인ᄉᆞ ᄒᆞ야 ᄂᆡ ᄒᆞ니 ᄯᅢ 즁보라 ᄒᆞᆫ 치 ᄃᆞ려가 ᄒᆞ사
보치 ᄇᆡ의 길을 ᄂᆡ며 지내 술라 ᄒᆞ기를 도 ᄒᆞ니 긍약 최고로 차
반ᄉᆞ롭이 ᄯᅡ지 못ᄒᆞ여 파 ᄒᆞᄂᆡ 호졉 새 지신이 도로 ᄒᆞ니 허 다 장ᄉᆞᆫ
올 ᄇᆞᄅᆞ니 풍랑을 뫼기 ᄯᅡ라 혀 더지ᄂᆞᆫ 치ᄅᆞ ᄂᆞᆯ의 들ᄅᆞᆫ 즉
ᄂᆡ 일ᄅᆞᆫ 못ᄒᆞ라 ᄒᆞ고 ᄒᆞᆫ 뜻 더브러 우ᄒᆡ 제승 러터 왈 너 로 ᄯᅢ여 꼬라
ᄒᆞᄂᆡ 잡몽ᄂᆞᆫ 그ᄅᆞᆫ 엄모의 어치로 쳐 넛ᄏᆞᆷ 법 당의 ᄂᆞᆯ여 필상
다리 ᄅᆞᆯ 색혀 들ᄅᆞᆫ 자산ᄒᆞ여 장ᄂᆡ 더 호왈 지신 아 이 ᄆᆞᄎᆞᆷ도
런고 지신이 최중이 ᄂᆞ 장ᄂᆡ의 ᄲᆞᆯ로 들ᄅᆞᆫ 겁ᄒᆞ여 제 ᄯᅡᆼ으로 가
좃ᄂᆞ다 이 ᄉᆡ 제승이 장노ᄅᆞᆯ 원망ᄒᆞ고를 장ᄂᆡ 익일의 지실
올ᄇᆞᆯ여 왈 네 치즁ᄒᆞ야 현ᄒᆡ의ᄅᆞᆯ 밧ᄌᆞ로 보와 용셔ᄒᆞᆫ 안셔
ᄒᆞᆫ 공ᄋᆞᆯ 히시 ᄒᆞᆫ 거시 ᄋᆡ 네 편지 ᄉᆞᆫ 지ᄅᆞᆫ 동 친히 상국 ᄉᆞ의 각 평
평장 노의게 전ᄒᆞ면 너를 즁히 쓰리라 ᄒᆞᄂᆞᆫ 되 복일 ᄉᆞᆸ라 ᄒᆞ편
지르ᄅᆞᆯ 주고 ᄅᆞᆯ 지신이 하직ᄒᆞᆫ 첨로ᄅᆞᆯ 허 ᄃᆞ 뒤 상국ᄉᆞ로 향ᄒᆞᄂᆡ

졔승이 길게 ᄒᆞ더라 지심이 ᄒᆡᆼᄒᆞ여 ᄃᆡ상국ᄉᆞ의 니ᄅᆞ러 지챡
장노의 편지를 젼ᄒᆞ니 쳥즁장뇌 편지 보고 지심을 불러 가
장은 술 취ᄒᆞ야 닌ᄒᆞ여 ᄉᆞ즁의 법을 안ᄒᆞ치라 이의 지심더러 왈
내 ᄉᆞ례를 동화ᄭᅩᆯ밧 ᄎᆞᄎᆞ장을 가음알게 ᄒᆞᄂᆞ니 비일ᄒᆞ4
무 엽철지 식만 ᄉᆞ즁의 이른 구상ᄒᆞ려 슌네 가ᄎᆞ지ᄒᆞ면 일러
의복 유식이 ᄎᆞᆨ ᄒᆞ더라 ᄒᆞᆫ 쳬ᄆᆞ을 뫼 그 졀즁을 압연ᄒᆞ
여 보더니 지심이 장노ᄭᅴ ᄒᆞ직 ᄒᆞ고 ᄎᆞᄎᆞ장의 나ᄅᆞ러 본즉 ᄎᆞ
기ᄉᆞ 오십호 ᄂᆞ 되ᄂᆞᆫ지라 쳬ᄆᆞ을 ᄎᆞᄎᆞ즁의 부치ᄅᆞᆯ ᄎᆞ장 터
쳥 방인ᄂᆞᆫ ᄒᆞ여 ᄆᆡ일 ᄒᆞᆷ이 ᄂᆞ라 술 ᄅᆞᆯ 떡을 쳔을 쓰더니
일ᄂᆞᆫ 은 일홈이 니ᄅᆞ러 지심을 ᄒᆞ고 쳥ᄒᆞ을 동ᄒᆞ여 왈 나ᄂᆞᆫ
동경 팔십 반금군 교두 님츙이러니 향일 형의
창법을 잠간 보ᄋᆞᆫ지 ᄎᆡᆨ소 ᄒᆞ여 왈ᄂᆞᆫ 니 형의 셩명을 듯
ᄌᆞ져 ᄒᆞ노라 지심 왈 나ᄂᆞᆫ 노달이오 ᄂᆞᆫ ᄇᆡ온 지심이 ᄒᆞᆫ다 ᄒᆞ니 츙
이 뒤희 ᄒᆞ여 더 이ᄅᆞᆯ 시ᄆᆡᆨ더니 님츙이 ᄉᆞ오일 안이 오ᄂᆞᆯ 지
심이 님츙을 ᄎᆞᄌᆞ가 무ᄅᆞᄃᆡ 츙 왈 내 부ᄅᆞᆫ 이ᄅᆞᆷ ᄒᆞ셔 ᄎᆞᆯ

입ᄂᆞ니ᄒᆞ엿ᄃᆞ라ᄒᆞᆫ한자지조죽가의가술ᄯᅥᆨ이ᄀᆞᆸ
시고목부쥐부옷과ᄒᆞᆷᄭᅴ벙ᄋᆞᆯᄆᆞᄅᆞᄅᆞ여ᄂᆞ니스ᄉᆞ로ᄌᆞ이ᄋᆞᆯ놀라고
이라ᄒᆡᆼ일ᄂᆞᆫ뎨쳐ᄅᆞ머부머동악모ᄋᆞᆫ의문ᄒᆡᆼᄒᆞ다갓술셔고
뎨ᄒᆡᆼ으ᄅᆞ머부러술ᄲᅥᆨᄋᆞᆯᄂᆞ다간츄아니ᄒᆡᆼ조ᄅᆞᆯ히ᄅᆞᆼᄒᆡ
로치며ᄒᆞ다가라시부ᄅᆡ이곳쥐부의아ᄃᆞᆯ인ᄂᆞᆫ조고ᄎᆡ보
너여거니ᄉᆞ일ᄅᆞᆯ죤의유ᄋᆞᆯ오후라ᄒᆞᆫ호ᄋᆞᆯᄒᆞ여괴로ᄎᆡ
죽괴ᄋᆞᆫ이며술ᄯᅥᆨ다가ᄲᅡ히쳐ᄌᆞᆨ제리엿다ᄒᆞᆫᄎᆡ의쳐ᄅᆞᆯ
다리ᄂᆞᆫ유젼의집의니ᄅᆞ러ᄂᆞᆫ안의ᄎᆡ의쳐ᄅᆞᆯ부ᄌᆞ로ᄂᆞᆫ
히중고의ᄒᆞᆯ뫼집중의곱히와젼ᄒᆞ기ᄅᆞᆯ가불ᄌᆞᆨ아니ᄒᆞ
ᄎᆡᆯ보ᄂᆞᆫᄃᆞᄲᅡᆼᄒᆞ며쳐죽이지ᄭᅩᆺᄎᆞᆯ유젼을ᄌᆞ주되ᄉᆞᄅᆞᆷ부쥐
ᄭᅩᆺᄒᆞ며부ᄋᆞᆯᄅᆞᆯ조업셔ᄀᆞ집외간ᄋᆞᆯ로ᄃᆞ문ᄎᆡᄒᆞᆫ뫼
뫼부ᄋᆞᆯᄎᆞᆫᄂᆞᆫ이셔조ᄅᆞᆯ입지ᄭᅩᆺᄒᆞ엿ᄃᆞ라지ᄉᆡᄒᆞᆯ무ᄉᆞ일
낫거ᄂᆞᆫ내재일게ᄒᆞ다ᄒᆞᆫ각ᄅᆞᄃᆞ라가니라ᄎᆞᄎᆡᆯ단ᄒᆞ여
낫ᄎᆞᆼ이쇠ᄅᆞᆯ하며ᄂᆞᆫ후ᄠᅢᆼ이일ᄅᆞᆯ칠ᄎᆡᆼᄒᆞ여욕되ᄎᆡ
ᄒᆞ며ᄂᆞᆯ유젼이ᄂᆞᆫ지ᄅᆞᆯᄃᆞᄅᆞᄂᆞᆫ아니의ᄆᆡᆼᄅᆞᆫ을ᄂᆞᄅᆞ며ᄒᆞᆯ의ᄎᆞᆯᄒᆞ

ᄒᆞ여 님츙을 주이ᄂᆞᆫ 그 쳐를 아셔 주연 군병을 가히 감ᄎᆡ되
라 ᄒᆞ니 ᄀᆞᆫ키 모라 〳〵 ᄒᆞᄂᆞᆫ 액졸을 쳥ᄒᆞᆫᄃᆞᆺ ᄒᆞᆫ 위엄이 ᄃᆡ단ᄒᆞ여
발를 부셔 님츙을 ᄇᆞᆯ고 ᄃᆞᆯ여 휘쟈ᄃᆞ려 쳡의 보ᄒᆞᆫ
이 잇다 ᄒᆞ니 가진 오다 ᄒᆞ며 더이 다 ᄒᆞ나 님츙이 ᄒᆞᆫ 칼를
가 진 최 발를 ᄡᅡ라 ᄒᆞᆫ 당의 ᄂᆞ려 ᄂᆞᆫ 쳔 ᄇᆡᆨ이 뒤ᄒᆞᆯ 듸 가
져 ᄇᆞᆯ진 츙이 허 부여 나 오거ᄂᆞᆯ 기다리 되 오ᄅᆞᆫ ᄒᆞᄂᆞᆫ 이 험ᄉᆞ
지 의 리 ᄒᆞ며 목 ᄅᆞᆯ 쳥을 ᄂᆞᆯ 본즉 ᄇᆡᆨ 호 당이 다 됨 랄
이 당은 조폭 즁소ᄅᆞᆯ 의 논ᄒᆞᆫ 고 당이라 ᄒᆞᆫ 즙히 무엉을 ᄂᆞ그ᄂᆞ
혀 나 오며 ᄂᆞᆫ 후 뒤 ᄂᆞ려오며 우ᄌᆡ 쳔월ᄂᆞᆯ 무숨 일로 외
츙의 칼를 ᄂᆞᆯ ᄇᆡᆨ 호 당의 ᄃᆞ려와 ᄂᆞ를 주이 ᄂᆞᆫ 다 ᄒᆞ니
츙이 황공 ᄒᆞ여 ᄃᆡ왈 ᄉᆞ이 ᄒᆡᆨ 어지 ᄇᆡᆨ 호당의 드려왓 ᄉᆞ오
리 ᄂᆞᆫ ᄃᆞ 쳐 ᄇᆡᆨ이 허부 ᄒᆞ를 ᄉᆞ이 ᄒᆞᆫ 이니 ᄃᆞ려 무ᄉᆞ 이
로 ᄃᆞ려 왓ᄉᆞ이다 ᄒᆞ니 ᄃᆡ 쳔 ᄒᆞ믈 일 ᄋᆡ 무ᄉᆞ 쳔ᄉᆞ ᄒᆞᆫ ᄉᆞ
ᄒᆞᆫ 하리를 부ᄅᆞ며 ᄒᆞ여 님츙을 결박ᄒᆞᆫ 큰칼 씨 인ᄒᆞ여
문셔를 빈드러 기봉부의 부ᄂᆡ니 부윤이 문셔를 보고 문

츙을 블ᄂᆞ니 츙이 실상을 라ᄅᆞᆫ디 부윤이 고이 너겨
ᄒᆞ되 믈을 아나 ᄃᆞ주의 낫ᄎᆞᆯ 아니 보지 못ᄒᆞ엿ᄂᆞᆫ 동의 ᄉᆞ섭을 ᄒᆞ되
낫치 즈자 ᄒᆞᆫ 쳥주ᄒᆞᆯ 뎡미ᄒᆞᆯ시 동초와 셜파ᄒᆞ야 ᄒᆞᆫ대
ᄒᆞᆫ여사게 ᄒᆞ니 츙이 옥 ᄂᆞ올ᄂᆞ 흑 ᄃᆞ의 ᄂᆞ려 ᄒᆡᆼ장을 ᄎᆞ
려 갈ᄉᆡ 츙의 장인 장교 ᄃᆞ니 ᄅᆞ려 위로 ᄒᆞᆫ 음인식 ᄉᆞ엿을
동셜ᄒᆞᆯ 이 ᄀᆞᆯᄋᆞ주 어뒨 ᄂᆞᆼ의 잘ᄃᆞ니가 ᄆᆡ을 ᄒᆞᆼ부ᄒᆞ여 ᄇᆞᆯ ᄂᆡᆼ
안이 응낙 ᄒᆞᆫ 뢰 집의 다니 오ᄃᆞ가 길의 ᄂᆡ우와 ᄋᆞᆯ 쥬ᄉᆞ
나며 쥬ᄉᆞ의 ᄋᆞ이 ᄉᆞ섭 ᄉᆡᆼ을 주어 ᄌᆞᆯ 너희 ᄃᆡ어 가지 ᄀᆞᆯ 이 압ᄒᆡᆼ
ᄒᆞᆫ ᄃᆞ의 사 츙을 주이 ᄂᆞᆫ 낫 가죽을 벗지 오면 도이 ᄉᆞ섭ᄎᆞ을
주리니 이 ᄂᆞᆫ 뎌 부의 분ᄇᆡ라 ᄒᆞ고 ᄂᆞᆯ ᄂᆡᆼ인이 응낙 ᄒᆞᆫ 발
힝ᄒᆞ여 한 젹의 ᄃᆞ 뎌 쥬ᄅᆞᆯ 살 ᄃᆡ 츙을 주며 발을 쐬 ᄒᆞ야
ᄒᆞ니 츙이 그 흉계를 아지 못ᄒᆞ다가 발을 ᄃᆡ려 헤 가죽이 ᄒᆞ야
상ᄒᆞᆫ 뢰 감히 ᄆᆞᆯᄒᆞᆯ 못ᄒᆞᆫ 수 경 ᄎᆡ의 ᄂᆞ ᄒᆞᆼ나 시 집신을 신기
ᄃᆞ고 챵을 ᄃᆞᄅᆞᆫ 치며 ᄒᆞ며 져히니 츙이 일ᄅᆞ 챰ᄅᆞᆫ 이 섭ᄃᆞ
ᄅᆞᆯ 가 빈ᄒᆞ이 신ᄅᆞᆫ 아ᄂᆡ 경구ᄒᆞᆫ 신ᄂᆡ 가 업ᄃᆞ리 부 셩 ᄒᆞ 치 ᄆᆞᆯ

낭이활을ᄡᅩ되가장공교ᄒᆞ여쉬여가ᄌᆞ줄ᄂᆞᆫ곳어ᄂᆞᆯ쟈ᄅᆡ올이
뢰ᄌᆞᆫᄉᆞ이의이름이다라나ᄉᆞ긔ᄒᆞᆸ라ᄒᆞᆫᄃᆡ허니ᄒᆞ고셥노ᄅᆞᆯᄒᆞ여
여ᄎᆞᆼ의ᄎᆞᆨ족을동혀낭게ᄆᆡ고동ᄎᆡ군관장을들ᄂᆞᆫ왈오
리부되ᄂᆡᄅᆞᆯ족이되ᄒᆞᆯ씨아니라ᄒᆞᆫᄃᆡ부워ᄅᆞᆯ족이민ᄂᆞᆫ내
나ᄅᆞᆯ한치ᄲᅡᆯ나ᄒᆞ며곤장을ᄃᆞ리고ᄇᆞᆯ쎄치며ᄒᆞ더니홀
연ᄒᆞᆫᄃᆞ뭇뒤ᄒᆞ로셔벽ᄇᆞ소리나며한화상이ᄂᆞᆯ원장을
들나리다라곤장을보다ᄲᅡ히며리치ᄂᆞᆫ팔ᄅᆞᆯ쌋혀츙의
번거ᄒᆞᆯ끗허ᄎᆞ고젼장을드려낭인을ᄌᆞ이되혼ᄌᆞ츙이
평신을진평ᄒᆞ여보니이곳ᄌᆞ지심이라곰히ᄂᆞᆯ여왈형아
뢰아ᄆᆞ되홀완ᄒᆞᆫ나일ᄋᆞᆼ최우ᄂᆞᆫ죄인이여용셔ᄒᆞ라지쳔
이ᄂᆞᆫ믈ᄆᆞᄅᆞᆸᄯᅳᆫ션쟝ᄋᆞᆯ보고ᄒᆞᆯ나ᄆᆞᄋᆞᆷ을한편치ᄆᆡᆸᄇᆞᆫ
졔ᄒᆞ지라낭인이펴장실ᄉᆡᆨᄒᆞ여ᄌᆞ지ᄒᆞᆫ일ᄇᆡ너ᄅᆞᆯ노으라
거시ᄒᆞᆫ되넘고되ᄲᅡᆯ니ᄲᅵ아직용셔ᄒᆞ거니와만일ᄂᆞ여거역
이ᄉᆞᄒᆞᆫ편이나ᄆᆞ와갓치ᄒᆞ리라ᄒᆞᆫᄃᆡ동ᄒᆞᆷᄭᅴ진장을ᄲᅦ여ᄂᆞᆫ졀
파ᄌᆞ츙을ᄇᆞᆫᄌᆞ드려힝ᄒᆞ여오ᄆᆡᄅᆞᆯ가ᄆᆡ후ᄇᆞᆫ이ᄂᆞᆸᄒᆞᆫ칠

시랑이 중군을 ᄉᆞ뫼ᄂᆞᆫ 운을 ᄒᆡ여 ᄎᆞ례로 ᄉᆞ남충을 ᄒᆡ오ᄂᆞᆫ 삼
인이 뒤흘 ᄯᆞ라 청주 지계의 다ᄃᆞ라ᄂᆞᆫ 평원랑야 아ᄒᆡ로 ᄇᆞᆫ도
허ᄒᆞᆫ 곳이 업ᄂᆞᆫ지라 지ᄉᆡᆼ이 남충ᄃᆞ려 왈 나ᄂᆞᆫ 여ᄃᆡ셔 도라
가ᄂᆞ니 청운보중ᄒᆞ라 ᄒᆞ고 운이 ᄉᆞᆸ 냥을 ᄒᆡ여 주고 ᄯᅩ ᄉᆡᆼ
울 ᄯᆡᆼ인을 주어 일ᄒᆡᆼ 초호ᄅᆞᆯ 도ᄉᆡᆼ시로 호ᄒᆞᄂᆞ니 운을 ᄯᅩ 치ᄯᅳᆯ
다 ᄒᆞᆫ도라 갈ᄉᆞᆨ 삼인이 ᄒᆡᆼᄒᆞ더니 하로ᄂᆞᆫ 인이 ᄉᆞ옷ᄉᆞᆯ 닙ᄂᆞᆫ
ᄯᆞᆯ다ᄅᆞᆫ가 다가 남충을 불너 ᄯᆞᆯ리ᄂᆞ되 짐ᄉᆞᆯ 주어 왈 그ᄃᆡ 어ᄃᆡ
이ᄉᆞ며 무ᄉᆞᆷ 일로 어ᄃᆡ로 평방가 노로 남충이 황망히 ᄃᆡ답ᄒᆡ
왈 ᄎᆞ인은 동평부 ᄉᆞᄅᆞᆷ 남충이라 직금 어서 청주로 ᄀᆞ라
가노이다 그 ᄉᆞᄅᆞᆷ이 왈 ᄉᆞᄒᆞᆫ 쌍백이 실진이오 남ᄋᆡ 업ᄉᆞᆫ 기ᄅᆞᆯ 호소ᄒᆞ오
몽이라 ᄒᆞᄂᆞ니 청의 ᄂᆞᆯ 흉을 ᄃᆞ려 지오 흔ᄒᆡ다 ᄌᆞᆼ일 우연히
ᄯᅡᆼ ᄋᆞ로 ᄯᅥ러 ᄃᆞ뎌 ᄋᆞᆫ 집의가 잠간 쉬여 가라 ᄒᆞᄂᆞᆫ 충을 다려 길
의 나ᄀᆞᆫ ᄯᅥ라 평호 측창을 ᄃᆞᆼ치와 ᄒᆞᆷ 거러 정 ᄒᆞᄂᆞᆫ 으로 곡
일ᄇᆡ 무ᄃᆡᄌᆞᆯ 기려 ᄂᆞᆼ 치사 기ᄅᆞᆯ 지측 ᄒᆞᆫ 소식 진ᄒᆞ이 우ᄒᆡ
십ᄇᆡᆨ ᄉᆡᆼ을 ᄃᆞᆼ 친물 주며 ᄯᅩ 운다 일습의 복을 남충을 주고

일장뇌간을ᄭᅢ여 왈 이 쳔지를부공의게젼ᄒᆞ엿거니와
혹ᄒᆞ되 ᄒᆞᄂᆞᆫ츙이 바다가지로 항ᄒᆞ여 쳥ᄌᆞ의 나흔
쟈 ᄅᆞ엽을믓치니 부공이 ᄅᆞ엽을보고 희ᄒᆞ여 보니
니타 ᄉᆞ홍이 쳔ᄯᆞᆯ단령의 괴인 평을흐 히 ᄊᆞᆫ ᄯᅩ혼ᄉᆡ진의
아들이 스되 즉시 ᄒᆡ황당을 직 희게 보시니 ᄂᆞᆷ이가 장편
ᄒᆞ더니 일일은 ᄉᆞᆫ연 쳔ᄯᆞᆯ이 ᄂᆞᆫ츙더러 왈 네 ᄆᆡ뢰 온자오라 ᄒᆞᆫᄃᆡ
ᄯᅩ식되 라ᄂᆞᆫ이의 비술이 ᄂᆞᆺᄂᆞᆫ지라 풍ᄃᆞᆯᄆᆡᆺ오되 ᄯᅩ히 근병ᄒᆞ장
이ᄂᆞ니 네수를가온 살별머삭인ᄌᆞ 발근ᄃᆞᆯ이 ᄂᆞᄂᆞ니 타ᄒᆞ종이
비ᄉᆞᄒᆞᆯᄒᆞᆯᄒᆞ샹의 더ᄅᆞ되 ᄆᆞᆺ집이 ᄒᆡ탁ᄒᆞ여 ᄅᆞᆼ옥ᄅᆞᆯ 파
치ᄆᆞᆺᄒᆞᆯ셰 어ᄃᆞᆼ이라 치위를ᄑᆞᆫ되 지ᄯᅩᆺᄒᆞ여 ᄒᆞᆯ뎜의 갈을
글ᄒᆞᆫᄉᆞ가지로ᄒᆞ다 올ᄌᆞ 집이 ᄂᆞᆯ허엿거ᄂᆞᆯ 잠ᄒᆞ되 엄셔 죽 ᄂᆞᆷ
ᄒᆞᆯ라 가그젓히 모당의 ᄃᆞ려가 돌노ᄂᆞᆯ을 진ᄒᆞᆫ 안졋더니
ᄒᆞᆫ드ᄅᆞᆯ밧려 화랑이 조오ᄒᆞ며 ᄂᆞ올ᄒᆞ여ᄂᆞᆫ 나가 괴ᄒᆞᆯ
가 밧긔 인뫽이 ᄒᆞᆫ 블은 ᄯᅩ히 아ᄒᆡ ᄃᆞᆼ귱을 ᄉᆞ외[illegible]
ᄃᆞᆯ이 ᄆᆞᆫᄃᆞᆼ글ᄯᅢᄒᆞᆫᄃᆞ려 오ᄃᆡ ᄒᆞ되 아이 [illegible] 하 ᄆᆡᆺ 외

셔ᄂᆞᆫ 한숨이 ᄡᆞᆯ ᄒᆞ되 모ᄅᆞ노라 ᄒᆞᆫᄃᆡ ᄯᅩ 한숨이 ᄡᆞᆯ ᄒᆞ되 향영
치 ᄡᆞᆯ이 석곳 ᄲᅮᆫ이니 변어지이 례고ᄅᆞᆯ 힝ᄒᆞ여 ᄉᆞ되 오ᄂᆞᆯ 往한
놈이 ᄡᆞᆯ ᄒᆞ되 님ᄌᆞᆼ이 미죡 승텬ᄒᆞ얍더 ᄒᆞᄂᆞᆫ지 죄 이ᄂᆞᆫ 글 얻지
이화지 ᄅᆞᆯ 변ᄒᆞ리오 ᄒᆞ서ᄅᆞᆯ 님ᄌᆞᆼ이 ᄀᆞᄅᆞᄃᆡ 하ᄂᆞᆯ 후 유걸여
오 하ᄂᆞ다 ᄒᆞᆫ부 안이오 하ᄂᆞᆯ 후 ᄎᆡᄡᆞᆯ 이라 블ᄉᆞᆼ부리 ᄒᆞ여 ᄎᆞᆯ
로ᄅᆞᆯ ᄀᆞᆯ오ᄃᆡ 나와 ᄇᆡ놈ᄋᆞᆯ 죽이ᄂᆞᆫ 죽시 ᄉᆞ친의게 가 이ᄉᆞ 연유ᄅᆞᆯ 젼ᄒᆞᆯ
니 ᄉᆞ진월 산동 제쥬ᄯᅡᄒᆡ 양산박이라 ᄒᆞᄂᆞᆫ 뒤 읫ᄂᆞᆫ 고로 의ᄂᆡ
쟝ᄉᆔ 이 ᄉᆞᄅᆡ 왕운 두 쳔ᄌᆞᆼ 만 이라 ᄌᆞ손ᄅᆞᆯ ᄯᅩ 듕 佰 병ᄌᆞ의 한
ᄉᆞ로ᄂᆞᆯ 이고 ᄀᆞᆺ이 피신 ᄒᆞᄂᆞ니 내 ᄑᆡᄃᆞᄂᆞᆫ지 가 지ᄅᆞ가 변아신 ᄒᆞ니라 ᄒᆞᆯ
ᄅᆞᆫ 일슐 숨의 북 라 반뎐ᄒᆞᆯ 주 거ᄂᆞᆯ 즁이 티히 ᄒᆞ여 보 다 가지
ᄅᆞᆫ ᄉᆞ진ᄋᆞᆯ 작별ᄒᆞᆫ 후 발힝 ᄒᆞ여 한 못의 ᄃᆞᆯ라 즘젼ᄋᆞᆯ 이
러 ᄉᆞ로ᄂᆞᆫ 양산박 긔길ᄅᆞᆯ 무ᄅᆞ니 죽 이 왕ᄅᆞᆯ 구ᄅᆞ티 어 틱ᄒᆞ되 오 ᄂᆡ 엇지
ᄒᆞ여 양산박을 찾ᄂᆞᆫ뇨 ᄌᆞᆼ이 ᄉᆞ치 ᄂᆞᆫ 의ᄉᆞ 연유ᄅᆞᆯ 젼ᄒᆞᄂᆞ니 죽인 왕ᄅᆞᆯ
나도 양산박 ᄉᆞ로 ᄂᆞᆷ 죽 기 라 여 리 쥭 젹을 버 리ᄂᆞᆫ 왕 녀지 ᄒᆞ양을
하 ᄂᆞᆷ지 ᄒᆞᆯ 모ᄅᆞ라 ᄒᆞᆫᄃᆡ 덕 일의 환가 지ᄒᆞᆫ 산 치의 ᄀᆞᄅᆞᄃᆡ 잔인이 ᄃᆞ

ᄌᆞ 쇵병을 통ᄒᆞ야 식진의 관지를 젼ᄒᆞ니 왕균이 밧
져 공의ᄂᆞᆫ 남 츙을 안치ᄒᆞᆯ ᄉᆡᆯ연ᄒᆞ여 즐기더라 각셜 동졍
의 일이니 ᄉᆞ리 쇵병을 양지오 별ᄒᆞᆫ 황변치라 일ᄎᆞᆨ 츌
인ᄒᆞᆫ 북경 대명부의 경비 와더니 부을 양즁셰 양지의
츙은 ᄎᆞᆷ을 부ᄅᆞᆫ 좌우의 시 임ᄒᆞ여 뢰 ᄒᆞᆯ며 ᄒᆞᆫᄌᆞᆯᄒᆞᆫ이 여ᄉᆞ더니
구월 십봉 일봉은 치ᄒᆡ ᄉᆞ의 ᄉᆡᆼ일이라 즁셔 금쥭보화를 십
만 라ᄂᆞᆫ 동ᄭᅩᆯ 뢰되도록 ᄒᆞ여 동경의 보ᄂᆡ쇄 홀ᄉᆡ 이 쇠려 황울
당ᄒᆞ여 도젹이 반ᄒᆞᆫ ᄭᅩᆯ 평히 굴신ᄒᆞ다가 양지의 옹녁라
츙은 ᄎᆞᆫ을 앗던 압 병 치ᄉᆞ 장교를 삼아 보ᄂᆡ니라 ᄎᆞ셜 화
운현의 일이니 ᄉᆞ리 뢰병은 조개오 별ᄒᆞᆫ 환칼 현왕이
라 집이 부요ᄒᆞ고 ᄉᆞ방 호걸을 ᄉᆞ괴더니 일일은 삼인이 [illegible]
보기를 청ᄒᆞ거ᄂᆞᆯ 조개 ᄲᅡ 조자 평호 [illegible]
한ᄂᆞ ᄒᆞᆫ 입고 ᄂᆞᆷ광 을 ᄂᆞᆼ이오 ᄒᆞᆫᄂᆞ 흔지라 [illegible]
쳑ᄲᅧ리 유쟝이라 삼인을 오뢰 형의 어진 [illegible]
거시 이 되 와ᄂᆞᆫ 이라 조개 왈 형이 뎨를 더럽다 [illegible]

술ᄌᆞ긴져 ᄒᆞᄂᆞᆫ지 답ᄒᆞ라 ᄒᆞᆫᄃᆡ 양웅ᄒᆞ계 ᄎᆞ ᄒᆞ스 ᄉᆞᆼ실ᄒᆞ의
네 슐ᄅᆞᆯ 보닌다 ᄒᆞ니 오니 아 소 다 가 ᄃᆞ린져 ᄒᆞ여 ᄃᆞᆯ ᄒᆞ라
이다 ᄀᆞᄌᆡ 왈 작야 외 ᄇᆡ 집의 칠 셩이 ᄆᆞᆺ 최ᄇᆞ천 ᄇᆞᆨ 셩이 ᄆᆞᆺ
ᄎᆞᆯᄅᆞᆯ ᄒᆞ되 가장의 ᄒᆞ여 ᄒᆞ더니 금일 라 연 ᄒᆞᆼ을 ᄉᆞᆯ ᄒᆞ라
라 ᄒᆞᆫ ᄉᆞᄅᆞᆷ 져 ᄀᆞᆯ 한 ᄒᆞᆫ ᄂᆞ니 ᄋᆞᆼᄋᆞᆼ왈 나 의 ᄌᆞᆯ 치ᄂᆞᆫ ᄉᆞᄅᆞᆷ 힘
계 이 ᄉᆞ니 완 ᄉᆞᆼ이 완 ᄉᆞᆼ 란 소 칠이라 ᄎᆞᆷ인ᄃᆞᆯ이 강의 비 져ᄂᆞᆫ 기
아 싱의 ᄒᆞ다 의 리 이 져 ᄒᆞ 걸 ᄅᆞᆯ ᄉᆞ리 ᄒᆞ니 내 청 ᄒᆞ여 ᄒᆞᆯ 거시오
ᄌᆞᆨ 한 ᄉᆞᄅᆞᆷ 공ᄉᆞᆫ 승이니 이 ᄃᆡ ᄉᆞᄅᆞᆷ이 ᄉᆞᆷ 번 감히 ᄉᆞᆼᄉᆞ ᄒᆞᄃᆡ 라 공
ᄉᆞᆫ 승 왈 ᄌᆞ 형의 ᄌᆞᆫ의 ᄌᆞᆯ 셩 라 ᄒᆞ리 ᄇᆞᆨ이 ᄆᆞᆺ 최 ᄒᆞ니 오 되 ᄌᆞᆯ
인ᄋᆞᆯ 응 ᄒᆞ이다 ᄒᆞ온 ᄃᆡ 가 ᄉᆞᆯ 인 라 ᄇᆡᆨ승을 ᄎᆞᆽ ᄒᆞ여 ᄉᆞᆼ의 ᄒᆞᆯ
ᄇᆞᆨᄌᆞᆯ 기 다 리더니 이져 양지 ᄌᆞᆼ을 ᄆᆞᆼ져 ᄒᆞ여 가 라 가 한 곳의 다
ᄀᆞ란ᄂᆞᆫ 넝이 ᄂᆞᆸᄅᆞᆫ 수 ᄆᆞᆨ이 ᄆᆞᆨ 셩 ᄒᆞ지라 ᄀᆞ이ᄂᆞᆫ ᄃᆞᆼ이 지ᄌᆞᆼ을 ᄆᆞᆼ ᄇᆞᆼ을
ᄒᆞ져 ᄌᆞᆯ시 양 지 지 ᄎᆞᆨ ᄒᆞ여 ᄇᆞᆼᄒᆞᆯ 믄져 ᄒᆞ려 ᄀᆞ이ᄒᆞ이 걸ᄅᆞᆯ
여 ᄎᆞᆺ 러 니 넝 아 리 ᄌᆞ조 ᄎᆞ 날 곱 ᄉᆞᄅᆞᆷ이 수 레 를 ᄆᆞᆯ고 와 나
ᄆᆞᆨ ᄌᆞᆯ 아 리 ᄌᆞᆺ 러 니 ᄒᆞ 우 은 한 ᄉᆞᄅᆞᆷ이 술을 한 ᄃᆞᆼ을 메고

나와 ᄯᅩᄒᆞᆫ 나ᄇᆞᆨ 아리셔 쇠어ᄅᆞᆯ 양지의 ᄌᆞ인이 갈ᄒᆞᆫ몸ᄋᆞᆯ 다리
지 못ᄒᆞ다가 술ᄒᆞᆯᄆᆞᆯ 더 희ᄒᆞ여 술가 전ᄉᆞᄅᆞᆷ을 보ᄂᆞᆫ ᄋᆞᆯ
고ᄉᆞᆯᄒᆞ가 지ᄂᆞᆫ 어되ᄅᆞᆯ 가ᄂᆞ뇨 갑ᄇᆞᆯ이 더ᄯᅢ 발을 노ᄒᆞᆯ고 가고라
ᄌᆞ인ᄒᆞᆫ ᄆᆞᆯ 어ᄯᅩᆨ 오되 게 ᄑᆞᆯ녀 갑ᄭᆞᆯ 주시 업셔 못ᄑᆞᆯ가 ᄒᆞ노
라 양지 진ᄃᆞᆨ 취ᄒᆞᆯ ᄯᆞᆯ 그 술의 약을 ᄒᆞᆫ가시 ᄃᆡ 언지 ᄎᆞ 되ᄒᆞᆫ
너머 가ᄉᆞᄇᆡᆼᄒᆞ다 ᄒᆞᆫ미 ᄌᆞ인이 갈히 옥이 지못ᄒᆞ더니 칼을 ᄲᅢ혀
ᄒᆞᆨ부 더러 ᄆᆞᆯ을 저ᄆᆞᆨ 인ᄋᆞᆫ의 홍ᄒᆞ여 어나 ᄉᆡᆼᄋᆡ 오디 재니
팔ᄒᆞ니 주뷔 허ᄃᆞᆨ ᄒᆞᆯ ᄒᆞ지나 한ᄉᆞᄅᆞᆷ이 ᄉᆞ매의 가려 ᄒᆞ되ᄂᆞᆫ ᄉᆞ
ᄲᅡᆯ흘 ᄒᆞᆯ가 지ᄂᆞᆫ다 ᄒᆞᆯ 일이 ᄲᅦ잔이 ᄯᅡ라 ᄒᆞᄂᆞᆫ 을ᄒᆞ여 아녀 ᄒᆞ거ᄂᆞᆯ
ᄌᆞ인이 양지ᄅᆞᆯ 원ᄒᆞᆫᄃᆞᆯ ᄒᆞᆫ데 양치 ᄯᅩᄒᆞᆫ 갈ᄒᆞᆯᄅᆞᆯ 저 칠이 ᄇᆡᆨ으
회ᄒᆞᄂᆞᆫ 후ᄉᆡᆼ ᄒᆞ매 어ᄯᅥᄒᆞ되 평ᄒᆡ ᄉᆞᄇᆞᆨᄒᆞᆫ 뎌 ᄒᆞᄌᆞᆼ의 한ᄉᆞᄅᆞᆷ이 ᄒᆞᆯ
한ᄒᆞᆫᄃᆞᆯ 더 벽ᄂᆞᆫ ᄯᅩ 한ᄉᆞᆫ 발ᄒᆞᆫᄃᆞᆯ 섹가 지ᄂᆞᆫ 주부 ᄒᆞᄂᆞᆫ 다ᄅᆞᆫ 데 ᄲᅡᆯ여
약을 ᄉᆞᆯ의 너흐ᄂᆞᆫ지라 주뵈 되야 ᄒᆞ여 ᄒᆞᆫ ᄎᆞ자 ᄇᆡ 술ᄅᆞᆯ 아셔 ᄆᆞᆯ
네엿지 나ᄒᆞᆫ의 ᄉᆞᆯᄅᆞᆯᄅᆞᆯ ᄒᆞᆯ 먹ᄒᆞ여 가ᄂᆞᆫ 기이 ᄆᆞᆯ 오되 ᄉᆞᆯᄅᆞᆯ 여더
그ᄅᆞᆺᄒᆞᆯ ᄲᅡ혀 ᄉᆞ디 쌍ᄋᆡ ᄒᆞᆯ ᄲᅧᆨᄂᆞᆫ 저 ᄒᆞᆫᄲᅵ라 ᄒᆞᄂᆞᆫᄃᆞᆯ ᄌᆞ저 ᄂᆞᆯ 주뷔

ᄒᆞᆫ목 갓다가 동의 ᄉᆞᆷ은 동ᄋᆞᆯ 베ᄂᆞ가려 ᄒᆞ니 양치의 ᄀᆞ히ᄋᆞ여
불너 닐오ᄃᆡ ᄀᆞᆯᄅᆞᆯ ᄭᅡ 저 ᄑᆞᆯ려 ᄒᆞ다 즉 빅 ᄂᆞᆯ이 ᄉᆞᆷ의 약ᄒᆞᆯ
쿡 뎌ᄀᆞ되 파 지 낫ᄀᆞ 놋ᄂᆞ다 그리 ᄒᆞᆯ양가 져 ᄃᆞ히여 비록 실연ᄒᆞ
여 ᄉᆞᄂᆞ 즉가 치 ᄲᆞᆯ은 ᄑᆞᆯ고ᄂᆞ ᄒᆞ니 ᄯᅩ 칠인이 권ᄒᆞ여 일ᄋᆞᆯ 종일 길
ᄀᆞᆯ가 반 ᄲᆞᆯ 단 ᄃᆞ니 온ᄂᆞᆯ 보ᄅᆞᆫ ᄉᆞᆯ 한ᄃᆞ니 원ᄂᆞᆯ 보라 ᄒᆞ여 ᄉᆞᄂᆞ 장ᄉᆞ ᄒᆞ
ᄂᆞᆫ ᄉᆞ근ᄋᆞᆼ이 엇지 니ᄅᆞ ᄂᆞᄋᆞᆼ의 ᄲᆞᆯ을 ᄭᅳᆯ고ᄃᆡ ᄒᆞ도 즉 빅 ᄂᆞᆯ 내리
인ᄒᆞ야 낫ᄎᆞᆯ 보ᄂᆞ 팔ᄂᆞ다 ᄒᆞ니 양치 ᄯᅩ ᄎᆞᆫ오ᄅᆞ 실ᄋᆞᆼ이 발ᄒᆞ여 보
뫼 ᄒᆞᆫ시 발ᄋᆞᆯ ᄋᆞᆯ 미ᄅᆞᆫ 조인ᄃᆞ ᄲᅥᆨ어 뫼 ᄉᆞᆯ비의 ᄭᅳᆺ ᄎᆞ뫼 서ᄒᆞ도ᄃᆞ 보
ᄂᆡ 이단을 벙ᄋᆞᆺᄋᆞᆺ ᄲᆞᆯ ᄂᆞᆯ 뭇ᄋᆞᆯ ᄃᆞᆯᄂᆞ 뫼치 ᄲᅧᆼ 치 ᄯᅩ ᄒᆞᆫ 핑신
이어 질ᄅᆞ ᄒᆞ여 ᄀᆞ려치 ᄶᅥ 노ᄅᆞ 그 칠이ᄂᆞ다 즉 빅 죽 시 ᄒᆞ려 의 뫼
ᄒᆞᄅᆞ ᄒᆞᆫ 보되 ᄂᆞᆫ 양치의 거ᄂᆞ 뫼 가ᄂᆞᆫ 칠ᄋᆞᆯ 시ᄅᆞᆫ가 나 그 칠인은 ᄒᆞᆯ
ᄀᆡ 옹ᄋᆞᆼ 광ᄒᆞᆫ ᄉᆞᆼ우 장 산 ᄉᆞ이 완 ᄉᆞᆯ 오 완 ᄉᆞ 칠이오 즉 밥 고 뫼
ᄉᆞᆼ이 나 팔 이 ᄒᆞ이 조 새 집 의 도 ᄅᆞ 와 ᄒᆞᄅᆞᆯ 도어 줄 기 려 ᄂᆞ ᄒᆞ
셜 양 지 저 ᄃᆞ ᄅᆞᆯ 뫼 야 정 신 ᄋᆞᆯ 진 뎡 ᄒᆞ여 보 니 ᄀᆞ 인 ᄃᆞ 를 은 호
도ᄒᆞᄋᆞᆫ 진ᄋᆞᆼ을 간 ᄃᆞᆯ 업 ᄂᆞᆫ지라 려 뫼 시 ᄉᆞ 러 ᄒᆞ여 ᄭᅮᆯ 뫼 ᄒᆞ

군인을 치니 군이 ᄂᆞᆯ이 놀나 너 안거ᄂᆞᆯ 양지 뒤ᄒᆡ 일ᄅᆞ되
희여 ᄯᆞᆯ을 좃지 아니ᄒᆞ여 허라 즁보ᄅᆞᆯ 날고ᄂᆞ 숨ᄂᆞᆫ 초
조도라 가 상공을 뵈오되오나 ᄂᆞᆫ이 질고라 ᄅᆞᆫ 리ᄒᆞ야 ᄒᆞᄂᆞ니 며
희ᄂᆞᆫ 도라 가 잘ᄯᆞᆯ ᄒᆞ라 ᄒᆞᆫ 죽지 낭을 ᄒᆞ니 저 ᄋᆞ라 가노리
싱을 ᄊᆞ다 젼ᄒᆞ ᄉᆞ령을 실과 ᄒᆞ니 지ᄂᆞᆫ 일을 여ᄂᆞ족 날ᄅᆞ라
한 가지를 이ᄅᆞᆺ ᄉᆞᆫ고ᄅᆞ자 아직 아진을 되다 ᄒᆞ고 즁 황ᄂᆞ리
라 ᄒᆞᆫ 설 양지의 군인이 도라가 양즁셔ᄅᆞᆯ 보ᄂᆞᆫ 일을 양지도
려라 동ᄉᆞᆯ을 ᄇᆡ 빅ᄂᆞᆼ 낭의니 ᄅᆞᆫ 되 독약 너흔 술을 ᄅᆞᆯ 오되
ᄅᆞᆯ 먹여 저 주ᄅᆞᆫ 찰진 도ᄅᆞᆯ 조ᄒᆞ아 ᄉᆞ 가려니 이라 ᄒᆞ니 즁셰ᄅᆞᆯ
조ᄎᆞ여 정 셩 치 려ᄉᆞ 와 게 보ᄅᆞᆫ 각 읍의 징이 ᄒᆞ여 잡음ᄅᆡ
ᄒᆞ졸 치 아 ᄂᆞᆫᄂᆞᆫ 졸이 빅 승이 정 당 이라 ᄒᆞᆫ 즁 셰 빅승ᄅᆞᆯ
잡아 엇던 ᄃᆞᆯ 되승 복지 아니 ᄒᆞᄆᆡ 항옥 ᄒᆞ엿더니 ᄯᅩ 하ᄂᆞᆯ
지 즁ᄂᆡ의 ᄆᆡᄅᆞᆯ 조ᄎᆞ ᄂᆞᄅᆞ 즁ᄉᆡ 화ᄌᆞᆺ현의 ᄂᆞᆯ 조ᄎᆞ여 조ᄀᆡ
듕 칠일을 잡아 보니라 ᄒᆞ여 장 표ᄅᆞᆯ 보ᄂᆡ엿더니 화용현
압ᄉᆞ 구실 다 나ᄂᆞᆫ 소 당ᄒᆞᆫ ᄉᆞ 장인으로 별호ᄅᆞᆯ 급시 되라 이졸

ᄒᆞ엿[illegible] 보[illegible] 쟝 왈 ᄂᆡ 엇지 나[illegible] 라[illegible] 치 아니ᄒᆞ리오
ᄒᆞᆫᄃᆡ [illegible] 쳐 [illegible] 팔지 [illegible] 지현 [illegible] 공이 [illegible] ᄒᆞ여 [illegible] 잔 기 ᄒᆞ리라
라 ᄒᆞᆫᄃᆡ 빅승을 하[illegible] 즉시 조개 집의 가 [illegible] 인을 보[illegible] ᄒᆞᆫ 소젼을
[illegible] ᄒᆞᆫ ᄃᆡ 빅승을 [illegible] 다 가 거[illegible] 조재 등이 송강의 은[illegible] 만ᄂᆞ
칭ᄉᆞᄒᆞ고 평히 [illegible] 의논[illegible] 왈 [illegible] 졔쥬 양
산박의 [illegible] ᄒᆞ[illegible] 셔 [illegible] ᄯᅩᄒᆞᆫ [illegible] 기 [illegible] ᄒᆞᆯ
여 의논ᄒᆞᆯ 졍ᄒᆞ고 [illegible] ᄒᆞ며 [illegible] 뒤[illegible] 나
뫼 ᄉᆡᆼ산박으로 ᄒᆡᆼᄒᆞ니라 이 쳬 송강이 조재 등의 [illegible] 가믈 [illegible]
작 ᄒᆞᆫ 드러가 공ᄉᆞ를 올ᄂᆞᆫ지라 지현이 즉시 도두 [illegible] 인 라 도 병일
빅을 [illegible] 나려 잡으셔 [illegible] 도두의 셩명은 쥬동 뇌횡이라
[illegible] 그 [illegible] 나[illegible] 조재 등이 발셔 도망ᄒᆞ엿거ᄂᆞᆯ
가장 [illegible] ᄒᆞ니 [illegible] 도라와 이 [illegible] 지현이 [illegible]
분ᄒᆞ여 [illegible] 조재 등 칠인이 ᄒᆡᆼ쟝을 거두어 양산박
의 [illegible] 왕륜 등을 보고 셩명을 통ᄒᆞᆫ 후 [illegible] 로
셜파 ᄒᆞ니 [illegible] 가 장 [illegible] ᄒᆞ되 오직 왕륜이 [illegible]

러니 이튿날 왕윤이 계의 청의 잔치ᄒᆞᄆᆡ 셜ᄒᆞᆫ 조개 등을
청ᄒᆞ여 술이 두어 슌 비 지ᄂᆞ매 왕윤이 잔을 들고 졸ᄋᆞᆯ 불러
닐너 왈 이 곳이 좁은 낭식이 업ᄉᆞ니 군ᄉᆞ 적으니 가히 영웅의
ᄂᆡ풀 곳이 아니라 영웅들은 이 물헤 아ᄂᆡ 조흔 곳을 갈희셔
합력ᄒᆞ라 ᄒᆞ니 조개 등이 ᄇᆞᆺ치 갈지 못ᄒᆞ여 ᄂᆡ츙이 그거든
ᄒᆞ여 잘흘 드니 왕윤을 버혀 다리 치ᄂᆞᆫ터 ᄒᆞᆫᄃᆞᆯ 왕윤이 ᄒᆞᆯ노
영웅을 용납지 아니ᄒᆞ여 빈쥬여 ᄉᆞ매 일 항ᄒᆞ여 ᄂᆞᆺ치이스
변이 갓치 ᄒᆞᆯ 리라 ᄒᆞ고 둘ᄌᆡ 쵸졸 죽지 ᄒᆞ 등이 실셕ᄒᆞ을 제ᄒᆞᆫ이라
항복ᄒᆞᄂᆞᆫ지라 쥬시 조개 조뷔 산치ᄋᆞᆺ 등을 상으로 ᄂᆡ치 조
개 쥬ᄌᆡ 수행ᄒᆞ여 올닌 츙이 잘슐 드ᄂᆞᆫ 왈 ᄂᆡ 츙이 왕윤을
쥭이믄 평히 영웅을 위ᄒᆞ이오 쥭이믄 ᄒᆞ고ᄌᆞᄒᆞ미 아니라 ᄯᅡᆫ
일 ᄂᆡ 말ᄒᆞᆯ 듯지 아니ᄒᆞ면 왕윤과 갓치 ᄒᆞ리라 ᄒᆞᆫ 제 일교의
에 조ᄌᆡ 로ᄂᆞᆫ 안치ᄂᆞᆫ ᄯᅢ 이ᄂᆞᆫ 오용이 오ᄃᆡ 상은 공손승이 오ᄌᆡ 스ᄂᆞᆫ
츙이라 ᄯᅩ ᄒᆞᆫ 슈행ᄒᆞ여 안ᄯᅵ아 니ᄯᅥᄒᆞ여 조개 등이 일곱 시의
니러나 왈 ᄃᆞᆯ 이 층이 사양ᄒᆞ면 오ᄃᆡ 이 곳을 ᄒᆞᆫ 직ᄒᆞᆫ 라

ᄒᆞᆫ되ᄎᆞᄌᆞ가되ᄒᆞ노라ᄒᆞ니님츙이ᄒᆞᆯ일업셔밧지곤의ᄒᆞᆫ인지
미되오는도뒤에오미르는송강이오제칠은완소이오제팔은
완소오오제구는완소칠이오제십은유장이오제십일은쥬귀
라ᄒᆞ고평송ᄉᆞ송ᄉᆞ를쥬어쥬기리라ᄎᆞ셜송강이평성제
물로ᄒᆞ기지아니ᄒᆞ니남의흉생의구비ᄒᆞ기를송생ᄒᆞ더니
ᄅᆞᆯ수록되다의지ᄒᆞ비주ᄋᆞᆫ되송강이장ᄉᆞᄅᆞᆯ지여주고자놀
님ᄒᆡ송강을무의라ᄒᆞ여되또파칙으로뵘을산ᄒᆞᆫ후파
뫼ᄀᆞᆼ이장사ᄋᆞᆯ못ᄒᆞᆫ후ᄒᆞ여송강의게평이바히업스되송강이고
ᄉᆞ거ᄅᆞᆯ의치ᄒᆞᆫ즁뫼ᄂᆞᆯ은허뢍너치아니ᄒᆞᆫ다ᄒᆞᆫ즉뫼ᄂᆞᆯ애산박조
개ᄃᆞᆼ이생의뫼ᄂᆞᆯ우리송공명의츄의ᄅᆞᆯ이ᄅᆞᆫ지금잡지못ᄒᆞ
여ᄉᆞ리아ᄃᆞᆼ이ᄒᆞ여다아가보리가ᄒᆞᆫ되단중의알피되ᄅᆞᆯ자뫼
허ᄒᆞ노라유ᄒᆞᆼᄋᆞᆯᄎᆞ뎨맛당히나아가보ᄂᆞᆫ오되다ᄒᆞ니조개붕
이ᄀᆞ져ᄒᆞᆫ죽시ᄅᆞᆯ뫼ᄅᆞᆯ닥ᄂᆞᆫ미모로ᄅᆞᆯ주어보니오장이
ᄭᅳᆯᄎᆞᆫ뫼ᄂᆞ뵙ᄂᆞᆫ산의ᄂᆞ뫼화윤현ᄋᆞᆸ치사송강을ᄯᆞᆫ절
ᄒᆞᆫ뫼송강을힌리ᄆᆞ지와ᄂᆞᆫ조유장왈송용ᄒᆞᆫ곳의가부ᄅᆞᆯ

조ᄒᆞᆫ 술집의 가 술먹으며 조재ᄃᆞᆼ의 잇ᄂᆞᆫᄯᆞᆺ을 보ᄂᆞᆫ고로
셔간다 ᄉᆞᄌᆞᄅᆞᆯ 시여 ᄌᆞᆫᄃᆡ 중장왈 ᄒᆞᆫ의다 갑ᄒᆞ나 오ᄌᆞᄅᆞᆯ
밧지 못ᄒᆞ리라 ᄒᆞᆫ 희 셔ᄅᆞᆯ 뫼주ᄂᆞᆫ 한ᄌᆞ작 ᄋᆞ라 셔간을 ᄌᆞ지
두어 ᄂᆡᆼ ᄃᆞᆼ의 ᄃᆞᆺ고 왈 ᄌᆞ지 ᄒᆞ란 ᄌᆞᆼ이 너 희ᄃᆞᆼ을 거 ᄑᆞᆷᄒᆞ며 밧비
도라 가라 ᄒᆞ니 유장이 하직ᄒᆞᆫ 산ᄋᆞᆯ 가니라 중장이 유장
을 보ᄂᆞᆫ ᄂᆞᆯ 보ᄂᆞ라 오더니 길의셔 변와 ᄅᆞᆯ ᄯᆞᆯ오더니 왈 요
ᄉᆞ히 앏서 어지아니 오ᄂᆞᆫ 노ᄒᆞᆫ일ᄂᆞ나 와 ᄒᆞᆫ가지로 가ᄌᆞᄒᆞ며 옷소미
ᄅᆞᆯ 닛ᄌᆞ러 ᄂᆞᆯ 중장이 변와 의괴 못잡힌비 되여 ᄯᆞ지 못ᄒᆞ여
파셕의 집의 ᄂᆞᆯ더 청ᄒᆞ야 안주며 변와 파셕을 잡ᄅᆞ여 왈
너희ᄒᆞᆫ당ᄒᆞᆯ은 상공이 ᄒᆞᆯ것ᄉᆞ니 나 오라 ᄒᆞ니 파 셕이 노상의 ᄃᆞᆺ
라가 장상이 ᄋᆞᆫᄌᆞᄅᆞᆯ 알ᄂᆞᆫ 아 이ᄅᆞᆯ라 ᄉᆞ리ᄂᆞᆫ 고려ᄒᆞ여 나셔 오며
ᄌᆞᆨ 시 외 왈이 못ᄒᆞᆯᄌᆞᆼ이 날고ᄒᆞ여 뭇ᄂᆞᆫ되 ᄀᆞᆺ계ᄒᆞ라 ᄒᆞ며 나려
오라 가 중장을 보ᄂᆞᆫ 발연변식 ᄒᆞ고 ᄒᆞᆯᄅᆞᆯ 누상으로 올나가며 [illegible]
치 저 왈 너ᄅᆞᆯ 박히 ᄒᆞ시 엄리 ᄌᆞᆯ 부란히 절ᄌᆞᆨ ᄒᆞ나 너 엇지
리 변ᄒᆞᆫ 뫼오ᄒᆞᆫ 구ᄃᆞ의 ᄂᆞᆯ가 ᄒᆞ욕 ᄒᆞᆯ이며 경ᄒᆞ리 중장이 청

이믈ᄲᅳᆫ ᄒᆞᆫ 아ㅣ 져ᄒᆞ더니 번쇄 송강의 흉을 잡고 구상의 ᄂᆞ려
가 송강 더러 왈 너의 비록 ᄯᅵ져 ᄒᆞᆫᄃᆞᆼ의 ᄯᆞᆯ을 ᄅᆞ 쳐죽이ᄂᆞᆫ다
ᄒᆞᆫᄃᆡ 누의 ᄌᆞ식와 ᄯᆞᆯ을 쟝ᄉᆞᆼ은 송ᄉᆞ를 ᄒᆞᆯ가 지ᄂᆡ 뢰ᄒᆞ오 송강이
ᄲᅡ히 ᄯᅩᆺ ᄒᆞ여 ᄀᆞ 더 ᄒᆞᆫ ᄇᆡᆨ를 ᄯᅥᆨ은 ᄎᆡᆨ로 ᄒᆞ여 옷저ᄃᆡ의 ᄂᆡ줄은 ᄇᆡᆨ 냥
뒤 ᄯᅩ ᄒᆞᆫ 치 ᄒᆞ여 누의 ᄌᆞ식 ᄯᆞᆯ과 셩을 쟝ᄉᆞᆫ ᄯᅡᆫ ᄉᆡᆼ각 ᄒᆞᆫ 행
ᄇᆡᆨ ᄒᆞ여 옥 ᄲᅧ이 ᄲᅮᆨ쇽 ᄒᆞ 취ᄒᆞ다 송강이 쟝ᄉᆞᆼ을 알오지 못ᄒᆞᄂᆞᆫ누
것다 가ᄂᆞᆫ 길에 ᄂᆞᆫ 놉흔 ᄒᆞᆫ 줄 넘어 누의 나 ᄲᅥ 문을 ᄒᆞ 쳘을 ᄒᆡᆼ ᄒᆞᆫ
러니 ᄇᆞᆯ ᄉᆞᆨ 시ᄉᆡᆼ각 ᄒᆞ미 셕 글을 옷지ᄃᆡ의 거러 ᄂᆞ지다 조개의 쳔간
이 한 ᄂᆞ ᄒᆞᄂᆞᆫ가 ᄒᆞ여 급히 문을 ᄒᆞᆯ 구로 혀 ᄂᆞ ᄉᆡᆼ의 ᄀᆞ로ᄃᆡ 이 셰파 ᄎᆡᆨ
이 송강의 가 ᄆᆞᆯ 다 ᄒᆡᆼᄒᆞ여셔 ᄎᆞᆼ을 둘은 쟝ᄉᆞᆼ을 ᄉᆡᆼ각 ᄒᆞᆫ ᄃᆞᆺ자
옷저ᄃᆡ의 셕 글을 ᄃᆞᆯ희여 보ᄂᆡ 즁치 ᄲᅮ 검 거ᄉᆞᆯ 여ᄒᆞᆯ 불 ᄉᆞᆨ 쳐ᄒᆞᆫ
라 조각 우ᄒᆡ 드려 ᄉᆞᆫ 뒤 양산박 조개 등의 글이 ᄂᆡ 졍 ᄒᆞᆫ 요ᄒᆞᆯ
현ᄉᆡᆼ 부션 ᄉᆞᄋᆞᆷ이라 파셕이 ᄃᆡᄒᆡ 왈 이ᄒᆞᆫ 를 쟝삼을 ᄒᆞ여 ᄒᆞᆫ
강을 업시 ᄒᆞᆫ 평ᄉᆡᆼ 즐기되라 ᄒᆞ여 ᄋᆡᆼ도 도ᄐᆡᆨᄒᆞ더니 송강이
누의 울도다 셕 글을 ᄎᆞ조 ᄎᆞᆺ 간ᄃᆡ 업ᄉᆞ니 파셕을 핍박ᄒᆞ여 일을

쵀롤ᄌᆞ긔ᄇᆡᆫ 블ᄭᅩᆺ의 즁히 감ᄒᆞ되다 ᄒᆞ고 셔욀 베어 쳥을 ᄃᆞ려
ᄇᆡᆫ 쉭의롤 ᄌᆞ귀다 송강을 ᄭᅮᆺ고 쳥을 답ᄒᆞᆯ 잉ᄉᆞᆯ하셔 옷은 울
나롤 ᄌᆞ귀ᄇᆡᆫ 의롤 ᄌᆞ귀다 송강 ᄋᆞᆯ 옷은 ᄂᆞᆫ 동일 업ᄉᆞ니 ᄇᆡᆼᄋᆞᆯ 집의
가 쳔왕을 ᄌᆞᆫ비 ᄒᆞ여 ᄌᆞ귀다 답ᄋᆞᆯ 네ᄉᆞ롤 ᄌᆞ긔 쳥ᄋᆞᆫ 비로ᄒᆞ야
니 ᄌᆞ귀다 ᄒᆞ며 ᄂᆞᆷ거롤 송강이 뎌롤 ᄒᆞ여 ᄭᅩᆺ로ᄉᆡᆨ 허파 쇡을 지
ᄅᆞᆫ 나려와 ᄌᆞ시 집의 도라와 쳔ᄋᆞᆯ 그 엿ᄌᆞ와 쇡 ᄌᆞ긴 ᄉᆞ연을 ᄂᆞᆯ
ᄂᆞᆫ 오송 쳥을 ᄂᆞ려 블ᄂᆞ너 뒤 쏭을 ᄌᆞᆷ 쳥 ᄌᆞᆨ쉬 진의 집의 ᄂᆞ려 쇡
진이 보ᄂᆞᆫ 러히 ᄒᆞ여타 엽퓐 ᄂᆞ 아려셔 ᄌᆞ되가 파 쇡 ᄉᆞᆷ 즉인
단ᄉᆞᆯ 려의 ᄂᆞᆯᄂᆞᆫ ᄂᆞ의 올ᄂᆞ니 파 쇡이 즉 얻ᄂᆞᆫ 송강이 엽거롤 뎌
즉시 ᄂᆞ라ᄂᆞᆫ 돈뉘 지현이 본뒤 송강의 착 ᄒᆞᆫ 믈 아ᄂᆞᆫ 까치 못ᄒᆞ여
즉 동니 힝ᄋᆞᆯ 보ᄂᆡ여 송강을 잡으라 ᄒᆞ니 ᄌᆞ뇌 냥인이 쳔광
을 보ᄂᆞᆫ 송강을 ᄌᆞᆫ 즉뒤 쳔풍ᄋᆞᆯ 내오 ᄃᆞᆯ이 보뒤 흉뫼 ᄒᆞᆫ기로
니 친후 ᄅᆞᆫ가 풍무ᄋᆞᆯ 뺏타 ᄌᆞᆨ 언ᄂᆞᆫ타 ᄒᆞ지롤 냥인이 ᄌᆞ 뎌로 ᄅᆞᆫ ᄒᆞ
나 지현이 도롤 ᄒᆞ여 ᄀᆞᆫ힝히 ᄒᆞ여 져 ᄂᆞᆫ 파롤 블러 이 ᄞᆞᆯ롤 날 ᄋᆞ거
장ᄉᆞᆫ이 ᄂᆞᆫ 파롤 ᄃᆞ ᄃᆞᆼ ᄒᆞ여 기 봉부의 졍 ᄒᆞ여 송강을 옹ᄂᆞᆫ와

더ᄒᆞ여 잡으되 ᄒᆞ더라 어ᄉᆡ의 송강이 ᄉᆞ진의 집의셔 ᄂᆡ여 밧
의 ᄎᆞ간의 가더니 화ᄌᆡᆼ이 화부ᄅᆞᆯ의 ᄯᅳᆨ 힐ᄒᆞ지 송강이 지나다
가 ᄲᆞᆯ의 회ᄅᆞᆯ 들츠어 부ᄅᆞᆯ이 쳐여 각인의 면상을 치ᄂᆞ 그곳인
이러ᄒᆞ여 님ᄃᆡ니 송강 ᄯᅩᆯ 붓드ᄅᆞᆫ 뒤혼ᄒᆞᆯ 너ᄂᆞᆫ 언덧 놈이
와ᄂᆡ 강히 ᄒᆞ야 ᄅᆞᆯ 만ᄂᆞ ᄂᆞᆫ 나ᄂᆞᆫ 송강이 정히 감ᄒᆞ러 ᄒᆞ더니 안
ᄒᆞᆯ새 ᄉᆞ진이 나와 ᄲᆞᆯ니 왈 어ᄅᆞᆫ다 ᄅᆞᆫ 아니라 운성 한압스ᄒᆞ
시오 송공명이라 ᄒᆞ니 기이히 ᄯᅡ 되ᄒᆞᆫ 곳코 절ᄒᆞ여 왈 ᄂᆞᆫ ᄒᆞ되
도처 상ᄒᆞᆯ 보지 못ᄒᆞ여 ᄌᆞᆫ 외ᄅᆞᆯ 범ᄒᆞ여ᄉᆞ니 ᄉᆞᄉᆞ ᄒᆞᆫ 소ᄒᆞ되 송강이 손
을 잇ᄭᅳᆯ고 당상의 올나 성명을 무ᄅᆞ니 기인 왈 소뎨의 셩명
은 무송이라 ᄒᆞᆨ질ᄒᆞᆯ ᄲᅡᆯ키로 아가 부ᄅᆞᆯ 쳐 ᄯᅥ 혀을 ᄃᆞᆼ힝
히 ᄯᅩᆫ 도라 ᄉᆞ진이 ᄉᆞᆯ ᄅᆞᆯ 되여 ᄅᆞᆯ 키더니 수일 후 무송이 ᄉᆞ진ᄭᅴ
송강을 ᄯᅥᆯ ᄒᆞᆫ 길ᄅᆞᆯ 가더니 ᄒᆞᆫ 곳의 다ᄃᆞ라 ᄂᆞᆫ 주리의 ᄇᆡᄅᆞᆯ
삼완 답ᄅᆞᆯ 라 강이라 ᄒᆞ엿거ᄂᆞᆯ 무송이 주가의 드러가 ᄎᆞᆨ 먹더
술ᄅᆞᆯ 가져오라 ᄒᆞ여 세 사발을 ᄆᆡᆼ ᄒᆞ후 ᄯᅩ 가져오라 소리 ᄒᆞ
니 주뫼 왈 ᄀᆡᆨ인은 주리ᄅᆞᆯ 보지 못ᄒᆞ여ᄂᆞᆫ냐 삼완 답물 라 강이

라ᄒᆞ여스ᄉᆞ러ᄯᅢ지못ᄒᆞ리라노숑이뎌로ᄒᆞ여주며리로ᄃᆡ
조ᄅᆞᆯ치며소리ᄒᆞ여왈네ᄒᆞᆫ갑ᄉᆞᆯ아니주ᄂᆞᆫ다ᄒᆞ시ᄂᆞ쥬뵈
노숑의셩이믈보ᄂᆞᆫ졉ᄒᆞ여ᄒᆞᆯᄅᆞᆯ갓다가주거ᄂᆞᆯ연ᄒᆞ여열
다엿ᄉᆞ발ᄂᆞᆯᄆᆡᆨ을ᄒᆞᆫ홉ᄉᆞᆯ주ᄅᆞᆫ가려ᄒᆞ되ᄅᆞᆯ쥬뵈왈경
에왕의ᄀᆞᆷ먼일셔ᄉᆞᄅᆞᆷ을힘ᄒᆞ되ᄉᆞ오시ᄉᆞᆼ시ᄉᆞᆫ가이여왕
뎌ᄒᆞᆫᄀᆞ로ᄋᆞ시의ᄂᆞᆫᄉᆞᄅᆞᆷ이노지ᄃᆞ나라노숑이듯지아니ᄒᆞ
리ᄯᅩᄒᆞᆫ아ᄒᆞᆷᄉᆞ발ᄅᆞᆯᄇᆡᄂᆞᆫ쳠ᄉᆞ등을ᄂᆞ버뎌ᄎᆔᄒᆞ여비뎌ᄅᆞᆫ차
내녕울ᄂᆞ더니라연ᄒᆞ여갓ᄃᆞᆫ조리나며빅외뎌회쥭ᄒᆞᆼ
갓ᄃᆞᆫ입을버티ᄃᆞ다라ᄃᆞᆯ거ᄂᆞᆯ노숑이ᄃᆞ스리ᄅᆞᆯ걷ᄃᆞ라ᄅᆞᆫ
러주며리로빅호의뎌ᄂᆞᆫ리ᄅᆞᆯ치며빅회노숑의ᄒᆞᆫ주며ᄃᆞ외
ᄲᅡ지ᄃᆞᄅᆞᆯ도ᄒᆞᄂᆞᆫ보회ᄒᆞ려저주더되주거ᄂᆞᆯ노숑이녕울ᄂᆞ
내ᄯᅥ오되ᄲᅡ울ᄉᆞᆯᄂᆞᆫᄃᆞᆯ이노숑의어두온뒤ᄒᆞᆫᄃᆞᆼ을ᄂᆞ
내옴ᄅᆞᆯ보ᄂᆞᆫ뎌경ᄒᆞ여노왈기ᄉᆞᆫᄒᆞ여녕울ᄂᆞ며울되아모것ᄉᆞᆯ
보미업ᄂᆞᄂᆞᆫ노숑이그스어ᄋᆞᆯ젼ᄒᆞ되뎌인ᄒᆞ여듯지[illegible]ᄂᆞᆯ노
숑이뎨인ᄋᆞᆯ라ᄃᆞᆫ녕이울ᄂᆞᆫ뵈ᄂᆞ라연빅회주어ᄂᆞᆯ뫼라

뎨이낭이 ᄇᆡᆨ승의 용녁을 칭찬ᄒᆞ며 졀ᄒᆞ여 왈 금일 조ᄀᆞ긔이뎌
화낭을 업시ᄒᆞ여 스ᄉᆞ로 강젹ᄒᆞ노라 ᄒᆞᆫ 빅·ᄒᆞᄂᆞᆯ 뎨이낭이 ᄯᅢᄂᆞᆫ
울이 드러가 ᄇᆡᆨ승의 버ᄆᆞᆷ부ᄅᆞᆫ 소연을ᄅᆞᆫ ᄒᆞ니 지혈이 ᄇᆡᆨ승을
븟ᄌᆞ러 보ᄂᆞᆫ 즁생 ᄒᆞᆯ 후 동ᄂᆞ구를 ᄒᆞ이니 ᄇᆡᆨ승이 일노ᄒᆞ여
란을 ᄒᆡᆼ히여 ᄂᆞ죽ᄒᆞ더니 일ᄒᆞᄂᆞᆫ 뎌치자리의 하ᄌᆞ곳이 ᄇᆞᆯ더
와ᄂᆞᆫ 현뎨야 어지 이곳의 이스며 나를 찻지 아니ᄒᆞᄂᆞᆫ고 ᄒᆞ거
ᄂᆞᆯ 도라 ᄇᆞᆫ주 이곳 뎨형 ᄇᆡᆨ되라 ᄇᆡᄂᆞ이며 졀ᄒᆞ여 왈 형장아
니뎐ᄉᆞᆯ·ᄒᆞ온 ᄇᆡᆨᄋᆡᆼᄒᆞ시며 어지 이곳의 나ᄂᆞᆫ 쪼ᄇᆡᆨ되왈 현뎨
나가 ᄒᆞᆫ 동ᄂᆞᆫ ᄉᆞᄅᆞᆷ이 나를 업슈히 너기며 내 ᄌᆞ간반공의 ᄯᅩᆯ
를 쥐ᆞ ᄒᆞ미 가장 현숙ᄒᆞ지라 ᄒᆞᆫ 조집봉을 조석 항의 울ᄊᆞ
ᄂᆞᆫ 셩ᄋᆞᆯ 끌ᄒᆞ아 싱외ᄒᆞᆫ 아라 ᄒᆞᆫ ᄇᆡᆨ승을 다리ᄂᆞᆫ 집의 와서
금[illegible] ᄯᆞᆯ 도ᄅᆞᆫ 드러가 금년을 브ᄅᆞ며 왈 나의 아ᄋᆞ 이 ᄡᅵᆼ이
왕ᄉᆞᆨ니 나와 셔ᄅᆞᆯ 보라 금년이 의복을 졍히 ᄒᆞᆫ 누의 뇌와
데[illegible]ᄒᆞᆫ 금을 드러 ᄇᆡᆨ승을 보며 평ᄉᆡᆼ ᄒᆞᆫ 장 빙 ᄃᆞ 일편의 싱
ᄒᆞᆫ이 [illegible]랑ᄒᆞ여 술을 ᄂᆞ와 전ᄒᆞ며 ᄂᆞᆫ 금을 드러 평ᄉᆡᆼ을 보며

되나 무흥울앙망주며 물은 벗겨여 흥엽실뿔 하괴 ᄅᆞᆯ오ᄆᆞ며 집
와흥흥오ᄅᆞ나 무숭이 용쇼녁 ᄒᆞᆫ 흥ᄇᆞᆷ으로 휘ᄃᆞ니 ᄅᆞᆯ오고져 무숭ᄒᆞ
집으로 와 눈곤ᄒᆞ여 근뎌ᄒᆞ고 ᄇᆡᆨ공 ᄒᆡ ᄅᆞᆯ곡 진히 ᄒᆞ니 무숭ᄒᆞ여
갈ᄉᆡᆨ ᄒᆞᆫ여 ᄒᆞᆫ더니 빗ᄂᆡ 무 숭이 어딘 ᄅᆞᆯ갓다가 간ᄂᆞᆯ무ᄅᆞᆷ
쓰ᄂᆞᆫ도다 오ᄃᆡ 근뎌ᄒᆞ여 주ᄒᆞ물 작ᄒᆞᆫ ᄒᆞᆫᄃᆡ 최조의 ᄂᆞᆯ로ᄒᆞ여
술ᄒᆞᆯ 더 허 전ᄒᆞ시 술 ᄒᆞᆫ 잔을 쳐 반ᄒᆞ면 반을 무 숭을
주며 일네 ᄯᅡ히 ᄂᆡ게 ᄭᅡ ᄋᆞ닷거든 이반 잔 정ᄒᆞ고 ᄇᆡᆨ 우ᄒᆞ고
거ᄂᆞᆫ 무숭이 필ᄒᆞ고 ᄒᆞ여 술 잔ᄒᆞ을 ᄇᆞ리 ᄯᅩ히 엽 ᄒᆡ며 ᄂᆞᆯ 나ᄂᆞᆫ ᄉᆞᄅᆞ
ᄅᆞᆯ 아니 주며 ᄃᆡᆫ ᄂᆞᆫ ᄀᆞᆯ히 지 못ᄒᆞ니라 근뎌히 무ᄅᆞᆷ ᄒᆞ여
상ᄒᆞᆯ ᄂᆞᆫ 두어 가지 ᄂᆞᆫ 나가 ᄇᆡᆯ 내 ᄒᆞ히 조ᄒᆞᆯ 뒤 집 ᄒᆞ고 ᄂᆞᆫ 엇
지 무ᄃᆡ ᄒᆞᆫ 이 시ᄒᆞᆫ ᄒᆞ니 무 ᄃᆡ도다 오ᄃᆡ 근뎌히 낫ᄂᆞᆫ ᄒᆞᆫ
안ᄒᆞ 노 무ᄃᆡ 그ᄂᆞᆫ ᄂᆞᆯ 무ᄅᆞ니 근뎌 ᄇᆞᆯ 하고 아니라 ᄲᅢ앗ᄂᆞᆫ
ᄉᆞᄅᆞᆷ 업ᄂᆞ ᄂᆞ ᄅᆞᆯ 보ᄂᆞᆫ 나ᄅᆞᆯ 희롱 ᄒᆞ시ᄂᆡ 무ᄂᆞᆫ ᄒᆞ여 ᄂᆞᆫ ᄂᆞᆫ다 무 ᄃᆡᆯ
ᄒᆞᆫᄒᆞᆯᄒᆡ 이 ᄲᆞᆯ다 이 옷ᄉᆞ ᄅᆞᆷ이 드ᄅᆞᆯ자 ᄂᆞᆫ ᄂᆞᆫ ᄂᆡ 아은
이 아닌 ᄂᆞᆫ다 ᄒᆞ더니 무숭이 주시ᄒᆞ 저의 가 ᄒᆞᆫᄇᆞᆷ으로 거

희오니 ᄅᆞᆯ가지ᄂᆞᆫ가 거ᄉᆞᆯ무ᄃᆡ ᄆᆞᄋᆞᆷ의나와부ᄅᆞ되 답지아니ᄒᆞ더
가ᄂᆡ 금년이 무ᄃᆡᄅᆞᆯ ᄯᅡ지져 왈 졔믈ᄀᆞᆺ타 가져ᄂᆞᆯ 어지부ᄀᆞᆫ
ᄂᆞᆫ조 무ᄃᆡᄂᆞᆫ 재ᄅᆞᆯ ᄒᆞᆨ이ᄂᆞᆫ ᄲᅮᆯ이 업거다 ᄒᆞ셜치 허여 무송을
동셩의보되 ᄒᆞ니 무송이 감히 ᄒᆡᆼ치 못ᄒᆞᆫ 병일 발ᄒᆞ
힝ᄒᆞ더 ᄒᆞᄅᆞᆯ 동ᄋᆞᆯ 가지ᄂᆞᆫ 져칠의 니로러 주ᄋᆞᆨ라 ᄎᆞᆷ 소ᄅᆞᆯ
ᄉᆞ가 지ᄂᆞᆫ 무ᄃᆡ 집의 니로러 무ᄃᆡ 보ᄂᆞᆫ 반기며 금년은 혜오되
내세ᄭᆞ 운ᄋᆞᆯ ᄃᆞ 구ᄒᆞ여 오ᄂᆞᆫ다 ᄒᆞ며 지분을 다ᄉᆞ리ᄂᆞᆫ구의다
려온ᄃᆡ 왈 ᄉᆞᆯᄉᆞᆫ 이무 ᄉᆞ읍ᄂᆞᆯ 평ᄒᆞᆫ일이 뇌아니 오되 4 무송
왈 조연 공ᄉᆞ의 ᄀᆞᆯᄂᆞᆯᄒᆞ여 무ᄉᆞ와ᄃᆞ니다 ᄒᆞᆫ 탁 조오희 ᄌᆞ
안ᄇᆡ더니 ᄀᆞ믈 보ᄂᆞᆫ 자ᄋᆞᆯ ᄀᆞᆫ거 무ᄃᆡᄅᆞᆯ 주어 왈 소ᄃᆡ 병일 동
경의 ᄀᆞ 뵈 속ᄒᆞᆫ 변이 십일이 오ᄃᆡ 퇴변ᄒᆞᆯ 삭이 되ᄂᆞᆫ지니 형
장ᄋᆞᆯ 벼ᄋᆞᆯ 봇ᄐᆡ 죵졍ᄋᆞᆯ 쳥케 ᄒᆞ라 숙관의 나ᄋᆞ오라 ᄋᆞᆯ
이란 ᄒᆞᆫ 변기 가 ᄃᆞᆺ드러 오라 ᄒᆞ연이 다 ᄒᆞᆫ ᄯᅩ술ᄅᆞᆯ 부어
금련ᄋᆞᆯ 주니 금련이 ᄒᆞᆯᄅᆞᆯ ᄯᅡ희 ᄭᅴ치ᄂᆞᆫ 무ᄃᆡᄅᆞᆯ ᄯᅡ지져 왈
이다 장인 놈이 ᄲᅮᆯ 쉬 ᄡᅳᆫ ᄃᆞᆺ 못 아 와 ᄃᆞᆺᄂᆞᆫ고ᄂᆞᆫ 나 오ᄅᆞᆯ이 단ᄃᆞᆫ ᄒᆞ며

아기가 못ᄃᆞ여 온다 ᄒᆞ니 엇지셔 집의 와 이ᄅᆞ니오 ᄒᆞ며
무짐 지기를 ᄭᆞ지 아니ᄒᆞ며 술을 ᄆᆞ숭이 못ᄃᆞᆫ 체ᄒᆞᆫ 쳥ᄒᆡ 술
를 어더 술ᄉᆡᆨ은 고ᄒᆞ 하지 ᄒᆞᆫ니더니 ᄆᆞᆨ 더 ᄆᆞᆷ의 다와 ᄒᆞᆫ
일 현노ᄒᆡ ᄂᆞᆯ 다ᄃᆡ 수히 도라 오다 ᄒᆞ니 ᄭᅡᆨ숭이 가장 창연ᄒᆞ
여 ᄒᆞᆯ다가 ᄒᆞᆫ지 ᄅᆞᆫ 도라가 나다 ᄎᆞ셜 ᄆᆞᆨ뒤 제 아오의 ᄯᆞᆯ 더ᄅᆞ
누진호ᄉᆞ가 일ᄌᆞᆨ 도라 오더니 공연이 ᄆᆡ양 ᄎᆡᆨᄆᆞᆼᄒᆞ더니 졔
도로혀 일ᄌᆞᆨ 안ᄒᆞᆯ 물 지오ᄂᆞᆫ 무뎌ᄒᆞᆯ 기다리ᄂᆞᆫ지라 일은 ᄋᆞᆫ
너이 ᄲᅡᆨ리로 발을 지오다가 ᄲᅡᆨ러ᄒᆞᆯ 실속ᄒᆞ여 지나ᄂᆞᆫ 각인
의ᄃᆞ려 공을 ᄊᆡᆺ치니 골ᄒᆡᆨ 인ᄒᆞ이 더ᄒᆞ고 ᄒᆞ여 도라보ᄌᆞᆨ 절ᄂᆞᆫ뎌 가이ᄒᆞ
한 술ᄋᆞᆯ 우연히 ᄯᅡ허 ᄅᆞᆯ 실속ᄒᆞ여 즉의 ᄅᆞᆯ 버셔 ᄒᆞ여 스ᄯᅢ 사
리ᄒᆞᆫ노라 각인ᄒᆞ이 도로혀 우ᄂᆞᆫ 일라ᄎᆡ ᄒᆞ뢰오ᄒᆞᆫ 도라 갑ᄒᆞᆫ
거ᄂᆞᆫ의 셔더 번ᄉᆡᆨ 군ᄆᆞᆼ을 도라 보더니 근연이 ᄲᆞᆯ를 지오ᄂᆞᆫ
드더 ᄂᆞ리 무어 술 ᄂᆡᆨᄒᆞᆫ듯 모의로 ᄲᅢᆼ황ᄒᆞ니 이ᄉᆞᄂᆞᆫ의 셩
병은 ᄯᅩ 공연이 오동이 ᄲᆞ쥐ᄒᆞ고 ᄉᆞᄂᆞᆫ이 셔ᄆᆞᆫ 뒤판인이라 ᄇᆞ르ᄂᆞᆫ
더라 무뎌의 졋 집의 왕뤼라 ᄒᆞᆯ 느ᄃᆡ 이셔 ᄒᆞᆯ을 ᄅᆞ과 져나이

셰츈되여 뫽되 쥴나긔 돼 슈쟉 술을 보믈 챳시 무경이 쳐졍을 보

뒤 치모암히 와 반향 흐를 보든 왕 쥐 왈 다긔ᄒ야 각 슌 차를

녀ᄒ져 홀는 곳 되 쥭는 이 번 술 한 잔을 쥬시다 ᄒ여 백운 흔활

라 더뒤 왈 져 집이 커 집이오 뒤 왈 쳔파는 무뒤되 집이오다

쇠문경 왈 한 뎡이 생이ᄒ미 팝의 쳔던지미라 술을 왕파

러더 왈 내 졍히 졀베이 인을 ᄀ코되 술을 노랑은 한 뭇을

지시 쥴다 뒤 왈 한 츅의 낭킨이 스리나 히ᄌ만는다 ᄒ되 온

겨오 왈 닐이며 ᄑᄋ야 라혜 흐다 뒤 왈 뉴ᄇ이 ᄀ심 쇠니라

쇠문경 왈 내 나히 이십 셰ᄉ 노랑은 ᄋ와의 랑ᄀ이 ᄒ다 뒤 왈

네 ᄆ를 ᄌ팟ᄌ 쥴을 ᄋ기지 아니ᄒ엿ᄉ가 하ᄆ시ᄂ을 ᄀ졍

히더라 쇠문경 왈 내 ᄆ는 하ᄂ 향젼 되되ᄉ와 ᄌᄋ를 쓰라

흐ᄆ되 ᄌ 쓰ᄃ다 뒤 왈 네 ᄒ뎌의 낭ᄌ를 보ᄂ냐 왈 와 ᄇ황을

씨ᄉ 쇠문경이 왈 흐ᄂ 왈 다 연ᄀ뎌 ᄒ미ᄉ 왼 권ᄒ 노랑은 흐ᄆ을

살으쇠 뒤 왈 내 졔 열가지 계ᄀ이 스ᄃ 네 비ᄃ한 결라 ᄉ을 ᄒ

다가 ᄌᄂ니 계교를 ᄒ흐ᄂ라 쇠문경이 ᄌ셰 ᄂᄃᄉ가 ᄒ라 간라

츙을 가진 화왕와 러ᄃᆡ 뵈ᄅᆞᆯ 메셔 ᄒᆞᆫ계 ᄋᆞᆯ을 ᄒᆞᆫᄯᆡᆺ 되ᄂᆞᆫ 쥐 ᄆᆞᆯ ᄇᆡ
구ᄐᆡ 어ᄆᆞᆸ수ᄅᆞᆯ 보와게 고ᄅᆞᆯ 힝ᄒᆞ니 수 죽일 후 오ᄅᆞ라 ᄒᆞᆯ 일ᄅᆞᆯ 의
무리 ᄒᆞᆫ 직ᄋᆞᆯ지ᄂᆞᆫ 나가 몰보ᄂᆞᆫ 뒤모ᄂᆞᆫ 즁 드러가 주ᄆᆡ을 보ᄂᆞᆫ 말
낭긔 야어지 보일 녀 집의 우치 아니 ᄒᆞ녀 보기 ᄇᆡ의 척녁 나 셔ᄅᆞᆫ 못
빠ᄅᆞᆯ ᄌᆞᆯᄌᆞᆯ 보와 주ᄆᆡ의 허ᄅᆞᆫ 보ᄌᆞ시 ᄆᆞᆯ 무 ᄉᆞᆼ옷ᄉᆞᆯ 지으되 ᄒᆞᆫᄂᆞᆫ
ᄒᆞᆫ 쥐 왈 오ᄅᆞᄂᆞᆯ 셜편의 시ᄌᆞ ᄃᆡ히 ᄒᆞ나 ᄀᆞᆯ 블ᄅᆞ쥬ᄋᆞ니 서 지 쳐라 ᄂᆞᆯ
주셔 ᄒᆞ드니 역 ᄒᆞ니 ᄂᆡ 쇼간 보ᄂᆞᆫ 쟈 빙ᄒᆞ리 옷ᄉᆞᆯ 짓ᄂᆞᆫ 뎌 ᄒᆞ시다 낭ᄌᆞ
ᄂᆞᆫ다 ᄒᆞᆯ 되 ᄒᆞ여 황ᄒᆞ길 일ᄅᆞᆯ 갈 히ᄉᆡ 옷 ᄉᆞᆷᄆᆡ을 주ᄆᆡ ᄯᆞᄅᆞ미
주ᄒᆞᄆᆡ 아니라 ᄒᆞ니 ᄒᆞᆯ 병 왈 이 조ᄒᆞ니 ᄂᆡ ᄆᆞᄅᆞᆯ 주ᄂᆞ라 뫼일 면
주 갱일 ᄒᆞ의 집은 조ᄒᆞᆫ ᄆᆡ 어ᄃᆞᆯ 조ᄒᆞᆫ 히 허탁 ᄒᆞ니 이 ᄒᆞᆫ 가기
졔 ᄭᅫ 으이 일무 리 나간 ᄒᆞᆫ ᄒᆞ 여 입 오ᄅᆞᆯ 결ᄂᆞᆫ 지 ᄆᆞᆯ ᄋᆞᆯ ᄒᆞᆫ 화
의 집의 나ᄒᆞ니 뒤 뒤 ᄒᆞᆫ 여 ᄌᆞᆺᄌᆞᆯ 혼히 ᄒᆞᆫ ᄂᆞᆫ 옷자 유ᄒᆞᆫ ᄒᆞ여 쳐
져 ᄀᆞᆯ ᄒᆞ니 ᄒᆞ 편 ᄃᆞᄅᆞᆺ ᄃᆞᄅᆞᆫ 옷ᄉᆞ 갑 ᄒᆞᆫ 간ᄆᆡ을 ᄀᆞᆺ치라 져 갈 치 ᄎᆞᆫ 일왈
낭ᄌᆞ의 ᄉᆞᆼ오 저 질ᄂᆞ 쳐 나 오ᄂᆞᆫ 일ᄅᆞᆯ 잘 ᄒᆞ여 어러 ᄒᆞ니 잇 갑 ᄒᆞ라 ᄒᆞ녀 쥬
찬을 ᄂᆞᆯ 리 럽 ᄒᆞᆯ 이 일을 ᄒᆞᆫ 조 야 ᄒᆞᆫ 일 ᄆᆞᆯ 으로 ᄒᆞᆯ ᄉᆞᆯ 쥬 ᄂᆞᆫ ᄃᆡ 우 ᄒᆞ쟉 ᄒᆞᆯ

ᄂᆞᆫ미일홈오리니 ᄯᅢ사일홈은 뫼ᄂᆞᆫ견이의 라ᄋᆞᆯ정제ᄉᆞᆯᄂᆞᆫ왕파의
집의 와 물ᄃᆞᆯ갈ᄂᆞᆫ당이 ᄯᅡ 숨 일ᄂᆞᆯᄒᆞᄂᆞᆫ 고런 나가 불ᄋᆞᆯ일시ᄎᆞᄌᆞ더
라ᄂᆞᆫ이히 ᄋᆞᆫᄒᆞᆯ다ᄒᆞᆫ ᄂᆞᆫ이로ᄒᆞ여 방의ᄂᆞᆯ ᄅᆞᆯ고ᄃᆞᆫ이 파 치이 나ᄒᆞ
이ᄌᆞ사 지게 피오 ᄯᅩ단경이 작 정ᄒᆞ여 뒤ᄋᆞᆯ라이ᄂᆞᆫ옷가 옷ᄋᆞᆯ
시ᄌᆞᄒᆞᆫ 남오ᄂᆞᆫ홋ᄉᆞᆯ지어 ᄌᆞ니 도ᄀᆞᆨ당인여 러 일ᄂᆞᆫ지다 당인
운다 굴외ᄒᆞ여 나오의 손 ᄡᅵ 서ᄋᆞᆯᄒᆞ미 어ᄃᆡᆫᄒᆞᆯ 서다경이 ᄌᆞ사
당병ᄋᆞᆯᄒᆞᆯ니여ᄌᆞ 거ᄂᆞᆯ지 ᄲᆞᆯᄂᆞᆫ일ᄋᆞᆯ 남오야 나 ᄅᆞᆯ외ᄒᆞ여 라ᄒᆞ여라
ᄲᆞᆯ이ᄂᆞᆫ ᄒᆞᆯ다 내 ᄌᆞ 라 ᄅᆞᆯ스 가 지ᄂᆞᆫ 오다라 ᄒᆞᆫ니 ᄉᆞ션이 웅ᄉᆞᆨᄒᆞᄂᆞᆫ
니지 아니 ᄒᆞᆫ니 이 ᄯᅦ 사ᄉᆡ오 왕쇠ᄉᆞ 갈ᄋᆞᆯᄯᅩ ᄃᆞᆫ경이 왈ᄌᆡ일 낭
주어 진 칠ᄋᆞᆯᄃᆞᆯ드ᄃᆡᆺ더니 ᄎᆞᆷ을 보건ᄃᆡ 라 일ᄒᆞᆨ 행의 지 ᄌᆞ와 갓ᄃᆞ
다ᄌᆞᆫ셜이ᄂᆞᆫᄀᆞᆯ도ᄃᆡ 작ᄀᆞᆫ회ᄋᆞᆫ ᄋᆞᆫᄒᆞᄂᆞᆫ소ᄀᆞᆫ 뒤쥬ᄋᆞᆨ 치라ᄒᆞᆯ갈
져ᄃᆞ다라 상의머리ᄂᆞᆫ ᄒᆞᆯᄯᅥᆨ 기ᄅᆞᆯ평 ᄒᆞ여 ᄀᆞᆷ이 히ᄅᆞ ᄒᆞᆫ니 이ᄯᅢ
스 계오 ᄒᆞᆫ이 ᄡᅳᆯᄉᆞᆯ 지ᄇᆞᆼ ᄒᆞ 왕ᄒᆞ ᄒᆞᆯ브ᄒᆞ ᄒᆞᆯ니ᄃᆞ서 분경어
셩하ᄂᆞᆫ앙ᄋᆞᆯᄋᆞᆯᄌᆞᆨ이 ᄯᅥᆸ 다 가 지ᄂᆞᆫ ᄲᆞᆯᄒᆞᆯ다 오려 ᄇᆞᆯᄋᆞᆯ거리ᄌᆞᆫ
이오ᄅᆞᆼ 치 아니 ᄒᆞ니 이 ᄯᅦ오 계오 뫼ᄃᆞᆫ경이 ᄉᆞᆯᄒᆞ자 부어ᄀᆞᆷᄉᆞᆯ

47

ᄒᆞ여 왈 낭ᄌᆞ야 진쥬를 외ᄌᆞ여 한 잔 술 ᄀᆞᆺ쇠하 ᄒᆞᆫᄃᆞ 쥬련이 사
양치 아니ᄒᆞᆫ대 이제 ᄂᆞᆨ게 오셔 ᄆᆞᄋᆞᆷ이 ᄂᆞᆫ 흥ᄌᆞ가 히 ᄒᆞᆫ술을 ᄂᆞ다가
가 스스로 적ᄉᆞᆯ 더하 ᄃᆞ지ᄂᆞᆫ 져ᄅᆞᆯ 집으되 놀치 ᄒᆞ여 쥬련의 ᄃᆞ리
를 ᄯᆞ지 되 움ᄌᆞᆨ이지 아니ᄒᆞ니 이제 ᄎᆞᆯ게 오셔 ᄃᆞᆫ 경이 술 한 잔
어 ᄇᆞᆯ을 ᄲᆞ서 ᄂᆞᆫ 반ᄌᆞᆯ 다려 쥬련을 ᄌᆞᆯ 핀ᄒᆞ녀 쥬련이 보ᄃᆞ ᄲᆞ시ᄂᆞ 서
희 ᄒᆞᆯ ᄌᆞ 쇠오셔 ᄉᆞᆯ 경이 ᄆᆞᄋᆞᆷ을 안ᄒᆞ 졍ᄉᆞᆫ ᄆᆞᄋᆞᆷ을 가ᄀᆞ히 아니져으 ᄎᆞ
를 집으되 쥬련이 ᄎᆞᆯ 쉬지 아니ᄒᆞᆫ니 이제 수ᄅᆡ오셔 ᄃᆞᆼ정이 ᄉᆞᆯ아
비셔 왈 ᄉᆞ인을 살ᄒᆞ시오셔 쥬련이 낭ᄌᆞᆯ 외 ᄃᆞᆫ 정을 안ᄂᆞᆫ 온ᄃᆞ
지 ᄂᆞᆯ이 ᄭᆞᆨ궁 ᄒᆞᆫᄂᆞᆫ 이제 십 리ᄃᆞ 왕ᄒᆞ셔 박거 이셔 낭이ᄒᆞᆫ 일을 ᄅᆞ라
본후 ᄆᆞᄋᆞᆷ을 엿ᄂᆞᆫ ᄃᆞ시 ᄒᆞᆫ 왈 너희 조흔 일을 ᄒᆞ여 ᄀᆞᄂᆞᆫ 방이 ᄒᆞ고 ᄀᆞᆺ쳐
의 상을 ᄌᆞᆨ읍 ᄎᆞ ᄭᆞᆺ ᄒᆞ여 왕ᄒᆞᆫ 줄 분 빌ᄌᆞ 노ᄌᆞ 쥐 왈 너희 ᄇᆡᆨ ᄇᆞᆯ
를 ᄃᆞᆺ지 아니ᄒᆞ셔 ᄆᆞᆨ되 어ᄃᆡ 낭ᄌᆞ 되다 내 집의 옷 징ᄒᆞ다 ᄒᆞ나ᄃᆡ
ᄀᆞᆺ 힝ᄋᆞᆷ ᄒᆞ니 ᄆᆞᆨ되 일ᄇᆡᆨ이 재연과 ᄒᆞᆫ자 ᄒᆞᆫ다 쥬련이 비러 왈
ᄂᆞᄂᆞᆼ 아니 ᄅᆞᆯ 살ᄒᆞ여 ᄉᆡᆼᄒᆞᆫ다 ᄂᆞᆫ되 ᄒᆞᆫ ᄒᆞ되 이 다 ᄒᆞᆫ 왈 데 이 일ᄇᆡᆨ 집
하오되 ᄒᆞᆯ나 아니ᄒᆞ면 너 ᄅᆞᆫ ᄃᆞ다 쥬련이 어ᄃᆞᆨ ᄉᆞᆯ 지를 외 분졍ᄒᆞᆫ

난ᄂᆞᆫ 뎐일을 오리 ᄂᆞᆯ랑의 미ᄉᆞᆯ 굴ᄒᆞᆫ잇지 아니ᄒᆞ리라 왕원허ᄒᆞ되 ᄉᆞᆯᄒᆞᆯ
오ᄉᆞᆯ 글ᄅᆞ나와 ᄇᆡᆨ어니 ᄂᆞᆨ뢰 도라올셰 피 ᄂᆡ 듕텬라 셔ᄂᆞᆨ졍이 각
ᄀᆞ로라가 나라 이ᄅᆞᆯ 딕희도라와 듕텬의 ᄯᅳᆺ치 보ᄅᆞᆷ으ᄅᆞᆯ 보ᄅᆞᆷ모ᄅᆞᆯ
엇지ᄒᆞ여 ᄯᅳᆺ치 부ᄅᆞᆷ으로 듕텬왕ᄉᆞᆫ되 지셰왕ᄉᆡᆼ이 슈의 글 지어 달나
ᄒᆞᆫᄃᆡ 홀ᄀᆞᆺ 여ᄂᆞ 혹어 잔슐의 낫ᄒᆡ 부ᄅᆞ 도라 ᄂᆞᆨ뢰 왕연쥭 민일을 가져
착실히 ᄒᆞ여 쥬라 ᄒᆞᆫᄃᆡ 이호로 듕텬이 먼 일셔ᄯᆞᆫ 경라 왕파의
집의 ᄇᆞ혀여 유신ᄂᆞᆨ로록 어라이 와 온개 라 ᄒᆞᆫ 공희 박광쥐
리ᄅᆞᆯ 가지고 ᄉᆞᆯ을 어ᄃᆞ되 ᄯᅩ ᄯᆞᆫ 졍ᄉᆞᆯ을 ᄃᆞ로 ᄎᆞᆽ가 나ᄂᆞᆺ 스ᄅᆞᆷ이 셔
셔경이 뎐일 왕라의 집의 셔ᄂᆞᆨ뢰의 낭ᄂᆞᆺ와 ᄋᆡᆼ창ᄒᆞᆫᄀᆞ로 ᄃᆞ려셔
ᄂᆞᆯ ᄉᆞᆫ개 와 올파의 집의 내ᄃᆞ러 모조 앙ᄋᆞᆯ 로ᄃᆞ려가되 ᄒᆞ니 왕파ᄃᆞ려
다라 옴개ᄅᆞᆯ 보ᄂᆞᆺ 잡ᄋᆞᆫ 왈 네 엇지 비 집 안의 두녀가 되ᄂᆞᆫ 포옴개 왈
셔ᄂᆞᆨ뢰 단ᄋᆞᆯ 보되 ᄒᆞᆫ노라 ᄑᆞᆯ 이미야 지ᄉᆞᆨ 놓아 셔ᄂᆞᆨ뢰ᄅᆞᆯ
인지 ᄂᆞᆫᄃᆞᆯ 소ᄒᆞᆫ인지 엇지 너 집의 이ᄉᆞᆷ되오 옴개 왈 네 집 안ᄲᅮᆫ의
셔ᄂᆞᆨ뢰의 ᄌᆡ 집라 ᄒᆞᆫ다 ᄒᆞᆫᄃᆡ 내 동올 ᄃᆞ로 ᄃᆞᆫ되 ᄒᆞᆫ노라 왕파 ᄯᅩ ᄒᆞᆫ
여ᄒᆞᆫ자락을 비되 ᄉᆡᆼ을 ᄎᆞᆫ 빈당 쥬뢰ᄅᆞᆯ ᄲᅥᆷ히 쳡되니 올개

송운ᄒᆞ고 행낭을 부비여 보ᄅᆞᆯ 주어 가지ᄂᆞᆫ 옥졸ᄒᆞ여 ᄌᆞ식 향으로
나오라 가 무뢰ᄃᆞᆯ ᄡᆞ니 무뢰 공연ᄒᆞᆫ ᄅᆞᆯ 무ᄉᆞ 거ᄉᆞᆯ 으ᄭᅢ ᄒᆞᆯ이 난장
의 ᄂᆞᆷ아 ᄲᅡᄂᆞᆫ ᄅᆞᆯ 옥 ᄒᆞ던지 오던지 ᄆᆡ 알 안 ᄃᆞ사 무ᄅᆡ 성ᄋᆡ 어온개
ᄅᆞᆯ 붓잡ᄂᆞᆫ 치되 ᄒᆞ되 놀오ᄂᆞᆫ 일을 네 비집이 은보ᄂᆞᆫ ᄒᆞᄂᆞᆫ야 지옥ᄒᆞ
ᄅᆞᆫ 잇지 나ᄅᆞᆯ 무단이 치되 ᄒᆞᄂᆞᆫ고 ᄒᆞ라 무뢰 온개 ᄅᆞᆯ ᄂᆞ고 ᄆᆡ리ᄅᆞᆯ ᄎᆞ라ᄂᆞᆫ
ᄣᅢ 알 ᄂᆡ야 오야 ᄶᅬ리 가ᄌᆞ ᄒᆞᄂᆞᆫ 저ᄌᆞ의 가 천울 ᄉᆞ나 이ᄇᆡ 알 네어지
나의 ᄋᆞᆼ치 옥 행ᄒᆞᄂᆞᆫ ᄒᆞᄂᆞᆫ 노오 온개 여ᄎᆞᄎᆞ 뢴ᄒᆞᄉᆞ 연을 뢴ᄒᆞ니 무
뢰 ᄃᆞᄌᆞᆫ 븐울 ᄲᅦ여 보ᄅᆞᆯ 가뎌 ᄒᆞ되 ᄅᆞᆯ 온개 알 네이 ᄢᅵ 가ᄉᆞ 타 간 ᄌᆞᆼ
무ᄅᆞᆯ ᄃᆞ ᄂᆞᆺ 집ᄂᆞᆫ ᄃᆞᆯ ᄒᆞ 여 ᄆᆡ 안ᄂᆡ ᄌᆞᆯ져 시니 여ᄎᆞᄎᆞ ᄒᆞ라 무뢰 올하
ᄒᆞᄂᆞᆫ 집의 ᄃᆞ라 오니 ᄒᆞ연이 무뢰 ᄃᆞ라 와 ᄲᅡᆯ ᄅᆞᆯ 지옥ᄂᆞᆫ 안 뎐저
무ᄅᆞᆯ 혹되 에ᄭᅥᆺ 치ᄒᆞᄂᆞᆫ 익일의 일 ᄎᆞᆨ 혁지 양을 ᄣᅢᄂᆞᆫ 나 가니 ᄒᆞ연의
뢰 조츠 왕과의 집의 가 보되 문정이 무뢰 와ᄂᆞᆫ ᄃᆞᆯ 치라 이 쇠 무뢰 ᄒᆞᆯ
진ᄋᆞᆼ을 동무의 게 ᄡᆞᆺ기ᄂᆞᆫ ᄃᆞᆯ 오라 가 온개 ᄅᆞᆯ ᄐᆡ ᄒᆞ니 올 개 변과 옥
리가 ᄒᆞᄂᆞᆫ 왕과의 집 암 히 쇠 왕과 ᄅᆞᆯ 답ᄒᆞ여 옥 ᄒᆞ되 왕과 ᄒᆞ다 라
뢰 ᄒᆞ야 ᄒᆞᆫ 편 ᄒᆞᆯ 온ᄌᆡ 히ᄋᆞᆫ을 다, ᄒᆞ여 왕과의 허되 ᄅᆞᆯ 븟ᄃᆞᆯᄂᆞᆫ 뗘되 ᄒᆞ

가ᄉᆞᆷ을ᄶᅵ러벽의다ᄒᆞ히다히리러니이셔무뎌낭어집무인와
ᄒᆞ더니엇다가ᄎᆡ여ᄃᆞ러가니왕뫼무뎌의드러가물ᄅᆞᆫ즉뮈질
너왈무뎌두러간다ᄒᆞ니이셔뫼뭇졍라ᄒᆞᆫ면이그ᄉᆞ퇴를ᄒᆞ
ᄂᆞᆫ것나셔ᄂᆞᆫ거ᄉᆞᆯ평상아리로ᄒᆞᆫ즁ᄂᆞᆫ모ᄅᆞᆯ한ᄒᆡᆼ
ᄂᆞᆫ이ᄅᆞ니무뎌힘ᄭᅥᆺ다ᄒᆞ여몸을엽ᄒᆡ올ᄂᆞᆫ여지못ᄒᆞᆫ쳔
니공션이입속으로ᄒᆞᆫ말ᄒᆞ고상시의능ᄒᆞᆫ울고ᄒᆞ려니엿
지ᄂᆞᆫ열믜ᄊᆡ지아니ᄒᆞᆫ울뫼모뭉이일다드ᄅᆞ리여나와ᄒᆡᆼ을
다ᄒᆞ여발ᄂᆞᆫ무뎌를ᄎᆞ건곤치ᄅᆞ라나니무뎌괴로온ᄒᆞᆷ
ᄂᆞᆫ것ᄉᆞᄅᆞᆫ불생이ᄉᆞᆯ며울즁신이겁ᄒᆞ여왕좌로너브러
무뎌를다리고ᄭᅦ집의가다가ᄂᆞᆨ인젹ᄃᆞᆯ며져우평신ᄂᆞᆯᄎᆞ
리ᄂᆞᆫ옷신ᄎᆡᄀᆞᆺᄒᆞᆫ자라궁녀ᄂᆞᆫ이올히뫼ᄆᆞᆫ뫼로보이를논ᄂᆞᆫ
ᄒᆞᆫ너ᄋᆡᆼ화왈너희낭인ᄒᆡ의오의뒤화로ᄅᆞᆯ강ᄒᆞ뫼다낭인여
놀ᄂᆞ왈무ᄉᆞᆷ일이ᄂᆞᆫ뫼왈무ᄉᆞᆼ이도다와일면엇지일이업
ᄉᆞ뫼오낭인왈엇지ᄇᆞᆫ조ᄒᆞ뫼오뫼왈나로ᄇᆞᆨ즁ᄅᆞᆯ주던화곤
을엇ᄇᆞ시ᄒᆞᆫᄂᆞᆫ니희ᄀᆞᆼ인이평셩ᄒᆞ다ᄒᆞᄂᆞᆫ뫼ᄂᆞᆫ경왈나ᄅᆞᆯ살

나변엇지쳔금을앗기랴오왕패ᄃᆡ쇼왈녀ᄎᆞᄒᆞᆸᄂᆞᆫ물로비
히ᄂᆞᆫ쌀희ᄀᆞᆯ어보시ᄒᆞᆫ제피니라셔문경이ᄌᆔ희ᄒᆞ여즉시약
을가지라가주저금련이약을ᄌᆞ가지ᄂᆞᆫ집의도라오되무ᄃᆡ날
오되네오ᄅᆞᆯ븟허나ᄅᆞᆯ외ᄒᆞ여구완ᄒᆞ여주ᄂᆞᆫ다시왕파의ᄌᆡ차
지아니ᄒᆞ면내아이온다ᄲᆞ야ᄂᆞ니ᄒᆞ리라금련왈ᄂᆡ드ᄅᆞ니심통병
의약이잇다ᄒᆞ더라무ᄃᆡ왈셔ᄂᆞᆫ약을ᄉᆞ라가나ᄅᆞᆯ먹여살
오라금련ᄋᆞᆯ의원의ᄲᆞ이바ᄃᆞᆫ후약을녀ᄉᆡᄂᆡ친ᄒᆞᆫ후라ᄒᆞᆫ디
라ᄒᆞᆫ밤ᄃᆞᆼ긔ᄃᆞ라되독약을한약의화ᄒᆞ여주니무ᄃᆡ
한ᄲᆡᆨ음을ᄂᆡ이왈비위의역ᄒᆞ도다ᄒᆞ니왕파ᄂᆞᆫ무ᄌᆡᄅᆞᆯ붓
들ᄂᆞᆫ금련이ᄒᆞᆫ지올입의고ᄒᆞᆷᄭᅴ이불로다ᄐᆞ히덥히쇼
리ᄆᆞᆺᄒᆞ게ᄒᆞ니뉴ᄀᆞᆫ고안젓ᄉᆞ니무ᄃᆡ오장이쇠흐ᄅᆞᆫᄃᆞᆺᄒᆞ여소리
ᄒᆞ여왈니불ᄅᆞᆯ장간열어ᄒᆞᆼ울쉬게ᄒᆞ라금련왈잠간견ᄃᆡ
면좌한ᄒᆞ리라ᄒᆞ더니무ᄃᆡ인ᄒᆞ여병이진ᄒᆞ거늘금련라왕
퀴니불ᄅᆞᆯ오ᄅᆞᆯᄂᆞᆫ즉진의ᄭᅳᆯᄅᆞᆯ뭇쳐ᄎᆞᆯᄒᆞ의디ᄅᆞᆯ엽시ᄒᆞᆫ후
금련은ᄇᆡᆨ상으로ᄀᆞᆨᄒᆞ여나ᄂᆞ니이ᄯᅢᆼ을가리오ᄅᆞᆯ다날이밝으

미되 반년이 무디의 죽으ᄆᆞᆯ 잉ᄒᆞᆫ 하구숙을 청ᄒᆞ여 시빈ᄉᆞᆼ으로 졀
강보고 팔목 뫼ᄅᆞᆯ 보앗습 호ᄅᆞᆯ 지ᄂᆡ부 정ᄒᆞᆫ 이일이 되ᄆᆡ 무숑의 빌ᄅᆞᆯ ᄎᆞᄅᆞᆯ ᄒᆞᆫ다
하구숙 이ᄋᆞᆼ우ᄅᆞᆯ 무뎌치ᄇᆡ의 나ᄅᆞ러 사ᄅᆞᆷ을 보ᄂᆡᆫ 바ᄅᆞᆫ 자ᄋᆞ 무숑 ᄒᆞ여구
려셔 셔문경이 ᄉᆞ당을 ᄎᆞ여 곳ᄒᆞ구 숑ᄋᆞᆯ 제 ᄌᆞᆸ으ᄅᆞᆯ 파셔 ᄃᆞ 무뉘
ᄅᆞᆯ 입ᄇᆞᆫ 관ᄎᆞ여 동문 밧긔 가 화장ᄒᆞᆫ 뇌일ᄅᆞᆯ 즁ᄋᆡᄅᆞᆯ 왕파의 집의
뫼동ᄋᆞᆨ ᄒᆞᆫ더니 ᄂ 뎨ᄆᆡ 무숑이 동딩으ᄅᆞᆯ 조ᄎᆞ 도라와 빈ᄋᆞᆨ을 빈ᄂᆡ 복읍
이리 ᄅᆞᆨ이 ᄃᆞ리 숑ᄅᆞᆯ 관ᄋᆞᆼ을 생ᄋᆞᆸ ᄒᆞᆫ니 무숑이 무뉘의 집을 ᄃᆞᆼ ᄒᆞ여
ᄃᆞ려가 ᄂᆡ 빙ᄅᆞᆯ 뎌ᄋᆞᆯ ᄃᆡ가 아 집의 ᄂᆞᆺ 나 수ᄎᆞ여히 드ᄅᆞᆫ 리ᄅᆞᆨ우ᄒᆞᆫᄅᆞᆯ 조ᄎᆞ
울며 ᄂᆞ뫼 ᄋᆞ셔 ᄂᆞᆯ 무숑이 ᄉᆞᆯ히 잘ᄅᆞᆯ 슥으ᄂᆞᆫ 못치라 뎌ᄉᆡ 무숑ᄆᆡᆼ으ᄅᆞᆯ
뎐뎨 즁어ᄉᆞ 뼈 ᄎᆞᄌᆞᆼ은 ᄎᆡ간 쳔ᄒᆞ여 어ᄃᆡ ᄯᅧᆼ 장ᄒᆞ엿ᄂᆞᆫ 뇨ᄎᆞ여 문을 ᄂᆡ시ᄅᆞᆯ 숙
이간ᄒᆞᆫᄅᆞᆯ 빅ᄌᆞ리 신ᄉᆞ 치길ᄂᆞ ᄂᆞᆫ 능을지 ᄎᆞᆯᄋᆞᆯ이 오ᄎᆞ 즁은 하구숙이 쳥ᄒᆞ
화향ᄃᆞᆯ 은ᄂᆞ라 무숑의 죽시 향 ᄒᆞ죠과 ᄅᆞᆯ슈 다가 ᄂᆡᆼ라ᄆᆡ의 버린 일장
ᄒᆞᆷᄆᆞ ᄒᆞᆷᄆᆞ 향라 아리ᄆᆞ 며ᄃᆡ 엿ᄌᆞ니 ᄒᆞᆨ 해ᄯᅢ ᄂᆞᆫ 뭇ᄋᆞ의 무ᄉᆡ 칠ᄌᆞᄀᆞᆯ
피ᄌᆞᆯ ᄒᆞᆫ 울ᄎᆞ여 ᄂᆞᆫ 울 뫼ᄅᆞᆯ 무숑이 받지 참으리 ᄒᆞ다가 ᄒᆞᆯ 씌여 길ᄆᆞᆼ이라 그
ᄂᆞ드ᄅᆞᆯ ᄂᆞᆯ 하구숙을 ᄌᆞ가 보ᄂᆡ여 저 숑이 권ᄒᆞ ᄀᆞ로 ᄃᆞᆯ ᄂᆞ 와 ᄯᅢ ᄒᆞᆯ져

놀나 무숑 ᄀᆞᆯ을 구ᄒᆞ고 뎌 쳥ᄒᆞᆫ 증을 보ᄒᆞ다 ᄒᆞ니 ᄀᆞ히 지ᄂᆞᆫ 보고라 ᄌᆞᆨ ᄒᆞ이
셔문경의 시종과 무송의 ᄉᆞᆷ을 ᄉᆞᆯ셔 ᄒᆞᆯ 셔몸졍이 나을 ᄌᆞᆼ ᄒᆞ엿ᄂᆞᆫ 최ᄂᆞᆫ
수셩호 군인 쳬를 뫼ᄉᆞᆸ 회ᄒᆞ고 ᄒᆞᆫ 무명 ᄒᆞᆫ ᄂᆞᆯ ᄇᆡ고 ᄌᆞᄌᆞᆼ록 ᄒᆞ고 쳬 ᄒᆞᆫ
허 ᄅᆞᆯ 집 무ᄅᆞᆯ 허리 ᄒᆞᆯ 노 ᄒᆞᆫ 집ᄒᆞ여 ᄃᆞ와 ᄒᆞ엿더니 신쳬를 화장 ᄒᆞᆯ 마ᄎᆞᆷ 내
못ᄒᆞ여 가ᄅᆞᆯ ᄅᆞᆯ 가독ᄒᆞ어 뫼노라 ᄒᆞᆫ 니ᄂᆞᆫ 못 귀를 무송이 듀어 가지ᄂᆞᆫ ᄒᆞ
국숙의 ᄆᆞᆯ 다 리ᄂᆞᆫ 오리를 ᄎᆞᄌᆞ 무ᄉᆞ ᄒᆞ다 소리 시종ᄉᆞᆯ 의ᄅᆞ 혼ᄌᆞ 지나 ᄂᆞ 구ᄒᆞ이
ᄌᆞ셔 ᄒᆞ 다ᄉᆞ ᄅᆞᆼ ᄒᆞ다 모ᄂᆞᆫ 왕파 ᄅᆞᆯ 블러 일을 즈량이 ᄂᆡ 형의 ᄂᆡ 종의 수ᄂᆞᆫ
호도와 ᄒᆞᄂᆞᆫ 술을 빅어 ᄎᆞᆷ혀 지 ᄂᆞᆫ 무송이 ᄆᆡᄌᆞ를 ᄉᆡᆨ ᄒᆞ여 일을 니ᄅᆞ되 ᄒᆞᄂᆞᆫ
지방ᄒᆞᆫ 나와 ᄇᆞᆫ 인의 증거 ᄒᆞ여 되다 ᄒᆞᄂᆞᆫ 왕파 다 조셩을 ᄎᆞᆷ바 ᄒᆞ여 녕졔 읍
ᄒᆞᆫ 어비 진ᄂᆞᆫ 일이 ᄂᆡ 의 원슈ᄅᆞᆯ 아라 ᄉᆞ이 작 쵸 ᄒᆞᆫ 엇지ᄅᆞᆯ 다가 당 ᄒᆞ지 ᄀᆞᆷᄒᆞ 거이 ᄌᆞ
못ᄒᆞ ᄂᆞᆯ ᄌᆞᆯ ᄒᆞᆫ 일 ᄂᆞ ᄂᆞᆫ 북 ᄎᆞᆯ ᄒᆞ니 무송이 동ᄒᆞ니 ᄉᆞ긔 ᄒᆞ여 곳 고 ᄎᆞᄌᆞᆯ 끌고
도 ᄒᆞ여 ᄆᆞᆯ ᄒᆞᆯ ᄒᆞ여 ᄃᆞᆫ ᄒᆞ여 ᄒᆞ여 ᄎᆞ시 를 ᄌᆞᆼ ᄒᆞ여 ᄒᆞ을 업ᄂᆞᆫ 허 졍당 ᄇᆞᆯ ᄒᆞ도
나 왕파 의 계 ᄒᆞᆫ 발 ᄒᆞᆫ 니 무 숑이 ᄀᆞᄌᆞᆼ를 거 ᄅᆞᆨ ᄒᆞ호 각 인 칙 ᄆᆡ 발 ᄂᆞᆫ 꼴 로
ᄉᆞ셩 이 ᄎᆞ ᄉᆞᆼ을 ᄒᆡᆺ 치 ᄂᆞᆫ 너 ᄋᆞᆫ 동과 강을 ᄂᆡ 셔 제 ᄒᆞ니 계 ᄋᆞᆫ 하 고 ᄇᆞᆯ 무 져 이
라 무송이 조셩의 무ᄉᆞᆯ 머 혀 도 셰 ᄊᆞ 가 지 ᄂᆞᆫ 셔 ᄂᆞᆫ 졍 ᄒᆞᆯ ᄎᆞ 조 ᄒᆞᆯ 이 여 ᄌᆞᆫ 졍

이즈곡의셔 술먹거ᄂᆞᆯ 무숑이 쥬뎜의 무ᄉᆞᆯ 리ᄉᆞᆫ 잘ᄂᆞ치러ᄒᆞ더 쥬뎜니
취ᄒᆞ야ᄂᆞᆯ 그ᄅᆞᆯ 다라 ᄂᆞ리ᄂᆞᆯ 무숑이 조조되 저리의 니르러 빨리ᄂᆞ ᄎᆞ 업ᄉᆞ니
ᄌᆞᆫ 무숑을 버히드ᄅᆞᆫ 조의 향의 니르러 제인다 왕파ᄃᆞᆯ 다라ᄂᆞᆫ 지와 의가
ᄅᆞᆫ ᄒᆞ되 지네 무숑의 ᄀᆞ리ᄅᆞᆯ 리록 이서저 당파ᄅᆞᆯ 쿨ᄯᅢ 모ᄅᆞᆫ 무숑은 천ᄒᆞᆫ
츤 잘씨 인호 무ᄃᆞᆫ 되ᄅᆞᆯ 잘 ᄆᆞᆫ 드러 개 망파의 불ᄋᆞ니 마ᄋᆞᆷ이 왕파ᄇᆞᆯ 최찰
ᄒᆞᄂᆞᆫ 무숑ᄋᆞᆫ ᄃᆞᆼ슈 봉을 처쳐 즉ᄉᆞᆯ 평비ᄒᆞ니 무숑이 ᄒᆞᆼ ᄒᆞ여 쳘쥬의 ᄂᆞᆯ
내다 ᄒᆞᆫ 최필이 ᄌᆞᆫ비 동ᄐᆞ 오ᄃᆞ 되 ᄒᆞᆯ 무숑ᄃᆞ려 일시ᄅᆞᆯ 모리 ᄆᆞᆫ을 일
빗을 ᄎᆞ치 ᄀᆞ다라 무숑ᄋᆞᆯ 일ᄆᆞᆨ ᄲᆞᆯ은 일 현이라 도치라 ᄂᆞᆼ이 노ᄒᆞ여 치러
ᄒᆞ더니 ᄒᆞᆼ상의 섬질ᄑᆞᆯ은 된 슈신이 ᄒᆞᆫ 궁ᄇᆞᆼ ᄌᆞᄅᆞᆯ 노ᄒᆞ대ᄂᆞᆫ 되엿다 가 다ᄒᆞᆼ
의리의 다ᄒᆞ여 무숑ᄉᆞ ᄲᆞᆯ을 ᄒᆞ여다 ᄒᆞ가 왕이 ᄃᆞᆯ 져리 인이 ᄂᆞᆫ 칼ᄉᆞ라 셔 벽셕이 에
슈힌이 이젹 ᄂᆞᆺ치니라 ᄒᆞᄂᆞᆫ 너여 ᄭᆡ거 거ᄂᆞᆯ 무숑이 ᄅᆞ여 ᄂᆞ기 되ᄂᆞ니 이 호을 ᄃᆞᆼ쥬 ᄒᆞ
이 변 일을 즉셔 ᄋᆞᆯ 공쳬 ᄒᆞᆯ 뒤라 무숑이 ᄌᆞ뎜ᄭᆞ 줄 무ᄅᆞᄃᆞ 감ᄇᆞᆯ ᄉᆞᆯ 소관 영와
본 ᄆᆡᄅᆞᆯ 라 무숑 압ᄂᆞ 내여서 병셕 어ᄆᆞᆷ은 ᄀᆞ뎜ᄅᆞᆯ 병 그리며 소리 ᄅᆞᆫ 영을 보기 젼유
다시 먹지 아니ᄒᆞ니라 ᄃᆞᆼ병이 ᄲᆞᆯ ᄂᆞ 뵈ᄂᆞᆫ ᄒᆞ여 ᄌᆞ우ᄂᆞᆫ 무숑을 쳥ᄒᆞ여 ᄂᆞᆯ
무숑이 ᄃᆞᆼ병을 ᄯᆞ라 ᄃᆞ려가니 그 ᄉᆞᄉᆡᆼ이 하 당 영 지 ᄒᆞ니 무숑이 ᄒᆞᆼᄉᆞ을

水一 二十八

믈을 ᄭᅳᆯ인 셩명을 무ᄅᆞᄃᆡ 소녀ᄒᆞᆯ ᄇᆡ 셩명은 식공이오 별호는 쳘안
뫼시라 무송이 무송일노나ᄅᆞᆯ 간ᄃᆡ ᄎᆞ시ᄂᆞᆫ고 식우ᄒᆞᆯ손 인ᄒᆡ 동문ᄭᅡ지
쥭쳔ᄌᆞᆼ을 창셜ᄒᆞ엿더니 ᄒᆡᆼ도시인이 장간면장ᄒᆞ엿ᄂᆞ라 동고ᄒᆞ여 나ᄅᆞ치
ᄂᆞᆫ 쥭엿ᄂᆞᆫ을 아셧ᄃᆡ 원컨ᄃᆡ ᄎᆞᄌᆞ 쥬ᄋᆞᆯ부라 ᄂᆞ라 무송이 ᄃᆞᆫ ᄃᆡᄅᆞᆯ ᄒᆞ여 ᄀᆞᆯ
지ᄒᆞ야 가리라 식은 한ᄒᆞᆷ의 일ᄋᆞ가 ᄌᆞᄒᆞ여 무송을 가리ᄂᆞᆫ 길ᄒᆡ 무송이 쥬졈
ᄲᅡ다 술 셰ᄉᆞᆯ식 ᄒᆞᆸ 삼십 ᄇᆡᆨ 뢰ᄅᆞᆯ ᄲᅮᆫ 장문신 쥬졈의 드러가 쥬파더
러ᄒᆞ기ᄅᆞᆯ ᄲᅧᄒᆞᆯᄉᆞ ᄒᆞ니 가졍이 고ᄒᆡ 쥬ᄅᆞᆯ ᄲᅧᄒᆞᆯ ᄃᆡ 연ᄒᆞ여 ᄲᅧᄒᆞᆯ나
ᄒᆞ니 가졍이 셩ᄂᆡ어 밧고ᄅᆞᆯ 나가려 ᄒᆞ거ᄂᆞᆯ 무송이 빌고ᄌᆞ ᄒᆞᄂᆞᆫ 독의 겻ᄐᆡ
ᄅᆞᆯ 방ᄒᆡ 쥬ᄆᆞᆨ 되ᄂᆞᆫ 일을 엇진 광인이ᄂᆞᆫ 집의 와 작난ᄒᆞᄂᆞᆫᄃᆞ 무송이 다
라ᄃᆞ려 ᄇᆡ인을 잡아 술독의 것구로 박고 ᄭᅳᆫ도록 ᄒᆞᄌᆞᆨ이 ᄃᆞ라오매
안ᄌᆞᆨ지 ᄇᆞᆯ 무송이 그 장문신인 줄 알고 ᄒᆡᆨ터 ᄂᆞ른 ᄭᅡᆺ더니 와 장문신을 ᄒᆞᆫ
빌고ᄌᆞ 것구로 치ᄂᆞᆫ가 송ᄋᆞᆯ 드ᄅᆡ 어 ᄀᆞᆯ녜 ᄒᆞ담 ᄒᆡ 나ᄀᆞ의 쥬졈을 아ᄉᆞ 내
주ᄆᆡ 디ᄅᆞᆯ 편ᄃᆡ여 ᄭᅬ라 나ᄂᆞᆫ 장ᄉᆡᆼ의 ᄉᆡ려ᄒᆞᆷ을 회쥬 이더 ᄒᆞ니라
장문신이 거ᄉᆞ ᄒᆞ여 이 ᄭᅥᆯ을 알고 술을 ᄋᆞ시면 쥬졈을 ᄌᆞ리 ᄒᆞᆫ 후 ᄌᆞ쥭
ᄒᆞ리라 ᄒᆞ니 무송이 장문신을 ᄒᆞᆫ ᄃᆡᆼ ᄒᆞ여 셕ᄎᆞ 뵈더 ᄂᆞᆫ 고을 ᄲᅩᆺ더 식 ᄋᆞᆯ이

무송과 슐먹으며 창법을 의논ᄒᆞ더니 일일은 한 장긔이 밋다 ᄒᆞ되
즐ᄋᆞᆫ와 보월 무도되 권고 무송을 ᄂᆡ리라 니와 어ᄌᆡ 친ᄒᆞᆫ 노장긔와 ᄯᅩ 장
두감이 장ᄉᆞ의 뒤 병을 틈타 청ᄒᆞ여 이다 싱ᄀᆡ 왈 장도감 ᄀᆞ이 일ᄉᆞ를
관이니 형은 가보라 무송이 즉시 가 장도감이 반겨 접슈 왈 ᄂᆡ 찬ᄉᆞ
이 날 ᄒᆞᆫ 든 ᄃᆞᆫ 치오리 되니 금일 ᄇᆡ미는 것 도라 슐ᄒᆞ 전ᄒᆞ며 송이 ᄎᆡ 불
간청ᄒᆞ거ᄂᆞᆯ 무송이 인ᄒᆞ여 ᄂᆡ당의 드러가니 일ᄒᆡᆼ은 도감이 무송을 후원을
ᄎᆡᆨᄒᆞ여 즉 친오 ᄒᆞ지 접ᄒᆞ시 ᄂᆡ 일곱을 ᄂᆡ여 슐그ᄅᆞᆺ 권ᄒᆞ여 왈 ᄂᆡ
장ᄉᆞ를 위ᄒᆞ여 ᄂᆡ 인ᄒᆞᆫ ᄒᆞ믈 부리라 무송이 그 뜻을 감ᄉᆞᄒᆞ여 ᄎᆔᄒᆞ실
ᄯᅢ ᄒᆞ자 즉시 ᄒᆞ여 ᄎᆡ방의 와 눕더니 안희셔 도적와 라 외거ᄂᆞᆯ 무송
인ᄒᆞ여 장등을 안ᄒᆞ고 드러가니 그 인이 ᄂᆡ다라 왈 도적이 외 원으로
러가 거라 ᄒᆞ거ᄂᆞᆯ 무송이 후원으로 ᄒᆡᆼᄒᆞ더니 한 무리 장ᄎᆡ이 ᄂᆡ다라
결박ᄒᆞ여 무송이 뒤ᄒᆞ와 왈 ᄂᆡᄂᆞᆫ 무송이로라 ᄒᆞ되 장ᄒᆡ이 청이 불문ᄒᆞ
고 ᄎᆡ라 ᄒᆞ가 청ᄒᆞ의 ᄒᆞᆯᄂᆡ라 무송이 전후 ᄉᆞ연을 ᄒᆞ고ᄌᆞ ᄒᆞ니 자저
ᄒᆞ더 ᄌᆞ 도적을 ᄯᅢ이치라 ᄒᆞ고 ᄎᆡ방의 가 뒤여 장도를 ᄎᆞ자 ᄂᆡ라 ᄒᆞ니
라 ᄇᆡᆫ은 ᄌᆞ를 가져 오거ᄂᆞᆯ 도감이 무송을 ᄀᆞᆯ나 ᄡᅳ이고 쥭 ᄭᅩᄂᆞᆫ 리

두령쳥ᄒᆞ야ᄂᆞ니 ᄇᆞ믄이 남외로ᄒᆞ야 목숭을 듕ᄉᆞ심을 쳐 샹
의ᄌᆞᆫᄒᆞ여 동쳥의 졍텬ᄒᆞᆷ을 시죵ᄒᆞ셜티 아닙ᄉᆞ ᄒᆞ여 쥬져의 노오
디ᄌᆞᆼ이 목숭을 ᄭᅳᆯ고 외ᄅᆞᆯᄒᆞ여 귀하다 허 날오ᄃᆡ 장ᄂᆞᆫ 혼 창ᄉᆞᆫ 션
셰 ᄒᆞᆷ얼ᄒᆞᆯ 더ᄒᆞ려 ᄒᆡᆼᄒᆞᆫᄇᆞ 회ᄒᆞ시오 ᄯᅩ 장ᄂᆞᆷ 시히 ᄒᆞᄋᆞ 쇄오히 제
후ᄒᆞ되 ᄆᆞᆯᄒᆞᆫ 기ᄅᆞ의 ᄲᅥᆼ을 주ᄋᆡ리라 ᄒᆞ여 ᄒᆞᄅᆡ 쳐 ᄒᆞᆫ 방ᄎᆞᆫ을 살
가라 나ᄂᆞᆫ 형이 방퇴ᄒᆞ며 ᄒᆞᆫ쟝ᄂᆞᄀᆞᆺ 아와 ᄯᅩ 나ᄅᆞᆯ 친ᄒᆞ젹 ᄯᅡ을 도라ᄒᆞ야
ᄉᆞ가려라 ᄒᆞᆫ대 지은 ᄃᆡ 다 가ᄂᆞ라 목숭이 ᄂᆡᆼ연을 살피어 ᄂᆡᆼ인이 살
졍ᄉᆞ의 자기ᄅᆞᆯ 진쥬ᄒᆞ되 목숭이 ᄲᅡ진 ᄀᆡ ᄲᅵᆯ 초방 ᄒᆞ여 ᄇᆡ윤도
의 나ᄅᆞᆯ 더 동최 ᄀᆞᆼ쟝을 도ᄅᆞ탈 너ᄒᆞ다 ᄅᆞᆯ 완치 ᄉᆞ라 장로 ᄃᆞ져의 ᄀᆞᆫ
네 나라 ᄒᆞ며 장쵸 치러 ᄒᆞ며 ᄂᆞᆯ 목숭이 힝장을 라ᄒᆞ여 목의 ᄲᅮᆯ 끌을
ᄡᆞ더니 ᄒᆞᆫ ᄯᅩᆯ 즈즐ᄒᆞ고 ᄯᅳ의 도로 치니 ᄭᅫᆯ 퇴 다라 나라ᄒᆞᆯ 치 라
목숭이 ᄯᅩ라 가 ᄲᅮᆯ노ᄒᆞ 거ᄌᆞᄅᆞ 친ᄌᆞᆯ ᄉᆞ아 ᄉᆞ목을 베히리 큰 소뢰 살
인ᄒᆞᆫ 죽다 ᄒᆞ고 목숭이라 ᄒᆞᆫ 봉을 구르혀 뵹을 ᄶᅵᆨ여 더 ᄯᅥ 젼 평히
ᄉᆞ졍이라 장로 ᄃᆞᆫ 집의 더 ᄒᆞ려 ᄃᆞ 뎡을 ᄒᆞᄂᆞ 니 ᄲᅡ ᄂᆡ 이ᄂᆞᆫ 장기어 당 상
의ᄂᆞᆫ 구어 ᄋᆡ 보ᄃᆡᆺ ᄃᆞᆯ노 어져 ᄃᆞᆫ 로 ᄌᆡᆨ이 와 ᄒᆞᆫ ᄒᆞ며 ᄌᆞ져 ᄃᆞᆯ 목숭이 단 ᄋᆞᆯ ᄒᆞᄂᆞ너

ᄂᆡ 두러가 장ᄎᆡ의 ᄉᆡ 손을 ᄇᆞᆯ고 드듸ᄂᆞᆫ 곳ᄃᆞᆯ 흔드러 진ᄀᆡ 장ᄆᆡᆨ이
ᄂᆞᆫ 곳을 흔드러 ᄲᆞ혀 무송이라 ᄒᆞ비 ᄇᆡᆨ산ᄒᆞ여 살ᄒᆞᄂᆞᆫ ᄯᆞᆯ 거ᄂᆞ려 무송을
내여 ᄂᆞᆯ 살 ᄇᆡᆯ거시여 보ᄂᆞ니 도라 장ᄎᆡ와 ᄃᆡᆯ지거ᄂᆞᆯ ᄎᆡ과이 보니 ᄃᆡ적과 ᄀᆞᆫ흐매 우
르러 ᄒᆞ려 주ᄌᆡ 쳘노의 쳐를 ᄯᅥ라 무송이 ᄭᅮᆯ을 흔드러 장ᄎᆡ을 주
인ᄌᆞ 쳘노의 ᄂᆞᆺ을 산ᄒᆞ여 술 ᄇᆡᆼ여셔 ᄒᆞ여 무송 주인ᄒᆞᆯ 조ᄎᆞ치
히 ᄒᆞ여 ᄂᆞᆯ 무송이 ᄂᆡ 뫼 ᄯᅩᆯ ᄒᆞ여 ᄂᆞ의 ᄎᆡ여 울ᄂᆞᆫ 산ᄒᆞᆫ 얼굴 주어ᄂᆞᆫ구나
리 흔여ᄉᆞ며 나 안ᄒᆞ로셔 ᄂᆡ 시비 주ᄒᆞ 올가 지ᄂᆞᆫ 구의 올라 가 주엄을
ᄲᆞᆯ 올 ᄊᆡᆼ을 더지ᄂᆞᆫ 도로 ᄒᆞ려 오다 ᄂᆞᆫ 무송이 죽어ᄂᆞᆫ 주ᄇᆡᆼ으로 기여 두
이 ᄉᆞᆯ은 히 주인을 추리ᄂᆞᆫ ᄎᆞ라 ᄯᅩ 주어 ᄂᆞᆫ 안ᄒᆞ로 드러 간 주 도라의 쳐
오 히 ᄂᆞᆯ 압 비 우ᄂᆞᆫ 나 오셔 ᄂᆞᆯ ᄯᅩ 주어 ᄂᆞᆫ 저ᄇᆡᆼ으로셔 ᄀᆞᆯ가ᄂᆞᆫ치 러ᄀᆞ 인
이 나 오셔 ᄂᆞᆯ ᄯᅩ 주 주 ᄀᆞ의 ᄂᆞᆫ ᄒᆡᆼ인을 ᄲᆞ혀 자 지ᄂᆞᆫ 왈 편 장ᄎᆡ을 ᄯᅩ 주어
ᄂᆞᆫ 주ᄲᆡᆼ으로 드러가 주엄을 비ᄂᆞᆯ ᄇᆞᆯ ᄂᆞᆫ 누ᄉᆡᆼ의 올ᄂᆞᆫ 가 ᄒᆡ로 ᄂᆞᆯ
희 ᄇᆡᆨ ᄉᆡᆼ의 ᄡᅳ되 실인 ᄂᆞᆫ 티 ᄒᆞ로 무송이라 ᄒᆞᆫ 뭇ᄂᆞᆫ 로 그 ᄃᆞ 허 ᄇᆞᆯ ᄒᆞᆯ
ᄉᆡᆼ을 더새 ᄂᆞᆼ으로 ᄒᆡᆼ ᄒᆞ여 ᄀᆞᆯ시 ᄒᆞᆫ ᄎᆞᆫ ᄒᆞᆫ 뭇이 ᄀᆞᆯ ᄒᆞ 쥐 ᄯᅡ 쳥ᄒᆞ추
져 ᄒᆞ로 ᄀᆞᆫ의 ᄂᆞᆫ 두 ᄒᆞ 묘 ᄃᆞᆼ이 ᄭᅬ 저 ᄂᆞᆯ ᄆᆞᆼ을 엇ᄂᆞᆫ 드러 가 누ᄉᆡᆼ의 올ᄂᆞ

水 三

옷ᄉᆞᆯᄅᆞᆯ버서후려치ᄂᆞ니여쟝간을드러더니ᄒᆞᆯ연ᄉᆞ릇이지지러나소
리ᄭᅳᆯᄒᆞ지ᄂᆞᆯᄅᆞᆯᄭᅥ니무송ᄒᆞᆫ쌍ᄀᆡ이무송을고ᄒᆞᄅᆞᆯ다ᄒᆞ며등잔
뫼ᄅᆞᆯᄂᆡᆯ오ᄃᆡ이ᄯᆡ예옷과ᄆᆞᆷ에피가무ᄃᆡᄉᆞᄃᆡ어ᄃᆡ셔살인ᄒᆞᆫ도ᄅᆞ
ᄒᆞᆯᄂᆞᆫ놈이잇자잡아주외의ᄯᅥᆺ치ᄂᆞᆫ생을차ᄌᆞᄒᆞ려ᄂᆞ코무송에ᄌᆞ온
다시잇ᄂᆞᆫ소리업ᄉᆞᄃᆡ여러놈이무송을ᄇᆡᆫ일을치ᄂᆞᆫᄃᆞ려가ᄂᆞ니ᄒᆞᆸ우인
허ᄃᆡᆯ오ᄃᆡ져놈을이윽ᄒᆞ다ᄒᆞᄂᆞᆫᄯᆡ의도여ᄯᅡ가이윽이잡으라ᄒᆞ려
쟝막이ᄲᆡ여다가ᄲᅡᆼ들몸의갈ᄂᆞᆫᄆᆞᆷ을ᄯᅡᆫ나간ᄌᆞ치ᄃᆞ무송이ᄂᆞᆫ
을ᄭᅥᆫᄲᅡᆼ의아ᄂᆞᆺ이무송이ᄒᆞᄌᆞᄂᆞ코무송이혜오ᄃᆡ내ᄉᆞᆯ릇을ᄒᆞᆫ히
주여수뎡구외의ᄌᆞ현ᄒᆞ여주여자ᄒᆞ놀ᄒᆞᆫ올ᄂᆞ전ᄒᆞ니ᄋᆞᆯ귀ᄂᆞ코
ᄎᆞᆫ쟝을동망ᄒᆞ여다가ᄂᆞᆯᄒᆞᆯ여지주으면후뫼ᄉᆞ릇이어지무송의뫼
상의ᄂᆞᆺ던졸알ᄉᆞ오ᄒᆞᆸᄃᆡ그ᄒᆞᆫᄒᆞ더니평명의무ᄂᆞᆫᄌᆞ쟝괴이드러와
ᄭᅩᆺᄅᆞᆯ드러ᄒᆡᆨᄒᆞ여ᄒᆞ더니일이이드러와무송을ᄇᆞᆯᄒᆞᄂᆞᆫ송을ᄶᅵ러
외ᄅᆞᆯᄉᆞ리혈ᄋᆞᆯ힌치ᄭᅳᆯᄅᆞᆫᄃᆞᆫ구피자ᄅᆞᆯ글ᄂᆞᆫ지라무송이ᄂᆞᆫᄃᆞ혈인
란ᄉᆞ뎐의ᄃᆞᆯᄂᆞᆫ구ᄋᆞᆯᄭᅥᄆᆡ니이곳쟝평이라쟝혈이무송의ᄉᆞᆯ을잡ᄅᆞ다
ᄲᅡᆼ의나와ᄉᆞᆯ그ᄅᆞᆺ진ᄒᆞᆸ일ᄀᆞᆫ일ᄉᆞ미ᄃᆞ뎌오ᄃᆡ롤하ᄆᆞ혈을ᄭᅵᄒᆞᆯ

번ᄒᆞᆫ이다 ᄒᆞᆫ대 송이 랑ᄋᆞᆯ 끌러 뵈니 송이 랑외ᄅᆞᆯ 그ᄂᆞᆫ 쥴ᄋᆞᆯ 몰나
뵈앗거니와 엇지 ᄉᆞ회ᄅᆞᆯ 아니 ᄒᆞ엿ᄂᆞ뇨 무송이 싱ᄒᆞᆷ을 ᄂᆡᆺ치ᄋᆞᆯ으
니 장쳥 무뢰 갈오디 그외의 서쵸 호ᄒᆞ지 아직 ᄂᆡ 집의 이셔
종ᄒᆞᆫ 그뢰 ᄒᆞᆫ ᄃᆞ릐 ᄒᆞ더라 ᄒᆞ시 장ᄒᆞᆫ 집 ᄉᆞ룸이 안히 ᄃᆞ려 다 보ᄂᆞᆫ 죽
죽 여ᄋᆡᆼ이 집안의 가득 ᄒᆞ되 노ᄂᆞᆫ ᄂᆞᆫ 쥬ᄂᆞ 쌍의 올ᄂᆞ 뵈며 또 ᄒᆞ여 여러 쥭엽
닛ᄃᆞ 벽 쌍의 ᄡᆞ셔시 ᄂᆞ셔 노ᄂᆞᆫ 벽의 ᄃᆞᆼᄒᆞᆫ의 ᄃᆞ 지지 ᄆᆞ ᄒᆞᆫᄒᆞ 궁을 거
노리ᄃᆞᆫ 장ᄒᆞᆫ 집몽의 ᄂᆞᆯ ᄃᆞ려 신체ᄅᆞᆯ 히여 보ᄂᆞᆫ 셜로 ᄉᆞ룸이라 겻시 ᄒᆞᆯ
쥭ᄃᆞ라 올ᄒᆞ리 또 보ᄂᆞᆫ 되 비 올 ᄒᆞ의 되 무송이 그외 ᄉᆞ룸ᄃᆞᆯ 드른 죽이
ᄂᆞᆫ 도 ᄂᆞᆫ ᄃᆞ라 ᄒᆞ되 ᄂᆞᆫ 지뫼 ᄃᆡ ᄒᆞᆫ ᄒᆞ여 보되 ᄅᆞᆯ 벤 ᄃᆞ려 보ᄒᆞ뢰 ᄂᆞᆫ ᄒᆞᆫ 뒤
뵈옹이 ᄲᆞᆫ ᄂᆞᆯ ᄂᆡ 무송을 ᄉᆞᆼ모와 거 ᄒᆞᆫ 각 ᄋᆞᆷ의 횡관 ᄒᆞ여 잡으
라 ᄒᆞ더니 ᄲᆞᆯ 이 ᄒᆞ장 쳥이 ᄲᆞᆺ ᄀᆞᆯ로 되 ᄃᆞ려 와 무송더러 말ᄒᆞ여 의
되 쳐ᄒᆞᆫ ᄋᆞᆯ 노코 쳥ᄋᆞᆯ 집모ᄃᆞ러 ᄒᆞ니 엇지 ᄒᆞ리오 무송 왈 선조 ᄒᆞᆫ 밧
비피 ᄒᆞ리라 장쳥 왈 이룡산 보쥬ᄉᆞ 노지심이 ᄉᆞ룸을 뫼화 나ᄅᆞᆯ 여
뎌ᄃᆞᆫ 쳥ᄒᆞ여 ᄃᆞ니 ᄂᆡ 편지 가지ᄃᆞᆫ 병일ᄂᆞᆯ 쥬가라 ᄒᆞᆫᄃᆡ 무송이 잇거
ᄒᆞᆫ고 하회ᄅᆞᆯ 분셕ᄒᆞ라

경신원춘

Vol 2
슈호지
하

슈호지 권지이

ᄎᆞ셜 쟝쳥 왈 ᄂᆡ 편지 가진 병을 ᄌᆞᆺ가 나ᄒᆞ니 ᄉᆞ이 [illegible]
지 ᄒᆞᆫ구의 의뫼 ᄌᆞᆫ히 잡오뫼 ᄒᆞ뫼로 ᄲᅡ노일로뫼 노ᄒᆡᆼ으로 ᄌᆞ가 변귀
노ᄒᆞᆯ 니오 무숑이 놉흐로 쳥을 ᄡᅳᆫ더 쳥안을 어지 ᄒᆞ뢰 오ᄉᆞᆯ어
량왈 ᄂᆡ겨 ᄒᆞᆫ계 ᄭᅬ 낫시되 심이 ᄒᆡᆼ옹기 어렵도다 무옹얼 옷친
ᄅᆡ ᄭᅬ귀 노ᄒᆞᆯ ᄌᆞ서 이와 ᄀᆞᆺ암ᄒᆞ니 우 셜ᄉᆞ 행ᄒᆞ여 벌의라 ᄉᆞᆫ이랑
왈 삭발외 승ᄒᆞᆫ 고쳘의 울착 ᄌᆞᆼᄒᆞᆫ 쳐ᄋᆞᆼ으로 가ᄇᆡᆯ쉬 일읍
쳥왈 이 계 ᄭᅬ자 장 묘ᄒᆞᆫ ᄌᆞᆯ ᄋᆞ라 노ᄒᆞᆼ 왈 연ᄌᆞ 내 되는 ᄆᆞ즈ᄆᆞ니
와 장상 ᄃᆞᆼ 노ᄒᆞᆯ ᄃᆞᆯ 어지 ᄒᆞᆫ뢰 오숑이 탕 왈 넌권의 살 셔ᄒᆞᆼ이
집의 와 ᄀᆡᄌᆞ 잡아 ᄀᆡ이ᄅᆞᆫ 장삼 다 ᄭᅩᆨ ᄌᆞ라 ᄇᆞᆯ ᄌᆞ와 ᄉᆡᆨ 장되
바랑다 ᄊᆞᆼ계 도ᄃᆞᆯ 두어 ᄃᆞ니 졍오히 ᄉᆞᆷᄃᆞᆯ 의ᄒᆞ ᄆᆞ키 ᄒᆞᆫ ᄌᆞᄒᆞᆫ
시 삭발 ᄒᆞᆫ 일을 ᄉᆞᆷ 숑의 로ᄅᆞᆯ 님히 ᄒᆞᆫ ᄒᆞᆫᄃᆞᆯ ᄃᆞ와 야 신 도ᄃᆞᆯ ᄒᆡᆨ
머니 계 ᄯᅥᆼ 뇽이 즈ᄌᆞ미 ᄭᅩᆨ 숑이 하직을 ᄒᆞᆫ씨 장 ᄒᆡᆫ이 월
봉뫼 ᄅᆞᆯ ᄌᆞᄯᅥ 랑부 왈 길의뫼 ᄉᆞᆯᄃᆞᆯ 라히 ᄇᆡᆨ어 불ᄉᆡᆨ 이ᄭᅵ
ᄒᆞᆨ귀 ᄯᅡᆯ다 ᄒᆞ며 반젼을 주ᄅᆞᆫ 노ᄒᆞᆫ의 나와 보ᄂᆡ며 무숑의 가

1

군도양을 볼으러 소 ᄒᆞ더라 낙 즁이 장쳥을 작별ᄒᆞ고
길ᄒᆞ야 ᄒᆞᆯ니 십여 리ᄅᆞᆯ 나가ᄆᆡ 봉장이 낫엽흰 셰 ᄅᆞᆨᄒᆞᄅᆞᆯ 삽
여숩면 누ᄀᆞᆫ의 ᄇᆞᆼ울ᄅᆞᆯ 거ᄅᆞᆯᄒᆞᆫ 됴헤히 ᄎᆞᆨ하의 안져 ᄲᅵ인울
ᄂᆡ브러 ᄒᆞᆯᄅᆞᆯ ᄆᆡᆼᄀᆞᆯ며 ᄂᆞᆼ뫽 ᄂᆞᆯ어ᄂᆞᆯ 낙 즁이 무울ᄅᆞᆯ 찻지 못ᄒᆞ
여 낙울ᄅᆞᆯ ᄀᆞ라대 엇ᄯᅥᄒᆞ며 ᄒᆞᆯ ᄯᅥ 종치나 와 낙울 여쳐 ᄋᆞᆺ니 쇼ᄅᆞᆯ
엇더ᄒᆞᆫ 화상이 감히 션란의 집의 와 오란히 구ᄂᆞᆫ고 ᄒᆞ며 ᄎᆞᆨ
짓거ᄂᆞᆯ 낙 즁이 계도ᄅᆞᆯ 드러ᄂᆞ을 쳐 치ᄅᆞ 드러가 홍진ᄅᆞᆯ ᄎᆞᆨ
ᄎᆞ쟈의 ᄂᆞᆫ 안ᄒᆞ로 드러가니 도인이 ᄲᆞᆯᄅᆞᆯ 드ᄅᆞᆫ 나 오ᄂᆞᆯ 낙
즁이 계도ᄅᆞᆯ ᄀᆞᆯ어 낙을 배히ᄃᆡ 안흐로 드러가니 ᄯᅵ일히울
ᄂᆡ나 와 외길로 ᄂᆞᆯ나 ᄂᆞᆯ의 ᄂᆡ 리ᄂᆞᆫ 이 ᄇᆡᆺ수 ᄅᆡᄋᆞᆼ이 되여 그로 인 ᄒᆞ여 ᄀᆡ
잠히 여 옥울 쟝ᄉᆞᆫ ᄒᆞᆫ ᄂᆞᆫ 실쥔 보무ᄅᆞᆯ 한번 불ᄉᆞᄅᆞ 실옹울
졀라고 ᄒᆞᆯ ᄯᅥ ᄒᆞᆫ 다 ᄒᆡᆼ히 장스ᄅᆞᆯ ᄯᅡ 수리 낙 ᄂᆞᆯ울 살호
ᄎᆞ의 낙 즁이 ᄀᆞ광셩울 궁축 히 ᄂᆡ져 가라 ᄒᆞᆯ 며 ᄯᅵ일 여 ᄇᆞᆨ
ᄂᆞ로 ᄒᆞᆯᄅᆞᆷ 옹ᄃᆞᆫ ᄀᆡ ᄅᆞᆯ ᄯᅥ ᄂᆡ가 ᄂᆞᆯ지 나 낙 즁이 그 화상이 ᄂᆞ
울 빗ᄇᆞᆯ ᄃᆡ ᄆᆡᆼ울 ᄒᆞᆫ 지ᄇᆡ의 불 ᄃᆞ로 ᄂᆞᆫ 굿 코로 신 ᄭᅴ ᄅᆞᆯ 불 가 온

러드리치리라 소왈 내제 도슈를 어더 쳐 업시 ᄒᆞ고 ᄎᆞᆷ라 ᄒᆞᆫ
낫ᄎᆞᆯ 혀여 힝ᄂᆞᆯ 어더 하ᄂᆞ족 졍이 니거ᄂᆞᆯ 무숑이 드러차 쥭부를
보ᄂᆡ여 ᄂᆞᆯ라 ᄒᆡ기를 가져오라 ᄒᆞ니 쥭비 일은 긴ᄒᆞ엿더니
ᄉᆞᆯ이 덧다 ᄒᆞᆫ ᄉᆞᆯ네 칵 조를 가져다가 주거ᄂᆞᆯ 무숑이 셩히 ᄡᅥ
을 조공이 하ᄂᆞ라 ᄒᆞ인이 오ᄅᆞ이 ᄋᆞᆼ록이 ᄋᆞᆼ최 리ᄅᆞᆫ 드려와 누희 안
져 ᄉᆞ비 쥭뵈ᄂᆞᆯ다 ᄂᆞ기와 갈ᄅᆞ을 갓다가 압희 버리거ᄂᆞᆯ 무숑
이 ᄡᅥᆯ여 여 쥭부를 ᄭᅳ지 지셔 ᄭᅩᆯ나 도ᄇᆞᆼ라 강최 ᄋᆞᆼ록 ᄀᆞ저셔
이 ᄭᅩᆯ 엇지 ᄂᆞ야 의게ᄂᆞᆫ 아니 와 ᄂᆞᆫ화 ᄒᆞᆫᄃᆡ ᄡᅡᆼ을 치여 쥭 빗지를
도 ᄎᆞ를라라 나 거ᄂᆞᆯ 라인이 ᄂᆞ상을 조ᄎᆞᄂᆞ 셔와 ᄯᅩ 숑을 칵
지쳐 ᄌᆞᆯ비 ᄎᆞᆼ을 ᄡᅥ 갈희 ᄉᆞᆯ을 친ᄂᆞᆫ라 ᄯᅩ 숑이 저ᄅᆞᆯ ᄭᅩᆯ쇠
쥭부를 쳐들 네 아 잘 공자 라ᄂᆞ 이게 다라 드러 저ᄅᆞᆯ ᄯᅩ 숑이 발
고 ᄎᆞ 녀 주ᄃᆡ 피ᄒᆞᄅᆞ구 라려 ᄯᅩᄅᆞ의 드리치ᄅᆞᆫ ᄉᆞᆯ을 입드어로 벋ᄅᆞᆫ
시ᄂᆞ가 근로 가려여 ᄭᅮᆫ록 누ᄀᆞ드리ᄂᆞ 숑을 ᄯᅩ라 오ᄃᆡ 주ᄒᆡ 놀ᄂᆞ
ᄯᅩᆼ이 취ᄒᆞᆫ의 ᄌᆞᆼ을 ᄒᆞ여 계 도ᄅᆞᆯ 로ᄅᆞᆫ 뷔ᄂᆞ ᄉᆞᆯ여 ᄯᅥᆺ고 자라 가
거 국러져 ᄯᅮᆯ의 박혀 ᄒᆡ병이 려ᄂᆞ ᄒᆞᆯ연 여다 ᄉᆞ굼이 오라

가무송을 가ᄅᆞ치며 왈 이놈이 나ᄅᆞᆯ 친 놈이로다 ᄒᆞᆫᄃᆡ 송여
가지ᄅᆞᆫ 집의 ᄃᆞ려 옷ᄉᆞᆯ 벗겨 ᄂᆞᆷ의 ᄃᆞᆯ을 치러 나안ᄒᆞ로서
일홈이 넘ᄂᆞ라라 왈 헌ᄯᅴ야 이작 치지 ᄆᆞᆯ라 ᄒᆞᆫᄃᆡ 무송의 ᄇᆡ다
로ᄅᆞᆯ 드ᄅᆞᆫ 보라 가 왈 네 내 아오 무이 당인다 무송이 눈을 셰보
ᄅᆞᆫ 왈 미셔 형쳐 아니ᄂᆞᆫ라 ᄒᆞ고 너ᄂᆞᆯ 쥬인 형뎨 ᄂᆞᄅᆞᆯ 못ᄒᆞᆯ 이며
지ᄉᆞ부의 아이니 ᄂᆡᄀᆞᆫ 송강이 왈 내ᄇᆡ셩 나ᄅᆞᆯ 위ᄒᆞ연ᄂᆞᆫ 무송이라 일
죽져의 중 뎌ᄃᆞᆯ을 ᄠᅩ 노라 그 형뎨 두ᄅᆞᆫ 붓드러 당의 올너
와 ᄌᆞᄅᆡ비 ᄒᆞ니라 송강이 젼후 ᄉᆞ연을 셜화ᄒᆞ여 왈 이 집은
공태공의 집이오 쥬인 두 ᄋᆞ들은 독화ᄉᆞ 공냥과 모두셩 공명
이니라 ᄒᆞᆫᄃᆡ 무송이 무ᄅᆞᆫ다 송강이 공명 등을 작별ᄒᆞᆫ 무송
은 이룡산으로 가ᄅᆞᆫ 송강은 쳥풍산으로 향ᄒᆞ여 나경치를 탐
ᄒᆞ며 드러 가라 가 일졀이 박ᄯᅩᄒᆞᆫ뒤 쳔방ᄃᆡ방 ᄒᆞᄂᆞ라 니 거의
ᄎᆞᆷ경이라 모ᄅᆞᆨ 밧이 한 ᄀᆞ의 걸녀 ᄉᆞ풀 ᄉᆞᆨ의 셕방을 ᄂᆞ리
나러ᄂᆞ 복병이 니ᄅᆞ라 송강을 잡아 ᄆᆡ여 산치로 가니 ᄒᆞᆯᄒᆞ연
ᄒᆞᆫ과 왜각 ᄒᆞ용 영ᄅᆞ 비 편 낭군 뎡련 취ᄂᆞᆯ 오져 ᄒᆞ며 보ᄂᆞᆫ 즁라

간ᄋᆞᆯ니며 왕주랑을 면ᄒᆞ되 오라 ᄀᆞ시 ᄆᆞᆯ을 ᄃᆞ론 달려 들거
ᄂᆞᆯ 송강이 ᄒᆞᆫ ᄆᆞᆯ을 앗갑다 송강이 여긔셔 ᄡᆞ호려 ᄒᆞ되 연슌이 송
강을 주즐 돗즌 ᄀᆞᆫ 더러 일을 고문이 무어시라 ᄒᆞᄂᆞ라 근치 일을 앗
겁다 ᄒᆞ고 송강이 주기려 ᄒᆞ더라 ᄒᆞ고 동이 라 연슌이 밧비 ᄂᆞ려 일을 비 송강
이라 ᄒᆞ니 급시우 송공명이니라 송강 일을 듸엇지 아니ᄒᆞ리오 ᄲᆞᆯ리 연슌이
블 ᄒᆞ고 ᄀᆞ회ᄂᆞᆫ 져 ᄉᆞᄅᆞᆷ을 그 ᄆᆞ고 쟤 입 보현 옷ᄉᆞᆯ 버셔 송강을 입혀
고ᄌᆞ의 에 안치ᄒᆞᆫ 삼인이 ᄂᆞᆫ 복지ᄒᆞᆫ 일을 ᄒᆡᆼ ᄒᆞᆫ ᄉᆞ롬 ᄆᆞᆯ 쥐 이셔 허
ᄇᆡᄒᆞᆫ 하 ᄲᅡ의 ᄉᆞ랄 희 ᄒᆞ를 번 ᄒᆞᆫ 엿ᄌᆞ 다 ᄒᆞᄃᆞᆫ 쇠ᄅᆞᆯ 연 란 져 ᄒᆞ되 여쇄
ᄃᆞ ᄀᆡ 딥 원ᄅᆞᆯ ᄒᆞᄂᆞᆫ 징이라 보ᄅᆞ ᄀᆞᆷ쇠 보 ᄒᆞ되 ᄀᆞᆯ기ᄅᆞᆯ 이 ᄒᆞᆫ 모 ᄎᆞᆺ의 여 ᄀᆞᆸ
ᄉᆞ롬이 엿ᄃᆞ 가ᄃᆞᆫ 다 ᄒᆞᆫ 놈을 왕영은 복 희ᄒᆞᆯ 지라 ᄀᆞᆫ ᄉᆞᄅᆞᆷ 러
ᄂᆞ려 ᄆᆞᆯ을 연슌 송강이 ᄲᆞᆯ니 되 도지 아니 코 나와 가ᄃᆞ니 이옥ᄒᆞᆫ
ᄒᆞᆫ 이 보ᄒᆞ되 왕영 ᄒᆞᆫ 이 발셔 ᄀᆞᆷ 오 ᄉᆞᆺ ᄅᆞᄅᆞᆯ 아 ᄉᆞ 산 뒤 방 오로 가더니
다 ᄒᆞ니 송강 ᄆᆞᆯ 왕영이 ᄃᆞ 싱을 ᄒᆞᆫ ᄒᆞ니 ᄎᆞᆨ ᄒᆞᆫ ᄉᆞᆫ 이 아니 관ᄒᆞᆫ
연 ᄒᆞ 라 뎡 련ᄉᆞ 로 가 니 ᄆᆞᆫ 산 뒤 방의 가 방 ᄋᆞᆷ 을 별 치 니 왕영
이 그 계 집 ᄆᆞᆯ 보ᄂᆞᆫ ᄉᆞᆯ 라 겁 치 ᄒᆞ려 ᄒᆞ라가 삼인을 보ᄂᆞᆫ 계집을

뿔쳐죽 마ᄌᆞᆼ안치 져놈송강이 그녀ᄌᆞ를 볼ᄌᆞᆨ 젼을되자 이에
라ᄒᆞ고 장을목그러 그녀취 왈나는두지취여 안ᄒᆞ러니 ᄯᅩ칼
송ᄒᆞ을 란ᄒᆞ여 분묘의 졔ᄉᆞᆯ라 가다가 이 한ᄭᅩᆯ ᄯᆞᆯ이 다송
강이 ᄯᅩ오히 누지원는화 지 치의 동판이너 ᄲᅢ무득 이ᄀᆞ ᄒᆞ라
라ᄒᆞᆫ 왕영 더ᄒᆞ를 져ᄃᆞ주의 딸로ᄃᆞ로ᄒᆞᆫ 조뎡병 간의안히
니ᄂᆡ 닷ᄉᆞᆯ보와 져를보니라 왕영왈 나는부터 부인엽길ᄒᆞᆫ이
리ᄒᆞᆫ더 화영이 져ᄒᆞ를아른체 ᄒᆞ여ᄂᆞ엿ᄒᆞ되오 송강이 다시 발ᄒᆞ
되ᄒᆞᄂᆞᆯ연 ᄒᆞᄂᆞᆫ등이 송강을 ᄆᆞᆺ둘ᄯᅢ 왈 협ᄉᆞ을ᄒᆞ여 지ᄂᆞ터ᄒᆞ라ᄒᆞ
긴ᄀᆞ무ᄌᆞᆯ ᄭᅳᆨ지되 부인ᄉᆞ을 라되가라 ᄒᆞᆯ라각 ᄯᅳᆯ송강이 죄인을
너ᄆᆞ흔 ᄒᆞᆼ즁진화 지취ᄒᆞᆯ 츄ᄒᆞ 가며 화영이 아주ᄇᆞᆫ겨ᄃᆞᄒᆞ
당ᄋᆞ로 청ᄒᆞ여 ᄃᆡ쳐 ᄒᆞᆫ시와 ᄂᆞ의를 ᄒᆞ여 ᄒᆞ라 송강이ᄂᆞ
에오지 일ᄉᆡᆨ의 ᄒᆞᆫ월 ᄉᆡᆼ원을 ᄃᆞᆼᄒᆞ여 관둥ᄒᆞ라 나갈ᄉᆞ 굴엽
압ᄒᆞ되 지되 리더를 송강이 도ᄆᆡ러 볼ᄌᆞᆨ 난장의 ᄂᆞᆯᄉᆞᄒᆞᆫ등
라 송강이 ᄒᆞ뎌 ᄉᆞᄒᆞ더니 잠안의 ᄂᆡ누 지취의 복쉐ᄀᆞ뎌ᄒᆞ
리ᄌᆞ 누지원의 게집이 어ᄃᆡ 부인왈 져지ᄒᆞᆫ ᄉᆞᆯ듸ᄒᆞ져 ᄇᆞᆯ집ᄒᆞ

가ᄅᆞ되 송의 리치ᄒᆞ라 지치ᄒᆞ고 리ᄅᆞᆯ ᄒᆞ여 죨ᄌᆞ를 브ᄅᆞ며 뫼오ᄂᆞᆫ
ᄃᆞᆼ을 잡아오라 ᄒᆞ여 ᄭᅮ지되 왈 네 쳥풍산 강젹으로 와 ᄒᆞ히
며 와 관등 ᄒᆞᆫ다 송강 왈 나는 운셩현 인 장삼이라 ᄒᆞ니 화지
치를 보라 유미오 강젹이 아니 이다 ᄒᆞ니 뉴고의 계집이 나셔 ᄭᅮ지져
지뢰 왈 이 ᄂᆞᆷ아 네 글로 ᄌᆞ뎐일 싱각ᄒᆞ나 송강 왈 ᄂᆡ ᄒᆞᆫ 일을
갓치 ᄒᆞᆫ 은혜를 뵈고 ᄒᆞ며 부뷔 엇지 ᄂᆞᆯ 니ᄌᆞᆫ 드시 퇴집의 ᄆᆞᆯ 쳑 이
라 ᄒᆞᄂᆞᆫ 뇨 그 ᄯᅩ 집 이 회뎐 왈 이 ᄭᅮᆷ을 ᄒᆞ여 이 치지 아녀 ᄂᆡ ᄇᆡ ᄯᅩ 무
지라 ᄒᆞ리라 뉴고 ᄯᅩ ᄒᆞᆫ 라 ᄒᆞᆫ 두 치를 ᄯᅥ 민쳐 가도ᄃᆡ 화영이 ᄯᅳᆺ
ᄒᆞᆫ 편지를 ᄒᆞ되 뉴리 드지 아녀 ᄒᆞ며 화영이 군ᄉᆞ를 거ᄂᆞ리고
가셔 송강을 ᄎᆞ자 오너라 ᄒᆞᆫ 실 송강이 화영을 ᄂᆡ 별을 ᄒᆞᆫ
쳥풍산을 ᄎᆞ자라 ᄒᆞ니 가 뉴고의 계집 ᄒᆞᆫ 번 되 진 상산 회 ᄒᆞᆫ 이 ᄯᅩ
화영을 욕ᄒᆞ여 잡아 송강 라 ᄒᆞ고 ᄒᆞᆫ 지의 너히 쳥풍 ᄎᆡ
ᄃᆞ의 계집을 ᄒᆞᆯ 시 군ᄉᆞᄅᆞᆯ 잡 병 ᄒᆞᆫ 뉴와 ᄒᆞ 힝신이 피 잡 ᄒᆞ엿
ᄒᆞ며 나아가리니 ᄇᆞ론 ᄇᆞᆫ 술 왕영 쳥 ᄎᆞ 쳔뉴를 ᄆᆞᆺ나 송 ᄒᆞᆼ 화
ᄒᆞ여 이 ᄅᆞᆫ 뉴리 ᄯᅩ 잡 히ᄆᆡ 회ᄃᆡ 라 ᄒᆞ여 힝신이 ᄯᅩ 치며 쳥풍

칙로도타 가이ᄉᆞ 빈으로 무송 지부의게 보ᄒᆞᆫ대 지부 놀나 뮉
녁 화 진병을 불너 의논ᄒᆞ니 진병이 군ᄉᆞ를 거ᄂᆞ려 청룡산
으로 가셔 화영을 ᄌᆞᆸ으려 ᄊᆞ호라 가ᄆᆡ ᄒᆞ셔 리향이 셰져 잡
ᄒᆞᆫ 비 되ᄂᆞᆫ 황권이 ᄯᅩᄒᆞᆫ 청룡산 남을 가니라 각셜 최령이 보
ᄒᆞ되 청주 지부 무용ᄃᆞᆯ이 조정의 ᄎᆞᆨ 남ᄂᆞᆫ ᄒᆞ여 뒤흔을 발히
여 청풍산을 소탕ᄒᆞ라 ᄒᆞ여라 ᄒᆞ셔를 뢰장이 드ᄅᆞᆫ 불ᄂᆞᆨ의
본ᄒᆞᆯ시 송강 왈 ᄂᆡ가 남방 양산박이 한ᄯᅩ 히 조리왕이 군ᄉᆞ를 보
화 작희ᄒᆞ여 ᄉᆞᄃᆡ 그곳의 가리ᄒᆞ니 엇지 ᄒᆞᆯ고 진병 왈 그곳이 조
커ᄃᆡ 와 인중ᄒᆞᆯ ᄉᆞᄅᆞᆷ이 업ᄉᆞ오니 엇지 ᄒᆞ리오 송강이 편ᄒᆞᆫ 슈
밟ᄒᆞᆯ 셜과 ᄒᆞᄂᆞ니 진병 왈 이 업ᄉᆞᆯ연 청장은 져곳을 ᄇᆡ여 어
렵지 안ᄒᆞ도라 ᄒᆞᆫ이를 보라 ᄒᆞ며 ᄒᆞᆫ 사ᄅᆞᆷ ᄎᆞᆨᄒᆞᆫ 쳐를 ᄒᆞ더라
나되 횡ᄒᆞ려 ᄒᆞ니 려ᄇᆡᆼ산의 라ᄂᆞ 라 소온 후 ᄂᆡ 방라ᄉᆞ 인 ᄒᆞᆫ 셩
을 시ᄒᆞᆯ소리 ᄂᆞᆫ ᄯᅩ 주평이 의셔 송강이 셕용을 ᄯᅡ 나 부송 ᄒᆞᆷ
가 외로ᄅᆞᆯ 본ᄂᆞᆫ ᄒᆞ올ᄅᆞᆯ락 가 죄인을 주어 양산박으로 보ᄂᆡᄂᆞᆫ
ᄒᆞᆫ 강을 뢰 진병으로 가니라 ᄒᆞᆺ시 송강의 진병의로와 왼쪽 ᄒᆞ야 비

송강을 불러 술 먹여 거즛 죽어자 술을 퍼져 글을 흔져서 라 송
강이 수죄 술을 받을 줄 지어 다 가 가 주 이에 찹 쳡 [illegible] 샹을
평이 갈을 쇠산 쳐이 다니 가리니 레양낭이 쇠 [illegible] 봉어 [illegible]
라 치병 라흔니 림라 [illegible] 롱골 롱와 변강 [illegible] 라 방
리 충 설을 [illegible] 신 양강이 쇠 물 [illegible] 홍 하 소 [illegible]
뚝 [illegible] 니 타 흔 설을 송강이 강 [illegible] 니 [illegible] 신 항 [illegible]
종 다 너 주 와 쟁 [illegible] 더니 일을 은 송강이 [illegible]
누 [illegible] 뱀 [illegible] 지 [illegible] 쫀
인도라 와 더니 [illegible] 의 도 동 관 번 [illegible] 황 [illegible] 뱅
퇴 가 [illegible] 다 쉬 지부를 [illegible] 오라 가 누의 올흔 벽 [illegible] 쏙인
[illegible] 이 은 즉아 리 송강이 라 [illegible]
[illegible] 라 [illegible] 벗셔 갈 준 화 지부를 [illegible]
뚝 [illegible] 이 쟁 옷 이시 뚝 숨 더 [illegible] 이 녀지니 이 [illegible]
이 [illegible] 즉 장청이 오 [illegible] 화 [illegible]
인 [illegible] 허 쾌 [illegible] 라 [illegible]

낭ᄌᆞ병이 오ᄅᆞᆫ 왈 이 일이 ᄋᆞᄆᆡᄂᆞᆫ 일이 아니로라 ᄒᆞᆫᄌᆞ스비로되
벼ᄉᆞᆯ ᄒᆞᆷ고ᄯᅩ ᄃᆞ리고 나ᄅᆞᆯ 지뷔 보ᄂᆞᆫ 왈 홀이 ᄂᆞᆫ반국 ᄒᆞᄂᆞᆫ 글 ᄒᆞ이
라 홍과 이 어ᄃᆡ셔 어ᄒᆞᄂᆞᆫ뇨 낭ᄌᆞ병아 그ᄉᆡ 올ᄒᆞ거니 지뷔
왈 송강이 엇뎐 ᄉᆞ룸고 낭ᄌᆞ병 왈 반라시니 뇽의 올리인이
로송이라 지뷔 왈 엇지 아ᄂᆞ뇨 낭ᄌᆞ병 왈 경ᄉᆞ 동ᄒᆞᄂᆞᆫ 고을의 ᄂᆞᆫ술
여도 모곡인가 ᄂᆞ옹은 나라 젼냥을 모슬ᄒᆞ올ᄒᆞᆫ 은 가ᄇᆡ티안
히 나 ᄆᆞ독질니 이ᄂᆞᆫ 송게오 동병 ᄎᆞᆷᄉᆞ 은병ᄎᆡ 글올 착
일ᄌᆞᆺᄂᆞᆫ 날 ᄉᆞ조변의 장인 공처니 이ᄂᆞᆫ 날 ᄒᆞᆯ송이 ᄂᆡ이ᄉᆞ
ᄅᆞᆸ의 셩ᄇᆡᆼ을 송강이 ᄒᆞᆫ 문픙ᄒᆞ여 다라 지뷔 왈 ᄒᆞ여 괴이ᄇᆞᆫ ᄉᆞᄅᆞᆷ
이 ᄋᆞᆺᄂᆞᆫ가 낭ᄌᆞ병 왈 ᄂᆡ 셩의 젹인 치ᄇᆞᆨ 그릇 보ᄆᆡᆫ 가히 알ᄒᆞ여
아라 지뷔 올ᄒᆞᆫ라 ᄒᆞᄂᆞᆫ 치부 ᄒᆞᆫ 쳐궁을 생ᄒᆞᆫ ᄒᆞᆫ즉 라 연 송강이 ᄂᆞᆺ
ᄂᆞᆯ치라 낭ᄌᆞ병 왈 이 져셔 동모의 을ᄒᆞᆫ ᄉᆞᄅᆞᆷ이 다 밧비 잡아라
가 ᄒᆞᆺ옥 ᄒᆞᆫ 각별의 도 ᄒᆞᆫ라 지뷔 올ᄋᆞᆨ ᄒᆞᆫ즉시 송강을 잡
아구 ᄒᆞᆨᄒᆞᆯ 가외 ᄅᆞᆯ락 ᄌᆞ며 비날 동을 장만 ᄒᆞ여 뎌 중을 ᄌᆞ
어러ᄉᆞ 부의 ᄃᆞᄅᆡ ᄒᆞᆫ 회ᄃᆞᆸ ᄒᆞᆺ라 오라 ᄒᆞᄂᆡ라 더 중이 송강을

보ᄂᆞᆫ 동경가ᄂᆞᆫ 셔면 ᄉᆞᆯᄉᆞᆯ 동ᄉᆞ로 안치원ᄒᆞ여 ᄉᆞ라 ᄒᆞᆸ니ᄃᆡ
라 ᄒᆞᆫ 강셥부 ᄒᆞᆫ 놀ᄂᆞ와 셔방 ᄯᅳ리나 가갑사 ᄅᆞᆯ 버혀 ᄌᆞᆨ라 ᄅᆡ의 셔런 신
황 법을 ᄉᆞᆯ여 가라여 일ᄋᆞᆯ 읃 ᄂᆞᆯ쳐가와 죽젼이 ᄂᆞ지 ᄂᆞᆯ ᄌᆞᆫ욕
ᄅᆞᆯ 부ᄅᆞ더 ᄒᆞ 마ᄋᆞᆯ ᄒᆞ여 ᄃᆞᆯᄂᆞ나 ᄒᆞᆫ 쇠ᄉᆞᆯ ᄉᆞᆯ ᄒᆞᆯ 벼ᄅᆞᆫ 졍신
이여 조ᄅᆞᆯ ᄒᆞ여 평상ᄋᆞ헤 ᄀᆞ 기ᄃᆞ리지 ᄂᆞᆯ 죽 빈 ᄂᆞᆨ구 ᄅᆞᆯ 청ᄒᆞᆫ
여 ᄀᆞᄅᆞᆷ을 ᄌᆡ여 벼지 ᄅᆞᆯ에 더 보ᄂᆞᆫ 쳐지 비ᄀᆞ르 친히 ᄒᆞᆫ편치
라 ᄒᆞ여 ᄉᆞ회 반ᄒᆞ 물지 ᄋᆞᆫ 슝상을 잡아 가ᄃᆞ와 ᄉᆞ리 이ᄂᆞᆫ 동으로
ᄅᆞᆯ 나려가이 ᄃᆞ 지휘 ᄒᆞ시ᄂᆞᆫ 물 기ᄃᆞ리 ᄂᆞ이다 ᄒᆞ여ᄅᆞᆫ 부ᄅᆞᆷ을 피ᄅᆞᆯ 보
죽 강주 방원 압ᄂᆡ 졀ᄅᆞᆫ ᄃᆡ동이라 ᄒᆞ여 거ᄉᆞᆯ 죽리 윌 지월
동헌 ᄃᆡ동이 나 ᄋᆞᆺ지 ᄉᆞᆺ강을 히 ᄒᆞ되 ᄂᆞᆫ 굴윌 ᄀᆞᆯ 가져 가ᄂᆞᆫ
ᄒᆞ옵 ᄋᆡᆼᄋᆞᆯ 쪽 더여 ᄒᆞ니 이 으ᄅᆞᆫ ᄃᆡ동이 ᄉᆞ여 엇 진국 졀물므
로여 주 귀ᄋᆞᆯ나 ᄂᆞᆫ 행산 박주 귀글 ᄒᆞ라 ᄃᆡ 동왈 국려 변오 학국 젼
셩을 아ᄂᆞᆫ라 주귀 ᄇᆞᆯ 오 학ᄃᆞ ᄂᆞᆫ 우ᄃᆡ ᄃᆡ 친의 군죄 여ᄉᆞ와 비
여쳐 아ᄂᆞᆫ라 ᄃᆡ 조윌 ᄌᆡᄂᆞᆫ 라 졀 친 ᄒᆞᆫ ᄉᆞ 이 구ᄅᆞᆫ라 주귀 ᄀᆞᆯ은 ᄀᆞ려
ᄋᆞᆷ녀 장주 귀신 ᄒᆞᆼ 버부 ᄃᆡ 원장이 ᄂᆞᆨ자 ᄃᆡ 조윌 내리글라 주귀 ᄀᆞᆯ ᄋᆞᆯ 편

의송강이 강쥐향ᄒᆞᆯ쇠 오려곤쇠 형영이 계펴치 ᄒᆞ엿더니
지로ᄅᆞᆯ 혀 송강올쳐 ᄒᆞ셔 ᄒᆞ논다 ᄒᆞᆫ그러나 로ᄅᆞᆯ 뵈니 편ᄌᆞᆼ어
쏠ᄂᆞᆫ 송강 ᄲᆞ산ᄉᆞ여 ᄒᆞ야 송강이 이ᄅᆞᆯ 지은 ᄉᆞᆯ화ᄅᆞᆯ 날ᄉᆞ려 ᄌᆞ쥬 귀
왈ᄒᆞᆫ 오리 산쳔의 가 이ᄂᆞᆫ 도ᄅᆞᆯ ᄯᆞ른 ᄒᆞᆫ한가지로 산쳔의 나ᄅᆞᆯ 뎌 송강
여 뎌ᄂᆞᆫ 후 ᄉᆞ연ᄀᆞᆯ 쇼ᄅᆞᆯ 파ᄒᆞ니 ᄯᆞ라 ᄂᆞᄅᆞᆫ 외ᄂᆞᆫ ᄒᆞᄅᆞ셔 오옹ᄀᆞᆯ ᄇᆞᆯ여 초
여ᄎᆞᆺ 답장을 ᄲᅧ 뎐죵을 주어 도ᄅᆞᆯ 보뎌 변졔 송강을 경ᄉᆞ로
고려ᄅᆞᆯ 뫼 오뢰 지라 뎌보와 아ᄉᆞ 오ᄞᅵ 올타 ᄒᆞᆫ 뎐죵을 계ᄌᆞᆨ의
보뎌여 ᄀᆞᆯ시 ᄯᆞ잘 ᄯᆞᄂᆞᆫ 셩ᄌᆞ 뫼칼 송ᄒᆡᆼ 다 샥이 ᄌᆞᆯ 잘 ᄒᆞᆫ군
옥비 쟝긴 ᄒᆞ져 ᄀᆞᆯ쉉 ᄒᆞ고 오니 이의 오옹이 ᄒᆞᆼᄀᆞᆯ 뎐쉬
쿨쓰이 되 송강ᄀᆞᆯ 힘셔어 녀허 경ᄉᆞᄅᆞᆯ 보뎌 되 견쟝ᄒᆞᆫ무
쿠엽 ᄇᆞᆼ을 ᄒᆞ여 실ᄂᆞᆫ 쏫치 졔엽게 ᄒᆞᆯ라 ᄒᆞᆫ 기뎌 견ᄂᆞᆫ으로 도셔ᄅᆞᆯ
식여 쳔후 뎐죵을 주어 보뢰ᄂᆞᆫ 되 이ᄂᆞ히 ᄒᆞᆯ ᄲᅵᆨ셔니 오옹이 ᄯᆞᆫ
ᄒᆞᆫ 놓ᄂᆞᆫ 뎌 왈 그러ᄂᆞᆫ지ᄅᆞᆯ ᄒᆞ여 송강라 뎐죵을 죽게 ᄒᆞ엿도다
ᄯᆞ라 놓ᄉᆞ ᄯᆞᄂᆞᆫ 거ᄉᆞᆯ 오옹왈 강쥬 지부ᄂᆞᆫ 회ᄀᆡ ᄉᆞᆼ의 앗ᄅᆞᆯ이라 야
비ᄂᆞᆯ ᄒᆞᆫ ᄉᆞᆯ도 의ᄉᆞᆯ ᄂᆞᆫ 최시더 이ᄂᆞᆫ ᄀᆞᆼ외셔어 이라 ᄲᆡᆼ일이 도셔ᄅᆞᆯ 일라

보는 사ᄅᆞᆷ이 ᄯᅩ 변ᄒᆞᆫ 엇지 크지 아니리오 모다 놀나 이셔러 ᄒᆞ올
을 아지 못ᄒᆞ더니 ᄉᆞ오ᄋᆞᆸ월 여ᄎᆞ [illegible] 아ᄎᆞᆷ 손계 고ᄅᆞᆯ 청ᄒᆞ
니라 ᄎᆞ셜 지뵈 송강의 ᄌᆞᆼᄅᆞᆯ ᄒᆞᆫ 회와 외지의 가 베
히뵈 ᄒᆞᆫ 이 [illegible] 조ᄅᆞᆯ 베히 시각을 ᄒᆞ라 뵈어 나ᄅᆞ니 등청
와 ᄒᆞᆫ ᄯᅥ 비 [illegible]는 ᄉᆞᄅᆞᆷ 화공이 인ᄒᆞᆫ 층을 헷치고 뵈어 [illegible]
[illegible] 펀ᄒᆞᆫ 조ᄅᆞᆯ 뵈 짐져 ᄂᆞᆨ는 ᄉᆞᄅᆞᆷ 화공이 ᄃᆞ러오니 [illegible]
조뵈 미ᄀᆞ 상이 [illegible] ᄅᆞᆯ 미ᄃᆞᆫ ᄃᆞ 뵈 [illegible] 둉이 능히 금치 못
ᄒᆞᆫ 뵈 ᄉᆞ 니의 ᄉᆞᄅᆞᆷ의 지회ᄃᆞ는 [illegible] 진동ᄒᆞ고 뎌와 ᄉᆞᄅᆞᆯ
보ᄂᆞᆫ 뵈 감찰 관이 베 ᄒᆞ 뵈 ᄒᆞ더니 [illegible] 회 ᄒᆞ 뵈 ᄒᆞᆫ
머 상이 ᄑᆞᆷᄋᆞᆯ 뵈 보라 ᄒᆞ거ᄂᆞᆯ 뎌 두 번 ᄋᆞᆯ 니 ᄉᆞᄅᆞᆷ이 ᄆᆞᆨ슈
히 ᄉᆞ변ᄋᆞᆯ ᄒᆞᆫ ᄃᆞ 리 잇ᄂᆞᆫ 다 방울 ᄒᆞ고 ᄎᆞ 버 잇ᄂᆞᆫ ᄉᆞᄅᆞᆷ이 [illegible]
벙ᄂᆞᆫ 조 [illegible] 다라 도 ᄆᆞᆯ 뵈 [illegible] 버히ᄂᆞᆫ [illegible]
을 [illegible] 이 여 ᄂᆞ 도 병이 진 ᄋᆞᆯ 드러 ᄯᅡᆨ 으다 ᄋᆞᆺ지 [illegible]
오 라 반 지 [illegible] ᄒᆞ 여 다라 나 처 [illegible] 외 ᄒᆞ고 ᄎᆞ 건 [illegible]
을 [illegible] 히 나리라 송강뎌 ᄌᆞᆼᄅᆞᆯ 업ᄂᆞᆫ 리라 나 더 [illegible]

룸을 활노 쏘며 좃ᄎᆞ 창으로 치니 죽엄이 거리의 가득ᄒᆞ
더라 원뎨 이ᄉᆞᄅᆞᆷ을 모화ᄒᆞ영 황신 녀방 곽셩 장면슌
독쳐 ᄒᆞᆼ이 왕영 평쳔ᄌᆞ 칠옹 심완 뎨ᄉᆞ 승론이 구ᄌᆞ 오박
을 길ᄒᆞᆯ 베닥 흐ᄅᆞ고 러온 모칠 ᄃᆞᆯ레 츠ᄅᆞᆯ 베ᄒᆞ며 ᄉᆞᄅᆞᆷ을
죽인 줄ᄂᆞᆫ 니치라 주거혜오되 펴을러 외장의 니ᄀᆞᆯ을 ᄅᆞ흑
원홍이 ᄌᆞ를 ᄒᆞᆫ 여러 ᄉᆞᄅᆞᆷ이 니국 리ᄒᆞᆯ ᄉᆞ라 원몰을 ᄆᆞᆺ다
강면이 니르되 ᄉᆞᄅᆞᆷ을 본 ᄌᆞᆨ 촉이니 그기ᄃᆡ 生ᄒᆞᆫ
왜어 활빅 뫼ᄋᆞᆯ 도리 ᄒᆞᆫ다 허쳐 쇠ᄉᆞᆯ은 ᄒᆞᆫ어 힘을 어둑 칠
나 ᄀᆞᆯ을 쏘러니 큰 ᄀᆞᆼ을 ᄅᆞᆼᄒᆞᆫ어 견몰비 엽외 평ᄒᆞ 방ᄒᆞᆼ 호
즁의 ᄒᆞᆯ 섕오를 비독쳐 이나 쳐오ᄆᆡ 불ᄒᆞᆼ 장이 부니 이곡방
이박 그ᄅᆞᆫ ᄉᆞᆷ이라 송장 활혀 ᄯᅢ야 나 ᄀᆞᆯᄉᆞᆯ을 와라 관슈 이
송자은 ᄂᆞᆯ 보ᄅᆞᆯ 죽시 빈 활ᄅᆞᆯ 라히 거ᄂᆞᆯ 송강 등 므론 ᄉᆞᄅᆞᆷ와 ᄇᆞᆺ
졔ᄂᆞᆼ 옥홍 외ᄅᆞᆯ 영너 줄니 ᄒᆞᆸ 동ᄃᆞᆼ 등 므론 ᄉᆞᄅᆞᆷ이 하ᄌᆞᆯ의
을나 정히 ᄯᅢᆯ ᄒᆞᆯ러니 쇼피 보ᄒᆞᆯ리 강쥬 쳐복ᄒᆞᆫ 하니으
다 ᄒᆞᆫ거ᄂᆞᆯ 고개 옥ᄅᆞᆼ한 영니 국ᄆᆞᆼ이 심장 시국ᄉᆞ 오ᄇᆞ을

거ᄂᆞ려 강주 란ᄃᆞᆼ을 ᄯᆞᄂᆞᆫ ᄃᆞᆺ 하크게니 길흔 강을 건너 복쥐공
집의 니ᄅᆞ러 우 양을 잡아 잔치 ᄒᆞᆯᄉᆡ 복위군을 ᄒᆡ 황보명
잡ᄇᆞᆫ 홀ᄅᆞᆯ의 ᄂᆞᆫ ᄒᆞ더니 화 영이 일ᄋᆞ 밥을 권ᄒᆞ거ᄂᆞᆯ ᄒᆞ니 ᄉᆞᆼ비원
후 천이라 보ᄂᆞᆫ 질잘ᄒᆞᆫ 황보명의 거ᄉᆞᆺ ᄒᆞ더니 송강이 후 건
을 ᄀᆞ경ᄒᆞᆫ 인 도를 ᄒᆞᆫ 타 ᄒᆞᆫ 길 설명을 되 응을 살아 구학을
평 ᄒᆞᆯ시 ᄂᆞᆫ 장시 비ᄃᆡ ᄇᆞᆫ 산ᄅᆞᆼ의 ᄀᆞᆫ 도ᄅᆡ로 칼 추ᄂᆞᆫ 청
의 ᄂᆞ 단하 나러 니 삼 평 여 고ᄒᆡ 송강 ᄃᆞᆼ 인 ᄒᆞ 저 나 ᄃᆞ 러 납 ᄒᆞᆫ ᄒᆞᆯ
니 누 ᄃᆞᆼ 희 영 등 이 일ᄉᆡ 의 절 후 작 흔 장 ᄉᆞ를 ᄌᆞᆨ이 ᄂᆞᆫ 담
을 ᄎᆞᄌᆞ려 저ᄂᆞᆫ 고ᄅᆞᆯ 파 ᄌᆞᆯ시 니 ᄭᅵ치 광 편 ᄒᆞ여 도처ᄅᆞᆯ ᄅᆞᆯ ᄌᆞᆫ
포 ᄒᆡ ᄒᆞ니 ᄃᆞᆯᄂᆞᆫ 송강이 ᄲᅡᆯ니 왈 내 황보명을 ᄌᆞᆸ아 원수를
갑흐리라 ᄒᆞ더니 ᄂᆞ믜 ᄒᆞᆫ 복 ᄉᆡᆼ을 ᄒᆡ치 ᄂᆞᆫ 보ᄂᆞᆫ 곰 병
의 최 ᄃᆞᆫ 의 ᄂᆞ ᄋᆞᆷ 진 집의 불ᄅᆞᆯ 놋고 ᄉᆡᆼ쇠 ᄒᆞ여 도ᄃᆞᆫ 황보명
의 처 ᄌᆞᆨ 사 오십 인을 다 죽이리 오직 보ᄂᆞᆫ 병을 잡지 못ᄒᆞ고
단 지 보ᄅᆞᆯ ᄅᆞᆯ 죽 라 ᄒᆞ여 ᄇᆡ 의 싯ᄂᆞᆫ가 니라 ᄒᆞᆫ시 황보ᄂᆞᆫ 이
우 ᄒᆡ 군 의 고ᄅᆞᆯ 먹 니 ᄯᅥᆯᄅᆞᆯ 굽 히 비ᄅᆞᆯ 와 로다 올 ᄒᆡ 니

극송으로일쳑소셜이오며셜득구의일봉이여옥구창을자
쳐문병을보ᄂᆞᆫ쌍ᄋᆞ려ᄒᆞ니문병이모ᄃᆞᆯ치쳐나를의쥐
머돌지돌날줄을한소롬이문병을잡아결박ᄒᆞ여
묵치공집으로오니이뵈날은장쉬묵치공집의모희황
문병박잡으로올한쇼려니장츄이횡문병을잡아와
뫼되를숑강이리희ᄒᆞ여문병을리하의쇽을나ᄂᆞᆫ혀리
월니열두너브던원쳑엽거를엇지ᄒᆞ되ᄒᆞ더뇨ᄒᆞ거ᄂᆞᆯ
외ᄒᆞ여이놈을쥭여원슈를셜ᄒᆞᄂᆞᆫ언졔리룡의너지ᄅᆞᆯ
룰ᄒᆞᄂᆞᆫ쥬며니타잣놈을횟치ᄂᆞᆫ쇽지젼일너ᄅᆞᆯ지금
입죽이리ᄒᆞ시업ᄉᆞ되비쇄옥의은씨를보리ᄒᆞᆫ이ᄂᆞᆫ쥴
노ᄒᆞᆫ황신이ᄒᆞ여나다반채샹이라활노빈을갈ᄋᆞᄃᆡ
븐통ᄒᆞ다강을빙ᄒᆞ여노ᄒᆞ되좌중이상래히ᄒᆞ더니ᄯᅩᄒᆞᆫ
ᄒᆞ혹ᄒᆞ다이놈으로장취잔치ᄒᆞ여출기ᄂᆞᆫ북취공원ᄒᆞ
ᄉᆞᆯ다죄놈을출외의실ᄂᆞᆫ다쐿회의난화횡ᄒᆞ려더ᄒᆞᆫ곳
의니ᄂᆞᆫ일되ᄀᆞᆫ갈ᄅᆞᆯ파ᄂᆞᆫ비장쳐랑뢰ᄒᆞ여ᄌᆞ호

뫼흘 오ᄂᆞᆫ 장쉬 압셔 곰시오사 화영이 ᄂᆞᆫ시 글펑ᄒᆞ여 싸호
러 ᄒᆞ다가 곰시오 ᄒᆞᆺ고ᄆᆞᆯ 동ᄅᆞᆯ ᄒᆞᄂᆞᆫ 병이 예 낫ᄒᆞ다 매
장쉬 이ᄆᆞᄉᆡ 긔 ᄭᅳᆯ라 창을 ᄇᆞ리ᄂᆞᆫ ᄲᅮ리오 임ᄃᆡ긔ᄅᆞᆯ ᄒᆞᆫ 창
이 곰히 ᄯᅡᆯ녀 나 되 비장ᄉᆞᄅᆞᆯ ᄇᆞᆺ고 ᄒᆞ니 ᄂᆞ리혀 ᄂᆞᆫ 성ᄋᆞᆯ ᄲᆞ을ᄲᅩᆨ
ᄒᆞ니 긔령 ᄭᆡ ᄋᆞᆯ라 이용 ᄒᆞ여ᄭᅡ 올ᄒᆞ이 ᄀᆞ봉이오 레이 ᄂᆞ신 산적 장경
이오 레ᄉᆞ사ᄂᆞᆫ 철적 년ᄭᅡ리 이오 레ᄉᆞ ᄂᆞᆫ 긔ᄭᅵ로 ᄒᆞᆼ왕이라
첩셔 가ᄒᆞ이 가첫 랄 ᄲᅩᆯᄅᆞᆯ 고ᄌᆞᆫ 군을 리ᄃᆞ려주 ᄒᆞ타가
허니 다 황히 어ᄃᆡ ᄲᅩᆫ로 ᄒᆞ라 소ᄅᆡ의 쿡앙ᄅᆞᆯ 더후ᄒᆞ여
ᄒᆞ니 황권ᄅᆡ 뢰황의 진이 올ᄂᆞ가 이 쿡ᄒᆞᆫ 오ᄂᆞᆫ 장수ᄅᆞᆯ 기라
리시 어ᄃᆡ ᄒᆞᆯ노 ᄒᆞᆼ장ᄒᆞᆼ이 ᄒᆞᆫ 히 ᄒᆞ여 주시 산의 올ᄂᆞ 가셜
연ᄒᆞᆫ 후 네 장ᄉᆞ 쟝, ᄯᅩ ᄒᆞᆫᄭᅡ 라 가 ᄌᆞᆯ된 ᄒᆞ 거ᄅᆞᆯ 쿵쟝이 되 히
ᄒᆞ여 히락 ᄒᆞᆯ ᄅᆞᆫ 군을 거ᄂᆞᆯ 더 힝ᄒᆞᆯ 최 ᄀᆞ봉 ᄃᆞᆼ이 쟝ᄇᆞᆯ
ᄀᆞᆯ ᄒᆞᆯ리의 시ᄅᆞᆯ 산 치ᄅᆞᆯ 보ᄅᆞᆯ 치 ᄒᆞᆫ 뢰ᄒᆞᆯ 고ᄌᆞᆫ 형 ᄒᆞ려
오 ᄒᆞᆼ 공 ᄒᆞᆫ 승 도 ᄃᆞᆼ이 ᄒᆞᆼ강 오 ᄂᆞᆯ 군 ᄃᆞᆫ 바 ᄒᆞᆯ 주 라 ᄒᆞ여 나 와ᄲᅡ
송 ᄎᆔ의 쳥의 친ᄋᆞᆯ 쉬 오ᄂᆞᆫ 셔ᄅᆞᆯ 인 ᄎᆔ 라 ᄒᆞ ᄅᆞᆯ 리 ᄒᆞᆼ 왕의 ᄯᅵ

권二

뎌월ᄒᆞᆯ 태산에ᄂᆞᆫ 뢰가 노부와 아울라 뢰오뢰 ᄒᆞᆯ노라 크
게 왈 엇던 쟝ᄉᆞ와 군ᄉᆞ를 보내여 ᄆᆡ되 오리라 ᄒᆞ고 송강
왈 이러ᄒᆞ면 조졍이 노ᄒᆞ야 ᄌᆞ리지 니여 ᄒᆞᆯ노가 뢰라 ᄒᆞᆫ편
넙ᄌᆞᆯ 산ᄉᆞ이다 뢰 ᄒᆞᆫ ᄒᆞ여 ᄒᆞ니 ᄒᆞᆫ의 니르러 어졉기를 기
다리뢰 ᄂᆞᆯ인 가 ᄒᆞᆫ 뎨ᄋᆞᆼ를 드리니 ᄒᆞᆫ 친ᄋᆞᆫ 탈형이 강주 뇌
ᄌᆞ샤ᄂᆞᆫ ᄒᆞᆫ일 노되 일 ᄃᆞ이 츅ᄂᆞᆫ다 ᄒᆞᆫ니 현ᄋᆞᆫ 보니 ᄉᆞ쳐 ᄯᆞᆯ
ᄋᆞᆫ 방비 도라가라 ᄒᆞᆫ 강이 ᄯᆞᆯ을 ᄌᆞ은 곰히 보ᄂᆞᆯ 드르혀 가ᄅᆞᆯ
셰 십여 뭇 가 도ᄒᆞ히 ᄒᆞ여 이 ᄒᆞᆫ 찬 ᄒᆞ여 거ᄒᆡ ᄌᆞ온 ᄒᆞ여 ᄒᆞᆯ ᄃᆡ ᄋᆞᆼ이
리 뎡을 여 평히 ᄒᆞ라 가 길가 뫼당 우를 드러가 장을 드ᄅᆞᆫ 신
외 리 헌 업 리여 양 ᄎᆞᆨ 왈 ᄒᆞᆫ 강이 뭇 ᄎᆞᆼ당 ᄒᆞᆫ 반 일 보뎐 ᄒᆞᆯ 진
되 일 ᄒᆞᆫ 도 와 보당 을 ᄒᆞᆫ 축 ᄒᆞᆫ 되 이 다 ᄒᆞᆫ ᄎᆞᆼ을 치 지 못
ᄒᆞᆫ 연 ᄒᆞᆫ 여 니 ᄌᆞ득 ᄌᆞᆫ 이 보당 아 니 ᄒᆞ 도 와 도 록 ᄎᆞᄌᆞ가 ᄒᆡᆼ
불을 ᄌᆞ를 ᄌᆞᆫ 션 외 암 히 와 장 을 ᄌᆞᆫ 꿀 ᄂᆞ 듯 ᄂᆞ 니 장 안 을
ᄌᆞ ᄎᆞ 한 님 관 이 니 더 나 회 ᄃᆞ 불 을 옥 ᄃᆡ 저 ᄯᆞ 를 이 조 득 의 맛 ᄎᆞ 자
치 ᄯᆡ 조 득 이 뎡 평 ᄒᆞ 여 도 라 나 와 도 병 어 더 왈 노 ᄒᆡ 이 ᄲᆞᆯ 리 거 도 ᄆᆞᆯ ᄎᆞ

주뢰여야잣 중군을 잡혀다 이곳을 한보[illegible] 제어히로라
뉘오 [illegible]라 이실 송강이 즙 호화는 [illegible] 진을 [illegible]
워평히 [illegible]상 송더이 청의 중겨 나아와 권셔 쇠꾀라 [illegible]
외간을 [illegible]거 [illegible] 송강이 못하 [illegible] [illegible]을 [illegible] 주거노 [illegible]
물이 빙화 변 [illegible]을 알녀이라 송강이 불을 쉬리 [illegible]
나 천쳐 쇄련이 송의 죽 [illegible] 물여 바라앗노지 좌 나와 보를 [illegible]
완여 국 군을 미뢰라 송연 기를 송강이 신원을 뫼오올이 꼭 슉소
왜 송을 쫓을나 중국의 군니 꼭 뢰히 슈어 [illegible] 한 셩
어 덕진 [illegible] 작 히엿로 [illegible]병이 즐히 갓 거를 송강이 슈어보
죽 [illegible] 신 [illegible] 지 [illegible] 씨로 [illegible] 그 [illegible] 슈 [illegible]을
맞은 죽 [illegible] 죽이 [illegible] 죠 [illegible] 죽이 [illegible] 쾌 의 송 [illegible] 이 어리
것은 [illegible] 강이 [illegible] 살 [illegible] 나와 비규 [illegible] 좌 [illegible]
복 [illegible] 만 죽 이 대 구 봉 [illegible] 랑 [illegible] 리
허 [illegible] 나 [illegible] 자 [illegible] 강을 [illegible]
준 [illegible] 의 [illegible]

에셔 ᄒᆞᆫ 가하 ᄭᅡ주ᄅᆞᆯ 면ᄒᆞ여 ᄒᆡ와 어지 아닌고 ᄒᆞ고
개 일ᄅᆞᆯ ᄒᆡᆼ이 산의 ᄂᆞ려 장ᄎᆞᆨ ᄭᅡ오ᄆᆡᆼ이 ᄆᆞᆯ펀 ᄒᆞ여 ᄒᆡ 원 장ᄉᆞᆯ
ᄒᆞᆫ 칭ᄒᆞᆫ ᄒᆞᄂᆞᆫ 너 ᄌᆞᄅᆞᆫ이 ᄒᆡ오ᄅᆞᆯ ᄌᆞ로 ᄒᆞᆫ 서 ᄯᅩᄒᆞᆫ ᄌᆞᆫ 오ᄒᆡ
궁이 와 ᄎᆞᆨ ᄒᆞᆫ ᄂᆞᆫ 화 송장 일ᄒᆞ나 ᄂᆞ여 ᄒᆡ 원의 녁ᄋᆞᆯ ᄌᆞ로 북 ᄒᆞᆫ을 ᄂᆞ
졸ᄒᆞᆯ 여ᄉᆞᄂᆞᆫ 부친의 ᄒᆡ ᄯᅥ ᄅᆞᆯ ᄒᆞᆫᄂᆞᆫ 라 ᄌᆞᆨ ᄀᆡ 일ᄅᆞᆯ 원은 ᄌᆞ스며 ᄯᅩ
나 내 ᄯᆞᆯ 뇌 렴의 부친 라 가 ᄉᆞᆨ을 라 ᄒᆡ와 에 니로 라 송강이 부
ᄎᆞᆫ라 가 ᄉᆞᆨ을 ᄂᆞᆫ 가지 ᄒᆞᆫ 니 인 ᄋᆞᆫ 송 일 ᄒᆞ나 ᄒᆞ 지ᄇᆞᆼ이 ᄒᆞ라 가 ᄂᆞ
천ᄌᆞ 물 ᄇᆞᆫ 오ᄉᆡ ᄒᆞᆫᄂᆞᆫ 라 ᄎᆞ 개 일ᄅᆞᆯ 면 ᄌᆞᆨ 스 ᄅᆞᆯ ᄇᆞ리 ᄂᆡ ᄆᆡ 되 ᄋᆞᆫ 시
라 공 ᄒᆞᆫ을 일ᄅᆞᆯ 노로의 ᄯᅡ 응ᄒᆡ 린 결 ᄒᆞ여 나 의 어 ᄌᆞᆫ ᄒᆞᆫ ᄌᆞᆯ
네 ᄌᆞᆯ 저 옷지 아니 ᄒᆞᆫ ᄃᆡ ᄋᆞᆯ 뢰 잠간 가 ᄂᆞᆫ 라 스 ᄂᆞᆼ을 ᄇᆞᆫ 오ᄒᆡ
여 ᄃᆡ ᄉᆞ ᄋᆞᆫ 이 ᄒᆞᆫ ᄒᆡ ᄒᆞᆯ 엽 ᄉᆡ 및 ᄒᆞᆫ ᄋᆞᆯ 급 ᄉᆞ 하 ᄀᆡ ᄂᆞᆫ 졍 ᄒᆞᆫ ᄌᆞᆯ 호
너 ᄂᆞᆯ ᄃᆡ 니 ᄆᆞᆯ ᄌᆞᆨ 니 ᄎᆡ 방 ᄉᆡᆼ 칙 곡 ᄒᆞᆫ ᄒᆡ ᄌᆞᆯ 송강이 ᄇᆞᆯ 일ᄅᆞᆯ 네
오 ᄂᆞᆫ 부 나 지 일ᄅᆞᆯ 따로 ᄂᆞᆫ ᄂᆞᆯ ᄌᆞᆯ 지 오 ᄂᆞ 라 송강 일ᄅᆞᆯ 면 ᄌᆞᆨ 가
그 친 ᄋᆞᆯ 뵈 셔 오 되 비 ᄉᆡᆼ ᄌᆞᆨ이 곰 ᄒᆞᆫ 너 ᄒᆞᆫ ᄌᆞᆨ 가 ᄯᅢ 길 ᄋᆡ ᄂᆡ ᄒᆞᆯ ᄯᅢ
지 ᄆᆞᆯ ᄂᆞᆫ 니 뫼 ᄒᆡ 니 ᄒᆞᆫ ᄌᆞᆨ 시 ᄉᆞ 의 나 리 ᄒᆡᆼ ᄒᆞᆫ 시 니 ᄌᆞᆨ

리니 ᄀᆞᆫ뎐ᄂᆞᆫ 여러ᄉᆞᄅᆞᆷ이 각 ᄉᆞ방 ᄇᆡᆨ셩을보ᄂᆞᆫ 믈ᄅᆞᆯ ᄃᆞᄉᆞ리니 송강
랑즁니ᄅᆞᆯ 잡으라 ᄒᆞ씨라 평히 방황ᄒᆞᆯ 즈음의 즁의 ᄉᆡ
한ᄉᆞᄅᆞᆷ이 러티ᄅᆞᆯ ᄒᆞᆫᄂᆞᆫ왈 쟝가 쵸 아 어ᄃᆡ셔 리나ᄂᆞᆫ호니 치놀
나ᄅᆞ라 부르니 주리라 ᄒᆞ리 나ᄅᆞᆯ 다리ᄂᆞᆫ 주부의 집의 니ᄅᆞ러
왈 ᄉᆞ흥이 날 ᄂᆞ랑 황ᄒᆞ라 ᄒᆞ기ᄅᆞᆯ 왓 지니와 비엇치 랄ᄒᆞ
방무을 부ᄅᆞᆫ 쇠서 노피 이ᄃᆞᆺ 되가다 리ᄅᆞᆯ 지니며 방비 가노 친쌀
며시ᄂᆞᆫ 오라니 지오 평셩의 나되 힝ᄒᆞ여니 ᄭᅳᆯ로 축ᄅᆞᆯ 노조ᄂᆞᆫ
일ᄒᆞ인이 드치ᄅᆞᆯ ᄃᆞᆯᄂᆞᆫ 나와뎌 호왈 너ᄂᆞᆫ 길 쇄ᄅᆞᆯ 주ᄂᆞᆫ가라 니
뒤리면 왈 어지ᄉᆞᆷ히 에와 드리ᄭᅩᆺᄒᆞᆯᄂᆞ 쯔기이ᄀᆞᆯ 데ᄡᅡᆷᄒᆞᄂᆞᆫ 내
날ᄒᆞᄋᆞᆸᄋᆞᆯᄂᆞᆫ ᄅᆞᆯ 버가ᄅᆞᆼ이 서ᄂᆞᆯ ᄒᆞ리니 나ᄂᆞᆫ후 ᄯᅩᆫ풍니 쳐ᄂᆞᆯ
라 나치ᄃᆞᆫ 즈ᄂᆞᆫ 어 히엽브ᄅᆞᆯ ᄒᆞ여 빌ᄂᆞ 즈 짓ᄀᆞᄌᆞ 치ᄂᆞᆫ옥지리 왈
네 ᄉᆞᆷ히 노야의 ᄂᆞᆯᄒᆞᆷᄋᆞᆯ 드젹ᄒᆞ니 녀ᄅᆞᆯ 죽이되라 ᄒᆞᆫ 쟝ᄅᆞᆯ
ᄃᆞᆯᄂᆞᆫ 리라 ᄃᆞᆯ 저놀 기이ᄋᆞ이 비더왈 ᄉᆞ이ᄒᆞ의 ᄉᆞᆼ뎡을 ᄂᆞ가 이쟝ᄉᆞ
의셩면ᄋᆞ즛 ᄃᆞᄅᆞᆫ 년지ᄋᆞᄅᆞᆯ 보리ᄂᆞᆫ라 ᄒᆞ나 이ᄅᆞᆯ 감히 ᄂᆞᆯᄒᆞᆷ
울비ᄂᆞᆫ 시셩의 ᄒᆞ여ᄀᆞ니와 ᄲᅡᆫ히 일ᄉᆞ이ᄂᆞᆯ 죽 이ᄆᆞᆫ ᄀᆞ십ᄇᆞᆨ의 갈

되업ᄉᆞ니 ᄉᆡᆼ각ᄒᆞᆯ손 쇠 니쳐 니ᄅᆞᆯ ᄎᆞᆺ고 ᄌᆞᆸ지 와셔 엇ᄃᆡᆼ을
울되여 주려 ᄒᆞᆯ네 ᄂᆞ뫼 ᄂᆞᆺ타 ᄂᆞᆫ기를 ᄂᆡ를 조롱ᄒᆞ니 이 ᄅᆞᆨ ᄒᆞᆫ
뎌ᄉᆡ ᄂᆡ ᄂᆞᆯ 홈ᄭᅴ 을 도쳑 ᄡᆞᆯ다 ᄒᆞᆫ ᄉᆡᆼ셥ᄒᆞᆫ 일을 ᄒᆡᆼ ᄒᆞ니 ᄒᆞᆷ히
하 집ᄇᆞᆼ이 ᄂᆞᆺ 거를 주이 ᄉᆞᄅᆞᆷ을 보니 계집이나 와 ᄂᆞᆺᄃᆞᆯ 엇ᄃᆡᆫ ᄉᆞᆯ
이ᄂᆞᆫ을 ᄎᆞᆺ노라 ᄂᆞᄀᆡ 일을 길ᄒᆞ가 먼ᄉᆞ 쇼ᄃᆡ니 밥을 ᄉᆡᆨ ᄀᆞᆯ ᄒᆞ
ᄂᆞᆫ다 제 집ᄇᆞᆼ이 ᄂᆞᆷᄌᆞ를 ᄒᆡᆼᄒᆞ여 안ᄒᆡ 안 친ᄒᆞᆫ 밥을 짓더니 일을 ᄒᆞᆫ
이 뎌ᄒᆞᆷ을 도ᄒᆞ되 오ᄂᆞᆫ 계집이 ᄂᆞᆫ 일을 ᄒᆞ여 ᄃᆞ가 ᄃᆞ가 라 ᄒᆞ기를
뎍을 오ᄅᆞ라 기이ᄒᆞᆯ ᄂᆡ 령ᄒᆞ 섯ᄂᆞᆫ 통을 ᄡᆞᄂᆞ 하ᄂᆞᆫ 주ᄉᆞ를 ᄲᆞᆫ ᄒᆞ
엿더니 ᄂᆡ여 ᄂᆞᆨᄒᆞ 뎌를 속여 도ᄌᆞᄅᆞᆫ ᄒᆡᆼᄒᆞᆫ을 어더 왓ᄂᆞ라 계집
일 셩을 ᄏᆞᆺᄎᆞᆼ이 와셔 밥을 지어 되ᄂᆞᆫ ᄒᆞ니 아마도 ᄌᆞᆺᄉᆞᆼ이
니ᄒᆡ가 기이ᄒᆞᆯ ᄯᆞᆺ 가ᄂᆞᆫ이니 보쥬ᄅᆞᆯ 보고 은이 만ᄒᆡ ᄃᆞ되 ᄉᆞ
니액을 ᄆᆞᆨ여 주ᄂᆞᆫ 은ᄉᆞᆼ을 아ᄉᆞᆯ이 어ᄃᆞᄒᆞᆫ 니ᄒᆡ이 ᄉᆞᆯᄒᆞᆯ 졸
ᄅᆞᆯ 되 블ᄂᆞᆫ 분ᄂᆞᆫᄒᆞ여 ᄭᆞᆯᄅᆞᆯ 도ᄅᆞᆯᄒᆞ더가 ᄂᆞᆺ그ᄅᆞᆯ 잘ᄒᆞ여 주고
ᄒᆞᆫᄂᆞᄒᆡ 집을 ᄎᆞᄌᆞ니 빌되 다라 ᄂᆞᆺᄂᆞᆫ ᄎᆡ와 도를 ᄃᆞ더와 밥을
그ᄅᆞᆫ 쉐 ᄃᆞᆺ고 ᄭᆞᆯᄅᆞᆯ 도되 ᄂᆞᄂᆞᆨ의 러니ᄅᆞᆯ ᄲᅢ혀 불ᄋᆞᆯᄒᆞᆯ 어ᄃᆞᆫ

블근녁흔집을블ᄅᆞ지ᄅᆞᄂᆞᆫ블을집의드러가니어ᄯᅵᄒᆞ니ᄒᆞ
내여ᄉᆞᄅᆞᆷ을보지못ᄒᆞᆫ지라나ᄎᆞᆺ어시더러왼걸을ᄯᅢ
을을ᄀᆞ의도친ᄒᆞᆯ외시다와노이다그형이박고로ᄃᆞ려오며
나ᄒᆞ고블부ᄂᆞᆫᄌᆞᆨ짓거ᄂᆞᆯ나치달녀되두치이시흔빗ᄀᆞᆯᄒᆞ니
가거ᄂᆞᆯ나치전되로쇠으한녕이ᄅᆞᆯ벗여놋고업ᄉᆞᆫ
앵산빗오ᄅᆞᆯ행ᄒᆞ니다나ᄎᆞ의형이여러ᄉᆞᄅᆞᆷ을ᄃᆞ리ᄀᆞ집
의ᄃᆞ라오ᄆᆡ그노ᄅᆞᆯ와나ᄎᆞ간ᄯᅴ업ᄂᆞᆫ울이ᄉᆞᆼ의노ᄅᆞᆯ을
보ᄂᆞᆫ싸움이혹ᄃᆞᆫ쳐ᄉᆞᄅᆞᆷ을혹더보며다나ᄎᆞ갈
쉬기되블블ᄌᆞᆨᄒᆞᆯ보희우희나쳐교시ᄯᅥ자지
ᄂᆞᆫ올ᄃᆡ이ᄯᅢ간리업ᄂᆞᆫ지라놀ᄂᆞᆫᄌᆞᆨ을박ᄒᆞ더ᄂᆞᆫ조야
어여ᄉᆞ니보회ᄆᆡᆺ희ᄃᆞ되흉이ᄉᆞ름의다리ᄅᆞᆯ박며
내ᄅᆞᆯ집아ᄲᆡᆨᄂᆞᆫᄌᆞᆯ일ᄒᆞᆫ벅되여다라ᄃᆞ더ᄒᆞᆫ머리로ᄒᆞᆫ
벅을ᄎᆞᆷ주어ᄂᆞᆫᄃᆞ더ᄒᆞᄂᆞᆫ지ᄅᆞᆯ어ᄌᆞᆨ어ᄂᆞᆫ다
우되흉을ᄯᅡᄌᆞᆨ이ᄂᆞᆫ산ᄌᆞᆫ을ᄡᅬ번이나걸을ᄯᅢ
리ᄅᆞᆯᄎᆞᄌᆞᆨ이ᄂᆞᆫ빈옷ᄡᅴ대ᄅᆞᆯ거ᄃᆞ어ᄯᅳᆺᄂᆞᆫ일ᄅᆞᆯ창고ᄒᆞᆫ

나셔오다가 산장이ᄅᆞᆯ ᄡᅡ호며 죽인 ᄉᆞ연올 ᄒᆞ여 여러 ᄉᆞᄅᆞᆷ
이산영을 도ᄌᆞ 범을 베ᄒᆞ니 ᄒᆞᄅᆞᆯ 평ᄒᆞ여 손ᄒᆞᆼ 집의와
술을 ᄒᆞ다와 긔됩ᄒᆞ올ᄉᆡ ᄭᅡ 올소ᄃᆡ이 ᄇᆞ허 ᄒᆞ보더니 ᄒᆞᄒᆞ의
제집이 니ᄅᆞ올ᄒᆞ아 라보ᄅᆞᆫ 큰 렬ᄒᆞ더니 ᄒᆞ여 친ᄒᆞᆼ이 ᄅᆞᆫ 울의
ᄅᆞᆫ 둔ᄒᆞ되 지 빅더 옥올 보ᄅᆡ여 잡ᄇᆞᆼ으 옥라 ᄒᆞ니ᄒᆞ 옥이 ᄒᆞᆫ뻥 삭
십방을 거ᄒᆞ되 ᄅᆞᆫ 군 렬 공지 방으로 ᄒᆡᆼ ᄒᆞ다 ᄃᆞ시 죽기니 ᄒᆞᆼ이 일
ᄅᆞᆯ 드ᄅᆞᆫ ᄂᆞᆯ노ᄒᆞ 부더니 원올ᄒᆞᆫ 횡이ᄉᆞ 올보넌 써 죄 일ᄅᆞᆯ 할
청올 ᄒᆞ리 빈니올 도ᄉᆞᆼ 일을 ᄃᆞᆺ니 라ᄅᆞᆯ 구ᄒᆞ ᄒᆞ라 ᄒᆞ여 ᄒᆞ올 이제 ᄒᆞ
일올ᄅᆞᆯ 죄ᄒᆞᆫ 수의의 잡히죄 리여 수ᄃᆡ 과 습ᄃᆞᆺ 초ᄅᆞᆯ 보라가 ᄒᆞᆼ
청올 보ᄃᆡ 오죽 퇴와ᄅᆞᆯ 니옥이 ᄂᆞᆯ라 스ᄐᆡ지의 을ᄒᆞᆫ 시 여 ᄒᆞ ᄒᆞ
ᄒᆞᆫ시 여ᄃᆞᆫ ᄂᆞᆫ 도죽기 왈ᄃᆡ 딸이 보ᄒᆞ라 ᄒᆞᆫ ᄒᆞ기와 ᄒᆞᆯ라 링츄의
약을 라가 진ᄅᆞᆫ 중노의 와 기다 리더니라 밤이 옥의 오리 ᄂᆞᆯ ᄒᆞᄇᆡ
길가의서 좌ᄅᆞᆯ ᄒᆞᆫ 왈 ᄉᆞ복 이재 취ᄒᆞᆫ ᄒᆞ 죽되니 옥의 완편 재 여ᄉᆞᆺ
저ᄃᆡ니 왈 ᄂᆞᆫ 죽퇴 괄 박ᄒᆞ 산 챵 ᄅᆞᆯ가 죄와 ᄂᆡ 쇄 쥬리 사
부ᄂᆞᆫ 하 죄 ᄒᆞ라 니옥이 벌ᄅᆞᆯ 이라ᄀᆞ와 ᄉᆞᆯ ᄅᆞᆯ ᄀᆞ여ᄆᆞᄅᆞᆫ 뻥ᄋᆞᆯ

난ᄒᆞᆫ즉 어ᄌᆞ시 라 ᄀᆞ로ᄃᆡ 지ᄂᆞᆯ ᄌᆞ취나 수를 ᄀᆞᆯ오ᄃᆡ 노흐라 너희
[illegible]를 드ᄅᆡ ᄒᆞ고 벙을 ᄌᆞᆸ아 ᄯᅩ 웅을 잡아 ᄒᆞ니 주 [illegible]
이 ᄆᆞᄅᆞ다 의 ᄉᆞ무 오 본 셩이 ᄯᅩ ᄒᆞᆫ 착 ᄒᆞ되 ᄒᆡ치 미ᄅᆞᆯ ᄒᆞᆫ 셰 [illegible]
[illegible] 조 ᄒᆡᆼ ᄒᆞᆷ 집의 다 ᄅᆞᄃᆡ 나 그의 리 집 라 조 ᄒᆡᆼ [illegible]
다 ᄒᆞᆫ 이 다 주 치 ᄋᆞᆯ 무 ᄒᆞᆯ ᄒᆞᆫ ᄉᆞᄅᆞᆷ을 ᄒᆡ치 ᄆᆞᆯ 다 ᄒᆞᆫ ᄉᆞᄅᆞᆷ이 [illegible]
[illegible] ᄌᆞ 조 ᄌᆞ 다 주 뫼 ᄋᆞᆯ 내 ᄌᆞ 자 변 이 ᄂᆞᆫ ᄉᆞ 부 [illegible]
세 ᄒᆞ 이 더 ᄒᆞ 며 ᄌᆞ 자 변 내 나 ᄋᆞᆫ 을 ᄒᆞᆫ 말 ᄒᆞ 되 다 ᄒᆞᆫ 도 [illegible]
어 이 ᄌᆞ 온 이 써 여 [illegible] 오 자 ᄂᆞᆯ 주 뫼 나 다 라 ᄯᅩ ᄒᆞᆫ ᄋᆞᆫ 되 여
청 리 일 ᄉᆞ 부 ᄒᆞ야 구 치 ᄆᆞᆯ 다 내 ᄒᆡᆼ 이 ᄒᆞᆼ 공 명 의 병 ᄒᆞ 니 주 [illegible]
그 ᄒᆞ 되 ᄒᆞ 되 내 ᄯᅡ 지 못 ᄒᆞ 여 잠 간 ᄉᆞ 부 ᄅᆞᆯ ᄌᆞ 여 ᄒᆞ 다 발 셔 ᄯᅥ 여
갓 ᄉᆞᆯ 어 시 ᄅᆞᆯ ᄒᆞ 되 ᄉᆞ 뫼 ᄒᆞ 다 갈 곳 이 ᄆᆞᆫ 져 ᄆᆞᆺ 기 ᄅᆞᆯ 베 셔 가 다 되 도 [illegible]
라 ᄒᆞ 라 ᄒᆞ 자 지 [illegible] 양 산 박 으 로 ᄒᆞ 자 ᄒᆞ 시 어 ᄃᆡ [illegible] 나 온 이 ᄒᆞ 락 ᄒᆞ 여 주
뵈 집 의 이 ᄅᆞ 되 ᄒᆡ ᄆᆞᆯ ᄒᆞ 가 ᄒᆞ 고 을 ᄉᆞᆯ 의 이 신 ᄒᆞᆫ ᄉᆞ 인 이 산 치 의
너 ᄅᆞ 되 ᄒᆡ ᄅᆞᆯ 면 ᄉᆞ [illegible] 의 주 [illegible] ᄒᆞ 고 오 ᄂᆞᆫ ᄉᆞ 식 을 [illegible]
청 ᄒᆞ 되 다 ᄒᆞ 장 이 [illegible] ᄒᆞ 리 ᄃᆡ [illegible] 공 ᄉᆞ [illegible] 이 비 일 ᄌᆞ 약 ᄒᆞ

라가더니 송식 입ᄒᆞ되 졔쥬의가 송ᄉᆞᄅᆞᆯ 아라 오라 ᄒᆞ되 중이
히작ᄒᆞᆫ 힝ᄌᆞᄅᆞᆯ 보리 후 현ᄒᆞ여 나ᄂᆞᆫ 거ᄅᆞᆯ 로랏더니 ᄆᆞᆯ 묵 일혼
이 블근 ᄃᆞᆯ 져가 노ᄂᆞ 다ᄂᆞ 신힝ᄌᆞ 보아 ᄃᆞ가 런 중이 거ᄌᆞᆫ을
벗 주ᄅᆞᆫ 돈 ᄃᆞ 보와 ᄃᆞᆯ 내 ᄃᆞ 연 고ᄇᆡ와 ᄒᆞ 지ᄉᆞ 클ᄒᆞ아 ᄂᆞ라 기인
이 되종ᄒᆞ라 주 ᄆᆞᆫ ᄉᆞᆫ로 ᄃᆞ라 자 ᄒᆞ 장ᄒᆞᆫ ᄒᆞ 기 이 ᄒᆞᆯ 쇼 ᄃᆡ ᄂᆞᆫ 창ᄒᆡ
부ᄉᆞᆯ 곤 ᄌᆞᆯ ᄌᆞᆺ 방ᄋᆡ 일ᄃᆡ 이 되니 앗가 ᄒᆡᆼ의 ᄌᆞ ᄂᆞᆫ 법을 볼ᄒᆞ아 랏
거ᄂᆞ와 이제 어ᄂᆡ ᄌᆞ가 ᄂᆞᆫ 됴 되 중인ᄃᆞᆯ 내 공 ᄉᆞᆷ 일 ᄒᆡᆼ을 보라가
ᄂᆞᆫ다 ᄋᆡᆼ ᄇᆞᆯ ᄂᆡ 슈 월 텬의 공ᄉᆞ 잘 ᄒᆡᆼ ᄒᆞᆯ 주 경의 셔ᄯᅡᄒᆡ
라 ᄆᆞ 종 ᄃᆞᆼ ᄒᆡᆼ의 어지 ᄯᆞᄅᆞᄅᆞᆯ ᄒᆞᄃᆡ 나 ᄅᆞᆯ 편지 ᄒᆡ주ᄂᆞᆫ가 라 書
ᄒᆡᆼ의 신ᄒᆡᆼ 법ᄃᆡ로 ᄒᆞᆫ니 다 ᄒᆡᆼᄌᆞ ᄆᆞᆺ ᄂᆞᆫ 도라 리 런 종인ᄃᆞᆯ 주더
면ᄒᆞᆫ가 지ᄂᆞᆫ 졔쥬의가 공ᄉᆞᆫ 뵈ᄋᆞᆸᄂᆞᆯ ᄇᆞ리 여ᄃᆞᆯ ᄉᆞᆯ오 방ᄃᆞᆫ이
허락ᄒᆞᄂᆞᆫ ᄃᆞ로 종이 감ᄉᆞ 룰ᄒᆞᄂᆞᆯ 굴더 ᄒᆡᆼᄌᆞ의 다 리의 ᄯᅢ
라 신 ᄒᆡᆼ 법을 힝ᄒᆞ여 ᄃᆞ 더니 올ᄯᅡ 현이 더 ᄅᆞᆯᄃᆡ ᄯᅩ ᄃᆞ두 장
치 ᄒᆞ 빅 ᄌᆞᆫ을 ᄌᆞ져 ᄃᆞ되 걸ᄅᆞᆯ 와 ᄂᆞ치라 ᄒᆡᆫ 오ᄃᆡ이 부니 이 ᄆᆞᆺ 친ᄒᆞᆫ
ᄉᆞ로잡ᄂᆞᆫ 다ᄃᆡ 셩이 ᄂᆞ 빙 산 밧ᄋᆞᆯ ᄌᆞ가 ᄯᆞᆯ 밧ᄃᆡ 니 냥 이여 ᄒᆞ라

죵숑니 쥐국단니 온국질을이 한긔 가닥을어약 혼후리울
앵다이 뢰죽의 니룰더 성셔 성외로 줄주리 일을니업스되
경히미광 홀어홀더니 앵외협국 앵웅이 직이옹을 베히
린로다 울셔장 빈다 홀근즌이 앵웅인 상처피허벽을울
신리울어 술을롤 취홀는여더 닉진수름을 라리려지 거뇌
의와 앵웅을잡보진닉울로을 헨스뎌 홀더니 나무지린가들
수룸이 직당을벗셔 두고장보와 모든수졸을주 치거늘려
죵 앵웅이 그스롬을죽이고 정홀여 홀맥이 셩명을
남글이 이눈빈티잔승 쇽취다 본두앵웅이 죵이옹을다뇌
린오되울 냉이어 냥옹을나 음사현의와 빈선등비룰다리린
앵사한화 의니룰더 셜연한취 홀어라 훗시앵웅이 쇽숙
룰보린 셩명을무로니 가인이월내 셩명을쇽쉬다앙쥬
형의이일룰보린 혈리슈잔의국 술여두다 경히홀다락을
식앵우 의장이한광히와 쇽슈룰보린청찬홀며 홀술룰
린홀한모다강죽 앵웅이쇽 슈룰라리린집의 니룰더앙

공ᄉᆞᆯ 뎡ᄒᆞ여 뎌ᄒᆞ믈 시뎍 ᄎᆞ지 낭ᄌᆞ를 보니 가장 ᄀᆞ읍며 감
ᄉᆞᄒᆞᆫ지라 날ᄒᆞᆫ은 공쥬ᄒᆞ여 왕랑압ᄉᆞ의 쳬되엿다가 상부
혼ᄒᆞᆫ 후 왕경을 조ᄎᆞ더니 뎍 ᄎᆞ지 왕경의 집의 온 후 반공이
ᄅᆞ기 포ᄀᆞᆺᄉᆞᆯ 버ᄃᆡ가 유일ᄒᆞ되 ᄒᆞ여 져 공쥬ᄂᆞᆫ이 된 부를 뫼
ᄒᆞ여 져울 ᄒᆞ실 봉ᄌᆞ화 상ᄒᆞ니 당쥬의 나ᄒᆞ니 공은
을 보ᄂᆞᆫ 합방ᄌᆞ ᄒᆞ되 공은 이 담네 ᄒᆞᆫ 뎡이라 칭ᄒᆞ며 고
히 ᄒᆞ여 ᄌᆞ우를 진을 보니 뎍 ᄎᆞ지 장ᄂᆞᆫ이 ᄂᆡ기며 ᄃᆞᆼ뎡을
[illegible] 되더니 일 [illegible] 후 오ᄂᆞᆯ 화상이 모혀 [illegible] ᄒᆞᆯ시 공은
의 아리 ᄯᅩ 온 뒤 [illegible] 보ᄂᆞᆫ ᄀᆞᆺ이 [illegible] ᄒᆞ며 일의 치 ᄒᆞ며
ᄅᆞᆫ 평신을 벌ᄒᆞ여 심치어 향 [illegible] 부 죄의 [illegible] 을 지극ᄒᆞᆫ
부ᄃᆡ며 [illegible] ᄂᆞᆫ 진ᄒᆞ여 [illegible] 후 [illegible] 향 [illegible] ᄂᆞᆫ 중은
화뎡을 지극ᄒᆞ 치며 후 [illegible] 은 향 [illegible] ᄀᆞᆺ 구ᄒᆞ
ᄃᆞᆯ며 [illegible] 이 [illegible] 당 ᄀᆞ이라 ᄒᆞᆫ 왕랑압ᄉᆞ를 [illegible]
군기ᄅᆞᆯ 왕압 [illegible] 이라 ᄒᆞᆫ 뎡 치 [illegible] 화되를 치며 [illegible]
히ᄂᆞᆫ [illegible]

로다 ᄒᆞ니 가히 ᄯᅥᆺᄯᅥᆺᄒᆞ여다 이ᄯᅢ 공손승이 ᄒᆞᄃᆡ 홀 청
ᄒᆞ여 ᄎᆞᆷ을 ᄇᆡᆨ이ᄒᆞᆫ 왈 내 죽음은 이미 ᄆᆞᄋᆞᆷ 외ᄒᆞ여 지ᄒᆞ일의
질 ᄋᆞᆯ니ᄂᆞᆫ 져 ᄒᆞ노라 ᄒᆞ로ᄃᆡ 스ᄉᆡ ᄒᆞᆫ 저ᄅᆞᆯ 파 ᄒᆞᆫ혹 죄ᄅᆞᆯ 노
ᄋᆞᆯᄂᆞᆫ 가 ᄒᆞ라 공손이 반공을 청ᄒᆞ여 ᄋᆡᆼ홀 ᄂᆡ 쉬지 ᄒᆞ라가
ᄂᆞᆯ 날갓ᄂᆞᆫ 먕ᄂᆞᆯ 다리ᄂᆞᆫ 죄ᄅᆞᆯ 이ᄋᆞᆯᄂᆞᆫ 가ᄂᆞ 희ᄃᆡ 스ᄉᆡ의
나와 반져ᄲᅡ져 ᄃᆞ리가 법당의 셔ᄉᆡ 진 ᄒᆞᆫ ᄉᆞᆼ젼 ᄒᆞ셔 ᄯᅩᆯ고
ᄋᆞᆯ이 자 ᄒᆞ리라 은근ᄒᆞᆯ 되ᄒᆞ여 히ᄒᆞᄃᆡ 로ᄅᆞᆯ 구니 희ᄒᆞᄃᆡ 반공
리 공손ᄋᆞᆯ 되 ᄲᅡᆼᄋᆞᆯ 청ᄒᆞ여 변다 둑 주 호관ᄒᆞ다 반공
이 뎌 취ᄒᆞ여 노ᄋᆞ 잠드ᄅᆞᆯ 지ᄂᆞᆯ ᄒᆞᄃᆡ ᄉᆞᆯ도ᄅᆞ다 와 공손을 권
ᄒᆞᆯ 귀공손이 ᄉᆞᆯ잔을 ᄃᆞᆯᄂᆞᆫ 왈 베어 히 ᄉᆞᆯ을 ᄇᆡᆨ이ᄂᆞᆫ 노ᄒᆞᄃᆡ
ᄉᆞᆯ ᄌᆡ 평을 ᄑᆞᆫ 미다 ᄒᆞᆫ 번 ᄒᆞ여 젼ᄒᆞ니 공손이 반취ᄒᆞ여
으ᄉᆡ ᄅᆞ이 리ᄯᅢᄅᆞᆯ ᄒᆞ여 ᄂᆞ리 희ᄒᆞᄃᆡ 의재 ᄃᆡ다 지 ᄒᆞᆫ고 희ᄒᆞᄃᆡ 쳥훈
ᄒᆞᆯ 평ᄋᆞᆯ ᄒᆞ여 되지 못ᄒᆞ여 공손을 청ᄒᆞ여 침ᄂᆞ ᄒᆞ오ᄅᆞᄃᆡ 공문
왈 근친ᄒᆞᆫ 진 인ᄌᆞ 장펑 ᄒᆞᆯ ᄒᆞ로다 희ᄒᆞᄃᆡ 왈 근친은 ᄒᆞᆯ호
나 낭ᄌᆞᆫ 업셔 한이 ᄒᆞ라 모ᄋᆞᆫ이 ᄉᆞ왈 한 나도 ᄯᅩᆺ 이 ᄒᆞ여 ᄒᆞ엿

권지二 五十一

ᄒᆞ야 화도ᄅᆡ 왈 어ᄂᆡ 자가 나되시 즈갓 ᄉᆞ ᄆᆞᆼ ᄌᆞ ᄅᆞᆯ 어ᄃᆞ뇨 교윤
왈 ᄇᆞ구 ᄎᆞ의 ᄉᆞ리ᄅᆞᆯ 잡ᄂᆞᆫ 되라 화도ᄅᆡ 왈 엉ᄒᆞ야 ᄅᆞᆯ 봅더 변ᄉᆞ
ᄅᆞᆯ ᄌᆞᆸ 자라가 되리라 교윤이 엉우 려되 나려가 부친의 ᄉᆞ시
기 ᄅᆞᆯ 기다리라 엉의 나려간 후 화도ᄅᆡ 뚱ᄋᆞᆯ 길ᄅᆞ저 ᄅᆞᆯ 교ᄋᆞᆸ하
ᄉᆞ 왈 배 ᄃᆞᆼ을 걸ᄂᆞᆫ나 ᄅᆞᆯ 어ᄀᆞ지되 ᄒᆞᆫ다 화도ᄅᆡ 왈 천쳥을
시 나ᄂᆞ ᄅᆞᆯ 살오 ᄎᆞ 셔 교온 왈 니ᄃᆡ 기 ᄅᆞᆯ 치되다 화도ᄅᆡ 왈 ᄃᆞᆼ
ᄎᆞ야 ᄉᆞᆷ이 샹ᄒᆞᆯ자 ᄒᆞᆫ 노라 ᄭᅩᆼ규이 옥 실ᄋᆞᆯ 찾지 못ᄒᆞ여 봇ᄅᆞᆯ
ᄅᆡ 더 다 화도ᄅᆡ 안ᄅᆡ 생의 올 나 옷ᄉᆞᆯ 벗기ᄅᆡ 훔칠ᄒᆞ니 그 년 ᄂᆞᆫ
의 힝 음 ᄒᆞᆫ ᄀᆞ자 ᄌᆞᆼ을 행ᄋᆞᆼ 치 못ᄒᆞᆯ지라 화도ᄅᆡ ᄭᅩᆷ여 희
리 ᄅᆞᆯ 안ᄅᆡ 왈 이제 ᄉᆞ 원ᄋᆞᆯ 덜 ᄀᆞ 왓ᄂᆞ 라 ᄉᆞ ᄯᅳᆨ여 한이다 오 ᄅᆞᆯ ᄅᆞᆯ
기지 못ᄒᆞᆯ ᄀᆞ ᄒᆞᆫ ᄆᆞ라 교온 왈 ᄂᆞᆯ 어 ᄎᆞᄎᆞ ᄒᆞᆫ 면가 히 올리 ᄒᆞᆼ ᄃᆞ
ᄅᆞᆯ 티라 ᄒᆞᆫ ᄅᆡ 의 샹 을 ᄎᆞ 슴 ᄒᆞᆫ ᄅᆡ 의 나 ᄂᆡ와 반 ᄯᅢᆼ ᄅᆞᆯ 제 읻 ᄅᆞᆯ
라 ᄋᆞ ᄃᆞ 앵 ᄀᆞᆼ 을 ᄋᆞ 자 못ᄒᆞ ᄃᆞ 왁 ᄉᆞᆫ ᄂᆞᆫ 자 장 의 혹 ᄒᆞ여 ᄭᅩᆼ 읍
이 엉 우 ᄅᆞᆯ ᄅᆞᆯ ᄎᆞᆺ 어 ᄅᆞᆯ ᄃᆞ 여 앵 옹 이 샹 직 가 ᄂᆞᆫ ᄅᆞᆯ 이 련 ᄃᆞ 냔
의 힝 ᄒᆞᆨ 울 ᄃᆡ 여 ᄎᆞ 코 봅 ᄒᆡᆼ 을 ᄒᆞᆫ 죄 ᄒᆞ여 화도ᄅᆡ 왕 ᄅᆞ 히 ᄂᆞᆫ 두

쥐흘을 울롯이 심복을 ᄒᆞ야 ᄒᆡᆼ왈 옥덕구를 랄 ᄎᆞᆼᄒᆞ여
양웅의 집의 오ᄂᆞᆫ 우평 시변득ᄒᆡᆼ와 ᄯᅥ 복어 롤 치변ᄅᆞᆯ 고
ᄒᆞᆯ다 가니 석 치며 양 모거어 숙련을 의심ᄒᆞ여 ᄎᆞ쳐보더라
연ᄒᆡ 훗ᄒᆞ너를 석 치 부근ᄒᆞᆯ 챵치 못ᄒᆞ너 양웅을 보ᄂᆞᆫ 이
슈연ᄒᆞᆫ 줄 전ᄒᆞ더 양웅이 부언 왈 이 옹무구를 ᄭᅮ이 되다 ᄒᆞ
왈 어ᄒᆞ 스ᄒᆞ여 장도를 구를 잡은 후 ᄲᅮᆯ ᄒᆞ라 양웅이 으ᄒᆞᆷ
ⓒ 각ᄉᆞ ᄒᆡ여 지너 다 이르 양웅이 리 ᄎᆡᆨ ᄒᆞᆫ 도 ᄯᅥ와 광을 보
ⓒ 전ᄯᅩᆨ 퀴 ᄒᆞᆯ 왈 내너 룰 ᄭᅮ이 되다 고 ᄒᆞᆫ 이 ᄯᅥ 자 리 이 ᄎᆞᆷ
ᄒᆞ 일ᄋᆞᆯ 어 낭을 ᄆᆞ구ᄒᆞ 이 양웅이 주리의 ᄭᅮ러 ᄯᅥ 조 라 가 ᄑᆞ 울 이 그
죄 안 ᄶᅧ ᄒᆞᆫ 줄 보ᄂᆞᆫ 울을 낫 ᄒᆞ 여 자 리 의 올 ᄂᆞᆫ 왈 며 여 죄 ᄒᆞᆯ
ᄎᆞᆺ 고 너 ᄯᅥ ᄃᆞ 복 어 시 라 ᄒᆞᆫ 너 ᄂᆞ 묘 울 이 올 ᄒᆞ 며 왈 정 ᄒᆡ 어 ᄯᅥ
간 인 의 ᄲᅡᆯ 올 ᄂᆞᆫ 구 ᄇᆞᆫ ᄎᆡ 복 ᄒᆞᆫ ᄒᆡ 옥 ᄒᆞᆫ 너 이 ᄃᆞᆯ 러 라 구 ᄒᆞᆯ ᄒᆡ
ᄎᆡ 나 룰 ᄒᆞᆫ ᄆᆞᆼ ᄒᆞᆫ 러 더 너 이 러 닉 구 여 시 라 ᄲᅡᆯ ᄇᆡᆼ ᄒᆞ 더 부 ᄇᆡᆼ 용
이 모 ᄒᆞᆯ 내 주 룰 ᄃᆞᆼ 러 ᄀᆞᆺ ᄎᆞ 전 ᄶᅥᆸ ᄒᆞ 엿 거 ᄒᆞᆯ 최 ᄋᆡᆺ 지 ᄯᅩᆨ 래
ᄒᆡ 괴 ᄒᆞ 여 요 ᄒᆞᆫ 바 ᄒᆡ 오 ᄒᆞᆫ 후 한 ᄒᆞ 여 ᄯᅥ 왈 ᄀᆞᆺ ᄒᆞᆯ 엽 시 ᄒᆞ

라 ᄒᆞᆫ대 쟉슈를 보내여 나아가 졉ᄒᆞᆯᄉᆡ 양웅이 ᄭᅳᆯ올
의 잔ᄅᆡ의 즁을 ᄌᆞᆸ을 ᄯᆞᆫ 즉시 회ᄒᆞ여 ᄅᆞᆯ 슈ᄒᆞ여 반공긔 하
젹 ᄒᆞᆫ 후 ᄒᆞᆼᄃᆡ긔 젼슝을 여ᄂᆞᆫ 식졈 ᄒᆞᆫ회 ᄂᆡ 반을 ᄡᅥ고 져가 ᄇᆞᆫ
양웅이 피ᄅᆞᆯ 연유 부ᄌᆞ의 ᄌᆞᆨ 으ᄅᆞ와 ᄒᆞᆫ 밧고ᄅᆞᆯ 회치 ᄒᆞ여
너 양웅이 상직 간 후 녹희 퇴도ᄋᆡ의 와 ᄂᆞᆨ여ᄅᆞᆯ 치ᄃᆞ 도ᄅᆞᆨ
쳐 칼노 두ᄐᆞ를 죽이고 옷슬 벗겨 닙고 목어를 치니 한
놈이 나오며 ᄀᆞᆫᄒᆞᆫ 곳 치다 ᄒᆞ되 ᄃᆞᆯ 져 ᄎᆡ 닷도 ᄒᆞᆫ ᄎᆡ ᄒᆞᆫ연ᄒᆞ여
치며 흑구로나와 ᄑᆞᆯ고 ᄀᆞᆯᄒᆞᆷ을 죽이고 옷슬 벗긴 후 두 ᄎᆡ
와 ᄒᆞᆫ ᄃᆡ 그ᄒᆞ되 ᄇᆡ여ᄒᆡ를 보ᄂᆡ 석슈ᄒᆞ고 ᄒᆞ야 ᄭᅩᆺ을 와ᄒᆞ여 노흥이 ᄲᅡᆯ을
ᄒᆡ 져 취ᄉᆞ홈여 지ᄇᆞ어ᄌᆞᆫ ᄒᆞ여 겨시 ᄒᆞᆫ 후 풍ᄎᆡ이 입ᄂᆞᆫ ᄌᆡ
라 석슈 두와 ᄌᆞᄀᆞᆼ을 ᄆᆞᆯ고 ᄯᅩ 서ᄅᆞᆯ 비ᄃᆞᆫ더 상부ᄋᆡ 보ᄒᆞᆫ 디
ᄒᆞ시 양웅이 ᄌᆞᄌᆞ 석슈을 ᄎᆞᆫ ᄋᆞ이 ᄡᅥ 와 라 쳑 슈ᄅᆞᆯ ᄎᆞᆽ 즁오라
가 길의 ᄉᆡᆨᄀᆞᆫ 되ᄒᆡ 제하 최의 니ᄅᆞ러 드ᄇᆡᆯ ᄒᆞᆼ이 ᄅᆞᆯ ᄂᆡ 여 ᄂᆞᆺ
ᄏᆞᆫ 일ᄋᆞᆯ ᄂᆡ 현ᄒᆡ ᄅᆞᆯ ᄒᆞ되 ᄒᆞ여 ᄌᆞᄌᆞ 츙ᄒᆞ여 ᄉᆞ다 ᄂᆡ기ᄌᆡ ᄯᅡᆯ 양
웅이 ᄌᆞᄌᆞ 일ᄋᆞᆯ 닐ᄋᆞᆫ 벙ᄋᆡ ᄀᆞᆫᄅᆡ의 ᄒᆞᆨ아 ᄒᆞᆫ ᄋᆞᆯ 고ᄒᆞᆫ 외 흉 ᄒᆞ여ᄂᆞᆫ

니이 뎨ᄌᆞ 브ᄅᆞᆯ 죽이리라 셕슈 왈 형님 ᄂᆡ일에 ᄎᆞᄌᆞ ᄒᆞᆯᄀᆞᆫ 즙히
국지 말고 양웅이 허락ᄒᆞ고 집의 도라가 ᄌᆞᄂᆞᆫ 잇흔날의 반
공ᄃᆞ려 닐너 왈 ᄂᆡ 당ᄌᆞᄅᆞᆯ 다리고 악묘의 분향ᄒᆞ고 오리니 장
인공은 지텽ᄅᆞᆯ 직희라 ᄒᆞ고 교운을 ᄆᆞᄌᆞᄅᆞᆯ ᄃᆞ려와 영아로 더브
러 취병산의 니르러 교운다려 영아ᄅᆞᆯ 라 ᄒᆞ고 산의 올나
오니 셕슈 ᄯᅩ 몬져 와 기ᄃᆞ리ᄂᆞᆫ지라 교운이 셕슈ᄅᆞᆯ 보고 ᄆᆞ음의 ᄉᆞᆨ
슉이 업지 아니ᄒᆞᆫᄂᆞᆫ요 셕슈 왈 인ᄌᆞᄂᆞᆫ 달 회ᄂᆞᆫ ᄂᆡ연 ᄎᆡ회ᄅᆞᆯ
의 말ᄅᆞᆯ ᄒᆞ더뇨 교운 왈 이 말ᄉᆞᆷ을 ᄃᆞᆯ측어 ᄉᆞ어ᄉᆞ 되오 셕
슈 두 번ᄌᆡ 쟝삼ᄂᆞᄅᆞᆯ 퍼 놋코 보라 ᄒᆞ니 교운이 입이 ᄇᆞᆨ혀 ᄒᆞᆫ 말
ᄅᆞᆯ 못ᄒᆞᆫᄃᆞᆯ 국지라 셕슈 칼 엇여 ᄲᆡ여 게ᄌᆞ ᄒᆞᄌᆡ 중을 ᄌᆞᆫ 죽인
양웅을 ᄒᆞᄂᆞᆫ의 ᄂᆞ슈시의 복ᄉᆞᆼ를 그곳ᄒᆞ 날리 ᄃᆞᆼᄒᆡ저ᄂᆞᆫ 깔
ᄀᆞ비ᄅᆞᆯ 가ᄅᆞᆫ 오쟝을 ᄂᆞ어 나ᄆᆞ리 젼ᄅᆞᆫ 왈 이뫼 오ᄃᆡ 살ᄒᆞᆫ
ᄒᆞ여 ᄉᆞᆷ더어 되록 ᄒᆞ가리오 셕슈 왈 형님 일짐 중 ᄋᆡᆼᄇᆞᆼ이 불러
리 영산ᄇᆞᆨ으로 오라 ᄒᆞ여 ᄉᆞᄃᆡ 게가 의락 ᄒᆞ다 ᄒᆞᄂᆞᆫ 쳥
히 형을 ᄒᆞ되 ᄒᆞ러니 ᄭᅳᆯ룩 남옥 뒤ᄒᆞ로되 ᄒᆞᆫ ᄉᆞᄅᆞᆷ이 블ᄒᆞ니

졸릐 쳐 평쇠레의 녀희 쌀을 인ᄒᆞᆫ 복ᄉᆞᆫ ᄯᆞᆯ ᄒᆞᆫ 눈 봉인ᄂᆡ
놀ᄂᆞᆫ 도라보니 기이ᄒᆞᆫ 볼ᄂᆞᆫ 지ᄯᆞᆯ다 ᄂᆞ 도산의 셔 복ᄃᆞᆷ을 과
진 날을 어허 ᄉᆞ는 ᄉᆞ룸은 쌍구시 쳔이니 한ᄃᆞ러가 ᄭᆡ여 어ᄒᆞᆫ고 ᄇᆞᆼ
이ᄋᆡ 헤탁ᄒᆞᆫ 산울 더ᄯᅢ 항홀쉬 ᄒᆞᆫ가장이 나ᄋᆞ뢰 짐
울ᄒᆞᆫ 도뢰 조뢰ᄒᆞᆫ다 졈치 왈 쌀ᄋᆞᆯ 조ᄋᆞᆯ지시디 너희 밥ᄒᆞ여 ᄇᆞᆨ
우라 ᄒᆞᆫ은 아ᄂᆞᆫ 동을 걸울 ᄃᆞ되가 거놀 조시 쳔이 밥을 짓라가 ᄇᆞᆺ
러나 가 ᄃᆞᆰ울 잡아 살ᄯᅡ 삼인이 ᄇᆡᆨ은 ᄯᆞᆯ을 ᄒᆞ러니 오경셔 즉인
이나 와 부억의 ᄃᆞᆰ의 깃ᄃᆞ라 ᄉᆡ려울 보ᄒᆞᆫ 치리 왈 네 엇지 졈
의 ᄃᆞᆰ울 도적ᄒᆞ여 ᄇᆡᆨ는다 시쳔 왈 내 길의셔 ᄉᆞ가 져 왓
거놀 네 ᄃᆞᆰ이 어 ᄃᆡ 닛ᄂᆞᆫ지 엇지 아ᄂᆞ뇨 졈치 왈 ᄯᅩ ᄃᆞᆯ ᄃᆞᆼ을
주어야 ᄇᆞᆫ평 블로 편즉 ᄃᆞᆸᄇᆞᆨ의 ᄃᆞ 타 ᄶᅡᆨ치 ᄌᆞ로 ᄒᆞ여 ᄲᆡᆫ
울 다라 가 게 치니 졈치 업ᄃᆡ 어지 내 도적와 라 와 거ᄅᆞᆯ 온ᄃᆞᆯ
얼ᄃᆞᆯ ᄃᆞᆯ 쟝막이 ᄂᆞᆫ 쟝ᄉᆞᆼ 울ᄃᆞᆯ은 나 올ᄌᆞ 지라 삼인이 ᄆᆞᆯ고 차
내는 쟝ᄋᆞᆯᄒᆞ야 ᄉᆞ도 리니 나ᄂᆞᆫ 쟝ᄀᆡᆨ이 허여 지ᄂᆡ 삼인이
보진ᄃᆞᆼ을 ᄇᆡ힌 ᄭᆞᆯ로 ᄂᆞᆫ 다ᄉᆞᆺ더니 ᄉᆞ 동ᄂᆞᆯ로 되오 구 창을 버히러

시쳔을 잡아가ᄂᆞᆫ디 양웅 셕슈ᄂᆞᆫ 길을 ᄎᆞᄌᆞ 쳐 ᄂᆞ올ᄉᆡ 고ᄅᆞᆼ
이셔 ᄃᆞᆺ더니 ᄂᆞᆯ이 밝으ᄆᆡ 주뎜의 드러가 술을 ᄉᆞ먹을ᄉᆡ 박
ᄀᆞᆯ 고을 이ᄒᆡ 드러오다가 양웅을 보고 졀ᄒᆞ여 왈 은인아 어
이 어ᄃᆡ지 ᄂᆞᆺᄂᆞ뇨 양웅이 왈 ᄂᆡ 구리롤 아지 못ᄒᆞᄂᆞ라 가인 왈
ᄂᆞᆫ 뉘 즉 셕 살인ᄒᆞ여 송ᄉᆞ를 은인이 구ᄒᆞ엿더니 두흥이로라 양
웅이 두흥을 다리고 술 먹으며 시쳔의 일을 셜화ᄒᆞ더니 두
흥이 왈 형 등은 념려 마ᄅᆞ소셔 니응이 축가장 쥬인이라 고을ᄒᆞ 축
조 등 삼형뎨로 친ᄒᆞ니 우리 ᄒᆞᆫ가지로 가 쥬인을 보고 우목
롤 부리면 시쳔을 부리리라 냥인을 ᄃᆞ리고 가니 응을 뵈
ᄂᆞᆫ 시쳔의 말을 ᄒᆞ니 응이 허락ᄒᆞᄂᆞᆫ 우두로 뵈두 흥이
가지고 가더니 일을 ᄒᆞᆫ 후 도리와 날오ᄃᆡ 축가 기ᄃᆞᆯᄋᆞ며 이
편지를 보ᄂᆡ 최 부리ᄂᆞᆫ 주인을 욕 셜ᄒᆞ며 그뢰인ᄂᆞᆫ ᄒᆞ며 시쳔
라 ᄒᆞ니 잡은 ᄇᆞᆫ 되 ᄒᆞ더라 ᄒᆞ니 응이 ᄃᆡ노ᄒᆞ여 죽이리
갑 ᄉᆡᆼ마 ᄒᆞ여 오십 가 뎡을 거ᄂᆞ리고 축가장의 가니 축표
ᄂᆞᆫ 령 창을 ᄭᅧ ᄒᆞ여 뎌의 왈 네 양산박 도적이라 ᄒᆞ고

기ᄌᆞ쥬의 일ᄂᆞᆫ ᄒᆞ여 스ᄅᆡ ᄯᅵ즉의 란즁이 나가리라 나응이 리
로 ᄒᆞ여 츅ᄆᆞ로의 계 다라 드니 츅호츅 ᄅᆞᆼ이 ᄒᆞᆫ거 치되 노양
웅쇠 슈드 흥이 ᄯᅩᄒᆞᆫ 창을 들ᄂᆞᆫ 혐ᄃᆡ 공ᄒᆞᆯ시 츅ᄑᆡ 살ᄅᆞᆯ
ᄊᆡ 허 ᄊᆞ와 나응의 다리ᄅᆞᆯ ᄲᅡ치거ᄂᆞᆯ 양웅 등이 계옥ᄀᆞ ᄒᆞᆯ
여 나가 장의 도라와 양웅이 ᄉᆞ라 일옥의 ᄯᅢ아ᄲᅡ ᄇᆡᆼ
개화리상 ᄒᆞᆫ 현이 즁생 ᄒᆞᆫ치라 이제 양산박의 올나
가 ᄲᅡᆯ ᄒᆞᆯ여 이 분ᄅᆞᆯ 일 ᄒᆞᆯ리라 나응 왈 형의〻 ᄒᆡᆼ리로
ᄒᆞᆯ라 ᄇᆡᆼ인이 즉시 양산박의 나ᄀᆞᆯ이 되 즁을 보ᄂᆞᆫ의 탁ᄒᆞᆯ
려 ᄂᆞᆫ일ᄅᆞᆯ라 츅가 쟝ᄉᆞ 연ᄅᆞᆯ ᄲᅡᆯ ᄒᆞ니 리쥼이 ᄇᆡᆼ인ᄅᆞᆯ라 저
가 송강 등을 되ᄂᆞᆫ 젼호 수ᄯᆡᆯ ᄅᆞᆯ ᄒᆞ니 송강이 리로ᄒᆞᆯ여
즉시 곤ᄅᆞᆯ ᄂᆡ리 ᄒᆞ여 츅가 쟝ᄋᆞᆯ ᄒᆡᆼᄒᆞᆯ시 양웅ᄋᆞ로 ᄒᆞᆷ금
나응ᄋᆞᆯ 휭ᄒᆞ리 아니 옴ᄅᆞᆯ 보ᄂᆞᆫ 궁ᄅᆞᆯ 다오니 츅ᄑᆡ 리퇵
ᄒᆞᆯ쳐 ᄒᆞᆯ시 ᄉᆞ궁을 호가 쟝의 보ᄂᆡ여 호샹ᄂᆞᆼᄋᆞᆯ 쳥ᄒᆞᆯ
ᄂᆞᆫ 쟝ᄆᆞᆫ 알ᄇᆡ히 결진ᄋᆞᆯ ᄲᅡᆯᄅᆞᆯ 되여 리호 일ᄅᆞᆯ 내 발 ᄒᆡ 송
강ᄋᆞᆯ 잡ᄂᆞᆫ 저 ᄒᆞ더니 이제 스ᄉᆞ로 오도라 양산박 진즁의

셔나와 ᄡᅡ호다가 번ᄒᆞ여 니망등 오장이 잡혀 가니 ᄯᅩᄒᆞᆫ
츙이 ᄲᆞᆯ로ᄂᆞ니 ᄒᆞᆫ가 진ᄒᆞᆫ 호삼낭이 나와 님츙을
ᄌᆞ ᄡᆞ홀ᄉᆡ 오륙 합의 못ᄒᆞ여 님츙이 거ᄌᆞᆺ ᄑᆡᄒᆞ거ᄂᆞᆯ
니 호삼낭이 ᄯᆞ라오거ᄂᆞᆯ 화영이 ᄲᅡ니 활을 ᄡᅩ와 호삼낭
의 ᄆᆞᆯ을 맛치니 호삼낭이 ᄯᅥ러지니 ᄡᅥ 호ᄌᆞ즁의 ᄇᆞᆯ
츙이 원비를 ᄭᅳᆯ희여 호삼낭을 싱금ᄒᆞ여 도라 오니
강이 군ᄉᆞ를 거ᄂᆞ려 ᄯᅡ르더니 츙을 ᄒᆞ여 곳 압ᄒᆞ여 양산박
의 올은가 송 회공 집으로 보니고 오용을 청ᄒᆞ여 의논ᄒᆞ니
츅 쥐 호삼낭의 잡혀 가믈 보고 편벽을 ᄎᆞᄒᆞ더니
숑이를 후 오용이 ᄒᆞ를 ᄒᆞ여 니르되 송강을 보고 일을 오ᄒᆞ단
라 시 회숑가 이 ᄒᆞᆯ지 시니 황을 ᄇᆞ리며 ᄡᆞ우니 외 졍ᄒᆞ
의 ᄌᆞᆯ굽ᄃᆞᆺ ᄉᆞ롬이 ᄉᆞ회 하나홀 남도 ᄉᆞ회 진이 오 한더 ᄒᆞ
미 ᄂᆞᆫ 훈 퇴와 낭인이 벼ᄉᆞᆯ을 ᄉᆞᆺᄌᆞᆫ 호ᄂᆞᆫ고 ᄡᆞ더니 ᄀᆞᄉᆡ 이 ᄇᆞ로 ᄒᆞᆫ
근 달나 가 조 회공 집 ᄒᆞ야 산의 나 뫼 치며 ᄂᆞᆫ 낭인이 조 회공 ᄒᆞ
무른 벼ᄉᆞᆯ을 ᄒᆞ가 ᄂᆞᆯᄲᅡᆯᄒᆞᄃᆞ니 희공이 그ᄅᆞᆯ ᄎᆡ뫼 ᄒᆞ

ᄆᆞᄋᆞᆷ을 볼근 빈니 ᄲᆞᆼ이 업ᄂᆞᆫ지라 희진 왈 오ᄃᆡ 쥉병ᄒᆡ
번을 ᄒᆞ라 왕져 놀ᄂᆡᆺ지 업ᄂᆞᆫ 쇼ᄒᆞᆯ 어ᄃᆡ ᄆᆞᄂᆞᆫ득 ᄒᆡ궁히오ᄅᆞᆯ
조길이 슈십 즁인을 자ᄅᆞᆫ ᄃᆞ뢰와 ᄯᅩ 지킈 왈 네 엿치 내
집의와 ᄂᆞ괘히 ᄂᆞᆫ 쵸희진 왈 내 ᄇᆞᆼ을 ᄎᆞ즈ᄒᆞ미 내
어지신 ᄒᆞᆫ 이다 즈ᄂᆞᆫ라 조길이 즁인을 ᄃᆞ려 냥이ᄀᆞ올
ᄭᅴ여 쥐의의 ᄂᆞᆫ ᄒᆞ여 왈이 ᄃᆞᄂᆞᆫ이 ᄂᆞᆨ란히 집의와 업ᄂᆞᆫ 별
을 랄ᄂᆞᆫ 작단ᄒᆞᆫ 이라 지ᄇᆡᆨ 불은 곡직ᄒᆞᆫ 가 되리라 ᄒᆞ
시 휘ᄂᆞᆫ 주악회 희진 형뎨의 곤쟝을 보ᄂᆞᆫ 일 ᄒᆡᆼ이 ᄲᅳᆫ 일
나ᄅᆞᆯ 부될 곳이 ᄂᆞᆫ거ᄃᆞᆯ 량히 희ᄒᆡᆼ을 라 ᄒᆞ되라 희진 왈 ᄒᆞᆯ가
의 중ᄯᅥ 척 갈ᄒᆞᆫ의 이스ᄃᆡ 보라 ᄒᆞ 즁ᄒᆞᆫ 리 취ᄒᆞ라 형이 그ᄅᆞᆯ ᄲᅮᆫ
나의 금ᄒᆞᆫ ᄂᆞᆯ 젼ᄒᆞ변 혹ᄀᆞ 흘ᄃᆞ되 이스되라 악회 즉시가
ᄅᆞᆫ 뒤 슈ᄃᆞᆯ 불ᄂᆞᆫ 희진 형뎨의 그ᄆᆞᆷᄒᆞᆫ을 불을 니ᄅᆞᆫ 뒤 쉬ᄃᆞᆫ 걱
경 왈 내 엇더ᄒᆞᆯ 도되 이ᄉᆞᆯ 져시ᄃᆡ ᄉᆞᆨ을 ᄆᆞᆯ뢰 도라 가라 ᄒᆞᆯ
ᄅᆞᆫ 이의 ᄎᆞᆯ이 ᄇᆞᆫ는 즉 연다 드ᄅᆞᆯ ᄉᆞᆼ은 봉ᄎᆞᆨ ᄋᆞ근라 손ᄂᆞᆸ 손신을 웡ᄂᆞᆯ
여 졔 꾀ᄅᆞᆯ 쥥ᄒᆞᆫ 삼경 ᄭᅵ다 아가 옥을 ᄭᅢ치ᄅᆞᆫ 희진 혀ᄋᆞ례

굴국 ᄒᆞᆫ 모든옥니 ᄌᆞ로 칼노ᄐᆡ 히녀 보ᄒᆞ고 ᄒᆞᆫ동집의나
쿠러 일가 노오ᄅᆞᆯ라 즉이 ᄀᆞ그 집뎍 오ᄅᆞᆯ 다수 ᄒᆞᄅᆞᆯ ᄒᆞᆫ 최친
등칠 인등의 가속 라 적 산ᄉᆞᆯ ᄉᆞᆯ외의 식ᄀᆞᆫ 앵산박 으로 갈
쇠 길의 뫼 옹옹ᄒᆞᆯ 싸다 산쳐의 가 눈 ᄉᆞ연을 ᄒᆞᄂᆡ 오옹 월
지ᄒᆞᆷ 옥뫼 송강을 ᄒᆞ오와 ᄎᆞ즉가 장올 치타 가노뫼 ᄒᆞᄂᆞᆷ 일
이제 군ᄉᆡ ᄎᆞ즉가 징올 취ᄒᆞ가 번내 한계 골ᄅᆞ모 리되 ᄅᆞ로용
월쪽 ᄉᆞᆷ계 괴노 ᄉᆞᄂᆞᆷ 월여 ᄎᆞᄎᆞ ᄒᆞᆫ뫼너 군ᄉᆞ 눈뫼 려횡 ᄒᆞᆯ
라 ᄒᆞᆫ일 간당의 민ᄃᆞ리 ᄒᆞᆫ리의 형죽 쌍직ᄒᆞ타가 ᄂᆞᆷ
당이타 ᄒᆞᆯᄒᆞᆫ ᄒᆞ리즉 등ᄂᆞ즉 인다 ᄉᆞᆯ의를 빨와 ᄎᆞ즉가 장뒤ᄂᆞᆫ
의ᄉᆞ쥐 ᄒᆞᄂᆡ ᄎᆞ즉 ᄑᆡ나와 바조 좌졍ᄒᆞᆨ 모ᄋᆞᆯ 헙ᄋᆞ 어이 ᄒᆞ리
지ᄂᆞᆫ 어보 ᄉᆞᆯ납 월내 혐 ᄌᆞ즉ᄒᆞ로 가라 가도 ᄒᆞᆯ되 형이 앵산박
도ᄃᆡ즉 송강라 ᄊᆞᆺᄒᆞ라 ᄒᆞ기ᄒᆞ내 형도 ᄀᆞᆯ 졀ᄒᆞ여 송강을
잡아즉 ᄒᆞᆫ퍼 ᄒᆞᆯ노타 ᄎᆞ즉 ᄑᆡ려 히ᄒᆞ여 란리 ᄒᆞᄂᆡ ᄉᆞ이 량은
안ᄒᆞᆼ ᄒᆞ로라 너 ᄎᆞ즉 입ᄉᆞᆯ는 ᄉᆞᆼ을 ᄉᆞᆨ이녀 ᄉᆞ신도 ᄋᆞᆯ 밧그로
길라 각ᄃᆞᆼ을 ᄂᆞᆨ이러너 ᄉᆞ일ᄒᆞᆨ 송강이 군ᄉᆞᆯ 져ᄂᆞ ᄃᆡ와

싸홈을 도도거ᄂᆞᆯ 축호 형졔 나오ᄆᆡ 송답이 ᄯᅩᄒᆞᆫ 나와 ᄃᆞᆸᄂᆞᆫ
지라 뎐삼일을 승부 업더니 졔사일의 송답이 나아 져호ᄅᆞᆯ
키 감히 나를 당ᄒᆞ리오 양산박 진즁을 쳐 젹 발리우랴
이 나와 뢰젼ᄒᆞ여 수오십의 니르되 송답이 늑당을 ᄉᆞ로
잡으니 축퓌 송답을 가장 미워ᄒᆞ다 뢰오일의 축휘 룡이
믈누의 안져 낭진ᄒᆞ믈 보며 축됴 등이 장 ᄂᆡ 밋 리나
와 ᄡᅡ호여 나 ᄒᆞᆫ 신희 진등을 각각 남의 법을 ᄂᆞᆫ코 악화
능옥 냥둥을 ᄀᆡ치ᄀᆞ 시쳔 우랑 등 칠인을 ᄂᆞ호여 ᄭᅳᆯᄂᆞᆫ 돌
ᄀᆞᆫ ᄉᆞ롬을 죽이며 ᄀᆞ티ᄂᆡ 호ᄂᆞᆫ 축가ᄂᆞᆫ 송ᄀᆞᆷ을 죽이ᄅᆞ 희보ᄂᆞᆫ 축
텬둥을 죽이ᄅᆞ 남호동을 축됴 등 샹인을 죽이ᄅᆞ 뎨장
이 송강의 진을 도로 다 오되 송강이 긋져ᄒᆞ여 나 ᄯᅩ 드니
ᄌᆡ 일을 신의 파훼ᄒᆞᆫ 치ᄅᆞ 오져 ᄂᆞᆯ 송강 왈 ᄂᆡ 어 더 긋 졀ᄒᆞ나
키 왈 ᄂᆡ 호자 장외 가 ᄉᆞᄅᆞᆷ을 죽이ᄅᆞ 오그ᄅᆞ 송강이 ᄡᅦ지되
왈 져ᄒᆞ 일 호졍이 오리ᄅᆞᆯ 라잡 ᄒᆞ엿ᄂᆞ니 일 칭 형의 낭
ᄒᆞᆯ브ᄃᆞᆯ 그리 악히 국 노니 ᄎᆡ 왈 아직 어ᄃᆡ 아니 ᄒᆞᆫ ᄭᅵᆯ ᄂᆞᆯ의

역신을줄ᄒᆞ다ᄆᆞ라오더니가쇠ᄅᆞᆯ니ᄋᆞ이샹ᄒᆞ파진ᄒᆞᄆᆡ잡
인ᄒᆞ엿더니볼ᄒᆡᆫ로뒤ᄅᆞᆯ밤을거노ᄒᆡ와ᄂᆡ웅이엥산ᄒᆞᆨ
ᄒᆞᆫ죄ᄒᆞ라생ᄋᆞᄅᆞᆯᄒᆞ여ᄒᆞᆫ가쟝을ᄆᆡᆯᄒᆞ라ᄒᆞ여ᄇᆡ떼가어
니ᄒᆞᆯ곳ᄒᆞᆯ노ᄒᆞᆨ빅근네니카ᄒᆞ여ᄃᆞ록와드ᄅᆞᆨ병을주이은ᄒᆞ거
ᄅᆞᆯᄒᆞ야ᄉᆞ산취ᄒᆞ가니송강등이나와ᄆᆡᆺ졀ᄒᆞ니음왈형등이
엇지왈ᄒᆞ와구ᄒᆞ리ᄉᆞᄂᆡ난비ᄅᆞᆨ머리왓ᄉᆞ다오죠가ᄒᆞᆨᄅᆞᆯ
ᄋᆞᆫ즉근ᄒᆞᆨ을ᄆᆡᆼᄒᆞ리ᄂᆞ엇지ᄒᆞ리오송왈ᄒᆞ을ᄂᆡ린중시권으
ᄅᆞᆯᄒᆞ여ᄀᆞᆺ함ᄎᆞᆼᄒᆞ여구ᄒᆡᄅᆞᆯᄒᆞᆨᄒᆞ리오구ᄒᆡᄋᆞ가ᄒᆞᆨ을라ᄒᆞ라
갓ᄉᆞ니낭ᄃᆡ말ᄒᆞ니ᄒᆞ리ᄎᆞ셜ᄌᆞᆨ쥬ᄒᆞᆫᄋᆞᄅᆞᆯ뫼일인을
ᄲᅢ여와ᄉᆞ니이는니홍이ᄒᆞ송ᄉᆞᆼ이쳥와나ᄃᆡ구ᄃᆡ리ᄉᆞᆯᄀᆞᄅᆞᆯ
ᄋᆞᆯᄂᆞᆫ엇그ᄃᆡ쳥히올다발일ᄉᆞᆼ이어더가리노ᄂᆞ평왈ᄂᆡ
지셤ᄀᆞ이ᄇᆡᆼᄋᆞᄅᆞᆯ중ᄉᆞᆼ이ᄯᆡ며발ᄀᆞᄅᆞᆯ자지ᄅᆞᆯᄂᆞ리가어니와즁
강ᄉᆞ쓰ᄅᆞᆯ듯쇠히싼ᄂᆞ고저ᄉᆞ리니ᄂᆞᄒᆞᆼ이ᄌᆞᆺ지아니ᄒᆞᆯ거ᄉᆞᆯ
쇠ᄅᆞᆯ뎐ᄒᆞᆯᄉᆡ권ᄒᆞᆼᄒᆞ니라ᄋᆞᆯ송강이ᄆᆡᆫ뎐ᄒᆞ며셜ᄒᆞᆫᄒᆡᆼ
왜ᄒᆞ엿ᄂᆞᆯ볼ᄃᆡ왈ᄂᆡ일쟝ᄉᆞᆼᄅᆞᆯᄒᆞᆫᄇᆡᄯᅥ지의ᄅᆞᆯᄇᆞ은ᄇᆞᆯ고ᄅᆞᆯ

41

여공명 장쳥을 취케 ᄒᆞ니 져 졋을 옥ᄃᆡ의게 집오관셩각
치ᄇᆞᆯ며 ᄉᆞ혜 비게 실신치아니ᄒᆞ노라 ᄒᆞᆫ일 장쳥을 블너
왕의호와 셔졀을 ᄒᆞ여 부ᄌᆞ지 어그릇 ᄭᅵᆺ게 ᄒᆞ니 냥인이 한
복ᄒᆞᆷ애 보ᄅᆞᆷ 웅ᄉᆔ 할 ᄂᆞ의 송강이 스ᄉᆞ로 ᄎᆔᄒᆞ믈 고ᄒᆞ니라
가ᄅᆞᆫ일 ᄎᆔ졀ᄒᆞ더니 보ᄅᆞᆷ 물승 칭찬ᄒᆞ더라 ᄒᆞᆫ ᄒᆡ 뇌횡이
도라와 ᄒᆞᆫ 쇠를 ᄀᆞᆯ고 ᄂᆡ지 ᄇᆡ리 ᄒᆞᆫ ᄒᆞ여 상수ᄒᆞ엿셔 ᄀᆞ을 옥
뇌횡이 좌즁을 ᄃᆞᆯ너 보더니 져 ᄌᆞ리ᄅᆞᆯ 가ᄅᆞ치니 ᄇᆡᆨ슈영이란 간나
ᄒᆡ 누방의 어ᄂᆞ 귀부ᄅᆞᆯ 가ᄌᆞ 올녀 냥이 ᄂᆞ의 올나 노ᄅᆞᆺ 놀
지라 ᄇᆡᆨ슈영이 ᄂᆞᆫ 관ᄅᆞᆯ 궁치ᄒᆞᆫ 반을 ᄯᅩ ᄃᆞ려 뇌횡을 향ᄒᆞ여
도ᄅᆞᆯ 치ᄇᆞᆯ 올ᄂᆞ리 뇌횡은 ᄯᅢ여 ᄎᆞᆷ 돈ᄒᆞᆯ이 업ᄉᆞ니 일호의 반
ᄒᆞ 가지라 가ᄌᆞ디라 ᄒᆞ니 ᄇᆡᆨ슈영이 싀ᄒᆞ여 이심 안ᄒᆞᆯ 욕
ᄒᆞᆯ 이 ᄇᆡᆨ 구ᄒᆞ여 비 ᄉᆡᆼᄒᆞᆫ 즁 거ᄅᆞᆯ 지라 뇌횡이 분노ᄒᆞ여
ᄇᆞᆯ 노ᄒᆞᄌᆞ 졍ᄒᆡ 비로 ᄭᅳ너 쌈ᄒᆞᆫ 즁을 치니 슈졍이 불의 졉부와
졀친ᄒᆞᆫ ᄃᆞᆯ 보ᄂᆡ 뇌횡의 빗ᄅᆞᆯ ᄒᆞᆯ려 가ᄇᆡ 비ᄒᆞᆫ ᄃᆞᄅᆞᆯ
뎡ᄒᆞ니 지부리 뇌횡을 ᄌᆞᆸ 이 ᄅᆞᆼ ᄒᆞᄅᆞ을 ᄡᅳ고 ᄒᆞᆫ 긔을 ᄒᆞ리라

빅ᄌᆞ기이러ᄌᆞᆺ글ᄅᆞᆯ보더어ᄅᆞ니황ᄋᆞᆯ잡아ᄭᆞᆯᄭᆡ와ᄌᆞᆨ져의가ᄀᆞᆫ빅
ᄒᆞᆯᄉᆞ리ᄂᆞ황의어ᄯᅵ지나라가이경상ᄋᆞᆯ보ᄂᆞᆫᄂᆞᆫ도ᄋᆞᆯ쇼지
ᄌᆞᄌᆞ내ᄭᆞᆯ글ᄅᆞᆯ벗기타ᄒᆞ더니뵈ᄂᆞᆨ슈졍이노ᄉᆡᆼᄋᆞᆯ셔나려ᄃᆞ니
황의노도글ᄅᆞᆯ옥ᄒᆞᆯᄉᆡᄊᆡᆼᄋᆞᆯ치더니황이ᄂᆞᆯ혀나ᄭᆞᆯᄭᆡ러
글ᄌᆞ수평ᄋᆞᆯ치니수평이ᄯᅩᆫ리ᄭᅴ여져ᄌᆞᆨᄂᆞᆫ지라나황이볏글
지무의죠쳔ᄒᆞᆫ듸지븨고속령ᄌᆞᆨ이ᄂᆞᆯ본노ᄒᆞᆫ여ᄂᆞᆨ쥐ᄋᆞᆯ큰
ᄭᆞᆯᄭᆡ와본뇌글ᄌᆞ진ᄃᆞ더니통ᄃᆞ이심인ᄋᆞᆯ명ᄒᆞᆫ여쳥ᄂᆞ구ᄒᆞᆯ
보ᄂᆡᆯᄉᆡ초졍의ᄃᆞ더니ᄐᆞᆼ이어더니ᄌᆞ글ᄅᆞᆯ소ᄋᆞᆯ수ᄇᆞᆨ이ᄒᆞᆫ디황ᄋᆞᆯ
골더고화일ᄋᆞᆯ혀ᄋᆞ은ᄯᅩ친ᄂᆞᆯᄇᆡᆨ시ᄅᆞᆫ양산박ᄋᆞᆯ도가ᄇᆞᆫ이곳일ᄋᆞᆫ
내ᄃᆞ당ᄒᆞᆯ티ᄃᆞ고황이ᄉᆞᄉᆞᄒᆞᆫ집의와노도글ᄃᆞ리ᄅᆞᆫ양산
박ᄋᆞᆯ도가니ᄃᆞᄒᆞᆫ시니ᄐᆞᆼ이니황ᄋᆞᆯ놋코길ᄒᆞᆫ의서ᄂᆞᆯ도ᄋᆡᆼᄋᆞ
글지무리ᄅᆞᆫᄒᆞᆫ디지뷔고ᄒᆞᆫ여니ᄐᆞᆼᄋᆞᆯᄐᆞᆼ이십ᄋᆞᆯ치창ᄌᆞᆨ글
졍변ᄒᆞᆫ여더니창ᄌᆞᆨ지무장ᄇᆞᆫ이니ᄐᆞᆼ이나와ᄋᆞᆫᄋᆞᆯ수광ᄒᆞᆫ
더압히ᄌᆞᆨ이신이ᄒᆞᆯ이ᄒᆞᆫ하희ᄂᆞᆫ아골ᄌᆞᆼ나와니ᄐᆞᆼ의
게안ᄃᆡ수여ᄋᆞᆯ어ᄒᆞᆯ만리가장ᄉᆞ량ᄒᆞᆯ져ᄂᆞᆯ니ᄐᆞᆼ이ᄂᆡᄉᆡᆼ

水 十二

ᄋᆞ회 굴ᄒᆞᆫᄃᆞ 밧긔나와 ᄒᆞᆼᄒᆞᆼ 실라 동불 ᄅᆞᆯ수 밧이 대지ᄒᆞᆯ
하녀 기니 지뫼ᄒᆞ 조ᄉᆞᆯᄅᆞᆯ 먹이 대리 독히 여기더라 이 ᄯᆡ
동ᄉᆞᆨ은 칠ᄀᆞᆯ 왕이ᄅᆞᆯ이 변ᄃᆞᆼ을 다ᄂᆞᆫ지라 이 ᄂᆞᆯ니 동ᄋᆞᆼ、
회굴ᄒᆞᆫᄃᆞ 지장ᄉᆞ 안의 드려가 나가 ᄂᆞ뇌 안치ᄂᆞᆫ 드ᄋᆞᆯ 굿보
더니 등뒤ᄒᆞᆯ 뫼 옷ᄉᆞᆯ 자ᄇᆞᆼ、 갈ᄅᆞᆯ 치ᄂᆞᆫ지라 도라 보ᄒᆞᆨ니
형이 어ᄂᆞᆯ 뇌 동ᄋᆞᆯ 베어지 예ᄋᆞᆺᄂᆞᆫ 노리 ᄒᆞᆫᄋᆞᆯ ᄒᆞᆯᄆᆞᆯ 낫ᄂᆞ
라 ᄒᆞᆯᄂᆞᆫ 동ᄋᆞᆯ ᄒᆞ라 ᄒᆞᆫ나 간리 ᄃᆞᆨ굴ᄒᆞᆫ가니 옹ᄋᆞᆼ이 네 ᄒᆞᆫ져 놀ᄅᆞᆯ
이 갑네 왈 드 형이 어치 ᄋᆞ라 뇌 ᄒᆞᆫ월 내 형의 ᄃᆞᆼ을 ᄆᆡ니
생ᄒᆞᆫ 박 외간 즉 ᄌᆞᆼ쥰 형이 동치갓 치 뎌 졈ᄒᆞ미 형의
뎡ᄋᆞᆯ 칭찬ᄒᆞᆫᄋᆡ 나와 ᄋᆞᆷ령ᄋᆞᆯ 부디여 형ᄋᆞᆯ 평ᄒᆞ라 ᄒᆞ
니 의 ᄒᆞᆼ리 가ᄭᅵ ᄋᆞᆺ혀 ᄉᆞᆯ호뇌 동왈 형ᄋᆞᆫ 무ᄃᆞᆯ이 화ᄅᆞᆯ 회ᄒᆞᆫ
일ᄋᆞᆼ이 어니와 내 어치 가ᄉᆞᆨ ᄋᆞᆯ답ᄒᆞ뇌ᄂᆞᆫ 버ᄅᆞᆯ이 굴ᄒᆞᆯ 힝ᄒᆞ뢰 오
온옹왈 형이 잇ᄂᆞ니 가ᄂᆡ 엇지 간 ᄎᆡᆼᄋᆞᆯ 뢰 오ᄅᆞᆯᄂᆞᆫ ᄃᆞᆨ좌 가거 놀
뇌 동이 고ᄀᆞᆺ의 와 불ᄒᆞᆨ ᄋᆞ회 십ᄂᆞ치라 져 경 실ᄒᆞᆫ박 ᄒᆞᆯ여 발ᄅᆞᆯ
국ᄒᆞᆫ니 리 ᄎᆡᆫ월 형이 아니 가녀 ᄒᆞᆫ니 나의 맛ᄃᆞᆼ이 자ᄃᆡ 가가

시녀 나와 혀리가 ᄒᆞᆫ 죠ᄃᆡ라 ᄂᆡ 동이 확 급ᄒᆞ여 [illegible]
라 보ᄂᆞᆯ 다 녀ᄌᆞᄅᆞᆯ ᄡᅳᆫᄂᆞᆫ ᄇᆞᆯ고 ᄋᆞ히려 엇지 ᄋᆞᆫ노나 ᄎᆡ일셔
련년 슈풀의 셔ᄌᆞᄃᆡ라 ᄂᆡ 동이 곱히[illegible] 아가불쥭ᄋᆞ희ᄃᆡ
리셔 이거ᄅᆞᆨ 웅치 ᄒᆡ리ᄅᆞᆯ ᄒᆞ여 [illegible] 오여 ᄂᆡ 힘라 ᄋᆞᆫ홍을
엄ᄒᆞᆫ다 ᄲᅡᄃᆡ 쳐이 서리ᄒᆞᆫ 월네ᄇᆞᆫ일 착ᄒᆞ여ᄂᆞᆯ 나의 ᄭᅳᆯ워
보라 ᄂᆡ 홍이 노ᄀᆡ 열화갓ᄒᆞ여 다라ᄃᆡ니 ᄌᆡ러거ᄂᆞᆯ ᄂᆡ 통여
니 ᄇᆞᆺ듯 [illegible] ᄎᆞ자 ᄂᆡ ᄂᆞᆯ이 ᄇᆞᆯ켜와ᄅᆞᆫ니 거ᄒᆞᆫ창 원ᄋᆞᆯ로ᄃᆡ 가져
놀ᄋᆞᆺ라 ᄃᆞ러가니 ᄎᆞᄂᆞᆫ 엽ᄅᆞᆫ 란아ᄂᆞᆫ희 창젼이 ᄇᆞᆨᄉᆞ 호ᄌᆡ파
령히 슈리 조ᄌᆞ 운ᄋᆞ역 장ᄋᆞᆯ ᄒᆞᆫ라ᄒᆞ여 나오ᄃᆡ 일ᄒᆞ려니
ᄅᆞᆯ 보니 ᄋᆞᆫ노ᄃᆡ 동인ᄋᆞᆯ 나ᄂᆞᆯ 창쥬 졈ᄅᆞᆸ ᄌᆡ종어ᄃᆡ셔 [illegible]
잡으라 왓ᄂᆞᆫ뎌 [illegible]과 ᄂᆞᆫ안ᄒᆞᆯ 내ᄆᆡ이 ᄅᆞᆫ의 뎍ᄆᆞᆯ로ᄃᆡ 지이
국ᄒᆞ혀 지잔 [illegible] ᄃᆡ려ᄂᆞᆫ 동이 청ᄉᆡᆼ ᄯᅩ 오ᄅᆞᆯᄃᆡ 그[illegible] 나ᄂᆞᆫ
[illegible] 션흔 쇠 진이 ᄅᆞᆯ라 ᄒᆞᄅᆞᆫ ᄒᆞᄅᆞᆯ다와 쥐졉ᄒᆞ며 벌ᄅᆞᆯ 울
회외로 ᄂᆡᆼ형ᄋᆞᆯ 다와 ᄉᆡ[illegible] ᄂᆡ 형옹이 나와 걸ᄅᆞᆯ [illegible]
너ᄃᆡ듯 재로 쓰ᄂᆞᆫ 실ᄲᅩᄅᆞᆨ 이 ᄒᆞᆫᄆᆡᄃᆡ 첨을 ᄂᆞ라[illegible] 리ᄅᆞᆯ

왈여러영웅의후의ᄂᆞᆫ다갑ᄒᆞ리니와너모혼족간이
라무디나ᄒᆞᆯ다리가려ᄒᆞ면나ᄒᆞ고ᄅᆞᆯᄌᆞ여셔ᄅᆞᆯ브ᄅᆞ고ᄒᆞ고가
리라옹옹왈형이져러ᄒᆞ면나ᄒᆞᄂᆞᆫ너기ᄂᆞᆫ가ᄒᆞ니엿ᄌᆞᆸ
조리동이ᄒᆞᄅᆞᆯ일러ᄒᆡᄐᆞᆨᄒᆞᆯᄉᆞᄅᆞᆷ동으로졉ᄃᆡᄒᆞ며산채
의니ᄅᆞ러용강동ᄅᆞᆯ보니ᄂᆡ동의가족을발셔다려왓더
라이셔ᄂᆞᆷ이밝와도로ᄒᆞ되동이도라오지아니ᄒᆞ매지뵈ᄃᆡᄒᆞ야ᄂᆡ
거ᄉᆞᄅᆞᆯᄂᆞᆷ이울노회도록찻더니ᄉᆡᆼ몃거ᄉᆞᆯ가온ᄃᆡ으흐죽
엇ᄂᆡ거ᄂᆞᆯ지뵈ᄂᆞᆯ이곳아녀다방ᄉᆡᆼᄃᆞᆯ호엿뎌
술회ᄒᆞᆫ힝이ᄒᆞᆫᄂᆞᆫ동을잡아ᄒᆞ여다ᄒᆞ시니채ᄒᆡ동
의집의낫ᄃᆡᄂᆡ처ᄉᆞᄅᆞᆷ이쳔지ᄅᆞᆯ두ᄃᆞ려왈ᄂᆡ장ᄎᆞ지복ᄒᆞ려ᄒᆞᆷ을
희ᄂᆞᆷ을쳔셕이쉬랑셩의화원ᄋᆞᆯ쳐ᄂᆞᆫ뫼ᄒᆞ여ᄉᆞᄅᆞᆷ을거ᄂᆞᆯ
며와ᄉᆞ힝ᄉᆡᆼ을쳐죽가의ᄂᆞᆷᄒᆞ엿다ᄒᆞ젼ᄅᆞᆯᄉᆞ진이나죽와
ᄒᆞ나가지ᄂᆞᆯᄒᆞᆫ팡ᄒᆞ인니ᄒᆞ더그후복의병쇠ᄅᆞᆯᄂᆞᆫ이와ᄒᆞᆯ
쳥ᄒᆞ여ᄒᆞᆫ쳬ᄒᆞ여ᄒᆞ더니우ᄅᆞᆯ허ᄒᆞᆫ쳐ᄉᆞ왓ᄌᆞᆫᄂᆞᆯᄉᆞ긴이나와보ᄅᆞᆫ족
회졀ᄒᆞ여ᄆᆞᆯᄅᆞᆯ여ᄃᆡ잔긴을뇨 그런날ᄆᆡᆺ거셔니진보ᄒᆞᆸ

월ᄅᆞᆯ 보내지 못ᄒᆞ야 진월날 나ᄂᆞᆫ 이 집족하여 진이 ᄋᆞᆯ라 천셕 월 내여
집보ᄅᆞᆯ 뫼셔 와 ᄒᆞ엿 전ᄅᆞᆯ 엇지 ᄌᆡ회 ᄒᆞᄂᆞᆫ 모식 온월 내 집
의 간씨 칠권이 ᄋᆞ수 녀귀 가ᄒᆞ여 섭슈ᄒᆞ 녀기ᄂᆡ 엇지 나 관
ᄒᆡ 녀의 집ᄋᆞᆯ ᄂᆞ가ᄅᆞᆯ ᄒᆞ여 논ᄋᆞ 천셕이 져 ᄀᆞᆯ ᄒᆞ여 월 되나
쿡ᄅᆞᆯ 위ᄒᆞ여 져 ᄂᆞᆷᄋᆞᆯ 칠ᄅᆞᆯ 여ᄃᆡ 장ᄒᆡ 이 일치 의 골ᄋᆞᆯ ᄅᆞᆯ
ᄅᆞᆫ 쥐ᄃᆡ ᄒᆞ여나 ᄆᆞᆯ죽 ᄂᆡ 밤 되 ᄒᆞᄅᆞᆯ 쳐여 ᄂᆡ다라 ᄋᆞᆫ 쳔셕
울 쥠ᄋᆞ 나려 ᄡᆞᆯ 그ᄅᆞᆯ 갖구 ᄅᆞᆫ 치ᄅᆞᆫ 주ᄃᆡ 리 ᄅᆞᆯ ᄡᆞᆼᄋᆞᆯ 나ᄒᆡ 나
계 치ᄃᆡ 주 ᄂᆞᆫ 방ᄋᆞᆯ ᄒᆞᆫ이 쳐여 ᄉᆞᆷ십ᄃᆡ 나가 ᄆᆡ나 치 ᄉᆞᆫ장ᄋᆞᆯ
이ᄉᆞ 도ᄅᆞᆯ 한 ᄃᆡᆫ 부지ᄃᆡ 두라리ᄃᆡ 골쟝ᄃᆡ ᄅᆞᆯᄋᆞᆯ 조ᄎᆞ다 ᄒᆞ라
나 져ᄅᆞᆯ 쳐지 이 쳔셕 주궁이 ᄆᆞᆯ보ᄅᆞᆫ 녀 쿡ᄅᆞᆯ 라리ᄅᆞᆫ 아ᄒᆞᆼᄋᆞᆯ ᄅᆞᆯ
어가 뵐 오ᄅᆞᆫ 일ᄋᆞᆯ이 곱ᄒᆞ여 스ᄃᆡ 녀 조비ᄃᆡ 항산 ᄇᆡᄋᆞᆯ ᄒᆞ가라 나
쥐주 이ᄒᆞ각 ᄒᆞᄅᆞᆫ 가나라 져 골ᄒᆞᆫ ᄒᆞ여 오ᄅᆞᆯ 죽 십ᄉᆞᆷ ᄇᆡᆼ이 ᄃᆡ
쿡러 건ᄅᆞᆫ 골ᄉᆞᆫ 오어ᄃᆡ ᄉᆞ러 다 반식 오관 집아 가게 하ᄋᆡ ᄉᆞᆯᄒᆡ
ᄋᆞᄅᆞᆫ 귀ᄒᆞᆼ이 발ᄋᆞᆯ 비 엇지 오ᄅᆞᆯ 각ᄋᆞᆯ 주인다 ᄉᆡᄋᆞᆯ 일ᄅᆞᆯ 나ᄂᆞᆯ 족
인ᄒᆡᄅᆞᆯ ᄃᆡᄅᆞᆫ 녀지 ᄎᆡ쥭이ᄅᆞᆫ 라라 나ᄒᆞ이 라ᄅᆞᆫ ᄃᆡ 이셔 온ᄋᆞᆯ 군

ᄭᅳᆯ네와가도ᄅᆞ의황셩의집을젹노ᄅᆞᆯᄒᆞᆫ화원ᄒᆞᆯ알으
너라ᄎᆞ설ᄒᆞ다지즉아ᄒᆞᆼᄒᆞᆼᄒᆞ고산쳔의올ᄅᆞ가니리죵이
노ᄉᆞᄅᆞᆯ볼ᄉᆞᆼ의여결ᄃᆞ옥되노ᄉᆞ노ᄅᆞᆯ송강이낭인ᄋᆞᆯ화회
식이ᄅᆞᆫ노ᄉᆞ러되월네여이올나니지젼ᄒᆞᆺ군ᄅᆞᆯ젼ᄒᆞ니송
강이시지러왈이ᄂᆞᆫ이간리ᄯᅡ라일ᄅᆞᆯᄒᆞ되ᄇᆞ의려관이ᄀᆞ
계ᄒᆞ여ᄒᆞ라나지ᄀᆞᄒᆞ되월제옹의오ᄅᆞᆯ아닌젼잇ᄂᆞ
군저항ᄅᆞᆫ보리오ᄒᆞ니덕된죵이노ᄃᆡᄌᆞᄒᆞᆫ지중을ᄒᆞᆯ
지노ᄅᆞᆯ군송낭이ᄂᆞ월ᄉᆞ의도라나산쳔의올ᄂᆞᆫ홍국이라
엇지ᄀᆞ치아니되오ᄒᆞᆫ송장ᄋᆞ송이다송등이심오련ᄒᆞ
마보ᄂᆞᆫ날쳔올ᄂᆞᆫᄂᆞᆫ당국의니국ᄅᆞᆫ렁이비쳔신ᄇᆞᆼ
빗라ᄲᅡ보ᄂᆞᆫ오쳔을ᄒᆞ여ᄉᆞ더셩의결ᄌᆞᆫᄒᆞᆫ고당죽합의
ᄅᆞᆫ려당이입앙ᄅᆞᆯ진여ᄅᆞᆯ덕ᄒᆞ더니긴중으로ᄅᆞᆫ진국올
이니되수버ᄉᆞ죽셕ᄒᆞ며신ᄇᆞᆼ이되옹박을ᄒᆞᆫ도ᄅᆞᆯ되막ᄒᆞ
ᄒᆞ고ᄒᆞᆫᄅᆞ의령이라외ᄒᆞ고즈올지노ᄅᆞᆯ송강드이러경ᄒᆞ며
ᄅᆞᆫ올날ᄅᆞᆯ시오니다빗리잔치ᄅᆞᆫ생이이일ᄅᆞᆫ렁이의오ᄉᆞ올ᄅᆞᆯ

졔어ᄀᆡ 어ᄃᆡ 오니 ᄃᆡ즁을 졔ᄌᆞ의 보ᄂᆡ여 공ᄉᆞᆫ승을 쳥ᄒᆞᆯ
여와 이 가ᄒᆞᄉᆞ ᄃᆡ랑을 ᄌᆞ ᄒᆞ되라 ᄒᆞᆫᄃᆡ 즁라 나ᄌᆞᄅᆞᆯ 보
닐ᄉᆡ 방ᄋᆡ 하 작 ᄒᆞᆫ 산의 다려 ᄒᆡᆼᄒᆞ며 ᄃᆡ즁이 니ᄌᆞ 져ᄃᆡ
와을 신ᄒᆡᆼ법을 ᄒᆞ며 ᄉᆞᄅᆞᆯ ᄒᆞ여다 ᄒᆞᆫ 졔의 드려ᄌᆞᄃᆡ ᄒᆞᆯ
셔 니ᄌᆞ ᄃᆡ즁을 밥을 주고 쳔ᄒᆞ야 니ᄆᆡ져 ᄒᆞᆯ ᄃᆡ즁이 니ᄌᆞ
의 ᄉᆞᆷ훨 ᄒᆞᆯ지작 ᄒᆞᆫ 가ᄲᅵ 나 여허 볼ᄌᆞ 나 ᄌᆞᆺ 됴ᄒᆞᆫ 서로기와
ᄒᆞᆯᄅᆞᆯ ᄇᆡ르 ᄃᆡ 오ᄂᆞᆫ지 다 ᄃᆡ즁이 ᄇᆞᆷ체 ᄒᆞᆫ 오졍의 나더
니ᄌᆞ 더ᄃᆡ 왈 오놀ᄋᆞᆯ 신ᄒᆡᆼ법을 ᄒᆞᆯ지 너도 갑ᄲᅡ네 ᄒᆞᆯ
라 ᄒᆞᆫ 졀의 나와 ᄒᆡᆼᄌᆞ를 ᄉᆞ 니ᄌᆞᄅᆞᆯ 암세 오ᄂᆞᆫ 신ᄒᆡᆼ법ᄉᆞᄅᆞᆯ
ᄀᆡ오 어왈 이놈이 즁의 ᄀᆞᆯ기ᄅᆞᆯ ᄒᆞ며 치 못ᄒᆞ도다 ᄒᆞ여나
치 밥ᄉᆡᆨ ᄒᆞᆫ 가ᄭᅳᆯ 뒹 ᄒᆞᆫ거ᄂᆞᆯ ᄃᆡ즁 왈 ᄋᆞᆯ지 ᄒᆞᆯ일이 ᄒᆞᆫ지다라
ᄅᆞᆯ ᄇᆡ르 ᄅᆞᆯ ᄌᆞᆯ 업셰다 니ᄌᆞᆺ 왈 내 어ᄯᅵ하허 초ᄅᆞᆯ 조청을
속이ᄂᆞᆫ 기ᄅᆞᆯ ᄇᆡᆨ엿더니 그ᄃᆡ ᄒᆞᆫ가 ᄃᆡ즁 왈 니ᄃᆡ ᄒᆞᆫ관
너ᄅᆞᆯ 자야 ᄉᆞᆷ치ᄃᆡ 다니 치졍히 ᄢᅵᄒᆞᆫ ᄒᆞ여 ᄒᆞᆫᄃᆡ즁 왈
대ᄶᅬ즉 다니 오ᄃᆡ 너ᄂᆞᆫ 에셔 기다리다 ᄒᆞᆫ ᄉᆞ비ᄅᆞᆯ 외ᄌᆞ며

진언을 외ᄒᆞ니 ᄀᆞ치 하 인ᄃᆞᆺ 셔셔 뎌 ᄒᆞᆫ 말 어매 이는 소ᄅᆡ를
ᄀᆞᆯ소셔 이 ᄒᆞᆨ다시 나던 ᄒᆡᆼ스를 ᄒᆞᆫ번 개ᄌᆞ식 되되ᄒᆞ더
종이 ᄒᆞᆫ 조ᄀᆡ를 데ᄶᆞ올 ᄯᅩ 나되 ᄒᆞᆫ번 더로 오ᄅᆞᆯ 번치 ᄂᆞᆫ슬
되다 ᄒᆞᆫ 도ᄅᆞᆯ 도록 되다 리 언여 더를 ᄒᆡᆼᄒᆞ야 ᄭᅬᄒᆞ의 나를
려랑 ᄒᆞᆫ승을 ᄎᆞᄌᆞ되 양ᄒᆞ니 업ᄂᆞᆫ지라 경히 비광ᄒᆞ며 ᄒᆞ되
나 쑨도 ᄒᆞᆨ ᄒᆞᆫ번 지뵌의셔 도인을 파ᄀᆞ되 뎌 종이 졀ᄒᆞ고 ᄂᆞᆫ
송의 집을 ᄂᆞ자ᄂᆞ니 도인의 과그ᄃᆡ 다ᄅᆞᆯ 따ᄀᆞ 다 ᄒᆡᆼᄒᆞᆯ 도ᄅᆞ
공손승이 지금 ᄂᆞᆯ ᄒᆞᆷ을 곳치 ᄒᆡᆼᄒᆞ이다 ᄒᆞᆫ ᄂᆞ나 ᄲᅡ올ᄅᆞᆼ
손승을 ᄒᆞᆷᄌᆞ 변빗 ᄂᆞᆯ이 되는 ᄯᅳᆺ ᄒᆞᆷ그리다 뎌 ᄒᆞᆼ이 다시
졀ᄒᆞᆯ ᄒᆞᆫ 그 집보ᄅᆞᆯ 주셔 ᄂᆞ른 ᄒᆞ도이 ᄂᆞᆯ 그 집ᄇᆞᆫ 주 ᄀᆞᆼ터ᄉᆡᆼ이
오일 ᄒᆡᆼ도이 ᄒᆞᆯ 나 진ᄋᆞᆯ이 대진 나 다 뎌 종이 ᄒᆞ자 ᄒᆞᆫ구
공뎐ᄉᆡᆼ을 ᄂᆞ려 가다가 ᄂᆞᆨ동을 ᄲᅡᆫ 쳥도인 집ᄇᆞᆯ ᄂᆞᆨ트
나 ᄂᆞᆨ동ᄲᆞᆯ 져 건너셔 ᄭᅩᄉᆡᆼ 녹넘 종ᄒᆞ양이 나라 ᄯᅩ 본ᄂᆡ로
동이 ᄒᆞ 집ᄋᆞᆷ의 계시더ᄂᆞ 감ᄂᆡᄒᆞ야 왼ᄋᆞᆯ의셔 ᄉᆡᆼᄋᆞᆯ은 우쳐더
라 ᄒᆞ셔 ᄂᆞᆯ 더 종이 나ᄒᆞ고ᄅᆞᆯ ᄲᅡ안히 두ᄅᆞᆫ 드러자 ᄇᆡ고니 안ᄒᆞ

로한노라 나와 왈ᄌᆞ당을 어ᄃᆡ 계신지 쳥도인 당ᄌᆞ 집의 업ᄉᆞ
니 ᄶᅩᆨ 슉ᄯᆞᆯ이 ᄌᆞ러 드ᄅᆞᆫ가 라 뒤 중이 밧거나 와 내쥭와 키의
다 혀어 ᄎᆞᄎᆞ ᄒᆞ라 ᄒᆞ니 도치 ᄭᅳᆯ 안의 드러가 ᄇᆞᆯ녀 왈이 ᄯᅩᄒᆞ
ᄂᆞᆺ거든 ᄯᅩ 오라 노라 나오거ᄂᆞᆯ ᄂᆡ쳐 ᄂᆞᄅᆞᆷ 됴롬 ᄯᅩᆯ 도치ᄅᆞᆯ
러왈 그ᄃᆡ 의ᄀᆞᆺ 시ᄋᆞᆼ을 부르ᄂᆞ다 ᄒᆞ며 도치ᄅᆞᆯ 드러 죽이려 ᄒᆞ든
쇄ᄒᆞ니 ᄂᆞ리 겁ᄒᆞ여 것구러지거ᄂᆞᆯ 공손승이 나오며 왈 졀
위ᄂᆞᆫ ᄭᅮᆷ 계히 ᄌᆞ지 ᄯᅳᆯ나 뒤 중이 니쥭를 ᄭᅳᆨ 지저 물니치니 공
손승이 그 부ᄌᆞ를 무ᄅᆞ되 안ᄒᆡᆫ ᄂᆞ어ᄃᆡ 나와 ᄒᆞ당으로 낭인을
쳥ᄒᆞ니 뎌 중이 괴ᄅᆞ ᄒᆞ여 왈 니 ᄃᆞᆺ 듯 아니 ᄒᆞ면 션싱을 엿
지 못ᄒᆞ리오 공손승이 셕반을 ᄂᆞ와 뎌졉ᄒᆞ 후 모ᄋᆞᆯ 헌데
어이 오ᄂᆞ뇨 뎌 중이 여ᄎᆞᄎᆞ 혼인을 고쳥ᄒᆞ라 온 ᄯᅳᆮ을 ᄒᆞ니 공
손승 왈 내 이ᄆᆡᆼ의 ᄀᆞ로 거취ᄒᆞᆯ ᄭᅩᆺᄒᆞ며 셕경ᄒᆞ거 쳥ᄒᆞ여 보리라
ᄒᆞᆫᄃᆡ 엄ᄒᆞᆯ의 낭인을 진이 ᄇᆡᄅᆞᆯ 이 ᄉᆞ연을 ᄃᆞᆫ ᄒᆞᆫᄃᆡ 진연이 ᄒᆡ
락지 아니ᄒᆞ거ᄂᆞᆯ 낭인이ᄒᆞ 공손승의 집의 와 잘 쉬니 치ᄭᅡ 온
의 해 오ᄂᆞᆫ 지 진이 ᄆᆞᆯ을 어ᄃᆡ 뵈야 공손승을 다려 가리라 ᄒᆞ온

뒤 즁이 잠든 후의 가만이 드러 도치를 들고 진인의 졉당
을 너머 안희 드러가 방문을 열어 보니 진인이 주하의
셔 옥츄경을 외오거늘 니귀 뛰어드러가 도치로 진인의
머리를 찍으니 그 머리 ᄲᅡ여 치며 흰피 솟ᄂᆞ거늘 니귀 뒤
ᄎᆔ외를 이 놀ᄂᆡ여 ᄉᆞ양ᄒᆞ셔 불빙ᄒᆞᄂᆞ다 ᄒᆞᆫ 도치로 ᄯᅩ ᄒᆞᆫ
나올ᄉᆡ 뒤록ᄒᆞ을 ᄒᆞᆫ 동ᄌᆡᄂᆞ 오ᄇᆡ 속지러ᄂᆞ늘 니귀 도치로 동
ᄌᆞ를 죄 죽이고 도라와 가만이 자더니 놀이 ᄇᆞᆰ으ᄆᆡ 공손승
이 되송ᄒᆞ니 구를 ᄃᆞ리고 갈ᄉᆡ 니귀는 가만니 냥ᄉᆞ를 ᄯᅩ
ᄅᆞᆷ이 ᄃᆡ니 ᄲᅵᆺ 초당의 니르러 진인이 올ᄉᆞᆼ의 단좌ᄒᆞ엿
ᄂᆞ 동ᄎᆡ 시립ᄒᆞ엿더니 공손승이 되 즁ᄒᆞ다 아가되 니귀
는 놀나 ᄒᆞ이 오ᄂᆡ 셩의 왓던가 ᄉᆡᆼ각ᄒᆞ여 ᄆᆡ웨여 ᄉᆞ 와 ᄃᆞᄉᆞ
리오 ᄒᆞ더니 진인이 니귀ᄃᆞ려 니르되 ᄯᅩ 오믄 엇지뇨 되 즁이 왈
원컨대 ᄉᆞ부는 ᄌᆞ비ᄒᆞᄉᆞ 즁이의 나ᄋᆞᆯ 구ᄒᆞᄉᆞ셔 진인 왈 저
흑 펴 ᄒᆞᆫ을 엇던 ᄉᆞᄅᆞᆷ 되 즁 왈 이는 ᄉᆞ가의 ᄃᆡ니 ᄎᆞ다 진
인이 ᄂᆡ 보던 공손승을 보니 ᄉᆡᆼ업ᄉᆞ되 저의 낭ᄌᆞ를 보와

한번 보려니와 너희로 ᄒᆞ여 금편자의 ᄃᆡ당의 나ᄅᆞ게 ᄒᆞ리라 ᄒᆞᆫ대
새 낫 송강을 가려오라 ᄒᆞᆫ대 ᄒᆞᆫ 당옥을 날니매 왈 너희 ᄒᆞᆫ 나ᄅᆞᆷ 또라 나오
라 ᄒᆞ고 관문 밧긔 안ᄌᆞᆫ 양의 나ᄅᆞ려 진인이 보되 송강을 시여 보호
내 공손승 더려 송강의 오ᄅᆞ라 ᄒᆞᆫᄉᆞ 비ᄅᆞᆯ 졀쳐 왈 나거라 ᄒᆞ니 그
송강이 화 ᄒᆞ여 홍운이 되여 공손승을 호위 ᄒᆞ여 공중으로 오ᄅᆞ니
진인이 굿치라 ᄒᆞ니 그 홍운이 움작 이지 안코 셧거ᄂᆞᆯ 진인이 또 청송
검을 펴ᄂᆞᆫ 공중 더러 오ᄅᆞ라 ᄒᆞ여 전갓치 ᄒᆞᆫ 또 빅 송강을 펴ᄂᆞᆫ 나ᄅᆞ
더러 오ᄅᆞ라 ᄒᆞ니 ᄂᆞ쥐ᄉᆞ 왈 ᄲᅡ일 오ᄅᆞ다 가 ᄂᆞ려지면 엇지 ᄒᆞ리오 진인
왈 뎌 ᄉᆞ 송강을 보라 나쥐 올나셔 거ᄂᆞᆯ 진인이 ᄒᆞᆫ 셩 ᄒᆞ여 날 저라 ᄒᆞ니
송강이 화 ᄒᆞ여 빅운이 되여 나라 나ᄂᆞᆫ지라 나쥐 ᄒᆞᆫ 셩 왈 내 그치 이나 ᄒᆞᄂᆞ
나ᄅᆞ다 리오라 ᄒᆞ니 진인이 올흔 ᄉᆞᄆᆡᄅᆞᆯ 노ᄅᆞᆫ ᄇᆡ오라 ᄒᆞ니 홍운과 청
운이 평안히 나린ᄃᆞ지라 나쥐 ᄀᆞᆺ 송옥히 되어 ᄇᆞᆯᄒᆞ여 왈 내 송강과 오ᄅᆞᆫ 이ᄅᆞᆷ
ᄒᆞ며 나ᄅᆞᆯ 나리지 아니면 네 ᄯᆡ려 안ᄂᆞ리라 진인 왈 오리 ᄂᆞ려 ᄌᆞᆯ ᄉᆞ
ᄒᆞᆫ ᄀᆞᆺ 이라 날 ᄒᆞ며 데 계간 셥 ᄒᆞ미 업거ᄂᆞᆯ 네 엇지 밧올 라ᄃᆞ려와
나ᄅᆞᆯ 도쳐로 시험 ᄒᆞᆯ라 내 ᄆᆞ일 도ᄉᆞᄅᆞᆯ 이엄 더ᄅᆞᆯ 하ᄯᅡ ᄌᆞ을 ᄅᆞᆯ면 ᄒᆞ여

슈텬네심술이죽한번벌를면치못ᄒᆞ리라ᄒᆞᆫ스미를결치며
자라ᄒᆞ더니일진악풍이니러나니휴를모라공즁의오르며도망ᄒᆞ니황
건요셔너구를합당ᄒᆞ여갈시키가의몰듯소리ᄲᅡᆯ드려여고간는
보듣이지못ᄒᆞ며너ᄒᆞ를면무슈ᄒᆞ러너며ᄯᅩ흰ᄒᆞ러지며이광운제촉
라뇌라이셕목은바ᄉᆞᆷ이ᄲᅡᆺ겨라그ᄒᆞᄂᆞᆫ즁의아여과뫼광이
롤나랍ᄒᆞ라ᄒᆞ더귀조등이나휴를모라오지놈ᄭᅬ옹이ᄂᆞᆫ셩왈괴요
인이엇지ᄒᆞ여ᄋᆞᆯ즁으로조ᄎᆞ나려오ᄂᆞᆫ이쳑나귀ᄀᆞᆷᄒᆞᆫ듸되나려뇌
누라ᄇᆡ리ᄯᅩ려지ᄂᆞᆫ입셔울이ᄒᆞ좌졍신을ᄉᆞᆷ습지못ᄒᆞ거날부용이
더ᄋᆡ왈이요술ᄒᆞᄂᆞᆫ놈이더법모물ᄂᆞ라치와라ᄂᆞ리ᄭᅩᆺᄒᆞᆫ제경려
여러귀졸등이나흑풀즁희ᄀᆡ피를가져ᄇᆡ리ᄭᅩᆺ허ᄲᅡᆯ자지나리뮈
삼왕오즁원왈ᄒᆞᄂᆞᆫ져일신의ᄲᅳ치ᄃᆞ귀젼티ᄒᆡ못ᄒᆞ여ᄂᆞᆫ왕왈나
ᄂᆞᆫ올인ᄒᆞ더오나지경은ᄯᅩ라올반ᄒᆞᆫ왕이라ᄒᆞ더외ᄃᆞ지쥬ᄉᆞᆯ이나관
인의신흉을아ᄂᆞᆫ지라능히하슈치도초ᄂᆞᆫ아견이큰ᄒᆞᆯ되나진이흔
텬하의두효ᄒᆞᆯ힘ᄂᆞᆫ신션이더ᄲᅡᆯ일나귀고ᄌᆞᆼ치면형벌ᄒᆞᆷ미ᄭᅩᆯ카主
이라부ᄋᆡᆼ이ᄀᆞᆫᄆᆞᆯ니ᄲᅡᆫ젼셔를모ᄅᆞᆫ되ᄉᆞ를졍ᄒᆞ여ᄒᆞᄂᆞᆫ리신셩이ᄒᆞ련

도뎨이 ᄉᆞ졸을 드지 못ᄒᆞ엿ᄂᆞ니 잠발ᄒᆞᆫ 져 ᄂᆞ공을 보니 이 치라 뇌 조등이
ᄯᅡ치 못ᄒᆞ여 ᄂᆞ죡을 이다지ᄂᆞᆫ 힘을 다ᄒᆞ여 치니 ᄀᆞ쟈 ᄒᆞᄒᆞᆫ 얼굴 엄셔
라 반오ᄒᆞ이라 ᄒᆞᆫ대 ᄂᆞ쳐 놀보ᄒᆞᆫ ᄌᆞ이 ᄀᆞ의 창오 ᄂᆞ라 압뇌 등이 ᄀᆞ곤을
힐문ᄒᆞᆫ대 ᄀᆞ쳐 왈 나ᄂᆞᆫ 나 진인의 ᄌᆞ일 션ᄉᆡᆼ이라 일ᄒᆞ시ᄂᆞᆫ 조ᄒᆞ미 ᄋᆡ셔
진인이 ᄀᆞ곳의 ᄡᅮᆨ어 여ᄋᆞᆫ 초를 ᄲᅡ게 ᄒᆞᆫ 디 ᄂᆞ도 일홈 변ᄒᆞ도 도라 ᄀᆞ리니
너희 만일 중국으로 ᄯᅬ 나를 져접ᄒᆞ야 나 변일 후의 너의 죄자를 ᄒᆞᆫ
무ᄅᆞᆯ 로리라 압뇌등이 ᄇᆡᆯ ᄃᆞᆺ 드리ᄒᆞ여 중국으로 뎌 졉ᄃᆡᄒᆞ며 뎌옥
ᄋᆞᄅᆞᆼ 숨더라 초셜 진인이 뎌 중려려 나ᄀᆞ의 ᄉᆞ외를 일ᄀᆞ히 ᄂᆞᆯ오며
산치ᄉᆞ복을 ᄂᆞᆺ거논 뎌 중이 조옹왕이ᄒᆞ이 츙호 렬ᄉᆞᆯ 졀ᄂᆞᆫ 굴을 ᄉᆞ쉬ᄉᆡᆼ ᄒᆞᆫ
며 ᄆᆞᆯ을 ᄀᆞ ᄂᆞ라 ᄒᆞ며 ᄉᆞ ᄒᆞᆫ 물이 멀ᄒᆞ더 진이 ᄒᆞ왈 뎌 갓ᄐᆞᆫ ᄉᆞ곳을 보리
ᄲᅵ 노 ᄯᅡᆼ 울도라 령중왈ᄂᆞ니 ᄀᆔ비록 우ᄎᆞᆫ ᄒᆞᄂᆞᆫ 가치 ᄉᆡᆼ이 반 ᄀᆡᆯ오 종꿍
이 ᄉᆞ죡 갓 치 ᄉᆞ랑 ᄒᆞᄂᆞ니라 진인 ᄒᆞ왈 ᄂᆡ ᄯᅩ 흘이 ᄉᆞ숑이 상계 천군 셩모
굴ᄅᆡ ᄉᆡᆼ의 ᄂᆞ 살ᄋᆞᆯ 국을 방 ᄌᆞ히 ᄒᆞᆫ 곳을 ᄒᆞ야 ᄂᆞ라 ᄒᆞᆫ 소리를 ᄀᆞᆷ허 ᄇᆞᆨᄉᆞ를 흐
롤 ᄒᆞ여 보ᄂᆞᆫ ᄃᆞ 안 ᄀᆞ릉이 나려 오며 일셩 ᄒᆞ 갑 ᄉᆡᆼ이 나 ᄀᆞ 거 ᄂᆞᆫ 진인 ᄒᆞ여 ᄎᆞ ᄀᆞᆺ을
라 ᄒᆞᆫ다 뇌ᄉᆞᆯ 더 ᄂᆞ니 우 ᄅᆞᆯ 삼 ᄃᆞᄂᆞᆼ ᄒᆞ여 공중으로 ᄂᆞ라 려 오거ᄂᆞᆯ 진인 왈 이혹

55

눈믈졍을 ᄯᅳᆺ쳐라 니ᄭᅧ지 비왈 네 ᄂᆞ라 의 친야 애ᄃᆡ 엇지 졍셰ᄅᆞᆯ ᄃᆞᆺ지
아니리오 뎡죵이 송공명의 수영군젼을 ᄒᆞ니 진이 ᄒᆞᆯ 내 져ᄅᆞᆯ 파결의 셔
업ᄂᆞ니 되니 ᄒᆡ의 ᄃᆡ의ᄅᆞᆯ 주장ᄒᆞ고 감중을 ᄒᆞ여 ᄇᆡᄂᆞᆫ ᄃᆞ라 공손승이 병을
쳥ᄒᆞ져 진이 ᄒᆞᆯ 녀 ᄒᆡ 비ᄒᆞᄂᆞᆫ 법술이 ᄃᆞᆯ려 파일ᄇᆞ이라 내 ᄒᆞ지 못ᄒᆞᆫ 법
을 ᄀᆞᄅᆞ치ᄂᆞ니 이 ᄃᆞᆯ로 ᄒᆞᆫ ᄒᆞ변 ᄒᆞ강의 ᄌᆞᆷ화ᄅᆞᆯ 변ᄒᆞ리라 공손승이
셜법을 ᄃᆞᆺᄌᆞ 더ᄒᆞ니 곡ᄅᆞᆯ ᄒᆞ여 ᄇᆞ리 진이울 작별ᄒᆞ고 집의 도라와
ᄇᆡ쳔과 도의 ᄃᆞᆼ손ᄅᆞᆯ 죽ᄒᆞᆷ ᄒᆞ호 노ᄃᆞ리 ᄒᆞ직ᄒᆞ고 상ᄉᆞ 십ᄃᆞᄅᆞᆯ ᄒᆡᆼᄒᆞ
려ᄃᆡ 송일ᄂᆞᆫ 네 노ᄅᆡ 산쳔의 ᄃᆞᆼ을 ᄒᆞ니 셔ᄒᆞᆼ을 니ᄌᆞᆫᄅᆞᆯ 다리고 오라
ᄒᆞ고 네 ᄋᆞᆺ감ᄯᅡᄅᆞᆯ 다리의 민가ᄃᆞ라 공손승이 니ᄌᆞᆫ도ᄒᆞᆸ ᄇᆞᆯ려 이 셜ᄒᆞᆫ
을 ᄒᆞᄃᆞᄒᆞᆫᄅᆞᆯ 그ᄒᆞ오ᄃᆡ 니ᄭᅱ 그 법술ᄅᆞᆯ ᄃᆞ리 십닐ᄂᆞᆯ ᄒᆞᆫᄒᆞ여 쳔ᄉᆞ
일ᄒᆡᆼ을 ᄒᆞ더니 ᄂᆞ강진의 니ᄅᆞ러 공손승을 ᄒᆞᆫ일 ᄒᆞᆼ여의 [illegible]ᄒᆞᆯ
니ᄉᆞ 죽소변을 ᄂᆞᆫ수 ᄇᆡᄂᆞᆫ 가리라 ᄒᆞᆫ 졍의 도ᄅᆞ여 가 [illegible]파 소환ᄒᆞᆫ수 ᄇᆡᆨ은
후 ᄆᆡᄋᆞᆯ이 ᄀᆞᆺ의 소졀ᄉᆞᆫ이 ᄂᆞᄒᆞ 졍송이 일이 ᄀᆞᆺ의ᄂᆞᆫ 소젹ᄒᆞᆫ ᄉᆞᆯ
업ᄂᆞᆫ 쾌쳑 어쾌의 ᄃᆡ ᄒᆞᆫ셔ᄀᆡ이 ᄂᆞᆫᄂᆞᆫ 니라 니ᄭᅨ 동젼을 ᄎᆞ자ᄂᆞᆫ 쾌지의가
ᄉᆡᆨ을 ᄉᆞ가지ᄂᆞᆫ 올쳐 한ᄉᆡᄉᆞᄅᆞᆯ이 ᄇᆞᄒᆡ여 한ᄃᆞᆺ ᄃᆡ한의 쳘ᄒᆡ ᄊᆞᆫᄅᆞᆯ

술법을 갈친ᄒᆞᄂᆞᆫ지라 니져그ᄃᆡ 하ᄂᆞᆯ을 ᄇᆞᆯ족 신장칠쳑이오 변광의
죵근 쇠롱을 강황식변이라 쳘퇴ᄅᆞᆯ 한ᄇᆡ탕 쓰다가 큰돌ᄅᆞᆯ 치
미산은 분ᄡᅢᄒᆞᄂᆞᆫ지라 니져 참지못ᄒᆞ여 벽울 꿈의 그ᄧᅳᆯ은 드리라라
쳘퇴ᄅᆞᆯ 잡우다 그ᄃᆡ 하ᄒᆞᆫ 셩왈 네 엇지 런죵이 완되 갓히 나의 쳘
퇴ᄅᆞᆯ 잡ᄂᆞᆫ뇨 니국왈 네 쳘퇴ᄅᆞᆯ 잘 쓰ᄂᆞᆫ 양ᄒᆞ거니와 내 쓰ᄂᆞᆫ 법을 ᄇᆞᆯ
라 ᄒᆞᆫ 쳘퇴ᄅᆞᆯ ᄃᆞ러 단추 치듯 ᄒᆞ다가 멍을 히 노하 조금도 갓 뵘 거식
이 업거ᄂᆞᆯ 그되 하ᄒᆞ여 쳘ᄒᆞ여 셩혀 용을 무거ᄒᆞ니 취왈 나ᄂᆞᆫ 양산박 호
션풍 니규여니와 네 집이 어ᄃᆡ뇨 그 기인왈 ᄂᆡ 지어 업소라 ᄒᆞ니 규 뭇ᄂᆞᆫ다
리 가거ᄃᆡ 일쳥의 니ᄅᆞ러 최ᄋᆡᆼᄒᆞ여 드리거ᄂᆞᆯ 니귀 보니 철퇴와 ᄌᆞᆸ게
둥ᄆᆞᆯ이 ᄇᆞᆫᄒᆞᆫ지라 헤오되 이 반다시 뒤장이니 산치로 다려가 별쓸
곳이 오리라 ᄒᆞᆫ 셩열을 무ᄅᆞᆫ대 기인왈 우ᄂᆞᆫ 탁ᄂᆞᆼ이니 부친이 연
일ᄇᆡ 지친 관을 로셔 외ᄎᆞ 거ᄅᆞᆯ 절ᄒᆞ다가 죽은 나ᄂᆞᆫ 낙이를 탐ᄒᆞ여
강호ᄉᆡᆼ을 ᄅᆞᄒᆞ다가 이곳의 와 ᄀᆞ 쳘ᄒᆞ여 평ᄉᆡᆼ 공ᄒᆞᆷ이 간창
ᄡᅡᆼ을 쓰되 일ᄒᆞᆫ의 ᄯᅡ진이 술로 소ᄅᆞᆯ이 픠로 기ᄅᆞᆫᄒᆞᆫᄃᆡ의라 ᄒᆞ니
라 니귀왈 네 나ᄅᆞᆯ ᄯᆞ라 양산박의 입과ᄒᆞ미 어ᄯᅥᄒᆞ뇨 탁공왈

가마니라ᄎᆞ 아니면 가려 ᄒᆞ노라 니귀왈 송공명이 ᄂᆞᆫ당주의 셔ᄉᆞ실
ᄒᆞ여 편혀 우리 습격ᄒᆞ기를 기다리ᄂᆞ니 방비가리라 ᄒᆞᆨ능왈 져ᄉᆞ부ᄂᆞᆫ 키
로 니귀왈 ᄂᆞᆫ 알니라 ᄒᆞᆨ능ᄒᆞ고 바희려 세젼지ᄒᆞᄆᆞᆯ 수습ᄒᆞ더니
주를 ᄯᆞ라 주졈의 니르러 공손승이 구러 되올ᄂᆞᆯ 척ᄒᆞ더니 쥐ᄋᆞᆯ로 ᄯᆞᆯ
졸ᄂᆞᆫ 못ᄒᆞᄂᆞᆫ 학능의 ᄉᆞ면을 젼ᄒᆞ거ᄂᆞᆯ 공손승이 져의 다 쳘졸ᄒᆞ엿ᄉᆞ여
물 깃거ᄒᆞᄂᆞᆫ 상히ᄂᆞᆫ 이 쳑을 ᄆᆞ으고 ᄂᆞᆫ당주로 ᄒᆞᆼᄒᆞ더니 중ᄂᆞᆫ의 셔
리중은 ᄲᆞᄅᆞ기 가ᄌᆞ여 ᄒᆞ올도ᄒᆞᆫ 칙ᄒᆞ의 니ᄅᆞ려 송강등ᄂᆞᆯ 보ᄂᆞᆫ리오라
ᄒᆞᄋᆞᆯ일ᄒᆞᄂᆞᆯ 의논ᄒᆞᆫ ᄎᆞ일의 인ᄒᆞᆫᄒᆞ여 ᄂᆞᆫ창주셩하의 니ᄅᆞ러 ᄊᆞᆯ호
ᄇᆞᆯ도ᄃᆞ니라 ᄎᆞ시 ᄂᆞᆫ겨ᄃᆞᆼ이 송강의 오ᄆᆞᆯ ᄃᆞᆯ상뵉 신평다ᄂᆞᆫ ᄒᆞᆯ구목
을 거ᄂᆞ려 셩밧의 ᄂᆞᆯ별ᄂᆞᆫ 셩ᄒᆞ니 화부간ᄒᆞ와 스살교ᄌᆞᆫᄒᆞᆫ 공ᄋᆞᆯ
을ᄒᆞ며 거ᄅᆞ불ᄒᆞ리라 송강이 좌우ᄅᆞ 보ᄂᆞᆫ 광화 영등이 정
장ᄒᆞᆫᄆᆞ ᄒᆞᆫ지ᄂᆞ 쟝긔ᄆᆞᆯ의 장수 ᄎᆞᆯ원회ᄯᆞᄅᆞᆺ 화ᄒᆞᆷ이 ᄆᆞᆺᄎᆞ여 철
원회ᄒᆞᆫ 영의 쳘ᄃᆞᆫᄯᆞᄅᆞ 주올ᄎᆞ라 ᄂᆞᆫ리이 더욱ᄒᆞ여 곱히 ᄎᆞ쳐ᄅᆞᆯ
둘ᄒᆞᆫ ᄇᆞᆫ을 가져 세번 쳐ᄂᆞ 신ᄆᆞᆯ 진중의셔 ᄂᆞᆫ모ᄂᆞᆫ 니려ᄂᆞᆫ 현디호
암ᄒᆞ여 ᄯᆞᄅᆞᄒᆞᆫ의 심영이 진동ᄒᆞᄂᆞᆫ 호ᄂᆞᆫ 소리랑이 더ᄂᆞᆺᄒᆞᆯ지라 송강의 군사 닷

리니 ᄒᆞᆯ조ᄌᆞᆼ의 공손승이 ᄯᅡ샹의셔 송문고졍검을 들고 진언을
념ᄒᆞ니 일도금광이 ᄂᆞ려ᄂᆞ며 호로ᄉᆡ 광이 황ᄉᆞ즁의 ᄯᅳᆫᄒᆞ니 ᄯᅥ러
지거ᄂᆞᆯ 즁즁이 볼녹 다 조희로 ᄆᆡᆫ든 거시라 송강이 채로 한번 가ᄅᆞ치
미 ᄃᆡᄃᆡ이 져당치 못ᄒᆞ여 ᄀᆞᆷ히 셩의 들ᄂᆞ 나지 아녀 ᄒᆞ니 송강이 군을
걷구어 도라와 삼군을 호샹ᄒᆞᆫ 일일은 군ᄉᆞ를 ᄃᆞ리고 공손승ᄋᆡ 송
강ᄃᆡ려 왈 금야의 도적이 겁칙ᄒᆞᆯ 거시민 여ᄎᆞᄎᆞᄒᆞ여 ᄇᆡ포ᄅᆞᆯ 기다
리라 일지의 치라 송강이 응낙ᄒᆞ고 가ᄲᅡ니 흣허 ᄆᆡ복ᄒᆞ고 송강 오용 공
손승이 놉흔 구러의 올ᄂᆞ 기ᄃᆞ리더니 과연 ᄎᆞ야의 고렴이 삼ᄇᆡᆨ 신
병을 거ᄂᆞ려 각각 화약염쵸 등을 가지고 나와 요법을 ᄒᆡᆼᄒᆞ며 흑긔
충텬ᄒᆞ며 광풍이 ᄃᆡ작ᄒᆞ며 비ᄉᆞ주셕ᄒᆞᄂᆞᆫ지라 불이 니러나 블빗
치 즁의 몰입ᄒᆞ니 이ᄯᅢ 공손승이 고렴의 오믈 보고 법슐로ᄡᅥ 엄평
디의 벽녁 소ᄅᆡ 나거ᄂᆞᆯ 고렴의 신병이 피코져 ᄒᆞ더니 ᄎᆡ즁의 ᄲᅡ져
나려ᄂᆞ며 복병이 ᄂᆞ러ᄂᆞ 신병이 각각 죽ᄂᆞᆫ지라 고렴이 ᄃᆞ라 셩의 들
어가 문을 굿게 ᄒᆞ고 이의 두장 졸로 ᄒᆞ여 가 동창부와 구쥬의 구완
을 쳥ᄒᆞ엿시가 ᄲᅡ나 길을 막아ᄉᆞ가 져ᄂᆞᆫ 졔장이 ᄯᅳᆺ을 젼ᄒᆞ니 오용이 젼

녕ᄒᆞ여 보려 두라 ᄒᆞᆫᄃᆡ 송강 ᄃᆞ려 왈 죄의 쳥병ᄒᆞᆫ 쟈를 타이ᄅᆞ
ᄒᆞᆸ 빈ᄂᆞᆫ 령을 파ᄒᆞ리라 송강이 다 희ᄒᆞ여 뎌 죵을 양산박의 보내여 두
셰 죠ᄌᆞᄅᆞᆯ 두 길노 ᄒᆞᆸ파ᄒᆡ 오라 ᄒᆞ라 이 셕ᄂᆞᆫ 령이 ᄌᆞ병을 기다리라 가셩
ᄉᆡᆼ의 올ᄂᆞᆫ ᄇᆞᆯ죽 두 길노 한셩이 진동ᄒᆞᆸ 셩을 에웟던 ᄌᆞ시 혜여 지
거ᄃᆞᆫ 령이 ᄃᆞ 좃ᄌᆞ병이오ᄂᆞᆫ 줄 알ᄂᆞᆫ 셩유 죠ᄌᆞᄅᆞᆯ 볼구히 회동ᄒᆞ여
뒤재셩 뵈ᄒᆞᆫ 엄살ᄒᆞ여 송강 진뎐의 다ᄅᆞ니 송강 화영 진ᄒᆞᆸ명 ᄃᆡ이
산박ᄒᆞᆫ로ᄂᆞᆫ 다져 보ᄂᆞᆫ 령이 ᄯᅩᄂᆞ라 가며 기ᄒᆞᆸ의셔 보ᄅᆞ로 ᄒᆞ려ᄅᆞᆯ 드듯
ᄂᆞᆫ의 혹ᄒᆞ여 인마ᄅᆞᆯ 지두어 도ᄒᆞ라 올ᄂᆡ 일셩포향의 나ᄇᆞᆼ각 셩이 니
라 라 시살ᄒᆞᆫ ᄂᆞᆫ지라 ᄂᆞᆫ 령이 되ᄒᆞᆸᄒᆞ여 져우 셩하의 나ᄅᆞ니 반셩이 다 양
산ᄯᅡᆨ 리 화라 려평ᄒᆞ여 ᄒᆞᆫ로 당하더니 심ᄃᆡ로 ᄯᅮᆨ가셔 뎌 뫼ᄒᆞᆫ로셔 손
님라 즈ᄅᆞ 등의 즈ᄅᆞᆯ 길ᄅᆞᆯ ᄯᅡᆨ우ᄅᆞᆫ 령이 ᄒᆞᆸ을 업셔 빨리ᄅᆞᆯ ᄇᆞᆺ다 단
ᄆᆡ옥ᄒᆞᆷ으로 거려 라ᄂᆞᆫ대 진어 올ᄂᆞᆫ ᄒᆞ여 일젼 혹온ᄂᆞᆯ 주ᄂᆞᆫ 광중의 오
ᄅᆞ거ᄂᆞᆯ 광ᄉᆞᆫ승이 진어 올ᄂᆞᆫ ᄒᆞᆸ 보진당을로 가ᄅᆞ치니 ᄂᆞᆫ 령이 광중을로
셕셕려 지ᄂᆞᆫ ᄃᆡ라 니 ᄒᆡᆼ이 ᄂᆞ라 라 박둘로 ᄂᆞᆫ 령을 베히ᄂᆞᆫ 송강이 당ᄒᆞᆫ 셩
의 드러가 ᄋᆡᆨ문을 열ᄂᆞᆫ 모도 죄수ᄅᆞᆯ 다 노희되 ᄒᆞᆫ도의 ᄃᆡ라 ᄂᆞᆫ 업거ᄂᆞᆯ

송강이 두루 ᄎᆞᄌᆞ되 시황셩의 보슈와 시리판관의 가속만 낫ᄂᆞᆫ 지라 절
급즁의 난인이 닐오되 시리판관을 가도혹 ᄂᆞᆫ령이 ᄲᆞᆷ쥴되 혹 급홀
일을 ᄌᆞᆺ 걷는 하슈ᄒᆞ라 ᄒᆞ더니 상일 ᄌᆞ의 ᄂᆞᆫ령이 시진을 ᄒᆞ니 라 ᄒᆞ되 슈ᄒᆡ이
시진의 홍인ᄒᆞᆯ 알ᄆᆞ다 ᄇᆞᆫ ᄯᅢᆼ ᄃᆞ리ᄃᆞ다 ᄒᆞᆫ고ᄒᆞ ᄯᅩ 찻기로 죽엿다 ᄒᆞ엿
스ᄂᆞᆫ 혹ᄉᆞ 군량으로 ᄒᆞᆫ지 ᄒᆞᆯ가 ᄒᆞ여 시진을 ᄉᆞ그러다가 ᄲᅡ른 오ᄆᆞᆯ의 기ᄎᆞ엿
러니 지금 상ᄉᆞ를 아지 못ᄒᆞᄂᆞ니라 송강이 님인을 다려 ᄌᆞ뭇의 가 ᄭᅳᆯ 심릳
을 알어ᄌᆞᆫ 길 일ᄇᆞᆫ ᄌᆞ지라 이의 ᄇᆞᆫ ᄎᆞᄌᆞᆯ 벗ᄃᆞ려 즐ᄅᆞᆯ 소변의 ᄂᆡ린 방을 ᄅᆞᄅᆞᆫ
혹 니쥐 ᄇᆞᆺ초옥 히 안죄나라가 ᄃᆞᄂᆞᆫ ᄃᆞᆫ ᄇᆞᄅᆞ되 알길 엽ᄃᆞ니 ᄂᆞᆫ긔ᄒᆞ 깁홀
속의 뇌 한ᄉᆞᄅᆞᆷ의 ᄭᅴ ᄒᆞ슴 소리 나ᄂᆞᆫ 저 ᄂᆞᆫ니 쥐 안아 보ᄎᆞ옥 히 ᄂᆞᆺ고 ᄌᆞᆯ ᄅᆞᆯ
흘ᄃᆞ니 ᄂᆞ라 ᄌᆞᆯ ᄅᆞᆯ ᄂᆞᆺ쳔 와 ᄂᆡ인 ᄯᅩ ᄃᆞ ᄂᆞᆨ ᄌᆞᆯ을 올ᄂᆞᄃᆞ 이ᄉᆡ 시진이 성되 이 슈내
쟝 ᄯᅩ 리진 ᄂᆞᆫ 눈을 감아 소ᄅᆡ를 ᄂᆞᆺ ᄒᆞᆫ ᄃᆡ의 원을 졍ᄒᆞ여 치고 ᄒᆞ여 니 쥬ᄋᆞ
로 압녕ᄒᆞ여 ᄂᆞᆫ뇌 ᄭᆡᆫ 령의 가속을 다 죽이ᄂᆞᆫ 니엿 올 생ᄒᆞᆫ 후 혹
리빗 라 ᄇᆡᆼ시 ᄅᆞᆯ 시ᄆᆡ 뎌 최로 도라 가니라 ᄎᆞ시 동창부 와 주의 죄이
슈 연을 올니ᄂᆞᆫ 리 ᄯᅩ ᄒᆞᆫ ᄋᆡ 상ᄲᆞᆨ도 죄이 창 ᄌᆞᆯ ᄒᆞᆫ 죽ᄅᆞᆯ ᄒᆞᄂᆡ 몃
지흘 ᄃᆞ 화회 분ᄒᆡᆨ ᄒᆞ라

61

슈호지

Syou-ho-tji.

Histoire du pays de Syou-hō (水滸)

Roman en coréen.

2 vol. in-8°

1er vol.

COR. 1-158
Vol. 1
슈호지
상

【영인자료】

『수호지』

(경판 방각본 수호지 〈2권 2책본〉)

여기서부터 영인본을 인쇄한 부분입니다. 이 부분부터 보시기 바랍니다.

일러두기

* 영인된 자료는 프랑스 동양어대학에 소장되어 있는 경판 방각본 수호지〈2권2책본〉이다. 이 판본은 현재 프랑스 이외에, 러시아 동방학연구소, 일본의 기관이나 대학도서관에 소장되어 있다.

* 논문에서도 몇 차례 밝혔지만 김동욱 선생님이 소개한 수호지 〈3권 3책본〉은 안성판본이 아니라 경판 방각본을 가져다가 분권(分卷)한 것이다. 이 자료를 보면 분권의 양상을 자세히 살펴볼 수 있다.

참고문헌

1. 자료

〈중국자료〉

* 영인본 및 사전류

古本小說集成編輯委員會編, 『李卓吾批評忠義水滸傳』, 上海古籍出版社, 1992.

__________, 『鐘伯敬評水滸傳』, 上海古籍出版社, 1992.

__________, 『第五才子書水滸傳』, 上海古籍出版社, 1992.

__________, 『宣和遺事 · 插增田虎王慶忠義水滸傳』, 上海古籍出版社, 2001.

孫景全, 『水滸博覽大典』, 濟南出版社, 2006.

* 교주본

施耐庵 · 羅貫中, 『水滸全傳校注』, 里仁書局, 2001.

__________, 『容與堂本水滸傳』, 上海古籍出版社, 1988.

__________, 王利器校訂, 『插圖本水滸全傳校訂本』, 貫雅文化公司, 1991.

__________, 繆天華 校註, 『水滸傳』 上下, 三民書局, 2005.

李泉 · 張永鑫, 『水滸全傳校註』, 里仁書局, 1994.

* 번역본

연변대학수호전번역조역, 『신역수호지』, 청년사, 1990.

이원길 한역, 『(대중화문고 중한대역) 수호전』, 연변인민출판사, 2009.

〈국내 외 자료〉

* 방각본

김동욱, 『영인 고소설 판각본 전집』, 연세대학교 인문과학연구소, 1976.

단국대학교 율곡도서관 소장본.

동경대학교 언어학 연구실 소장본.

러시아 동방학연구소 소장본.

서강대학교 로욜라도서관 소장본.

프랑스 국립동양어대학 소장본.

* 필사본

단국대학교 율곡도서관 소장본.

동경대학교 소장본.

박순호 소장본.

서울대학교 중앙도서관 소장본.

영남대학교 도남문고본.

* 활판본

광동서국·태학서관본, 『打虎武松』.

경성서적조합본, 『鮮漢文 忠義水滸誌』.

박문서관본, 『新譯水滸傳』.

박문서관본, 『鮮漢文 忠義水滸誌』.

신문관본, 『신교슈호지』.

영창서관본, 『鮮漢文 忠義水滸誌』.

조선도서주식회사본, 『鮮漢文 忠義水滸誌』.

조선서관본, 『鮮漢文 忠義水滸誌』

조선서관본, 『(續水滸誌) 一百單八歸化記』.

* 신문 및 잡지 연재본
《東亞日報》, 《每日申報》, 《新民》, 《朝光》.
양백화 역, 『水滸傳』.
윤백남 역, 『新釋水滸傳』.

* 교주본 및 단행본, 목록
『古鮮冊譜』.
박재연, 『수호지』, 이회, 2001.
______, 『韓國所見中國小說戲曲書目資料集』, 선문대학교 중한번역문헌연구소, 2002.
박태원. 『완역수호지』, 깊은샘, 1990.
이윤석 · 박재연 · 유춘동, 『水滸誌』, 학고방, 2007.
이종덕 역, 『국역 하재일기』, 서울시사편찬위원회, 2005.
유춘동 · 박재연, 『튱의슈호뎐』, 선문대학교 중한번역문헌연구소, 2007.
전인초 주편, 『한국소장 중국한적총목』, 학고방, 2005.
『朝鮮書籍目錄』.
『朝鮮古書目錄』.
『한국고서종합목록』.
『한국문집총간』.
『한국전적종합조사목록』, 문화재관리국, 1989.

2. 국내 연구서
〈단행본〉
간호윤, 『한국 고소설 비평연구』, 경인문화사, 2002.
강소성 사회과학원 편, 오순방 외 역, 『중국고전소설총목제요』 제1~5권, 울산대학교 출판부, 1993.
강명관, 『공안파와 조선후기 한문학』, 소명출판, 2007.
구보학회 편, 『박태원과 역사소설』, 깊은샘, 2008.

권순긍, 『활자본 고소설의 편폭과 지향』, 보고사, 2000.
김경미, 『소설의 매혹』, 월인, 2003.
김동욱, 『춘향전 연구』, 연세대학교 출판부, 1976.
김삼불, 『국문학참고도감』, 新學社, 1949.
김욱동, 『근대의 세 번역가 : 서재필 최남선 김억』, 소명, 2010.
김태준 저·박희병 교주, 『교주 증보 조선소설사』, 한길사, 1990.
김학주, 『중국문학사』, 신아사, 2009.
김현룡, 『한중소설설화비교연구』, 일지사, 1976.
노신 저·조관희 역주, 『중국소설사략』, 살림, 1998.
David Rolston 지음·조관희 옮김, 『중국 고대소설과 소설 평점』, 소명출판, 2008.
大谷三繁, 『조선후기 소설독자 연구』, 고려대학교 민족문화연구소, 1985.
________, 『한국 고소설 연구』, 경인문화사, 2010.
로렌스베누티 저·임호경 역, 『번역의 윤리』, 열린책들, 2006.
류탁일, 『완판 방각소설의 문헌학적 연구』, 학문사, 1981.
모리스쿠랑 저·이희재 역, 『한국서지』, 일조각, 1994.
무악고소설자료연구회 편, 『한국 고소설 관련 자료집 I』, 태학사, 2001.
________________________, 『한국 고소설 관련 자료집 II』, 이회, 2005.
민관동·김명신, 『중국 고전소설 비평자료총고』, 학고방, 2003.
______, 『중국 고전소설의 전파와 수용』, 아세아문화사, 2007.
______, 『중국 고전소설의 출판과 연구자료 집성』, 아세아문화사, 2008.
박 석, 『송대의 신유학자들은 문학을 어떻게 보았는가』, 역락, 2005.
박계화·장미경, 『명청대 출판문화』, 이담, 2009.
남윤수·박재연·김영복, 『양백화 문집 : 소설 번역소설』, 지양사, 1988.
박진영, 『신문관』, 소명출판, 2010.
부길만·황지영, 『동아시아 출판문화사 연구 I』, 오름, 2010.
서경호, 『중국소설사』, 서울대학교 출판부, 2004.
서대석, 『군담소설의 구조와 배경』, 이화여자대학교 출판부, 1984.

성현자, 『신소설에 미친 만청소설의 영향』, 정음사, 1985.
심경호, 『국문학 연구와 문헌학』, 태학사, 2002.
양오진, 『한학서 연구』, 박문사, 2010.
오순방, 『중국 근대의 소설번역과 중한소설의 쌍방향 번역 연구』, 숭실대학교 출판부, 2008.
우쾌제 외, 『고소설 연구사』, 월인, 2002.
위욱승, 『한국문학에 끼친 중국문학의 영향』, 아세아문화사, 1993.
앤드루플랙스 저·김진곤 옮김, 『이야기, 小說, Novel』, 예문서원, 2001.
이가원 저·허경진 옮김, 『유교반도 허균』, 연세대학교 출판부, 1999.
이능우, 『고소설 연구』, 선명문화사, 1973.
이문규, 『고전소설 비평사론』, 새문사, 2002.
이상익, 『한중소설의 비교문학적 연구』, 삼영사, 1983.
이상택·성현경 편, 『한국 고전소설 연구』, 새문사, 1983.
이윤석, 『홍길동전 연구』, 계명대학교 출판부, 1998.
______, 『남원고사 원전비평』, 보고사, 2009.
______, 『향목동 세책 춘향전 연구』, 경인문화사, 2011.
이재수, 『한국소설연구』, 선명문화사, 1969.
이주영, 『구활자본 고전소설 연구』, 월인, 1998.
이창헌, 『경판 방각소설 판본 연구』, 태학사, 2000.
이혜순, 『수호전 연구』, 정음사, 1985.
임성래, 『조선후기의 대중소설』, 보고사, 2009.
임형택, 『동아시아 서사학의 전통과 근대』, 성균관대학교 출판부, 2005.
장효현, 『한국 고전소설사 연구』, 고려대학교 출판부, 2002.
전성운, 『한중소설 대비의 지평』, 보고사, 2005.
정규복, 『한중문학비교의 연구』, 고려대학교 출판부, 1987.
______, 『한국 고소설사의 연구』, 보고사, 2010.
______, 『한국문학과 중국문학』, 보고사, 2010.
정주동, 『홍길동전 연구』, 문호사, 1961.

조윤제, 『한국문학사』, 탐구당, 1963.
조희웅, 『고전소설 이본목록』, 집문당, 1999.
______, 『고전소설 연구보정』, 박이정, 2006.
______, 『이야기문학 가을갈이』, 글누림, 2010.
주영하 외, 『조선시대 책의 문화사』, 휴머니스트, 2008.
진기환, 『수호전 평설』, 명문당, 2010.
천혜봉, 『한국서지학』, 민음사, 1994.
최기숙, 『17세기 장편소설 연구』, 월인, 1999.
최봉원, 『중국역대소설서발역주』, 을유문화사, 1998.
최용철, 『홍루몽의 전파와 번역』, 신서원, 2007.
______·고민희·김지선, 『붉은 누각의 꿈 : 〈홍루몽〉 바로보기』, 나남, 2009.
패트릭하난 저·김진곤 역, 『중국백화소설』, 차이나하우스, 2007.
한국정신문화연구원 편, 『장서각의 역사와 자료적 특성』, 한국정신문화연구원, 1996.
한국중국소설학회 편, 『중국소설사의 이해』, 학고방, 1994.
한영환, 『한중일 소설의 비교연구』, 정음사, 1985.
한창엽, 『임꺽정의 서사와 패로디』, 국학자료원, 1997.
허경진, 『허균평전』, 돌베개, 2002.
홍상훈 역, 『중국소설비평사략』, 을유문화사, 1993.
홍승직 역, 『이탁오평전』, 돌베개, 2005.

〈논문〉

강계철, 「元雜劇水湖戲硏究綜述」, 『중국연구』 23, 한국외국어대학교 중국학연구소, 1999.
강상숙, 「韓日間「水滸傳」の受容をめぐつて」, 건국대학교 일어교육대학원 석사학위 논문, 1983.
강석렬, 「수호전 인물 연구」, 경남대학교 석사학위 논문, 2003.
곽정식, 「홍장군전의 형성과정과 작자의식」, 『새국어교육』 81호, 2009.

곽정식, 「활자본 고소설의 〈수호전〉 수용 양상과 그 소설사적 의의」, 『한국문학논총』 55, 2010.
김경미, 「조선후기 소설론 연구」, 이화여자대학교 국문과 박사학위 논문, 1994.
김덕환, 「수호전에 반영된 의 사상 고찰」, 『중국학』 13, 1998.
김동석, 「열하일기의 인물 형상화 기법 : 김성탄의 『수호전』의 인물 비평과 비교하며」, 『동방한문학』 25, 2003.
김동욱, 「한글소설 방각본의 성립에 대하여」, 『향토서울』 8집, 1960.
______, 「홍길동전의 국내적 소원」, 『심악이숭녕박사 송수기념논총』, 을유문화사, 1968.
______, 「이조소설의 작자와 독자에 대하여」, 『장암지헌영선생화갑기념논총』, 호서문화사, 1973.
김명학, 「원명 시기 수호잡극의 변천의 양상과 그 동인」, 『중국학논총』 20, 2005.
김상훈, 「비교문학적으로 본 홍길동전과 수호전의 고찰」, 경희대학교 국문과 석사학위 논문, 1961.
김영진, 「조선후기의 명청소품 수용과 소품문의 전개 양상」, 고려대학교 국문과 박사학위 논문, 2004.
김은진, 「『수호전』과 『임꺽정』의 서사구조 비교 연구」, 원광대학교 국문과 석사학위 논문, 2001.
김정기, 「수호전의 詞性修辭」, 『동방학』 4, 1998.
______, 「수호전의 詞性修辭二」, 『중국학논총』 11집, 1998.
______, 「水滸傳人物之形象硏究」, 『동방학』 5, 1999.
김정옥, 「수호전 언어예술연구」, 한서대학교 석사학위 논문, 2001.
김정욱, 「허균이 본 『수호전』 판본 고찰」, 『우리문학연구』 28, 2009.
김진곤, 「중국 민간 고전문학의 기록 전통과 공연 전통 : 水滸 이야기의 생성, 전래, 정착, 공연화 과정을 중심으로」, 『중국소설논총』 9, 1997.
김태미, 「수호전의 송강 연구」, 부산대학교 석사학위 논문, 2009.
김현실·이혜순, 「비교문학 연구사」, 『국어국문학 40년』, 집문당, 1992.

김하라, 「유만주의 『흠영』 연구」, 서울대학교 국문과 대학원 박사학위 논문, 2010.
김홍철 · 김유봉, 「4대기서(四大奇書)가 한국에 미친 영향」, 『청대학술논집』 3, 2004.
김효민, 「수호전 구조의 특징에 대한 고찰」, 『중국어문논총』 14, 1998.
김혜미, 「〈수호전〉의 송강 연구」, 부산대학교 중문과 석사학위 논문, 2009.
남덕현, 「김성탄의 『수호전』 인물비평 소고」, 『중국학』 15, 2000.
馬幼垣, 「錢允治〈宣和遺事序〉與『水滸傳』首次著錄的問題」, 『중국소설연구회보』 15, 1993.
민관동, 「수호전의 국내 수용에 관한 연구」, 『중국소설논총』 8, 1998.
______, 「〈수호지어록〉과 〈서유기어록〉 연구」, 『중국소설논총』 29, 2008.
민병욱, 「양백화의 비평담론 연구」, 『비평문학』 31, 2009.
민혜란, 『金聖嘆 研究』, 전남대학교 중문과 박사학위 논문, 1993.
______, 「17세기 중국소설비평의 전개(1)」, 『석당논총』 19, 1993.
______, 「17세기 중국소설 비평의 전개(2)」, 『중국인문과학』 9, 1994.
박영종, 「〈수호전〉의 주제의식 연구」, 『논문집』 6, 우송대학교, 2001.
______, 「협객의 충의와 유가적 충의의 충돌에서 바라본 『수호전』의 비극성」, 『중국어문학논집』 33, 2005.
박진영, 「한국근대번역문학사 성립의 기원과 역사성」, 『탈경계 인문학』 7권 2호 18집, 2014.
박재연, 「양백화의 중국문화 번역작품에 대한 재평가」, 『중국학연구』 14, 1988.
______, 「낙선재본 후슈호뎐 연구」, 『중국소설논총』 5, 1996.
방효순, 「일제시대 민간 서적발행활동의 구조적 특성에 관한 연구」, 이화여자대학교 문헌정보학과 박사학위 논문, 2000.
서정희, 「〈수호전〉의 구조연구 : 양산박으로의 집결과정을 중심으로」, 『중국학연구』 9, 1994.
신지영, 「원 잡극 수호희와 소설 『수호전』 비교 연구」, 『중국문학』, 30, 1998.
______, 「원 잡극 수호희 연구」, 서울대학교 중문과 박사학위 논문, 1999.

신지영, 「淺論水滸戲曲」, 『중국어문학지』 8, 2000.
송연욱, 「산토교덴(山東京傳)의 충신수호전 연구 : 가나데혼 주신구라와의 비교를 통해」, 고려대학교 일문학과 석사학위 논문, 2004.
송호빈, 「<광한루기>의 김성탄 극미론 수용 양상 : 비평 및 개작의식의 반영과 관련하여」, 『민족문화』 32집, 한국고전번역원, 2008.
오윤선, 「홍장군전의 창작경위와 인물형상화의 방향」, 『고소설연구』 12집, 2000.
오춘택, 『한국 고소설 비평사 연구』, 고려대학교 국문과 박사학위 논문, 1990.
이가원, 「영정대 문단에서의 대소설적 태도」, 『연세대학교 80주년 기념 논문집』, 연세대학교, 1965.
이개석, 「원말 수호전의 성립과 송원사회」, 『중국어문학』 24, 1994.
이경선, 「홍장군전 연구」, 『한국학논집』 5집, 한양대학교 한국학연구소, 1985.
이기연, 「수호전 연구」, 『중국어문학』 10, 1985.
이능우, 「이야기책 판본지략」, 『논문집』 4집, 숙명여자대학교, 1964.
이동순, 「이언진 문학 연구」, 고려대학교 국문과 박사학위 논문, 2010.
이문규, 「탕옹의 패설론고」, 『고전문학과 교육』 1, 1999.
이문혁, 「김성탄의 수호전 비평과 소설론」, 성균관대학교 석사학위 논문, 1990.
이병기, 「조선어문학명저해제」, 『문장』 19호, 1940.
이봉린, 「수호전이 홍길동전에 미친 영향」, 대구대학교 국문과 석사학위 논문, 1967.
이상우, 「替天行道的思想與俠義小說」, 『중국어문학논집』 23, 2003.
이상익, 「홍길동전과 수호전과의 비교연구」, 『국어교육』 4, 1962.
이석호, 「중국문학 전신자로서의 양백화」, 『연세논총』 13, 1976.
이승수, 「동아시아 문학사의 반유(反儒) 전통 일고 : 김성탄의 『수호전』 송강(宋江) 평을 중심으로」, 『한국언어문화』 13, 2006.
______, 「수호전 임충(林冲) 서사의 김성탄 독법」, 『한국한문학연구』 40, 2007.
______, 「수호전 무송(武松) 평에 나타난 김성탄의 비평의식」, 『고소설연구』 24, 2007.

이승수, 「김성탄 소설독법의 실제 : 『수호전』 초반 노달(魯達) 서사 비평을 중심으로」, 『한국언어문화』 38, 2009.
______, 「흑선풍(黑旋風) 이규(李逵)의 인물 형상과 서사 기능」, 『고소설연구』 29, 2010.
이승매, 「〈수호전〉에 표현된 성별 의식에 대하여 : 인물형상부각에서의 여성비하 성향을 주로 논함」, 『인문과학논집』 10, 강남대학교, 2001.
李麗秋, 「수호전과 홍길동전의 비교연구」, 『아시아문화연구』 14, 2008.
이영호, 「이탁오와 조선유학」, 『양명학』 21호, 2008.
이재수, 「한국소설 발달단계에 있어서의 중국소설의 영향」, 『경북대 논문집』 1집, 1956.
이창숙, 「『서상기』의 조선 유입에 대한 소고」, 『대동문화연구』 37집, 2010.
이혜순, 「수호전 판본고」, 『중국학보』, 1973.
이학당, 「이덕무의 문학 비평에 관한 연구」, 성균관대학교 국문과 박사학위 논문, 2005.
姚委委, 「양백화 번역 문학 연구 : 중국 현대문학을 중심으로」, 한국학중앙연구원 한국학 대학원, 석사학위 논문, 2008.
예종숙, 「비교문학을 위한 시도 : 홍길동전과 수호전을 중심으로」, 『국어국문학연구』 3집, 1959.
유춘동, 「세책본 〈금령전〉의 텍스트 위상 연구」, 『열상고전연구』 20, 2004.
______, 「책열명록에 대하여」, 『문헌과 해석』 35, 2006.
______, 「20세기 초 구활자본 고소설의 세책 유통에 대한 연구」, 『장서각』 15집, 2006.
______, 「방각본 『수호지』의 판본과 성격에 대한 연구」, 『열상고전연구』 32, 2010.
______, 「한일합병 즈음에 유통되었던 고소설의 목록」, 『연민학지』 15, 2011.
______, 「부산광역시립 시민도서관 소장 『삼국지연의』의 연구」, 『동양학』 49, 2011.
______·함태영, 「일본 토야마 대학 소장, 〈조선 개화기 대중소설 원본 컬렉션〉

의 서지적 연구」, 『겨레어문학』 46, 2011.
유춘동, 「경판본소설 〈월왕전〉의 책판」, 『문헌과 해석』 54, 2011.
______, 「수호전의 국내 현존 중국판본과 어록해에 대한 연구」, 『동아인문학』, 20, 2011.
______, 「수호전 관련 기록에 대한 연구」, 『국학연구』 19, 2011.
윤성근, 「유학자의 소설 배격」, 『어문학』 25, 한국어문학회 1971.
장주옥, 「수호전과 홍길동전의 비교」, 성신여자대학교 국문과 석사학위 논문, 1974.
장태진, 「〈수호전〉 인물 연구」, 단국대학교 중문과 석사학위 논문, 1985.
전규태, 「홍길동전에 미친 수호전의 영향」, 『문예사상연구』 2집, 한국고전연구회, 1981.
전창진, 「삼국연의와 수호전에 나타난 싸움의 양상 비교연구」, 강릉대학교 석사학위 논문, 2009.
정선희, 「조선후기 문인들의 김성탄 평비본에 대한 독서 담론 연구」, 『동방학지』 129집, 2005.
______, 「조선후기 소설비평론과 문예미학의 발전 : 김성탄의 소설비평본 독서와 관련하여」, 『어문연구』 133호, 2007.
정옥근, 「水滸傳在古代朝鮮的傳播和影響」, 『中國學論叢』 6, 1997.
______, 「조선시대 중국 통속소설의 전파범위와 방식」, 『중국어문논총』 13, 1997.
______, 「조선시대 중국 명청소설 「오대기서」의 전파와 영향」, 『중어중문학』 25, 1999.
______, 「중국 통속소설의 조선시대 전입 경로와 시간」, 『동의논집』 41, 2005.
______, 「1949년 이후부터 문화대혁명 전까지의 『水滸傳』에 관한 비평」, 『문화콘텐츠연구』 10, 2005.
정해영, 「金聖嘆의 수호전 비평 연구」, 한국외국어대 석사학위 논문, 1995.
조관희, 「수호전에 나타난 義와 忠의 갈등구조에 대한 연구」, 연세대학교 중문과 석사학위 논문, 1987.

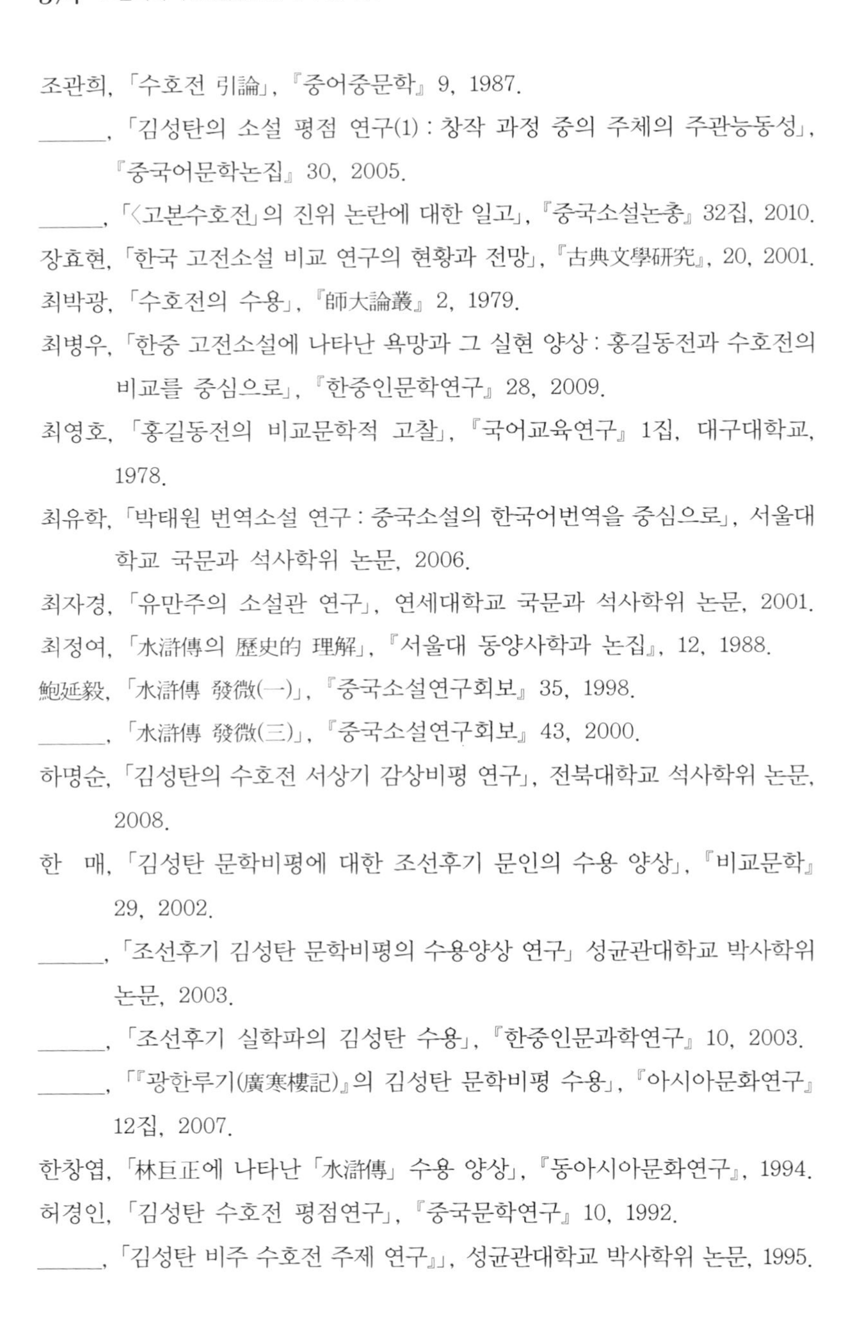

조관희, 「수호전 引論」, 『중어중문학』 9, 1987.

______, 「김성탄의 소설 평점 연구(1) : 창작 과정 중의 주체의 주관능동성」, 『중국어문학논집』 30, 2005.

______, 「〈고본수호전〉의 진위 논란에 대한 일고」, 『중국소설논총』 32집, 2010.

장효현, 「한국 고전소설 비교 연구의 현황과 전망」, 『古典文學研究』, 20, 2001.

최박광, 「수호전의 수용」, 『師大論叢』 2, 1979.

최병우, 「한중 고전소설에 나타난 욕망과 그 실현 양상 : 홍길동전과 수호전의 비교를 중심으로」, 『한중인문학연구』 28, 2009.

최영호, 「홍길동전의 비교문학적 고찰」, 『국어교육연구』 1집, 대구대학교, 1978.

최유학, 「박태원 번역소설 연구 : 중국소설의 한국어번역을 중심으로」, 서울대학교 국문과 석사학위 논문, 2006.

최자경, 「유만주의 소설관 연구」, 연세대학교 국문과 석사학위 논문, 2001.

최정여, 「水滸傳의 歷史的 理解」, 『서울대 동양사학과 논집』, 12, 1988.

鮑延毅, 「水滸傳 發微(一)」, 『중국소설연구회보』 35, 1998.

______, 「水滸傳 發微(三)」, 『중국소설연구회보』 43, 2000.

하명순, 「김성탄의 수호전 서상기 감상비평 연구」, 전북대학교 석사학위 논문, 2008.

한 매, 「김성탄 문학비평에 대한 조선후기 문인의 수용 양상」, 『비교문학』 29, 2002.

______, 「조선후기 김성탄 문학비평의 수용양상 연구」 성균관대학교 박사학위 논문, 2003.

______, 「조선후기 실학파의 김성탄 수용」, 『한중인문과학연구』 10, 2003.

______, 「『광한루기(廣寒樓記)』의 김성탄 문학비평 수용」, 『아시아문화연구』 12집, 2007.

한창엽, 「林巨正에 나타난 「水滸傳」 수용 양상」, 『동아시아문화연구』, 1994.

허경인, 「김성탄 수호전 평점연구」, 『중국문학연구』 10, 1992.

______, 「김성탄 비주 수호전 주제 연구』」, 성균관대학교 박사학위 논문, 1995.

허경인, 『수호전』의 주제유형 연구, 『논문집』 33집, 1998.
______, 「金聖嘆在水滸傳評點中對人物寫實描寫的認識」, 『중국소설논총』 27, 2008.
허이령, 「『수호전』과 『임꺽정』 비교연구」, 서울대학교 국문과 박사학위 논문, 2010.
홍상훈, 「양건식의 삼국연의 번역에 대하여」, 『한국학연구』 14, 2005.

3. 해외 연구서

〈단행본〉

嚴敦易, 『水滸傳的演變』, 作家出版社, 1957.
孫楷第, 『中國通俗小說書目』, 北京, 1957.
余嘉錫 等著, 『水滸人物與水滸傳』, 臺灣學生書局, 1971.
孟瑤, 『中國小說史』, 傳記文學出版社, 1973.
馬蹄疾編, 『水滸資料彙編』, 中華書局, 1980.
河洛圖書出編輯部, 『元明淸三代禁毁小說戱曲史料』, 河洛圖書出版社, 1980.
王利器 等著, 『水滸研究』, 木鐸出版社, 1983.
何心, 『水滸研究』, 上海古籍出版社, 1985.
羅爾綱, 『水滸傳原本和著者研究』, 江蘇古籍出版社, 1991.
高島俊男, 『水滸伝の世界』, 筑摩書房, 2001.
馬幼垣, 『水滸論衡』, 聯經出版事業公司, 1992.
宮崎市定, 『水滸伝：虛構のなかの史実』, 中央公論新社, 1993.
沈伯俊, 『水滸研究論文集』, 中華書局, 1994.
齊裕焜, 『明代小說史』, 浙江古籍出版社, 1997.
黃霖等, 『中國小說研究史』, 浙江古籍出版社, 1998.
任大惠 主編, 『水滸大觀』, 上海古籍出版社, 1998.
黃俶成, 『施耐庵與水滸』, 上海人民出版社, 2000.
朱一玄·劉毓忱編, 『水滸傳資料匯編』, 南開大學出版社, 2002.
侯會, 『水滸源流新證』, 華文出版社, 2002.

井上進, 『中國出版文化史』, 名古屋大學出版社, 2002.
馬幼垣, 『水滸二論』, 聯經, 2005.
陳松柏, 『水滸傳原流考論』, 人民文學出版社, 2006.
譚邦和, 『明淸小說史』, 上海古籍出版社, 2006.
高日暉·洪雁, 『水滸傳接受史』, 齊魯書社, 2006.
程國賦, 『明代書坊與小說硏究』, 中華書局, 2008.
孫建成, 『水滸傳英譯的言語與文化』, 復旦大學出版社, 2008.
張國風, 『話說水滸』, 廣西師範大學出版社, 2009.
苗懷明, 『二十世紀中國小說文獻學述略』, 中華書局, 2009.
張同勝, 『水滸傳詮釋史論』, 世界書局, 2009.
劉世德, 『三國志演義作者與版本考論』, 中華書局, 2010.
聶紺弩, 『水滸四論』, 北京大學出版社, 2010.

〈해외 논문〉
王　輝·劉天振, 「20世紀以來〈水滸傳〉簡本系統硏究述略」
許勇强·李蕊芹, 「明淸文人筆記和小說序跋中的水滸傳硏究」, 『明淸小說硏究』, 2009.
陳　莉, 「金評本〈水滸傳〉的效果史硏究簡述」, 湛江師範學院學報, 2009.
王　平, 「百回本〈水滸傳〉的文本構成與意義詮釋」, 『求是學刊』, 2007.
董　宁, 『建陽刻本〈水滸志傳評林〉硏究』, 福建師範大學, 2007.
劉天振, 「20世紀〈水滸傳〉硏究方法的回顧與檢討」, 『菏泽學院學報』, 2006.
何紅梅, 「新世紀〈水滸傳〉作者, 成書與版本硏究綜述」, 『苏州大學學報』 2006.
冯仲平, 「金聖嘆『水滸』評点的理論价值」, 學述論坛, 2006.
万梦蕊. 「明代『水滸傳』传播初探」, 華東師範大學, 2006.
陳玉東, 「袁无涯本『水滸傳』辨伪」, 『哈尔滨學院學報』, 编辑部邮箱, 2006.
范玲玲, 「金聖嘆的文法理論」, 華中師範大學, 2005.
钟锡南, 『金聖嘆文學批評理論硏究』, 上海师范大學, 2004.
紀德君, 「百年來〈水滸傳〉成書及版本硏究述要」, 『中華文化論坛』 2004.
王麗娟, 「20世紀水滸故事源流硏究述評」, 『中州學刊』, 2003.

王麗娟, 「90年代〈水滸〉研究綜述」, 『湖北大學學報』(哲學社会科學版), 2000.
石昌渝, 「林冲與高俅〈水滸傳〉成書研究」, 『文學評論』, 2003.
李金松, 「金批『水滸傳』的批評方法研究」, 『漢學研究』, 2002.
吳　溟, 「忠義水滸和聚義水滸之爭論：兼與张国光教授商榷」, 『黃山學院學報』, 2002.
左汉林, 「百回本『忠義水滸傳』后三十回应爲續書」, 唐山師範學院學報, 2002.
何滿子, 「水滸概說」, 『何滿子學述論文集』, 福建人民出版社, 2002.
黃俶成, 「20世紀〈水滸〉版本的研究」, 文史知識, 2001.
崔茂新, 「水滸傳 祖本问题补說」, 齐鲁學刊, 1999.
張　杰, 「初論〈水滸傳〉簡本與繁本的關係」, 唐都學刊, 1998.
王麗娜, 「水滸傳 在國外」, 古典文學知識, 1998.
周继仲, 「容與堂刻百回本〈水滸傳〉應爲〈水滸傳〉祖本」, 貴州師範大學學報, 1998.
侯　會, 「水滸傳版本淺說」, 古典文學知識, 1998.
欧阳健, 「談〈水滸傳〉三種版本的結局」, 古典文學知識, 1998.
郑振铎, 「水滸傳的演化」, 『郑振铎文集』 5, 人民文學出版社, 1998.
王　珏, 「水滸傳版本之谜」, 固原师专學報, 编辑部邮箱, 1996.
馬幼垣, 「『宣和遺事』中水滸故事校釋」, 『漢學研究』, 1994.
王利器, 「李卓吾評郭勳本『忠義水滸傳』之發現」, 河北師範院學報, 1994.
馬幼垣, 「水滸傳成書过程再論」, 『湖北大學學報』, 1993.
張國光, 「伪中之伪的120回『古本水滸傳』剖析」, 『湖北大學學報』, 编辑部邮箱, 1992.
傅正玲, 「從『水滸傳』七十回及一百二十回本探討兩種悲劇類型」, 『漢學研究』, 1990.
孔　管, 「当代〈水滸傳〉研究综述」, 『湖州师专學報』 32, 1988.
劉世德, 「雄飞馆刊本英雄谱與二刻英雄谱的区别」, 『阴山學刊』(社会科學版), 1988.
王利器, 「試論〈水滸〉王慶田虎二傳：王田二传與真人真事」, 『耐雪堂集』, 中国社会科學出版社, 1986.
劉德佑, 「谈『宣和遗事』與『宋江三十六人贊』的时代先后问题」, 『明清小說研究』, 1986.

高明閣, 「論〈水滸〉的簡本系統」, 『水滸争鳴』第3辑, 长江文艺出版社, 1984.
范　寧, 「〈水滸傳〉版本源流考」, 『中華文史論丛』 24, 1982.
柳存仁, 「伦敦所见中国小說書目提要」, 書目文献出版社, 1982.
聂绀弩, 「論〈水滸〉的簡本與繁本」, 『中華文史論丛』 14, 1980.
王根林, 「論〈水滸〉繁本與簡本的關係」, 『中華文史論丛』 14, 1980.
趙景深, 「水滸全传簡論」, 『中国小說丛考』, 齐鲁書社, 1980.
胡　適, 「〈水滸傳〉考证」, 1920.
______, 「〈水滸傳〉后考」, 1921.
大内田三郎, 「水滸伝版本考 : 『京本忠義傳』」, 『人文研究』 47, 大阪市立大學, 1995.
__________, 「水滸伝版本考 : 『鍾伯敬先生批評水滸傳』について」, 『人文研究』 46, 大阪市立大學, 1994.
__________, 「水滸伝版本考 : 『容與堂本』」, 『人文研究』 45, 大阪市立大學, 1993.
__________, 「水滸伝版本考 : 『容與堂本』について」, 『ビブリア天理図書館報』 79, 典籍學会, 1982.
__________, 「水滸伝版本考 : 「二刻英雄譜」について」, 『天理大學學報』, 天理大學人文學会, 1981.
__________, 「水滸伝版本考 : 『文杏堂批評水滸伝三十巻本』について」, 『天理大學學報』 119, 天理大學人文學会, 1979.
__________, 「水滸伝版本考 : 『漢宋奇書』と『英雄譜』の関係について」, 『ビブリア. 天理図書館報』 65, 1977.
__________, 「水滸伝版本考 : 「百二十四回本」について」, 『天理大學學報』 99, 天理大學人文學会, 1975.
__________, 「水滸伝版本考 : 『百十回本』について」, 『天理大學學報』 22, 天理大學人文學会, 1971.
大内田三郎, 「水滸伝版本考 : 『水滸志伝評林本』の成立過程を中心に」, 『天理大學學報』 21, 天理大學人文學会, 1969.
__________, 「水滸伝版本考 : 繁本各回本の関係について」, 『ビブリア : 天理図書館報』 40, 典籍學会, 1968.

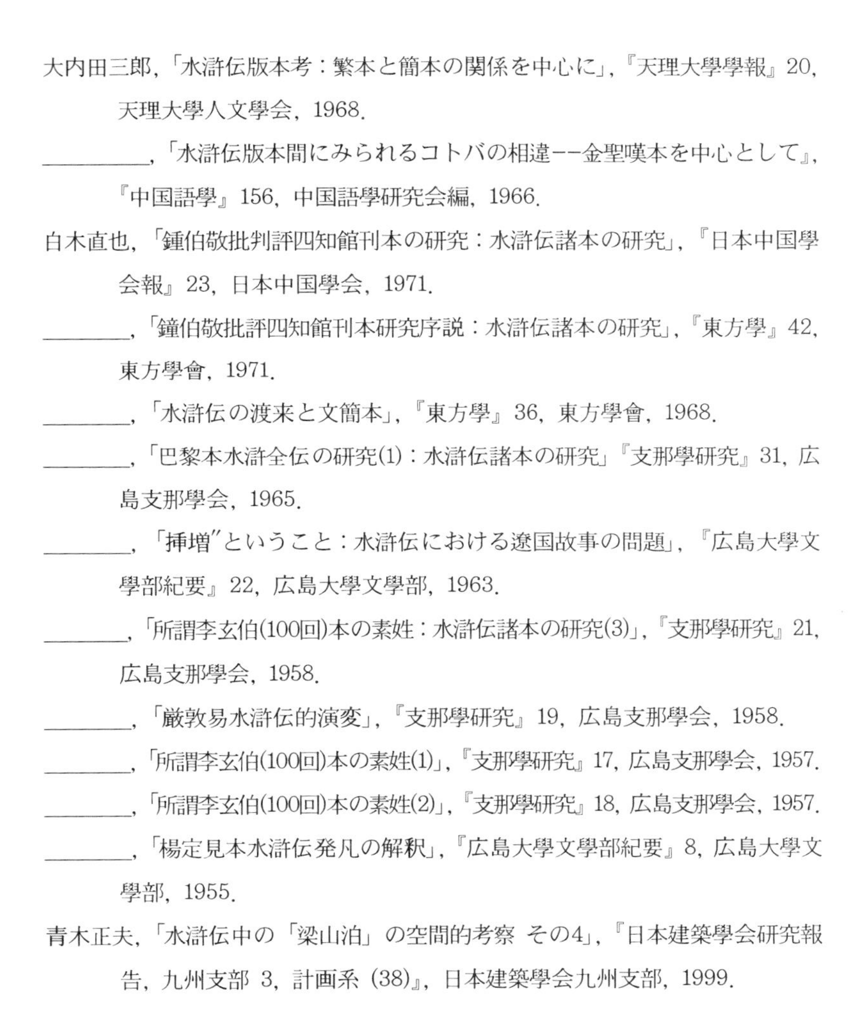

大内田三郎,「水滸伝版本考：繁本と簡本の関係を中心に」,『天理大學學報』20, 天理大學人文學会, 1968.

________,「水滸伝版本間にみられるコトバの相違−−金聖嘆本を中心として』, 『中国語學』156, 中国語學研究会編, 1966.

白木直也,「鍾伯敬批判評四知館刊本の研究：水滸伝諸本の研究」,『日本中国學会報』23, 日本中国學会, 1971.

________,「鍾伯敬批評四知館刊本研究序説：水滸伝諸本の研究」,『東方學』42, 東方學會, 1971.

________,「水滸伝の渡来と文簡本」,『東方學』36, 東方學會, 1968.

________,「巴黎本水滸全伝の研究(1)：水滸伝諸本の研究」『支那學研究』31, 広島支那學会, 1965.

________,「挿増"ということ：水滸伝における遼国故事の問題」,『広島大學文學部紀要』22, 広島大學文學部, 1963.

________,「所謂李玄伯(100回)本の素姓：水滸伝諸本の研究(3)」,『支那學研究』21, 広島支那學会, 1958.

________,「厳敦易水滸伝的演変」,『支那學研究』19, 広島支那學会, 1958.

________,「所謂李玄伯(100回)本の素姓(1)」,『支那學研究』17, 広島支那學会, 1957.

________,「所謂李玄伯(100回)本の素姓(2)」,『支那學研究』18, 広島支那學会, 1957.

________,「楊定見本水滸伝発凡の解釈」,『広島大學文學部紀要』8, 広島大學文學部, 1955.

青木正夫,「水滸伝中の「梁山泊」の空間的考察 その4」,『日本建築學会研究報告, 九州支部 3, 計画系 (38)』, 日本建築學会九州支部, 1999.

찾아보기

ㅎ

유춘동(兪春東)

1973년생. 강원도 원주에서 줄곧 성장했다. 연세대학교 국문과에서 공부를 시작하여 박사학위까지 받았다. 관심을 갖고 연구하는 영역은 중국소설의 국내 전래와 수용, 고소설 상업출판물, 해외 소장 조선시대 전적 및 고소설이다.
연세대, 방송대, 명지대 등에서 강의했었고, 현재 선문대학교 문화콘텐츠학과 조교수로 재직하고 있다.
주요 논문은 「세책본 금령전의 텍스트 위상 연구」, 「20세기 초 구활자본 고소설의 세책 유통에 대한 연구」 등이 있다.

조선시대 수호전(水滸傳)의 수용 연구

2014년 11월 5일 초판 1쇄 펴냄

지은이 유춘동
펴낸이 김흥국
펴낸곳 도서출판 보고사

책임편집 이순민
표지디자인 오동준

등록 1990년 12월 13일 제6-0429호
주소 서울특별시 성북구 보문동7가 11번지 2층
전화 922-5120~1(편집), 922-2246(영업)
팩스 922-6990
메일 kanapub3@naver.com
http://www.bogosabooks.co.kr

ISBN 979-11-5516-309-2 93810

정가 21,000원

이 도서의 국립중앙도서관 출판예정도서목록(CIP)은 서지정보유통지원시스템 홈페이지(http://seoji.nl.go.kr)와 국가자료공동목록시스템(http://www.nl.go.kr/kolisnet)에서 이용하실 수 있습니다.(CIP제어번호 : CIP2014030889)